ADONIS

아도니스

ADONIS vol.8
아도니스

초판 1쇄 인쇄일 | 2017년 08월 11일
초판 1쇄 발행일 | 2017년 08월 21일

지은이 | 남혜인
펴낸이 | 박성면
펴낸곳 | (주)동아

출판등록 | 제406-2007-000071호

주소 | 경기도 파주시 문발로 115, 세종출판벤처타운 201-A호
전화 | (031)8071-5201
팩스 | (031)8071-5204
E-mail | bear6370@hanmail.net
홈페이지 | http://blog.naver.com/lion6370

정가 | 11,800원

ISBN 979-11-5511-883-2(04810)
ISBN 979-11-5511-397-4(SET)

ETERNAL BLISS
ADONIS
아도니스

Part 02
vol.08

남혜인 장편소설

동아

26. 준동과
태동 편

26. 준동과 태동 편

"후우우."

이아나의 입술 틈에서 하얀 입김이 연기처럼 흘러나왔다. 코로 들이마신 공기는 묵직하게 폐에 내려앉았다. 학술원에서의 마지막 일 년이 시작되기 하루 전, 이아나는 사람이 잘 다니지 않는 산속의 바위 위에 앉아 명상을 하고 있었다.

겨울 내내, 이아나는 뒤엉킨 생각들 때문에 머리가 터질 것 같았다. 심장은 복잡한 감정들에 잠식당해 진정되지 않았다. 아르하드 때문이었다.

겨울의 시작과 함께, 이아나는 아르하드와 여행을 떠났다. 그리고 여행의 끝에서, 아르하드는 폭탄 발언을 해 댔다.

"나는 바하무트 제국의 황제가 되지 않겠다."

"새 국가를 세우겠다."

바하무트 제국의 황제가 되지 않고 새 국가를 세우겠다는 아르하드의 선언만으로도 놀라서 머리가 어지러웠다.

"그 심장을 파괴해 주길 바란다."

하지만 악마의 심장을 파괴해 달라는 말에는 기어코 넋이 빠지고 말았다.

"어째서요?"

"더는 필요 없으니까."

"심장을 없애면 악마의 지식이 사라지는 거 아닌가요?"

"안 사라져. 심장의 공유는 단순히 심장이 두 개가 되는 게 아니야. 끊임없이 상호 작용 하며 서로에게 영향을 미쳐. 그래서 파편을 모을 때마다 악마의 심장으로 인해 습득되는 지식은 이 심장에서도 '각인' 되어서 체화돼. 물론 악마의 심장을 없앤 후부터는 새로운 지식을 얻을 수 없겠지만, 현재 지식 대부분을 습득한 상태기 때문에 별문제 없어."

"당신의 힘에 영향을 미치지는 않나요? 마나 제어력이라든가."

"끄떡없어. '내 힘'은 악마의 심장이 아니라 내 영혼과 현재의 육신에서 비롯되니까. 마나 제어력도, 검술도, 지력도, 다른 능력들도 모두. 악마의 심장으로 얻을 수 있는 건 악마의 지식뿐이다."

아르하드는 이아나의 질문에 하나하나 침착하게 답해 주었다.

"악마의 심장은 인간의 심장과 비슷해서 신력을 만들어 내지도 못해. 그런 주제에 쓸데없이 거대하고 탐욕적이라. 심장을 공유하기 시작한 순간부터 내게 엄청난 양의 신력을 요구해 오고 있어. 차라리 없는 게 나아. 그리고 개인적인 문제를 떠나서 존재해 봤자 세상에 도움이 안 돼. 세상의 균형을 흩트리고 파괴할 뿐이지. 너도 봤잖아?"

아르하드의 말에 의거하면 악마의 심장을 파괴하는 게 무조건 합리적이었다. 하지만 이아나는 여전히 걱정스러웠고 꺼림칙했다.

"좋습니다. 그런데 힘이고, 지식이고, 균형이고 다 떠나서, 악마의 심장도 당신의 심장입니다. 끔찍한 고통이 당신을 덮칠 거예요."

로베르슈타인의 심장과 연결되는 순간, 이아나는 그것 또한 제 심장이라는 것을 깨달았다. 그것을 파괴한다고 해도 심장이 하나 더 있으니 죽진 않을 테지만, 심장은 심장이다. 파괴되는 순간 지독한 고통에 몸부림치게 될 것이다.

"고통쯤이야 얼마든지 버틸 수 있어."
"그건 당신 생각이고요."
"정말이야. 고통은 한순간이니까. 힘들긴 하겠지만 참을 수 있다."

이아나가 성큼 다가섰다. 아르하드가 물러서지 않자 둘의 거리는 가까워졌고, 이아나는 손가락으로 아르하드의 심장 부분을 쿡 찔렀다.

"여기, 이 심장도 지금 정상이 아니잖아요? 그 끔찍한 고통 때문에 이 심장이 잘못되면 어떡합니까?"

"……."

"그리고 당신의 심장이 두 개라는 걸 안 후부터 하게 된 생각이 있습니다. '다행이다, 아르하드는 심장이 안 좋지만 두 개니까 그래도 여분이 있는 거잖아?' 이렇게요. 그런데 저보고 당신의 심장 하나를 찔러 없애라고요? 아니, 그보다 지금 저보고 당신에게 고통을 주라는 건가요?"

거기까지 말한 이아나는 입을 다물고 아르하드를 노려보았다. 그녀를 물끄러미 바라보던 아르하드가 천천히 시선을 떨어뜨렸다.

"그렇구나. 내가 아픈 게 싫은 건가."

"네. 걱정됩니다."

아르하드는 딱딱하게 말하는 이아나를 향해 흐릿하게 웃었다.

"나도 네게 이런 부탁 하기 싫어. 그래서 내가 직접 심장을 파괴하려 한 적도 있었지. 하지만 판데모니엄이라는 공간의 특수성과 로베르슈타인의 검 파편이 유지하는 봉인 때문에 그럴 수 없었다. 그곳에서 악마의 심장을 파괴할 수 있는 건, 너뿐이야."

"그래서요?"

ADONIS
아도니스

"이아나, 나는 겉으로 보기엔 모든 것을 완벽하게 갖추고 있지만, 언제나 결핍에 허덕거리고 있어."

여전히 심사가 뒤틀려 있던 이아나의 입매가 일자로 굳었다.

"아까 말했듯, 악마의 심장은 내게 생명을 갈구하게 해. 내가 더는 그러고 싶지 않은데도, '필요'는 언제나 내 의지를 꺾어. 그로 인한 자괴감과 열등감은 나를 피폐하게 만들고 나를 나로서 살 수 없게 만든다. 이건 네가 신력을 주는 것과는 별개의 문제야."

아르하드가 제 심장을 찌르고 있던 이아나의 손을 잡았다.

"나는 이제 내 의지가 아닌 것에 휘둘리고 싶지 않아. 평범한 인간의 심장만을 갖고, 네가 늘 말하는 것처럼 내 의지대로 살아 보고 싶어."

결국 이아나는 그의 부탁을 수락할 수밖에 없었다.

그날, 이아나의 삶에 정말 많은 변화가 찾아왔다. 여행 이후에는 그날 겪은 변화들이 하루에도 수십, 수백 번 그녀의 영혼을 두드려 댔다.

휘이이.

봄이 되기 직전, 겨울의 마지막 숨결이 앙상한 나뭇가지를 휘감아 돌았다. 나뭇가지마다 움트기 시작한 파릇한 새싹들은 차가운 공기에 살짝 움츠러들었다가도, 다시 몸을 곧게 폈다. 거기서 멈추지 않고 몸을 더 쭉 늘려서 이아나의 앞쪽을 기웃거리는 듯한 건, 착각일까?

이아나의 앞에는 라이즈가 꽂혀 있었다. 한 달 전 드워프의 마을에서 받았을 때와 전혀 달라지지 않은 모습으로 서광을 주변에 흩뿌리고 있었다.

이아나는 호흡을 정리하며 눈을 떴다. 그녀의 눈꺼풀이 열리는 순간, 라이즈는 명상이 끝나기만을 기다렸다는 것처럼 더욱 은은하게 빛났다. 이아나를 오롯이 담은 명검답게, 그녀의 맑아진 심정까지 공유한 라이즈는 그 깨끗함이 아름답기 그지없었다.

이아나는 라이즈의 생김새 하나하나를 뜯어보았다.

'아무리 봐도 멋진 검이야.'

여태 검의 급에 구애받아 본 적도, 질을 따져 본 적도 없었지만, 라이즈를 알아 버렸으니 이제는 다른 검에 부족함을 느끼게 생겼다.

이아나는 라이즈를 바라보며 이름의 뜻을 되새겼다.

'떠오른다……'

새로운 아침, 옛것을 뒤로하고 예측할 수 없는 현재를 시작하는 시간.

'그래. 아르하드가 원하는 대로 하자.'

시간이 약이었다. 이아나는 겨울의 끝에서 변화를 오롯이 수용하여 마음을 완전히 가다듬었다.

뭐든 아르하드가 원하는 대로 해 줄 것이다. 나라를 세우든. 심장을 부수든.

'괜찮다는 말을 믿겠어. 아르하드가 명을 재촉해서 나를 두고

먼저 죽는 짓을 하진 않겠지.'

이젠 꽤나 뻔뻔한 생각을 할 수 있게 된 이아나가 바위에서 일어났다. 라이즈를 손에 쥐었다. 라이즈는 완벽한 주인인 이아나의 손에서 더욱 빛났다.

훅!

청량한 내음으로 가득 찬 나무숲에서 공기를 가른 라이즈는 신선한 바람을 만들어 냈다. 이아나는 검을 마음껏 휘두르며 언제나처럼 수련했다.

파스스스.

검풍劍風을 맞은 나뭇가지들이 춤을 추었다. 선뜩하면서도 청량한 라이즈의 바람은 겨울의 삭풍마저 베어 내며 새 생명의 태동을 부추겼다.

'내 신념이 정의가 되는 국가라.'

아르하드는 그녀에게 새 나라의 길잡이가 되어 주길 부탁했다. 통이 커도 너무 커서 부담스러웠지만, 솔직히 말하자면 흥미진진하기도 했다.

어차피 다시 한 번 사는 삶인데, 큰물에서 마음껏 날뛰어 봐도 괜찮지 않을까?

'그래, 하자.'

이아나는 이왕 하는 것, 제대로 하기로 마음먹었다. 그리고 제대로 하려면 국가의 토대가 될 자신의 신념부터 명확하게 정리되어 있어야 했다. 제가 무엇이 옳고 그르다고 판단하는지 고찰할 시간이 필요했다.

'시간은 많으니 천천히 생각하자.'

내려갈 시간이 다 되었을 즈음, 이아나의 감각에 인기척이 잡혔다. 이아나는 라이즈를 검집에 집어넣었다.

'저택의 뒷산이 생각나네. 수련장으로는 딱이었는데.'

이렇게 산속이나 숲 속에서 수련을 할 때면 어쩔 수 없이 그곳이 생각났다. 그녀의 유일한 휴식처가 되어 주었던 그 장소가.

'가 봐야 하나.'

미련은 아니었다. 두 번 다시 로베르슈타인 영지에 발을 들이지 않으려고 쉼터에 작별 인사까지 하지 않았던가. 하지만 그곳에 있었던 거대한 나무의 밑동을 다시 한 번 봐야 할 것 같았다. 로베르슈타인의 심장이 봉인되어 있다는 페임드라의 뿌리를.

'기회가 된다면 들러야겠어.'

이아나는 손을 뻗었다. 그녀의 약지에서 아르하드와 나눠 가진 반지가 빛났다. 이제는 반지의 존재에 완전히 익숙해져서 없으면 허전할 정도였다.

위이잉.

그녀의 앞에 검은 공간이 나타났다. 이아나는 불려 나온 아공간에 라이즈를 조심스레 넣고 공간의 입구를 다시 닫았다. 마음 같아서는 절대 몸에서 떼어 놓고 싶지 않았다. 하지만 라이즈는 검을 조금 잘 쓸 뿐인 귀족 영애가 가지고 다니기엔 너무 눈에 띄었다.

시선을 신경 쓰지는 않는다. 그러나 라이즈를 공개함으로써 파생될 일들을 생각하면 골치가 아팠다. 수많은 검들을 거쳐 온 이아나가 봐도 심각하게 멋진 검인데 다른 사람들이 보기엔 어떠할 것인가? 인간의 호기심과 욕심을 완벽하게 쳐 내기엔 현재 이아나에게 제약되는 부분이 너무나 많았다. 이아나는 라이즈를 세상에 공개하는 날을 뒤로 미뤘다.

⤾⫷⟨◎⟩⫸⤿

학술원의 신학기가 시작되었다. 개강을 맞이하여 검술학부 전체 오리엔테이션이 열렸다.

이아나는 주변을 둘러보았다. 익숙한 사람들은 졸업하여 사라지고, 파릇파릇한 신입생들이 긴장한 기색으로 자리를 차지하고 있었다.

'이런 광경도 이번 해가 마지막이로군.'

이아나는 졸업 기준 학점을 착실하게 채워 왔다. 그래서 3학년인데도 아르하드와 함께 이번 해 졸업 예정자 명단에 이름을 올렸다.

이아나의 일상은 졸업 후부터 완전히 바뀐다. 본격적으로 일을 시작하여 중요한 서류 처리 같은 실무를 담당하거나 피와 살이 튀는 전투 현장에 투입될 것이다.

로안느가 아닌, 다른 국가에서 말이다.

'아니지. 아르하드가 계획의 방향을 틀기로 결심했으니 다음 해가 아니라 이번 해부터 뭔가가 바뀔지도.'

이아나의 심장이 두근거렸다.

'일이 어떻게 굴러갈지 모르니 정신을 바짝 차리도록 하자.'

오리엔테이션이 시작되었다.

이번 해 검술학부 부장은 6학년의 키에릭이었다. 역대 검술학부 부장들과 비교했을 때, 그의 검술 실력은 평범했다. 대신 판단력을 비롯한 지력이 뛰어난 그는 신입생 시절부터 학생회에 들어가 검술학부의 개선에 많은 힘을 보탰다. 성격은 호탕하고 뒤끝이 없었다. 어떤 큰일이 발생해도 여유를 잃지 않는 능글맞음도 갖췄다. 그래서 키에릭은 많은 학부생들의 지지를 받고 있었다.

"특별한 소식이 있습니다."

그런데, 그런 키에릭이 긴장한 낯으로 단상 앞에 서 있었다. 흥미를 느낀 학부생들이 그의 말에 관심을 기울였다. 키에릭은 헛기침을 하며 목을 가다듬고는 큰 소리로 말했다.

"올해부터 우리 발젠타 학술원이 테오도르 아카데미와 교환 학생 제도를 실시하기로 했습니다!"

모두가 귀를 의심했다.

교환 학생 제도는 쉽게 말하자면 학생들에게 다른 아카데미에서 교육받을 수 있는 기회를 제공하고 자금을 대 주는 것이다.

발젠타 학술원은 이미 외국의 많은 아카데미들과 협정을 체결한 상태였다. 교환 학생 자격으로 타 아카데미에서의 체류가 허용되는 기간은 한 학기뿐이지만, 외국에 나가 보고 싶은 학생들은 그 제도를 잘 활용했다.

하지만 대부분은 정규 학기가 아니라 계절 학기에 여행 삼아 다녀왔다. 교육의 질적인 면에서는 학술원을 이길 수 있는 아카데미가 없었기 때문이었다.

일부러 정규 학기에 교환 학생을 신청하는 학생들도 더러 있긴 했다. 학술원의 성적 경쟁에서 하위권으로 도태되어, 다른 아카데미에서 성적을 높이고자 하는 열등생들이었다. 그런데.

"테오도르 아카데미의 귀족들이 우리 학술원에 온다고요?"

이해하기 어려웠다. 발젠타 학술원이 아무리 세계적으로 위명을 떨치고 있다지만, 타 국가의 아카데미도 아니고 로안느의 콧대 높은 귀족들만 모여 있는 테오도르 아카데미가 무엇을 얻는다고 발젠타 학술원과 교류할까?

"올 사람이 있겠어요?"

"있을 수도 있지. 누구든 와서 거들먹거리겠지만."

학생들은 부정적인 반응을 보였다.

귀족과 평민은 같은 인간이지만 다른 세계에서 살고 있다. 계급제가 고착된 현 상태에서, 평민들은 발버둥을 치고 악을 쓰고 재력과 운까지 따라 줘야 겨우 그 끄트머리에 도달할 수 있었다. 귀족들은 날 때부터 귀하고, 평민들은 날 때부터 천하다. 학생들은 그 불공평한 세계에 이미 자연스럽게 체념하고 승복한 상태였다.

하지만 학술원은 재능이 있고 노력만 하면 얼마든지 좋은 결과를 얻을 수 있는 공평한 교육 기관이다. 학생들은 학술원에서만큼은 나름대로 평등과 자유를 누리고 있었다. 그런데 특권 의식으로 똘똘 뭉친 귀족들이 학술원에 침범한다고 하니 반감이 튀어나올 수밖에 없었다.

결국 왕과 귀족들 아래에서 일할 운명이고 학술제 때는 인재를 고르는 귀족들의 눈에 띄고자 발버둥 치지만, 그것과 이것은 별개의 문제였다.

"안 그런 귀족들도 있기야 하겠지만."

몇몇 학생이 이아나를 비롯해 검술학부에서 유명한 귀족 별종들을 슬쩍 쳐다보았다가 다시 앞을 보았다.

"왜 하는 건데요?"

"생각만 해도 끔찍한데."

대부분이 교환 학생 제도에서 의미를 찾지 못했다. 분명 소란만 있을 거라고 예측했다.

테오도르 아카데미의 귀족 학생들은 발젠타 학술원에서 우쭐거리며 평민 학생들을 언짢게 할 것이다. 발젠타 학술원의 평민 학생들은 머리부터 발끝까지 귀족식으로 맞춰진 테오도르 아카데미에 적응하지 못해 귀족 학생들을 불쾌하게 할 것이다. 두 세계가 섞인다는 것은 이미 자신들의 방식에 익숙한 양쪽 모두에게 불편함을 유발했다. 안 섞이는 게 차라리 나았다.

키에릭은 불만 많은 시선들 속에서 목을 가다듬은 후, 교수들에게 전달받은 사항을 설명하기 시작했다.

"학술제의 연장선입니다. 발젠타 학술원은 로안느 왕국에 있으니, 로안느의 귀족들이 타국의 귀족보다 먼저 발젠타의 인재를 선점할 수 있어야 한다는 얘기는 오래전부터 나온 상태였습니다. 그런데 학술제가 아니면 학술원 학생들과 외부 인사들이 만날 기회가 거의 없지 않습니까?"

"그렇죠."

"그래서 학술제를 더 기다리는 거고요."

"네, 무척 중요한 행사지요. 그런데 작년에는 전염병 사태로 학술제가 무산되었습니다. 테오도르 아카데미의 학장은 그걸 보면서, 젊은 귀족들과 젊은 인재들이 연결되는 특별한 방법이 하나 더 있어야 한다고 생각했습니다. 그 방법이 바로 교환 학생 제도입니다. 하지만 일반적인 교환 학생 제도와는 다릅니다."

키에릭은 조교들을 시켜 학생들에게 종이를 한 장씩 나눠 주었다. 종이에는 교환 학생 제도에 대해 상세히 적혀 있었다. 이번 해 학술원 최고의 논쟁거리가 될 사안이니만큼 이아나도 유심히 읽어 보았다.

이것저것 적혀 있었지만 중요한 부분만 보면 이랬다.

테오도르와 발젠타의 학생들은 일 년에 딱 한 번, 한 달 동안 상대방의 교육 기관에 교환 학생으로 갈 수 있다. 다만 방식은 각 교육 기관의 학칙에 따라 조금씩 달랐다.

로안느의 젊은 귀족들만 다닐 수 있어 학생 수가 매우 적은 테오도르 아카데미는, 학년별로 몇 개의 클래스를 두고 무작위로 학생들을 배정하는 게 원칙이다. 아카데미의 학생들은 제왕학, 정치학, 관리학, 역사학 등 지배에 필요한 학문을 집중적으로 공부하되 음악, 미술 등의 강의를 고상한 취미의 일환으로 들었다.

따라서 테오도르 아카데미로 가는 학술원 학생들은 학과를 따로 선택할 수 없었다. 들을 수 있는 강의도 한정되어 있었다. 제왕학처럼 지배자를 위해 개설된 강의들은 평민들과 전혀 관계없었으니, 당연히 수강 가능한 강의에서 빠졌다. 예절, 미식, 다도, 음악 강의 등은 학술원 학생들에게도 개방되었다.

반면, 발젠타 학술원은 전공별로 학과를 나누기에 학술원에 오고자 하는 테오도르 학생들은 주요 전공을 하나 택해야 했다. 다만, 아카데미 학생들이 한 달 동안 발젠타 학술원에 머무는 건 일종의 유희였다. 이 점을 고려하여, 학술원은 그들이 전공에 관계없이 원하는 강의를 모두 들을 수 있게 해 주었다.

무력이 뛰어난 학생들을 선점하고 싶으면 검술학부 강의를, 아름다운 옷이 어떻게 만들어지는지 구경하고 싶으면 의상학부의 전공을. 즉, 전혀 상관없는 두 과목을 동시에 신청할 수도 있다는 소리다.

각 교육 기관에서, 교환 학생들에게는 도우미가 한 명씩 붙는다. 도우미는 교환 학생이 문제없이 잘 지낼 수 있도록 최선을 다해 도와야 했다.

학술원의 경우에는 도우미가 두 종류였다. 선택한 전공의 전담 도우미, 그리고 교환 학생이 도우미의 전공과 다른 전공의 강의를 듣고자 하는 경우를 대비한 학과별 예비 도우미였다.

도우미는 자원한 학생들 중에서 면접을 통해 선발되는데 평가 항목은 사교성, 예절, 학술원에 대한 지식 등이었다. 도우미로 뽑힌 이들에게는 노고의 대가로 각종 혜택을 주었다.

계급 차를 전제한 듯한 주의 사항들도 있었다.

테오도르 아카데미 귀족들은 발젠타 학술원의 평민들에게 모욕적인 언행을 할 수 없으며, 적발될 시 막대한 벌금을 내는 것은 물론 향후 오 년간 학술원 인재 선점이 불가하다. 만행이 소문으로 퍼질 테니 귀족 입장에서는 망신인 데다 훗날 학술원 출신 인재를 구할 때도 불이익을 받을 수 있었다.

발젠타 학술원의 학생들은 귀족 학생들에게 무례하게 굴어서는 안 된다. 테오도르 아카데미에 교환 학생으로 갔을 때는 귀족의 규칙을 숙지하고 완벽하게 지켜야 한다. 귀족이 허락하지 않는 이상 함부로 친근감을 드러내는 것도 불가하다.

학생들이 염려하는 부분들을 해결하기 위해 이 제도를 고안한 사람들도 고심한 모양이었다.

"고위 귀족들은 신청하지 않겠지? 가만히 있어도 인재들이 알아서 굴러 들어올 테니."

"글쎄. 학술제를 보러 오는 고위 귀족들도 많잖아. 어느 정도는 교환 학생 제도에도 관심을 가질 거라고 봐."

"테오도르 아카데미에서 자기들끼리 있어 봤자 공부나 기 싸움만 하지 않나? 재미로 신청하는 귀족들 수가 꽤 될 것 같은데."

어느새 키에릭의 말대로 이 제도를 학술제의 연장선으로 생각하기 시작한 학생들이 웅성거렸다. 분위기가 조금 변하자, 키에릭이 단상을 탁탁 쳤다.

"마지막 줄을 봐 주세요."

학생들의 눈이 종이의 끝부분을 향했다.

"보면 아시겠지만, 12월 말에 테오도르 아카데미와 발젠타 학술원이 공동으로 하루 동안 연말 파티를 개최합니다. 테오도르와 발젠타가 번갈아서 여는데, 첫해는 저희 발젠타가 먼저 준비합니다."

당연한 얘기다. 주최는 손님들을 대접하는 쪽이다. 귀족들이 먼저 평민들을 초대하여 접대하다니? 그보다는 발젠타 쪽이 먼저 주최하고 귀족들이 베푸는 식으로 다음 해에 파티를 여는 것이 모양새에 맞았다.

학생들은 회의적이었다.

"귀족들이 우리가 준비하는 파티에 만족할 수 있을까?"

"아, 조롱당할 게 뻔하다. 벌써 민망해지네."

"여러분, 우리 학술제 매년 열어 봤잖아요?"

키에릭이 소란을 가라앉히며 외쳤다.

"우리는 귀족들의 파티를 따라 하지 않습니다. 이미 호화스러운 파티에 지겨울 정도로 익숙해진 귀족들에게 그런 파티를 열어 줄 필요가 없죠. 우리들은 파티도 학술제의 연장선이라고 생각하면 되는 겁니다."

"맞는 소리야."

"귀족들 입장에서는 별미 아냐?"

결국 학생들은 교환 학생 제도를 미적지근한 태도로나마 수용했다. 잡음은 많겠지만, 오랜 세월 소 닭 보듯 하던 테오도르 아카데미와 발젠타 학술원 사이에 긴밀한 관계가 형성되는 순간이었다.

오리엔테이션이 파했다. 이아나는 곧장 아르하드의 방으로 가서 그와 만났다.

"알고 계셨습니까?"

"몰랐어. 난 학술원 일에 신경 쓸 여력이 없으니까. 그리고 학술원의 학장은 하인리히의 개인 커리어다. 내가 딱히 보고받거나 간섭할 이유가 없어."

카마트로스는 조직원들의 개성을 인정하며, 그들의 개인 커리어를 존중한다.

하인리히는 카마트로스 소속이지만, 마법사들의 정상에 올라 있는 대마법사이기도 했으며 수많은 학생들을 책임지는 학술원의 학장이기도 했다. 그는 카마트로스 일과는 별개로 마법을 열심히 연구했고, 학술원도 성실하게 운영했다.

아르하드는 학술원에 속해 있었지만, 학술원 일에 대해서는 하인리히가 잘 처리할 거라고 생각하고 관심을 끊은 후였다. 아르하드가 그런 태도를 보였기에 하인리히도 학술원에 관한 일은 자기 재량껏 판단해 운영하고 있었다.

"하지만 이번 건은 말 안 하고 진행한 것치곤 좀 큰데."

아르하드는 품에서 연락 아티팩트 하나를 꺼내 시동했다. 하인리히와는 곧장 연결되었다.

[무슨 일인가?]

"오늘 테오도르 아카데미와의 교환 학생 제도에 대해 들었습니다. 왜 제게 미리 말씀하지 않으셨습니까?"

[학술원의 학생들에게는 괜찮은 제도일 것 같아서 그냥 수락했네만. 수락하면 안 되는 거였나?]

하인리히가 당황한 목소리로 말했다.

"저는 상관없지만, 이아나가 상관있습니다."

[아…… 그래. 이아나 양 사정상 당연히 신경 쓰이겠군. 이아나 양이 싫다고 하던가?]

아르하드가 이아나를 곁눈질했다. 미간을 좁힌 그녀가 손을 내저었다.

"본인 말로는 괜찮다지만, 아무래도 신경은 쓰이겠죠."

[앞으로는 주의하지. 이아나 양에게 미안하다고 전해 주게.]

이아나는 아르하드에게 휙휙 손짓했다. 민망하니 이야기를 끝내 달라는 뜻이었다. 아르하드는 픽 웃더니 연락을 끊고, 아무렇지도 않게 불쑥 말했다.

"엎을까?"

"네? 왜요?"

"네가 이거 때문에 스트레스 받을 것 같아서."

"아뇨. 딱히 신경 쓰지 않습니다. 괜찮으니 그냥 두세요."

"정말? 솔직하게 말해."

"괜찮다니까요. 교환 학생 제도에는 선택권이 있고, 제가 교환 학생으로 갈 일은 없습니다. 전 제 일상만 달라지지 않는다면 아무래도 좋습니다."

"귀족들이 학술원에 대거 유입되잖아. 학술원 분위기가 많이 변할 테니 네 일상에도 영향이 있을 거다. 네가 싫다면 엎을 거니까 언제든 말해."

"어떻게 엎을 건데요?"

"귀족들을 매수해서 항의해야지. 평민들과 같은 공간에서 공부하기 싫다고."

"그렇게 해서 이 제도가 엎어지면 귀족과 평민 사이의 골이 이전보다 훨씬 더 깊어지겠군요."

"알 바 아니야."

아르하드가 무심하게 답했다.

"됐습니다. 제도가 시행되든 말든 전 그냥 조용히 지내다가 졸업하고 당신을 따라갈 겁니다."

"조용히? 그럼 이제 눈에 띄는 짓 안 할 거야?"

"눈에 띄는 짓이 뭔데요?"

"많지. 검술 대회에서 우승한다든가, 상대가 누구든 대련에서 이기기만 한다든가, 시비 거는 놈들을 대놓고 응징한다든가, 불의에 못 참고 나선다든가."

싸운다면 무조건 이겨야 하니 이겼을 뿐이다. 정면에서 시비를 걸어왔으니 그 자리에서 말로든 몸으로든 지독하게 팼을 뿐이다.

불의에 맞서 싸운 적은 거의 없다. 제가 지나가면 나쁜 짓을 하던 사람들 대부분이 알아서 몸을 사렸으니까.

"늘 수석만 해서 시기와 질투를 한 몸에 받는다든가. 검술학부에서 선후배 할 것 없이 뒤에 사람들을 잔뜩 달고 수련한다든가. 가르침을 청하면 너무 잘 가르쳐 줘서 냉정해 보여도 나름대로 상냥하다고 소문이 돈다든가."

재능을 믿고 열심히 노력했으니 수석은 당연한 결과다. 그리고 자신은 그냥 수련하고 있는데 사람들이 멋대로 따라붙는 걸 어쩌란 말인가? 물론 화를 내며 딱 자르면 다 떨어져 나가겠지만, 이아나는 그러고 싶지 않았다. 저를 선망하며 강해지고자 노력하는 사람들이었다. 이아나는 그런 사람들에게 야박하게 굴기 싫었다.

"음……."

이아나는 한숨을 쉬었다.

제가 그렇게 눈에 띄게 행동했나 싶었다. 상황만 괜찮으면 남이 뭐라 하든 관심 없는 성격이 문제였다.

"튀는 행동은 곤란해. 평민들 사이에서는 괜찮았지만, 귀족들도 있을 때는 그러지 마. 난 네가 많이 노출되는 게 싫어."

"알겠습니다. 주의하죠."

이아나는 아르하드가 말한 부분들을 머릿속에 차곡차곡 쌓아 올렸다. 그의 말대로 귀족들의 눈에 띄는 건 여러 의미에서 좋지 않았다. 그녀가 눈에 띄면 아르하드도 덩달아 눈에 띌 테고, 그로 인해 생각지도 못한 문제가 발생할 수도 있었다.

"당신과의 대련은 이제 남들 시선이 닿지 않는 곳에서 해야겠군요."

이아나가 주먹을 꼭 쥐며 중얼거렸다. 아르하드는 의지를 불태우는 이아나를 바라보며 즐거운 듯 미소 지었다. 대련만큼은 끝까지 고집하는 이아나가 귀여웠다.

"그래."

아르하드를 흘끗 쳐다본 이아나가 눈을 가늘게 떴다.

아르하드와의 대련은 계속 이어지고 있다. 이아나는 날이 갈수록 강해지고 있었지만, 아르하드도 자극을 받아 노력했는지 아직도 승부가 가려질 기미가 안 보였다.

그것이 검술이든, 감정이든.

교환 학생 제도는 개강 첫날부터 뜨거운 관심사였다. 테오도르 아카데미와 발젠타 학술원이 문을 연 이후 처음 있는 정식 교류였다. 귀족과 평민이 섞인다니, 불안감에 가까운 기대감이 학술원 전체에 넘실거렸다.

그리고 개강 후 일주일, 각 학부에서 교환 학생 신청을 받기 시작했다.

집사 학부, 의상 학부 등 전공이 귀족들과 관련이 큰 학생들은 교환 학생 제도에 폭발적인 관심을 보였다. 학술원에서 배운 것들을 귀족들의 세계에서 발휘해 볼 기회였기 때문이다.

그러나 공부를 떠나, 아카데미에서 얻을 수 있는 가장 큰 가치는 인맥이었다. 막강한 로안느 귀족들과 인맥을 쌓을 수만 있다면 그보다 좋은 일이 없었다. 후대의 지배자가 될 젊은 귀족들을 곁에서 관찰하며 성향, 능력, 인맥 등도 파악할 수 있으니 정보 쪽에서 앞설 수도 있었다. 때문에 귀족들과 별로 관련이 없는 학과의 학생들도 아카데미행을 심각하게 고민했다.

"의상학부의 헤나는 바로 신청했다고 하더라?"

"갠 자신만만하겠지. 학술제에서도 귀족들한테 러브 콜을 많이 받잖아."

용기 있거나, 능력에 자신 있거나, 야망을 품은 이들은 이 기회를 놓치지 않았다. 무엇이든 처음으로 개척하는 자들이 얻는 게 많은 법이었다.

"그럼 너도 신청할 거야?"

"모르겠어."

하지만 각 학과 사무실마다 비치된 신청 서류의 높이는 잘 줄어들지 않았다. 신청받기 시작한 지 며칠이 지났는데도 신청자 수는 미달이었다. 면접을 볼 필요도 없이 지금 신청한 학생들은 모두 합격이었다.

"다들 몸을 사리고 있으니까 신청할 거면 지금이 기회긴 한데, 귀족들이 어떻게 나올지 모르니까 처음부터 신청하긴 좀 무섭다."

"결과가 좋다면 다음 기회를 노리면 돼. 난 내 안위가 제일 중요하니까 일단 두고 볼래. 처음으로 간 애들이 울면서 돌아올지 누가 알아?"

처음으로 실시되는 제도의 결과는 불투명했다. 원래 어떤 제도든 처음에는 문제점이 많고 잡음이 끊이질 않는다. 이번 교환 학생 제도도 분명 그럴 터였다. 그리고 문제가 발생한다면 피를 보는 건 평민들뿐이다. 신중해질 수밖에 없기에 일단 지켜보겠다는 학생들이 대다수였다.

"선배님, 갈 겁니까?"

"생각 중이야."

검술학부도 교환 학생 제도 때문에 시끌벅적했다.

"내가 개인적으로 알고 지내는 귀족 도련님이 멘토가 되어 줄 테니 한번 오라고 하시네."

"아카데미는 도우미를 멘토라고 합니까?"

"어. 미쳤다고 귀족들이 자기들을 도우미라고 하겠냐. 좀 고상하게 멘토랑 멘티라고 부르기로 한 것 같더라."

"아무튼, 부럽습니다. 귀족이 먼저 오라고 꼬시다니요?"

"야, 난 골치가 아프다. 만약 가서 그 도련님이 멘토로 붙게 되면 그 도련님한테 종신 계약 당할 판이거든. 그렇다고 거절하는 것도 곤란하고."

검술학부에는 로안느 귀족들과 알고 지내는 학생들이 많았다. 군사 강국인 로안느의 귀족들은, 신분이 낮아도 강한 무인에게는 호의적이었다. 학술원의 검술학부생들은 전 세계의 귀족들이 탐내는 젊은 인재들이니 호의의 정도가 더욱 심했다.

그래서 검술학부는 다른 학부보다는 여유로운 분위기였다. 종신 계약을 걱정하는 게 문제라면 문제랄까. 하지만 그들 역시 미지의 미래를 앞두고 머뭇거리는 건 같았다. 누구든 처음이 되는 걸 두려워하는 법이다.

탁, 탁.

이아나는 다른 세계에 있는 것처럼 그런 분위기와 동떨어진 채 허수아비만 치고 있었다. 교환 학생 제도에 대해 듣지도 못한 사람처럼 변함없이 수련만 열심히 하고 있었다.

학생들은 그런 그녀를 흘끔댔다.

"이아나 후배님은 갈 생각이 아예 없나 보다."

"갈 필요가 뭐 있어? 난 이해해. 전에 학술제 때 보니까 귀족들 분위기 정말 싸늘하더라."

"지금은 로베르슈타인 백작이 옹호해서 괜찮을 텐데?"

"그래도 난 안 간다는 데에 한 표. 테오도르 아카데미에 바로 입학할 수 있었던 후배님이 굳이 발젠타 학술원으로 온 이유가 있을 거야."

"슈나이더 저하께서 자기 기사가 되어 달라고 하셨다며? 드워프 검을 주겠다고 약속까지 하셨다던데 그럼 그분의 기사가 되는 게 당연하잖아? 왕족의 기사가 되면 귀족들과 아예 벽 쌓고 사는 건 불가능할 테니, 지금부터라도 친분을 쌓아야 한다고 봐. 이번에 교환 학생으로 가는 게 좋을 듯한데."

"뭔 소리야? 슈나이더 저하께서 후배님한테 번번이 물 먹고 계시잖아. 엄청 유명한 얘기인데 귀 막고 살았냐?"

"헉. 미쳤다."

"귀족들의 파티 초대도 죄다 무시했다더라. 나를 고용하기로 한 귀족 나리께서 분개하며 말씀하셨어."

"진짜 대단하네."

그쯤 되어, 학생들은 허무함을 느꼈다.

"야, 우리 걱정이나 하자. 이아나 후배님은 워낙 똑 부러져서 제 갈 길 알아서 잘 갈 텐데 우리가 왜 사서 걱정이냐?"

"후배님이 뭘 할지 진짜 궁금하다. 저 사람이 선택한 길이라면

정말 괜찮을 테니까, 나중에 그 뒤를 따르는 것도 나쁘지 않을
것 같아."

"맞는 말이야."

"응. 후배님이 상관이라도 좋을 것 같은데. 예쁘고, 멋지고, 대
단하고……."

"수상한데. 너 이아나 후배님 좋아하냐?"

"뭐? 아, 아니거든?"

누군가가 시키면 속내를 드러냈다가 지적당하자 얼굴을 붉혔다.
주변의 친구들이 그를 향해 혀를 찼다.

"꿈 깨라. 아르하드 군 옆에 있으면 넌 오징어밖에 안 돼."

"아니라니까."

그런 슬픈 현실은 말해 주지 않아도 누구보다 잘 알고 있었기
에 그는 작은 목소리로 중얼거렸다.

"이아나 선배님, 혹시 교환 학생으로 가실 생각 없으신가요? 선
배님이 가신다면 저도 가 볼 생각이거든요."

그때, 이아나를 추종하며 그녀의 옆에서 열심히 달리던 후배
중 하나가 눈을 반짝거리며 물었다.

"……."

다들 이아나가 교환 학생으로 가지 않을 거라고 판단했지만,
은근한 기대감을 품고 귀를 쫑긋 세웠다. 검술학부에 귀족이 몇
있긴 했지만, 이아나처럼 고위급 가문에 속한 사람은 없었다. 만
약 이아나가 함께 간다면 든든할 것 같았다.

"절대 안 해."

이아나는 딱 잘라서 대답하며 기대감을 박살 냈다.

"그렇구나."

이아나는 한번 아니라고 하면 그 결정을 뒤바꾸는 일이 드물었기에, 후배는 순순히 포기했다.

"나한테 의지하지 말고 너희 하고 싶은 대로 해."

"하지만 무섭습니다. 저는 일단 상황을 지켜보려고요."

"그것도 선택이지. 테오도르 아카데미의 귀족 중에는 평민을 사람이 아니라 짐승 취급하는 놈들이 많으니까 위험할 수도 있어."

그녀는 달리기로 거칠어진 숨을 훅 하고 내뱉으며 눈을 사납게 치떴다.

테오도르 아카데미만 생각하면 기분이 안 좋았다. 아카데미에서의 생활은 끔찍한 악몽으로 남아 있었다. 그녀는 그곳에서 모든 부조리함을 맛봤고, 사람에 대한 모든 기대감을 버리고 체념했으며, 결국 자퇴했다.

이아나의 뒤를 따라 달리던 사람들이 낯을 살짝 굳혔다.

"하지만 좋은 기회가 될 수도 있지. 다들 말하는 것처럼, 평민들에게는 귀족과 인연을 맺을 기회가 거의 없으니까."

이아나는 아카데미를 싫어하는 것과 별개로 검술학부생들의 인생에 초를 칠 생각은 전혀 없었다. 그래서 교환 학생 제도의 장점도 나름대로 성실하게 덧붙여 주었다.

"미래에 귀족들 밑에서 일할 생각이 있다면, 가서 그들을 직접 겪어 보는 것도 나쁘지 않아."

이아나는 귀족의 휘하에서 일하다가 신분제에 염증을 느끼고 뛰쳐나와 용병으로 활동하는 무인들을 여럿 보았다. 교환 학생으로 가서 미리 신분제를 경험해 본다면, 자신의 성향을 일찌감치 깨달을 수 있을 테니 훗날의 시간 낭비를 줄일 수 있었다.

"괜찮은 귀족들도 없진 않으니, 교환 학생으로 가서 잘 살피다 보면 주인으로 삼고 싶은 이를 만날 수 있을지도 모르지."

"이아나 학생!"

그때, 멀리서 학생들의 수련을 지켜보고 있던 필리거 애슐턴트 교수가 이아나를 불렀다.

"나 좀 잠시 보게."

이아나는 이마에 맺힌 땀을 닦아 내며 필리거에게 갔다.

"무슨 일이십니까?"

"이야기가 길어질 것 같은데, 자리를 좀 옮기지."

"그러죠. 혹시 조금 있다가 교수실로 찾아가도 되겠습니까? 차림을 정돈하고 싶습니다."

"그러게. 기다리고 있겠네."

필리거를 먼저 보내고, 이아나는 깨끗하게 씻은 후 옷차림도 단정하게 정돈했다. 그 후 곧장 필리거의 교수실로 찾아갔다.

"왔나? 거기 앉지."

소파에 앉아 있던 필리거가 책상 너머의 의자를 가리켰다.

"수련 후라 갈증을 느끼겠군."

이아나가 자리에 앉자 필리거가 시원한 물을 컵에 따라 주었다. 이아나는 감사를 표한 후 물을 마시며 필리거를 흘끗댔다. 무슨 말을 하려고 불렀을까?

"실력이 날이 갈수록 일취월장하는 것 같더군. 선배든 후배든 다른 학생들이 자네에게 자극을 받아 더욱 열심히 수련하니 보기 좋네. 자네가 입학한 후부터 학생들의 실력이 눈에 띄게 좋아졌어."

"제가 좋은 영향을 줬다면 다행입니다. 하지만 영향을 받아도 본인이 노력하지 않으면 발전할 수 없지요. 실력이 는 건 그들이 열심히 했기 때문입니다."

"하하, 그렇지."

영양가 없는 이야기를 주거니 받거니 하다가, 필리거가 본론을 꺼내 들었다.

"이아나 학생. 교환 학생 제도 말인데."

물을 마시던 이아나가 멈칫했다.

"혹시 도우미를 맡아 줄 수 없겠나? 도우미가 되는 학생들에게는 혜택도 준다네. 성적에 가산점이라든가, 금전적 지원이라든가……."

필리거는 말끝을 흐렸다. 이아나는 굳이 도우미 같은 걸 하지 않아도 완벽했다. 가산점을 받지 않아도 명실상부한 수석이었으며, 그녀와의 하루에 50만 골드를 아무렇지도 않게 던질 수 있는 정체불명의 재력가가 뒤를 봐주고 있었다.

"싫습니다."

설마 교환 학생으로 가 달라는 건가 싶었지만 도우미였다. 물론 도우미도 절대 할 생각이 없었기에, 이아나는 필리거의 말이 끝기자마자 단호하게 거절했다. 재고의 여지도 없었다.

"끄응, 어떻게 안 되겠나?

"거절합니다. 할 시간도, 할 마음도 없습니다. 도우미로서의 소양도 부족하고요. 그런데 제게 굳이 부탁하시는 걸 보니 도우미 수가 많이 부족한 모양입니다."

"아니. 검술학부의 도우미 지원자는 충분한데……."

필리거가 한숨을 내쉬었다.

"후우. 부끄럽지만 이실직고하지. 국왕 전하께서 이번에 학술원에 오는 아카데미 학생 한 명의 전담 도우미를 이아나 학생이 맡을 수 있도록 손써 달라고 부탁하셨네. 모두의 모범이 되어야 할 내가 이러면 안 된다는 걸 알지만, 국왕 전하의 충신으로서 그 부탁을 감히 거부할 수 없었어."

국왕. 이아나는 그 말이 가지는 의미를 바로 알아차렸다.

"왕족입니까?"

"그래."

"아카데미를 다닐 만한 나이의 왕족이라면……."

"안젤리나 왕녀님일세."

이아나가 입매를 딱딱하게 굳혔다.

안젤리나 왕녀가 왜?

"사실 이번 제도는 국왕 전하께서 테오도르 아카데미 학장에게 지시해서 만들어진 제도라네. 겨울에 왕궁이 한번 발칵 뒤집혔어. 안젤리나 왕녀님이 학술원의 의상학부에 몰래 입학 원서를 넣었고, 기겁한 입학 담당자가 왕실에 보고를 올렸거든. 왕녀님은 화를 내는 국왕 전하께 테오도르 아카데미가 아닌 발젠타 학술원에 가고 싶다며 애원했다네. 국왕 전하께서는 안젤리나 왕녀님을 아주 아껴서 그분의 말이라면 뭐든 들어주시지. 그래서 여러 상황을 절충한 결과 교환 학생 제도가 만들어진 것이네."

"……."

"과정은 좀 그렇지만 사실 학술원 학생들 입장에서는 좋은 일이라고 생각해. 학생들이 인맥을 만들 기회가 아닌가?"

필리거의 말은 틀리지 않았다. 이제 와선 안젤리나의 생떼가 시발점임이 드러났지만 어쨌든 교환 학생 제도에는 이득이 많았다.

정말 잘하면 안젤리나 왕녀의 눈에 띌 수도 있다. 평민이 왕족의 눈에 드는 건 하늘의 별 따기만큼 어려운 수준인데, 학생들에게 그럴 기회가 주어지는 것이다. 왕족과 만나서 함께 공부하고 이야기할 수 있다니, 이 얼마나 큰 기회인가?

하지만 이아나는 기분이 매우 저조해졌다. 이아나가 손깍지를 끼고 필리거를 보았다.

"과정은 이해했습니다. 그런데 제게 그분의 '전담' 도우미를 부탁하신다는 건, 그분이 검술학부로 오신다는 겁니까?"

"믿기지 않겠지만, 그렇다네."

이아나의 손에 힘이 들어갔다.

"검은 잡아 보신 적 있답니까?"

"없어. 완전히 생초짜일세."

교환 학생들의 성적은 교양 수업에서처럼 합격과 불합격으로 나뉜다. 그렇기 때문에 출석만 잘하면 되지만, 그래도 가기로 한 학부의 전공에 관심을 두고 공부를 하는 성의는 보여야 했다. 그러니 교환 학생들이 선택할 수 있는 전공은 한정되어 있었다.

이아나는 안젤리나를 싫어하는 것과 별개로, 그녀가 다재다능하다는 점은 인정하고 있었다. 안젤리나는 경국지색인 데다 춤, 노래, 자수, 화술 등 모든 분야에서 뛰어난 사교계의 꽃이었다. 로안느 왕실의 피와 워니프리드 공작가의 피를 타고나 머리가 좋고 마법도 어느 정도 할 수 있었다.

무술 관련 학부만 제외하면 어디라도 무난히 다닐 수 있을 텐데, 검 한번 잡아 본 적 없으면서 검술학부로 오겠다는 왕녀의 저의가 무엇일까?

"입학 원서는 의상학부에 내셨다면서, 교환 학생으로는 왜 검술학부에 오시는지요?"

"교환 학생으로 있을 수 있는 기간은 한 달뿐이고, 한 달뿐이라면 의상학부에서 열심히 공부해 봤자 얻는 게 별로 없을 것 같아 포기하셨다고 하네. 대신 검술학부로 와서 자기를 보필할 기사가 될지도 모를 인재들을 직접 보고 싶다 하시더군. 이번 제도의 취지를 생각해 보면, 안젤리나 왕녀님의 검술학부행이 그리 이상한 것도 아닐세. 귀족들 사이에서 우리 검술학부는 초절정 인기를 누리고 있으니 왕녀님도 관심을 가질 만하지."

말은 그럴 듯했지만, 이아나의 의문은 해소되지 않았다.

"그리고 호신술의 일환으로 검술을 공부해 보고 싶다고 하시더군. 본인이 초보인 걸 알고 있으니 실전 쪽은 검술 기초만 배우고 전술 같은 이론 쪽을 주력해서 배우겠다고 말씀하셨네. 이론은 미리 공부해서 고학년 수업을 들어도 문제가 없다고 해."

"이해할 수 없습니다. 그런 공부는 왕궁이나 테오도르 아카데미에서도 할 수 있습니다. 애초에 왕녀님은 왜 학술원에 오고 싶어 하시는 겁니까?"

"옛날부터 학술원에 관심이 많으셨다는군."

관심? 무슨 관심?

회귀 전의 왕녀는 학술원에 관심을 보이지 않았었다. 가만히 있어도 최고의 인재들이 모시고 싶다고 머리를 조아릴 위치에 있었기 때문이다. 슈나이더 같은 별종도 있지만, 왕족 대부분은 안젤리나처럼 무관심했다. 그런데 회귀 후 현재, 그 안젤리나가 학술원에 입학 원서를 넣고 교환 학생 제도를 만들었다.

'학술원이 아니라 아르하드에게 관심이 있는 거겠지.'

변화의 원인은 아르하드밖에 없었다. 안젤리나는 아르하드를 좋아했다. 작년 국왕탄신일 때는 제게 아르하드와 헤어지라며 떼를 쓰기도 했다. 이번에도 아르하드 때문에 이 난리를 치는 게 분명했다.

아르하드 때문에 처음부터 검술학부에 오고 싶었는데, 공식적으로는 절대 불가능하니 의상학부에라도 입학하려 했을 것이다. 그러다가 국왕이 교환 학생 제도를 만들어 주자 얼씨구나 하고 검술학부로 가겠다고 한 것이다. 검술을 배우고 싶다는 말도 핑계일 게 분명했다. 하지만 그렇게 생각하기엔 이상한 부분이 있었다.

"안젤리나 왕녀님은 국왕 전하께서 제게 도우미를 맡기려 하신다는 것을 알고 있습니까?"

"중요한 일이니 당연히 알고 계시지. 국왕 전하께서 왕녀님과 상의한 후 나에게 부탁하신 걸세. 따로 여쭤보니 왕녀님도 이아나 학생이 도우미가 되어 주면 좋겠다고 말씀하시던데."

이아나의 사고 회로가 삐걱거렸다.

'이 여자, 대체 나랑 뭘 하자는 거지?'

"왜 그러나. 무슨 문제라도?"

이아나의 표정이 일그러지자, 필리거가 조심스레 물었다.

"교수님, 왕녀님과 제 사이에 있었던 일을 모르십니까?"

"음? 무슨 일 있었나?"

필리거가 심각한 표정을 지었다. 모르는 걸까? 꽤 유명한 사건이었는데 말이다. 하긴, 필리거는 사교계에 관심이 없는 데다, 애슐턴트 가문의 가주직에서도 물러나 인재 육성에만 심혈을 기울이는 사람이니 모를 수도 있었다.

"이아나 양, 왕녀님과 무슨 문제가 있었다면 가감 없이 상세하게 말해 주게. 왕족과 관련된 일이라 허투루 할 수 없다네."

경청할 준비가 된 교수에게 치정 아닌 치정 문제로 싸우다가 안젤리나를 울렸다는 말을 차마 할 수 없었다. 그러나 할 말은 해야 했기에, 핵심만 뽑아서 말해 주었다.

아르하드를 좋아하는 안젤리나가 작년 국왕탄신일 파티에서 그의 연인인 내게 이별을 강요했다…… 라고.

"그래 놓고 제게 도우미가 되어 달라고 한다고요?"

"허어."

필리거는 탄식하며 한동안 말을 잇지 못했다.

"이해하게. 안젤리나 왕녀님은 가지고 싶은 걸 가지지 못한 적이 없던 분이셔서……. 이건 왕녀님뿐만 아니라 모두 왕족이 그러하니, 그러려니 하고 넘어가게. 그리고 왕녀님의 나이가 겨우 17세일세. 어린 나이에 감정 조절이 잘되겠나."

"저와 한 살밖에 차이 나지 않습니다."

필리거가 이아나를 보면서 헛웃음을 지었다.

"보통 그 나이 때 귀족들은 혈기가 넘쳐서 종종 말썽을 피우지. 자네가 예외일세."

확실히 예외가 맞긴 했다.

회귀 전의 저도 이맘때쯤에는 갈무리하지 못한 감정에 휘둘렸었다. 하지만 지금은 혈기가 있을 리가 있나. 회귀 전의 나이까지 합하면 살아온 세월이 얼마인데. 물론, 아르하드 한정으로는 조금 어려지는 기분이지만.

"국왕 전하도 이 사실을 아시겠지요?"

제가 안젤리나를 펑펑 울렸고, 사람들 앞에서 수치를 주었고, 그녀가 좋아하는 사람을 꿰찼다는 사실을. 안젤리나를 아낀다면, 그 일을 어떻게 모를 수 있을까?

"……그렇지 않겠나."

"두 분께서 무슨 생각으로 교수님께 그런 부탁을 하셨는지 모르겠군요. 특히 안젤리나 왕녀님."

합법적으로 괴롭히려는 건가? 아니면 제 옆에 붙어서 아르하드를 만나려는 건가?

이아나의 눈썹이 꿈틀거렸다.

'불쾌하군.'

아르하드는 저만 볼 테니 안젤리나가 아르하드를 좋아하는 건 관계없지만, 그래, 관계없지만…….

아니, 인정하자. 관계있다.

안젤리나가 그의 일에 악영향을 미치든 말든, 이제는 그녀가 근처에서 얼쩡거린다는 것 자체가 불쾌했다. 안젤리나가 아르하드에게 보이는 관심이 싫었다.

'내 것에 누가 손대는 게 싫어.'

거기까지 생각하던 이아나가 흠칫했다. 그녀는 자신이 예전과 많이 다르다는 걸 느꼈다. 아르하드에 대한 감정이 스스로도 느낄 정도로 농밀해져 있었다. 그리고 소유욕을 불태우는 자신을 너무나 당연하게 여기고 있었다.

'자제하자. 어른스럽질 못해. 무슨 장난감 뺏기기 싫어하는 어

린애도 아니고.'

물론 아르하드는 그런 자신을 더 좋아할 테지만…… 이라고 생각하는 것도 중증이다.

이아나가 혼자 겸연쩍어하고 있는데, 필리거가 침음을 삼키며 팔짱을 꼈다.

"아르하드 학생과 이아나 학생이 연인 사이로 발전했다는 건 검술학부 수업을 하다 보면 모를 수가 없어서 익히 알고 있었네만, 안젤리나 왕녀님이 아르하드 학생을 좋아해서 그런 일을 벌이셨을 줄이야. 그런데 일이 어쩌다 그렇게 됐지? 아르하드 학생은 파티에 거의 참석 안 하지 않나?"

"제 데뷔식 때가 처음이자 마지막이셨습니다."

"그럼 안젤리나 왕녀님과의 접점이 거의 없는데. 아, 데뷔식 때 왕녀님이 첫눈에 반하신 건가. 허어."

필리거가 얼떨떨한 표정으로 턱을 쓰다듬었다.

"이거 순수하시다고 해야 할지, 순진하시다고 해야 할지."

필리거의 입장에서는 정말 뜬금없는 일이긴 할 것이다. 콧대 높은 로안느 왕족이, 평민에서 갓 귀족의 양자가 된 남자의 외모 하나만 보고 첫눈에 반해 귀족 영애와 대놓고 다투는 게 있을 수 있는 일인가?

이아나 입장에서도 안젤리나가 아르하드에게 반한 건 정말 뜬금없는 일이었다. 이아나는 회귀 전의 안젤리나를 떠올려 보았다. 그녀는 보석처럼 아름다운 푸른 눈에 눈물을 그렁그렁 매달고, 잔뜩 겁에 질려 창백해진 얼굴로 슈나이더에게 매달렸다.

"오라버니, 제발 킬리코를 도와주세요. 바하무트의 황제가 킬리코 귀족들의 머리를 베어서 왕궁으로 보내고 있어요. 완전히 항복하고 왕궁을 떠나지 않으면 제 남편과 저도 그리 만들어 주겠대요. 어떻게 사람이 그리 잔인할 수 있을까요?"

"킬리코는 사업자득이다. 황제가 전쟁을 선포하자마자 땅과 권력을 모조리 가져다 바친 킬리코의 귀족들이 몇인지 아느냐? 그리고 안젤리나, 너는 이제 킬리코의 왕비다. 나는 로안느를 추스르는 것만으로도 벅차니 네 나라의 일은 네가 알아서 해결해라."

"하지만, 오라버니……. 우리가 남매라는 사실은 변하지 않잖아요. 로안느는 그래도 여유가 있잖아요. 제발 도와주세요. 남편은 전쟁을 불사하겠대요. 전 그러고 싶지 않은데도요. 아, 너무 무서워요. 어쩌면 좋아요. 전에 얼핏 봤던 황제의 얼굴만 떠올라도 소름 끼쳐요. 그자가 그 부서운 얼굴로, 검을 들어 제 목을 베겠다고 다가오는 악몽을 매일 꿔요."

그렇게 말했던가.

안젤리나가 슈나이더 앞에서 하도 난리를 쳐 대서 조금은 기억하고 있었다.

그 후 안젤리나가 죽었다는 소식도 들었던 것 같다. 안젤리나에게 별 관심이 없었기에 아르하드의 검에 목이 잘렸는지, 아니면 다른 방식으로 죽었는지는 모르겠지만, 이것 하나는 확실하다. 당시의 안젤리나는 바하무트 황제로서의 아르하드밖에 몰랐고, 그를 두려워하고 싫어했다.

회귀 전의 아르하드가 로안느 왕궁 파티에 참석했을 리가 없었고, 궁에 갇혀 있던 신세인 안젤리나도 아르하드를 만난 적이 없었을 것이다. 그러니 이번 생에서 안젤리나가 아르하드를 만나 그에게 반한 건, 저로 인한 나비 효과라는 뜻이다.

"하긴, 아르하드 학생의 외양이 지나치게 준수하긴 하지. 왕족의 시종과도 비교하기 미안할 정도니."

맞다. 왕궁의 고용인들은 선택받은 자들이다. 신분이 확실하고, 평민이더라도 나름대로 상위층이며, 능력이 출중하다. 외모도 보통 이상이어야 했다.

그리고 고용인 중에서도 귀족 출신에 외모도 빼어난 자들에게만 왕족의 곁에서 시중을 들 자격이 부여되었다. 그런데 아르하드의 외모는 그들과 비교했을 때도 급의 차이가 느껴질 정도로 달랐다.

"아르하드 학생이 칼리스토 자작의 양자가 되기 전부터, 그를 먼발치에서 보고 몰래 좋아했던 귀족 영애들이 있었다는 건 들어서 알고 있다네. 안젤리나 왕녀님도 어쩔 수 없군."

이아나는 필리거의 말을 들으면서 새삼 신기함을 느꼈다. 귀족의 소유욕은 왕족보다 훨씬 강했다. 왕족은 가지고 싶은 모든 것을 쉽게 가질 수 있지만, 귀족은 그 정도까지는 아니기 때문이다. 그러니 원하는 것을 가지기 위해 수단과 방법을 가리지 않는 게 귀족이거늘 아무리 바깥 활동을 자제한다 해도 이때까지 탈이 안 난 게 이상했다. 귀족들이 아르하드를 그 정도까지 좋아하진 않은 걸까?

'아니면 아르하드가 뒤에서 몰래 처리를 해 온 걸까.'

이아나가 고민에 빠져 있는데 필리거가 너털웃음을 지었다.

"아르하드 학생의 여자 문제로 걱정하는 건가? 자네도 사랑을 하긴 하는군. 그런 귀족 영애들은 대부분 부모의 강요 때문에 금방 결혼해서, 잘 먹고 잘 살고 있으니 걱정하지 말게."

그게 아니라, 아르하드에게 처리되었을지도 모를 여자들의 신세를 걱정하고 있었다. 하찮은 평민 남자에게 더 빠져들기 전에 부모가 강제로 결혼시킨 모양이었지만, 그래도 잘 지내고 있다니 다행이었다.

'결혼하지 않았더라도, 아르하드가 알아서 잘 처신했으니 문제가 생기지 않았겠지.'

"아무튼 자네가 도우미를 거부하는 이유를 이해해. 내 선에서 알아서 처리하겠네."

필리거는 결정을 내린 듯했다.

"명령이 아니었습니까?"

"학술원이 확실하게 로안느 왕국에 소속되어 있다면 명령을 하셨을 것이나, 학술원에는 먼 옛날부터 외압에 휘둘리지 않도록 자율권이 부여되어 있네. 내가 아무리 전하의 충신이라지만 전통을 깨고 명령을 내리진 않으셨어."

이아나는 잠시 고민을 하다가, 결심하고 물었다.

"교수님, 만일 도우미가 된다면 제가 왕녀님을 하루 종일 전담해야 합니까? 보호도 해야 하고요?"

"음? 그럴 필요는 없어. 아무래도 왕족이라는 특수성이 있으니 호위 기사를 한 명 붙여 달라 요청할 생각이니까. 자네는 왕녀님이 학술원의 체제에 적응할 수 있도록 도와주고, 겹치는 수업에서만 그분과 있어 주면 되니 수련에도 크게 방해가 되지는 않을 걸세. 그런데 왜 묻나?"

"그럼 도우미 건에 대해서는 조금 더 고민해 봐도 되겠습니까?"

"왜 갑자기?"

"변덕이라고 해 두죠."

무슨 이유로 검술학부까지 와서 저를 도우미로 두려는 건지는 몰라도, 차라리 왕녀를 제 곁에 두고 허튼짓을 하지 못하도록 감시하는 게 낫지 않을까 싶었다. 또, 이러는 이유가 궁금해서라도 응해 주고 싶었다.

"내일 안으로 결정해서 말씀드리겠습니다."

이아나는 필리거의 방을 나오자마자 아르하드에게 연락했다. 그에게 필리거와 나눴던 대화에 관해 모조리 보고한 후, 이아나가 물었다.

"왕녀가 온다는 걸 알고 계셨습니까?"

[관심 밖이어서 몰랐어. 앞으로 왕녀에게도 관심을 둬야 하나.]

"그럴 필요까진 없습니다."

[아니면 진짜로 왕녀를 죽여? 널 그렇게 신경 쓰이게 한다면 미리 처리하는 게 낫겠다. 말만 해.]

아르하드의 냉정한 말에 갑자기 안젤리나가 조금 불쌍해졌다. 그녀가 정말로 아르하드 때문에 학술원에 오는 거라면 인생 낭비였다. 저로 인한 나비 효과의 희생자랄까.

아, 나비 효과가 아니었더라도 회귀 전이나 회귀 후나 아르하드에 의해 죽는 건 똑같을 테니, 가여워하는 건 악어의 눈물과 같은가…….

그나저나 누군가의 죽음을 아무렇지도 않게 생각하는 아르하드

와 자신이 인간으로서 조금 위험한 단계가 아닐까, 하는 위기감
이 살며시 들었다. 죽음에 대한 가벼운 신념은 아르하드와 그녀
가 세울 국가에 좋지 않은 영향을 미칠 것이다. 이아나는 속으로
반성하며 말했다.

"아닙니다. 내버려 두세요."

[그래? 그럼 어쩌려고.]

"겨우 한 달이니까 해 보고 싶은데요. 왕녀가 무슨 짓을 할지
모르니 옆에 두고 감시하는 편이 낫겠죠."

[쓸데없는 일에 네 시간을 낭비하지 마.]

"들어 보니, 시간을 많이 할애하지는 않을 듯합니다. 초반에만
조금 도와주면 되겠더군요."

[조금도 아까우니까 하지…… 아냐, 네가 하고 싶으면 해.]

이아나를 말려 보려던 아르하드가 쏘아진 화살이 땅에 고꾸라
지듯 고집을 꺾었다. 이아나는 그것이 우스웠다.

"왜 더 안 말리시죠?"

[네가 하고 싶은 일을 말리고 싶지 않아.]

거기까지만 했으면 참 좋았을 텐데, 아르하드는 쓸데없이 한마
디를 덧붙였다.

[나를 버리지만 않는다면 뭘 해도 괜찮아.]

이아나가 미간을 찌푸렸다.

"버리긴 뭘 버려요?"

아르하드의 나쁜 버릇은 언제쯤 고쳐질까?

이아나에 한정된 아르하드의 불안증은 쉽게 고쳐지지 않았다.
그는 잊을 만하면 '자기를 버리지 말라'는 어조의 말을 하며 마음

깊은 곳에 내재된 진득한 불안감을 내비쳤다.

좋은 일을 해 주면 넋을 빼고 있다가, 시간이 지난 후에야 긴가민가하다 '꿈이 아니었나?'라고 말하는 한심한 모습들은 저에 대한 기대감이나 확신이 없었기 때문임을, 이아나는 이제 알고 있었다.

[아, 습관처럼.]

많이 나아진 편이긴 하다. 하지만 아르하드의 속에 겹겹이 쌓인 불안감은, 이아나와 관계가 많이 진전된 지금도 전부 해소되지 않고 남아 있었다. 그렇기에 무의식중이든, 습관이든 저도 모르게 내뱉었을 것이다.

"안 버리는 게 아니라 못 버려요. 제가 당신을 떠날 수 없다니까요?"

[알아. 말이 잘못 나온 거야.]

기분이 좋아졌나 보다. 아르하드의 목소리가 처음보다 살짝 들떠 있었다. 하지만 이걸로는 부족하다는 걸 안다. 아르하드가 가진 불안감의 원인을 몰랐을 때는 이해하지 못했지만, 지금은 납득할 수 있었다.

그의 전생인 악마는, 어떤 사정이 있었든 로베르슈타인에게 버려져 오랜 시간 동안 홀로 지하에 처박혀 있어야 했다. 넘실거리는 부정적인 감정들이 영혼을 검게 물들이고, 정신을 미치게 하는 그곳에 말이다. 그러니 아무리 좋은 말을 해 줘도 거대한 나무처럼 심겨 있는 불안함을 뿌리까지 뽑을 순 없을 것이다.

그럼 어찌해야 하나?

이아나의 발걸음이 빨라졌다. 아르하드와 연락을 하는 내내, 그녀는 그가 있을 마탑을 향해 걷고 있었다.

벌컥!

아르하드가 머무는 방에 냉큼 도달한 이아나가 방문을 열어젖혔다. 서류를 양옆으로 밀어 둔 채 책상에 비스듬히 엎드려 있던 아르하드가 눈을 크게 뜨며 몸을 일으켰다.

어찌하긴. 공들여서 뿌리를 하나하나 긁어내는 수밖에.

아르하드가 무슨 말을 하기도 전에, 이아나가 그의 멱살을 잡아서 입술을 갖다 붙였다.

"……."

이제 멱살잡이 키스에 완전히 익숙해진 아르하드는 순순히 눈을 감으며 응했다. 익숙해지지 않았더라도 반항할 생각 따위는 전혀 없었겠지만, 얌전히 제 입술 박치기를 받아들이는 아르하드를 보고 있자니 이아나의 심장 속에서 이유를 알 수 없는 희열이 근질거렸다.

'피 맛…….'

입술에서 살짝 비린 맛이 났다. 따갑지 않은 걸 보니 제 입술이 아니라 아르하드의 입술이 찢어진 모양이었다. 이아나는 반성했다. 저 때문에 아르하드의 입술이 멀쩡한 날이 없었다.

뭐랄까. 멱살을 잡고 폭력적으로 키스를 하는 것 말고 다른 방식으로 먼저 입 맞추는 건 아직 조금 어색하고 민망했다. 아르하드도 별 불만이 없었고. 그래서 저도 모르게 매번 멱살을 잡아서 키스해 버리곤 했는데…… 미끈하던 입술이 몇 번이고 터지는 걸 보고 있자니 조금 고민된다.

이아나는 아르하드가 먼저 제게 키스해 올 때를 떠올렸다. 능숙하게 저를 감싸고, 묘한 분위기를 형성하면서······.

이아나의 피부가 쭈뼛하고 곤두섰다. 아르하드가 형성하는 분위기에 나름대로 익숙해졌지만, 미묘한 긴장감에 사로잡혀 심장 박동이 빨라지는 건 여전하다.

이아나는 배우는 게 빠르다. 익숙해지는 것도 빠르다. 그런데 이 정체 모를 긴장감에는 도저히 무감해질 수가 없었다. 이아나가 눈을 살짝 내리뜬 상태로 아르하드를 관찰했다.

그래도 변화를 줘야 했다. 그의 불안감을 걷어 내고, 그를 기쁘게 해 주고 싶으니까. 좀 더, 안달하게 만들고 싶으니까.

이아나는 잠시 마음속에 넣어 두고 잊고 있던 '아르하드용 실험 수첩'을, 또다시 천천히 꺼내 보기로 했다. 긴장되니까, 천천히. 아주 천천히.

다음 날, 이아나는 필리거를 찾아가 도우미를 맡겠다고 말했다.

"그래 주겠는가? 고맙네. 자네 학점과 수고비는 두둑이 챙겨 주도록 하지. 물론 이번 해 수석도 이미 맡아 둔 거고, 후원자가 있어 수고비도 딱히 필요 없겠지만 말일세."

"아뇨. 제가 일한 만큼의 보수는 당연히 받아야지요."

필리거가 너털웃음을 지었다.

"그래. 그리고 이아나 학생의 사정을 알고 있으니, 나도 안젤리나 왕녀님에게 주의를 기울이겠네. 그럴 일은 없겠지만, 왕녀님이 자네를 해코지하려 하면 나서서 막아 줄 테니 걱정 말게. 아, 왕녀님이 자네에게 불통하게 군다고 해서 자네도 무례하게 구는 건 절대 안 되네. 알겠는가?"

"당연합니다. 그리고 교수님이 도와주지 않으셔도 됩니다."

이아나는 이것을 싸움의 일종으로 보고 있었다.

걸어오는 싸움은 거절하지 않는다. 괴롭힐 테면 괴롭혀 보라지. 아르하드에게 얼쩡거릴 테면 얼쩡거리라지. 행동에 대한 대가는 모두 그 여자가 돌려받을 것이다.

안젤리나가 무슨 짓으로 저를 골치 아프게 할지, 비뚤어진 기대감이 샘솟았다. 별로 걱정은 되지 않았다. 안젤리나는 정말 말 그대로, 하룻강아지였으니까.

"그런가. 그래도 만일의 불상사를 막기 위해서 계속 관심은 두도록 하겠네."

필리거가 미소 지었다.

시간은 빠르게 흘렀다.

이아나는 제1회 교환 학생이 머무는 4월까지 학술원에 있고, 1학기의 2차 실습 기간인 5월에는 차이판 후작령으로 실습하러 가기로 일정을 잡았다.

귀족의 영지에 실습을 하러 가기 위해서는 미리 신청서를 써서 해당 귀족에게 승낙을 받아야 한다. 이아나도 겔로니언 차이판 후작에게 신청서를 보냈다. 그리고 정말 빠르게 승낙의 편지가 도착했다. 신청서를 받자마자 답장을 보낸 듯했다.

이아나 로베르슈타인 영애.

드디어 우리 후작령에 오는가?

영애의 실습 신청서를 기다리고 또 기다리고 있었다네.

프레드릭 홀트 경도, 다른 기사들도 모두 기뻐하고 있네.

자네에게 못나 보이고 싶지 않다며 지옥 훈련을 시작했다네.

내 부인은 영애에게 맛있는 식사를 대접하고 싶다는군.

내가 하도 자랑을 해 놨더니 직접 보고 싶어 하는 눈치야.

빨리 오게나.

겔로니언은 그녀를 열렬하게 환영했다. 편지를 건넨 필리거 교수도 이렇게 호들갑 떠는 겔로니언 차이판은 처음 본다며 혀를 내두를 정도였다.

그리고 마침내 테오도르 아카데미의 교환 학생들이 발젠타 학술원에 오는 날이 되었다.

보안상, 어떤 귀족들이 오는지는 알려지지 않았다. 오늘 오리엔테이션에서 교환 학생들과 도우미들의 명단이 나올 예정이었다. 교환 학생들이 특정한 사람을 원하지 않는 이상 도우미는 오리엔테이션에서 랜덤으로 배정된다.

웅성웅성.

귀족들의 마차가 하나둘 도착하여 학술원 입구 앞에 멈췄다. 구경하러 나온 학생들은 호기심에 머리를 빼서 마차에 달린 가문의 문장과 마차에서 내려서는 귀족의 얼굴을 살폈다.

이아나도 입구에 나와 있었다. 하지만 이아나는 계속 등을 벽에 기댄 채 하품만 했다. 안젤리나 외에는 어떤 귀족들이 오든 상관없었기 때문에 아예 관심을 뚝 끊은 상태였다.

"야아아. 안젤리나 왕녀님이 오신다며?"

사람들이 속닥거리는 게 이아나의 귀에 들어왔다.

"천사 같은 분이시라는데."

"그분을 직접 뵐 수 있다니……."

왕녀가 온다는 소식은 학술원에 폭발적으로 퍼져 나갔다. 왕족이다 보니 학생들에게 주의 사항을 숙지시키느라 보안에서 예외로 두었기 때문이다. 이아나는 관심이 집중될 것을 예상하며 한숨을 내쉬었다.

다그닥.

저 멀리서 새하얀 몸체에 휘황찬란한 금빛으로 장식된 마차가 달려와 입구에서 멈춰 섰다.

"왔다!"

안젤리나였다.

달칵.

안젤리나가 마차에서 기사의 도움을 받아 내려섰다.

"세상에!"

안젤리나를 눈에 담은 사람들은 경탄을 숨기지 못했다. 그녀의 아름다움에 넋을 잃고 멍청한 표정을 짓는 이들도 있었다. 왕족인 건 둘째 치고, 안젤리나의 미색은 로안느 최고라고 칭송받았다. 로안느의 유구한 역사 속 미녀들 중에서도 상위권일 것이라고 소문이 자자할 정도였다. 그런 미녀가 바로 앞에 있으니 어찌 넋이 나가지 않겠는가.

"길을 비켜라!"

왕실 기사의 날 선 외침에, 인파가 그녀가 걸어갈 빈 공간을 만들어 내며 갈라졌다.

'도착했나.'

이아나가 벽에서 등을 떼며 몸을 곧게 폈다. 멀찍이서 사람들의 중심에 서 있는 안젤리나를 관찰했다. 그런데 그녀의 낯이 창백했다. 조금 마른 것도 같았다. 긴장한 것처럼, 몸이 덜덜 떨리는 것 같기도…….

'아팠나?'

이아나는 고개를 갸웃하며 앞으로 나섰다. 붉은 머리카락이 너울거리며 길 바로 옆에 서자, 안젤리나의 시선이 확 쏠렸다.

이아나와 안젤리나의 눈이 마주쳤다. 이아나를 시야에 담는 순간 안젤리나의 푸른 눈이 일렁거렸다. 이아나는 심드렁하게 그녀를 보았다.

'괴롭히고 싶으면 괴롭혀 보라지.'

그래 봤자 소꿉장난이다. 눈썹 하나 까딱 안 할 자신이 있었다.

안젤리나가 빠르게 다가왔다. 이아나는 멀뚱하게 서 있었다.

"……?!"

안젤리나가 이아나에게 안겨 들었다. 이아나가 얼떨결에 당해 버릴 정도로 뜬금없는 습격이었다. 그곳에 있던 사람들이 일제히 한 덩어리로 뭉쳐 버린 이아나와 안젤리나를 보았다.

"……."

고요 속에서 쏟아지는 시선들이 따갑다. 어찌나 빤히 쳐다보는지, 이아나는 고슴도치가 된 것 같은 기분을 맛보았다. 엉거주춤하게 서 있던 이아나가 갈 길을 잃고 허공을 헤매던 손으로 이마를 짚었다.

'이게 대체 무슨 일이야.'

체구가 작은 안젤리나의 머리통은 이아나의 귓가에 겨우 닿은 채 어깨에 파묻혔다. 가느다란 손은 생명줄을 쥔 사람처럼 이아나의 옷깃을 붙들었다. 이아나의 눈앞에서 결이 고운 은빛 머리칼이 바람에 살랑살랑 흔들렸다.

이아나는 이 모든 게 어색했다. 이것이 안젤리나가 계획하고 왔을 못된 수작 중 하나인가. ……라고 생각하기엔 안젤리나의 상태가 묘했다. 안젤리나는 이아나의 품 안에서 찬물에 젖은 아기 새처럼 떨고 있었다. 그 가냘픔에 이아나조차 불쌍하다는 생각이 들어 떨쳐 내기 떨떠름했다.

'대체 나와 뭘 하자는 거지?'

허튼수작을 부리면 훗날 가만 안 두겠다고 벼르던 이아나의 승부욕이 푸시식, 하고 가라앉았다. 이아나는 눈을 굴려 왕실 기사를 쳐다보았다. 안젤리나의 돌발 행동에 그도 많이 놀랐는지 침만 꼴딱꼴딱 삼키고 있었다.

'이것 참.'

속으로 혀를 찬 이아나가 안젤리나의 팔을 풀어내려 했다. 하지만 안젤리나는 움찔하더니 이아나의 품에 더욱 파고들었다. 이아나는 왕녀가 모종의 이유로 이성을 잃은 건지, 아니면 이런 곤란한 상황을 일부러 유도하고 있는 건지 고민했다.

'다 보는 앞에서 내팽개칠 수도 없고.'

일단, 안젤리나의 의도를 파악하는 건 나중으로 미루고 상황을 정리하기로 했다. 물론 왕녀이니만큼 좋게 포장해서 마무리 지어야 했다.

"왕녀님."

이아나가 안젤리나를 감싸고 귓가에 속삭였다.

"누군가에게 위협당하고 계십니까? 그렇다면 지금은 마음 놓으셔도 됩니다. 지금, 당신에겐 적이 없으니까."

적이 없다는 말은, 적이 있다면 다 죽여 주겠다는 오만한 뜻을 품었다. 무뚝뚝하지만 단호한 어투에 안심했는지, 안젤리나의 덜덜 떨리던 몸이 서서히 안정을 되찾아 갔다.

그런 안젤리나에게 이아나가 또 한 번 단호하게 속삭였다.

"진정됐으면 이제 떨어져요."

"아! 미, 미안해요."

그제야 정신을 차린 안젤리나가 사과하며 이아나의 품에서 떨어져 나갔다. 이아나는 흐트러진 옷차림을 정돈하며 툭툭 털었다. 안젤리나가 푹 안겨 있었던 탓에 상반신에 향수 냄새가 배었기 때문이었다.

이성을 되찾은 안젤리나는 저와 이아나의 나쁜 관계를 상기했다. 그래서 이아나의 행동이 싫고 더러운 게 묻어 털어 내는 것처럼 보였다. 안젤리나는 민망함을 느끼고 얼굴을 새빨갛게 물들였다.

"일전엔…… 미안했어요."

안젤리나가 작은 목소리로 속삭였다. 옷에 각이 선 걸 확인하던 이아나가 안젤리나를 흘끔 보았다. 그녀는 어쩔 줄 몰라 하며 손을 꼼지락거리고 있었다.

"일단 들어가시죠."

아르하드를 완전히 포기한다는 의미가 아닌 이상 사과를 받을 생각은 없다. 하지만 왕족이 고집을 꺾고 순순히 사과하는 게 신기하긴 했다.

"보는 눈이 많으니 나중에 이야기합시다."

이아나가 뒤편에서 서성거리고 있던 기사에게 눈짓하자, 그가 냉큼 다가왔다.

"저하, 학장실부터 가셔야 합니다. 제가 모시겠습니다."

"응."

안젤리나는 기사의 에스코트를 받으면서도 이아나를 빤히 바라보았다. 주인을 바라보는 강아지 같은 눈동자에 이아나는 거북함을 느꼈다.

'얘 대체 왜 이래?'

그때였다. 사태가 정리되는 동안, 멀찍이서 달려오고 있던 마차한 대가 안젤리나의 마차 뒤쪽에 멈춰 섰다.

"……!"

이아나는 안젤리나의 존재마저 잊고, 마차의 꼭대기에 대롱대롱매달린 깃발에 시선을 송두리째 빼앗겼다. 그 깃발에 그려진 문장이 너무나 익숙한 데다 뜻밖이었던 탓이다.

달칵.

마차 문이 열리고, 가벼운 옷차림의 한 남자가 차분한 걸음걸이로 내려왔다. 그의 푸른 눈과 이아나의 붉은 눈이 맞부딪쳤다. 이아나가 할 말을 잊고 그를 바라보는데, 단정하게 쭉 뻗은 눈매가 싱긋 접혔다.

"오랜만이네. 이아나."

이아나가 그의 이름을 중얼거리듯 불렀다.

"하르첸…… 도련님."

하르첸 로베르슈타인.

그녀의 이복 오라비가 왜 눈앞에 있을까?

"하르첸."

옆에서 들려온 목소리에, 이아나가 고개를 홱 돌렸다. 안젤리나가 몇 년 동안 친하게 지낸 지인을 대하듯 풀어진 낯으로, 그의 이름을 친숙하게 부르고 있었다.

이건 또 무슨 의외의 조합인가.

이아나가 혼란에 빠진 사이 하르첸이 고개를 살짝 숙여 인사하곤, 부드럽게 말했다.

"왕녀님, 어서 가셔야지요."

"응."

"켄토 경, 모시세요."

기사가 안젤리나를 부드럽게 이끌었다. 안젤리나는 이아나와 하르첸을 흘끔거리면서 멀어졌다.

주목의 대상인 안젤리나가 현장에서 사라지자 사람들도 어수선한 분위기로 흩어지기 시작했다. 하지만 이아나와 하르첸은 그 자리에 계속 우두커니 서 있었다.

"자, 우리도 가 볼까."

하르첸이 가볍게 말을 붙이자, 이아나의 머리가 복잡해졌다. 그도 발젠타 학술원에 교환 학생으로 왔나 보다. 하지만 하르첸은 저보다 4년 먼저 테오도르 아카데미에 들어갔으므로, 이미 졸업했어야 했다. 왜 이곳에 있는 걸까?

"이아나, 오리엔테이션을 하는 곳까지 같이 가도 되겠어? 길을 잘 모르겠거든."

하르첸은 언제나 그래 왔듯 이아나에게 다정하게 말한 후, 조용히 그녀의 대답을 기다렸다. 이아나는 예전엔 그런 그를 무시하고 지나쳐 버리곤 했다.

"······네."

하지만 이번엔 작게 고개를 끄덕였다. 이제는 그를 무시할 이유가 남아 있지 않았다. 데뷔식 날, 마차 안에서 하르첸이 건넨 꽃 한 송이에 감사하며 죄책감과 응어리를 떨쳐 냈기 때문이다.

오리엔테이션 장소로 가면서, 이아나와 하르첸은 대화를 나눴다. 대부분이 하르첸이 먼저 꺼낸 말에 이아나가 대답하는 것에 불과했다. 하지만 이 붉고 푸른 이복남매로서는 처음으로 제대로 나누어 본 대화였다. 예전에는 이아나가 죄다 무시했기 때문에, 이런 짧은 대화조차 나눌 수 없었다.

이아나는 하르첸과 대화하면서 제 안에 별다른 감정이 일지 않는다는 점을 인지했다.

'정말로 끝났구나.'

이제 하르첸은 과거의 잔재로서 그녀를 어지럽히는 존재가 아니었다. 깨달음을 얻은 이아나의 마음이 편안해졌다. 그녀를 살피던 하르첸도 기분 좋게 웃었다.

"졸업하지 않으셨습니까?"

오리엔테이션 장소에 도착하여 나란히 앉은 후에 이아나가 물었다. 그러고 보니 연초에 만난 사라체에게서도 하르첸이 졸업했다는 소식을 못 들었다.

사라체와는 사적인 이야기를 거의 하지 않는다. 로베르슈타인 가문에 관한 이야기도 되도록 하지 않았다. 하지만 하르첸이 졸업했다는 큰 소식은 전해 줄 만도 한데 사라체는 그러지 않았다.

"작년 2학기에 전염병이 돌았잖아. 발젠타와는 달리 테오도르 아카데미는 전염병 소식이 돌자마자 귀족들의 항의로 일찌감치 문을 닫았어. 난 그때 한 학기만 남겨 둔 상태였거든. 그래서 이번 학기까지 해야 졸업이야."

"아……."

마르가리타 사태 때 테오도르 아카데미가 문을 닫았다는 소식을 듣긴 했었다. 그건 당연했다. 전염병으로 시끄러운 마당에 제 몸 귀한 줄 아는 귀족들이 미쳤다고 사람들이 우글거리는 장소에 있겠는가.

"로베르슈타인 영지로 돌아가셨나요?"

"아니. 테오도르에 남아서 봉사를 좀 했어. 주로 보육원에서 아픈 아이들을 돌봤었지."

역시 사라체의 착한 성정을 그대로 물려받은 사람이다.

"그래서 마지막 한 학기가 남았는데 교환 학생 제도가 생겼어. 너랑 만나라는 라오스 신의 뜻인가 싶었지."

이아나가 불신의 눈초리를 보내자, 하르첸이 곤란한 미소를 지었다.

"농담이야. 너를 만나고 싶다는 이유 하나만으로 학술원에 온 건 아니야. 안젤리나 왕녀님을 부탁한다는 뮤지니엘 전하의 부탁도 있었고, 나도 왕녀님이 걱정되긴 했으니까."

"왕녀님과 친하신 모양이군요."

"어느 정도는? 하지만 직접 얼굴 보고 대화한 게 작년 가을부터니까 알고 지낸 지는 일 년도 안 됐어."

날짜는 그렇다 쳐도 어떻게 친해진 거지.

이아나가 묻기도 전에 하르첸이 알아서 이야기를 풀었다.

"왕녀님이 네가 어떤 사람인지 물어보려고 날 부르셨어. 그러다 보니 자주 만나게 됐지."

"네?"

이아나가 언짢아하자 하르첸이 두 손을 들었다.

"난 별말 안 했어. 아는 게 없으니까."

"혹시 왕녀님이 왜 저에 대해 물으셨는지 아십니까?"

"음. 악몽을 꾸시는 모양이야. 꽤 오래."

악몽?

"그분의 악몽이 저랑 무슨 관련이 있죠?"

"글쎄. 당사자한테 물어보는 게 어때?"

이아나는 고민에 잠겼다.

'나와 아르하드가 교제한다는 것이 그만큼 충격적이었던 건가. 꿈속에서 결혼이라도 하나? 아니, 그럼 날 끌어안은 건 설명이 안 돼. 혹은 내가 꿈에서 죽었나? 그건 말이 되는군. 그래서 겁에 질려 사과까지 한 거야.'

"아앗, 이아나 양!"

이아나가 속으로 이것저것 생각하고 있는데 입구에 들어선 헤레이스가 이아나를 발견하고 외쳤다.

"일찍 오셨네요!"

처음으로 실시되는 교환 학생 제도에서 평민 학생들로만 도우미를 구성하기 불안했던 각 학과의 교수들은, 몇몇 귀족 학생들에게 도우미가 되어 달라고 부탁했다. 헤레이스도 필리거의 부탁을 승낙하여 도우미가 되었다.

이아나와 하르첸이 뒤돌아보았다.

"어……."

헤레이스는 뒤늦게 이아나의 옆에서 푸른빛을 발견하고 주춤했다. 그때, 하르첸이 또 돌발적인 행동을 했다.

"안녕, 헤레이스."

손을 흔들며 헤레이스에게 너무나 친숙하게 인사를 한 것이다. 이름까지 서슴없이 불러 가면서 말이다.

'아는 사이?'

하르첸만 평온하고 헤레이스는 당혹스러워하는 걸 보니 아닌 것 같기도 했다.

"아…… 네."

정신을 차린 헤레이스가 얼굴을 긁적거렸다.

"하르첸 로베르슈타인 공자시죠? 처음 뵙겠습니다."

"처음이 아니야."

하르첸이 품에서 안경을 꺼내 썼다.

"나 모르겠어?"

"어……."

헤레이스가 어물쩍거리다가 눈을 가늘게 떴다. 하르첸이 안경을 쓰자, 어디선가 본 듯한 기시감이 들었다. 그러다가 펄쩍 뛰었다.

"어! 설마!"

헤레이스가 눈을 부릅뜨며 하르첸을 손가락질했다. 하르첸은 천천히 고개를 끄덕거렸다.

"알아봤어? 나야. 한센."

"역시, 한센 형님이세요? 하지만 한센 형님은 갈색 머린데."

"가발이었으니까. 내 진짜 외양은 눈에 띄잖아."

"허어."

헤레이스는 입을 떡 벌린 채로 다물지 못했다. 벌레가 천천히 날갯짓해도 들어갈 수 있을 듯했다. 이아나는 헤레이스와 하르첸을 번갈아 보았다. 결국엔 아는 사이라는 소리다. 이건 또 무슨 뜻밖의 조합인지.

"둘이 어떻게 아는 사이입니까?"

"아…… 그."

헤레이스의 얼굴이 빨개졌다.

"제가 요즘 보육원에 아이들 보러 자주 가거든요. 거기서 친해졌어요."

"보육원?"

하르첸은 아까 보육원에 봉사를 다녔다고 했었다. 그곳에서 헤레이스와 하르첸의 접점이 있었나 보다.

작년 여름 이후, 헤레이스는 바빴다. 수련이 끝나면 갈 데가 있다며 쌩하니 사라져 버리기 일쑤였다. 따로 공부하는 게 있는 줄 알았더니 보육원에서 시간을 보낸 모양이었다.

"아이들이 헤레이스를 엄청 좋아해. 진심으로 좋아해 주는 게 보이거든. 헤레이스가 떴다 하면 애들 분위기가 달라져. 서운할 정도라니까."

"아, 왜 그러세요."

"사실이잖아?"

헤레이스가 손으로 부채질을 하며 달아오른 얼굴을 식혔다.

"네....... 아이들이 너무 좋아해 주니까 고맙긴 한데, 다른 분들 보기가 민망해요. 전 그냥 아이들이 좋아서 자주 가는 것뿐인데 말이에요."

하르첸이 짓궂게 웃었다.

"자주 정도가 아니라 매일 가잖아? 이때까지 모은 돈을 몽땅 털어서 기부하고, 아르바이트까지 해서 아이들 보육비에 보태잖아? 보육원 원장들 사이에서 유명하더라, 너."

"으아!"

"대단한데."

이아나가 칭찬하자 헤레이스가 손을 내저었다.

"그리 거창한 게 아니에요. 전 그냥 제가 하고 싶은 일을, 할 수 있는 만큼 하는 것뿐이니까요."

그리 말하면서도, 헤레이스는 기분이 몹시 좋았다. 부끄러운 건 아니었지만, 제가 보육원에 간다고 할 때마다 가문의 사람들이 기특하게 보는 것이 민망했다. 그래서 이아나를 비롯한 지인들에게도 숨기고 혼자 조용히 다녔다.

하지만 우상인 이아나가 칭찬해 주자 자기만족에 가까운 일을 했을 뿐인데도, 좋은 일을 하고 있다는 보람까지 생겼다. 인정받는 기분이었다.

이아나는 뺨이 상기된 헤레이스를 물끄러미 바라보았다. 최근 그의 표정은 무척 밝았다. 이아나는 헤레이스가 서부 여행에서 얻은 깨달음으로 수련에 더욱 박차를 가하면서, 몸과 마음이 예전보다 훨씬 더 건강해졌기 때문이라고 생각했었다. 하지만 다른 이유도 있었던 모양이다. 헤레이스는 아이들을 보살피면서 긍정적인 가치들을 찾아냈을 것이다. 그 가치들은 그의 인생에 차곡차곡 쌓여 가면서 그를 좋은 쪽으로 변화시켰을 터였다.

이아나가 고개를 기울이며 말했다.

"궁금한데 나도 가 볼까."

헤레이스가 보육원에서 어떻게 하고 있는지 궁금했다. 그의 인생에 간섭하고 있는 만큼 나름대로 책임이 있으니, 헤레이스를 주기적으로 살필 필요가 있었다. 그와 별개로, 얼마나 잘하기에 아이들이 그를 보면 껌뻑 죽는다는 건지도 궁금했다.

"좋죠. 아이들도 좋아할 거예요."

"맞아. 좋아할 거야. 아이들은 영웅을 좋아하는 법이니까."

"웬 영웅?"

하르첸의 농담에 이아나가 코웃음 치곤 고개를 저었다.

"난 두 사람처럼 살갑질 못해서 아이들이 무서워할 거다. 간다면 몸을 써야 하는 힘든 일만 할 거야."

아이들에게 약하긴 했다. 하지만 그것이 상냥하다는 뜻은 아니었다. 작고 여린 것에 저도 모르게 눈길이 가긴 했지만, 그것 또한 즐기거나 가까이하지는 않았다.

이아나는 회귀 전, 파괴적인 삶을 살았다. 고독했던 그녀는 자신의 인생에만 신경 썼었다.

난 나를 지키는 것만으로도 바빠.

타인을 챙길 여력이 없어.

완전히 책임질 수 없다면 차라리 외면하는 게 낫지 않을까.

강한 책임감에서 비롯된 냉정한 사고방식이었지만, 어찌 보면 회피하는 느낌도 없잖아 있었다. 그런 의미에서, 이아나가 타인의 보살핌과 보호를 필요로 하는 약한 것들을 곁에 두지 않은 건 당연했다. 아이들과도 친하지 않았다. 무엇보다, 이아나는 아이를 가까이할 일이 없었다.

"난 애들이 어색해."

"핀이랑은 친하시잖아요."

"걔는 특수 케이스고."

"으음. 그리 말씀하셔도, 이아나 양이 아이들한테 잘해 줄 거 알아요. 이아나 양은 늘 말만 그리하고 행동은 상냥하잖아요."

"……."

"전 아이들이 이아나 양을 엄청 좋아할 것 같아요. 왜냐하면, 아이들은 좋은 사람을 본능적으로 알아보고 좋아하거든요."

"그건 네가 좋은 사람이란 뜻이구나."

"아니. 그런 뜻은 아니었는데요. 아, 그런데 한센 형님."

본전도 못 찾고 버벅거리던 헤레이스가 말을 돌렸다.

"아니 하르첸 공자님인가? 저기, 앞으로 어떻게 불러 드려야 하나요?"

"계속 형님이라고 불러. 내 진짜 이름이 하르첸 로베르슈타인이라고 해서 한센이 아니게 되는 건 아니니까. 하지만 한센은 가명이니 하르첸이라고 불러 주면 고맙겠어."

"아, 네. 하르첸 형님……."

헤레이스가 이아나의 눈치를 쓱 살폈다. 그가 왜 안절부절못하는지 알아챈 이아나가 고개를 저었다.

"신경 쓰지 마. 로베르슈타인 가문을 나갈 거라는 건 기정사실이지만, 그래도 이젠 딱히 적대하지 않으니까."

"아, 그런가요?"

안도의 한숨을 내쉰 헤레이스가 이아나의 옆자리에 앉았다.

이아나는 하르첸을 흘끔 쳐다보았다. 이렇게 말했는데도 하르첸의 평온한 기분에는 변화가 없어 보였다. 체르노와 사라체가 미리 언질을 준 모양이었다.

고요한 호수 같은 사람. 회귀 전에도 하르첸은 상냥하고 차분한 성품으로 유명했다. 하지만 이번 생에서는 친모가 죽는 큰일을 겪지 않아서 그런지 그런 면모가 더욱 빛을 발하는 것 같았다.

'예전의 나는 무척 꼴불견이었던 모양이야. 이런 사람이 나를 무시하고 경멸했을 정도니……. 그래. 하르첸 입장에서는 씹어 먹어도 모자랄 짓들을 많이 하긴 했지.'

이아나가 감상에 빠져 있는 사이, 헤레이스는 하르첸에게 학술원에 오게 된 경위를 물었고, 하르첸은 이아나에게 했던 설명을 반복했다.

"아, 학기가 밀린 거군요. 역시 저번 사건의 여파가 장난 아니네요. 그런데 형님, 이제 보육원에 안 오세요? 엘리가 형님 안 오시냐고 매번 묻더라고요."

흐릿하게 미소 지은 하르첸이 조용히 물었다.

"엘리, 잘 지내고 있어?"

"그럼요. 형님을 못 봐서 뿌루퉁하긴 하지만."

하르첸이 하하, 하고 웃었다.

"닛시는 여전히 까칠하고?"

"여전해요. 엘리의 마수에서 도망쳐 다닌다고 난리죠. 하지만 요즘은 조금 포기한 것 같기도 해요. 엘리의 품 안에 얌전히 안겨 있을 때도 있거든요."

"많이 발전했네?"

"엘리의 노력 덕분이죠."

"친한 아이들인가 봐? 어떤 아이들이지?"

생각에서 빠져나온 이아나가 물었다. 헤레이스와 하르첸이 특별히 집어서 언급하는 걸 보면 둘과 인연이 깊은 아이들인 모양이었다.

"아, 엘리는 보육원의 대장 격인 여자애예요. 저희를 무척 잘 따라서 친해요. 그리고 닛시는 엘리가 데려온 새끼 고양이인데 지금은 많이 컸어요. 닛시는 경계심이 많고 까칠해서 친해지기 어렵더라고요."

"엘리, 좋은 아이야. 애들을 별로 좋아하지 않는 사람들도 엘리와는 금세 친해지더라고."

"그 애가 사람을 편안하게 하는 분위기 같은 게 있죠?"

하르첸과 헤레이스의 대화를 잠자코 듣고 있던 이아나는 의문이 생겼다.

"그런 아이가 왜 아직 입양되지 않았지?"

"예전 부모랑 문제가 많았나 봐. 자기가 나중에 다 갚을 테니 성인이 될 때까지만 보호해 달라고 부탁했대."

"성인이 되어서 먹고살 방편은 있고?"

"머리가 좋고 마법에 재능이 있어요. 나중에 학술원에 갈 거라고 하더라고요. 나중에 보육원에 가면 소개시켜 드릴게요."

하르첸이 불쑥 물었다.

"보육원에 갈 때 나도 같이 가도 될까?"

"그러시죠."

그들은 일주일 정도는 교환 학생 제도에 집중하고, 그 후 여유가 나면 엘리가 있는 보육원에 가기로 했다.

"안녕하세요."

그때, 뒤늦게 들어온 리키젠이 인사를 하며 다가왔다. 리키젠도 도우미로 선발되었다. 학부 수석을 지키기 위해 성적 관리에 열심이었고, 또 좋은 의미로든 나쁜 의미로든 로안느 귀족에 관심이 많았기에 리키젠은 도우미를 자원했다.

"리키젠, 몸 상태는 괜찮아요?"

"끄떡없습니다. 헤레이스 님은 언제까지 절 걱정하실 겁니까? 제가 침대를 털고 일어난 지 벌써 몇 개월이 지났는데……."

"하지만 골골대던 모습이 아직도 눈에 선한걸요."

전염병 사태 때, 리키젠은 정령들이 완벽하게 치료해 준 후에도 요양을 조금 더 해야만 했다. 건강한 몸 상태와는 별개로 기력이 다 떨어졌기 때문이었다.

리키젠이 하르첸을 쓱 훑었다.

"하르첸 로베르슈타인 공자님이시군요."

말투에 가시가 살짝 박혀 있었다. 이아나는 그것이 귀족에 대한 불쾌감 때문이라고 생각했다.

"네. 이아나의 친구인가요? 만나서 반가워요."

하르첸은 리키젠이 인사를 하기도 전에 먼저 상냥하게 인사했다. 리키젠은 제 건방진 말투에도 친절하게 응대해 준 하르첸에게 약간의 당혹감을 느끼며 안경을 쓱 올렸다.

"특이한 귀족 나리시네요. 교환 학생으로 오신 모양인데, 어쩐 일로 로베르슈타인 가문의 귀족분이 이아나 님과 함께 앉아 계시는지……."

"리키젠."

이아나가 리키젠을 부르자 그가 하르첸을 대할 때와는 달리 몹시 유한 목소리로 대답했다.

"말씀하세요, 이아나 님."

리키젠은 예전부터 이아나에게 그동안 그가 타인에게 쌓고 있던 벽을 허문 태도를 보였었다. 하지만 마르가리타 사태 이후에는 그 벽이 완전히 사라졌다.

"너, 몇 번이나 말하는 거지만 귀족 앞에서 그런 태도는 좋지 않아. 오늘부터는 도우미도 하잖아."

"아무렴요. 제가 미쳤다고 귀족 나리 앞에서 이러겠습니까."

"나를 처음 봤을 때부터 그랬으면서 왜 아닌 척이지?"

"그때는 철이 없었던 거고요."

리키젠도 이 년간 많이 배우고 성장했다. 날이 갈수록 그는 회귀 전, 바하무트 재상일 때와 비슷해지고 있었다. 이아나는 그에게서 가끔 진한 향수를 느끼곤 했다.

"방금 전 하르첸 도련님에게도 그랬고."

"로베르슈타인의 귀족이 이아나 님을 억지로 옆에 붙들어 둔 줄 알았죠. 그런데 아닌 것 같네요. 괜한 걱정이었습니다. 죄송합니다, 공자님."

'귀족을 향한 적대감이 아니라 나 때문에 하르첸에게 불통하게 군 거였나.'

이아나는 새삼스레 리키젠의 안에서 제 위치가 얼마나 격상되었는지를 실감했다.

"괜찮아요."

하르첸이 용서하자, 리키젠은 고개를 꾸벅 숙인 후 이아나의 뒤에 앉았다.

리키젠이 들어온 후에도 많은 사람들이 오리엔테이션 장소에 입장했다. 위험 요소가 많은 제도의 첫 시행이라서 사람이 별로 없을 줄 알았는데 생각보다 많았다.

딱히 자리 배정을 하지 않았는데도, 귀족과 평민은 섞여 있지 않고 대부분 저희끼리 옹기종기 모여 떨어져 앉았다. 계급 차를 보여 주는 모습이었다.

방이 사람으로 꽉 차 어색한 웅성거림이 이곳저곳에서 피어나고 있을 때, 하인리히 학장과 책임자로 보이는 사람들이 자료들을 가지고 들어섰다. 그들과 함께 안젤리나도 들어왔다.

"헉!"

안젤리나의 아름다움을 눈에 담은 이들은 숨이 턱 막히는 걸 느꼈다. 소란이 일시에 사라졌다.

그런데 안젤리나는 들어오자마자 선망의 시선들을 아랑곳 않고 열심히 주변을 살펴 댔다. 그리고 그녀를 쳐다보고 있던 이아나와 눈이 마주쳤다.

안젤리나가 기사의 옷자락을 잡아당기며 이아나 일행에게 빠르게 다가왔다. 길을 가로막고 있던 사람들은 알아서 일어나거나 자리를 비켜 주었다. 순식간에 다다른 안젤리나가 조심스레 물었다.

"저도 여기 앉아도 돼요?"

주변의 자리는 꽉 차 있었지만, 안젤리나가 그 말을 하자마자 이아나 일행의 자리를 제외하곤 몽땅 비어 버렸다.

"그러시죠."

이아나가 떨떠름하게 승낙하자 안젤리나가 휴, 하고 안심한 듯 한숨을 내뱉곤, 치맛자락을 정리하며 이아나의 앞자리에 앉았다. 이아나는 애매한 시선으로 안젤리나를 관찰했다.

오리엔테이션은 군더더기 없이 빠르게 진행되었다. 도우미와 교환 학생의 무작위 매칭도 무사히 끝나고, 서로 안면을 익히는 짧은 시간을 가졌다.

"안녕하세요. 잘 부탁드립니다."

"으음."

섞일 일이 잘 없는 평민과 귀족이 접했다. 어색한 느낌은 당연히 존재했으나 전체적으로 평화롭고 유한 기류가 흘렀다. 왕녀 안젤리나가 얌전히 행동하고 있는데, 감히 허튼짓을 할 귀족들은 없었다. 그리고 처음으로 시행되는 교환 학생 제도에 자발적으로 참여한 귀족들은 모험심이 넘쳐났고 사고방식이 열려 있었으며, 친화적이었다.

"안녕. 리키젠 군이던가?"

"벤덤 가의 자제분이시군요. 벤덤 가문의 위명은 익히 들어 알고 있습니다."

리키젠은 화훼 사업으로 전 세계에 위명을 떨치고 있는 후제르고 백작가의 영애를, 헤레이스는 곡물을 가공하여 만드는 식품 사업으로 내실을 다진 옥토 자작가의 영식을 맡았다.

"세계적 아카데미인 학술원을 체험해 본다는 취지니까 어떤 학부라도 관계없지. 검술학부 전공은 너도 있고, 왕녀님도 걱정되고 해서."

아카데미에서 인문학 쪽 공부를 주로 했던 하르첸은 검술학부 전공을 선택했지만 그 외에도 다른 강의들을 두루두루 신청했다. 그의 전담 도우미는 이제 검술학부 4학년이 된, 루퍼트라는 이름의 건실한 우등생이었다.

"하르첸 공자님, 최선을 다해 모시겠습니다!"

그는 이아나의 수련을 따라 하는 사람 중 한 명이었다. 헤레이스가 토하고 있을 때 함께 토하며 서로 등도 몇 번 두드려 준 적 있었다.

"이아나 후배님. 크흑. 영광입니다아."

그는 이아나의 무리에 합류했다는 사실에 감격하여 흐느꼈다. 이아나는 떨떠름한 표정을 지었고, 하르첸은 재밌다는 듯 웃었다.

"인기 많구나?"

이아나는 대꾸하지 않고 안젤리나 쪽을 보았다. 안젤리나는 리키젠이 맡은 카렌듈라 후제르고 백작 영애와 면식이 있는 듯, 그녀에게 얌전히 붙어 앉아 있었다.

"그럼 한 달간 잘해 보자."

이아나, 헤레이스, 리키젠, 루퍼트는 익숙하지 않은 도우미 생활에 빨리 적응하기 위해서 뭉치기로 했다. 정보를 주고받고, 어려운 일이 있으면 돕기 위해서였다. 하나보다는 둘이 낫고, 둘보다는 넷이 낫지 않겠는가.

안젤리나를 제외한 세 귀족은 학술원 내의 기숙사에서 한 달간 머무르기로 했다. 학술원 생활을 제대로 경험하기로 마음먹고 왔기 때문이다.

리키젠은 이 멤버로 한 달간 점심 식사를 함께하지 않겠느냐고 제안했다. 일정 시간대에 강의를 몰아서 신청하지 않은 이상, 오전에도 오후에도 수업이 있는 게 일반적이다. 그래서 점심 식사는 학술원에서 해결하는 게 편했다.

이아나는 합리적이다 싶어 찬성했고, 이아나의 지인들과 안젤리나는 당연히 받아들였으며, 다른 두 귀족도 순순히 수락했다.

그렇게 오리엔테이션이 끝났다.

"후제르고의 정원에서 피는 꽃은 유독 싱싱하고 아름답지요."

"어머."

카렌듈라가 부채를 펼치며 눈웃음쳤다.

"벌써부터 아부하는 거니?"

"딱히 그런 의도는 아닙니다. 옛날에 부모님이 꽃집을 하셨는데, 그때 후제르고의 정원에서 가져온 식물들이 다른 화훼 단지의 것들보다 품질이 월등하다고 느낀 적이 많아 솔직하게 말씀드린 겁니다."

"아부였어도 나쁘지 않았을 텐데, 빈말이 아닌 것 같아 더 좋네. 말이 잘 통하겠는걸?"

리키젠은 능숙하게 카렌듈라의 환심을 산 후, 그녀를 데리고 첫 강의를 들으러 떠났다. 검술학부 일행도 검술학관으로 향했다. 그리고 검술학부 전체가 마비되었다.

안젤리나는 꽃 중의 꽃, 왕궁에서도 가장 깊은 정원에서 자라나는 꽃이었다. 왕궁에서도 파티 때가 아니면 그녀를 실제로 본

이가 없다시피 했다. 그래서 그녀를 단 한 번이라도 눈에 담고자 하는 이들이 벌떼같이 몰려들었다.

상상 초월의 미모에, 남학생들은 몸과 함께 영혼까지 휘청거렸다. 이아나 덕분에 미인에 어느 정도는 익숙해졌지만, 검술학부생들은 기본적으로 건장한 남자들이다. 그리고 여리고 보호 본능을 자극하는 안젤리나는 이아나와 아주 다른 느낌으로 예뻤다. 로안느의 미적 기준에 최고로 부합하는 미녀랄까.

"세상에. 정말 아름다우시다."

"어떻게 저런 천사 같은 분이 이곳에……."

안젤리나는 그 시선을 익숙하게 받아들이면서도 불편한 듯 몸을 뒤척거렸다.

왕실 기사 켄토의 보호는 칼날 같았다. 왕녀의 보호를 위해 파견된 만큼, 그녀에게 무슨 문제가 생기면 모두 그의 책임이었기 때문이다. 하지만 한편으로는 왕녀가 관심을 받는 게 당연하다 여겨, 신체적으로 접촉하지 않는 선에서 학생들을 가만히 내버려 뒀다.

이아나는 안젤리나가 조금 신경 쓰였다. 뭐랄까. 맹수들 사이에 놓인 흰 토끼를 보는 기분이랄까.

왕족에게 음흉한 마음을 품었다간 목을 잘리고도 남으니 뇌가 있다면 감히 더러운 눈으로 보진 않겠지만, 괜히 안젤리나가 괜찮나 싶어 살피게 되었다.

강의가 시작되는 종이 울렸음에도 소란은 끝나지 않았다. 학생들은 정신을 놓은 채로 헤벌쭉하며 시간을 낭비했다.

콰아아아아아아앙!

이아나의 검집이 굉음을 내며 바닥을 내리찍었다. 정상적인 타격으로는 날 수 없는 소리가 고막을 울리자 학생들은 벼락을 맞은 것처럼 정신을 차렸다.

"그만하고 할 일들 하시지."

순식간에 내려앉은 적막 속에서 이아나가 살기를 살짝 섞어 내뱉은 말이 그들의 멱살을 잡아 내쳤다.

"아, 맞다. 나 수업 있었지."

"어흠."

이아나의 살기에 한 대씩 얻어맞은 학생들은 현실로 돌아왔다. 안젤리나는 정말 예뻤지만 그들의 손이 미칠 수 없는 곳에 있었다. 백작가의 여식이자 그들이 진심으로 대단하다고 생각하는 이아나가 도우미로 붙어 있어야 하는 존재였다. 학생들은 입맛을 다시며 자리를 뜨기 시작했다.

"와아."

안젤리나는 선망의 시선으로 이아나를 보았다. 이아나는 그녀를 무시하고 책을 펼쳤다.

안젤리나는 의외로 수업을 열심히 들었다. 그 다음 수업도, 그 다음의 수업도……. 다른 마음을 품고 학술원에 왔기에 강의 때 한눈을 팔 거라고 예상했지만 틀렸다.

"잠깐 저 좀 따로 보시죠."

오늘 왕녀와 함께 들어야 할 강의가 모두 끝난 후, 이아나가 안젤리나에게 독대를 요청했다. 안젤리나는 바짝 긴장한 채 고개를 끄덕거렸다.

"그, 그래요. 켄토 경, 자리를 비켜 주세요."

켄토는 순순히 물러났다.

"다시 한 번 사과하고 싶어요."

이아나와 둘이 되자마자 안젤리나가 대뜸 말했다.

"저번엔, 정말 미안했어요. 제가 철이 없었어요."

이아나가 대답 없이 쳐다만 보고 있자 얼굴이 빨개진 안젤리나가 미안하다고 연거푸 사과했다.

"다시는 그렇게 어린애처럼 굴지 않을 거예요. 맹세해요."

반년 만에 철이 들었답시고 사과하는 게 우습긴 했지만, 진심이 느껴졌기에 가벼이 여기지는 않았다.

"왕녀님, 궁금한 게 몇 개 있습니다. 여쭈어도 되겠습니까?"

"네, 네."

먹이를 들고 있는 주인을 보는 양, 보석처럼 아름다운 벽안이 이아나를 애처롭게 바라보았다.

"먼저, 왜 갑자기 사과를 할 마음이 드셨는지요?"

"아, 당연히 제가 잘못했기 때문이에요. 그때는 제가 감정에 휩쓸려서 제정신이 아니었어요. 저는 제가 주인공이라고 생각했고, 로베르슈타인 영애가 악한 조연이라고 생각했어요. 하지만 두고두고 생각해 보니 제가 악한 조연이었어요. 두 분 입장에서는 소설에 나오는 악녀처럼 못된 짓을 했더라고요. 아, 제가 보는 소설 중에 남자 주인공을 짝사랑해서 여자 주인공을 방해하는 권력자의 딸이 있는데……."

이 여자가 뭐라는 거야.

왕녀가 멍하게 달아오른 얼굴로 정신없이 조잘거렸다. 이때까지 조용했던 게 지금의 말을 쏟아 내기 위해서였던 건가 싶을 정도였다. 소설 속 내용에 빠져 주절거리는 것이 몽상가처럼 보이기도 했다. 안젤리나는 이제 소설 속 악역이 어떻게 주인공 커플을 괴롭히는지까지 열거하고 있었다.

"왕녀님."

이아나가 듣다못해 말을 끊자 안젤리나가 퍼뜩 정신을 차리고 손으로 부채질을 했다.

"죄송해요. 제가 가끔 이렇게 다른 세상에 갔다 올 때가 있어요."

"정리하자면, 왕녀님은 연인인 저와 아르하드 공자 사이를 방해하는 게 잘못되었다고 생각하는 거군요."

"네, 네. 그래요."

"그럼 이젠 그러지 않으실 건가요?"

안젤리나가 고개를 크게 끄덕였다.

"네. 절대 방해하지 않을 거예요."

"아르하드 공자를 좋아하신다면서요?"

"아, 아니, 아니에요!"

안젤리나의 흰 뺨이 붉어졌다가 금세 시커멓게 죽었다.

"아니, 아닌 게 아니라. 아직 좋아하는 것 같긴 한데, 아, 미안해요. 네, 좋아는 하는데요. 포기하려고요. 그분이 로베르슈타인 영애와 서로 너무 좋아하고 있고, 또, 제가 정신적으로 좀 힘들어서……."

안젤리나는 식은땀을 흘리면서 거칠게 호흡했다. 안젤리나의 심장 박동이 빨라지는 게 이아나의 귓가로 전해졌다. 이아나의 표정이 묘해졌다.

"정신적으로 힘드시다는 게 구체적으로 뭔지 여쭈어도 되겠습니까? 가령 뮤지니엘 전하의 반대라든가."

"아뇨. 제 개인적인 문제예요."

이아나는 하르첸에게 들었던 안젤리나의 사정을 떠올렸다.

"하르첸 도련님이 왕녀님께서 악몽을 꾸신다고 하더군요. 혹시 악몽 때문입니까? 무슨 꿈인지 알려 주실 수 있겠습니까?"

"아."

안젤리나가 한순간 경련하더니 고개를 횕횕 저었다.

"제 망상이 빚어낸 꿈이라 비웃음거리밖에 되지 않아요. 아무에게도 말하고 싶지 않네요. 미안해요. 그런데 그 악몽…… 때문인 건 맞아요."

"흠."

어쨌든 아르하드를 포기한다는 거다. 그럼 딱히 안젤리나가 꾸는 악몽의 내용 따위를 캘 필요가 없다. 안젤리나의 사과를 받아줘도 될 것 같았다.

"왕녀님의 마음은 잘 알겠습니다. 사과도 받겠습니다."

"아, 다행이에요. 그리고……."

안젤리나가 입술을 달싹거리다 어렵게 말을 꺼냈다.

"저…… 저어, 전 당신이랑 친해지고 싶어요."

"왜요?"

이아나는 곧장 반문했다.

"저와 안젤리나 왕녀님이 친해질 이유가 없습니다. 별로 좋은 사이도 아니었고요. 도우미 때문에 친해지고자 하시는 거라면 거절합니다. 공과 사는 별개라서요."

"아니에요. 도우미 때문이 아니라, 전 정말로 당신과 친해지고 싶어요."

안젤리나가 절박하게 이아나의 손목을 붙들어 왔다.

"진심이에요. 정말요."

안젤리나가 이렇게까지 말하는데도, 그녀가 학술원에 오려 한 이유에 제가 큰 영향을 미쳤다는 걸 모르면 바보다. 이아나는 안젤리나의 손을 풀어내며 단호하게 말했다.

"저는 확실하지 않은 것을 싫어합니다. 단도직입적으로 묻겠습니다. 학술원에 왜 오신 겁니까? 왕녀님이 학술원에 입학 원서를 넣었다가 반려된 탓에 교환 학생 제도가 생겨났다는 얘기를 필리거 교수님께 들었습니다. 그렇게까지 해서 학술원에 오셔야 했던 이유가 있습니까?"

안젤리나는 잠시 망설이는가 싶더니 조심스레 말문을 텄다.

"다양한 경험을 해 보고 싶었어요."

"경험이요?"

"네. 전 이때까지 너무 인형같이 살아왔어요. 귀하게 자라났다는 건 알지만, 그만큼 세상 물정을 너무 몰라요. 이대로라면, 전 궁에서 유폐당한 것이나 마찬가지인 상태로 살다가 누군가의 부인이 되어, 죽을 때까지 밖에 대해 아무것도 모른 채 살아가겠죠. 제 의사와는 관계없이요."

그건 맞지.

누구도 안젤리나에게 험한 일을 시키지 않았을 것이다. 안젤리나가 뭔가를 하고 싶어 하기도 전에 모든 걸 가져다줬을 것이다.

"온실 속 꽃에 비바람이 필요한가?"

"꽃의 미래를 생각하면 그 정도 앙탈은 가엾게 봐 줘도 된다고 생각해. 한창 예쁠 때 정원사에게 꺾여 꽃을 원하는 이에게 팔려 갈 테니."

슈나이더만 해도 이런 말들을 했었다. 남에게 지나치게 의존하는 나약한 성격과 순진함은 그녀의 성장 배경을 생각하면 당연한 일이었다. 그리고 안젤리나는 앞으로도 계속 그렇게 살아갈 터였다.

"그런 제 삶을 깨닫자마자 끔찍한 답답함을 느꼈어요. 답답해서 벗어나고 싶었어요."

이런 깨달음이 없었다면 말이다.

"테오도르 아카데미에서는 귀족들에게 둘러싸여 궁에서처럼 귀중하게 보살핌을 받을 것 같았어요. 그래서 반발심으로 발젠타 학술원에 무작정 원서를 넣어 버렸어요. 들키고 난 후엔 아바마마에게 애원해서 간신히 교환 학생으로 들어왔고요."

즉, 이번 교환 학생 건은 타인을 해하려는 음모가 아니라 제 삶을 위한 발버둥이었다는 뜻이다.

"전, 왕녀로서 짊어진 의무를 저버릴 생각은 없어요. 하지만 조금이라도 제 인생을 살고 싶어요. 다양한 경험을 해 보고 싶어요."

이아나의 눈썹이 꿈틀거렸다. 아, 이 부분은 조금……. 안젤리나가 다시 이아나의 팔을 절박하게 붙잡아 왔다.

"그리고 로베르슈타인 영애, 전 백작가의 여식이면서도 자유롭게 사는 당신의 삶을 가까이서 보고 싶었어요. 또, 당신과 정말로, 정말로 친해지고 싶었어요. 정말로요."

안젤리나의 절박함은 기이했다. 그녀의 푸른 눈은 절박함 속에서도 반짝거렸는데, 마치 만병통치약을 눈앞에 둔 병자 같았다. 신만 믿으면 구원받을 수 있으리라 믿는 광신도 같기도 했다.

그때, 안젤리나의 뒤쪽에서 익숙한 형체를 발견한 이아나의 시선이 그녀를 살짝 비껴 났다. 안젤리나는 그의 접근을 눈치채지 못하고 계속 주절거렸다.

"이아나."

아르하드가 이아나를 불렀다.

"……!"

그의 목소리가 스쳐 지나간 안젤리나의 피부에 솜털이 곤두섰다. 안젤리나의 흰 피부가 붉게 물들었다가, 금세 희게 질렸다. 이아나는 그 변화를 눈여겨보았다.

안젤리나가 삐걱거리면서 뒤를 돌아보았다. 일 년 가까이 상상하고 망상해 온 남자가 실물로 서 있는 걸 보고 그녀는 호흡을 멈췄다.

아르하드는 이아나에게서 눈을 떼고 안젤리나를 슥 훑었다. 이아나를 가득 담고 있던 따스한 금안이, 안젤리나의 시린 은빛에 물들자마자 얼음 바다에 빠진 듯 온기를 잃었다.

눈이 마주쳤다. 은빛과 섞여 든 무정한 금빛이 안젤리나의 영혼을 부쉈다. 안젤리나는 넋을 잃고 말았다.

"안녕하십니까. 왕녀님."

아르하드가 인사를 하자, 멍청하게 서 있던 안젤리나는 퍼뜩 정신을 차렸다.

"아, 아, 안녕하세요."

그녀는 입술을 달달 떨며 마주 인사했다.

"그럼 전 이만."

그리고 곧장 작별을 고했다.

안젤리나는 그 길로 쌩하니 도망쳐 버렸다. 이때까지 달려 본 적 몇 번 없었을 몸으로, 체력 부족으로 할딱거리는 호흡을 사방에 흩뿌리며 빠르게 그 자리를 벗어났다.

"앗, 왕녀님!"

멀리서 지켜보고 있던 켄토가 안젤리나의 돌발적인 행동에 놀라 그녀를 빠르게 뒤따랐다.

"……."

"……."

이아나와 아르하드는 할 말을 잃었다. 도망치는 안젤리나의 뒷모습을 어이없는 표정으로 쳐다보았다.

"뭐야. 날 좋아해서 학술원에 온 거 같다며."

그런 줄 알았는데…….

이아나가 미간을 살짝 찌푸린 채 뺨을 긁었다. 아르하드의 목소리를 듣자마자 얼굴이 확 붉어진 걸 보면 아직 그에 대한 마음이 남아 있는 것도 같은데, 그 직후에 괴물을 맞닥뜨려 피가 발끝까지 후드득 떨어진 양 안색이 희게 질린 건 뭐라고 설명할 수 있을까.

아르하드가 같잖다는 듯 비틀린 웃음을 흘렸다.

"저게 좋아하는 거야? 오히려 겁에 질린 것 같은데?"

맞다. 그녀는 분명 겁에 질렸다.

아니, 겁이라는 귀여운 단어는 어울리지 않았다. 그것은 공포에 가까웠다.

"뭐하자는 건지 모르겠군."

아르하드도 그것을 느끼고 어처구니없어하고 있었다.

"당신 혹시 왕녀에게 무슨 짓 했습니까?"

"네가 하지 말라며? 안 했어."

"교환 학생 제도가 도입되기 전에는요?"

"내가 관심 없는 인간한테 쓸데없이 시간을 할애할 리가 없잖아. 너도 알다시피 데뷔식 때 춤 한번 춘 게 다야."

그럼 안젤리나는 왜 아르하드에게 공포를 느끼는 거지?

이아나는 고민에 잠긴 채 아르하드를 따라 걸었다. 이아나가 제게 집중하지 않자, 아르하드는 콧잔등을 찡그렸다가 그녀의 어깨를 짚었다.

"거치적거리면 언제든 말해."

"지금 봐선 별문제 없을 것 같긴 합니다만."

"그래? 오늘 저 여자랑 무슨 일이 있었는지 물어도 돼?"

안 그래도 모두 말할 생각이었다. 이아나는 오늘 하루 겪었던 일을 처음부터 끝까지 빠짐없이 이야기했다.

겁에 질려 있다가 이아나를 보자마자 안겨 들었던 안젤리나. 그녀는 이아나의 곁에 있는 동안 안심했고, 둘이 되었을 때는 연거푸 사과했다. 마지막에는 착각일지도 모르지만, 희미한 맹신이 느껴질 만큼 기묘한 태도로 이아나에게 매달렸다.

안젤리나의 이상 행동을 모두 전해 들은 아르하드는 침묵을 지켰다. 그리고 인적이 드문 곳에 다다랐을 때, 그가 목소리를 싸늘하게 깔고 말했다.

"이아나. 진지하게 말하는 건데……."

“네.”

“죽이자.”

이아나가 안젤리나에 대해 말하는 횟수가 빈번해질수록, 안젤리나에 관한 대화가 그녀의 죽음으로 끝나는 경우도 늘어났다. 이때까지는 밥 먹을까, 정도의 느낌이었기에 이아나는 상황을 보고요, 라는 말로 넘길 수 있었다. 그런데 ‘죽일까?’가 ‘죽이자.’로 바뀌고 목소리에서 살기가 살짝 묻어나자 이아나도 이 일이 꽤 심각한 건가, 라는 생각이 들기 시작했다.

“이렇게 계속 귀찮게 구는 걸 보니 앞으로도 해를 끼치면 끼쳤지, 득이 될 것 같진 않다. 뒷일은 내가 알아서 할 테니 걱정하지 말고. 어때?”

심각이고 뭐고, 그냥 귀찮기 때문인 모양이었다.

“음…….”

사실 죽이는 게 제일 마음 편하다. 아르하드는 철저하니 왕녀의 죽음조차 사고사로 위장할 수 있을 것이다. 이득을 챙기기 위해 그 죽음마저 악랄하게 이용할지도 모른다.

나쁘지 않다. 하지만 이아나는 내키지 않았다.

“이아나.”

아르하드가 이아나를 멈춰 세웠다. 그의 차가운 손이 이아나의 살짝 굳은 뺨을 어루만졌다.

“내가 말했잖아. 자비로운 성자처럼 동정심을 여기저기 흘리지 말라고. 너만 피곤할 거라고. 그 여자가 강아지처럼 굴며 자기 삶을 살고 싶다고 해서, 동정심이라도 생겼어?”

“아니요.”

동정심은 절대 아니다. 이아나가 선을 그었다.

"동정심 같은 게 아닙니다. 하지만 죽이는 건 아닌 것 같아요."

"왜? 앞으로 더 귀찮게 굴지도 모르는데?"

"귀찮게 군 게 아니라 굴지도 모르는 거잖아요."

"왕녀는 이미 선을 넘었어. 교환 학생이 귀찮게 군 게 아니면 뭐야? 그냥 죽이는 게 나아."

이아나는 귓가를 스치는 손가락의 감촉을 느끼며 눈꺼풀을 들어 올렸다. 뺨에 닿은 큰 손은 어느새 따뜻해져 있었다. 이아나 때문에 붉은 기운이 어른거리는 금안은 안젤리나를 볼 때처럼 무생물 같지 않았다. 뺨을 만지작거리는 데 재미가 붙었는지, 아르하드는 무척 즐거워 보였다.

왜 죽이는 걸 꺼리느냐고?

아르하드가 이래서다.

이아나를 제외한 모든 존재에게 평등하게 무심한 남자.

이 세상을 넓은 체스 판으로, 군중을 체스 말로.

지루한 게임을 하듯 감흥 없이 시국을 제멋대로 휘두르고, 쓸모없는 말을 체스 판에서 치워 떨어뜨리듯 아무 감정 없이 죽인다고 하는, 그의 비인간적인 면모.

목적만을 향하는 그런 잔인함을 목격할 때마다, 이아나는 남부 대륙에서 아르하드가 했던 말을 떠올린다.

"네가 나를 너의 신념으로 이끌어 주길 바라. 갈 길을 잃은 내 앞에서, 나의 검으로서 뜻을 세워라."

이아나에게, 그녀의 신념으로 자신이 걸을 길을 인도해 달라던 아르하드의 말은 절대 빈말이 아니었다.

그녀가 고삐를 쥐지 않으면 그의 악의 없는 잔인함은 어디로 튈지 모른다. 세상에 흥미를 잃은 어느 날, 판을 뒤엎듯 세계를 멸망에 이르게 할지도 모른다. 회귀 전, 세상 모든 이들의 원한을 한 몸에 받으면서도 아무렇지도 않게 전 세계를 짓밟으며 피의 축제를 벌였던 것처럼 말이다.

그렇기에 이아나는 누구보다 신중해지고 싶었다. 이때까지는 별생각 없이 검만 수련하면 되었다. 그녀의 검은 저만을 위하는 이기적인 용도였다. 제 자존감을 드높이고, 제 것을 지키고, 제 적을 처단하는 수단이었다.

아르하드를 만난 이후 아르하드를 위해 그 검을 휘두르겠다는 생각을 했지만, 그것 또한 이기의 범주에서 벗어나지 못했다. 하지만 이제는 달랐다.

"지금부터는 너의 신념을 실현할 수 있는 세상을 기반부터 제대로 닦아 나가겠다."

아르하드가 그렇게 말한 이상, 이아나에게는 그녀와 그가 이끌게 될 집단의 정체성부터 명확하게 정해야 할 책임이 있었다.

나무는 뿌리부터 제대로 자리 잡아야 대지를 비집고 나온 줄기가 튼튼하다. 건강한 몸체에서 자라난 가지는 응집된 성장력을 품고, 가지 끝에서 피어난 잎은 풍성하다.

국가도 마찬가지다. 그러니 뿌리부터 제대로 잡아야 한다. 뿌리를 내릴 씨앗은, 바로 이아나의 신념이었다.

'내 신념이란 무엇인가?'

이아나는 시간이 나면 진지하게 스스로에 대해 종이에 적어 보곤 했다.

가치관과 생각.

살면서 마음에 안 들었던 것들, 좋았던 것들……

중요했던 것들, 아쉬웠던 것들.

그리고 타인에 대하여.

이때까지는 마음에 안 들거나 방해되면 무시하거나, 폭력을 가하거나, 죽이면 그만이었다. 하지만 그러한 '자신의 신념'이 '국가의 정의'가 되어 사람들 사이에서 '보편적인 통념'이 되는 건 좀 아니지 않을까.

죽음에 대해서도, 가볍게 생각하면 안 되지 않을까. 생명을 가벼이 보게 되는 순간부터 바하무트나 시디얀과 같은 꼴이 되지 않을까.

예전부터 죽음은 최후의 방법으로 두고 있었지만, 이런 고민들 때문에 요즘엔 더더욱 최후로 미루는 경향이 심해졌다.

"……"

생각에 잠긴 이아나가 아직도 제 얼굴에 닿아 있는 손에 저도 모르게 뺨을 살짝 문질렀다. 아르하드가 멈칫하자, 이아나는 잠에서 깨어나듯 상념에서 벗어나 왜인지 조금 긴장한 기색의 아르하드를 보았다. 아르하드의 상태가 이상했지만, 이아나는 고개를 한번 갸웃하곤 제 생각을 말했다.

"몇 번이고 말하는 거지만. 저와 당신에게 해가 될 것 같으면 제가 먼저 처리합니다. 이번에도, 안젤리나가 우리 일에 방해가 될 것 같았으면 제가 먼저 당신에게 죽이자고 했을 겁니다."

"……."

아르하드는 대답이 없었다. 이아나는 제 뺨에서 떨어져 나가려 하는 아르하드의 손 위에 제 손을 겹쳤다. 그는 얌전히 잡혔다. 이아나가 제 손가락들로 아래에 깔린 아르하드의 손가락들을 얽어맸다.

"제 판단을 믿고 기다려 주십시오. 당신은 제가 하고 싶은 일을 모두 하게 해 주겠다고 말씀하셨지 않습니까? 앞으로는 제 뜻에 전적으로 따라 주시겠다면서요?"

아르하드를 물끄러미 올려다보던 이아나가 눈을 내리떴다. 제 뺨에 닿아 있는 손의 감촉이 좋아서, 혹은 조금 투정을 부리고 싶어 뺨을 더 깊숙이 묻으며 중얼거렸다.

"당신이 던져 준 숙제 덕분에 제 나름대로 열심히 고민 중입니다. 안젤리나는 제가 알아서 할게요."

"……그렇게 해."

억눌려 있는 목소리에 이아나가 고개를 들었다.

"진짜로 싫으신 거면……."

"아냐."

아르하드의 뺨이 살짝 붉었다.

"왜 그러시죠? 조금 이상한데……."

"아무것도 아니라니까. 그래. 네 뜻대로 해."

'아무것도 아닌 게 아니라 내가 또 뭔가를 한 거겠지.'

척 하면 척이다. 이제는 아르하드의 표정만 봐도 그의 기분이 어떤지 알 수 있었다. 아르하드는 뭔가에 몹시 당황하고 있었고, 또 좋아하고 있었다. 제가 뭘 했나 싶어 잠시 되짚어 본 이아나는 제가 붙잡은 채 뺨을 묻고 있는 아르하드의 손을 인지했다. 이아나가 혀를 찼다.

'나도 참.'

마음 가는 대로 행동하기로 했더니, 이제는 고양이 같은 짓을 하고 있다.

'그런데 설마 이런 행동이 좋은 건가.'

설마가 아니라 확실하다. 이아나는 속으로 웃으며 쥐고 있는 손에 힘을 주었다.

'세상을 집어삼킬 수 있을 정도로 강한 힘을 가진 괴물. 그리고 난 그 고삐를 쥐고 있는 것 같네.'

아니, 사실이던가.

"……."

이아나의 심장에 기묘한 짜릿함이 스쳤다. 나른한 쾌감은 전류가 되어 혈관을 타고 흘러 몸 구석구석까지 퍼졌다. 이아나의 눈매가 접히고, 입술이 호선을 그렸다.

'마음에 들어.'

기분이 좋아진 이아나가 아르하드용 실험 수첩에 '손바닥에 뺨비비기'를 기록하는 사이, 감정을 조금 갈무리한 아르하드가 입을 열었다.

"그래서, 안젤리나를 동정하지는 않는다고?"

"네. 다만 관심이 조금 생긴 건 사실이죠."

"관심?"

이아나는 안젤리나의 고백에서 진심을 느꼈다. 그녀의 괴로운 고백이 순간의 답답함을 이기지 못한 어린아이의 단순한 투정인지, 제 인생을 찾고 싶어 하는 성인의 절박함인지는 분별하지 못했다. 그러나 온실 속 화초를 벗어나 제 인생을 찾고 싶다는 말은 이아나의 마음을 살짝 건드렸다.

물론, 자기 인생은 자기가 찾는 것이니 안젤리나를 위해 뭔가를 특별히 해 줄 생각은 없었다.

"네. 제게 그렇게까지 심정을 고백하는데 교환 학생으로 머무는 동안 적대하지 않고 옆에 둬 볼까, 하는 정도의 관심이요."

딱 거기까지다. 안젤리나가 제 옆에서 무슨 감정을 느끼고, 무슨 생각을 하는지까지는 관심 없었다. 아르하드는 픽, 웃었다.

"역시 그 여자가 널 무척 귀찮게 할 것 같아."

"우리 일에 방해가 많이 될까요?"

"그쪽이 아니라…… 됐어."

말을 끊은 아르하드가 이아나의 뺨을 한번 꼬집고는 뒤돌아 걸었다. 이아나는 고개를 한번 갸웃하곤 아르하드를 뒤따라갔다.

"호호호호."

화려한 꽃, 화려한 조각. 화려한 테이블, 화려한 디저트. 화려함으로 무장한 궁에서는 두 사람만의 티 파티가 열리고 있었다.

화려한 보석, 화려한 드레스. 화려한 향수 냄새.

루리아가 부채를 접으며 붉은 입술을 말아 올렸다.

"안젤리나는 아주 철없는 여자아이이지. 남자 하나에 미쳐서 더러운 평민들이 득실거리는 발젠타 학술원에 입학 원서를 내다니. 어쩜, 너무 우습구나."

루리아가 코웃음 쳤다. 다 가지고 태어난 계집애가 사랑 따위에 목을 매며 철없이 구는 것이 때려 주고 싶을 정도로 얄미웠다.

하지만 얄미운 건 얄미운 거고, 루리아는 안젤리나의 선택을 반겼다. 안젤리나의 애원에 망설이는 국왕에게, 루리아는 옆에서 당신의 딸이 가엾지 않으냐며 아주 짧은 시간만이라도 원하는 대로 하게 해 주라고 부추겼다. 그리하여 안젤리나는 발젠타 학술원으로 갔다.

"안젤리나가 릭실리야처럼 약질 못해서 뮤지니엘도 골치가 아프겠어. 뭐, 나야 고맙지. 오호호호. 안젤리나가 빠져 있는 사내놈의 연인이 슈나이더가 쫓아다니는 계집애라던데, 얼마나 우습니. 안젤리나가 둘 사이를 깨 줬으면 좋겠네! 듣자 하니 슈나이더가 상사병에 정신을 못 차리는 것 같던데, 방해꾼까지 사라지면 그놈이 미쳐서 레리트 그 여우 같은 년과 파혼할 수도 있지 않을까? 호호호호. 안젤리나는 자작가의 양자 따위와 결혼하고, 슈나이더는 백작가의 서녀 따위와 결혼하고, 타루이트 공작가는 슈나이더에 대한 지지를 철회하고. 아핫, 하하. 우스워라."

루리아는 혼자서 한참이나 시끄럽게 떠들어 댔다. 그러다 혼자 말하는 것에 지쳐 말을 멈추고 숨을 골랐다. 그녀가 앞에 있는 사람을 보며 짙게 웃었다.

"우습지 않니?"

루리아의 맞은편에는 그녀와 똑 닮은 아름다운 청년이 더없이 우아하게 차를 홀짝이고 있었다.

"시아이외, 내 아들."

시아이외는 대꾸하지 않았다. 무반응이 익숙했던 루리아는 계속 홀로 주절거렸다. 그러나 할 말이 없어질 때까지 시아이외가 반응하지 않자, 루리아는 결국 입술을 삐죽거렸다.

"뭐라고 말 좀 해 봐."

시아이외가 찻잔을 탁, 소리가 나도록 놓았다.

"제가 알기로, 안젤리나는 평민들의 삶 속에서 왕족으로서의 책임감을 기르고 자신의 세계를 넓히고 싶다며 아바마마께 간청했습니다. 그래서 아바마마께서도 고심하다가 결국 허락하신 거고요. 아닙니까?"

"당연히 아니지."

루리아가 키득거리며 웃었다.

"그건 핑계란다. 그 계집애가 작년에 했던 꼴 못 봤니? 장식용 유리 꽃 같던 계집이 상기된 뺨으로 남자 뒤를 캐고 다니던 꼴이란. 언성 한번 높인 적이 없던 순해 빠진 년이 국왕탄신일 때는 천출 계집과 드잡이까지 했어. 그 후 시름시름 앓은 것도 분명 상사병 때문이야. 사랑에 눈이 먼 계집애는 상대 외엔 아무것도 보이지 않거든."

"흐음."

드디어 시아이외가 반응을 보였다. 재밌다는 듯 입술을 말아 올리며 고혹적으로 미소 지은 것이다. 루리아는 저와 똑 닮은 아름다운 얼굴을 감상하며 거울을 보는 양 흐뭇해했다.

"경험담이신가요?"

"경험담일 리가? 감정보다는 현실이야."

시아이외가 고개를 살짝 기울였다.

"그럼 어머니는 부군이신 국왕 전하를 사랑하지 않는다는 뜻인가요?"

"물론 사랑하고 있지. 아주 많이. 이 어미가 전하를 성심을 다해 모시는 걸 보면 모르겠니?"

"안젤리나에겐 철없다고 하셨잖습니까? 그럼 어머니도 철이 없는 건가요."

"내 말은 사랑에 빠져 허우적대더라도 상대를 봐 가면서 해야한다는 뜻이란다."

"아아."

시아이외는 아주 중요한 진리를 깨달았다는 듯 탄성을 나지막하게 흘려 냈다.

그렇지.

당신은 돈과 권력을 제일 '사랑'하니까, 당신에게 헌신했던 남자에게 '사랑'이라는 이름으로 매달려 유혹해 놓고도 결국엔 '사랑'을 핑계로 대며 늙은 국왕으로 갈아탄 거겠지.

그 예쁜 입술에 얹었던 알량한 '사랑'은 존재한 적이 없었다는 것처럼 기억 속에서 지워 버렸겠지. 그보다 더 깊은 '사랑'에 미쳐서 말이야.

너무나도 쉽게. 안 그래?

"어머니의 말씀이 맞습니다. 그런데 안젤리나의 애기를 하려고 저를 부르신 겁니까?"

"정 없긴. 아들이라는 녀석이 어미가 부르지 않으면 찾아오는 일이 없어. 자주 와서 어미와 차 한잔 마시며 이야기나 좀 하자 꾸나."

"티타임과 수다는 부인들과 충분히 즐기고 계실 텐데요."

"똑같은 면상들만 보고 있으니 물려."

"저 말고 페르난도 형님도 있잖습니까."

"페르난도는 바빠. 하지만 넌 안 바쁘잖아."

그 한 마디가 시아이외의 심사를 콰득 꼬았다. 쥐어짜인 불쾌감이 구정물처럼 고였다. 역겨움이 목구멍을 역류하여 입술까지 뒤틀었다.

"시아이외, 너도 슬슬 결혼해야 하지 않겠니? 마음에 드는 귀족 영애 없어? 어서 결혼해서 어미와 형을 도와주렴."

왕이 될 자를 제외한 모든 왕족은 결혼하면 새로운 성을 가진 '대공'이 되어 영지를 받고 왕가에서 독립한다. 왕실과 분리되는 대신 독자적인 세력을 갖출 수 있기에, 슈나이더와 대적 중인 루리아는 시아이외를 하루빨리 결혼시키고 싶어 했다. 블랙폭시만으로는 불안했다. 그녀는 완전히 믿을 수 있는 든든한 우군을 얻고 싶었다. 그 역할로는 시아이외가 적합했다.

"페르난도 형님도 결혼을 안 하셨지 않습니까. 저보다는 형님이 우선인 것 같은데요."

기묘한 성벽 때문에 결혼할 여자를 구하기도 어렵겠지만.

시아이외가 아무것도 모르는 척 페르난도를 주제로 끄집어내자 루리아가 움찔했다.

"페르난도의 신붓감은 좀 더 고민해야 해. 일단 시아이외 너부터 보내고 싶구나."

루리아가 황급히 말을 돌렸다.

"시아이외, 안젤리나처럼 철없이 구는 건 안 돼. 알지?"

"좋아하는 여자가 없어 철부지가 될 수 없다는 게 안타깝네요."

"그럼 정략결혼이라도 해야지."

조급하게 구는 루리아를 가만히 쳐다보던 시아이외가 고개를 살짝 끄덕였다.

"그러겠습니다. 지금 바로는 싫고 다음 해쯤?"

루리아의 얼굴이 확 폈다.

"정말이니?"

"그럼요. 하지만 올해는 아닙니다."

"잘 생각했어! 후후, 오늘부터 골라야겠네. 애, 네가 아가씨들에게 얼마나 인기 좋은 줄 알아? 날 닮아 훤칠하게 잘생겨선."

시아이외가 피어나듯 웃었다. 거짓 한 점 없이 솔직한 심정이 담긴 순수한 미소였다.

"제가 어머니를 닮아서 좋습니다."

권력을 탐하는 피를 물려줘서 정말 고마웠다. 그래서 로안느를 버리겠다고 쉽게 결심할 수 있었던 거니까. 올해 말, 시아이외는 로안느를 떠날 예정이다. 그러니 무도회가 내년이든 내후년이든 관계없었다.

"호호호."

아들이 달콤한 말을 하자, 기분이 좋아진 루리아가 화려한 부채로 달뜬 얼굴을 식히며 따사로운 햇살을 즐겼다.

"네가 정신을 차려서 다행이야. 어릴 때는 어찌나 반항이 심했는지, 정말로 어떻게 되는 줄 알았지 뭐니."

"사춘기가 일찍 왔었지요. 지금 생각하면 감정 하나 제대로 조절하지 못했던 스스로가 부끄럽기만 합니다."

"으음."

루리아가 부채를 탁, 접어 붉은 입술에 가져다 댔다. 눈을 가늘게 뜨고 이제는 희끄무레해서 잘 생각나지 않는 과거를 되짚었다.

루리아의 과거 속에는, 베고이샤 왕국에 있을 때부터 그녀의 곁을 지켰던 충직한 기사가 한 명 있었다. 초기, 왕궁에서 힘든 생활을 했던 루리아는 자신만을 바라봐 주고 챙겨 주는 그에게 매달렸었다. 아무도 모르게 부정한 관계를 맺기도 했다.

그리고 그는 십수 년 전에 그녀와 블랙폭시의 심기를 건드려 살해당했다.

당시, 루리아는 지극히 자기중심적인 관점에서 그에게 배신감을 느꼈다. 하지만 권력에 취해 조국까지 저버린 지금에 와서는 그에 대한 감정이 전혀 남아 있지 않았다.

"그, 아, 하아. 이름도 이젠 기억 안 나는구나. 그놈이 죽었기 때문이었지? 그놈이 너를 끔찍하게 위하긴 했었구나."

"……."

"아, 됐어."

루리아는 머리 아픈 생각은 그만두고, 시아이외의 신붓감을 고를 방법을 고민했다.

"내가 후보를 직접 고르는 건 모양새가 빠지니, 무도회를 열어야겠구나."

루리아의 얼굴에 열꽃이 피었다.

"나, 루리아의 아들이자, 국왕이 될 페르난도의 하나뿐인 친동생이며, 노른자위에 있는 땅을 받아 대공이 될 너의 신부를 구하는 무도회는 어떤 무도회보다 화려해야 해. 포란트산 최고급 카펫을 바닥에 깔고, 자수정으로 장식한 샹들리에를 천장에 가득 달아야겠어. 곳곳에 황금과 다이아몬드로 제작한 꽃들을 둬야지. 아, 따뜻한 스콘과 쿠키를 바로 찍어 먹을 수 있게, 녹은 초콜릿이 끊임없이 흐르는 커다란 분수도 설치하는 게 좋겠구나.”

성대하고 호화로운 무도회를 열어 사치를 즐긴다 생각하니 상상만 해도 혀가 오그라들 정도로 행복하고 머리가 굳을 정도로 황홀했다.

사치는 마약과도 같다. 한번 그 진미를 맛보면 이전으로는 돌아갈 수 없다. 누리고 있는 것을 잃고 싶지 않아 추악하게 매달리게 된다.

시아이외가 입가에 옅은 미소를 띤 채 무도회를 상상하는 루리아를 지켜보았다.

욕망은 경계할 줄 알아야 한다. 자제하지 못하면, 어미처럼 너무나 추잡해질 테니까.

그녀의 모습은 그가 생각하는 긍지와 정면에서 충돌하여, 기어오르는 벌레처럼 혐오감을 빚어냈다.

어찌 보면 루리아는 참된 스승이라고도 할 수 있다. 그가 잘못된 길을 가지 않도록, 그 길을 앞서 걸어가며 그에 따른 결과를 적나라하게 보여 주고 있기 때문이었다.

“그럼 전 가 보겠습니다.”

혐오를 텅 빈 심장에 느긋하게 갈무리한 시아이외가 자리에서 일어났다.

"넌 대체 뭐가 그리 바빠?"

루리아가 팔짱을 끼며 시아이외를 흘겼다.

그녀와 추종 세력들이 첫째 아들에게 쏟아붓는 관심에 비례하여, 둘째 아들이 갖는 혼자만의 시간은 점점 늘어났다.

거칠 것이 없어 폭력적이고 충동적인 성향을 갖추게 된 첫째와는 달리, 둘째는 속을 모를 조용하고 비밀스러운 사내로 성장해 어느 순간 루리아의 눈에 띄었다.

둘째는 예의는 발랐지만 은근한 거리감이 느껴졌다. 둘째의 차분하고 고상한 분위기가 루리아의 취향인 것과는 별개로 그 거리감은 썩 마음에 들지 않았다.

"하는 일도 딱히 없잖아. 파티에 잘 참석하는 것도 아니고, 귀족들 모임에 가는 것도 아니고."

시아이외는 궁 안에서 책을 읽거나 궁술 연습만 주야장천 해 댔다. 그리고 감시자를 붙여 미행해 본 결과 궁 밖에서는 쇼핑을 하거나 공연을 보러 가거나 서점에 가서 책을 읽었다.

"어머니에게는 파티나 모임만 일이겠지만 전 아닙니다."

"그래? 그럼 오늘은 뭘 하는데?"

"왕궁 밖의 서점에 갈 겁니다. 책이 끝없이 꽂힌 서가에서, 종이 냄새를 맡으며 직접 책을 고르고 싶군요. 책을 양팔이 저릴 정도로 잔뜩 사 와서 방에 틀어박히고 싶습니다."

루리아가 즐거워하는 시아이외를 질린 기색으로 쳐다보았다.

"참 재미없게 사는구나."

"책은 지식의 보고입니다. 선인이 후대에게 물려준 것들 중, 가장 위대한 유산이지요. 어머니도 독서를 좀 하시지요."

루리아가 손을 휘저었다.

"아, 골치 아픈 건 싫어."

"그럼 운동이라도 하세요. 가진 것을 다 누리시기 전에 단명하면 어쩌시려고."

루리아가 인상을 확 찌푸렸다. 둘째는 유하다가도 거슬리는 말을 갑작스레 툭 내뱉곤 했다. 물론 둘째 입장에서는 농담일 것이다. 하지만…… 착각이겠지만, 루리아는 아들의 그런 말에서 뾰족한 가시들을 느끼곤 했다.

"너, 또 그런 말투를 쓰는구나. 그만해."

"이런, 저는 나름대로 어머니를 생각해서 말씀드린 건데요."

"붙잡았더니 잔소리가 끝내주는구나. 그만하고 가 보렴."

"네."

시아이외가 그린 듯한 미소를 지으며 뒤돌아섰다. 화려, 화려, 화려. 화려하기만 한 루리아의 궁을 벗어난 시아이외의 얼굴에서 표정이 사라졌다.

당신이 이렇게 멍청하니까 당신이 죽인 그 남자와 블랙폭시가 말을 안 해 줬던 거야.

당신이 낳은 내가, 왕의 아들이 아니라는 걸.

그리고 나는 이 지긋지긋하고 더러운 번데기를 벗어던지는 날만을 기다리고 있어. 나비가 되어 자유로운 하늘로 날아오르기 전, 썩은 번데기를 당신의 귀에 쑤셔 박아 주는 날만을 말이야.

시아이외가 검지에 낀 반지를 만지작거렸다. 왕궁에는 왕족만이 마법을 사용할 수 있게 해 주는 강력한 마나 제어 배리어가 걸려 있다. 그러나 배리어는 만능이 아니었다. 마녀 마르가리타가 배리어를 무시하고 마법을 쓴 것만 봐도 알 수 있다.

시아이외의 반지는 왕궁 배리어를 깨는 엄청난 아티팩트다. 시아이외가 왕의 아들이 아님을 깨달은 친부가 블랙폭시에 부탁하여 제작해 준 물건이었다. 덕분에 시아이외는 이십 년이 넘도록 왕족으로 살아올 수 있었다.

시아이외는 반지의 위력을 느낄 때마다 의문이 들곤 했다.

'바하무트는 이런 능력이 있으면서 왜 이때까지 로안느를 정복하지 못한 걸까?'

역사는 바하무트 황족을 악마로 묘사한다. 황족은 자타공인 먹이 사슬의 정점에 있으며, 누구에게도 위협받지 않았다. 시간만이 그들을 죽일 수 있었다. 그런데도, 바하무트는 왜 로안느를 멸망시키지 못한 걸까?

시아이외가 관찰한 결과, 로안느 왕족은 그리 대단하지 않았다. 방중술을 익힌 여자 따위에 휘둘리는 돼지 같은 국왕을 보라. 꼭 두각시처럼 조종당하는 주제에 제가 무소불위한 권력을 지녔다 믿는 왕국의 미래, 왕세자 페르난도를 보라.

슈나이더 정도는 인정할 수 있다. 하지만 무력 면에서는 이아나와 아르하드가 슈나이더보다 월등했다. 그런 그들조차 현재로선 황족을 상대할 수 없다고 했다.

'그런데 왜?'

마르가리타가 그랬던 것처럼, 왕궁에 침투해서 로안느 왕족들을 몰살하면 수백 년간 이어져 온 전쟁은 단숨에 끝날 텐데. 바하무트는 왜 그러지 않은 걸까…….

'전 세계가 바하무트를 적으로 돌리는 걸 방지하려고 로안느를 이용했나? 하지만 그것 때문에 수백 년간 전쟁을 이어 갈 것 같진 않은데. 아니면 로안느 왕국에 숨겨진 힘이라도 있나?'

시아이외는 의문 한 자락을 가슴 깊숙이 품어 둔 채, 로브를 뒤집어쓰고 왕궁을 나섰다. 사람들의 시선을 피하며 그가 당도한 곳은 도서 유통 업계의 신흥 강자, '프리더스 서점'이었다.

로안느에서 가장 큰 규모를 자랑하는 프리더스 서점은 세워진 지 얼마 되지도 않아서, 로안느 내의 서점들 중 최다 종류의 서적을 보유하는 기염을 토했다. 프리더스 서점은 돈만 준다면 어떤 금서든 구해 주는 사업으로도 유명했다.

끼익.

서점의 입구에 들어서자마자 정겨운 냄새가 훅 풍겨 왔다.

"하아……."

시아이외는 책 특유의 텁텁한 냄새를 가득 들이켰다.

그는 책을 사랑한다. 책은 왕궁에 갇혀 살던 그를 세상으로 끄집어낸 부모이자 아낌없이 지식을 나눠 준 스승이었으며, 그가 주체적인 신념을 갖출 수 있도록 길을 안내해 준 길잡이였다.

서적 유통계의 왕이라고 할 수 있는 프리더스 서점. 이 서점은 시아이외의 소유였다.

시아이외는 제 눈앞에 펼쳐진 거대한 서가를 황홀하게 바라보았다. 질서 정연하게 빼곡히 꽂힌 책들의 향연에 이 세계의 모든 역사를 먹어 치운 듯한 포만감을 느꼈다. 그는 이 작지만 거대한 왕국의 왕이었다.

그는 어렸을 적부터 루리아가 그래도 아들이랍시고 내준 막대한 내탕금으로 책만 사 모았다. 방에 틀어박힌 채 미친 사람처럼 탐독하면서, 책에 대한 안목은 나날이 높아졌다. 그가 완독한 책들은 서재에 기하급수적으로 쌓여 갔다.

모두가 제게 관심이 없는 사이 친부와 함께 궁 밖을 나돌며 세상 물정을 배운 시아이외는, 나이가 어느 정도 찼을 때 작은 서점, 프리더스를 세웠다.

초창기의 프리더스 서점은 시아이외가 읽은 책 중 내용이 좋았던 책들과, 왕족의 힘으로 구했던 귀한 책들을 취급했다. 당연한 수순으로, 프리더스는 사람들 사이에서 질 좋은 책들만 취급하는 고급 서점으로 입소문이 났다.

덕분에 시아이외의 수중에 떨어지는 돈은 늘어났고, 사업은 나날이 번창했다. 그 모든 것이 왕가의 누구도 알지 못하도록 은밀하게 이루어졌다.

팔락.

시아이외는 책장에서 책 한 권을 빼내 책장을 넘겼다. 필력 좋은 작가가 저술한 기사의 영웅담은 시아이외의 입가에 미소를 얹었다.

역사와 지식이 기록된 책은 모든 문화의 기초이기도 하다. 책을 아끼는 시아이외는 문화 또한 사랑했으므로, 연극, 음악, 미술과 같은 각종 문화 산업에도 손을 뻗쳤다.

그는 아름다움도 사랑했다. 루리아의 사치를 혐오했지만, 선을 지키면서 스스로를 아름답게 가꾸는 행위는 반겼다. 아름다움은 역사를 이끌어 가는 주축 중 하나였으며, 문화 산업은 기본적으로 아름다움을 추구했다. 그리하여 의류, 보석, 화장품과 같은 사업에도 발을 들였다.

관심 있는 분야라면 고민하지 않고 불나방처럼 뛰어들었다. 사업에 실패할 때도 종종 있었으나, 그의 안목은 뛰어나 대체로 큰 성공을 거뒀다. 성공은 시아이외에게 부와 권력, 명예와 긍지를 안겨 주었다.

그렇게 정체를 감춘 채 일만 미친 듯이 하던 시아이외가 문득 자신을 되돌아봤을 때, 그는 이미 로안느의 문화 산업에 막대한 영향력을 미치는 큰손이 되어 있었다.

시아이외의 가명은 '반 프리더스'.

유명 극단의 프리마돈나들이 비밀에 휩싸여 있는 가면의 사내, 우아한 사업가 반 프리더스를 만나고 싶어 안달이 나 있다는 것은 그리 어렵지 않게 들을 수 있는 이야기였다.

시아이외는 반 프리더스를 찾아온 션의 영입 제안을 받아들여 카마트로스에 들었다. 직접 정체를 밝힌 후에야 반 프리더스가 시아이외 루리아 로안느라는 사실을 안 션은 놀라움을 감추지 못했다.

시아이외는 반 프리더스라는 이름에 자부심을 느끼고 있었다. 그리고 긍지를 가질 수 있게 해 준 책에 넘치는 애정을 품었다.

'멍청이는 책의 위대함을 알지 못하지.'

시아이외는 루리아를 한차례 더 경멸한 후, 책장에서 바하무트와 로안느가 주제인 서적을 꺼내 들었다. 바하무트와 로안느의 관계에 대한 탐구욕이 무럭무럭 자라났다. 시아이외는 로안느 왕실을 혐오했으므로 여태 그들에 대해 알려 하지 않았으나, 욕망을 이길 수는 없었다.

하지만 오늘은 책의 바다 속에서 헤엄치는 날이 아니었다. 시아이외는 책을 구매한 후, 서점 한구석에 마련되어 있는 카페로 향했다. 서점의 고객들이 책을 읽거나 만남의 장소로 이용하는 곳이었다. 그곳에는 그가 요즘 자주 만나는 이가 책을 읽고 있었다.

"안녕하세요."

시아이외가 인사하자 리키젠이 바로 뒤돌아보았다. 그리고 벌떡 일어나 마주 인사했다.

시아이외는 리키젠의 맞은편에 앉으며 그의 옷차림을 살폈다. 눈 높은 시아이외가 만족할 정도로 세련된 코디였다. 색감이면 색감, 디자인이면 디자인, 무엇 하나 리키젠에게 어울리지 않는 게 없었다. 그가 세련되어 보이는 데는 옷이 큰 역할을 했다. 천이 그리 고급인 것도 아니건만 섬세한 자수와 튼튼한 마감 덕에 옷이 무척 근사해 보였다.

"리키젠 군을 만날 때마다 옷을 보고 감탄합니다. 제작자가 누군지는 몰라도 바느질 한 땀, 한 땀 장인의 정신이 느껴지는군요. 옷을 그렇게 맞춰 입은 리키젠 군의 안목도 대단해요."

"……그런가요. 저하께서 칭찬해 주시니 몸 둘 바를 모르겠습니다."

리키젠이 이 주제가 어색한 듯 떨떠름해하자, 시아이외는 그가 읽고 있던 책의 제목을 가리키며 주제를 부드럽게 넘겼다.

"그 책, 어떻습니까?"

"추천해 주실 만하더군요. 마법사와 무인의 상호 보완성에 대해서 그림과 함께 자세히 서술되어 있어 공부가 됩니다. 좋은 책을 권해 주셔서 감사합니다."

시아이외와 리키젠은 마르가리타 사건 이후 가까워졌다.

이아나는 에이지를 구출한 후 시아이외를 찾아오기로 했었는데, 일주일이나 앓아눕고 말았다. 덕분에 시아이외와 리키젠은 꽤 오랜 시간을 함께 보내야만 했다. 어색한 침묵을 깨려고 여러 가지 주제로 대화를 시도한 덕에 그들은 독서라는 공통의 취미를 발견했다. 그 후로는 가끔 만나 독서 토론을 하며 시간을 보내는 사이가 되었다.

사실, 시아이외가 리키젠과 친해진 의도가 그리 순수하지만은 않았다.

이아나가 소중하게 여기는 친구.

'선'이라 판단되는 에이지가 마녀에게 납치되었던 원인.

아르하드가 따로 후원하는 학술원 정책학부의 3년 수석.

모든 걸 고려했을 때, 시아이외는 리키젠이 친해질 가치가 있는 인간이라고 판단했다. 그리고 지켜본 결과 그의 영민함이 저를 뛰어넘을 정도라, 시아이외는 리키젠에게 더욱 호감을 느꼈다.

리키젠도 돌봐 준 것에 대한 고마움, 공통된 취미와는 별개로 시아이외와 친해진 이유가 따로 있었다. 오웬 후작가를 정치적으로든 경제적으로든 완전히 매장시키는 미래를 그리며 귀족들에 대한 정보를 얻기 위함이었다.

시아이외가 풀 네임을 알려 주었을 때, 리키젠은 치솟는 적대감으로 속이 부글거렸다. 시아이외는 루리아의 아들이었고, 그의 가족을 잔인하게 도륙한 오웬 후작가가 루리아 측의 가장 큰 지지 세력이었기 때문이다. 하지만 리키젠은 이아나와 시아이외의 친분을 떠올리며 감정을 갈무리했다. 루리아의 아들일지언정, 이아나가 아픈 저를 맡긴 사내가 쓰레기일 거라는 생각은 들지 않았다.

과연 그 판단이 맞았다. 시아이외는 괜찮은 사람이었다. 왕자면서 누구에게든 꼬박꼬박 존댓말을 하는 습관이 특히 인상적이었다.

리키젠은 시아이외에게서 정보를 얻었고, 시아이외는 알면서도 모른 척 정보를 넘겨주었다. 대신 시아이외도 리키젠에게서 이아나에 대한 정보를 얻었다.

"안젤리나와 이아나 양이 잘 지내고 있단 말입니까?"

"네. 무례를 무릅쓰고 표현하자면, 왕녀님이 강아지처럼 이아나 님을 따라다니십니다. 모두가 그 모습에 황당해했지만, 이젠 익숙해져서 그러려니 합니다. 다음 주에 교환 학생 멤버로 보육원에 갈 건데, 왕녀님도 가시기로 했습니다."

시아이외가 손깍지를 끼고 철부지 공주 안젤리나를 떠올렸다. 안젤리나가 작년 여름부터 이상해졌다는 소문은 들어서 알고 있었지만, 진짜로 머리가 어떻게 된 게 아닐까?

'아니면 그 애도 변화하는 걸까.'

어쨌든 이아나와 아르하드가 그냥 내버려 두는 걸 보면 별문제 없다는 거다. 시아이외는 안젤리나의 문제를 잊기로 했다.

"어머, 리키젠!"

그때, 발랄한 목소리가 카페에 방울 소리처럼 퍼졌다. 시아이외와 리키젠이 예쁜 색감의 치맛자락을 살랑거리며 손을 흔드는 여자를 동시에 돌아보았다.

"프리실라 누나?"

마르가리타 사태 이후, 리키젠은 프리실라와도 급격히 친해졌다. 가볍게 인사하고 지나치는 소소한 친분 정도는 그전에도 있었다. 하지만 전염병 환자에 상처투성이인 채로 길바닥을 뒹굴며 죽어 가던 저를 거리낌 없이 구해 준 착한 여자, 프리실라에게 리키젠은 마음의 벽을 허물고 말았다.

프리실라는 아주 긍정적이고 발랄한 사람이었다. 말이 많은 게 흠이라면 흠이지만, 수다를 떨어도 에너지를 깎아 먹는 사람이 있고 더해 주는 사람이 있는데 프리실라는 후자였다.

또 프리실라는 좋아하는 일을 즐기면서 열심히 하는 능력자다. 리키젠은 그런 그녀가 싫지 않았다. 프리실라는 귀족이 아니기에 처음부터 거리감도 없었다. 결국 까칠하고 예민한 리키젠도 프리실라와 친해지고 말았다.

그리고 그는 프리실라의 인형으로 전락했다. 그의 옷차림은 모두 프리실라의 작품이었다.

"누나가 서점엔 어쩐 일이야."

"졸업 과제 때문에 패션 자료집을 좀 보러 왔어. 넌 언제나 열심이구나? 친구랑 같이 온 거니?"

리키젠에게 고정되어 있던 눈이 그제야 맞은편에 앉아 있던 시아이외에게 닿았다.

"헉!"

보석 같은 자색 눈동자를 마주하자마자 빨려 들어가는 듯한 기분을 느낀 프리실라가 헛숨을 들이켰다.

"어머, 어머, 어머!"

프리실라가 얼굴이 빨개지더니 발을 동동 굴렀다.

"너무 잘생겼어! 완전 내 타입!"

"잠깐, 누나……."

리키젠이 제지하려 했지만 그 전에 시아이외가 선수를 쳤다.

"안녕하세요. 리키젠 군의 친구분인가요?"

모르는 척 물었지만, 시아이외는 이미 프리실라를 알고 있었다.

이아나 로베르슈타인의 룸메이트. 길거리에 엎어져 있던 리키젠을 구해 이아나에게 데려간 여자.

아니다. 사실 시아이외는 프리실라를 그전부터 알고 있었다.

프리실라, 그녀는 의류 업계에서 유명 인사였다. 물밑에서 알음알음으로 입소문이 나 있던 그녀의 대단한 실력은, 이아나의 드레스를 만든 이후부터 많은 이들에게 인정받기 시작했다. 명성이 수면을 박차고 하늘로 날아오르자 그녀의 몸값도 천정부지로 치솟았다.

그리고 우스갯소리처럼 그녀를 칭하는 이름으로는 '미친 개'가 있다. 뭔가를 하고자 마음먹으면 눈을 까뒤집고 덤벼들어, 그 일이 성사될 때까지 물고 늘어진다고 해서 붙여진 별명이었다. 시아이외는 그 별명도 알고 있었다.

부드럽게 살랑거리는 금발과 귀여움이 묻어나는 눈망울을 본 시아이외는 픽 웃고 말았다.

'역시 사람은 외양으로 판단하면 안 되는군. 조그마한 체구로 제법이야.'

프리실라가 침을 뚝 흘릴 기세로 제 얼굴을 쳐다보고 있자 시아이외는 천천히 입을 열었다.

"제 외모가 마음에 드시나 봅니다."

"아, 마음에 들고말고요! 완전 제 취향이에요!"

프리실라의 적나라한 호감 공세에 옆에 있던 리키젠이 아연하게 그녀를 보았다.

"제 주변에 잘생긴 남자는 엄청 많거든요? 응, 진짜 세상에서 제일 잘생겼다 싶은 남자도 하나 있는데, 보고 있으면 황홀하긴 하지만 너무 비현실적이라……. 또 너무 무표정하고 차가운 느낌이라 오히려 취향이 아니거든요."

프리실라는 어느새 성큼 다가와서 테이블에 얌전히 놓여 있던 시아이외의 손을 붙잡았다.

"그런데 당신 얼굴은 정말 좋아요. 너무 멋져. 제 취향은 이아나 양처럼 가만히 있어도 이렇게 염기가 풀풀 날리는 섹시 페로몬계의…… 앗, 실수."

프리실라는 실수라며 귀엽게 웃으면서도 시아이외의 손을 만지작거렸다. 연신 잘생겼다고 감탄하며 손등을 은근하게 매만졌다.

시아이외가 잡힌 손가락에 힘을 살짝 주어 프리실라의 손가락을 얽었다.

"이건…… 무슨 뜻인가요?"

시아이외는 고혹적으로 미소 지으며 그녀의 의중을 물었다.

익숙한 상황이었다. 시아이외 루리아 로안느일 때든, 반 프리더스일 때든, 치근덕거림은 질릴 정도로 많이 겪어 봤다. 꽃잎 같은 입술로 읊조려지는 고백도 많이 받아 봤다. 그들은 프리실라처럼 뺨을 장미처럼 붉힌 채 그에게 접근했었다.

이 여자는 제게 반한 걸까……?

시아이외가 어찌 거절해야 할지 생각하고 있는데 흥분한 프리실라가 헐떡거리면서 말했다.

"제 옷을 입어 주세요. 허억……."

"……."

"세상에. 뼈까지 잘생겼어."

시아이외는 제대로 착각했다는 걸 깨달았다. 그녀는 유혹하려는 의도로 그의 손을 어루만지고 있는 게 아니었다. 뼈를 만지며 골격을 살피고 있었다.

들은 대로 아주 특이한 여자였다. 익숙한 접근에 습관적으로 대응하려던 그를 왕자병에 걸린 사람으로 만들어 버렸다.

"훗."

시아이외는 민망한 착각을 몽둥이로 때려 부순 프리실라에게 유쾌함을 느꼈다.

그는 노골적으로 제 손을 주물거리는 작은 손을 떼어 내려다 멈칫했다. 거칠고 딱딱한 손의 감촉이 무척 인상 깊었다.

천재, 사차원, 거기에 노력까지.

'멋진 사람이로군.'

시아이외는 프리실라를 아주 높게 평가했다. 그는 떼 놓으려 했던 그녀의 손을 그냥 내버려 둔 채 눈을 접어 웃었다.

"일단 통성명부터 하지요. 처음 뵙겠습니다, 아가씨. 시아이외 루리아 로안느라고 합니다."

"로안느? 왕자님이셨어요? 어머, 어머, 이렇게 왕자님을 뵙다니. 왕자님 너무 매력적인 페이스를 가지고 계세요. 몸도 탄탄하시고. 평소에 무슨 운동이라도 하세요? 비율이 아주, 어머. 제 옷을 입으시면 끝내주실 것 같아요."

"칭찬 감사하군요. 그래서 아가씨의 이름은?"

"아, 전 프리실라예요. 옷을 만드는 사람이랍니다. 그런데 왕자님, 혹시 옷에 관심 없으세요? 제 노트에 왕자님께 어울릴 것 같은 멋진 디자인이 있거든요? 기회를 주신다면 며칠 안에 제작해서 선물로 드릴게요. 한 번만 입어 주시면 안 될까요?"

프리실라가 시아이외의 옷차림을 살피더니 탐욕스럽게 눈을 빛냈다.

"어쩜, 센스가 보통이 아니시네요. 옷 보는 눈이 있으시니 제 옷에 만족하실 거라고 장담해요. 분명 마음에 드실 거예요."

프리실라가 시아이외의 손을 꼭 붙잡으며 애원했다.

"부탁드려요. 네?"

시아이외가 고개를 갸웃했다. 프리실라는 계속해서 그의 상식을 벗어났다. 그녀는 그가 왕자라는 사실을 인지했음에도 한결같이 그의 외양에만 관심을 보였다. 그리고 그녀의 말은 계속해서 제 옷을 입어 달라는 부탁으로 마무리되었다.

로안느 왕국의 왕자는 평민 여자에게 비현실적인 존재일 텐데 너무 무심한 것 아닌가?

리키젠이 부연 설명을 해 주었다.

"원래 저런 사람입니다. 얼굴이 자기 취향이기만 하면 다른 건 전혀 신경 안 쓰는 심각한 외모 지상주의자예요."

"맞아. 난 매력적으로 생긴 사람들이 너무 좋더라. 아, 저 여기 좀 앉을게요."

프리실라가 혀로 입술을 핥으며 철퍼덕 앉았다. 그러더니 옆구리에 끼고 있던 노트를 시아이외 앞에 홱 내밀었다.

"이것 좀 봐 주세요, 왕자님. 제 디자인 노트인데요. 여기 보시면 제가 왕자님처럼 잘생긴 분들을 위해 고안한 디자인들이 있거든요."

프리실라가 노트를 한 장, 한 장 넘기며 시아이외에게 열성적으로 설명했다. 가만히 그녀의 말을 들으며 옷 디자인들을 자세히 살펴본 시아이외가 속으로 감탄했다.

'대단한 재능이야. 그렇군. 리키젠의 옷도 이 여자가 디자인하고 제작한 거였어.'

"왕자님이 입어 주셨으면 하는 옷은 이거예요."

시아이외는 프리실라가 들이민 페이지를 유심히 살폈다. 유행을 선도하며 한껏 높아진 심미안으로 봐도 멋진 디자인이었다. 그녀의 말대로 제게 어울리기도 하지만, 폭풍처럼 시장을 휩쓸 만한 대중성이 잠재되어 있었다. 손가락으로 테이블을 툭툭 두드리던 시아이외가 불쑥 말했다.

"디자인에 함부로 손을 대는 게 실례라는 것은 압니다만, 혹시 제가 조금만 고쳐 봐도 될까요?"

"네? 네. 그러세요! 왕자님을 위한 디자인이니까요!"

연필을 넘겨받은 시아이외가 취향에서 조금 어긋나는 부분을 지웠다. 멋진 명화에 앉은 먼지를 떨어내듯 진지한 태도였다.

"이 부분, 이렇게 하는 게 어떨까요. 물론 제 생각입니다. 고치지 않아도 충분히 멋진 옷이네요."

군더더기 없이 깔끔해진 디자인을 확인한 프리실라의 눈이 커졌다.

"어쩜, 안목이 대단하시네요! 훨씬 나아졌어요!"

프리실라가 기뻐하며 활짝 웃었다. 그 웃음에는 반짝거림이 묻어났다. 시아이외는 그 웃음을 인상 깊게 보았다.

"좋습니다. 이대로 제작해 주신다면 입어 보도록 하죠."

"정말요? 감사합니다!"

"보수는 어찌할까요? 마음에 드니 얼마를 부르셔도 지불하겠습니다."

"돈은 필요 없어요. 선물로 드릴게요. 제가 왕자님의 얼굴이랑 몸이 너무 마음에 들어서, 아, 쓰읍."

프리실라가 흐르는 침을 소맷부리로 문질러 닦으며 말을 멈추자 시아이외가 고개를 기울이며 말했다.

"하지만 보답을 하고 싶은데요. 혹시 프리실라 양이 줄을 대고 싶은 귀족이 있습니까? 그럼 제가 연결을……."

"아뇨, 아뇨, 아뇨! 저, 정말로 물질적인 대가는 바라지 않거든요. 전 왕자님이 제 옷을 입은 모습을 볼 수만 있으면 더할 나위 없이 기쁠 거예요. 그게 왕자님께서 제게 해 주실 수 있는 최고의 보답이랍니다."

"그래도."

"엄밀히 따지면, 제가 왕자님께 보답을 해야 하지 않을까요? 일종의 모델비랄까? 앗, 물론 왕자님을 감히 모델로 고용한다는 얘기는 아니고요. 감사의 표시로 제 옷을 드리고 싶다는 뜻이에요. 디자이너로서의 제 욕심을 채우기 위해 왕자님을 귀찮게 해 드리는 거니까요. 그러니 그냥 받아 주세요!"

시아이외는 프리실라와 대화를 주고받으며 그녀의 열정과 자부심을 선명하게 느꼈다.

그렇군.

이 여자는 지금, 다른 것에는 관심을 가질 여유가 없을 정도로 자기 일을 너무 '사랑'하는 거다.

심장을 뒤흔드는 매혹적인 외모와, 대국의 왕자가 지닌 강력한 권력과, 팔을 벌려 그러안아야 할 만큼 막대한 재화라 할지라도, 제 일을 너무나 사랑하기에 흔들리지 않는 것이다.

　일반적으로 사랑이란 사람과 사람 사이에 존재하는 아찔한 정염을 의미한다. 하지만 본인이 가장 중요시하고 아끼는, 좋아하고 즐기는 가치이자 신념, 시아이외는 그것 또한 포괄적으로 '사랑'이라고 표현했다.

　시아이외는 유효 기간이 너무나 짧은 전자의 사랑에는 회의감을 느끼고 있었지만, 한 인간의 삶이라고 해도 좋을 후자의 사랑에는 많은 관심을 가지고 있었다.

　권력이든, 금전이든, 이성이든, 일이든……. 대상이 무엇이든, 외파에 흔들리지 않고 그 사랑을 지켜 나가는 자. 굳건한 신념을 가지고 자신의 길을 나아가는 자. 시아이외가 좋아하는 인간상이었다.

　루리아가 권력을 너무나 사랑해서, 권력만 보고 주체적으로 움직이는 능력 있는 여자였다면 시아이외도 그녀를 혐오하진 않았을 터였다.

　시아이외가 루리아를 싫어하는 이유는 깃털처럼 '가벼운' 사랑으로 그를 잉태하여 그의 긍지를 진창에 처박았기 때문이다. 무능력한 주제에 사치와 권력을 사랑하여 무뢰배들에게 이리저리 휘둘리는 꼴이 너무나 수치스러웠기 때문이다.

　그래서 프리실라가 흥미로웠다. 이런 유형의 사람은 세상에 얼마 없었다.

　'어쩔까.'

시아이외가 문화계에 미치는 영향력은 어마어마하다. 그가 마음 먹고 후원한다면 재능 있는 프리실라를 왕국, 아니 세계 최고의 디자이너 중 하나로 만드는 건 일도 아니었다.

프리실라는 지금도 알아서 척척 잘하고 있으니 후원은 필요 없겠지만, 손이 근질거렸다.

그저 호기심이었다. 이 열정 넘치고 재능 있는 여자가 어디까지 갈 수 있을까, 하는 순수한. 부와 권력의 짜릿함을 맛보더라도 그 사랑이 변하지 않을까, 하는 비틀린.

'일단 친해져 볼까.'

시아이외가 싱긋 웃었다.

"시아이외라고 불러 주세요. 프리실라 양."

"어머, 하지만 왕자님이신데……. 정말 이름을 불러도 되나요, 시아이외 님? 어머, 벌써 불러 버렸네요. 호호."

프리실라의 넉살에 시아이외는 픽 웃었다.

시아이외와 프리실라는 죽이 잘 맞았다. 양쪽 다 의상 쪽 지식을 풍부하게 지닌 덕분에 즐겁게 얘기할 수 있었다. 시아이외는 프리실라가 리키젠에게 선물한 옷을 구체적으로 칭찬했다. 그녀는 제 디자인의 진면목을 알아주는 그에게 감동했다.

"들었니, 리키젠?"

신이 난 프리실라가 조용한 리키젠을 돌아보았다. 하지만 리키젠은 대답이 없었다.

대화의 주제가 의상으로 전환되자, 전문 용어들이 난무하여 무슨 말을 하는지 알아들을 수도 없고 관심도 없었던 리키젠은 책을 마저 읽기 시작했다. 시아이외가 추천해 준 책이 몹시 흥미로 왔기에 리키젠은 표지를 넘기자마자 책 속으로 금방 빠져들었다.

"야아!"

"악!"

프리실라가 꼬집자 리키젠이 놀라서 비명을 질렀다.

"지금! 시아이외 님이! 네가 입고 있는 그 옷이 얼마나 좋고 예쁘고 멋진지 말씀해 주고 계시잖아! 귀 파고 들어 두란 말이야!"

"아, 그래. 멋져, 정말 멋져. 가보로 간직할게."

"너무해. 영혼이 없잖아!"

시아이외는 아웅다웅하는 둘을 호감을 담아 쳐다보았다. 리키젠도 프리실라도 마음에 들었다. 넘치는 재능도 독특한 성격도 모두 그의 취향이었다.

이아나 로베르슈타인의 곁에는 참 괜찮은 사람들이 많다. 시아이외는 역시 끼리끼리 어울린다고 생각하며 웃었다.

교환 학생 제도가 시작된 지 이 주가 지났다.

안젤리나는 정말, 정말로, 주변 사람들이 놀랄 정도로 열심히 강의를 들었다. 책에 코를 박을 정도로 열심히 공부하는 안젤리나를 보며 검술학부 학생들이 위기감을 느낄 정도였다.

이론 강의뿐만이 아니었다. 그녀는 실전 강의에서도, 비록 검을 들 힘도 없어 체력 단련만 주로 하긴 했지만 그래도 교수의 지시를 따라 그날 해야 할 목표량만큼은 꼭 채웠다.

강의가 없을 때는 이아나를 따라가서 수련장에서 또 달렸다.

"헉, 헉!"

지금도 열심히 달리고 있었다.

질끈 묶인 아름다운 은발이 말꼬리처럼 살랑살랑 휘날리고 하얀 뺨이 붉게 물들어 가자 자연스럽게 남자들의 시선이 모였다. 하지만 금방 흩어졌다.

안젤리나는 정말, 정말, 정말 예뻤지만 감히 넘봐서는 안 될 하늘 위의 여자임을 모두가 알고 있었다. 또, 예쁜 여자가 달리는 모습은 몇 년간 이아나를 통해 지겹도록 봐서 안젤리나에게도 금세 익숙해졌다. 그래서 안젤리나를 허튼 눈으로 보는 사람은 별로 없었다.

"하아."

수련장 다섯 바퀴를 돈 안젤리나가 땅에 쓰러지듯 앉았다. 멀찍이서 지켜보던 기사가 안젤리나의 옷에 흙먼지가 묻는 걸 발견하고 움찔했지만 다가오진 않았다. 다쳐도, 더러워져도, 신경 쓰지 말라고 안젤리나가 단호하게 말해 뒀기 때문이다.

"왕녀님."

하르첸이 달리다 말고 안젤리나에게 다가왔다. 그는 안젤리나처럼 체력 단련에 중점을 두고 검술학부의 강의를 즐기고 있었다.

하르첸은 생기가 도는 안젤리나를 보며 웃었다.

"적응 잘하시네요."

"으응."

안젤리나가 웃었다.

"좋아서 그런 것 같아."

"좋다고요? 힘들지 않아요?"

"힘들기도 힘들고, 아프기도 아프고, 알이 밴다고 시녀들도 울상이지만……."

안젤리나가 제 심장 위에 손을 얹었다. 심장이 세차게 뛰고 있었다. 피부에 열이 오르고, 숨은 벅찼다.

"심장이 빠르게 뛰니까 살아 있다는 기분이 들어. 이 기분이 너무 좋아. 활기가 이런 거구나 싶어."

"달리기가 마음에 드신다니 다행입니다."

안젤리나가 목소리가 들려온 쪽으로 고개를 홱 돌렸다.

"뭘 하시든 체력은 중요합니다. 돌아가시면 꾸준히 체력 단련을 하세요."

이아나가 땀을 수건으로 닦아 내며 다가오고 있었다. 안젤리나는 그런 이아나를 물끄러미 바라보았다.

안젤리나가 다섯 바퀴를 도는 동안 이아나는 그 몇 배를 돌았다. 전력 질주를 하다가 페이스를 조절해서 느긋하게 뛸 때조차 안젤리나보다 빨랐기 때문이었다.

안젤리나는 이제 이아나를 무시하지 않았다. 무시할 수가 없었다. 이아나의 옆에 딱 달라붙어 다니면서 그녀가 얼마나 노력하는지, 얼마나 대단한 재능을 가졌는지 알 수 있었다. 예전에 여자답지 못하다는 이유로 그녀를 폄훼한 것이 부끄러웠다.

"그럴게요."

안젤리나가 조그맣게 대답했다. 이아나는 안젤리나를 애매한 표정으로 내려다보다가 몸을 돌려 다시 달려 나갔다. 안젤리나의 시선이 이아나의 붉은 머리카락을 좇았다.

"드디어 가네요!"

오늘은 보육원에 가는 날이었다. 헤레이스는 보육원 원장에게 미리 말해 놨다며 신나게 앞서 걸어갔다. 그의 주변에는 이 주 동안 함께 식사하면서 친해진 교환 학생 멤버들이 있었다. 지체 높은 귀족 카렌둘라 후제르고와 파스칼 옥토, 하르첸 로베르슈타인에 왕녀 안젤리나까지 함께한 덕분에 일행은 휘황찬란했다.

"후우."

거기에 낀 평민, 루퍼트는 심장이 콩닥거렸다. 늘 느끼는 바지만, 함께 다니면서도 자기가 여기에 껴 있어도 되나 혼란스러웠다. 리키젠의 존재가 그나마 위안이었다.

보육원에 도착했다.

"엘리가 엄청 기대하고 있을 거예요."

헤레이스가 잔뜩 들떠선 대문을 열었다.

"닛시도 붙잡아 놓겠다고……."

휙!

"어?"

헤레이스가 문을 연 순간 작고 하얀 형체가 빠르게 튀어나왔다.

"쟤 좀 잡아 주세요!"

안쪽에서 여자아이가 소리를 빽 질렀다. 일행의 시선이 빠르게 도주하는 흰 형체를 뒤쫓았다.

맨 뒤쪽에 있던 이아나의 뛰어난 동체 시력은 제 앞으로 달려오는 흰 형체를 느긋하게 따라잡았다. 눈처럼 새하얀 고양이였다.

이아나는 고양이에게 손을 뻗으려 했다. 그리고 이아나와 고양이의 눈이 마주쳤다.

"……!"

그 순간, 고양이가 얼어붙었다. 달려 나가던 모습 그대로 시간이 멈춘 것처럼 정지했다. 앞발을 하나 든 상태로 이아나를 뚫어져라 쳐다보는데, 고양이가 눈 뜨고 기절한 게 아닐까 싶을 정도였다.

"야아!"

그때, 정돈되지 않은 갈색 머리의 여자아이가 고함을 지르며 쏜살같이 튀어나왔다. 순식간에 고양이의 뒤편에 도달한 소녀가 고양이의 꼬리를 콱 붙들었다.

"냐아아앙!"

깜짝 놀란 고양이가 비명을 질렀다. 털을 확 곤두세우며 아이에게 앞발을 휘두르는데, 제법 위협적인 기세였다.

하지만 소녀는 요령 좋게 피한 후 하악질을 하는 고양이를 꼬옥 안아 들었다.

"너 자꾸 도망갈래? 오늘 중요한 날이라고 했지!"

"냐아아아!"

고양이가 미친 듯이 발버둥 치자 소녀의 팔에 생채기가 하나둘 생겨났다. 소녀가 눈썹을 휘었다.

"아, 이게 고마운 줄도 모르고! 가만 좀 있어!"

"냐앙!"

"엘리!"

헤레이스가 이름을 부르자, 고양이와 드잡이를 하고 있던 소녀, 엘리가 활짝 웃었다.

"앗, 안녕하세요. 헤레이스 오빠. 으앗!"

고양이는 엘리가 한눈을 파는 사이 빠져나가려 했지만 제 몸을 휘감고 있던 팔에 힘이 가득 들어가는 바람에 실패했다.

"그냥 놔주지 그래? 닛시는 밥때 되면 알아서 돌아오잖아."

"하지만 오늘 손님들 맞이하려고 깨끗하게 씻겨 놨는데……. 돌아오면 먼지투성이가 될 거예요."

헐떡거리는 고양이, 닛시는 이제 입에 거품을 물 기세였다. 이대로라면 끝이 없겠다 싶었던 이아나가 손을 뻗었다. 싫다고 발악하는데 억지로 붙잡혀 있는 닛시가 측은하기도 했다. 이아나의 손이 닛시의 목덜미를 붙잡았다.

"고양이가 괴로워하는 것 같은데……"

나중에 한 번 더 씻기고 지금은 그냥 놔주는 게 어떻겠니.

말을 끝마치기도 전에 닛시가 또다시 얼음 속에 갇힌 것처럼 몸을 빳빳이 굳혔다.

"……"

이아나는 당혹스러워하며 손을 떼었다. 닛시는 이상했다. 딱히 겁을 준 것도 아닌데, 눈을 마주쳤더니 못 볼 것을 본 것처럼, 붙잡았더니 닿아서는 안 될 것에 닿은 것처럼 바짝 얼어붙었다.

무슨 병이라도 있는 걸까?

"어……"

엘리도 닛시의 이상한 상태에 고개를 갸웃하다가, 제 작은 몸 위로 진 그림자에 얼굴을 들었다.

이아나의 시선이 엘리에게 닿았다. 엘리는 어디서나 볼 수 있을 법한 아주 평범한 외모의 여자아이였다. 흐트러진 단발머리는 흔한 갈색이었고, 피부는 햇볕에 타서 살짝 거무스름했다. 열 살쯤 되었을까? 이아나는 엘리를 보며 미묘한 감정을 느꼈다.

'호감상인가.'

헤레이스와 하르첸이 말한 편안한 분위기가 뭔지 알 것 같았다. 고양이에겐 꽤나 거칠게 굴었지만, 동그란 얼굴과 서글서글한 눈매는 선한 인상을 그려 내고 있었다. 자그마한 몸집과 선한 느낌이 마음을 편하게 해 주었다. 손에 칼을 쥐여 줘도 전혀 위협적이지 않을 것 같은, 그런 아이였다.

그리고 평범해서 그런가, 갑작스럽게 일상에 이 아이가 생겨나도 전혀 이상하지 않을 것 같았다. 물에 떨어진 잉크 한 방울이 부드럽게 퍼져 나가듯, 자연스럽게 삶 속으로 녹아들 듯했다. 마치 풀이나 나무와도 같았다. 어디선가 이런 기분을 느껴 본 적 있다.

'사키?'

이아나가 미간을 좁혔다.

"……."

이아나가 엘리를 관찰하는 사이, 엘리도 멍하니 이아나를 쳐다보고 있었다. 입을 헤벌리고 있는 게, 금방이라도 침을 뚝 흘릴 것 같았다. 고양이나 주인이나, 대체 왜들 이러는지 모르겠다.

"엘리."

그 시간이 길어지자, 이아나가 어색하게 이름을 부르며 넋이 나간 엘리의 눈앞에서 손을 흔들었다. 퍼뜩 정신을 차린 엘리의 얼굴이 빨개졌다.

"와…… 진짜 예쁘다. 언니, 너무 예뻐요."

느닷없는 칭찬에 이아나가 눈썹을 꿈틀거렸다. 딱딱하게 굳은 넛시를 고쳐 안아 든 엘리가 제게 집중된 시선을 느끼고는 민망해했다.

"아, 저, 죄송합니다. 귀한 분들 앞에서 못 볼 꼴을 보였네요. 와."

엘리가 눈을 휘둥그레 떴다.

"이렇게 많은 분이 오시다니……. 예쁜 언니들이랑 멋진 오빠들이 한가득……."

준수한 외양을 자랑하는 인물들이라, 엘리는 한동안 값비싼 인형을 보는 것처럼 황홀해하다가 뺨을 때리며 정신을 차렸다.

"아, 오늘 왜 이래. 처음 뵙겠습니다! 엘리라고 해요. 어서 들어오세요!"

엘리가 신이 나서 보육원의 대문을 활짝 열고 들어갔다.

"엘리 언니!"

"넛시 잡았어?"

"헤레이스 형이랑 한센 형이다! 어? 와아. 멋진 형이랑 누나들이다아."

아이들이 우르르 뛰어나왔다. 엘리가 아이들을 막아서며 단호하게 외쳤다.

"애들아, 무례하게 굴면 안 돼! 이분들은……."

헤레이스가 엘리의 어깨에 손을 얹었다.

"괜찮아. 편하게 행동해도 돼."

오늘 함께 온 이들 모두 보육원의 아이들에게 귀족의 권위를 내세우지 않기로 의견을 모았다. 보육원의 일을 돕고 아이들과 놀아 주려고 왔는데 신분 차로 인한 예의를 요구하는 건 옳지 않았다. 또, 아무것도 모르는 보육원의 아이들에게 권위를 내세우면 무엇하겠나.

불편한 사람은 빠지라고 했지만 빠지는 사람은 없었다. 다들 아이들을 싫어하지 않는 데다가, 가장 신분이 높은 안젤리나마저 수락한 마당에 거리낄 것이 없었다. 다들 성격이 모나지 않았기에 가능한 일이었다.

아이들의 눈이 초롱초롱해졌다.

"혜레이스 오빠랑 한센 오빠 친구들이에요?"

"형들 친구들이면 전부 착하겠다!"

보육원의 아이들은 경계심 하나 없이 이아나 일행을 반겼다. 하지만 아이들이 처음부터 이랬던 건 아니었다. 한번 버림받았었기 때문에 오히려 낯선 사람에게 쉽게 정을 주지 못했다.

"오늘 우리랑 놀아 주는 거예요?"

"형 친구들은 왜 이렇게 빛이 나?"

"다른 세상 사람들 같아."

아이들이 혜레이스에게 친근감을 가득 보이며 매달렸다. 혜레이스가 자주 와서 진심으로 애정을 쏟아부어 주었기에 아이들은 마음을 열었다. 그것이 일행의 눈에 보였다.

"어서 오세요."

보육원의 원장은 인상이 좋고 후덕해 보이는 아주머니였다. 그녀가 조심스럽게 말했다.

"귀한 분들이 이곳에서 하실 일이 있을지……."

"아, 신경 쓰지 마세요. 평소처럼 있다 갈게요."

혜레이스와 하르첸은 익숙하게 아이들과 어울렸고, 다른 일행들도 처음에는 어색해했지만 천천히 적응했다.

카렌듈라는 아이들에게 식물의 이름을 하나하나 가르쳐 주며 보육원을 한 바퀴 돌았다. 그리고 아이들이 뛰어놀고 있는 정원을 바라보며 혀를 찼다.

"아이들이 자라는 환경치곤 삭막하네. 다음번에 올 땐 하인들을 끌고 와서 꽃이나 나무를 좀 심어 줄까?"

"또 오시려고요?"

카렌듈라와 이 주간 함께 지내면서 꽤나 친해진 리키젠이 묻자, 그녀는 고개를 끄덕거렸다.

"교환 학생 기간이 끝나 갈 즈음에. 이렇게 황량한 뜰을 보고도 지나치면 후제르고 가문의 후계자가 아니지."

파스칼 옥토는 아이들에게 먹을 것을 뿌렸다.

"와아아아!"

옥토 자작가는 식품 가공 사업을 하고 있었다. 가문의 창고에는 아이들이 좋아할 만한 간식거리가 많았기에 하인을 시켜 들고 오게 했는데, 탁월한 선택이었다. 아이들은 한가득 쌓인 온갖 종류의 간식거리에 눈이 돌아갔다.

"옛날 옛날에 공주님과 왕자님이……."

안젤리나는 아이들에게 책을 읽어 주었다. 안젤리나의 곱고 부드러운 목소리와 아름다운 외양은 아이들을 끌어모았다. 안젤리나는 책을 읽을 때 감정 이입도 무척 잘했기에, 아이들은 그녀가 들려주는 이야기에 함께 울고 웃었다.

'아이들이 좋아하고 있어.'

성취감을 느낀 안젤리나의 뺨이 붉어졌다.

탕!

이아나는 아이들과 놀아 주기보다는 루퍼트와 함께 힘쓰는 일을 주로 하고 있었다. 울타리 수선을 도맡은 이아나는 망치로 못을 탕탕 내리찍었다.

그런데, 어디선가 집요한 시선이 느껴진다. 이아나가 슬쩍 쳐다보았다. 닛시였다. 닛시는 처음 만났을 때부터 지금까지, 멀찍이서 이아나만 관찰하고 있었다.

"야, 더 가까이 가 봐."

뒤에서 다가온 엘리가 닛시의 엉덩이를 살짝 걷어찼다. 하지만 닛시는 움찔거리기만 할 뿐 이아나에게 다가서지 않았다. 경계심을 보이며 관찰하고 있다가, 이아나가 빤히 쳐다보면 고개를 슬쩍 돌리기까지 했다. 마치 인간 같았다.

저 고양이, 대체 뭐지?

"바보!"

엘리가 답답함을 표하며 닛시를 안아 들었다.

"니야아아앙!"

닛시가 발작하듯 난리를 치기 시작했다. 이아나가 훠이훠이 손짓을 했다.

"그 고양이, 날 싫어하는 것 같은데 그냥 내버려 둬."

이아나는 나름대로 고양이와 놀아 준 적이 꽤 많았고, 고양이가 표현하는 호와 불호를 어느 정도 구별할 수 있었다. 제게 친근감을 느끼는 고양이는 호기심을 가지고 다가오거나 다리에 머리를 비벼 댔다. 닛시는 멀찍이서 째려만 보고 있는 것이, 잘은 몰라도 저를 좋아하는 쪽은 아닌 게 분명했다.

"아니에요! 언니 주변을 계속 맴도는 것 봐요. 얘, 옛날에 고생을 엄청 많이 해서 인간에 대한 경계심이 상당하거든요? 그런데 언니 뒤를 졸졸 따라다니고 있어요. 언니가 좋은 거예요."

"냐아아앗!"

"야, 좀 가만있어 봐! 네가 좋아하는 언니한테 너 어필하고 있잖아! 이렇게 나올래!"

엘리가 발버둥 치는 닛시의 정수리에 꿀밤을 놓았다. 닛시가 이를 드러내며 씩씩거리더니 앞발을 번쩍 들어 올렸다.

퍽퍽퍽퍽퍽!

"아, 아!"

닛시의 발길질이 다섯 번이나 연속으로 엘리의 뺨에 작렬했다. 결국 엘리는 닛시를 놓쳤고, 닛시는 도망가 버렸다.

"잘 노는구나."

엘리가 불퉁하게 뺨을 문지르다가 씩 웃었다.

"도도하게 구는 게 좀 짜증 나는데, 어찌 보면 그게 또 매력이에요. 무엇보다 예쁘게 생겼잖아요?"

"예쁘게 생기긴 했다만……."

확실히, 닛시는 미묘였다. 고양이를 좋아하는 사람이라면 지나가는 닛시를 한 번쯤 돌아볼 정도로 예뻤다. 새하얀 털과 보석 같은 눈동자가 무척 인상 깊었다.

"저렇게 가면 아예 도망가 버리진 않아?"

"도망갈 때마다 어떻게든 잡아 왔더니 포기하더라고요. 배고프면 알아서 나타나는 식탐 고양이예요. 그나저나 언니, 더우시죠?"

엘리가 손가락을 획 하고 저었다. 시원한 바람이 선선하게 불어왔다. 피부에 맺힌 땀들을 기분 좋게 말려 주는 바람이었다. 이아나의 눈이 이채를 발했다. 엘리는 아주 자연스럽게 마법을 쓰고 있었다.

"학술원에 들어올 거라고?"

"아마도요? 갈 곳이 없으니까요. 사실 확실하게 정하진 않았어요. 원장님을 안심시켜 드리려고 그렇게 말씀드린 거죠."

엘리가 손가락을 빙글 돌리자 얼음 결정이 핑, 하고 생겨났다. 손가락이 빙글빙글 돌아갈 때마다 얼음 결정에 얼음이 돋아났다. 꽃잎이 하나하나 피어나는 듯했다.

"선물이에요."

이아나는 엘리가 마법으로 만든 아름다운 얼음 꽃을 받아 들었다. 놀라운 성취였다. 단순한 얼음 덩어리라면 간단한 마법진을 형성하는 것만으로도 만들어 낼 수 있지만, 이런 구체적인 형태를 형성하려면 아주 세밀한 컨트롤과 집중력이 필요했다.

더구나, 보통 십 대 후반이 되어서야 마나를 제어할 수 있는데 자기 나이가 열 살쯤 된다고 밝힌 엘리는 아무렇지도 않게 마나를 움직여 댔다. 엄청난 재능이었다. 이 정도면 어딜 가도 대접받을 수 있을 것이다.

"예뻐요? 예쁘죠?"

엘리가 칭찬을 바라는 강아지처럼 눈을 반짝거렸다.

"응. 고마워."

이아나의 감사 인사에 엘리가 기뻐하며 활짝 웃었다.

"언니가 좋아하시니까 더 만들어 드릴게요!"

흙으로 빚어진 꽃, 불로 피어나는 꽃…… 신이 난 엘리가 온갖 마법을 이용해 꽃을 만들어 댔다. 엘리는 천성적으로 밝고 싹싹한 아이였다.

부모와 문제가 많다고 했었나? 학대라도 한 걸까? 이렇게 착한 아이를 학대한 부모는 천벌을 받아 마땅했다. 이아나는 엘리가 어려운 일을 겪는다면 꼭 도와주고 싶다는, 그녀답지 않은 마음마저 품었다.

"착한 아이구나."

이아나가 엘리의 머리를 쓰다듬어 주었다. 엘리가 멈칫했다.

"헤헤."

엘리는 이아나의 손길이 좋은 듯 수줍게 웃었다.

울타리를 모두 고친 후 할 일이 없어지자, 이아나도 아이들과 어울리기 시작했다. 아이들은 처음엔 무뚝뚝한 이아나를 조금 어려워하는가 싶었지만, 엘리가 이아나의 옆에 찰싹 붙어서 쫑알거리자 금세 경계를 풀고 이아나의 곁으로 왔다.

아이들은 온갖 주제로 이아나에게 말을 붙였다. 그중에 하나는 부모에 관한 것이었는데, 아이들이 보육원에 있는 이유는 다양했다. 전쟁이나 병으로 부모가 죽어서, 인신매매단에 잡혀 왔다가 풀려났는데 갈 곳이 없어서. 불의의 사고나 모종의 이유로 부모와 헤어져서. 또는 부모가 버려서.

"저도 번쩍번쩍한 갑옷을 입고 공주님을 지키고 싶어요!"

헤레이스가 이아나를 자기보다 훨씬 실력 좋은 검사라고 치켜세우자, 검에 관심이 있는 아이들은 눈을 반짝반짝 빛냈다.

"나쁜 놈들 검으로 다 무찌르고 싶어요!"

"저도 기사님이 될 수 있을까요?"

"노력하면."

이아나는 희망적으로 말했지만 사실, 지금으로선 이 아이들이 기사가 되는 건 어렵다. 학술원에 다니는 평민들은 재능이 출중하기에 예외로 치지만, 기사들은 기본적으로 부유한 집의 자식이거나 귀족이었다. 보육원의 아이들이 기사가 된다 해도, 출신 성분이 천하다고 욕을 먹기 일쑤일 것이다.

마땅히 제 몫을 하기 전까지 보호해 주고 책임져 줄 부모가 없는 이상, 이 아이들은 정글 같은 사회에 덩그러니 버려진 가장 약한 짐승이나 마찬가지였다. 왕실에서 어느 정도 지원은 한다지만 그뿐이다. 기본적으로 사랑받고 지원받으며 성장하는 평범한 아이들과 다르게, 혼자가 된 아이들은 오로지 제 힘만으로 바닥부터 기어올라야 했다.

아무런 지원 없이 원하는 위치까지 도달하는 건 무척이나 요원한 일이다. 그 모든 역경을 뛰어넘을 천부적인 재능이 존재하지 않는 한.

사람마다 상황이 다르니 어쩔 수 없다 싶지만 이 아이들 입장에선 이 사회가 몹시 불공평하게 여겨지지 않을까…….

이아나는 모든 아이에게 기회가 주어져야 한다고 생각했다. 부모와 상황으로 인해 출발선이 달라질 수는 있지만, 죽어라 노력한다면 같은 위치에 도달할 수 있는 역전의 기회와 그 노력을 뒷받침할 삶의 기본적인 요건 충족이 제도적으로 필요했다.

하지만 누군가가 바뀌어야 한다고 목이 터져라 외쳐도, 힘을 가진 기득권층은 귀만 후빌 뿐 변화의 의지를 가지지 않는다. 이미 기존 제도와 국가관에 오랜 기간 익숙해진 사람들도 변화를 두려워하며 외면한다.

그렇기에 이아나는, 주변을 살피며 아르하드와 함께 만들어 나갈 새로운 국가를 머릿속에서 계속해서 그려 나갔다. 본인의 능력이 가장 중요시되는 국가. 신분 이동이 유동적이라 그 출신 성분이 천하다고 무시당하지 않는 나라. 저 멀리 빛이 보이는 출발선에 설 수 있고, 자신의 힘으로 노력하여 승부할 수 있는 세상.

'노력하면.'

이아나는 거짓말을 하지 않았다. 그런 나라에서라면, 이 아이들에게 재능이 있고 끝까지 포기하지 않고 노력만 한다면, 충분히 존경받는 기사가 될 수 있을 것이다.

"헤레이스 오빠, 진짜야?"

"형! 나 앞으로 수련 더 열심히 할래!"

"응, 응. 이아나 양은 정말 대단하거든. 절대 거짓말 안 해. 그러니까 애들아, 앞으로도 열심히 하자!"

이아나는 헤레이스를 보았다. 오늘 내내 느꼈던 바지만, 헤레이스는 진심으로 아이들을 대하고 있었다. 아이들과 놀아 줄 때는 진심으로 즐거워했고, 아이들이 애정을 요구할 때는 꼭 끌어안아 주며 진심 어린 애정을 전했다. 아이들도 그걸 알고 헤레이스를 좋아하는 것이다. 상냥한 헤레이스는 애정에 굶주려 있던 아이들에게 따뜻한 등불과도 같았다.

새 나라에서는 죄 없는 약자를 돕는 분위기가 당연했으면 좋겠다는 생각이 들었다. 특히 아이들. 저와 관련이 있든 없든 힘없는 어린아이를 보살피는 것은 성숙한 어른의 의무다. 헤레이스처럼 아이들을 진심으로 대하는 사람들이 많으면 좋을 것이다.

"언니, 언니! 언니처럼 강해지려면 어떻게 해야 해요?"

"언니 너무 멋져요. 마음에 안 들면 다 두들겨 팰 수 있잖아요. 저도 언니처럼 막 엄청 셌으면 좋겠다."

남자아이들뿐만이 아니라 여자아이들도 이아나에게 많은 관심을 보였다. 거기서, 이아나는 또 한 가지 사실을 되새겼다.

아이들은 기본적으로 순수했다. 천성이 착하든 악하든, 태어났을 때는 그 영혼이 백지와 같다는 것 하나만큼은 평등했다. 인간은 어떤 삶을 사느냐에 의해 변할 수 있는 존재였다. 삶에 따라 신력의 색이 변하듯 말이다.

보육원의 아이들은 남자, 여자 가리지 않고 평등하게 지내고 있었다. 성별을 가리지 않고 빨래를 도왔고, 놀이도 모두가 어울려 했다. 그게 인형놀이든, 칼싸움이든.

이아나는 성별의 차로 인한 편견을 몹시 많이 겪었다. 만약 그녀가 남자였다고 해도 어미를 닮아 몸을 팔았을 거라며 손가락질했을까? 허리춤에 검을 맨 그녀를 창살 속에 갇힌 원숭이를 구경하듯 쳐다봤을까?

그런 악의가 아니더라도, 세상은 숨 쉬듯이 당연하게 남자와 여자의 역할이 나뉘어 있었다. 남자가 아이를 낳지 못하기에, 여자는 아이를 낳고 기르며 가정을 돌본다. 여자가 신체적으로 약하기에, 남자는 바깥에서 돈을 벌어 오고 궂은일을 도맡아서 한다.

성별 차로 인한 신체적 한계를 고려한다면 이런 구분은 합리적이라고 할 수 있다. 또, 누군가는 진심으로 그 일을 하기를 원할 수도 있었다.

하지만 다 떠나서, 의지보다 합리가 앞서는 사회가 문제였다.

의지를 가지기도 전에 기회조차 주어지지 않거나, 이것이 당연하다고 교육받거나, 둘러싸고 있는 현실에 이러한 방식이 옳다고 강요당하거나……

　예를 들면 여자도 충분히 무력적으로 강해질 수 있지만 사회는 그것을 이상하다고 배척하거나 무리라며 비웃었다. 회귀 전에는 이아나조차도 검술 수업을 열다섯 살부터 받기 시작했었다. 남자 아이들이 어렸을 때부터 체력 단련을 하는 것과는 달리 말이다.

　'결론은 국가관과 교육인가.'

　생각을 많이 하게 되는 하루였다.

　어느새 해가 왕성을 넘어 날이 저물어 가기 시작했다. 돌아갈 시간이 되었다.

　"으헝."

　아이들은 하나같이 이아나 일행에게 정이 들어 헤어지기 싫어했다. 눈물 맺힌 눈을 숨기려고 손으로 얼굴을 감싸는 아이들도 있었다.

　"애들아, 인사드려야지."

　엘리는 보육원의 대장답게 아이들을 다독거린 후 싹싹하게 앞으로 나섰다.

　"오늘 와 주셔서 정말 감사해요. 저도, 다른 애들도 얼마나 좋았는지 몰라요."

　엘리는 감사를 표할 뿐, 미래를 약속해 달라고 하지 않았다. 괜히 기대를 가졌다가 실망하는 것이 더 힘들었다. 차라리 기대를 버리고 있다가 예상치 못하게 만나는 게 더 기뻤다.

　엘리가 헤레이스의 손을 꼭 잡았다.

"역시 헤레이스 오빠랑 한센 오빠의 친구분들이네요. 다들 너무 좋은 분들이세요. 저분들을 만나 뵙게 된 것도, 다 오빠들 덕분이지요. 전 오빠들이 우리 보육원에 계속 와 줘서 얼마나 고마운지 몰라요."

"왜 그래. 너희가 좋아서 오는 것뿐인데."

헤레이스는 활짝 웃는 엘리에게 마주 웃어 주었고, 하르첸은 헤레이스의 손을 붙잡고 핵핵 흔드는 엘리를 물끄러미 쳐다보다가 소녀의 머리를 쓰다듬어 주었다.

"……."

하르첸을 올려다보며 미미하게 미소 지은 엘리가 이번엔 하르첸의 뒤에 서 있던 이아나를 똑바로 쳐다보았다.

"닛시가 안 보여서 어쩌죠?"

뜬금없이 닛시의 애기를 꺼낸 엘리가 헤레이스의 손을 놓고 이아나의 앞으로 쪼르르 달려왔다.

"또 닛시 애기야?"

"걔, 언니가 안 보이면 섭섭해할 텐데. 울지도 몰라요. 작별 인사도 못 하고 언니랑 헤어지면…… 어라."

닛시의 애기를 하던 엘리의 눈이 글썽글썽해지더니, 갑자기 눈물이 뺨을 타고 흘러내렸다.

"어어? 갑자기 왜……."

엘리가 눈을 막 비볐다.

"죄송해요, 언니. 이상하네요. 진짜 이상하다. 저 이젠 이렇게 안 우는데 말이에요."

엘리가 손으로 눈을 가렸다.

"우는 거 진짜 오랜만이네요. 정말로."

엘리는 울먹이면서 소맷부리로 눈물을 슥슥 닦아 냈다. 그러더니 경직된 이아나를 향해 웃어 보였다.

"죄송해요. 닛시 핑계를 댔지만, 사실은 제가 울고 싶었나 봐요. 언니가 좋아서 헤어지고 싶지 않거든요."

뜻밖의 고백에 이아나가 어정쩡하게 물었다.

"나를 왜……?"

"글쎄요? 사실 처음 눈이 마주쳤을 때부터 가슴이 뛰었어요. 막 곁에 있으면 기분이 좋고, 또 안심되고……. 이제 못 뵌다고 생각하니까 서러워져요."

중얼거리던 엘리가 고개를 핵핵 저었다.

"아니에요. 부담 가지지 마세요."

혹시 엘리는 이종족의 피가 섞인 게 아닐까? 엘리가 말한 것들은, 이종족들이 저를 보며 느끼는 기분과 같았다.

'평범한 인간처럼 생겼지만, 알고 보면 수인족이라든가.'

엘리의 정체가 궁금해진다.

엘리를 의미심장한 눈으로 내려다보던 이아나가 불쑥 말했다.

"자주 올 테니까 걱정 마. 네가, 날 좋아한다고 주장하는 닛시에게도 그리 전해 주고."

오늘 하루 보육원에서 아이들과 지내며 얻은 게 많았기에 주기적으로 와야겠다는 생각은 하고 있었다.

"또 오실 거예요? 너무 좋아!"

엘리가 환하게 웃었다. 그 웃음만으로도 이아나는 제 결정이 옳았다고 판단했다.

"아, 그리고 내가 아는 아이가 한 명 있는데, 다음부턴 그 애도 함께 와도 될까? 너희 또래인데, 그 애도 친구가 필요하거든."

"물론이죠! 여기 오실 때 자기 아이를 데려오는 분도 많으세요."

혹시나 아이들이 박탈감을 느낄까 봐 물은 건데 다행이다. 이아나는 다음에 올 때는 핀도 데려와야겠다고 마음먹었다. 핀은 사정상 또래 친구들을 만날 기회가 없었다. 제가 놀아 줘도 그 외로움은 쉬이 채워지지 않을 터였다. 그러니 핀이 이곳에서 친구들을 만나면 좋을 것 같았다. 핀이 여기서 친구들과 마음껏 뛰어놀더라도, 제 보호하에 있으니 핀의 안전에는 문제가 없었다.

"언제든 찾아와 주세요. 기다리고 있을게요!"

작별의 때가 되었다. 엘리와 아이들이 손을 흔들었다.

"안녕!"

오늘 하루, 이아나만 얻은 게 있는 것이 아니었다. 다른 사람들도 무언가를 하나씩 얻어 갔다. 이아나의 옆에서는 안젤리나가 눈시울을 붉히며 손을 흔들고 있었다.

그렇게 일행은 보육원에서 멀어져 갔다. 그리고 보육원의 지붕 위에는 하얀 털 뭉치가 웅크리고 앉아 있었다.

"……."

닛시는 이아나를 하염없이 바라보았다. 이아나의 모습이 작아지고 작아져서, 끝내 사라질 때까지.

테일런은 뭘 하고 있는지 연락을 받지도 않고.

황제는 눈에 보였다간 죽여 버릴 것 같아서 처박아 뒀고.

드래곤을 조우했다는 날 이후, 그나마 정상적이던 위프헤이머는 몬스터 연구에 더욱 집착하며 실험실에 처박혔고.

이사벨라는 그날 만났다는 검사를 찾느라 행방불명이고.

"……."

더러운 일을 도맡았던 그룬데왈스 기사단은 와해됐고.

마르가리타는 죽었고.

도르시아니는 제멋대로 로안느에 가 있고.

요즘은 일 잘하던 블랙폭시까지 열 받게 하고 있었다.

샤일린스는 붙잡고 있던 보고서를 발밑에 조아리고 있던 페인에게 집어 던졌다.

"형편없구나, 페인."

"주, 죽을죄를 지었습니다."

사일린스의 살기가 목을 졸라 오자, 페인의 안색이 창백해졌다.

"후우."

샤일린스 바하무트는 이 상황에 염증을 느꼈다. 대체 언제까지 인내해야 하는 걸까?

바하무트 제국은 건국된 순간부터 전쟁을 멈추지 않았다. 황족은 날 때부터 피와 생명을, 절망과 절규를, 증오와 분노를 본능적으로 갈구했다. 그 모든 것을 누릴 수 있는 파괴적인 전쟁을 원했다.

'그 새끼가 씨만 뿌리지 않았어도.'

빠드득.

샤일린스의 손톱이 황좌를 긁었다. 남편이자 오라버니인 필리어드에게 분노가 일었다. 자신의 세대를 아들과 딸을 위해 준비하는 세대라 명명했지만, 샤일린스도 바하무트의 잔혹한 피를 짙게 이어받았다. 황제를 유폐한 이후 그녀가 행정 업무를 모조리 도맡아 하고 있었지만, 의자에만 앉아 있으려니 너무나 무료했다. 샤일린스는 이십여 년 전이 그리웠다. 피와 광기에 절어 무차별적으로 모든 것을 파괴하던 그 나날들 말이다.

'그래. 전쟁을 멈출 게 아니라 계속했어야 하는 게 아닌가?'

요즘 들어 그런 생각이 자주 든다. 그때는 상실감으로 제정신이 아니었거니와, 완전하지 않은 상태로는 세계의 모든 것을 압도하는 게 불가능하다고 판단을 내렸다. 그리하여 한 세대 동안 준비 기간을 거친 후 테일런과 이사벨라의 시대에 세계를 정복하기로 마음을 모았다. 그렇게 전쟁을 멈추었다.

하지만 차라리 그때가 악마의 파편 수혜자들을 찾기 더 쉬웠다. 파편이 광기가 감도는 전쟁 중에 더욱 자주 등장했기 때문이다. 바하무트의 피를 이어받은 사생아는 제 본능을 감추기 더욱 힘들 테니 전쟁 중에 나타났을 가능성이 높았다. 사생아를 찾기 위해서는 전 세계적으로 전쟁을 벌이는 쪽이 나을지도 모른다.

그리고 로안느.

수백 년 전에도 지금도, 선조들이 로안느를 정복하지 않는, 아니 그러지 못했던 것은 로안느 왕족의 '수상쩍은 힘' 때문이었다. 바하무트 황족은 그 힘 때문에 로안느 왕족을 압도할 수 없었다. 분하게도 모든 전쟁에서 말이다.

황태자 테일런은 그 해결책을 판데모니엄에 있을 '악마의 심장'이라고 보았다. 그리하여 테일런이 판데모니엄을 열어 악마의 심장을 얻고 돌아오는 날을 기점으로 전쟁을 다시 시작할 생각이었지만…….

준비는 끝난 지 오래다. 쌓아 온 힘은 폭발하기 일보 직전이었다. 로안느는 망가질 대로 망가져서 그들의 꼭두각시가 되었으니, 왕족을 죽이지 않더라도 충분히 멸망시킬 수 있었다. 물론, 로안느 왕족의 탐스러운 목은 취할 테지만 말이다.

툭, 툭.

샤일린스가 팔걸이를 천천히 두드렸다.

툭.

그리고 소리가 멎었다. 페인이 흠칫 떨었다.

"페인."

"예, 예. 폐하."

"지금부터, 세계 공략을 시작한다."

샤일린스가 소름 끼치도록 새까만 목소리로 선언했다.

"로안느부터 완전히 망가뜨리자꾸나."

페인은 놀라움을 감추지 못하고 고개를 불쑥 들었다.

"전쟁입니까?"

"그래. 로안느 국왕이 태어난 날이 언제지?"

"6월 말입니다."

"적절하군."

샤일린스는 의자에서 일어나 창가로 천천히 다가갔다. 커튼을 걷자, 계절로 따지자면 봄임에도 시들시들하고 시린 빛의 풍경이 한눈에 들어왔다.

"지금이 4월 중순이던가."

"예, 전하."

"로안느는 분수에 넘치게 봄을 즐기고 있을 시절이구나."

서늘한 바람이 불어와 샤일린스의 새까만 머리카락을 흔들어 놓았다. 뺨을 어루만지는 찬 기운은 날 때부터 익숙하여 이제는 제 몸의 일부 같았다. 이곳에서 계속 이렇게 지내도 문제는 없었다. 그녀가 누리는 부귀영화도 영원할 것이었다.

"봄을 부수자꾸나."

하지만 현재의 위치에서 안주하고 싶지 않았다. 샤일린스는 지금보다 더 많은 것을 누리고 싶었고, 북부가 아닌 전 세계가 그녀의 발아래에 있길 바랐으며, 파괴와 죽음이 선사하는 쾌락에 흠뻑 취하고 싶었다.

남부의 축복받은 줄도 모르는 개돼지들이 이기심으로 똘똘 뭉쳐 자기들끼리 아옹다옹 싸울 때마다, 너무 하찮아서 목을 죄다 따 버리고 싶었다. 날 때부터 누리고 있는 자연의 축복을, 발밑을 굴러다니는 돌멩이만큼 당연하게 여기는 멍청한 놈들의 모든 것을 빼앗고 싶었다.

참고, 참고, 참아 왔던 뜨거운 갈망이었다. 그리고 침공하기로 결정을 내리자마자 갈망은 차갑게 얼어붙어 냉혹한 사령관의 심장이 되었다.

"꽃과 녹음이 지상을 뒤덮는 5월과 6월에는 세상을 쑥대밭으로 만들고, 로안느 국왕의 생일을 기점으로 본격적으로 로안느를 짓밟는다."

샤일린스가 반지로 위프헤이머를 호출했다. 바하무트 제국의 실질적인 지배자인 샤일린스가 부르자, 위프헤이머는 하고 있던 중요한 작업을 멈추고 그녀의 앞에 나타났다.

"부르셨습니까, 폐하."

언제나 멀끔한 차림새에 여유로운 느낌을 풍겼던 위프헤이머는 달라졌다. 꼴은 지저분했고 그의 표정에는 신경질이 서려 있었다.

드래곤과 이아나를 조우한 날 이후, 그의 마법 연구는 광기를 더했다. 그가 가진 일생의 목표는 이 세상 모든 몬스터를 세뇌하여 몬스터 군단을 만들고 세계를 정복하는 것, 그리고 몬스터 군단으로 지상 최강이라는 드래곤을 죽이고 바하무트 일족과 함께 진정으로 세계의 최강이 되는 것이다.

위프헤이머는 드래곤과 조우하기 전까지만 해도 자신만만했다. 그는 바하무트 혈족의 힘이 얼마나 대단한지 아주 잘 아는 사람 중 한 명이었다. 또, 그가 개척하는 마법의 경지는 궁극에 이르렀으며 휘하의 몬스터들도 최상위급이었다. 그래서 바하무트 황족과 힘을 합치면 드래곤을 처치하는 것도 가능하리라 보았다.

하지만 위프헤이머는 드래곤을 목격한 순간 깨달았다. 몬스터들은 악마에게 종속된 게 확실하기에 파편 소유자인 제 명령만을 충실히 따라야 했지만, 드래곤을 마주하자 바로 굴복했다. 그러니, 드래곤은 악마와 깊은 관련이 있다……

'대체 뭘까?'

바하무트 제국과 진리의 탑이 밝힌 연구에 의하면 드래곤은 악마의 파편과는 관련이 없는 생물이었다. 그런데 이번에 만났던 드래곤에게는 수상쩍은 점들이 많았다. 이사벨라는 그 괴리감들을 가볍게 넘겼지만, 위프헤이머는 아니었다.

첫 번째, 드래곤의 색.

'왜 검은 몸에 황금의 눈이지? 칸데메이온은 분명 검은 눈이다. 저건 기록에 의하면 악마의 색인데. 새로운 드래곤인가? 아니면 드래곤을 위장한 다른 무엇?'

두 번째, 심장의 고동.

'정도가 크긴 하지만 분명 파편의 공명과 비슷하게 심장이 뛴다. 설마 드래곤도 파편 소유자인가? 혹은 내 착각일 뿐인가? 아니면……'

모든 의심을 취합했을 때 한 가지 가정이 도출되었지만 위프헤이머는 그 어처구니없는 가정을 기각했다. 아무렴, 그 드래곤이 현재 가사 상태에 빠져 있다는 악마였을 리가 없다.

'그럼 대체 뭐야?'

위프헤이머는 그 의심을 겨우 심장 한쪽에 밀어 두었다. 아직 드래곤을 제대로 상대할 수 없는 이상 의문을 해결할 방도가 없었다.

'황태자가 악마를 완성하기만을 기다려야겠군.'

신기한 느낌을 풍겼던 검사를 찾는 일은 이사벨라에게 맡겼다. 그녀라면 반드시 찾아올 것이라 믿었다.

위프헤이머는 황궁으로 귀환하자마자 마법 연구에 박차를 가했다. 그가 심혈을 기울여 고안해 낸 '심장 공유'라는 위대한 마법을 완성하기 위해서였다. 머지않아, 바하무트 일족은 악마의 파편과 심장을 모두 모아서 악마를 완성할 것이다. 그러려면 위프헤이머는 제 파편조차 바하무트 일족에게 넘기고 죽어야 했다.

악마의 파편을 얻은 순간부터 악마의 완성은 위프헤이머의 '사명'이 되었다. 또한 바하무트 일족이 가진 파편이 너무나 거대해서 위프헤이머가 가진 파편은 압도당한 지 오래였다. 그는 바하무트 일족에게 충성을 바치고 있었고, 얼마든지 악마의 파편을 넘길 용의가 있었다.

하지만 그와 별개로, 위프헤이머는 황족의 곁에서 함께 세계를 뒤엎고 싶었다. 파괴를 즐기고 싶었다. 몬스터를 지배하며 세상을 공포로 몰아넣고 이 세상의 정상에 우뚝 서고 싶었다.

그리고 이론상, 심장 공유 마법을 사용하면 악마의 파편을 넘기고 죽은 후에도, 그의 영혼은 새로운 몸으로 건너가서 이전의 기억을 보유한 채 살아갈 수 있었다.

황족은 훗날, 새로운 몸으로 재탄생할 위프헤이머에게 몬스터 지배권을 부여해 주기로 약속했다. 악마의 파편 소유자들은 몬스터들에게 누군가의 명을 따르라고 명할 수도 있었다. 그래서 위프헤이머는 요즘 새로운 육체를 연성하느라 열심이었다.

"무슨 일이십니까?"

바빠도 샤일린스의 부름에는 성실히 답해야 했다. 위프헤이머는 신경질을 표정에서 지우고 공손히 물었다.

"위프헤이머, 몬스터들의 군대화는 얼마나 진행되었지?"

"목표치는 달성했습니다만, 많을수록 좋으니 제자들이 롯소 산맥과 오지에서 추가로 세뇌 작업을 하는 중입니다."

"그래? 준비 기간으로 한 달을 주겠다. 5월 중순부터는 바하무트 소속인 걸 숨기고 몬스터가 세계 전역에서 날뛰게 해라. 특히 로안느를 신경 써서 짓밟아. 그리고 7월, 전 세계를 향해 전쟁을 선포하고 군대를 출정시키겠다."

"……?"

위프헤이머는 순간적으로 그녀의 말뜻을 이해하지 못하고 미간을 좁혔다. 하지만 이내 흥분으로 얼굴이 벌겋게 달아올랐다.

"전쟁입니까?"

"그래."

"저야 좋습니다만 황태자 전하도 동의하신 바입니까? 지금 그분께 연락이 닿지 않는 걸로 알고 있는데 말입니다."

샤일린스가 제 가슴 위에 손을 얹었다.

"내 독단적인 결정이긴 하다만 여러 가지 상황을 고려했을 때 전쟁을 벌이는 게 낫다고 판단했다. 무엇보다, 내가 참을 수 없구나. 테일런도 내 선택을 이해해 줄 테지."

한숨을 내쉰 샤일린스가 이번엔 페인을 보았다.

"페인, 정기사 천 명을 로안느로 보낼 테니 혼란을 틈타 전쟁 준비를 하도록 해라. 식량과 물자를 끌어 모으고, 보급로와 진지를 구축해. 거치적거리는 영지를 불태우고 귀족들은 살해해도 좋다. 지원이 필요하다면 바로바로 말하고."

"알겠습니다!"

샤일린스가 입술을 비스듬히 끌어 올렸다.

"국왕의 생일이 6월 말이었나. 국왕의 죽음으로 전쟁의 포화를 올리자꾸나. 그리고 페인, 침공 계획은 블랙폭시에서 너만 알고 있도록 하여라."

뜻밖의 말에 페인이 고개를 갸웃했다.

"어째섭니까?"

"마르가리타의 죽음이 석연치 않구나. 죽일 거라면 진작 죽였어야지. 도르시아니는 옛날부터 종잡을 수 없는 계집이긴 했지만 이번 건은 너무 뜬금없어."

샤일린스가 중얼거림에 페인이 예민하게 반응했다.

"배신인 겁니까?"

"글쎄. 그녀이 우리를 위해 해 온 게 있으니 단정하는 건 아니지만 의심스럽구나. 아무튼, 카마트로스의 간첩이 블랙폭시 어디에 숨어 있을지 모르니 이번 계획은 시작하기 전까지 너만 알고 있거라."

보육원에 다녀온 날로부터 이 주가 더 지났다. 짧다면 짧고, 길다면 긴 교환 학생 기간이 끝나 가고 있었다. 그리고 아무 일도 일어나지 않았다.

이아나는 처음에야 안젤리나가 문제를 일으킬까 봐 그녀를 주시했지만, 후반부에는 신경 끄고 제 할 일을 했다. 안젤리나는 문제 한번 안 일으키고 열심히 수업만 들었다. 그리고 이아나를 강아지처럼 쫓아다녔다. 그러다 아르하드를 우연히 마주치는 날엔 도망갔다.

"안녕하세요, 왕녀님!"

"안녕하십니까!"

"네에. 안녕하세요, 여러분."

안젤리나는 이아나를 따라 아침 훈련을 나와선 학생들이 우렁차게 인사하는 것을 상냥하게 받아 주었다.

"오늘이 마지막 날이네요."

"한 달 동안 수고하셨습니다."

"이아나 양의 훈련 스케줄에 맞춰 행동하시는 게 보통 일이 아니었을 텐데 대단하십니다."

학생들은 안젤리나를 처음과는 다른 눈으로 보았다. 처음 보았을 때 안젤리나는 가녀리고 아름다운 왕녀님에 불과했다. 하지만 한 달 동안 이아나와 함께 체력 단련을 한 결과, 안젤리나의 뽀얀 피부에는 혈색이 돌기 시작했다. 몸과 얼굴에 생기가 더해졌다.

무엇보다 낑낑대면서도 노력하는 안젤리나의 모습은 인간다웠다. 감히 우러러볼 수 없었던 하늘 위의 천사님이 자신들과 같은 인간으로 보였다.

"하아, 하아."

오늘도 안젤리나는 이아나를 따라 달렸다. 하지만 언제나, 아무리 달리고 달려도 이아나를 따라잡을 수는 없었다. 이아나가 안젤리나와 보폭을 맞춰 주는 일도 없었다. 따라오든 말든 관심도 없는 것 같았다. 처음 만난 날부터 오늘, 마지막 날까지 늘 그랬다. 이아나는 적대감을 지웠지만, 여전히 안젤리나에게 무관심했다.

'너무 쉽게 생각했나 봐.'

어디서든 쉽게 사랑을 받았던 안젤리나는 이아나와도 금세 친해질 수 있을 거라고 생각했다. 하지만 오만이었다.

'난 대체 어떻게 해야 하지?'

요즘에도 매일매일 꾸고 있는 악몽을 상기한 안젤리나는 더럭 겁이 났다.

'역시 그 일이 일어나기 전에 그 남자를 죽여야 할…… 헉!'

안젤리나가 퍼뜩 정신을 차리고 고개를 횏횏 저었다.

"하아, 하아."

안젤리나는 숨을 세차게 뱉으며 발에 힘을 주었다. 이아나에게 조금 더 가까이 다가서기 위해서였다.

"앗!"

무리해서 달리려다가 발이 꼬인 안젤리나가 넘어졌다. 너무 심하게 넘어진 나머지 흙 위를 세차게 뒹굴었다. 지저분한 먼지로 범벅이 되고 무릎과 팔이 아프게 까졌다.

"아야……."

안젤리나는 손바닥에 맺힌 피를 보았다. 아팠다. 눈물이 왈칵 났다.

혼자서는 아무것도 해결하지 못하고 울기만 하는 공주님. 누군가에게 기대기만 하는 바보. 평소에도 소설과 현실을 착각하더니, 이젠 꿈과 현실을 착각하는 멍청이.

'미칠 것 같아.'

한 달 동안 학술원에서 지내면서 그녀는 변하고자 했다. 저 혼자만이라도 변해서 꿈에서 본, 너무나 실감 났던 끔찍한 미래를 바꿔 보기 위해서였다.

그녀는 노력했다. 노력한 만큼 보람도 느꼈다.

하지만 그뿐이었다. 한 달은 너무 짧았고, 오늘은 마지막 날이었다. 뭔가를 해 보기도 전에 끝났다. 그녀는 원래의 생활로 되돌아갈 것이다.

'그래. 이제부터 노력하더라도 너무 늦었을 거야. 내가 할 수 있는 게 없어. 난 꿈에서와 똑같은 삶을 살 거야. 그리고 똑같이 죽겠지.'

꿈에 관해서 이야기를 해도 아무도 믿어 주지 않을 것이다. 모두가 저를 정신병자 보듯 볼 것이다. 그렇다고 해서 모든 걸 버리고 도망칠 용기도 없었다. 안젤리나는 거인의 손에 짓눌리는 듯한 무력감을 느꼈다.

'무서워……'

손을 말아 쥐며 머리를 웅크렸다.

'아냐, 아냐, 꿈일 뿐이라고. 바보 안젤리나!'

훌쩍훌쩍 울었다.

'분명 꿈일 텐데, 무서워. 난 바보야.'

"괜찮습니까?"

위에서 들려온 목소리에 안젤리나가 고개를 홱 들었다. 이아나가 떨떠름한 얼굴로 손을 내밀고 있었다. 안젤리나는 이아나의 손을 덥석 붙잡았다.

"저기. 이아나 양."

안젤리나가 조심스럽게 말을 붙였다. 이아나가 안젤리나의 무릎에 약을 발라 주다가 고개를 들어 그녀와 눈을 마주했다. 안젤리나는 용기를 내어 물었다.

"우리 조금은 친해진 건가요?"

잠시 고민하던 이아나가 입술을 열었다.

"친한 건 아니고 아는 사이 정도는 되겠군요. 전 애초에 왕녀님과 친해질 마음이 없어요."

이아나가 선을 딱 긋자 안젤리나가 파르르 떨었다.

"그런가요. 맞아요. 한 달은 너무 짧죠. 역시 제가 너무 쉽게 생각했나 봐요."

안젤리나는 체념한 듯 고개를 끄덕거렸다.

"그래도."

그녀가 이아나를 불쌍한 표정으로 바라보았다.

"그래도 제가 위험에 처하면 구해 주실 순 있나요?"

안젤리나가 이런 걸 묻는 저의가 뭘까?

"상황에 따라서?"

일단 대답은 해 주었다. 안젤리나를 죽여야 할 상황이라면 몰라도, 평상시에는 도의적으로 구해 주지 않을까 싶었다.

"정말요? 고마워요!"

안젤리나는 그 대답만으로도 크게 만족한 듯 활짝 웃었다. 창백하게 시들어 있던 꽃이, 생명을 머금고 화사하게 피어나는 듯했다. 이아나는 정말 영문 모를 여자라고 생각하며 고개를 갸웃하곤 안젤리나의 무릎에 약을 마저 발랐다.

"아야."

"참으세요."

안젤리나의 무릎은 정말 심하게 까졌다. 소복하게 쌓인 눈 언덕에 피 웅덩이가 고인 양 하얀 피부가 움푹 파여 있었다. 완벽한 피부에 생긴 벌건 흠집은 완벽주의자인 이아나에게 미묘한 거슬림을 불러일으켰다.

또, 말은 쌀쌀맞게 했지만 안젤리나가 이제 영 싫은 건 아니었다. 그렇다고 해서 좋은 것도 아니지만 이아나에게 있어 웬만한 사람 외에는 죄다 '아는 사이'라는 점을 고려하면 안젤리나는 정말 많이 발전한 것이다. 그전까지 안젤리나는 정말 싫은 축에 속했으니 말이다.

'한 달 전에 내게 했던 말들이 진심이었다는 건 알겠어.'

많은 것들을 경험하고 싶다고 했던 안젤리나는 한 달 내내 정말 열심히 살았다. 제가 할 수 있는 선에서 모든 것을 경험하고자 뛰어다녔다.

이아나를 졸졸 쫓아다니는 시간이 제일 많았지만, 그 외의 시간에는 하르첸의 도움을 받아 다양한 강의들을 들으러 다녔다. 보육원에도 몇 번 더 갔다고 들었다. 말만 번드르르하게 해 놓고 힘들어서 며칠 만에 때려치우지 않을까, 라고 의심했던 이아나는 반성했다.

아르하드를 포기하겠다는 말도 참이었다. 이아나의 곁에 있으면서, 안젤리나는 아르하드와 자주 마주쳤지만 인사만 할 뿐 말은 단 한 번도 섞지 않았다. 섞기는커녕 할 일이 생각났다며 도망가 버리기 일쑤였다. 처음 몇 번은 그를 보면서 얼굴을 붉혔지만, 최근 들어서는 그런 모습마저도 보이지 않았다.

'악몽이라.'

철부지 안젤리나를 변화시킨 건 그녀가 꾸고 있다는 오랜 악몽이었다.

'무슨 꿈을 꾸는 건지 궁금하긴 하네.'

하지만 거기까지다. 안젤리나의 인생에 개입할 생각이 전혀 없기에, 이아나는 호기심을 죽이고 상처를 치료하는 데만 집중했다.

"저기, 의무실 담당자한테 맡겨도 될 텐데."

"더 덧나지 않으려면 응급 처치부터 빨리 해야 합니다. 다 끝내면 의무실에 데려다 드릴 테니 담당자에게 상급 치료제를 발라 달라고 하세요."

이아나가 얼굴을 들어 무심하게 말했다.

"제가 생각했을 땐 이게 최선책이라 직접 왕녀님의 몸에 손을 댔습니다만, 불편하시면 그냥 의무실에 모셔다 드리겠습니다."

"아, 아니에요. 이아나 양이 계속해 주세요."

"그러죠."

안젤리나는 제 무릎 위에서 세심하게 움직이는 이아나의 손을 물끄러미 쳐다보았다.

'나랑 친하지 않다고 했어. 친해질 생각도 없다고 말했어.'

그런 것치곤 몹시 정성스런 손길이었다. 공황 상태가 가시고 조급함이 사라지고 나니 한 달 내내 관찰해 온 이아나가 선명하게 보였다.

그래도 내가 다쳐서 일어나지 못하니까 되돌아와서 손을 내밀어 주었어. 내 상처를 생각해서 손수 치료해 줬어. 보육원에서도 무뚝뚝했지만 애들을 잘 돌봐 주었지.

자기 할 일만으로도 바쁠 텐데 다른 사람들이 도움을 구하면 가능한 선에서 도와주고, 수련장에서는 가르침을 원하면 선뜻 가르쳐 주었어.

말은 쌀쌀맞게 해도 착한 사람이구나.

안젤리나는 반창고까지 딱 붙인 후 떨어지는 이아나의 손을 덥석 붙잡았다.

"고맙습니다, 이아나 양."

"아, 네."

안젤리나가 반짝거리는 시선을 보내자 이아나는 부담감을 느끼고 손을 살짝 뺐다.

의무실에 가서 치료를 마친 안젤리나는 마지막 날이니 다 함께 보육원에 가서 아이들과 놀아 주다가 뒤풀이까지 하고 싶다고 말했다. 이아나도 마무리를 제대로 해야 한다고 생각해 반대하지 않았다. 다들 사람들도 모두 찬성했다.

보육원은 많이 바뀌었다.

카렌듈라 후제르고가 돈을 쏟아부어 정원을 조성하고 안젤리나가 몰래 전문 목수들을 시켜 건물을 보수한 덕분에, 엉성했던 보육원은 아름다운 정원을 갖춘 아늑한 가정집처럼 바뀌어 있었다. 요새, 아이들은 꽃과 나무를 가꾸는 데 정신이 팔렸다.

"이렇게, 이렇게 하는 거야."

"와, 잘한다, 핀!"

그곳에는 핀도 있었다.

이아나는 보육원에 두 번째로 왔을 때 핀을 데려왔다. 핀은 처음엔 주춤주춤하며 낯을 가렸지만 아이는 아이였다. 하루 만에 아이들과 친해진 핀은 몹시 기뻐했다. 귀가할 때는 얼마나 아쉬워하는지 눈에 눈물을 머금을 정도였다. 그 후엔, 이아나가 데려오지 않더라도 벤포메를 끌고 저 혼자 온다고 했다.

핀은 식물을 사랑하고 그들에게 사랑받는 엘프의 피를 이었다. 어린 나이지만 식물을 가꾸는 데 일가견이 있었고, 아이들은 핀에게 식물을 사랑하는 법을 배웠다.

"잘한다, 핀."

"헤헤."

핀은 특히 엘리를 친누나처럼 잘 따랐다. 엘리도 핀을 많이 챙겨 주었다. 뜻밖에도, 핀은 리키젠과도 친해졌다. 그는 과거에 꽃집에서 자라나 꽃에 대한 상식이 풍부했다. 핀은 리키젠과 대화하는 걸 즐거워했다.

"파스칼 형아, 이거 너무 맛있어요!"

파스칼 옥토는 아이들과 인연을 맺은 것을 계기로 맛있는 간식거리를 주기적으로 후원하기로 했다.

첫날, 아이들이 제 가문에서 제조하는 먹거리를 먹고 행복해하는 걸 직접 목격한 파스칼은 전에는 한 번도 느껴 보지 못한 뿌듯함을 느꼈다. 그는 더 맛있는 제품을 아이들에게 맛보여 주고자 공장의 직원들을 닦달했고, 두둑한 보너스를 받으며 재촉당한 연구진은 초콜릿을 이용한 가공식품 하나를 만들어 냈다.

이 제품은 매출 상승에 엄청난 기여를 했다. 파스칼은 자작에게 인정을 받으며 얼떨결에 옥토가 후계자의 위치를 공고히 했다. 그 후로 파스칼은 아이들에게 더욱 친절해졌고, 더욱 후해졌다.

그렇게 보육원은 여러모로 아이들이 성장하기 좋은 환경이 되었다.

"공주님과 왕자님은 오래오래 행복하게 살았답니다."

안젤리나는 이아나의 근처에서 아이들에게 동화책을 읽어 주었다. 착한 아이들에게 조곤조곤 책을 읽어 주는 행동은 안젤리나에게 정신적 안정감을 가져다주었다. 이아나가 옆에 있으니 누구도 저를 해할 수 없다는 안전감까지 들었다.

안젤리나는 이아나를 흘끔거렸다. 이아나는 벽에 기댄 채 평화로운 보육원의 정경을 가만히 구경하고 있었다. 그녀는 속으로 안도 했다. 두렵기 그지없는 악몽을 천천히 되새겨볼 여유도 생겼다.

악몽은 띄엄띄엄 끊어진 장면들의 연속이었다. 꿈에서 깨어나면, 그 장면들의 주인공이 되어 보고 느끼고 생각했던 많은 것들이 머릿속에서 사라졌다. 실제로 구체적인 정보들은 기억하지 못했다. 누군가와 주고받은 말이라든가.

하지만 그런 장면들 중에서도 유독 기억에 남아 있는 장면이나 느낌들이 있었다. 그중 하나가 오금이 저릴 정도로 끔찍한 꿈의 결말이다.

'아르하드 공자의 명령으로, 그의 기사처럼 보이는 사람이 내 목을 베었어.'

꿈의 결말은 항상 똑같았다. 험상궂은 기사들이 그녀를 우악스레 붙잡아 그의 앞에 강제로 꿇어앉혔다. 아르하드는 꽃 한 송이를 가볍게 뚝 꺾는 것처럼 무심한 목소리로 처형하라고 말했다.

기사 한 명이 제 앞에서 검을 뽑고, 저는 극도의 두려움에 질린 상태로 목에 따끔한 감각을 느낀다. 그 직후 시야가 뒤집히는 걸 느끼며 꿈에서 깨어난다.

안젤리나는 부르르 떨었다.

'무서워······.'

무심하고 서늘한 눈빛이 제게 닿았던 건 꿈속에서도 딱 한 번뿐이다. 하지만 꿈을 수십, 수백 번 거듭하더라도 그 시선에는 익숙해지지 않았다. 받을 때마다 숨이 막혀 기절할 것만 같았다. 현실에선 좋기만 했던 그가 꿈속에선 미치도록 두렵기만 했다.

꿈은 현실과 뒤섞였다. 데뷔식에서 함께 춤을 추다가 눈이 마주쳤을 때 느꼈던 두려움이 꿈과 겹쳐졌다. 아르하드가 좋았지만 동시에 미치도록 두려워졌다. 시간이 조금 더 흐른 후에는 두려움이 우세해졌다. 아비에게 그를 죽여 달라고 해야 하나, 하는 고민까지 들었다. 하지만 아르하드를 좋아하는 감정은 남아 있었다. 또 현실도 아닌 꿈 때문에 누굴 죽여 달라고 하는 건 아무리 생각해도 미친 짓이었다.

그래서 안젤리나는 꿈이 정말로 미래라고 가정하고, 미래를 바꾸기 위해 죽음이라는 극단적인 방법을 제외한 다른 수단을 찾아보기로 했다. 꿈은 파국으로 치달은 결말 전에 꽤 많은 장면을 보여 주었고, 안젤리나는 거기서 답을 찾을 수 있었다.

'만약 꿈이 현실화된다면, 이아나 양은 국왕이 된 슈나이더 오라버니의 기사가 될 거야.'

꿈속의 슈나이더는 현재 국왕이 앉는 옥좌에 앉아 있었다. 그리고 이아나는 그의 곁에서 꼿꼿하게 서 있었다.

안젤리나는 슈나이너에게 구해 달라 애걸했지만, 그는 냉정하게 거절했고 그녀는 좌절했다. 그리고 이아나는 안젤리나를 향한 경멸을 숨기지 않았다.

안젤리나가 별 볼일 없다고 생각했던 이아나는 슈나이더의 신임을 한 몸에 받고 있었다. 모든 귀족들이 혐오했던 그녀는 모두가 두려워하는 위대한 기사가 되어 있었다. 꿈속의 안젤리나조차 대단하다고 여기는.

그리고 다른 장면에서, 이아나는 아르하드와 싸우고 있었다. 피보라가 분수처럼 치솟는 전쟁터에서 아르하드를 밀어붙이고 있었다. 그녀만이 로안느의 희망이었다.

'만일 꿈이 실제가 된다면, 날 구해 줄 수 있는 사람은 이아나

양뿐이야. 정말 대단한 기사가 될 테니까.'

그래서 이아나와 친해져야겠다고 마음먹었다. 하지만 마음먹은 직후, 그녀를 엄습한 감정은 통렬한 민망함과 자괴감이었다.

꿈속에서 안젤리나는 예쁜 인형과도 같은 인생을 살았다. 아름다운 옷과 보석으로 치장된 장식품처럼 남편의 곁에 서 있는, 시녀들이 없으면 아무것도 못 하고 앉아 있어야만 하는, 혼자서는 무엇을 할 능력이 없어 남편과 슈나이더에게 매달려 뭘 해 달라 조르거나 울 줄밖에 모르는. 스스로 검을 뽑아 적을 쳐부수던 이아나와는 달랐다.

똑같은 꿈을 수백 번 꾸다 보니 똑같은 삶을 수백 번이나 사는 효과를 보았다. 그러면서 안젤리나는 철이 들었고, 이아나에게 저질렀던 만행을 떠올리며 수치심을 느꼈다.

안젤리나는 이아나에게 사과해야만 했다. 그래서 진심을 담아 사과했다. 아르하드에 대한 마음도 접어야 했다. 그래서 단념했다. 단념은 뜻밖에도 쉬웠다. 수백 번 목이 잘리고도 단념이 되지 않는다면, 그건 정신병이다. 처음에 아르하드를 보며 얼굴을 붉힌 건, 단지 첫사랑에 대한 미련이 봄바람처럼 남아 있었기 때문이었다.

마지막으로 스스로가 바뀌어야 했다.

'지긋지긋해.'

안젤리나는 절대로 꿈속의 인형처럼 살고 싶지 않았다. 하지만 그녀는 왕녀였다. 이때까지 누려 온 것이 있고 앞으로도 많은 특권을 누리게 될 것이다. 왕녀라는 신분을 벗어날 순 없다. 그래서 안젤리나는 찾아보기로 했다. 왕녀로서 어떤 삶을 살아야 할 것인가…… 라는 문제의 답을.

그리하여 학술원에 왔다.

"언니, 목소리 너무 좋아."

안젤리나는 까르르 웃으며 제게 안겨 드는 여자아이를 마주 안아 주었다. 왜일까? 아이의 따뜻한 체온을 느끼고 있자니 그 길을 찾을 수 있을 것 같기도 했다.

'으음.'

안정감에 휩싸인 안젤리나는 무서운 악몽에 대해서 조금 더 깊이 짚어 볼 수 있게 되었다.

'아르하드 공자는 역시 다른 나라의 왕족인 걸까? 생각은 잘 안 나지만 귀족보다는 왕이라는 느낌이었어. 뭐, 그건 그럴 수도 있지. 그런데 말이지. 지금의 이아나 양은 아르하드 공자와 서로 정말 아끼는 사이 같은데 꿈속의 미래에선 왜 싸웠을까? 특히 이아나 양이 아르하드 공자를 미워하는 것 같았는데. 아르하드 공자는 여전히 이아나 양을 사랑하는 것 같았고.'

고민하던 안젤리나의 얼굴이 새파래졌다.

'혹, 혹시 내가 방해해서 헤어졌나? 내가 오해를 하게 만들었다든가. 그래서 꿈속의 이아나 양이 날 혐오하고, 공자는 나를 죽이고…… 그래, 그랬던 거야!'

너무 그럴듯했다! 로맨스 소설에서 그런 경우를 너무나 많이 봤다!

드디어 앞뒤가 맞아떨어졌다.

'바보 안젤리나! 넌 악녀야! 대체 무슨 짓을……!'

안젤리나는 무서운 악몽을 꾸며 철이 들었지만, 그래도 여전히 소녀의 감성을 품고 로맨틱한 소설을 읽었다. 그녀는 악녀라며 스스로를 자책했다.

'꿈속에서 아르하드 공자는 내가 있던 왕국 외에 다른 왕국도 침공했었어. 그는 이아나 양과 이어지지 못해 비뚤어진 거야. 가지지 못한다면 세계를 부수겠다는 마음으로……'

그러면서 희망을 품었다.

'혹시 이아나 양과 이어지면 그런 미래도 없는 걸까?'

안젤리나는 확신하며 고개를 끄덕거렸다. 그리고 주먹을 불끈 쥐었다.

'절대 방해하지 않겠어. 아니, 내가 도움이 될 수 있다면 도와줄 거야!'

안젤리나가 저를 보며 뭘 생각하는지도 모르고, 이아나는 그저 평화로움을 느끼고 있었다. 엘리가 두리번거리며 이아나에게 다가왔다.

"언니, 닛시 못 봤어요?"

"그걸 왜 나한테 물어."

"요새 닛시가 언니 쫓아다니고 있지 않아요? 찾으러 다닐 때마다 도둑고양이처럼 언니를 훔쳐보고 있던데."

사실이다.

이아나는 시선의 발원지를 눈치채지 못한 척 곁눈질만 했다. 아니나 다를까 벽 뒤에서 하얀 털 뭉치가 꼼지락거린다. 닛시가 숨어서 그녀를 훔쳐보고 있었다.

이 주 전, 보육원에서 만난 이후로 닛시는 이아나의 주변에 종종 출몰하기 시작했다. 그러나 절대 가까이 다가오지는 않고 멀찍이서 이아나를 빠히 관찰하기만 했다.

'웃기는 고양이네.'

이아나는 닛시를 가만 내버려 뒀다. 미물에게 집착적으로 관찰당한다는 점에서 케이거스 드미트리의 키메라가 연상되긴 했지만, 귀여운 닛시의 시선은 불쾌하지 않았다.

"앗, 찾았다!"

엘리는 이아나의 시선을 따라가다가 닛시를 발견했다. 엘리가 달려오자 닛시는 펄쩍 뛰더니 후다닥 달아났다. 아무튼 웃기는 고양이였다.

"그동안 다들 수고하셨습니다."

"좋은 경험이었어요."

"나중에 마주치더라도 모르는 척하기 없기입니다."

일행은 보육원 앞에서 서로에게 작별 인사를 했다. 오늘은 테오도르 아카데미 학생들이 교환 학생으로 머무르는 마지막 날이었다. 이젠 특별히 만날 날을 잡지 않는 이상 마주칠 일이 없었다.

카렌듈라가 느릿하게 말했다.

"가끔 보자고요. 여러분과의 인연이 끊어지는 게 아쉽네요."

크기는 다르더라도, 다들 그런 감정을 느끼고 있었다. 여기 있는 사람들은 모두 성격이 꽤 괜찮았다.

이번에 처음 만난 귀족, 카렌듈라 후제르고와 파스칼 옥토는 나름대로 세가 있는 귀족 가문 소속이었다. 그러나 당당하되 거만하지 않았고, 선하되 세상 물정에 어둡지 않았다.

루퍼트도 성실하고 좋은 사람이었다. 평상시였다면 절대 만날 수 없었을 지체 높은 이들 옆에서 움츠러드는 경향은 있었지만,

제 할 일을 할 때는 열정적으로, 최선을 다했다. 집에 동생이 다섯이나 있다는 그는 아이들을 아주 잘 돌봤고, 그러면서 원래부터 면식이 있었던 헤레이스와 급격하게 친해졌다. 보육원에 주기적으로 함께 오자고 약속까지 했다.

"적어도 일 년에 한 번쯤은 봤으면 좋겠네요."

다들 좋다고 찬성했지만, 이아나는 속으로 글쎄, 하고 회의적인 반응을 보였다.

'요 한 달간은 계속 붙어 다녀서 친해진 거지만, 떨어져 지내면 마음도 멀어질 수밖에 없어. 아, 내가 상관할 일은 아닌가.'

이아나는 한 발자국 물러서서 이야기를 나누는 그들을 가만히 지켜보았다.

'일 년 후엔 난 여기 없을 테니까.'

"앗!"

그때, 강한 바람이 불었다.

길을 지나가던 사람들은 급히 모자나 드레스 자락을 붙잡았다. 사람들 사이로 연분홍빛 벚꽃 잎이 흩날렸다. 날아온 벚꽃 잎이 이아나의 머리카락에도 몇 장 들러붙었다.

'벚꽃이 아직까지 남아 있었나……'

이아나는 엉켜든 꽃잎을 떼어 내며 앞을 보았다. 아름다운 풍경이었다. 시린 겨울이 끝나고 봄이 찾아오자 낮은 점점 길어졌고, 태양은 따스한 햇볕을 오래도록 지상에 드리웠다. 봄의 태양은 냉기로 얼어붙었던 세상을 아름답게 색칠했다.

따뜻한 노란 햇살, 깨끗한 파란 하늘, 몽실몽실한 하얀 구름. 부드러운 갈색 흙, 싱싱한 연둣빛 잎사귀, 파스텔 톤의 분홍 꽃잎. 봄이었다.

지난 가을은 악몽이었고, 겨울은 그 악몽을 수습하던 시간이었다. 봄이 되어서야 사람들은 안정을 되찾았다. 따뜻하고 밝은 봄이 불안감을 어루만져 어둠을 흩어 놓았기에, 사람들은 그가 가져온 아름다움을 만끽할 수 있었다.

휘이잉……

바람이 떠나자 꽃비가 멎었다. 꽃잎은 힘없이 땅바닥을 뒹굴며 더러워졌다. 3월과 4월을 거쳐 봄을 알리며 흐드러지게 피었던 벚꽃은 하나하나 천천히 지다 이제는 완전히 끝물이었다. 봄도 이제 다음 달이면 끝이었다.

이아나는 발밑을 굴러다니는 꽃잎을 툭 차며 생각했다.

'정말 너무 별일 없이 끝났어.'

평화롭다.

말썽을 피울 거라고 생각한 안젤리나는 얌전하다 못해 강아지처럼 굴었다. 각오하고 있었는데 말이다.

평화롭다.

안젤리나뿐만 아니라, 요즘 들어 골치 아픈 문제가 전혀 없었다. 아르하드와의 사이는 나날이 좋아지고 있고, 매일같이 오던 슈나이더의 편지는 끊어진 지 오래다. 로안느와 완전히 척을 진 블랙폭시는 최근 들어 이상할 정도로 잠잠했고, 바하무트도 주변 국만 가끔 갈굴 뿐 마르가리타가 사망한 로안느에는 별다른 관심을 보이지 않았다.

평화롭다.

너무 평화롭다. 너무 평화로워서 오히려 이상했다. 이 평화가 폭풍 전야처럼 느껴지는 건 착각일까?

사람들이 따뜻한 봄에 흐물흐물 녹아 긴장감을 누그러뜨리고, 방심하고, 평화에 젖어 있는 사이…… 봄을 갈라 그 틈을 파고들려는 비수가 저 너머에 있는 것만 같다.

'당연한 얘기지.'

평화가 지속될 순 없다. 언젠가는 끊어지기 마련이다. 이 평화가 언제까지 이어질진 모르겠지만, 그 비수를 막기 위해 경계심을 항상 갖추고 있어야 한다.

하지만 학술원을 졸업하고 로안느를 떠나기까지 약 8개월, 그 전까지 별일 없었으면 하는 것도 사실이다.

이아나는 로안느에서의 생활을 천천히 정리하고 있었다. 회귀 전과 회귀 후를 통틀어 수십 년을 지낸 로안느와의 이별을 천천히, 누구의 방해도 받지 않고 준비하고 싶었다. 그 후에 미련 없이 평화롭게, 조용히 떠나고 싶었다.

회귀 전이라면 그럴 수 있었을 것이다. 로안느는 제가 스물두 살에 이를 때까지, 나름대로 괜찮게 돌아가고 있었으니까. 하지만 회귀 후인 지금은 많은 것이 바뀌어 앞날을 예상할 수 없었다. 부디 고생한 만큼 쉬라는 운명의 자비였으면 좋겠다. 이때까지 사건들이 끊임없이 몰아치긴 했었으니까.

……아무 일도 없으면 좋으련만.

4월 말.

교환 학생 기간이 무사히 끝났다. 동시에 이아나는 차이판 후 작령으로 떠나게 되었다.

이아나는 짐을 싸서 나와 아르하드를 만났다. 그가 배웅해 주기로 했기 때문이다.

"또 떠나는구나."

아르하드는 혀를 차며 불만을 표했지만 그뿐이다. 이번 해 실습을 신청하기 전, 이아나가 떠나는 게 싫었던 아르하드는 실습을 가지 않아도 된다고 말했다. 제 휘하에 있는 귀족 가문에 실습자라고만 등록해 놓고, 한 달 동안 자유롭게 지내도 된다는 것이었다. 하지만 이아나가 거부했다.

"저는 학술원을 정상 루트로 졸업하고 싶습니다."

삼 년이나 일찍 조기 졸업을 하는 것도 정상적인 루트는 아니었지만, 일단은 학술원 제도 중 하나였다. 이아나는 이 년 동안 잘해 왔는데 겨우 한 달 때문에 불법적인 방법을 사용하고 싶지 않았다.

그리고 그렇게 하면 한 달 동안 실습이 가짜라는 걸 들키지 않도록 숨어 지내야 하는데, 이아나는 그러기 싫었다. 마지막으로.

"차이판 후작과 약속했습니다."

아르하드는 이아나의 단호한 말을 떠올리며 속으로 중얼거렸다. 그놈의 약속……. 이아나는 약속을 정말 중요시했다. 일단 제 입으로 약속했다면 피치 못할 사정이 있지 않은 한 끝까지 지켰다. 예를 들면 사라체와의 계약이라거나.

아르하드는 결국 받아들였다.

이아나는 문관인 로베르슈타인 가문에서 자라, 곧장 학술원에 왔다. 학술원과 카마트로스에서 나름대로 무인으로서의 공동체 생활을 경험하고 있었지만, 그것만으론 부족했다. 기사들의 성지로 유명한 차이판 후작령에서의 실습은 이아나에게 귀중한 경험이 되어 줄 터였다.

그리고 이아나는 최근 아르하드에게 새 국가에 대한 제 생각을 아낌없이 말하고 있었다. 뭘 어떻게 하는 게 좋겠다는 둥, 이러면 보기 좋을 것 같다는 둥. 아르하드는 그것들을 전부 기억해 두었다.

이아나는 능력 중심의 국가를 원했다. 그렇다면 공평과 불공평이 공존하며, 능력 중심으로 꽤 훌륭하게 운영되는 학술원을 참고해서 기초를 다지는 게 좋다. 아르하드는 이아나가 학술원의 제도를 최대한 많이 경험하며 장단점을 스스로 알아가길 바랐다.

마지막으로, 아르하드는 언제나처럼 이아나에게 많은 것을 경험하게 해 주고 싶었다.

"정말 얼마 안 남았으니까. 네가 여기서 누릴 수 있는 것들을 모두 누리고 떠났으면 좋겠다."

"감사합니다. 반지가 있으니까 자주 연락할게요."

"자주가 아니라 매일."

이아나가 알겠다며 웃었다.

그들은 학술원을 빠져나와 테오도르의 성문을 향해 걸었다. 그러다, 이아나는 익숙한 시선을 느꼈다.

'또냐.'

닛시였다. 닛시는 이아나의 스토커가 된 지 오래였다. 종종 학술원에도 들어와 이아나를 쫓아다녔다. 정말 이해할 수 없는 고양이였다.

'고양이의 마음을 읽을 수도 없고.'

이제 한 달간 테오도르를 떠난다. 이아나는 닛시가 설마 테오도르를 나오진 않겠지 싶어 가만 내버려 두었다.

"이건 뭐야."

"냐아아아아!"

"아."

하지만 아르하드는 닛시를 가만두지 않았다. 아르하드의 손에 붙들려 이아나의 앞에 대령당한 닛시가 발버둥 쳤다.

"전에 말씀드린 고양이입니다. 놔주세요."

이아나는 아르하드에게 닛시에 대해 말한 적이 있었다. 하지만 아르하드가 닛시를 직접 만난 건 이번이 처음이었다. 아르하드는 닛시를 들어 올려 눈을 마주쳤다. 닛시의 몸이 빳빳해졌다.

"수상해."

"혹시 마법에 걸려 있나요?"

"그건 아닌데 이상하게 행동하잖아. 수인족이나 몬스터도 아닌 것 같은데."

아르하드가 손에서 힘을 풀자, 닛시는 아르하드의 손에서 떨어져 내려 땅에 착지했다.

"……."

그런데 이상했다. 평소 같았으면 땅에 발을 딛자마자 도망갔을 넛시는 부들거리며 떨 뿐, 오도카니 앉아 있었다.

'겁에 질린 것 같네.'

이아나는 동공이 확장되어 있는 넛시를 물끄러미 쳐다보다가 쪼그려 앉았다. 넛시의 머리를 쓰다듬었다. 넛시와의 인연은 아주 가까이 이어졌지만 손을 댄 건 처음이었다.

"......!"

이아나의 손길을 느낀 넛시가 순간 경련하더니 또 도망쳐 버렸다. 하지만 열 발 정도 뛰어가다 말고 주춤주춤하다, 멈춰 서서 뒤를 돌아보았다.

이아나는 이상한 기분에 휩싸였다. 그녀는 오늘부터 한 달 동안 테오도르에 없다. 그런데 뭔가, 넛시에게 작별 인사를 해야 할 것 같은 기분이었다. 도의적으로 말이다.

"이리 와 봐."

오지 않을 거라고 생각하면서도, 이아나는 손을 까딱거렸다. 그런데 놀랍게도, 넛시는 주춤거리면서 이아나에게 한 발, 한 발 다가서서 그녀의 손이 닿는 거리까지 왔다. 새침하고 경계심 많은 고양이, 넛시가 이아나의 손을 조심스레 핥았다.

'웬일이래.'

이아나는 기분이 좋아졌다.

슥슥.

이아나가 넛시의 머리를 쓰다듬어도 넛시는 여전히 가만히 있었다. 이아나가 나지막하게 말했다.

"당분간 못 볼 거야."

넛시가 흠칫했다. 마치 말을 알아들은 것처럼 동공이 흔들렸다.

"또 볼 때까지 잘 지내고 있으렴. 엘리 괴롭히지 말고."

이아나가 손을 떼자, 닛시는 허겁지겁 도망쳐 버렸다. 그녀는 자리에서 일어나서 아르하드를 보았다. 그는 눈을 가늘게 뜨고 닛시의 뒷모습을 쳐다보고 있었다.

"가요."

이아나가 잡아끌자, 아르하드는 닛시에게서 눈을 떼었다.

테오도르의 성문에 도착했다.

"할 말 있으면 아티팩트로 연락하시고, 저와 만나야 할 일이 있으면 텔레포트로 찾아오셔도 됩니다."

"그래."

이아나와 바로 연락할 수단이 있고, 언제든지 볼 수 있기에 아르하드는 불안해하거나 초조해하지 않았다.

이아나는 여유를 가진 아르하드가 마음에 들었다. 그러나 한편으로는 마음에 들지 않았다. 아르하드가 감정으로 고조되는 모습이 보고 싶었다. 그가 제게 열중할 때의 흐트러진 얼굴이 정말 취향이었다.

쪽.

그래서 발꿈치를 들고, 아르하드의 얼굴을 붙잡아 내려 키스했다. 노력 끝에, 이아나의 손은 이제 멱살을 벗어나 그의 뺨이나 목덜미에 닿고 있었다.

손이 뜨끈해졌다. 맞닿은 아르하드의 피부에 열이 오른 탓이었다. 이제 생초짜처럼 아르하드의 얼굴이 화르륵 달아오르는 일은 없었지만, 몸에 은근한 열기가 감도는 건 여전했다.

숨결이 흘러 들어와 심장에 스며들었다. 심장이 빠르게, 크게 뛰었다. 너무 시끄럽게 뛰어서 아르하드에게 들리는 게 아닐까 싶을 정도였다.

익숙하지 않은 박동이 어쩐지 벅찼다. 이아나는 천천히 입술을 떼며, 발꿈치를 내리려 했다. 하지만 아르하드가 이아나의 허리를 강하게 붙잡아 당기고, 뺨을 감싸 쥐며 한 번 더 입을 맞췄다.

"……."

입술이 떨어지고, 속눈썹이 부딪힐 것 같은 가까운 거리에서 눈이 마주쳤다. 이마가 닿았다. 이마와 이마 사이에서 검고 붉은 머리카락들이 엉킨 것처럼, 시선도 뱀 두 마리가 서로의 몸을 꼬듯 얽혔다.

'아.'

일렁거리는 금안을 보고 있자니, 이아나는 오싹오싹 온몸의 감각이 곤두서는 것 같았다. 요즘 들어 퍽 마음에 드는 얼굴이 눈앞에 있었다.

그렇다. 아르하드가 제게 열중하는 모습은 어쩐지, 제가 이런 말을 쓰게 될지 몰랐지만 정말 무척, 무척이나 위험해 보이고…… 문란했다.

이아나의 얼굴이 확 달아올랐다. 이런 모습이 취향인 자신이 이상하게 느껴졌다.

그녀가 아르하드를 살짝 밀어내며 떨어져 나갔다. 아르하드는 순순히 그녀를 놓아주었다. 이아나는 불안정해 보이는 아르하드를 힐끔 쳐다보았다. 민망하긴 하지만, 저 안달 난 얼굴이 역시 마음에 들었다.

이아나가 흡족한 기분으로, 발그스름하게 미소 지었다. 저도 모르게 새어 나온 애정과 당당한 자신감이 서린 웃음은 몹시 예뻤다. 사랑스러웠고, 자극적이었다.

아르하드는 움찔했다. 이아나에게 뻗어 나가려는 손을 아무렇지도 않은 척 등 뒤로 숨기고, 이아나를 움켜쥐는 대신 손바닥에 손톱이 박힐 정도로 주먹을 세게 쥐었다.

"다녀올게요."

"……다녀와."

그렇게 이아나는 차이판 후작령으로 떠났다.

"……."

닛시는 멈칫멈칫하다 또다시 이아나에게 돌아가려 했다.

"안 돼."

하지만 그때 엘리가 닛시의 뒤에서 나타나 꼬리를 잡아당겼다.

"바보야, 따라가지 마. 너 스토커야?"

"냐앙!"

"정신 차려. 한 달 후면 돌아오니까. 그렇게 가까이 가 보라고 해도 내숭 떨 땐 언제고."

엘리가 닛시를 안아 올렸다. 하지만 닛시가 발버둥 치자 금방 힘이 풀렸다.

"오빠, 닛시 좀 붙잡아 줄래? 이 몸으로는 힘이 모자라서 자꾸 놓쳐."

소녀의 옆에 조용히 서 있던 하르첸이 두 손을 뻗어 닛시를 안아 올렸다. 닛시는 떠나가는 이아나를 애처롭게 바라보았다.

며칠 후, 이아나는 차이판 후작령에 도착했다.

그로부터 2주 후.

이아나는 엑사티움 기사단의 기사들과 함께 알라카모라 숲을 정찰하고 있었다.

"오늘도 별문제 없군."

"아니, 여길 봐. 나무껍질에 난 발톱 자국. 프레스 베어야."

"한두 개가 아니잖아. 이 부근에 프레스 베어의 서식지가 생겼나? 조금 더 돌아보자고."

이아나는 두런두런 대화를 나누는 기사들 뒤를 조용히 따라가며 기감을 확장했다.

'동쪽으로 셋. 북쪽으로 둘. 남쪽으로 서른 이상. 서식지는 남쪽이로군.'

하지만 입 밖으로 내진 않았다. 지금은 학술원 검술학부의 학생, 로베르슈타인 백작 영애 등등 신분에서 제약이 너무 많았다. 또 바하무트와 전면전을 하기 전까진 능력을 최대한 숨겨야 했다.

하지만 감추되, 언제든 최대의 실력을 발휘할 수 있도록 주변을 경계하고 있어야 한다. 방심은 금물. 이아나가 몇 번에 걸쳐 얻은 뼈저린 깨달음이었다.

"있다."

북쪽, 동쪽을 거쳐 남쪽으로 향하자 과연 프레스 베어의 서식지가 나타났다. 프레스 베어는 팔로 휘두르는 힘이 성인 남성 스무 명의 힘을 합친 것과 비등한, 위험한 몬스터였다. 놈들이 마음 먹고 팔을 휘두르면 나무 한 그루를 부수는 건 일도 아니었다.

"보고를 올려야겠어. 복귀한다."

조장이 작은 목소리로 귀환을 명했다. 다섯 명의 기사들은 프레스 베어에게 들키지 않도록 천천히 뒤로 물러났다. 프레스 베어는 몬스터 중에서도 예민한 축에 속한다. 그럼에도 아무것도 모른 채 벌집의 꿀만 퍼먹고 있다. 그건 기사들이 그만큼 뛰어나다는 증거였다.

프레스 베어의 서식지로부터 멀어지면서, 이아나는 진녹색 수목이 울창하게 우거진 숲을 둘러보았다.

알라카모라 숲은 로안느에서 가장 거대한 숲이다. 로안느 최대의 목재 생산지이며, 북부와 동부, 중앙, 서부를 잇는 대로가 이곳에 있다. 곳곳에 몬스터가 도사리고 있는 위험한 지역이기도 하다.

몬스터는 죽여도 죽여도 계속 생겨나니 완전히 박멸할 순 없다. 목재 생산지이니 나무를 불태우는 화공을 쓸 수도 없다. 또, 몬스터들 또한 먹이 사슬의 일원이다. 그들은 숲의 생태계를 유지하는 데 중요한 역할을 했다. 그러니 개체 수가 너무 늘어나지 않도록 정기적으로 토벌하여 수를 유지해야 했다. 토벌의 시기를 가늠하기 위해 순찰은 중요했다.

차이판 후작령은 이 알라카모라 숲과 주변 산맥들의 치안을 도맡고 있었다. 실습도 그에 맞춰 이뤄졌다. 이아나는 알라카모라 숲에 들어올 때마다 시간의 흐름을 느끼곤 한다.

'벌써 이 년 전이라니.'

알라카모라 숲. 판과 무르시를 만난 장소였다. 그 위급했던 시간들로부터 이 년 넘게 지났다는 게 믿기지 않는다. 시간은 느리게 가는 듯하면서도 정신 차리고 보면 엄청난 속도로 질주하고 있었다.

"이상 보고를 마칩니다!"

정찰조는 성으로 돌아와 숲의 변화를 보고했다.

토벌은 보통 계절마다 한 번씩 한다. 지금은 4월에 시행했던 봄의 토벌전에서 한 달밖에 지나지 않은 시기였다. 그런데 최근 들어 몬스터들의 동태가 심상찮았다. 몬스터의 수가 급증하고 있었다. 후작령의 수뇌부들은 숲에 무슨 변고가 생긴 게 아닌지 긴장하고 있었다.

"수고했다. 식사하도록."

오늘은 새벽 근무라, 근무를 마치고 돌아오니 아침 식사를 하기에는 늦은 시간이 되어 있었다. 성의 고용인들은 거의 다 식사를 마친 상태였기에 식당은 한산했다.

기사들은 식사를 배급받아 한 식탁에 자리를 잡고 털썩털썩 앉았다. 이아나도 그 옆에 앉았다.

"후우우. 기 빨린다."

"요즘 정찰할 때마다 너무 신경을 곤두세워서 그런지 머리가 아파. 입맛도 없어."

입맛이 없다는 기사는 벌써 세 번이나 음식을 더 받아 왔다. 주린 배가 입맛을 배신했는지, 그의 입에 빨려 들어간 음식들은 목구멍으로 꿀떡꿀떡 잘도 넘어갔다.

이아나도 오늘 하루를 위해서 든든하게 먹었다. 기사들 못지않게 푸짐하게 먹고 있는 이아나를 구경하던 조장이 물었다.

"이아나 학생, 실습은 할 만합니까? 힘든 점은 없고요?"

"문제없습니다."

"그럴 거라고 생각했습니다. 그런데 이런 정찰을 예전에 해 본 적이 있습니까? 첫 실습을 나온 초짜라기엔 너무 노련해서 놀랐습니다. 초심자라면 보통 나뭇가지를 밟아 소리를 내는 실수를 한 번쯤 하기 마련인데, 오히려 너무 기척이 없어 잘 따라오고 있나 계속 뒤돌아봤을 정도입니다."

"맞습니다."

"하지만 수련장에서의 이아나 학생을 보면 정찰쯤은 거뜬할 거라고 생각했어요."

기사들 모두가 이아나를 칭찬했다. 그들 모두 차이판 후작의 제1기사단인 엑사티움 기사단의 단원들이었다. 무를 숭상하는 그들에게 인정받기는 쉽지 않은데, 이아나는 후작령의 훈련장과 알라카모라 숲에서 보인 작은 행보만으로 이 주 만에 인정받았다.

'실수 안 하는 것도 칭찬받을 일인가.'

눈에 띄지 않으려 했지만 아예 안 띄는 건 불가능한가 보다. 하긴, 수련장에서 수련 도중에 노출되는 부분들이 있으니 눈에 띨 수밖에 없었다.

조장이 흐뭇하게 웃으며 말했다.

"이아나 학생은 노력파니 조금만 더 노력하시면 검기도 자유자재로 쓰실 수 있을 겁니다."

딴에는 격려한다고 한 말이겠지만 이아나는 조금 민망했다.

"열심히 하겠습니다."

그리 말하고 이아나는 식사에 집중했다.

현재, 이아나는 검기 조절에 서툴지만 검술은 나이에 비해 아주 뛰어난 유망주 정도로 적당히 연기하고 있었다.

이 년 전, 미노타우루스 사건에서 이아나의 진짜 실력을 목격한 사람은 프레드릭 홀트의 제2기사단에서도 소수다. 거기서 프레드릭 홀트가 소문의 확산을 막기 위해 일차적으로 입막음을 하고, 차이판 후작이 이차적으로 함구령을 내린 후 충성스런 기사들은 그 정보를 외부로 유출하지 않았다.

무엇보다 기사들은 무의 길을 걷는 자들로서 검기가 색을 띤다는 게 어떤 의미인지 알고 있었다. 무인으로서 그 경지에 이른 이아나를 존경했고, 검사면서 어린아이 하나를 구하기 위해 두 팔을 날린 행동에 감동했다. 신의를 지킨 기사들 덕에 이아나가 붉은 검기를 사용한다는 소문은 나지 않았다.

이아나는 다행이라고 생각했다. 검기에 색을 띠는 검사는 극소수다. 그런데 이아나는 카마트로스 보스 흉내를 낼 때 붉은 검기를 사용했다. 그의 붉은 검기는 블랙폭시에 익히 알려진 바였다. 학생 신분으론 실력을 드러낼 수 없었지만, 카마트로스로 활동할 때는 아르하드를 대신해서 실력 발휘를 제대로 할 일이 많았기에 그리했다.

그러니 이 상태에서 학생인 이아나가 붉은 검기를 사용한다는 사실이 알려지면 무척 곤란했다. 로안느 왕국에 붉은 검기를 쓰는 사람이 두 명이나 있다고 하면, 누구든 동일 인물로 추정할 수 있을 터였다.

'조심해야겠어.'

이제는 강력한 검기를 쓰지 않아도 웬만한 적은 다 처리할 수 있다. 만약 이 상태에서 미노타우루스 사건 때로 돌아간다면, 검기를 쓰지 않고도 놈들을 근육의 결 가닥가닥을 따라 산산조각 낼 수 있었다. 결 보기는 정말 엄청난 기술이다. 결만 느낄 수 있으면 나무 막대기로도 돌을 쪼갤 수 있었다.

식사 후, 수련 전에 그날 쓸 장작의 할당량을 채우기 위해 식당 뒤편으로 갔다. 이아나는 도끼를 들었다.

쩌억.

장작이 깨끗하게 쪼개졌다. 결을 따라 쪼갰기에 별다른 힘을 들이지 않고도 쪼개는 게 가능했다.

쩍, 쩌억.

이아나의 옆쪽으로 장작이 빠르게 쌓여 갔다. 순식간에 할당량을 마친 이아나는 도끼를 옆에 세워 두고 유유히 훈련장으로 떠났다. 옆에서 도끼를 들고 엉거주춤 서 있던 사람들이 웅성거렸나.

"검술학부 학생들은 다 저렇습니까?"

"재능이 있으니까 요령만 익히면 할 수 있을 거다. 아마도."

"조장님도 검술학부 출신인데 저렇게 빨리는 못 하시잖아요."

"필요할 때만 대충 패니까 숙련도가 떨어져서 그런 거지. 이아나 학생은 장작 패기를 전문적으로 배운 게 아닐까? 숙련된 나무꾼의 냄새가 나."

"재미없는 농담이네요."

이아나가 수련장에 모습을 드러내자, 수련을 하고 있던 기사들이 눈을 희번덕거렸다.

"기다렸습니다. 자, 저와 대련하시죠."

"저부터 한판 붙읍시다. 오늘을 위해 칼을 갈았다고요."

"오늘은 반드시 이길 겁니다!"

차이판 후작령은 기사들의 성지다. 현재의 평화를 지키기 위한 수호와 미래의 적습에 맞서 싸우기 위한 수련. 이 두 가지가 차이판 후작령의 기사들이 하는 일이었고, 실습 또한 이에 맞춰졌다. 이아나도 순번이 돌아와 정찰을 나갈 때가 아니면 훈련장에 콕 박혀 수련할 수 있었다.

이아나는 이번 기회에 책과 공부에서 벗어나 단련에만 집중했다. 그녀의 수련은 육체 단련 위주였다. 검기와 신력 수련은 사람들의 이목이 닿아 있는 곳에서 할 수 없으니, 검술의 발전에 중점을 두었다.

검술은 단련된 육체와 다양성이 중요했다. 육체는 속도와 힘, 감각과 반응성을 좌우한다. 마나로 몸을 강화하면 인간의 한계는 쉽게 뛰어넘을 수 있었지만 그건 편법이었다. 그래서 이아나는 몸에 조금씩 무리가 갈 만큼 육체 강화를 하여 육체의 한계점을 상승시킬 때만 마나를 이용했다. 그 외에는 고전적인 단련법들을 이용하여 순수하게 육체를 단련했다.

"한 명씩 오십시오."

그리고 검술의 다양성. 다양한 기술을 갖추었다는 것은 곧 공격의 폭이 넓다는 것을 의미한다. 변화무쌍하고 예측이 불허한 공격들은 적의 집중력을 흩트려 놓을 수 있었다. 숨긴 기술 하나가 적에겐 치명타가 될 수 있었다. 이아나는 기사들을 상대로 여태 창안해 온 새로운 검술의 효용성을 실험했다. 단점을 보완하고, 장점을 강화한 후 그 모든 검술을 섞어, 그녀만의 검술로 만들었다.

'강해지고 있어.'

강해지는 기분은 언제나 벅찬 기쁨을 가져다준다. 이아나는 정말 빠르게 성장하고 있었다. 몇 개월만 더 지나면 회귀 전의 경지에 이를 수 있을 것 같았다.

'이르는 것을 넘어서 뛰어넘고 싶다.'

이아나는 회귀 전, 아르하드에게 죽기 직전까지 계속해서 성장했으나 죽으면서 그 경지에서 멈춰 설 수밖에 없었다. 그 뒤에는 어떤 경지가 있을지 궁금했다.

'강함의 끝에 도달하고 싶어.'

검술의 끝을 뜻하는 게 아니었다. 검술은 발전하고, 또 발전한다. 정형화될 순 있지만 끝은 존재하지 않는다. 이아나가 말하는 강함의 끝은 아르하드였다. 끝에 도달한다는 것은 아르하드를 이기는 것이다.

'이기고 말 거야.'

이아나가 지닌 가장 강한 욕망이었다.

그런데 아르하드가 절대 봐주는 게 아닌데도 이 년 가까이 무승부를 이어 가고 있다. 즉, 그녀는 현재 강함의 끝, 그 선에 걸쳐 있다는 뜻이었다. 이아나는 몹시 기뻐하면서도 스스로를 경계했다.

'절대 자만하지 않는다.'

최선을 다해 노력해야 겨우 아르하드와 맞수를 이룰 수 있었다. 방심하는 순간 뒤처질 정도로 박빙이었다. 가끔 평화에 흠뻑 젖어 정신 상태가 해이해질 때면 아르하드를 이기겠다는 목표가 이아나를 다잡았다.

이아나는 후작령에서 거의 무아지경의 상태로 수련했다.

"무승부!"

"무승부!"

"이아나 학생이 이겼다!"

되도록이면 적당히 상대하다가 대부분의 대련을 무승부로 끝맺었다. 하지만 거듭되는 승부에서 계속 무승부만 나는 것도 이상해 보일 것이기에, 실력이 뛰어난 기사들과는 무승부로 결판을 내려 노력했고 떨어진다 싶은 기사들에게서는 가끔 승리했다. 겨뤄 보기 전에 기사들의 실력을 가늠하다 보니, 실력자를 가려내는 안목도 덩달아 출중해졌다.

"이번엔 나다!"

"나거든?"

차이판 후작령의 수련장은 수인족의 파시오와 비슷했다. 그들은 강자와 싸우길 원했으며 신흥 강자인 이아나를 반겼다. 그건 성의 주인인 겔로니언 차이판도 마찬가지였다.

"이아나 양, 나 좀 보게!"

겔로니언이 우렁차게 외쳤다.

이아나가 후작령에 도착한 첫날, 겔로니언은 기사들을 훈련시키다 말고 뛰쳐나와 그녀를 반겼다. 가족들까지 모두 불러 융숭하게 대접했다.

그리고 식사를 마치자마자 지하 수련장으로 불러냈다.

"홀트 경의 보고를 들은 직후부터, 자네가 차이판 후작령에 다시 오기만을 기다렸다."

"누구에게도 말하지 않겠네."

"자네가 이룩한 경지를 직접 눈으로 확인하고 싶네."

"자네의 실력을 숨기지 않고 보여 줄 수 있겠나?"

이아나는 회귀 전부터 겔로니언 차이판의 강직하고 뒤끝 없는 성정을 잘 알고 있었다. 또, 비밀을 지켜 주고 있는 겔로니언에게 그 정도 보답은 할 수 있었다.

이아나가 아주 짙은 색의 붉은 검기를 보이자 겔로니언은 넋이 나가 버렸다.

"대단하군."

그는 검기를 사용하지 않은 검술 승부를 요청했다. 그리고 왕의 검이라 칭송받는 겔로니언은 삼십 분도 되지 않아 그녀의 앞에 무릎을 꿇어야만 했다.

겔로니언 차이판은 결코 약하지 않았다. 아니, 대단히 강했다. 그는 대륙 전역에서 이름을 드날리는 최상위층의 무인이었고, 그를 상대로 압도적인 승리를 거둘 수 있는 이는 세상에 거의 없다. 있다면 인간의 한계를 넘어 괴물의 영역에 있는 초강자들뿐이다.

예로 들자면 바다에 둥둥 떠다니는 거대한 빙산과 같은 것이다. 겔로니언 차이판이 빙산의 꼭대기에 위치하여 하늘을 넘보는 인물이라면 괴물의 영역은 하늘이다. 하늘은 지상의 바다에 얽매인 빙산, 그에 속한 자들이 감히 상상할 수 없는 경지였다. 이아나와 아르하드는 그곳에 속해 있던 절대자들이다.

회귀 전 그 정점에 위치한 아르하드를 막을 수 있는 자는 없었고, 이아나만이 유일하게 그에게 맞설 수 있었다. 오죽하면 아르하드 로 라르소 바하무트 황제를 막기 위해 이아나 로베르슈타인이 이 세상에 태어났다는 우스운 이야기까지 생겨났겠는가.

그러니 회귀 전의 실력에 근접한 이아나에게 겔로니언 차이판이 패배하는 것은 당연했다. 땀으로 범벅이 되었지만 삼십 분을 버틴 것도 대단했다.

"자네 혹시 이종족인가?"

겔로니언이 믿을 수 없다는 듯 이아나에게 되물었지만, 대답은 정해져 있었다.

"당연히 인간입니다."

그녀는 인간이다. 앞에 '특별한'이라는 수식어가 붙겠지만.

겔로니언은 이아나에게 고개를 숙였다.

"부디 나를 도와주게."

겔로니언은 검기에 옅은 색을 담을 수 있는 단계였고, 거기서 더 완숙한 경지에 이르기를 원했다. 그래서 이아나에게 정중하게 조언을 청했다. 이아나는 그런 후작을 보며 고민했다.

'이번 생에서도 후작을 죽이는 건가?'

겔로니언의 휘하에서 가르침을 받은 기사들은 로안느 왕국을 수호한다. 그들은 실력이 뛰어난 만큼 로안느의 군부에서 막강한 힘을 발휘했다. 당연한 수순으로 차이판 후작이 군부에 미치는 영향력도 대단했다. 그에 더해 정직하고 호탕한 겔로니언은 사람들의 마음을 끌었다. 그래서 회귀 전, 겔로니언은 정복 전쟁에서 아르하드에게 아주 빨리 제거되었다. 오래 살려 두면 골치 아픈 요주의 인물이었기 때문이다.

하지만 아르하드는 이번 생에서 바하무트의 황제가 되지 않겠다고 천명하였고, 이아나에게 향후 그들의 국가가 나아갈 방향을 전적으로 맡겼다. 그리고 거듭 생각한 결과, 이아나는 최근 세계 정복이라는 가치에 회의감을 느끼고 있었다. 바하무트 제국 소속이 된다고 생각할 때는 당연히 따라야 한다고 생각했던 목표가, 이아나 자신이 주체가 되자 조금 거북해졌다.

이아나는 바하무트가 정복 전쟁을 벌였을 당시의 혼란을 아주 잘 알고 있었다. 전쟁은 속성 자체가 혼돈이고 고통이었다. 전쟁을 통해 명예, 권력, 부를 얻을 수 있는 강자들과 파괴를 통해 쾌감을 느끼는 소수를 제외하곤, 적아를 구분할 필요 없이 모두가 전쟁이 일어날 때마다 고통스러워했다.

또, 아르하드는 정복한 지역을 바하무트 소속으로 억지로 쑤셔 넣어 바하무트의 사상과 문화를 강요했다. 이에 다양한 문화가 혼잡하게 섞이면서 세계는 공황 상태에 접어들었다. 모두가 힘에 굴복하여 공포에 떨었고 불행에 허덕였다. 회귀 전까지 갈 것도 없다. 전쟁이 벌어지고 있는 국가에서는 어디서든 볼 수 있는 광경이다.

'반드시 해야 하는 게 아니라면, 전쟁은 삼가고 싶어.'

이아나는 기본적으로 제 사람만 잘 챙기고 자기와 관계없는 것들에는 무관심한 성향이었다. 제 사람들 때문에 타인이 피해를 보더라도 알 바 아니라는 이기적인 마음도 가지고 있었다.

그러나 굳이 나서서 타인의 세계를 파괴하고 싶진 않았다. 타인이 자신의 세계를 침범해 온다면 당연히 맞서 싸워 다시는 덤

비지 못하도록 완전히 부수겠으나, 알아서 잘 살고 있는 타인에게 먼저 힘을 과시하며 피해를 주기는 싫었다. 제 사람들이 전쟁 때문에 시간을 빼앗기는 것도 싫었다.

그녀는 세계 정복을 감행하여 무리하게 국가를 확장하는 것보다는, 뜻이 맞는 사람들을 모아 국가를 세우고, 내실을 탄탄하게 다지는 게 낫다고 보았다.

'그럼 내가 겔로니언과 적이 될 가능성도 적어.'

미래는 알 수 없었으나, 이아나는 일단 겔로니언과 좋은 관계를 맺어 두었다. 정확히 말하자면 거리는 두뇌 최선을 다해 조언하여 빚을 만들어 놓았다. 겔로니언에게 조언해 주는 것에 대해선 아르하드에게도 허락받았다.

이 주 동안, 이아나는 매일 저녁 겔로니언과 대련을 했다. 신력의 메커니즘을 이해한 상태였기에, 이아나는 뼈와 살이 되는 조언들을 많이 해 줄 수 있었다.

덕분에 겔로니언의 실력은 단기간에 일취월장했다. 그는 정체되어 있던 구간을 뛰어넘어 새로운 경지를 넘보고 있었다. 겔로니언은 생명의 은인을 대하는 것처럼 이아나에게 고마워했다.

이아나를 불러낸 겔로니언은 뜻밖의 제안을 했다.

"오늘은 정기적으로 영지를 시찰하는 날이네. 내 아내와 자식들을 데리고 바람을 쐬는 날이기도 하지. 자네는 늘 내성과 숲만 오가는 것 같던데 오늘 우리와 함께 영지를 둘러보는 게 어떤가?"

이아나는 겔로니언을 흠모의 눈빛으로 바라보고 있는 기사들을 흘끗거렸다.

"후작님의 가족분들과 영지 나들이라. 특혜군요."

"무슨 소리. 특혜는 내가 받는 건데."

"저야 상관없습니다."

"오, 다행이군. 마차의 창문으로 볼 수 있는 풍경은 한정되어 있으니 우리는 말을 타고 가세."

그 길로 겔로니언과 이아나는 말을 타고 성을 나섰다. 겔로니언의 아내와 자식들을 태운 마차도 느긋하게 뒤따랐다. 만일의 사태를 대비해 기사 네 명이 호위로 붙어 마차를 따라왔다.

로안느의 중앙과 동, 서, 북을 잇는 차이판 후작령은 로안느에서 아주 중요한 역할을 하는 요충지였다. 여행자, 상인, 용병들 때문에 유동 인구가 엄청난 데다가 커다란 대장간이 두세 건물 건너 하나씩 있었다.

땅! 땅!

열린 문을 통해 무구를 제작하는 망치 소리가 거리로 울려 퍼졌다. 가판대 앞은 먼 길을 떠나기 전 무구를 정비하는 손님들로 득실거렸다.

영지 전체를 둘러싼 진녹빛 산맥과 숲은 싱그러웠지만, 몬스터가 도사리고 있다는 점에서 으스스하기도 했다. 언제 튀어나올지 모르는 몬스터에 대비해 기사단은 돌아가며 성 밖에 상주했다.

척, 척.

무구를 머리부터 발끝까지 장착한 기사들이 앞장서고, 그 뒤를 병사들이 열을 맞춰 뒤따랐다. 병사들이 쥐고 있는 창의 끝에서 잘 관리된 날이 번뜩거렸다.

병사가 아니더라도 사람들은 꼭 무기 하나씩을 차고 있었다. 여행자든, 용병이든, 영지민이든 관계없었다. 인상 깊은 점은 아이들도 검이든, 창이든, 활이든 나무로 제작된 무기를 꼭 하나씩은 쥐고 있었다는 것이다.

"아이들이 의무적으로 무술을 배웁니까?"

"그래. 나는 누구든 자기를 보호할 수단 하나쯤은 있어야 한다고 생각해. 그래서 우리 영지의 아이들은 남녀 가리지 않고 의무적으로 기본 무술과 호신술을 배우게 한다네."

일리가 있는 말이다. 그르다고 교육하고 법으로 규제하더라도 선을 넘는 불한당은 어디에나 있기 마련이다. 힘의 격차가 너무 심하면 반항도 소용없으나, 그래도 작게나마 도움이 될 순 있으니 기본 무술 하나쯤은 의무적으로 배워 둘 만하다. 무술에 흥미가 없으면 고역일 테니 말 그대로 기본이다.

품에서 수첩과 펜을 꺼낸 이아나가 고개를 끄덕이며 끄적거렸다. 젤로니언이 이아나의 행동에 관심을 보였다.

"뭘 하는 건가?"

"저도 나중에 영지를 다스리게 될지도 모르니, 괜찮은 점은 참고용으로 적어 두고 있습니다."

영지가 아니라 국가지만, 차이점은 규모뿐이다. 한 영역을 다스리기 위해서 이아나는 배워야 할 것이 많았다. 이 분야에서 이아나는 생초짜였다.

회귀 전의 이아나에게도 로베르슈타인 영지가 있었지만, 그 증오스러운 땅을 버리고 슈나이더의 휘하에 투신했기에 이아나는 영지 경영에 대해서 아무것도 몰랐다. 최근 아르하드에게 많이 배우고 있긴 하나 그래도 부족했다.

"혹시 실례가 되었습니까?"

"그럴 리가. 자네가 내 영지에서 배울 것이 있다니 영광일세. 내 영지에서 그 수첩을 한가득 채웠으면 좋겠군."

겔로니언이 빙긋 웃었다.

"이아나 양은 재능도 대단하지만 노력파군."

"칭찬 감사합니다."

이런 칭찬은 언제 받아도 기쁘다.

"안녕하십니까, 영주님!"

"영주님 덕분에 늘 안전할 수 있음에 감사드립니다."

겔로니언과 그 식솔들이 탑승한 마차를 본 영지민이 환한 미소를 지으며 인사했다. 영주를 향한 존경심이 엿보였다.

영지를 휘둘러보니, 사람들의 표정에 여유가 보였다. 이는 어떤 사태가 일어나더라도 차이판 후작이 그들을 보호해 줄 것이라 믿기 때문이다. 후작의 강함을 신뢰한다는 소리다.

사람들은 강력한 보호 속에서 자신들이 하고 싶은 것을 했고, 활기에 찬 영지는 나날이 발전할 수 있었다. 이는 로안느 대부분의 지역에서 볼 수 있는 모습이다.

이아나는 후작령에서 제 생각을 점점 더 굳혀 갔다. 세계 정복보다는 내실을 다질 것이다.

'허술한 대국보다는 튼튼한 소국이 좋아. 거기서 내 사람들이 원하는 것을 하면서 살았으면 좋겠어.'

이아나는 제게 속한 사람들이 자신의 삶을 살길 바랐다. 각자

가슴속에 품고 있는 검 한 자루를 갈고닦아 강해지고, 또 스스로 빛났으면 했다.

무력적인 부분을 말하는 게 아니다. 가슴속의 검은, 야망과 꿈이다.

그녀는 제 사람들이 그 검으로 앞길을 가로막는 장애물을 무찌르며 나아가길 원했다. 그 분야에서 강자가 되고, 원하는 것을 쟁취하길 원했다.

그들의 성공 여부에 관여하거나 책임지지는 않을 것이다. 자기 인생은 자기가 책임져야 했다. 다만, 목표 외적인 부분, 그러니까 전쟁이나 범죄 같은 파괴적인 요소들에 대해서는 안심할 수 있는 토대가 마련되어 있어야 한다고 보았다. 내부적으로는 정의와 법률, 외부적으로는 외교와 무력이 그 토대가 될 것이다.

선악은 정의에 의해 결정된다. 사람마다 가진 신념이 다르기에 모든 사람이 다 '선'할 순 없다. 누군가에게는 선인 것이 누군가에게는 악일 수 있었고, 역도 성립할 수 있었다. 선이 있다면 악도 당연히 존재하는 것이다.

이아나는 선악을 완전히 제어하는 건 불가능하다고 보았다. 하지만 제어가 아예 불가하면 세상은 혼돈과 무질서에 휩싸일 뿐이다. 그렇기에 질서를 어느 정도 유지할 방법 또한 존재하는데, 그것이 바로 정의와 법률이었다.

정의正義는 자발적인 도덕道德으로서, 법률法律은 강제적인 규율規律로서 조화를 이루며 국가 내 사회 질서를 유지할 것이다.

정의와 법률은 처음부터 잘 정해야 하기에, 이아나는 심혈을 기울여 고민하고 있었다. 멸망해서 역사 속으로 사라진 국가들의 발자취만 되짚어 봐도 그 중요성을 알 수 있지만, 다른 어떤 나라보다 이아나에게 뼈저리게 다가오고 큰 교훈이 되는 시대가 있었다.

'신성시대.'

이아나가 얻은 로베르슈타인의 기억 속에서, 신성시대의 신들은 책임감이 부족했다. 도덕심도 해이했다. 법이랄 것도 딱히 없었다. '영원'이라는 타성에 젖어 그런 것들의 필요성을 느끼지 못했다. 그래서 결국 종말을 맞이할 수밖에 없었다.

그러니 강력하고 합리적인 정의와 법률을 정하여 국가의 근간을 마련하고 내실을 다진다. 신념이 너무 달라 국가에 불만을 가지는 사람도 있을 거다. 그런 사람들은 건들지 않을 테니, 나가서 원하는 대로 살아가면 된다. 제 국가에 피해만 주지 않는다면 그들이 밖에서 나라를 세우든, 전쟁을 하든, 지지고 볶든 뭘 하든 알 바 아니다. 하지만 제게 속하고자 한다면 제 성의를 따라야 할 것이다.

그리고 외교와 무력으로 제 국가에 속한 제 사람들을 지킬 것이다. 이아나는 전쟁을 원치 않으므로 분쟁이 생긴다면 되도록 외교로 해결을 보고 싶었다. 이는 이아나가 아닌, 리키젠과 같은 다른 인재들이 알아서 해 줄 터였다.

그러고도 해결이 안 된다면 무력행사를 해야겠지만, 승리가 당연할 정도로 대단히 강하다면 그럴 필요 없었다. 바하무트 제국의 주변국들이 설설 기는 것만 봐도 알 수 있었다.

이아나는 이것저것 생각하면서 원하는 국가의 형태를 그려 보았다.

타국이 먼저 싸우기 두려워하는 국가.

싸움을 걸어오더라도 맞서 싸워 이길 수 있는 국가.

싸워 빼앗지 않더라도 내수만으로 먹고살 수 있는 국가.

누구든 안심하고 제 삶을 개척할 수 있는 국가.

그런 나라야말로 진정한 세계 최강국이라 할 수 있지 않겠는가?

물론 이아나의 이상일 뿐이다. 하지만 이상을 보완하거나 수정하고, 현실적인 방향으로 구체화하다 보면 새로운 국가의 윤곽이 나올 것이다.

이아나는 매와 같은 눈으로 주변을 살폈다. 차이판 후작령의 병사들은 전부 모병이었다. 병사가 되는 것이 본인의 뜻으로 이뤄진다는 뜻이다.

'역시 징병제보다는 모병제야.'

급할 땐 어쩔 수 없지만, 평소에 군사 훈련에 신경 써서 그런 상황이 오지 않도록 하면 된다.

모병제는 국방비로 돈이 많이 든다는 단점이 있지만, 그만큼 숙련된 병졸을 다수 보유할 수 있다는 점과 전투가 적성에 맞는 자들이 자발적으로 병사가 되길 원해 반발심이 적다는 점, 그리고 일반인은 제 할 일에만 집중할 수 있다는 점이 장점이다. 이아나는 모병제에 점수를 주었다.

수인족의 '파시오'와 비슷한 투기장이 있어도 좋을 것 같다. 강한 사람들이 득실거리다 보면 호승심이 들기 마련이다. 순수하게 전투를 즐기고 싶은 사람이 있으면 투기장에 와서 마음껏 싸우면 된다. 스트레스를 풀면서 동시에 개개인의 실력을 향상시킬 수도 있을 테다.

'괜찮은데?'

이아나가 떠오르는 아이디어들을 수첩에 슥슥 메모하고 있는데 겔로니언이 불쑥 물었다.

"자네는 학술원을 졸업하고 어디로 가려는가?"

이아나는 여유롭게 대답했다.

"제가 가장 있고 싶은 곳으로 가야지요."

"자네가 가장 있고 싶은 곳이 어딘데?"

"제 사람들이 있을 곳입니다."

"자네의 사람들이라. 일단 로안느는 나갈 생각이지?"

"네."

겔로니언은 이미 이아나의 뜻을 알고 있었다. 이아나 같은 강자가 로안느를 나간다는 것이 안타까웠지만, 그는 그녀의 뜻을 존중했다.

"그곳에서 자네는 자네의 강함으로 무엇을 하려는가?"

"제 것을 지킵니다."

이아나는 수첩을 접으며 말했다.

"사람이든, 땅이든, 물건이든, 뭐든."

힘의 종류는 다양하다. 무력, 재력, 권력, 재능……. 그리고 힘을 가진 자는 보통 어떠한 종류의 강한 욕망을 가진다. 소유욕, 정복욕, 권력욕, 파괴욕…….

이아나도 어떤 강력한 욕망을 품고 있었다.

'나를 강하게 만들어 준 검술은 즐거운 취미이자 성취감을 느낄 수 있는 수단, 내가 죽을 때까지 걷고자 하는 인생의 길이다. 내가 가진 모든 것을 보호하기 위한 수단이기도 하다.'

이아나의 검은 취미이자 특기이자 직업이며, 길이고 방패이다. 검은 이아나의 모든 것이었으며, 또한 이아나의 모든 것을 지키는 수단이었다. 파괴를 위해 존재하는 게 아니었다.

'나는 내 강함으로 내게 속한 것들을 지킨다.'

그것이 바로 이아나가 마음속에 세운 검 한 자루, 욕망이자 신념이다. 이아나의 강함은 언제나 그런 용도로 쓰여 왔다. 그 이기적인 신념과 욕망이 국가에 적용된다면, 그녀의 강함은 어디에 이용될 것인가?

답은 바로 나왔다.

'수호.'

국가와 국민을 보호하는 데 쓰일 것이다.

하지만 이아나 혼자만 강하고, 혼자만 수호하면 아무 것도 되지 않는다. 이아나가 있을 때는 괜찮겠지만, 없으면 바로 무너지고 말 것이다. 그리고 한 명에게만 의존하면 책임을 미루게 되고, 일이 잘못되면 모두가 그 한 명만 비난하고 원망하는데…… 그건 정말 좋지 않다. 신성시대만 봐도 알 수 있다.

그러니 모두와 함께 해야 한다. 강해지더라도 함께 강해져야 했으며 수호하더라도 함께 수호해야 했다. 이아나뿐만이 아니라 국가에 속해 국가의 혜택을 받고 살아가는 모두에게 그럴 책임이 있었다. 권리에는 의무가 따르는 법이었다.

"엄청난 실력인 것치곤 소박한데?"

제 것이라는 단어를 영지 범위로 국한해서 이해한 겔로니언이 농을 건네었다.

"좋은 뜻일세. 자네의 영지민들은 행복하겠군."

"행복을 확신할 순 없죠. 전 그들이 행복해질 수 있는 토대를 마련하겠다는 거지, 그들을 행복하게 만들어 주겠다고 약속하는 게 아니니까."

"두 개가 다른가?"

"다릅니다. 저는 타인의 인생을 책임지지 않습니다. 제 인생 하나 챙기는 것만으로도 벅찬 것을요."

이아나가 고삐를 말아 쥐고 앞을 보았다.

"자기 인생은 자기가 책임져야 한다고 생각합니다. 그러니 제게 속한 영지민도 마땅히 그래야 할 겁니다."

"흐음. 자네 말은 행복해지고 싶다면 본인이 노력해서 행복을 쟁취해야 한다는 소리군?"

"그렇습니다."

이아나는 예전부터 생각하고 있던 능력과 노력 위주의 사회에 대해서 이야기해 주었다. 겔로니언은 이아나의 이야기에 관심을 보였다.

"흥미롭군. 하지만 인간의 유형은 다양하지. 자네 같은 사람만 있는 건 아니라네. 극단적으로, 세상엔 대충 살고 싶은 게으른 사람들도 있기 마련이네. 욕심이 많지만 재능이 부족해 원하는 분야에서 위로 치고 올라갈 수 없어 좌절하는 이들도 있겠지. 그런 자들은 자네의 영지에서 하위 계층에 머무르겠군."

"배경과 행운까지 따르지 않는다면 그럴 수밖에 없겠지요. 저는 문을 열어 두고 그들에게 동등한 기회를 부여할 뿐입니다. 그 기회를 잡아서 어디까지 가느냐는 본인의 문제입니다."

대충 살고 싶다면 대충 살아서 이른 위치에 만족할 줄 알아야 한다. 게을러서 노력도 안 하면서 그냥 잘 먹고 잘 살길 바라는 건 도둑놈 심보다.

반대로 노력하고 또 노력했는데도 재능이 없어 좌절할 정도라면, 스스로와 타협하여 취미의 영역으로 남겨 둔 후 따로 생계를 이어 갈 방법을 찾아야 할 것이다.

"사람은 완벽하지 않지. 하위 계층에 속한 사람들 중에는 자네의 방식에 불만을 가지는 사람도 있을 거라네."

"어떻게든 노력한다면 잘 살아갈 방법이 있는데, 그런 식으로 산다면 하위 계층에 있는 건 당연한 겁니다. 이런 제 생각은 절대 변하지 않을 거고, 영지의 법이 제 생각을 지탱할 겁니다. 제 영지의 방식에 불만이 있다면 다른 곳을 찾아가야지요."

"싫으면 다른 곳으로 떠나라고…… 궁금한 게 있는데, 그럼에도 영지에 남아 있는 그들을 자네는 어찌 대할 텐가? 자네의 성격으로 짐작하건대 혐오할 것 같은데."

"혐오? 오해하고 계시는군요. 전 그들의 삶을 혐오하지 않습니다. 자기 삶인데 타인인 제가 왈가왈부할 이유가 없지요. 저에게 무작정 책임지라고 질질 짠다면 말이 달라지겠지만."

"자네는 그렇겠지만 다른 상위 계층에 속한 사람들도 그럴까? 인간은 저보다 낮은 위치에 있다고 생각되는 자들을 한없이 경시하는 경향이 있다네."

"혐오를 하느냐 마느냐는 개인의 문제…… 라고 말하고 싶지만 전체적으로 그런 분위기를 띤다면 좀 그렇겠군요. 남의 인생에 대해서 멋대로 평가하고 쑥덕거리는 행위는 좋지 않다고 봅니다."

고민하던 이아나가 고개를 끄덕거렸다.

"자기 인생이 존중받는 만큼 남의 인생도 존중하는 게 당연한 사회적 분위기를 형성하고 싶군요."

"어려워 보이지만 괜찮군."

"존중이 집단의 '정의'가 된다면 난도는 조금 더 낮아지겠지요."

"호오."

겔로니언이 감탄하는 와중에, 이아나는 고민하고 있었다.

아까부터 마음에 걸리는 단어, 계층.

아직 더 생각해 봐야 할 문제지만 이아나는 삶의 방식에 따라 계층을 나눌 생각이 없었다. 그들은 그냥 자기 삶을 사는 것이기 때문이다. 직업에도 귀천이 없다고 보았다.

귀족과 평민으로 나뉘는 현재의 이분법적인 계급 구조에도 회의적이었다. 이아나는 귀족과 평민의 틈에 껴서 고통받았던 적이 있어 그 격차에 약간 부정적이었다. 게다가 공작의 작위까지 올라 본 경험과 학술원에서 평민들과 어울려 지낸 경험은 굳건한 깨달음으로 완성되었다.

'평민이든 귀족이든 다 똑같은 인간이다. 계급제가 둘을 나누고 있을 뿐이지.'

다만 '상하'는 있어야 한다고 보았다. 인간은 계급을 따지길 좋아하니 계급은 어떻게든 생겨날 것이다. 어차피 그렇게 될 거라면 좋은 방향으로 유도해야 한다.

'그 방법이 무엇이냐가 문제지. 이 부분에 대해선 좀 더 오래 생각해 봐야겠어.'

이아나는 겔로니언을 쳐다보았다. 그는 말을 따라와서 말간 얼굴로 인사하는 아이들에게 웃어 주고 있었다. 아이가 손을 내밀자 허리를 숙여 손을 잡고 흔들어 주기도 했다.

뒤를 돌아보았다. 마차 뒤를 따르고 있는 기사들은 겔로니언에 대한 흠모를 감추지 않았다. 반짝반짝 빛나는 눈은 그에 대한 존경을 듬뿍 담고 있었다.

'차이판 후작은 귀족이 아니더라도 존경받았을 사람이야. 사람들이 알아서 지도자로 떠받들고 따랐을 강자다.'

여기에 답이 있을 것 같았다.

아르하드는 이아나에게 무한한 힘을 주었다. 네가 원하는 대로 국가를 만들겠다는 말로써 사고의 한계를 없애고 무한한 자유를 선사했다.

고정 관념과 편견, 익숙한 법과 제도에 얽매여 있던 이아나의 사고에서 고삐가 떨어져 나가자, 그녀가 살아온 긴긴 삶을 거름 삼아 특별한 나무 한 그루가 자라나기 시작했다. '세상'이라는 이름의 나무는 이아나의 머릿속에서 끝없이 가지를 뻗어 나갔다.

"아."

정신을 차렸더니 겔로니언이 그녀를 보며 웃고 있었다.

"죄송합니다. 제가 생각에 잠기면 주변을 안 봐서."

"그래, 생각은 무사히 끝났나?"

"대충은."

그 후로는 깊은 대화 없이 시시콜콜한 잡담을 나누며 영지를 둘러보았다. 시찰 내내 평화로운 풍경만이 시야를 스쳐 지나갔다.

"자네에게 하고 싶은 말이 있네."

그러다 문득 겔로니언이 진지하게 말을 걸었다.

"무엇입니까?"

"자네는 자기 인생은 자기가 책임져야 한다고 했지만, 정말, 스스로 책임지고 싶어도 그러지 못하는 약자도 있기 마련일세. 난 자네가 그런 이들을 외면하지 말았으면 해."

기사다운 말이었다.

"염두에 두고 있습니다."

이아나가 고삐를 흔들며 말했다.

이 주를 지낸 결과, 차이판 후작령에는 이아나에게 인상 깊게 다가오는 부분들이 많았다. 가장 마음에 와 닿는 부분이, 차이판 후작부터 시작해서 그의 기사들이 기사도를 따르고자 노력한다는 점이었다.

기사도chivalry. 고지식하면서도 가치 있는, 낯간지러우면서도 숭고한 기사들만의 윤리였다.

이아나는 기사도에 대해서 깊게 생각해 본 적이 없었다. 회귀 전, 그녀는 '기사'였지만 기사라기보다는 검사였다. 그녀에게 있어 '기사'라는 단어의 가치는 주인이 제 의지대로 휘두르는 검, 그 하나로 축약되었다.

하지만 기사들의 성지인 차이판 후작의 성에서, 기사도에 심취한 기사들에게 지겹도록 이야기를 듣다 보니 '기사'에 대해 다시 한 번 생각해 보게 되었다. 그리고 기사가 갖추어야 할 행동 규범이라는 '기사도'에도 관심이 갔다.

용기, 명예, 정의, 겸손, 충성, 관용, 용맹, 성실, 연민…….그 모든 덕목을 함양하고자 노력하며 강함으로 약자를 보호한다. 말만으로는 확실하게 와 닿지 않았다. 그것을 죄다 지키는 기사가 어디 있겠냐는 뚱한 생각도 했다.

하지만 보편적인 선善이 수두룩하게 엮여 있는 기사도라는 행동 규범은 이아나에게 꽤나 인상적이었다. 한번 제대로 공부해 봐야겠다는 마음이 들 정도였다.

왜 그런 마음이 들었냐고?

차이판 후작령에서는 문제가 생겨도 기사도를 따르고자 하는 기사들에 의해 금방금방 해결되었다. 기사들은 불의를 참지 못했다. 곤란을 겪고 있는 사람들을 앞다투어 돕는 기사들의 모습이 이아나가 봐도 꽤나 멋들어졌다. 영지민들은 선한 행동들을 솔선수범하여 행하는 기사들을 존경했고, 그들에게 가슴 깊이 감사했다.

또, 기사들은 차이판 후작에게 절대적인 충성을 바쳤다. 그것은 차이판 후작이 존경받을 만한 사람이고, 그들의 주인이기 때문이기도 하지만 기사도가 말하는 '충성'에 심취해 있기 때문이기도 했다.

윤리는 정의되어 사회에 받아들여지는 것만으로도 가치를 가진다. 사회에 소속된 구성원들이 윤리를 지키고자 노력하기 때문이다. 그래서 이아나는 기사도라는 윤리에 엄청난 가치가 있다고 보았다. 기사들의 사회에만 한정하기엔 아깝다고 여겼다.

무엇보다, 이아나는 기사도에서 강한 파문을 느꼈다. 기사도는 이아나가 추구하는 가치들을 많이 포함하고 있었다. 기사도를 공부하다 보면 그녀가 원하는 국가의 뿌리부터 줄기, 나뭇가지, 잎사귀까지 관통하는 핵심이 보일 것 같다는 강렬한 직감이 들었다.

"훗날 영지를 갖게 되면 나를 초대해 주게. 꼭 한번 가 보고 싶군."

"가능하다면 그리하겠습니다."

겔로니언이 이아나의 말 옆으로 바짝 다가왔다.

"그런데 어느 나라로 갈 건지 물어보면 실례인가? 단순한 호기심으로 묻는 건 아닐세. 그 나라와는 절대 척을 지지 않도록 왕실에 말을 좀 해 두려 하네만."

"실례는 아니지만 대답하기 어렵습니다."

"그런가? 이해하네. 바하무트만 아니기를 비네. 으음, 아니겠지?"

제가 뱉어 놓고 긴장하는 겔로니언을 보며 이아나가 살짝 웃었다. 겔로니언은 안도의 한숨을 내쉬었다.

"아니로군? 천만다행이야. 안 그래도 바하무트에는 괴물들이 득실거리는데 자네까지 가세한다면 재앙이 따로 없을 걸세."

"바하무트 제국과의 전쟁에서 활약하여 후작으로 승작하셨지요. 전쟁에 관한 이야기를 듣고 싶은데, 들려주시겠습니까?"

"으음. 일단, 바하무트의 병사들은 끔찍할 정도로 잘 단련되어 있었지."

이아나도 동감하는 바였다. 아르하드가 이끌었던 군대는 일반적인 군대와는 질부터 차원이 달랐다. 그런데 그건 아르하드 이전 바하무트 황족의 시대에도 똑같았나 보다.

"하지만 그건 로안느 왕국의 병사들도 마찬가지였어. 북부를 통합하다시피 한 바하무트와 천 년 넘게 전쟁을 이어 왔을 정도니 말 다 했지. 거기에 로안느는 바하무트에 부족한 군수 물자를 풍족하게 가지고 있었으니……. 전쟁은 언제나 백중지세로 밀고 당기기를 지속했다네. 하지만 모래성 허물듯 그 균형을 무너뜨렸던 자들이 바하무트 황족일세. 특히 테일런 바하무트, 그 새끼 악마는 끔찍했지."

테일린, 이아나가 한 번도 만나 보지 못한 바하무트 황태자의 이름을 읊는 겔로니언의 안색은 살짝 창백했다. 이아나의 표정이 진지해졌다.

테일런 바하무트는 이때까지 세 명에게나 끔찍하다는 평가를 받았다. 근위대장이었던 필리거 애슐턴트는 『전장의 악마』에서 그를 악마로 묘사했다. 용병왕인 압실롯 타이거는 그를 미쳤다고 표현했다. 겔로니언 차이판은 안색이 희게 질렸다.

대체 어떤 인간일까?

"바하무트 황족이 나타나면 마나가 원하는 대로 움직이질 않아. 마나를 활용한 공방에 익숙해져 있던 병사들은 순식간에 죽어 나가지. 그건 박탈감을 넘어서 끔찍한 공포일세."

이아나는 호기심을 보였다.

"그런데 로안느는 어떻게 그런 바하무트를 상대로 수백 년간 버틸 수 있었답니까?"

오랜 의문이었다. 예전부터 불쑥불쑥 궁금할 때가 있었지만 별로 중요한 부분은 아니다 싶어 호기심을 접었었다. 그도 그럴 것이 이아나가 상대한 바하무트의 황족은 아르하드뿐이었고, 그녀만이 아르하드에 대적할 수 있었기 때문이었다. 그 이전의 역사는 알 필요가 없었다.

하지만 이젠 바하무트 황족을 상대해야 하니 그들에 대한 정보를 쌓아야 한다. 이아나가 맞닥뜨렸던 이사벨라는 괴물이었다. 그녀 혼자 와도 로안느를 무너뜨릴 수 있을 것 같았다. 이사벨라 이전의 황족들도 그만큼 강했을 것이다. 그런데 로안느는 어떻게 그들을 막았을까? 그들을 막은 영웅들이 있었던 걸까?

"로안느의 왕족이 그들을 막았지."

"왕족 말입니까?"

"자네가 지금 몇 살이지?"

"열여덟 살입니다."

"바하무트와의 전쟁은 한 번도 겪어 보지 못했군. 잘 알려져 있지 않은 사실이네만, 바하무트 황족은 로안느 왕족만이 상대할 수 있었네. 황족은 왕족이 나타나면 왜인지 힘을 잘 쓰지 못했어. 왕족도 강하긴 했지만 황족만큼은 아니었는데 바하무트의 약세는 정말로 이상했지. 이유는 알지 못해."

"그렇군요."

이아나는 의문을 심장 한편에 밀어 두고 더 언급하지 않았다.

"요즘 로안느가 돌아가는 꼴을 보면 많이 걱정돼. 전쟁을 겪지 못한 사람들은 그렇다 쳐도, 그 암울한 시대를 직접 겪었던 사람들마저 아주 해이해졌어. 바하무드는 전쟁을 끝낸 것이 아닌데 말이야. 이 상태에서 바하무트가 전쟁을 선포하면 어찌 될지."

겔로니언이 한숨을 쉬었다.

"일단 내 영지의 군사들만이라도 열심히 훈련시키고 있는데, 왕실이 하루빨리 정신을 차려 주길 바라네. 바하무트를 경계하고 있는 슈나이더 저하가 차기 국왕이 되었으면 하는데, 그것도 확실치 않아서…… 음?"

겔로니언이 말을 멈춰 세웠다.

아악!

"……뭔가. 이 비명 소리는?"

아아아아악!

살려 줘!

인간의 비명뿐만이 아니었다.

콰아아아아!

인간의 것이 아닌 고함 소리들이 혼잡하게 섞여 하늘에 쏟아지고 거센 진동이 지축을 울리고 있었다.

끔찍한 소리는 한 방향에서만 들려오지 않았다. 사방에서 소음이 난무하고 있으니 방향을 가늠할 필요도 없이 어딜 가도 지옥일 터였다.

푸르륵!

겔로니언과 기사들이 타고 있는 말들이 사방에서 쏟아지는 불길한 기운에 흥분해서 콧김을 내뿜으며 투레질을 했다. 이아나의 말도 불안한 듯 발을 굴렸다. 이아나는 말을 진정시키며 생각했다.

'몬스터 웨이브인가.'

아무리 관리를 해도, 전조도 없이 몬스터들이 폭탄이 터진 것처럼 서식지에서 쏟아져 나오는 몬스터 웨이브 현상은 종종 발생하곤 했다.

이아나는 걱정하지 않았다. 차이판 후작령은 몬스터 서식지와 밀접해 있어, 어떤 비상사태가 발생하더라도 충분히 해결할 수 있을 만큼 대비가 잘되어 있었다. 그러니 후작령을 빠르게 돌아다니면서 몬스터들을 처리하는 정도로 끝날 소동일 줄 알았는데…….

이아나가 기감을 촘촘하게 확장했다.

"……!"

그녀는 기의 그물에 걸려드는 몬스터의 숫자에 놀랐다.

'내가 파악하고 있던 숫자보다 훨씬 많아.'

이아나의 근무지는 알라카모라 숲이었다. 하지만 그녀는 정찰하는 날이 아닐 때도 인적이 드문 숲이나 산으로 가서 기감을 수련했다. 기감만으로 몬스터들의 특성을 살피고 서식지와 숫자를 파악하는 수련은 이아나의 실력을 향상시키는 한편, 몬스터에 익숙하게 만들어 주었다. 이아나는 이 수련이 그녀의 국가를 개척하고 수호하는 데 도움이 될 것이라 믿었다.

이아나는 기감 수련 덕분에 후작령 주변에 서식하는 몬스터의 수를 대략적으로나마 파악하고 있었다. 그런데 어찌 된 영문인지 후작령을 뒤덮은 몬스터의 숫자가 파악하고 있던 수보다 훨씬 많았다.

"아아아악!"

비명이 들려올 때마다 숨을 쉬는 생명의 숫자가 빠르게 줄어들었다. 꽃이 지듯 덧없이 사라지는 약한 호흡들은 몬스터의 것이 아니었다.

"심각하군. 상정 외의 사태다."

겔로니언의 표정에서 여유가 사라졌다.

"이건 단순한 몬스터 웨이브가 아니다. 정체불명인 외부의 개입이 있어."

기감을 펼쳐 상황을 살핀 겔로니언도 이아나와 비슷한 판단을 내렸다.

겔로니언이 마차의 창문으로 다가갔다. 그가 창문을 열자, 이제 열 살을 조금 넘긴 두 딸을 끌어안은 부인과, 어미와 동생들을 지키려는 듯 검 손잡이에 손을 얹고 있는 아들의 모습이 바로 보였다.

"부인."

이아나의 눈이 이채를 발했다. 겔로니언의 부인은 예상외로 침착했다. 품에 안겨 있는 딸들도, 그들을 보호하고 있는 아들도 마찬가지였다. 끔찍한 소리들 때문에 불안에 떨고 있을 줄 알았는데, 과연 위대한 기사 겔로니언의 식솔들이라는 걸까.

"돌아가서 어수선한 성을 정리하고 사람들을 안심시키시오. 성의 수호도 부탁하오."

"알겠어요."

"아버지, 저는 싸우겠습니다."

아들이 마차 문을 열고 나오려 했지만 겔로니언이 막았다. 아들을 위험한 싸움에 참전시키지 않으려는 의도는 아니었다.

"너는 성으로 돌아가서 제3기사단과 함께 성의 사람들을 지키거라. 제3기사단을 제외한 기사단은 모두 성 밖으로 나와 각자 책임 구역의 몬스터들을 정리하라고 전해라."

"알겠습니다."

겔로니언이 주변을 경계하고 있던 기사들에게 명했다.

"너희들은 마차를 끌고 성으로 가라!"

"예!"

겔로니언의 명령이 떨어지자, 기사들이 마부를 재촉하여 마차의 속력을 높였다.

"자네는 나와 함께 가세."

"알겠습니다."

대답을 하면서도 멀어지는 마차의 뒤꽁무니를 걱정스럽게 보고 있던 이아나가 물었다.

"저대로 보내도 괜찮겠습니까?"

"아내는 한때 이름을 날렸던 마법사일세. 웬만한 기사들보다도 강하니 걱정 말게."

겔로니언의 말에서 아내에 대한 강한 신뢰가 느껴졌다. 납득한 이아나가 고개를 끄덕거렸다.

겔로니언이 고삐를 세게 잡아당겼다.

"가자!"

겔로니언이 가장 험악한 기운이 느껴지는 방향으로 말을 몰자 이아나도 아공간에서 로브를 꺼내 들며 그를 뒤따랐다. 왔던 길을 역으로 돌아가는 방향이었다.

"……!"

펼쳐진 광경은 처참했다.

겨우 한 시간 전에 이곳을 지나왔다. 그때 보았던 평화는 신기루였던 것처럼 증발하고 없었다.

갓 구운 빵 냄새를 맡으며 행복한 표정으로 걷던 소년은 어디로 갔는가? 아이들 손을 잡고 봄나들이를 떠나던 부부는?

예쁜 꽃다발로 엮여 있었을 꽃들이 더러운 리본 위로 짓뭉개져 있다. 붉은 피는 꽃다발에서 떨어져 나온 꽃잎인 양 주변에 너저분하게 흩어져 있었다.

온갖 종류의 몬스터가 충혈된 눈을 번들거리며 뛰어다녔다. 놈들은 맛있는 인간들이 사방에 널려 있자 입에서 침을 뚝뚝 흘렸다. 애초에 이성을 잃고 이곳에 찾아왔던 놈들은 식욕에 더욱 정신이 나갔다. 사람들은 도망쳤고, 몬스터들은 그들을 뒤쫓았다.

"거기 막아!"

"야! 빠져나가잖아!"

몬스터는 공격당한 벌집의 벌들처럼 어디선가 계속해서 쏟아져 나왔다. 용병과 기사 등 무인들이 무기를 뽑아 들고 몬스터들을 악착같이 처리하고 있었지만 몬스터에 비해 수가 부족했기에 일반인을 덮치는 몬스터들을 모두 막을 수 없었다.

"합!"

겔로니언이 크게 기합을 넣으며 몸속에 응축되어 있던 기운을 터뜨렸다. 그의 강렬한 기운이 하늘에서 떨어져 내린 폭탄처럼 사방으로 쏟아졌다.

"큭!"

인간과 몬스터를 가리지 않고 엄습한 날 선 살기에, 순간적으로 시간이 멈춘 것처럼 모두가 행동을 멈추었다.

콰아아아아아!

겔로니언이 거대한 검을 뽑음과 동시에 강한 반월형의 검기가 몬스터들이 밀집한 구역으로 쇄도했다.

퍼버버벅!

살기에 몸이 굳은 몬스터들은 반항 한번 못 하고 썰렸다.

말에서 뛰어내린 겔로니언이 몬스터들의 중심으로 일체의 망설임 없이 뛰어들었다. 그가 있는 곳에서 몬스터들의 피가 폭풍우처럼 흩날렸다. 그의 검이 휘둘러질 때마다 몬스터들의 살덩이가 회오리에서 튕겨 나와 바닥으로 떨어져 내렸다.

"영주님이시다!"

궁지에 몰려 있던 인간들은 환호했고, 몬스터들은 광기에 찬 고함을 지르며 빛에 홀린 벌레들처럼 겔로니언에게 달려들었다.

모두가 젤로니언을 주목할 뿐, 그 뒤는 보지 않았다.

"후우우."

극한으로 정제된 검기가 이아나의 의지를 따라 검에 흘러들었다. 색이 없는 투명한 검기는 강렬하면서도 희미했고, 난폭하면서도 고요했다. 준비를 마친 이아나는 유령처럼 기척 없이 검을 휘둘렀다.

피잉…….

공기가 갈라지며 괴이한 고음이 발생했다.

삐이이익—.

그곳에 있던 모두가 이명을 들으며 눈앞이 하애지는 걸 느꼈다.

쩌적.

공간이라는 거대한 차원이 쪼개지며 터져 나온 굉음이 천둥처럼 몰아닥쳤다.

"헉!"

정신을 차리고 앞을 본 사람들이 경악해서 헛숨을 들이켰다. 팽팽하게 당겨진 죽음의 실이 세상을 스쳐 지나간 걸까? 몬스터들의 몸이 두 개로 분리되며 허물어지고 있었다.

스걱!

이아나는 이미 말 위에 없었다.

검은 로브가 죽음의 장막처럼 스쳐 지나갔다. 그 속도가 너무 빨라서 일반인의 눈에는 검은 바람처럼 보였다.

스걱! 서걱!

사신의 옷자락이 스친 자리에는 목 없는 몬스터들이 죽음을 깨닫지 못하고 허우적거렸다. 덩치가 큰 몬스터는 여러 조각으로 분리되어 땅에 떨어져 내렸다.

"저게 뭐야?"

부상자를 옮기고, 무기를 휘둘러 몬스터를 죽이는 다급한 상황에서도 사람들의 시선은 소리 없는 파괴의 현장으로 향했다.

겔로니언이 일으킨 폭풍이 몬스터를 부수는 건 당연했다. 그러나 어디선가 불어온 정체불명의 삭풍이 몬스터의 생을 앗는 현상은 범인의 머리로는 이해할 수 없었다.

두 명의 파괴자는 상황을 빠르게 정리했다.

휘이이이잉.

이곳에 있는 사람들이 힘을 합치면 정리할 수 있을 만큼 몬스터의 수가 줄자 이아나가 멈춰 섰다. 그제야 사람들은 검은 바람이 인간이었음을 알았다.

"후우."

이아나는 호흡을 가다듬었다.

시디얀에서 겪었던 사건 이후, 이아나는 어떤 기술 하나를 개발하는 데 신경 써 왔다. 그리고 그 수련의 성과가 실전에서 발휘된 지금 꽤나 만족스러웠다.

생과 죽음의 경계선. 신력을 지배하면서도 덧없이 놓아 버리기 직전의 아슬아슬함. 그 상태에서는 신력에 색이 없다시피 했다. 이 신력으로 검기를 형성하면, 마나로 만든 것처럼 위장하면서도 그 수십 배의 위력을 갖출 수 있었다.

토우에게 신력을 양도하는 과정에서 얻은 아이디어로, 이 기술을 사용하면 그녀의 존재감마저 흐려져 기습에 아주 용이했다. 더욱더 갈고닦아 완성 단계에 이르면 아주 유용한 기술이 될 것이다.

이아나가 겔로니언에게 다가갔다. 겔로니언은 숨을 몰아쉬며 이아나를 경이롭다는 듯 바라보고 있었다.

"저와 후작님이 따로 다니는 게 낫다고 봅니다. 저는 혼자 돌아다니면서 사태 해결에 힘쓰겠습니다."

이아나가 제안하자 겔로니언이 고개를 끄덕거렸다.

"자네가 내 영지에 있으니 이 얼마나 행운인가. 감사하네."

겔로니언의 허가가 떨어지자 이아나는 로브를 눌러쓰고 현장을 순식간에 벗어났다. 검은 그림자가 증발하는 듯한 광경이었다. 그녀를 주시하고 있던 사람들은 두려움을 느꼈다.

"살려 주세요!"

처절한 비명이 사방에서 울려 퍼지고 있었다. 이아나는 기감을 펼쳐 가장 위급해 보이는 곳으로 향했다.

우웅.

그때 이아나의 반지가 빛을 발했다. 이아나는 급히 아티팩트를 가동했다. 연결이 되자마자 빠르게 말했다.

"아르하드, 지금 급한 일이 있어서 나중에 연락하겠습니다."

[몬스터?]

아르하드가 곧장 핵심을 집어냈다. 이아나가 연락을 끊으려다 말고 반지를 입술에 바짝 가져다 댔다.

"어떻게 아셨습니까?"

[네가 있는 차이판 후작령만 그런 게 아니야. 지금 대륙 전역에서 몬스터가 날뛰고 있다. 테오도르도 그렇고.]

이아나가 흠칫 놀랐다.

"테오도르, 로안느의 수도 말씀하시는 거 맞습니까?"

[맞아. 지금 테오도르는 완전히 몬스터 지옥이야. 돌아오면 깜짝 놀랄걸.]

이아나는 귀를 기울였다. 아르하드의 목소리 말고도 괴상한 소음들이 들려왔다.

"테오도르 주변에는 몬스터 서식지가 없는데요. 어떻게 몬스터들이 출몰할 수 있죠?"

[바하무트다.]

모든 상황이 이해되는 한마디였다.

[아무래도 되는 일이 없어서 열을 좀 받은 것 같아.]

아르하드가 재밌다는 듯 웃음을 흘렸다.

[놈들이 게이트를 열었어. 요즘 좀 잠잠한가 싶더니 게이트를 준비하고 있었던 모양이다. 어려운 마법인데 제법이야.]

"게이트가 뭐죠?"

[전에 네가 텔레포트가 쉬운 마법이면 이동할 때 편리할 것 같다고 말했었지? 그것을 실현한, 불완전한 마법이다.]

게이트는 한마디로 문을 여는 마법이다. 멀리 떨어져 있는 공간들을 이어, 그 사이에 있는 거리를 '0'으로 만드는 최상위급 공간 마법이었다. 하지만 완전하지 않아 이동하는 과정에서 차원의 틈에 끼어 죽는 경우가 많다고 했다.

[다른 지역은 모르겠는데, 테오도르 쪽은 롯소 산맥과 연결되는 게이트가 대량으로 열렸어. 그중 몇 개는 중앙과 연결된 것 같아.]

롯소 산맥은 인간이 개척하지 못한 몬스터들의 성지라고 할 수 있다. 수백, 수천 년을 묵은 최상급 몬스터들에, 대륙에서 쫓겨나고 밀려난 중하급 몬스터들까지. 몬스터가 개미 떼처럼 몰려 있는 곳이었다.

특히 중앙 구역은 같은 몬스터들조차 두려워하는 끔찍한 괴물들이 밀집해 있는 구역이다. 그곳과 연결된 게이트에서 나왔을 몬스터들을 생각하면, 테오도르가 현재 어떤 꼴인지는 쉽게 짐작할 수 있었다.

"바하무트, 정말 대단하군요."

온몸에 털 대신 뾰족한 뿔이 난 사자 형태의 몬스터가 어슬렁거리다가 이아나를 발견하고 달려왔다. 정면에서 고함을 지르며 질주하던 거대한 몬스터는 이아나의 앞에서 반으로 쩍 갈라졌다.

이아나는 그 틈을 빠르게 통과하며 말을 계속 이었다.

"몬스터들을 대륙에 뿌릴 수도 있다니. 왜 진작 이런 방법을 쓰지 않았을까요?"

[옛날에는 위프헤이머 포테스타스가 없었으니까.]

위프헤이머 포테스타스.

그는 열 명의 대마법사 중 최강으로 손꼽히는 자로, 대마법사로 선정될 때 인정받은 마법의 계열은 '파괴'였다. 그는 파괴와 관련된 마법에 한해 타의 추종을 불허했다. 그런 데다 다른 마법에도 일가견이 있는 천재 중의 천재였다.

이아나는 전에 이사벨라와 마주쳤을 때 바실리스크의 머리 위에 서 있던 남자를 떠올렸다.

[게이트 오픈의 주동자는 바하무트의 마법사장인 위프헤이머 포테스타스다. 그놈의 재능은 인정해야 해. 역대 마법사들 중 마법의 본질에 가장 근접했거든.]

하지만 이아나는 회귀 전에 위프헤이머를 본 적이 없었다. 아르하드에게 일찌감치 제거되었거나, 바하무트 제국 내에 틀어박혀 있었던 걸까.

'지금 중요한 건 이게 아니지.'

"저는 어찌해야겠습니까?"

[차이판 후작령에 있어.]

이아나가 묻자 아르하드가 곧장 대답했다.

[몬스터가 다른 곳보다 테오도르에 집중된 느낌이야. 일을 저지른 규모를 보니 황족이나 위프헤이머도 여기에 왔을 수도 있겠다는 생각이 든다.]

이아나가 흠칫 놀랐다.

"당신은 괜찮은 겁니까? 들키는 거 아닙니까?"

[하인리히 님이 옆에 있으니까 괜찮아. 공명은 이중으로 겹쳐 일어나지 않아. 악마의 파편이 가까이에 있다는 것만 알지. 정 위험하다 싶으면 몸을 빼면 되니까 걱정 마. 아무튼, 여기가 더 위험할 것 같으니까 넌 거기 있어. 실습도 다 마쳐야지.]

"이제 와서 실습이 무슨 소용이 있습니까."

[요새 정신을 못 차리고 있다지만, 로안느는 바하무트를 유일하게 상대할 수 있었던 적대국이다. 저력이 있다는 소리야. 내 예상으론 몬스터도 충분히 막을 수 있고, 학술원도 어떻게든 돌아갈 거라고 본다. 전시에도 운영됐었으니까.]

"알겠습니다. 그런데 제 지인들은 무사할까요?"

부디 무사하길 빌었다. 이젠 한 명이라도 없는 일상을 상상하기 싫었다. 텅 빈 것처럼 허전했다.

[학술원에 있었다면 괜찮을 거다. 배리어 덕분에 몬스터가 지금껏 침입하지 못했으니까. 알아보고 연락해 줄 테니 기다려. 네 친구들은 내가 신경 쓸 테니 걱정 말고.]

"그럼 보육원도 알아봐 주시겠습니까?"

학술원에 대한 걱정은 조금 덜었지만 외부에 있는 보육원의 아이들이 걱정되었다.

키에엑!

캬악!

이아나는 지나가면서 보이는 몬스터들을 모조리 베어 넘겼다. 놈들의 발밑으로 물어뜯긴 시체가 종종 보였다.

분명 테오도르도 이와 다르지 않을 것이다. 아르하드가 몬스터 지옥이라고 표현했을 정도니 더 심할지도 모른다. 그런데 보육원의 아이들에게는 배리어도, 보호자도 없었다.

[네가 신경 쓰는 아이들이니 지금 갔다 와 볼게. 넌 네 모습으로 눈에 띄지 않도록 조심해.]

이아나는 아공간을 열어 가게에서 파는 평범한 무늬의 가면을 꺼냈다.

"안 그래도 로브를 입었어요. 가면도 쓸 거고요."

[알아서 잘하는군.]

가면을 쓰는 이아나의 눈에 시체를 쪼아 먹고 있는 그리핀 무리가 들어 왔다.

그리핀은 독수리의 매서운 부리와 거대한 날개, 날카로운 발톱을 지녔으며 사자의 힘 좋은 하체까지 갖춘 몬스터다. 놈들은 롯소 산맥과 샤우부 대삼림에서 서식했다.

'여기도 롯소 산맥이나 오지와 연결되는 게이트가 열린 거야.'

"게이트를 닫으려면 어떻게 해야 합니까?"

[게이트의 마나의 배열을 부수면 된다. 게이트도 결국엔 마법이니까.]

답은 명료했다.

[하지만 게이트를 찾기 쉽지 않을 거다. 위프헤이머가 마법의 기운을 감쪽같이 감춰서 게이트의 위치가 안 느껴져. 열려 있는 평범한 문을 찾는 것과 같은 수준이야.]

"염두에 두겠습니다. 그런데 게이트를 부숴도 되는 건가요? 파편 수혜자인 위프헤이머의 마법을 해제할 수 있는 사람은 거의 없지 않습니까? 위치 추적의 단서가 되지 않을까요."

[괜찮아. 내가 게이트 하나를 찾아서 살펴봤는데 수준 높은 마나 제어자라면 파괴할 수 있을 정도로 마법의 강도가 약해. 이 정도로 광범위한 마법은 혼자서 시전 못 하니 다른 마법사들의 힘까지 모조리 끌어모아 썼을 거고, 그래서 약해졌겠지.]

"흠."

[놈들도 게이트 파괴는 감안하고 있을 거다. 아니, 게이트는 좌표만 알고 있으면 얼마든지 열 수 있으니 파괴는 신경도 안 쓸 거야. 부수고 싶으면 부숴.]

"이해했습니다. 그런데 카마트로스는 이번 사태에 어떻게 대응합니까?"

아르하드가 픽 웃는 소리가 들렸다.

[나도 전혀 예상 못 한 상황이라…… 아직 고민 중이다. 내가 어떻게 하면 좋겠어? 바하무트의 목표는 로안느라, 난 그냥 자기들끼리 치고받게 내버려 둬도 상관없을 것 같거든. 내 목표가 바하무트의 멸망과 새 왕국의 건국으로 바뀌었지만, 그렇다고 해서 나서서 로안느를 도울 필요는 없다고 본다. 미리 말해 두는데, 우리가 바하무트의 약을 올렸다고 해서 책임감을 느낄 필요는 없어. 우리가 태어나기 전에도 바하무트는 전쟁에 미쳐 있었고, 굳이 자극하

지 않았더라도 놈들은 언젠가는 이런 일을 한 번쯤 벌였을 거야.]

"저도 로안느를 도울 생각은 없습니다. 당신 말대로 바하무트와 로안느의 일이니 책임감을 느끼지도 않고요. 카마트로스의 대응은 당신이 알아서 해 주세요. 저도 카마트로스의 안일 때는 당신의 지침을 따를 겁니다. 하지만."

이아나가 단호하게 말을 이어 갔다.

"개인적으로는 '사람'을 돕겠습니다, 제 상황과 힘이 허락하는 한에서, 살고 싶어 하는 죄 없는 사람들을 외면하지 않을 거예요."

상황도 괜찮고 힘도 있으면서, 절망에 빠져 구원을 청하는 죄 없는 약자를 돕지 않는 건 도의가 아니라고 보았다. 게다가 같은 인간도 아니고 욕망에 지배당하는 몬스터들에게 일방적으로 물어 뜯기는 지금의 상황이 몹시 불쾌했다.

[그게 네 뜻이라면.]

이아나는 언제나 제 뜻을 존중해 주는 아르하드가 든든해서 웃었다.

이아나는 지상이 그림자로 까맣게 뒤덮여 있는 곳으로 진입했다. 하늘을 보니 수십 마리에 달하는 그리핀 떼가 상공에서 빙글빙글 날아다니고 있었다. 날카로운 발톱을 피해 뛰어다니는 인간들을 구경하며 비웃듯 끼룩거리고 있었다.

이아나가 착 가라앉은 목소리로 말했다.

"몬스터를 처리해야 해요. 나중에 연락하겠습니다."

[그래. 카마트로스는 어찌할지 더 생각해 보고 말해 줄게.]

연락이 끊어지고, 이아나는 상황에 집중했다.

솔개와 병아리들 같았다. 사람들은 화살과 마법을 공중에 퍼부었지만, 험난한 롯소 산맥과 오지에서 단련된 그리핀들은 너무나 쉽게 피해 버렸다. 그러다가 엄청난 속도로 낙하하여 먹이를 낚아채서 하늘로 올라갔다.

"후우우."

이아나가 길게 호흡했다.

'오랜만이군.'

살의가 들끓는다.

그녀의 안에는 잔인함이 살아 숨 쉬고 있다. 그 잔인함은 적으로 규정된 상대에게 자비 없이 베풀어졌다. 회귀 전, 그녀에게 전장의 검귀, 학살자 같은 거창한 별명이 괜히 붙은 게 아니었다. 그 잔인함이 이번 생에선 발휘될 여지가 딱히 없었다. 실력을 감춰야 했고, 평화에 적응했기 때문이다.

그런데 지금은 어떤가. 몬스터들이 물 만난 물고기처럼 날뛰고 있는 재난 상황이었다.

상황도 상황이겠다. 힘도 있겠다.

로브를 두르고 가면도 썼겠다. 그녀를 아는 사람도 없겠다.

거리낄 게 하나도 없다.

온몸을 꽁꽁 매고 있던 쇠사슬의 자물쇠에 열쇠가 꽂혔다. 열쇠가 돌아가자 자물쇠가 달그락하고 떨어졌다. 쇠사슬들이 철컹거리며 부서졌다.

'가 볼까.'

뚜둑.

목을 왼쪽, 오른쪽으로 꺾은 이아나의 눈동자에 어두운 빛이 차올랐다. 열정을 삼킨 불꽃이 아닌, 죽어 있는 섬뜩한 핏빛이었다.

스경.

아공간에서 태양의 검, 라이즈가 뛰어나왔다. 검집에서 뽑아 들자 라이즈가 주인의 손이 기쁘다는 듯 이아나와 공명했다.

이아나가 속력을 높였다.

타다닥, 타닥, 탁.

신발과 지면이 마찰하는 소리의 간격이 점점 커졌다.

콰아아앙!

땅을 강하게 박차는 순간, 거인이 땅을 내려찍은 것처럼 땅에 금이 갔다. 이아나의 전신에서 살기가 폭발적으로 뿜어져 나왔다.

콰아아아아!

살의를 머금은 마나가 지옥의 손처럼 뻗어 나와 그리핀들을 거세게 움켜쥐었다. 촘촘한 강철 그물처럼 놈들을 낚아채서 하늘에서 끌어 내렸다.

"끼이이이!"

그리핀들은 재앙처럼 엄습한 극악한 살기에 온몸이 굳었다. 날개를 떠받치고 있던 마나의 바람이 경직되자, 바람의 흐름을 놓친 그리핀들이 날개 잃은 새처럼 추락했다. 그 시점에, 이아나가 있었던 곳에는 땅을 깊숙하게 파고든 발자국 위에 회오리바람만 휘몰아치고 있었다.

스스스슥.

이아나가 검을 휘두를 때마다, 바람에 휩쓸린 갈대처럼 힘껏 휜 검기 수십 줄기가 허공을 수놓았다. 반짝이는 검기들이 채찍처럼 하늘을 후려갈겼다. 마치 막 구름을 걷고 나온 태양의 빛이 사방으로 내리쬐는 것 같았다.

푸확!

햇살을 한가득 맞은 그리핀들이 핏빛 소나기를 뿌리며 땅으로 후드득 떨어졌다. 비현실적이고 잔인한 광경이었다.

"끼이이!"

인간을 괴롭히거나 잡아먹느라 땅에 머무르고 있던 그리핀들이 동족이 뭉텅이로 죽어 우박처럼 떨어져 내리자 황급히 날아올랐다. 붙잡고 있던 인간을 놓고 도망치는 순간이 삶의 마지막인지도 모르고 말이다.

단 한 순간, 찰나를 놓치지 않은 한 번의 베기.

서걱…….

하늘을 가른 거대한 궤적은 제각기 날아오른 그리핀들을 한꺼번에 베어 넘겼다. 살아 있는 그리핀은 없었다.

"어, 어어."

악몽 같던 시간이 그리핀들의 떼죽음으로 너무 순식간에 끝나 버리자 공포에 질려 있던 사람들은 정신을 차리지 못하고 어벙한 소리만 냈다.

이아나가 검기 다발을 만들어 내느라 모습을 드러냈기에 이 비현실적인 상황을 만든 이가 인간임은 인지했다. 그러나 인영은 땅에 착지하는 순간 검은 연기처럼 흩어졌고, 사람들은 환상을 보았나 싶어 눈을 비볐다. 하지만 섬뜩할 정도로 매끄러운 단면으로 잘린 그리핀의 사체들을 보면 꿈이 아니었던 것 같았다.

그 후로도 몇 차례나 더 위급한 상황을 정리한 후, 이아나는 차이판 후작령에서 가장 높은 건물인 시계탑의 꼭대기 위에 섰다.

게이트를 닫지 않으면 끝이 없다. 하지만 아르하드의 말대로 마나의 흐름만으로는 게이트를 추적할 수 없었다. 몬스터의 움직임으로 게이트를 찾아야 했다.

이아나는 영지를 전체적으로 훑었다.

'게이트가 여러 개 열렸나 보군.'

게이트의 위치로 짐작되는 곳들을 대충 점찍고 있던 이아나가 시계탑 바로 밑에서 돌진하는 미노타우루스 수십 마리를 발견했다.

"으아아앙!"

놈들이 달려오는 방향을 확인한 이아나가 시계탑에서 뛰어내렸다. 착지 위치에는 눈물범벅이 된 얼굴로 달리는 아이를 움켜쥐기 직전의 미노타우루스가 있었다.

지상이 보이기 시작하자, 이아나가 검날을 세웠다.

퍼걱!

착지함과 동시에 미노타우루스가 정수리부터 발끝까지 쩍 갈라져 피를 뿜었다. 그런 이아나에게 후방의 미노타우루스 떼가 돌진해 왔다.

이아나는 아이를 뒤로 물렸다. 땅에 엎어진 아이는 공포로 탈진하기 직전이었다. 이아나가 차분한 목소리로 말했다.

"안심하렴."

약 이 년 전, 핀을 구할 때와 똑같은 상황이었다. 아니, 상황으로 치면 더욱 심각했다. 미노타우루스의 수가 몇 배는 많았다. 하지만 지금의 이아나는 그때의 미성숙하고 다급한 이아나가 아니었다. 그녀는 이 년 전의 그때처럼, 검면을 정면으로 둔 채 미노타우루스의 돌진에 맞섰다.

콰아아아아앙!

음머!

굉음과 함께 이아나와 충돌한 미노타우루스가 고통에 찬 괴성을 지르며 튕겨 나갔다. 뿔은 부러진 게 당연했고, 두개골까지 산산조각 나 뇌에 박혀 들었다. 그뿐만이 아니었다. 뒤에 있던 미노타우루스들도 날아온 동족과 충돌하여 뼈가 부러져 뒤로 넘어갔다.

"당했던 건 갚아 줘야지."

몸을 바로 하며 그리 중얼거린 이아나가 검을 위에서 아래로 그었다. 넘어져 허우적거리던 미노타우루스들이 절명했다.

"눈 감고 있어."

눈을 동그랗게 뜬 아이를 옆구리에 낀 이아나가 저 멀리 돌진하고 있는 미노타우루스들의 뒤를 유령처럼 뒤따랐다.

"방패 들어!"

해일처럼 밀려드는 미노타우루스들 앞에는 잔뜩 긴장한 채 방패를 들고 있는 기사들이 있었다. 기사들은 죽을 각오를 하고 이곳에 섰다.

"차징!"

콰아아아앙!

마나를 불어넣은 방패를 든 기사들이 허벅지에 힘을 주며 미노타우루스들과 충돌했다. 방패 뒤에서 창기사들이 창으로 흥분한 콧김을 뿜는 놈들을 찔렀다. 놈들이 허물어졌다.

처음은 좋다. 하지만 몇 번을 더 막아야 할지 알 수 없어 막막했다.

"2차 차징 준비!"

제8기사단의 단장은 애써 기사들을 독려하며 외쳤다. 그때 누군가 떨리는 목소리로 말했다.

"단, 단장님 앞을 보십시오."

"왜…… 음?"

분명 미노타우루스가 산사태처럼 몰려오고 있었다.

그런데 왜 없지?

"헉!"

단장은 창에 찔린 미노타우루스들의 사체 뒤를 살펴봤다가 기겁했다. 미노타우루스들의 사체가 잔디처럼 드넓게 깔려 있었다. 대부분이 찌르기로 심장이 한 번에 파괴당했거나 목과 머리가 분리되어 널브러져 있었다.

"아, 아……."

그리고 그곳의 중심에는 바지를 뜨끈하게 적신 아이가 벌벌 떨며 서 있었다. 영문 모를 노릇이었다.

기사들과 아이가 마주 보고 있는 사이, 이아나는 미노타우루스가 달려왔던 방향으로 무작정 달렸다. 미노타우루스는 일직선으로 돌진하므로 반대쪽으로 거슬러 올라가면 게이트가 있을 가능성이 높았다.

"아아악!"

"죽어!"

예상이 옳음을 증명하듯 달리면 달릴수록 몬스터들의 수가 점점 늘어났다. 어느 순간부터는 그 수가 기하급수적으로 증가하더니 인간 반, 몬스터 반이 되었다. 몬스터의 고함 소리 때문에 인간의 목소리가 들리지 않을 정도였다.

이아나는 길이 막혀 질주를 멈췄다.

시각을 강화했더니 저 멀리 몬스터와 인간이 이루고 있는 경계선이 보였다. 경계선과 인간의 영역에서는 몬스터들과 인간들이 뒤섞여 피 터지게 싸우고 있었고, 경계선 너머는 죄다 몬스터였다. 마치 수평선 너머에서 밀려오는 파도 같았다.

'몬스터들의 뒤에 게이트가 있겠군.'

이아나가 난전의 바다 속으로 뛰어들려는 순간이었다.

끼에에에에에에에!

칠판을 손톱으로 긁는 듯한 고주파가 전장을 할퀴고 지나갔다. 소름 끼치는 소음이 고막을 파고들자 인간, 몬스터 가릴 것 없이 집중력을 잃었다.

진한 혈향이 전장에 자욱하게 풍겼다. 소음이 만들어 낸 찰나의 순간, 힘의 균형이 무너져 결판이 난 경우가 많았기 때문이다. 이아나는 미간을 좁히고 파동의 진원지인 하늘을 직시했다. 하늘이 새카맸다.

끼에에에에에!

박쥐를 닮은 거대 몬스터 수십 마리가 날갯짓하며 끔찍한 소리로 울부짖고 있었다. 전장 위를 날아다니는 놈들도 있긴 했지만, 대부분은 게이트로 예상되는 위치에 먹구름처럼 몰려 있었다.

이아나의 표정이 심각해졌다. 롯소 산맥 밖으로 나오면 절대 안 될 위험한 놈들이었다.

'빨리 움직이자.'

지직.

이아나가 발에 힘을 주자 신발이 흙을 비볐다.

"큭!"

차이판 영지의 병사 페터는 죽음을 각오했다.

난전이었다. 기사, 병사, 용병 할 것 없이 한데 섞여 정신없이 몬스터를 처치했다. 하지만 몬스터들의 수는 너무 많았고, 이에 인간은 한없이 밀렸다.

하늘에서 날아다니고 있는 정체 모를 거대 몬스터가 소리칠 때마다 머리가 아프고 몸에서 힘이 빠졌다. 놈들의 울음소리 때문에 벌써 몇이 죽어 나갔는지 모르겠다. 지금은 하늘만 날아다니지만, 소리 하나만으로 상대를 무력화하는 저것들이 한꺼번에 공격해 오는 순간 인간은 필패였다.

해가 지는 시간이라 저 멀리서 어둠이 몰려오고 있었다. 새까만 놈들은 어두워지는 하늘을 제집처럼 신나게 날아다녔다. 빛이 들지 않는 구렁텅이에 빠진 것 같았다.

'여보. 애들아.'

사랑스러운 아내와 자식들이 환상처럼 아른거렸다. 하지만 정신을 차렸을 땐 못생긴 몬스터가 눈앞에서 눈알을 부라리고 있을 뿐이었다.

페터는 독기를 품었다.

'내 가족이 살아갈 영지는 내가 지키겠다!'

페터가 손에 침을 뱉고 창을 그러쥐었다.

"이야아아아아, 으악!"

퍽!

살기등등하게 눈앞의 몬스터에게 달려들려던 순간, 페터는 강제로 머리를 숙여야 했다. 투구가 갑자기 묵직해졌기 때문이다.

페터뿐만이 아니었다. 페터와 일직선에 놓여 있는 인간과 몬스터들은, 차례대로 뭔가에 머리를 짓밟혀 고개를 숙여 댔다.

"악!"

최전방에서 몬스터와 싸우고 있던 상급 용병, 그렉은 누군가의 부츠에 머리를 밟혀 허리를 꺾었다. 허겁지겁 허리를 폈을 때는 방금 전까지 상대하고 있던 몬스터가 아닌, 검은 로브가 유령처럼 서 있었다.

"흐헉!"

그렉은 적인 줄 알고 기겁해서 도끼를 붕 휘둘렀다. 상대는 도끼의 섬뜩한 궤적을 귀신처럼 피하더니 그렉의 팔을 붙잡아 거칠게 돌려 세웠다.

"뒤돌아서서 죽여."

"이 미친 또라이가!"

생과 사가 오가는 위급한 상황에서 이 무슨 장난질이란 말인가. 욕설을 한바탕 퍼부어 줄 생각으로 다시 앞을 본 그렉은 눈이 튀어나올 뻔했다. 로브를 뒤집어쓴 정체불명의 인간 앞으로 길이 뻥 뚫리고 있었다.

서걱! 퍽!

이아나는 인간의 영역을 지나치자마자 검을 인정사정 보지 않고 휘둘렀다. 주변에 온통 적밖에 없어 거리낄 게 없었다. 폭군의 손짓처럼 휘둘러지는 검을 막을 수 있는 몬스터는 전무했다. 수준 높은 몬스터도 있었지만 그래 봤자다.

라이즈는 이아나의 뜻에 따라 작열하는 태양이 되었다. 투명한 화염으로 생명을 끊임없이 집어삼켰다. 검이 지나가는 궤적 앞에 있는 것들은 목이든, 팔이든, 발이든, 이빨이든, 발톱이든, 무기든 모조리 찢겼다.

몬스터의 파도를 속 시원하게 가로지르다 보니 끝이 보이기 시작했다. 게이트에 가까워질수록 몬스터의 밀집도가 심해질 것이라는 예상은 빗나갔다. 몬스터들이 뜸해지고 있었다.

이아나는 시체의 산을 넘고 넘어 첫 번째 게이트에 도달했다.

'이게 게이트구나.'

게이트는 성인 열 명의 키를 합한 크기의 거대한 소용돌이었다. 소용돌이는 마나를 빨아들이며 태풍의 핵처럼 조용히 휘몰아치고 있었다. 앞서 뚫고 온 태풍이 무색할 정도로 게이트 주변에는 몬스터가 거의 없었다.

원인은 바로 알 수 있었다.

끼에에엑!

거대한 박쥐 괴물 여러 마리가 소용돌이의 틈에 끼인 채 괴성을 지르고 있었다. 끼인 놈들 때문에 게이트가 막혀 몬스터가 추가로 넘어오지 못한 듯했다. 그리고 놈들이 뿜어내는 흉악한 기운 때문에 몬스터들이 죄다 인간들 쪽으로 도망쳐서 원래라면 붐벼야 했을 게이트가 한산하다는 사실도 즉시 깨달을 수 있었다.

끼어 있던 박쥐 몬스터 중 한 마리와 이아나의 시선이 허공에서 마주쳤다. 정확히는 한 마리의 눈 한 쌍과 마주쳤다. 놈들은 박쥐를 닮았다. 그러나 게이트를 나오려고 땅을 긁는 발톱이 한 사람만큼 크다는 점과 이리저리 사방으로 굴러다니는 눈 열 쌍이 달렸다는 점에서 박쥐와 달랐다.

'캄뱃.'

롯소 산맥 동부에서 서식하는 몬스터다. 일반 박쥐처럼 수백 마리가 거대한 동굴에서 한데 모여 사는데, 놈들은 철저하게 집 단생활을 했다.

캄뱃 떼가 스쳐 지나간 곳은 폐허가 된다. 나무, 돌, 쇠, 풀, 인 간 가리지 않고 모조리 씹어 삼키는 캄뱃은 이따금씩 산에서 내 려와 마을 하나를 통째로 먹어 치우는 것으로 악명 높았다.

'게이트가 캄뱃의 서식지 근처에서 열렸나.'

위프헤이머는 차이판 영지를 지도에서 지워 버릴 작정이었던 모양이다. 아니, 차이판 영지만으로 끝나지 않았을 것이다. 탐욕 스러운 캄뱃들은 모든 것을 먹어 치우니까. 한 마리의 최상급 몬 스터보다 캄뱃 떼가 훨씬 골치 아팠다.

'다른 곳은 어떨지 알 만하군.'

바하무트는 오늘부로, 대륙 전체를 혼돈 속으로 밀쳐 넣었다. 이런 능력이 있으면서 이때까지 어떻게 참아 왔는지 궁금할 지경 이었다.

이아나는 잡생각을 지우고 현재 자신이 있는 차이판 영지에 집 중하기로 했다.

행운이 겹쳤다. 첫 번째로 게이트가 작았다. 두 번째로 여러 마 리가 한꺼번에 나오려다가 끼어서 게이트가 막혔다. 세 번째로 먼저 밖으로 나온 수십 마리의 캄뱃들이 동족들을 기다리느라 포 식을 개시하지 않았다. 마지막으로, 이아나가 사태가 커지기 전에 도착했다.

그러다 한 놈이 이아나를 발견하자, 게이트에 끼어 있던 다른 캄뱃들도 이아나를 보았다.

콰과과과.

상급 몬스터인 캄뱃은 발톱에 강력한 강기를 머금을 수 있었다. 놈들은 우두커니 서 있는 이아나를 향해 강기로 무장한 발톱을 번개와 같은 속도로 휘둘렀다. 그러나 멀찍이 떨어져 있는 그녀를 상처 입히지 못했다. 원거리로 날린 강기도 이아나가 슥 휘두른 라이즈에 쉽게 막혔다.

끼에에에!

게이트에 낀 캄뱃들이 분통이 터져 요란하게 울었다.

또르르르.

그러자 하늘을 날아다니던 캄뱃의 눈알들이 데구루루 굴러 이아나에게 정착했다. 수백 쌍의 눈이 강자를 알아보고 살의에 젖어 들었다.

충혈된 안구가 열 쌍이나 박혀 있는 캄뱃은 아주 징그럽게 생겼다. 그런 캄뱃 수십 마리의 시선을 한 몸에 받는다고 상상해 보라. 심약한 사람이 봤다면 즉시 심장 마비행이다.

키이이.

키에에에에.

캄뱃들의 안구가 굴러다니는 축축한 소리가 사방에서 났다. 그 중심에서, 이아나가 눈썹을 꿈틀거리며 입술을 열었다.

"뭘 봐."

냉랭한 목소리였다.

강철처럼 단단한 심장은 공포를 알지 못했다. 저를 쏘아보는 수백 쌍의 시선이 거슬릴 뿐이었다. 이아나는 작은 호감은 몰라도, 넘치는 적의에만큼은 절대 동요하지 않았다.

아니, 동요했던가? 온몸이 오싹할 만큼, 놈들을 죽이고 싶어졌으니까.

휘이이…….

이아나의 발밑에서 작은 바람이 일었다. 바람은 점점 커져 그녀가 쥐고 있던 라이즈로 몰려들었다.

기이이이잉.

라이즈의 주변에서 신력과 마나가 뒤섞여 휘몰아쳤다. 거센 바람이 회오리처럼 이아나를 감싸고 빙글빙글 돌았다. 어두운 로브 자락이 펄럭거리고 그 사이로 삐져나온 붉은 머리카락들이 불꽃처럼 일렁거렸다. 라이즈를 덮은 검기에서 언뜻언뜻 비치던 붉은 기운은 제 모든 빛을 투명한 힘으로 승화했다.

순수한 신력. 그것은 곧 생명이다.

몬스터들은 생명을 탐한다. 생명 중에서도 극상의 생명이, 탐스러운 과실처럼 붉은 검에 대롱대롱 매달려 있었다. 캄뱃들의 식욕은 생애 최고로 자극되었다.

키에에에에엑!

게이트에 끼어 있던 캄뱃들이, 제 몸의 한 부위가 찢겨 나가는 것도 마다 않고 게이트를 부술 기세로 튀어나왔다. 막혀 있던 게이트가 뚫렸다. 그 뒤로 대기하고 있던 캄뱃 떼가 포탄과 같은 속도로 쏟아졌다. 하늘에 있던 놈들도 침을 흘리며 강하했다. 캄뱃들의 목표는 단 하나, 이아나였다.

이아나의 하늘과 땅이 암흑으로 뒤덮여 갔지만 그녀는 묵묵히 때를 기다렸다. 그리고 그녀의 세상이 암흑천지가 된 순간.

콰아아아아아앙!

이아나가 라이즈를 땅에 강하게 내리꽂았다. 땅이 쪼개졌다.

콰아아아!

지평선에서 막 모습을 드러낸 태양이 광선을 사방으로 뿜어낼 때처럼, 라이즈의 검기가 캄뱃이 만들어 낸 어둠을 꿰뚫었다. 검기는 투명했지만, 공격의 결과는 빛이었다.

캄뱃의 붉은 선혈이 땅거미가 지는 하늘을 더욱 붉게 물들이며 폭발했다. 단 한 번의 공격에 이아나의 세상이 다시 열렸고, 게이트를 통해 이곳에 왔던 캄뱃이 전멸했다.

키에에에에!

게이트는 계속해서 캄뱃들을 뱉어 냈다. 이아나는 일부러 게이트를 닫지 않고 검을 고쳐 쥐며 그 앞에 섰다. 바하무트가 캄뱃 서식지의 좌표를 알고 있는 이상, 이 게이트를 닫더라도 캄뱃의 서식지와 연결된 다른 게이트는 언제고 다시 열릴 터였다.

아예 멸족시키는 건 불가능하더라도, 그때를 대비해 캄뱃의 숫자를 대폭 줄여야 했다. 캄뱃이 롯소 산맥이 아닌 대륙 한가운데에 자리 잡으면 아주 곤란했다. 이아나가 지금 이 게이트 앞에 있는 것은 대륙 전체의 행운이었다.

"와라."

알아듣기라도 한 것처럼, 빛에 홀린 벌레 떼처럼 캄뱃들이 이아나에게 쏟아졌다.

수십 분 후, 피투성이가 된 이아나는 바닥에 깔린 캄뱃들의 시체 위에서 가끔씩 검을 휘두르고 있었다. 게이트에서는 처음처럼 캄뱃이 와르르 나오지 않았다. 그만큼 수가 많이 줄었다는 소리다.

'이쯤 해 두자.'

이아나는 검에 묻은 캄뱃의 피를 털어 내며, 게이트의 소용돌이를 형성하고 있는 마나의 기류에 의지를 전달했다.

'흩어져 주지 않을래?'

파아아앙!

이아나의 부탁에 마나는 두말 않고 흩어졌고, 게이트는 순식간에 수축하더니 얌전히 닫혔다. 검붉은 선혈이 또다시 폭발하듯 튀었다. 때마침 게이트를 통과하던 캄뱃들이 그대로 두 동강 났기 때문이었다. 최상급 몬스터로서 롯소 산맥에서 수십 년간 공포의 대명사로 군림했던 것에 비하면 너무나 덧없는 죽음이었다.

이아나는 호흡을 정리하며 아공간을 열었다. 캄뱃의 발톱과 가죽은 발군의 재료지만 단체 생활을 하는 놈들의 특성상 얻기 어렵다. 하지만 지금, 이아나의 주변에는 캄뱃의 사체 수백 구가 깔려 있었다.

'나중에 쓰일 때가 있을 거야.'

이아나는 캄뱃의 사체들을 아공간에 모조리 쓸어 넣은 후 전황을 살폈다. 이아나와 캄뱃이 벌인 전투의 여파로 다른 몬스터도 많이 죽었다. 나머지는 여기 있는 사람들이 충분히 처리할 수 있을 것 같았다.

'이제 다른 게이트로 가자.'

이아나의 몸이 신기루처럼 흩어졌다.

차이판 후작령에 열린 게이트는 다섯 개. 그중 세 개의 게이트가 이아나의 손에 닫혔다.

게이트 두 개는 일부러 제거하지 않았다. 적당히 남겨 두지 않으면 바하무트가 차이판 영지를 주목할지도 모른다. 그리고 겔로니언에게 게이트를 직접 보여야 했다.

만약 위험한 지역과 연결된 게이트라면 제거했겠지만, 두 게이트는 차이판 영지의 힘으로 충분히 막을 수 있는 몬스터들의 영역과 연결되어 있었다.

이아나는 위험한 몬스터의 서식지와 연결된 게이트 세 개만 제거한 후, 드넓은 차이판 영지 전체를 빠르게 돌아다니면서 몬스터를 정리했다.

해가 지는 시간까지는 몬스터를 도살하는 검은 로브를 목격한 사람들이 꽤 많았다. 그러나 짧은 저녁이 지나고 밤이 되어 눈이 침침해지자, 누구도 이아나를 인지하지 못했다. 이아나는 밤바람처럼 고요히 스쳐 지나가면서 인간에게는 삶을, 몬스터들에게는 죽음을 주었다.

차이판 영지의 지옥은 다음 날 아침이 되어서야 대강 정리되었다. 정리되었다고 해 봤자 위기만 넘겼을 뿐이다. 몬스터와의 전쟁은 여전히 진행 중이었다. 하지만 차이판 후작의 기사들이 방심만 하지 않는다면 충분히 이길 수 있을 것이다.

"후우."

이아나는 조금 지쳤다. 열두 시간 넘게 쉬지 않고 움직이며 위험한 몬스터들을 처리한 그녀는 이번 사태 해결의 최대 공로자였다.

사람이 올라가도 멀쩡할 만큼 굵은 가지를 가진 나무가 이아나의 눈에 띄었다. 이아나는 잠시 쉬기로 결정하고 나무 위로 올라갔다.

가지에 앉아 몸을 기댄 후 주변을 살펴보았다. 이아나가 몬스터의 사체를 아공간에 쏟아 넣었기에 온통 피 웅덩이만 남아 있었다.

'아공간, 대단해.'

아공간은 시간이 멈춰 있는 제3의 공간이다. 아공간 마법에도 급이 있었다. 수준 높은 아공간일수록 공간이 넓어졌는데, 아르하드가 선물해 준 반지의 아공간은 무한에 가까운 것 같았다. 아공간은 몬스터의 사체를 무리 없이 꿀떡꿀떡 삼켰고, 현재 수천 마리의 사체가 이아나의 반지에 쌓여 있었다.

아르하드가 친히 적어 준 아티팩트 설명서에 아공간이 다 찰일이 없다고 적혀 있긴 했지만, 이아나는 이번에 그 문장의 참뜻을 확실하게 실감했다.

'피 냄새.'

방금 전까지 학살을 벌였던 곳이기에, 편히 쉬기엔 좋지 않은 장소다. 이왕 쉴 거면 깨끗한 장소에서 완벽하게 피로를 풀고 싶었지만, 영지 전체에 몬스터가 돌아다니고 있으니 어딜 가든 똑같을 터였다.

이아나는 이니스와 시웨아를 불러냈다.

[이아나다!]

[안녕.]

이니스는 나타나자마자 이아나의 뺨에 제 몸을 문질렀다. 시웨아는 뾰롱거리며 그녀의 어깨에 날개를 접고 앉았다.

그들은 이아나가 말을 하지 않아도 그녀가 원하는 것을 알았다. 이니스는 주변의 피를 순식간에 지워 버린 후 지저분한 이아나의 몸을 씻겨 주었다. 피로감을 날려 버린 건 덤이다.

시웨아는 피바람을 몰아내고 청량한 새벽바람을 불러왔다. 온종일 피와 시체 냄새를 맡느라 마비되어 있던 이아나의 코가 뻥 뚫렸다. 자연의 깨끗한 냄새가 살생으로 날 서 있던 마음을 가라앉혔다.

이아나는 하늘을 보았다. 태양은 어제와 같이 천천히 떠오르며 세상을 밝히고 있었지만, 어제의 세상과 오늘의 세상은 달랐다.

'바하무트, 어쩔 생각인 걸까?'

아르하드가 말하길, 차이판 후작령과 테오도르뿐만 아니라 대륙 전체가 몬스터에 뒤덮여 있다고 했다. 이렇게 대대적으로 일을 벌인 것이 단순한 앙갚음으로는 보이지 않았다.

'몬스터로 혼을 빼놓은 다음 전쟁을 시작하려는 게 아닐까.'

최악의 경우를 상정한 이아나는 자신이 어찌해야 할지 생각해 보았다. 내년에 로안느를 떠난다는 사실은 변하지 않는다. 하지만 학술원에 재학하는 동안 전쟁이 발발한다면 신분상 로안느를 도울 수밖에 없었다.

눈에 띄지 않게 돕는 것부터 학술원을 자퇴하고 로안느를 뜨는 것까지, 별별 상상을 다 했다. 최선을 찾아가던 생각은 마침내 그 원인을 제거하는 방법에까지 미쳤다.

'바하무트 황족을 암살하는 건 어떨까.'

황족을 암살하면 바하무트는 즉시 와해될 것이다. 대륙에 어떻게든 변화가 올 테지만 그들이 살아 있을 때보다는 나을 것이다.

이아나는 제 실력을 가늠해 보았다.

이사벨라와 맞닥뜨린 게 작년 여름이었고, 지금이 5월이니 그

날로부터 벌써 일 년 가까이 지났다. 그동안 이아나의 실력에는 많은 발전이 있었다. 회귀 전 죽을 때의 실력과 비슷하니 말 다 했다.

일 년 전엔 이사벨라를 이길 수 없다고 판단했다.

'이젠 마주치면 이길 수 있을까?'

이사벨라도 그동안 놀고만 있었던 게 아닐 텐데 말이다.

[악마는 어디에 갔어?]

주변을 경계하던 이니스가 아무도 없음을 확인하고 조심스레 물었다.

"악마가 아니라니까."

[악마라고 할 순 없지만 악마 같은 그놈 어디 간 거야?]

이아나는 몇 개월 전, 아르하드를 정령들과 대면시켰다.

그 즉시 세계가 멸망하는 줄 알았다.

정령들이 온 힘을 다해 아르하드를 공격하려 했기 때문이다. 흙, 물, 불, 바람이 뒤섞인 거대한 태초의 힘이 정령들로부터 발휘되자, 이아나는 제게 애완동물처럼 구는 그들이 얼마나 위대한 존재들인지 절감했다. 이아나가 말려서 그만두긴 했지만 대담한 그녀도 그 순간만큼은 아찔했다.

정령들은 아르하드가 악마라고 외치며 적대했다. 또다시 종말이 찾아올까 봐 두렵다고 말했다. 악마가 이아나에게 해를 끼치는 게 싫다고 분노했다.

이아나는 상황을 잘 설명하고 그들이 상상하는 일은 없을 거라고 단언했다. 아르하드와 잘 지내길 바란다고 말하자 정령들은 결국엔 타협했다. 하지만 정령들이 아르하드를 경계하는 건 여전했다. 아르하드도 이제 정령에 대해서 더 말하진 않았지만, 변함 없이 그들을 싫어했다.

"여기 없어. 그리고 그놈이 아니라 아르하드야."

[그놈…… 아니, 아르하드가 너랑 떨어져 있다고?]

이니스가 믿을 수 없다는 듯 꼬리를 흔들었다.

"신성시대에서는 악마, 로이긴이 대체 어쨌길래 그래?"

[너무 딱 달라붙어 있어서 로베르슈타인이 혼자 있을 시간이 없을 정도? 로베르슈타인이 자기 눈에 보이지 않는 걸 끔찍하게 싫어했었어.]

시웨아가 포로롱거리며 웃었다.

[이젠 악마가 아니라잖아, 바보야. 이아나와 같은 경우야. 로베르슈타인에게 미치도록 집착했던 악마가 아니라, 악마의 영혼을 가지고 환생한 인간이라고. 악마와는 달라. 솔직히 안심했어.]

이아나는 아르하드의 태도를 곱씹어 보았다. 아르하드가 제게 집착하는 건 맞지만, 그녀의 삶을 충분히 존중해 주고 자유롭게 풀어 놓았다.

아르하드는 악마지만 악마가 아니었다.

이아나가 로베르슈타인이지만 로베르슈타인이 아닌 것처럼.

이아나는 그런 아르하드가 좋았다. 그녀를 이해할 수 있는 유일한 사람인 그가. 그녀의 인생이 빛난다고 말해 주는 그가.

정령들과 노닥거리며 충분히 휴식을 취한 이아나가 아르하드에게 연락했다.

[괜찮아? 다친 데는 없고?]

이아나가 몬스터 때문에 다칠 리 없음을 알고 있음에도, 아르하드는 그녀를 걱정했다. 이아나는 아르하드가 걱정해 주는 게 좋았다. 옅게 미소 지은 이아나가 몸을 좀 더 편히 하며 중얼거렸다.

"좀 피곤하긴 하네요."

아르하드의 목소리만 들으면 긴장감이 죄다 풀려 버린다. 그가 그만큼 제게 안도감을 준다는 뜻이다. 어쩐지 잠이 오는 것 같다. 육체의 피로감은 이니스 덕분에 회복했지만 온종일 피와 사체만 봤더니 정신이 지쳤다.

아르하드가 곁에 있어 주면 최상급 몬스터들에게 둘러싸여 있는 상황에서도 별 걱정 없이 잘 수 있을 텐데.

[……]

아르하드가 침묵했다. 그의 낌새가 이상하자, 퍼뜩 정신을 차린 이아나가 빠르게 말을 이었다.

"이니스 덕분에 다 회복했습니다. 멀쩡해요. 오지 마세요."

[텔레포트를 하려던 건 어떻게 알고. 정말 괜찮은 거야?]

"끄떡없습니다."

이아나는 아르하드에게 이때까지 했던 일들을 말해 주었다.

[잘했어.]

아르하드가 칭찬해 주자 이아나는 뿌듯해졌다. 다른 사람이 칭찬해 주면 별생각 없는데, 아르하드가 그녀를 칭찬하면 짜릿한 고양감이 들었다. 그에게선 더 많은 칭찬을 받고 싶었다.

이아나는 그런 자신이 싫지 않았다. 일 년 전만 해도 아이같이 구는 스스로가 끔찍하다고 생각했지만 이젠 아니었다.

'이렇게 기분 좋은걸.'

이아나는 타인을 배제하고 살 때 느낄 수 없었던 낯선 기쁨에,

점점 익숙해지고 있었다. 그녀는 들뜬 기분을 가라앉히고 테오도르의 상황을 물었다.

[테오도르는 아직도 난리고, 너랑 친한 사람들은 다 무사해.]

아르하드는 천천히 소식을 전해 주었다. 에이지는 도르시아니와 함께 블랙폭시의 아지트로 가서 소식이 없고, 타로는 라랏슈아의 곁에서 떨어지지 않았다.

리키젠은 사건이 터지자마자 아르하드의 보호하에 있고, 헤레이스는 보육원 아이들을 데리고 파엘라 상단으로 향했다. 그 후 타이거 용병단의 용병들과 함께 무르시와 핀, 아이들을 지키고 있었다.

안전지대인 학술원은 때 아닌 피난민으로 북적거렸다. 무술원과 마법원의 학생들은 교수들의 지도하에 몬스터를 처리하러 나갔다.

뜻밖의 소식은 프리실라에게서 전해졌다.

[네 룸메이트와 시아이외는 언제 그렇게 친해진 거야? 극장에서 데이트를 하다가 몬스터의 습격을 받아서 시아이외가 네 룸메이트를 궁에서 보호하고 있는 모양이다.]

이아나도 알 수 없었다.

한 달 전이던가? 기숙사 방에서 흥분한 프리실라에게 왕자님, 그러니까 시아이외를 만났다는 얘기는 들었다.

취향이라느니, 잘생겼다느니, 멋쟁이라느니, 센스가 넘친다느니, 몸의 치수를 재면서 뼛속까지 훑겠다느니…….

프리실라는 시아이외에게 광기에 가까운 관심을 보였다. 프리실라를 처음 만났을 때가 생각날 정도였다.

이아나와 시아이외가 지인이라는 걸 안 이후부터, 프리실라는 가끔 그를 만나고 올 때마다 즐겁게 조잘거렸다. 내용은 별거 없었다. 시아이외가 얼마나 똑똑한 사람이고 패션 센스가 넘치는지에 대한 찬양이었다. 왕족과 평민이지만, 관심사가 맞아서 친하게 지내나 보다, 하고 그러려니 했다.

이 주 전만 해도 말이다.

그런데…… 데이트?

"두 사람이 연인이 되었다는 말씀입니까?"

[그건 모르겠군. 시아이외에게 연락이 와서 받아 보니 그렇게 말해서 네게 그대로 전달했을 뿐이야. 하지만 데이트는 연인만 하는 게 아니잖아?]

"그런가요. 아무튼, 정말 뜻밖의 조합이군요……."

어떻게 된 일인지 궁금했지만, 이아나는 호기심을 접어 두고 테오도르의 상황에 집중했다. 테오도르는 아비규환일 텐데 긴장감 없이 평화롭게 있는 건 좋지 않았다.

"알아봐 주셔서 감사합니다."

[당연히 해야 할 일이야. 그리고 내가 생각해 봤는데, 카마트로스는 로안느에 가능한 한 협조하려 한다. 조직원들의 피해를 최소로 하는 한에서.]

이아나는 아르하드의 대답에 흥미를 느꼈다. 그는 이아나를 제외하면 타인에게 관심이 전혀 없었다. 누가 죽든 말든, 자신의 이득을 최고로 우선시하는 냉혈한이라고 할 수 있었다.

"어째서 그런 결정을 내리셨습니까?"

[네가 죄 없는 사람들이 죽는 게 싫다면서?]

이아나는 말문이 턱 막혔다.

[말했잖아. 네가 원하는 대로 행동할 거라고. 우리가 움직이면 억울하게 죽는 사람은 줄어들겠지.]

"하지만 피해를 볼 수도 있는데."

[피해……. 생각해 보니 우리가 로안느 편에서 적극적으로 움직여도 꽤 큰 이득을 챙길 수 있더라고. 바하무트는 카마트로스를 슈나이더의 개로 알고 있으니까, 우리가 방해가 될수록 로안느에 대한 분노를 키우겠지. 정체만 잘 숨기면 돼.]

아르하드는 그리 말했지만, 이아나는 그가 그런 결정을 내린 것이 순전히 저 때문임을 알았다. 어마어마한 힘을 지닌 아르하드를 말 한마디로 움직일 수 있다니, 그녀는 더욱더 막중한 책임감을 느꼈다.

"저, 잘할게요."

이아나가 진심을 담아 그리 말하자 아르하드가 반지 너머에서 낮게 웃었다.

[반가운 말이군.]

이아나는 하늘을 보았다. 아침이 되어 날이 밝았다. 그녀가 나뭇가지에서 몸을 일으켰다.

"차이판 후작을 찾아가야겠습니다. 나중에 연락할게요."

[그래. 무리하지 말고.]

이아나는 로브를 벗고 겔로니언을 찾아 나섰다. 수소문해서 그가 있는 곳에 도착했을 때, 겔로니언은 커다란 지도를 보며 기사단장들과 함께 작전을 짜고 있었다.

"오, 이아나 학생. 무사했군."

그들을 둘러싸고 주변을 경계하고 있던 기사들이 이아나를 반갑게 맞이하며 안으로 들여보내 주었다.

"후작님."

이아나가 겔로니언을 불렀다. 그의 고개가 홱 꺾였다. 이아나가 복장을 정리하며 그의 앞에 섰다.

"드릴 말씀이⋯⋯."

이아나는 말을 다 잇지 못했다. 겔로니언이 그 큰 체구로 이아나를 와락 끌어안았기 때문이었다.

"고맙네, 정말로 고마워!"

겔로니언이 이아나를 터뜨릴 기세로 세게 껴안으며 격하게 외쳤다.

기사들은 주군의 뜬금없는 행동에 당황했다. 겔로니언은 방금 전까지 영지의 주인으로서 위엄을 보이고 있었다. 그런데 지금은 완전히 팔불출 아저씨 같았다.

왜 저리 고마워할까? 이아나가 무엇을 했기에?

"잠깐, 후작님."

이아나가 영지에 베푼 은혜를 고려하면 겔로니언이 그녀에게 감사하는 건 너무나 당연했다. 그러나 아무것도 모르는 기사들 앞에서 표현이 너무 노골적이었다. 이아나는 기사들의 호기심이 달갑지 않았다.

"아차."

이아나가 겔로니언의 단단한 강철 갑옷을 두드리자 그가 정신을 차리고 놓아주었다. 그리고 호감이 듬뿍 담기다 못해 흘러넘치는 표정으로 그녀를 살폈다.

"잘 와 주었네. 다친 곳은 없겠지?"

방금 당신 때문에 다칠 뻔했는데.

이아나는 갑옷에 짓눌려 아픈 몸을 문지르면서 고개를 끄덕거렸다. 겔로니언이 활짝 웃었다.

"잠깐 따로 이야기 좀 하겠나?"

겔로니언은 회의를 파하고 기사들에게 개별 몬스터 사냥을 명한 후, 이아나를 데리고 근처에 있는 숲으로 들어갔다. 인기척이 전혀 느껴지지 않는 곳에 이르러, 인내심이 바닥난 겔로니언이 물었다.

"검은 바람, 자네 맞지? 일이 터진 지 한나절밖에 안 됐는데도 소문이 자자해."

"검은 바람이 뭡니까?"

"몬스터들이 너무 강해서 절망을 느끼고 있을 때 어디선가 불어와 놈들을 휩쓸고 사라지는 정체 모를 바람이라네."

사신의 검은 로브인지 영웅의 흑색 망토인지 모를 그것이 바람처럼 전장을 스쳐 지나갈 때마다 몬스터의 시체가 대지 위에 빼곡하게 깔린다. 그러면서 인간에게는 절대 손대지 않는다.

"각지에 흩어져 있는 기사들은 조금 더 구체적인 보고를 하더군. 검은 로브를 쓴 정체불명의 검사가 빠르게 돌아다니면서 몬스터를 정리하고 있다고 말이야. 자네지?"

"저인 것 같군요."

"역시! 그리고 밤부터 지금까지 여기저기서 동일한 현상이 내내 보고됐다네."

어둠 속에서 몬스터들과 한바탕 전투를 벌이고 있는데, 갑자기 몬스터들의 움직임이 멎고 놈들이 만들어 내던 소음이 사라지는 이상한 현상이 발생한다.

잔뜩 긴장해서 횃불을 들고 주변을 둘러보면 방금 전까지 피터지게 싸우고 있던 몬스터가 증발한 것처럼 사라지고 없다. 바닥에 고인 피 웅덩이와 주인 없이 뒹굴고 있는 몬스터의 살점이, 인간들이 인지하지 못한 잔인한 도륙 사건이 어둠 속에서 발생했음을 증명할 뿐이다.

"그것도 자네가 한 거잖나?"

"아마 맞을 겁니다. 제가 아공간 아티팩트를 가지고 있는데, 고급 몬스터의 사체들은 대부분 회수했거든요."

"대단해! 자네는 최고야!"

겔로니언이 흥분해서 주먹을 불끈 쥐었다.

"소문의 주인공이 자네일 거라 생각은 했지만, 막상 자네는 감감무소식이라 걱정하던 참이었는데 기우였군! 아, 그리고 롯소 산맥에서만 볼 수 있는 상급 몬스터들이 출몰했다가 사라졌는데, 사체가 발견되지 않아 환상 마법으로 추정된다는 보고가 들어왔다네. 혹시 아는 게 있는가?"

"직접 보시는 게 빠르겠군요."

이아나는 아공간을 열어 밤새 사냥한 상급 몬스터들의 사체를 종류별로 하나씩 꺼냈다. 이아나가 꺼내는 사체가 늘어날수록 겔로니언의 표정도 점점 더 창백해졌다. 총 여섯 개체의 사체였는데, 겔로니언은 그것들의 이름을 모두 알고 있었다.

"세상에. 이것들이 내 영지에 나타났었단 말인가?"

"종류별로 수십 마리씩 됩니다. 캄뱃의 경우엔 수백 마리고요. 이놈들보다는 약하지만 중상급에 속하는 몬스터들도 많았는데, 위험하다고 판단되는 놈들은 제가 잡았습니다."

"이 끔찍한 놈들을, 그것도 합하면 천 마리는 될 놈들을 자네 혼자 잡았다고?"

겔로니언은 경악해서 말을 다 잇지 못하고 입을 벙긋거렸다. 간신히 정신을 붙잡은 그가 의심을 가득 머금은 채 이아나에게 물었다.

"자네 역시 드래곤이지? 아니면 드래곤의 딸이라든가."

이아나가 고개를 저었지만, 겔로니언은 내심 이아나를 인간이 아닌 다른 생물로 여기고 있었다. 드래곤이 아니라면 이종족의 피라도 섞였을 것이다. 이아나의 모친이 평민이라고 알고 있는데, 분명 평범한 평민은 아니었으리라.

"지금 내 영지민들은 검은 바람을 영웅화하고 있어. 그런데 그럴 만했군. 아니, 영웅이라는 말도 부족해."

"민망하군요. 당연히 했어야 할 일입니다."

머쓱해진 이아나가 그리 말하자 겔로니언이 옅게 웃었다가 다시 심각한 표정을 지었다.

"롯소 산맥에 있어야 할 놈들이 어떻게 이곳에 있는지."

"그와 관련해서 보여 드릴 게 있습니다. 따라와 주십시오."

이아나는 겔로니언을 데리고 게이트로 왔다. 때마침 소용돌이치는 게이트에서 몬스터들이 무리 지어 나오고 있었다.

"저건…… 뭐지?"

"제 지인 중 고위 마법사가 있어 물어봤는데, 게이트라는 최상급 마법이라더군요. 멀리 떨어진 지역과 연결되는 문이라고 보시면 됩니다."

이아나가 혼란에 빠진 겔로니언에게 게이트에 관해 자세히 설명했다. 그녀의 설명을 경청한 겔로니언은 게이트를 노려보며 기막혀했다.

"롯소 산맥과 연결된 문이라. 어쩐지 영지 주변에서 볼 수 없는 강한 몬스터들이 출몰하더라니……."

겔로니언이 짙은 한숨을 내쉬었다.

"몇 시간 전부터 수도 테오도르와 주변 영지에서 지원 요청이 쏟아지고 있네. 내 영지만 이런 게 아니란 소리지."

"로안느를 포함해 대륙 전체가 지옥이라더군요."

이아나가 담담하게 현실을 말해 주었다. 겔로니언은 한동안 침묵을 지키다가 말문을 열었다.

"어떤 무도한 무리들이 이런 짓을 벌였을까? 목적이 뭘까? 고위 마법사들을 얼마나 많이 보유하고 있기에 대륙 전체를 뒤집어 놓을 수 있었을까? 우습게도, 그런 고민들을 할 필요가 전혀 없네. 전 세계에서 이런 짓을 벌일 수 있는 놈들은 바하무트밖에 없거든. 몬스터들로 대륙을 휘저어 놓고 전쟁을 시작하려는 게 아닌지 의심되는군. 심각해. 이대로라면 놈들이 원하는 대로 휘둘려 줄 수밖에 없을 걸세."

과연 바하무트와의 전쟁에서 최전방을 지켰던 명장이라는 걸까. 그가 내린 답은 정답이었다.

"일단 몬스터부터 어떻게 해야겠어. 저걸 어떻게 없애지? 마법이면 마나의 배열을 부수면 되는 건가?"

"네. 그런데 지금은 내버려 두시는 게 좋을 것 같습니다."

"응? 왜?"

"사실 후작님의 영지에 총 다섯 개의 게이트가 열렸었는데, 세 개는 위험한 몬스터들이 나오기에 제가 없앴고, 나머지 두 개는 후작님의 병사들이 충분히 처리할 수 있는 몬스터들이 나와서 일부러 남겨 두었습니다."

겔로니언이 놀란 기색을 감추지 못했다.

"이 사건을 벌인 놈들의 주목을 받지 않으려면 게이트를 남겨 놓아야 한다고 판단했습니다. 게이트가 전부 사라진 지역에는 적측이 경계수위를 높일 거라고 예상합니다. 게이트 오픈이 이번 한 번으로 끝나지 않는다면, 다음번엔 더 강한 몬스터의 서식지와 연결된 게이트가 열릴지도 모릅니다."

"대단해!"

이아나가 말을 끝맺자마자 겔로니언이 잔뜩 흥분해서 외쳤다.

"대체 날 어디까지 놀라게 할 셈인가? 어떻게 자네 같은 사람이 있을 수 있지? 끝내주게 강하고, 생각도 깊고……."

겔로니언은 한참 동안 이아나를 칭찬하다가 정신을 차리고 헛기침을 한번 했다.

"자네 말대로 게이트 두 곳은 남겨 두는 게 좋겠어. 하지만 혹시 모르니 게이트 한 곳은 자네가 감시해 주겠나? 다른 한 곳은 내가 맡겠네."

"그러겠습니다."

그로부터 하루, 게이트는 별다른 낌새가 없었다. 몬스터가 쏟아져 나온 첫날 이후에는, 게이트를 넘는 몬스터의 수가 자연스럽게 줄어들었다.

"……!"

이아나는 게이트 주변에서 몬스터를 사냥하다가, 이변을 느끼고 게이트가 있는 곳으로 갔다.

게이트가 스스로 없어졌다.

[똑같은 게이트를 무한정 유지할 생각은 없나 보군. 하긴, 생각해 보면 당연해. 게이트와 연결된 지역에 있던 몬스터가 모두 나오면 게이트를 유지하는 의미가 없으니까. 또, 아무리 위프헤이머라도 전 대륙을 겨냥한 마법을 유지하는 데 정신력 소모가 클 테니 주기적으로 쉬어야 할 거다.]

"게이트가 또 열릴까요?"

[그럴 가능성이 높겠지. 첫 번째 게이트에서 나온 몬스터들도 다 처리 못 해서 끙끙 앓는데 두 번째 게이트가 열리면 볼만하겠어.]

그들의 예상이 맞았다. 이틀 뒤 두 번째 게이트가 대량으로 열렸다. 지각 변동에 가까운 대혼란이 대륙을 강타했다.

전 대륙이 갑작스러운 몬스터 웨이브로 크게 앓았다. 몰락하는 대지는 기하급수적으로 늘어났다. 인간의 사체가 쌓인 폐허는 강력한 몬스터들의 새로운 서식지가 되었다.

그리고 세상에는 게이트의 존재가 밝혀졌다. 세상은 넓고, 몬스터를 뱉어 내는 게이트를 발견한 사람들은 많았다. 사람들은 전 대륙을 향해 그런 일을 벌일 수 있는 집단이 존재한다는 걸 믿지 못했고, 대악마가 부활할 조짐이라며 울부짖었다.

바하무트 제국의 무시무시한 힘을 겪어 본 적 있는 사람들은 그들을 의심하며 바하무트의 행보를 주시했다. 하지만 바하무트의 군대는 이십 년 넘게 그래 왔던 것처럼 침묵했다.

의심의 추는 악마 부활 쪽으로 기울었다. 라오스의 신전은 신의 구원을 바라는 사람들로 난리였다.

그리고 차이판 영지는 이아나 덕분에 지옥에서 살아남았다.

캬아아아…… 칵!

쿠워어…… 컥!

얼마나 강한 몬스터인지는 관계없었다. 약하든 강하든 놈들은 이아나에게 얌전히 목숨을 상납해야 했다.

이아나는 차이판 영지 전체를 빠르게 돌아다니며 몬스터들을 정리했다. 후작의 병사들은 원래부터 몬스터를 상대하는 데에 익숙했지만, 이아나 덕분에 매번 아슬아슬하게 승리를 거두면서 대몬스터 전투에 더욱 숙달되었다.

그리고 검은 바람은 차이판 영지에서 나날이 유명해졌다. 밤이 되면, 어둠에 녹아드는 검은 바람이 사체를 소리 없이 먹어 치운다는 소문까지 났다.

조금 특별하게 생긴 그의 검도 덩달아 입소문을 탔다. 이아나의 활발한 활동으로 라이즈를 목격한 사람들도 자연스레 늘었기 때문이다.

첫 번째 게이트가 열린 날로부터 일주일. 세 번째 게이트가 열렸다.

"죽여!"

쿠워어어어!

차이판 후작의 영지민들은 이아나의 도움 없이도 몬스터들을 막아 낼 수 있을 만큼 성장했다. 이는 영지민들이 평소에 무술과 몬스터에 관심이 많았기에 거둘 수 있었던 쾌거였다.

이아나는 돌아다니면서 아주 위험한 상황만 돕고, 나머지는 영지민들의 손에 맡겨 두었다.

어느 날, 겔로니언은 이아나를 불렀다.

"자네의 활약을 알리지 못한다는 게 아쉬워. 왜 그렇게 정체를 숨겨야 하나? 답답하지 않은가? 모두의 추앙을 받고 싶지 않은가? 영웅이 되고 싶지 않냐는 말일세."

이유를 말할 수 없기에 이아나는 때가 아니라고 간단하게 답했다. 그리고 단호하게 말을 덧붙였다.

"저는 명예를 얻기 위해서 검을 쥐는 게 아닙니다. 사람들이 제 행동을 어찌 평가하는지는 관심 없습니다."

겔로니언은 그 말에 매우 깊은 인상을 받았다. 조용히 고개를 끄덕거린 그는 그 주제에 관한 대화를 끝냈다. 그리고 본론을 꺼냈다.

"내 부탁을 들어주겠나?"

"물론입니다. 저는 학술원의 학생이고, 차이판 영지에서 실습 중이니까요."

"학생, 실습."

겔로니언이 어이없다는 듯 허허 웃었다.

"자네와 어울리지 않는 말이군. 아무튼, 나는 우리 영지가 이제 우리 힘만으로 충분히 몬스터를 막을 수 있다고 판단하네. 그러니 자네는 테오도르로 돌아가기 전까지, 내 영지 밖의 마을들을 돌면서 더 많은 사람들을 구해 주게."

이아나는 승낙했다.

검은 바람이 차이판 영지 주변으로 불어 나갔다. 일주일이 순식간에 지나갔다.

그 시간, 태양을 닮은 라이즈는 사람들의 뇌리에 똑똑히 박혀 들었다. 누군가는 검을 그림으로 그려 탈리스만처럼 들고 다녔다. 정체 모를 강자가 그들을 돕고 있다는 사실에 사람들은 기뻐했다.

이아나는 후작을 통해 그 이야기를 들었지만 제지해 달라 부탁하지 않았다. 테오도르로 돌아가면 라이즈를 잠재우고 다시 평범한 검을 들 것이다. 그러니 드러나도 상관없었다.

또, 사람들에게 희망의 상징으로 남는 게 나쁘지 않다고 판단했다. 작은 희망은 삶의 원동력이 되어 위기를 이겨 내는 검이 될 테니.

5월 말이 되었다.

마침내 이아나는 검술학부생이라면 반드시 한 번 이상 수료해야 하는 실습을 끝마쳤다.

실습은 실력 좋은 기사들을 따라다니면서 그들이 하는 일, 혹은 귀족들을 모시는 법을 배우거나, 적당히 강한 몬스터를 잡으면서 안전하게 진행된다.

고학년은 위험한 현장에 실습을 명목으로 투입되기도 한다. 하지만 눈 한번 깜빡하는 사이에 생명이 왔다 갔다 하는 곳에 경험이 부족한 학생들을 밀어 넣지는 않았다. 그리고 로안느에 그만큼 위험한 곳은 거의 없었다.

그런 의미에서 이아나의 실습은 비정상이었다. 어떤 실습생도 혼자 힘으로 한 영지를 구해 내지 못한다.

'대단하지, 정말 대단해.'

겔로니언이 앞에 얌전히 서 있는 이아나를 흘끗거렸다. 이아나가 부지런하게 돌아다닌 결과, 차이판 후작령 근처는 다른 지역과 비교가 불가할 정도로 안정되었다. 정말 놀라운 사람이다.

'대체 이 어린 괴물이 실습생으로 있는 이유가 뭘까?'

젤로니언이 이아나 나이에 그만한 실력이 있었다면, 학술원은 일찌감치 때려치웠을 것이다. 어딜 가든 인정받을 수 있었을 테고 무얼 하든 성공할 수 있었을 테니.

"유희인가?"

젤로니언이 중얼거리며 서류 작성을 마쳤다. 서류의 말미에 서명을 하고 도장을 찍었다. 서류에는 이아나 로베르슈타인이 실습을 성공적으로 수료하였다는 글이 적혀 있었다.

젤로니언은 마음 같아서는 이런 수료장 따위가 아니라 국왕의 옥새를 찍은 표창장과 어마어마한 보상을 떠안기고 싶었다. 하지만 이아나가 바라지 않아 포기했다.

"비상사태로 인한 실습 이 주 연장이라고 했지?"

"네."

이아나는 젤로니언에게 실습을 이 주 연장한다는 서류도 써 달라고 했다. 실습은 끝났으나 당분간 근방을 돌아다니면서 좀 더 많은 사람들을 돕겠다는 이유였다.

"이런 상황에서 언급하긴 조금 그렇지만, 기말 시험을 쳐야 할 텐데?"

학술원에서는 보통 6월 둘째 주에 기말 시험을 실시한다. 젤로니언도 학술원에 다녔기 때문에 알았다. 좋은 성적을 얻기 위해선 시험 전 이 주가 제일 중요했다.

"자네는 이 년 동안 수석이었잖나. 그런데 마지막 해의 수석은 포기하려고? 아쉽지 않나?"

겔로니언은 이아나가 대의를 위해 수석을 포기한다고 생각했다. 찬사받아야 마땅한 행동이지만, 겔로니언은 제가 다 아쉬웠다.

"실습 기간을 감안해서 4월에 이번 학기 전체 과목을 공부하고 왔기에 괜찮습니다. 암기력이 좋아서 시험 전날 두세 번 훑어보면 됩니다."

……훌륭하다!

다시 한 번 감동한 겔로니언은 종이 한 장을 더 꺼내 관련 내용을 적었다. 서류들을 봉투에 넣고, 촛농 위에 후작가의 인장을 찍어 봉투를 봉했다.

드르륵.

그는 이아나에게 다가오라 손짓하지 않고 직접 일어나서 그녀에게 다가섰다.

"여기 있네."

이아나는 겔로니언이 건넨 봉투를 받아 아공간에 집어넣었다. 겔로니언은 이아나의 옆에서 고요히 일렁거리는 검은 공간이 무척 섬뜩했다.

저기에 얼마나 많은 몬스터의 사체가 쌓여 있을까?

몬스터 수십 마리를 한꺼번에 집어삼키는 장면을 목격한 이후부터는 상상도 하고 싶지 않았다. 지옥이 따로 있는 게 아니다. 저 아공간 속이 바로 지옥이다.

'잡념이 쌓였어.'

생각을 지운 겔로니언이 이아나를 데리고 집무실을 나섰다. 통로를 지나가다 마주친 기사들은 겔로니언에게 경례한 후 이아나에게 작별 인사를 건네었다.

"후작님께서 이아나 양이 성 주변을 따로 돌면서 몬스터를 많이 잡았다고 말씀하시던데, 그 나이에 대단합니다."

"세상이 흉흉한데, 이런 시기일수록 실력을 더욱 갈고닦으셔서 뛰어난 검사가 되시길 바랍니다."

"이아나 학생이라면 왕궁 기사도 거뜬히 되실 수 있을 겁니다."

"졸업하고 갈 곳이 마땅히 없으면 여기로 오는 것도 생각해 보십시오. 좋은 기사 선배들이 잔뜩 있습니다. 하하하!"

"커험!"

인사치레로 던진 덕담들이었지만, 민망해진 겔로니언은 연달아 헛기침을 했다. 기사들은 눈치를 주는 줄 알고 빳빳이 굳었다. 빠르게 경례한 후 후다닥 멀어졌다.

"……."

겔로니언은 이아나의 업적을 자신 말고는 누구도 알지 못한다는 게 여전히 마음에 걸렸다.

게다가 이아나는 부탁을 두 가지 했다. 혹시라도 누가 검은 바람에 관해 물으면 아예 모르는 사람 취급해 달라는 것이 첫 번째다. 즉, '아는 사람인데 말하지 말아 달라고 부탁했네.'와 같은 핑계를 대지 말고, '모르네. 나도 한번 만나 보고 싶군.'과 같은 식으로 대답하여 자연스럽게 모르는 척해 달라는 것이다. 세계를 방랑하는 떠돌이 검사가 우연히 차이판 영지에 머무르다가 몬스터를 처치하고 홀연히 떠난 것처럼 말이다.

두 번째 부탁은 겔로니언 자신이 게이트를 파괴한 것으로 해 달라는 것이었다. 겔로니언은 반대했지만 이아나의 부탁을 결국 승낙할 수밖에 없었다.

'아무리 실력을 감춰야 한다지만 아깝군.'

겔로니언은 이아나에게 언제 진짜 실력을 드러내고 다닐 거냐고 물은 적이 있다. 그녀는 "때가 되면."이라고 말했다.

겔로니언은 속으로 탄식했다.

'이런 엄청난 인재가 로안느를 떠난다니.'

여태 맺은 인연들도 거의 다 로안느에 있을 테니 국가를 따질 필요가 없다면 로안느에 있는 편이 낫지 않나. 로안느는 남부러울 게 없는 대국이다. 애국심과 별개로 타국에 비해 월등히 살기 좋은 나라였다.

'하지만 정이 떨어질 만도……'

겔로니언은 이아나가 태어난 직후부터 간간이 들려오던 그녀의 소문과, 학술원 입학에 관한 추문을 떠올렸다.

죄 없는 아이를 증오하던 사람들. 직접 확인해 보지도 않았으면서 상상을 사실이라 낙인찍던 사람들. 자세한 사정을 알아보지도 않고 더럽다며 손가락질하고 비웃던 사람들.

겔로니언은 그가 아는 선에서 이아나를 두둔해 줬었지만, 이미 제가 믿고 싶은 대로 믿는 사람들은 들으려 하지 않았다. 마치 계속 욕하고 싶어서 귀를 틀어막은 것 같았다.

어찌 보면 현실적으로 납득할 수 있는 상황이다. 당하는 사람은 미치도록 억울하겠으나, 정보가 제한된 상황에서 여러 사람이 말하는 소문은 진실처럼 받아들여진다. 잘 모르는 제삼자의 입장에서는, 사실로 느껴지는 학술원 부정 입학 건에 대해서 지탄할 수도 있었다.

거짓으로 억울한 사람이 없기 위해서는 모두가 정직하면 되지만 불가능한 일이다. 이 복잡한 세상은 올바르게만 돌아가지 않는다. 작은 거짓말 하나가 눈덩이처럼 불어나 사실로 둔갑하는 건 쉽다. 악의와 이기심에 의해 진실은 왜곡되기 마련이다.

그러나 당연하게도, 진실을 목도한 순간 거짓은 눈 녹은 듯 사라지고 만다. 이아나가 검술 대회에서 우승하고, 슈나이더가 아끼던 검을 선물하면서까지 그녀를 포섭하려 하자 소문이 쏙 들어간 것처럼.

그런데 진실이 밝혀진 후 이아나를 욕했던 사람들 중, 그녀에게 진심으로 사과한 사람이 있었을까? 있었더라도 극소수였으리라 본다.

진실이 밝혀졌다 할지언정 그게 다가 아닌데.

깊은 상처가 사라지는 건 아닌데.

'어리석군.'

어찌하랴. 인간은 그런 생물인 것을.

그리고 그런 그들을 이해하고 받아들일지 말지는 이아나에게만 주어진 선택지다.

상처 입힌 자들이 득실거리는 로안느. 로안느를 떠나려는 이유가 그 이유만 있는 건 아닐지라도 어느 정도는 영향을 미쳤을 것이다.

젤로니언은 씁쓸한 마음을 감추고 이아나를 후작령의 성문 앞까지 배웅했다.

"가 보겠습니다."

이아나가 꾸벅 인사했다.

"후작님의 영지에서 많은 것을 배워 갑니다."

겔로니언은 이아나를 물끄러미 보았다. 사람에게 상처받았으나 사람을 구하러 다니는 이아나가 또 한 번 대단해 보이는 시점이다.

'그렇군.'

이아나를 상처받은 가엾은 소녀로만 보는 건 옳지 않았다. 과거와 배경, 성별과 나이를 떠나, 현재 그녀는 인간 대 인간으로서 존경받아 마땅한 사람이다.

겔로니언이 이아나의 앞에 성큼 다가섰다. 그의 주먹으로 자신의 심장을 덮고 있는 왼쪽 갑옷을 탕 쳤다.

"자네 덕분에 수많은 사람들이 목숨을 건졌네."

"……."

"자네는 모두의 영웅이자 내 은인일세. 모든 이들을 대신해서 깊은 감사를 표하네. 혹시라도 자네에게 내 도움이 필요한 날이 온다면, 내가 가진 모든 힘을 다해 도울 것을 맹세하네."

겔로니언이 씩 웃었다.

"언젠가 자네가 진짜 모습으로 돌아다니길 기다리겠네. 그때, 나는 모두에게 알릴 것이네. 우리에게 불어왔던 검은 바람이 이아나 양이었다고 말일세."

"그러지 마세요."

이아나는 민망해하면서 차이판 후작령을 떠났다.

세 번째 게이트가 열린 지 일주일이 지났지만 네 번째 게이트는 열리지 않았다. 그럼에도 대륙은 암흑기에 접어들었다.

세상은 난리가 났다. 재기 불능이 된 땅, 몬스터의 서식지가 되어 버린 마을…….

차이판 후작령을 떠난 지 이 주, 이아나는 그런 곳을 돌아다니며 위험한 몬스터들을 빠르게 정리했다. 동시에 대륙에는 검은 바람의 전설이 생겨났다.

'아…….'

이아나는 저와 관련된 거창한 소문을 떠올렸다가 머리를 쥐어뜯었다.

'이렇게까지 부풀려지니 민망해지기 시작하는데.'

이 주의 시간을 더 소모해 몬스터를 정리하기로 결정을 내린 건 이아나지만, 시초는 아르하드의 제안이었다. 대륙에 검은 바람에 대한 소문이 산불처럼 번진 것도 아르하드 짓이었다.

이아나가 차이판 후작령 주변에서 몬스터를 쓸고 다니던 어느 날, 아르하드가 못마땅하게 말했었다.

[검은 바람 씨, 요새 유명하던데. 바하무트의 표적이 되면 어쩌려고 그래?]

"곧 사라질 바람입니다."

[악마가 네게 얼마나 집착하는지 아직 제대로 체감하지 못하나 보군. 이사벨라 바하무트가 눈에 불을 켜고 뛰어난 검사들을 찾으러 다니는 거 몰라?]

"으음."

[그래서 생각한 게 있어.]

"뭔데요?"

[검은 바람이 대륙 전역에서 몬스터를 처치하고 다닌다고 소문을 퍼뜨려서 위치를 모호하게 만드는 거야. 그러면 이사벨라가 검은 바람을 찾고 싶어도 그러지 못하겠지. 차이판 후작령의 소문이 묻힐 정도로 퍼뜨릴 테니 후작령은 찾아갈 생각도 못 할 거다.]

"제가 진짜로 몬스터를 처치하지 않는 데도요?"

[물론 진실 몇 개는 섞여 있어야지. 진실이 없는 소문은 그냥 헛소리다. 그러려면 네가 이 주 동안 전 세계를 빠르게 돌아다녀야 하는데, 이건 내가 텔레포트 스크롤로 지원할 수 있어. 네가 돌아다니고 있으면 내가 정보원들을 이용해서 소문을 낼게.]

이아나는 거부감을 느꼈다.

"꼭 그렇게까지 해야 하나요?"

[바하무트가 특정인을 지목하지 못하게 하려면 그게 최선이야. 라이즈도 썼다면서.]

"저는 소문을 일부러 내고 싶지 않아요."

[네 마음 이해하지만, 사고를 쳤으면 수습해야지.]

아르하드와 실랑이를 벌인 결과, 결국 아르하드의 뜻대로 하기로 했다. 그는 말을 너무 잘했다.

이아나는 대수롭지 않게 넘겼다. 그녀가 싫어하는 일은 시키지 않는 아르하드가 이상하게 의욕적이고, 또 열성적으로 설득한다 싶긴 했지만 이유가 있다고 생각했다. 소문이 퍼져 봤자 얼마나 대단하겠냐는 생각도 들었다.

그런데 소문은 정말 무서웠다.

작은 진실은 날개를 얻어 높이 날아올라, 지상에 거대한 그림자를 드리웠다. 사람들은 진실이 그림자만큼 커다랗다고 쉽게 믿어 버렸다. 특수한 상황 탓이었다.

변방이 아닌 지역은 평소 몬스터에 대한 방비가 허술해 피해를 많이 봤다. 살면서 몬스터를 한 번도 보지 못한 사람들도 부지기수니 말 다 했다.

많은 사람들이 좌절했다. 좌절할수록 희망을 찾았고 희망의 대상은 스쳐 지나갈 때마다 멋진 검으로 몬스터를 통째로 썰어 버린다는 검은 바람이 되었다.

사람들은 소문을 덥석 물었다.

'윽.'

나쁘진 않지만 부담스러웠다.

이아나는 민망해질 때마다 더 열심히 몬스터를 해치웠다. 그녀가 열심일수록 소문은 강한 신빙성을 얻었다.

이아나가 이 주간의 학살을 마치고 테오도르로 귀환했을 때, 검은 바람에 대한 소문은 걷잡을 수 없이 널리 퍼져 있었다. 이아나의 노력에 더해, 아르하드가 소문에 강풍을 불어넣은 덕분이었다.

그리고 이아나는 깨달았다.

'나중에 라이즈를 어떻게 쓰지?'

사소하다면 사소한 문제다.

테오도르는 몹시 어수선했다.

위풍당당하게 서 있던 튼튼한 건물들은 폭탄을 맞은 것처럼 여기저기 부서져 있고 가로수들은 꺾인 채 방치되어 있었다. 어디선가 불이 났는지 검은 연기가 하늘로 뭉글거리며 올라갔다. 뿌연 하늘은 검은 연기를 삼키며 태양을 숨겼다.

매캐한 냄새, 피 냄새, 시체 냄새.

병장기가 부딪치는 소리, 악의가 깃든 고함 소리, 단말마에 가까운 비명 소리.

소란스럽다. 평화로운 테오도르는 이제 없었다.

이아나는 테오도르를 둘러보며 생각했다.

'테오도르에 몬스터가 돌아다니는 꼴을 이렇게 일찍 보게 될 줄이야. 회귀 전에는 전쟁 도중에 봤었는데…….'

로안느의 군사력이 밀집된 테오도르는 첫날엔 피해자가 엄청나게 나왔지만 그래도 그럭저럭 돌아가고 있다고 들었다. 하지만 나름대로 괜찮다는 뜻인 '그럭저럭'이라는 단어가, 전 세계가 지옥에 빠진 지금에 와선 정말 괜찮은 상황을 일컫지는 않는 듯했다.

"크륵?"

이아나는 걸어가다가 늑대 몬스터 한 마리와 마주쳤다. 놈은 도망치지 않는 이아나를 노려보며 강함을 가늠하다가 목을 치켜들었다.

"아우우우…… 깨갱!"

동료들을 부르려던 몬스터는 이아나의 발에 걸어차여 날아갔다. 몸을 다시 일으키기도 전에 이아나의 검에 베여 죽었다.

이아나는 먼저 파엘라 상단 건물이 있는 거리로 향했다. 사람들이 득실거렸던 거리는 썰렁했다. 병사들과 무인들만 무기로 쇳소리를 내며 돌아다니고 있었다. 그녀는 걸으면서 거리를 천천히 살폈다.

"나!"

그리고 멀찍이서 거리의 입구를 하염없이 바라보고 있던 하얀 동물은 이아나를 바로 발견했다. 이아나도 그것을 발견했다. 흰 털 뭉치가 1층 건물의 지붕에서 뛰어내리는 게 보였다. 털 뭉치는 이아나를 향해 곧바로 달려왔다.

이아나는 멈춰 서서 털 뭉치가 자신에게 도달할 때까지 기다렸다. 털 뭉치는 오자마자 이아나의 다리에 매달려 격하게 울었다.

"냐아! 냐앙! 냥!"

닛시였다. 닛시는 이아나의 다리 주변을 맴돌며 울어 댔다. 마치 날 버려두고 어딜 갔다 왔냐며, 왜 이렇게 늦게 왔냐며 서럽게 칭얼거리는 것 같았다. 머리를 격하게 비비는 닛시 때문에 이아나의 까만 바지에 흰 털이 잔뜩 묻었다.

이아나는 어정쩡하게 서서 어이없다는 표정으로 닛시를 내려다보았다.

'앤 왜 이래.'

주야장천 멀찍이서 관찰만 하다가, 헤어질 때가 되어서야 손한번 핥아 줬던 스토커 고양이가 이렇게 나오니 어이없다.

'그래도 나한테 정이 들었던 건가.'

이아나가 애매한 표정을 지으며 닛시의 앞다리 뒤에 손을 넣어 들어 올렸다. 허공에 꼬리와 뒷다리를 대롱거리는 닛시의 얼굴을 들여다보았다. 닛시의 동그란 눈에 눈물이 고여 있었다.

'고양이도 눈물을 흘리나?'

서러워서 우는 건지, 생물적인 현상인지는 모르겠지만 불쌍하고 귀여웠다. 이아나는 몸에 힘을 풀고 닛시를 안았다.

"잘 있었니?"

무뚝뚝한 것 같지만 상냥함을 담은 목소리가 쫑긋거리는 귀를 간지럽혔다.

"······!"

넛시는 꼬리를 펑 하며 털을 모조리 세우더니 발버둥 쳐 이아나의 품에서 벗어났다. 이아나와 어느 정도 거리를 둔 넛시는 또다시 얌전히 그녀를 관찰하기 시작했다.

여전히 변덕스럽고 알 수 없는 고양이었다. 아니, 고양이라는 종이 원래 다 저렇던가.

'아무튼 무사해서 다행이네.'

이아나는 발걸음을 재촉하여 파엘라 상단의 건물에 빠르게 도달했다. 건물의 앞에서는 덩치 큰 남자 두 명이 하품을 쩍 하며 문을 지키고 있었다.

처음 보는 남자였는데 그리 낯설지 않은 기분이 들었다. 하품하는 입 사이로 날카로운 송곳니가 보였고, 맹수들이 그렇듯 전신에서 상대를 움츠러들게 하는 위압감이 풍겼다.

"크하암. 엉?"

남자 중 한 명이 입이 찢어져라 하품하다가 건물로 다가서는 이아나를 발견하고 눈을 동그랗게 떴다.

"얼레! 처자는! 겁나게 센 이아나 양!"

"저를 압니까?"

"그럼, 그럼. 파시오 때 구경하고 있었응게."

남자가 격하게 고개를 끄덕거리며 말했다. 그제야 이아나는 그에게서 느낀 익숙한 느낌이 무엇인지 깨달았다.

'수인족이구나.'

남자는 게이트들이 열렸다 닫히는 과정에서, 대륙이 시끄러워진 만큼 오지는 조용해졌다고 말했다. 롯소 산맥과 오지에 있던 몬스터들이 대륙으로 쏟아져 나와 난동을 피웠으니, 상대적으로 오지가 잠잠해진 게 당연했다.

그래서 압실롯은 기로하이 사막에서 놀고 있는 인력 중 전투를 좋아하는 수인들을 죄다 테오도르로 보냈다. 그들은 군말 없이 기로하이를 나와서 로안느로 왔다. 파엘라 상단을 지키기 위해서, 그리고 테오도르에 출몰했다는 최상급 몬스터들과 싸우기 위해서였다.

"어서 들어가쇼!"

남자가 살았다는 듯 안도의 한숨을 내쉬며 문을 열어 주었다. 이상한 태도였다.

"저 안에 이아나 양만 찾아 대는 히스테릭한 여자가 하나 있응게 잘 달래 주고."

"야아아아아아!"

남자의 말이 끝나기가 무섭게, 한 사람이 바람처럼 달려오더니 문을 넘어 주먹을 날렸다. 이아나는 상대의 주먹을 종이 한 장 차이로 피하면서, 상대가 달려오던 속도를 역으로 이용해 강력한 주먹을 날렸다.

퍼어어억!

쿠당탕탕탕!

이아나에게 카운터로 얻어맞은 상대가 안에 있던 테이블과 의자를 죄다 넘어뜨리며 굴러가다가 벽에 처박혔다.

"어이쿠!"

"뭐냐! 적이냐!"

1층에서 휴식을 취하고 있거나 무기를 닦으며 나갈 준비를 하고 있던 이들이 갑작스런 소란에 벌떡 일어나 문을 보았다. 그리고 이아나를 발견한 모두의 눈에 반가움이 스쳐 지나갔다.

"아니, 저 사람은……!"

"드디어 오셨구먼!"

얼떨결에 주먹을 날린 이아나가 제 주먹과 벽 쪽에서 쓰러진 채 경련하고 있는 상대를 번갈아 보았다. 웅성거리는 소란에 고개를 들어 둘러보니 수인으로 추정되는 이들이 득실거리고 있었다.

"크흥."

이아나에게 주먹을 날렸던 상대가 피 섞인 침을 퉤 뱉으며 일어났다.

"여전히 강하구먼. 에라이."

그녀는 갈기 같은 머리를 푸르르 흔들더니 몸을 일으켜 세웠다. 사자 수인, 코니아 라이언이었다. 그녀가 아픈 턱을 문질거리며 이아나의 앞에 섰다.

"오랜만! 역시 성장기에 있는 인간인가? 겨우 일 년 만에 많이 성숙해진 것 같은디?"

"당신도 여기에 왔군."

코니아가 씩 웃으며 뒤통수 뒤로 깍지를 꼈다.

"난 싸우는 걸 좋아하니까!"

이아나가 왔다는 소식을 들은 아이들이 우당탕거리며 2층에서 뛰어 내려왔다.

"누나!"

"언니다!"

핀과 엘리가 활짝 웃으며 이아나에게 달려왔다. 이아나는 제게 안겨 드는 작은 아이들을 안아 주었다. 다들 무사해서 다행이었다.

"헤헤."

엘리가 발그레한 얼굴로 이아나의 품에서 꼼지락거리다 말고 고개를 들었다.

"언니, 혹시 닛시 못 봤어요?"

"안 그래도 여기 오기 전에 만났어."

그때, 닛시가 문을 통해 어슬렁거리며 걸어 들어왔다. 엘리가 닛시를 흘기자 닛시가 뭐, 하는 표정으로 엘리를 마주 흘겼다.

"쟤, 이 주 전부터 밥도 잘 안 먹고 언니만 기다렸다니까요? 제가 5월 말이나 6월 초에 언니가 온다고 말했더니 그때 돌아오시는 줄 알고."

"나를 기다려? 이 주 전부터?"

엘리의 말은 이상했다. 어떻게 고양이가 인간의 말을 알아듣고 기다린다는 걸까? 이아나는 코니아를 흘끔 보았다.

"코니아, 닛시가 혹시……."

"아녀아녀."

이아나가 무슨 질문을 하려는 건지 바로 짐작한 코니아가 손을 휙휙 내저었다.

"나도 쟤 하는 게 이상해서 살펴 봤는디 쟨 그냥 쪼끄만 냥이여. 완벽하게 짐승이랑께."

"……그래?"

닛시는 어느새 그들 근처로 와 있었다. 엘리가 안아 들었지만 닛시는 예전처럼 반항하지 않고 얌전히 꼬리만 흔들었다.

"길들였나 보구나."

"몬스터들한테 몇 번 잡아먹힐 뻔한 이후로는 많이 조신해졌어요. 제 말도 꽤 잘 들어요. 멀리 가도 근방의 지붕 위고요."

엘리가 씩 웃었다.

"그리고 언니. 아까 제 말, 조금 이상했죠? 사실 얘가 영물인지 사람 말을 좀 알아들어요."

"알아듣는다고?"

뜻밖의 말에 이아나가 놀라서 닛시를 쳐다보자, 닛시가 그렇다는 듯 귀를 쫑긋거렸다.

"네에. 얘 언니 진짜 좋아하거든요? 도망치는 건 부끄러워서 그러는 거예요. 언니가 자주 말을 걸어 줬으면 좋겠어요. 한번 말 걸어 보실래요?"

엘리가 닛시를 앞으로 쭉 내밀었다. 닛시가 꼬리를 살랑거렸다. 기대하는 것처럼 보이는 건 착각일까?

'동물이 사람 말을 알아들을 수도 있나?'

이아나는 동물에 대해 잘 알지 못했다. 모든 몬스터의 초기형, 말이 통하지는 않지만 사람과 교감하는 생물, 이 정도로만 알고 있었다. 하지만 신도 악마도 마법도 몬스터도 존재하는 세상이니 사람 말 알아듣는 고양이도 있을 법했다.

차이판 후작령으로 떠나기 전에 작별 인사를 했던 걸 떠올렸다. 그때도 닛시는 이상했다. 작별 인사도 알아들었던 걸까? 고양이에게 무슨 말을 해야 할지 알 수 없어 잠시 고민하던 이아나가 말했다.

"안녕?"

"냐아."

닛시가 만족스럽게 대답했다. 아마도.

"이아나 양, 오셨군요!"

처리하고 있던 서류를 마무리하느라 이제야 내려온 무르시가 이아나를 뒤늦게 반겨 주었다.

"다들 걱정하던데 무사하실 줄 알았습니다. 차이판 후작령도 난리가 났다고 들었는데 고생하셨겠습니다."

이아나는 테이블 하나에 자리 잡고 앉아 코니아, 무르시와 대화를 나누었다.

"첫날엔 정말 아찔했죠."

무르시가 한숨을 내쉬었다.

"몬스터들이 상단 건물을 부수려고 두들기는 순간, 핀을 압실롯에게 보내지 않은 것이 미치도록 후회됐습니다. 하지만 우리의 곁에는 벤포메가 있었죠. 덕분에 한숨 돌린 후, 보육원의 아이들을 구하러 갔습니다. 그런데 헤레이스 군과 엘리가 몬스터를 막아 내고 있더군요."

"헤레이스 오빠는 대단한 사람이에요!"

핀, 닛시와 함께 놀면서 옆에서 그들의 대화를 훔쳐 듣고 있던 엘리가 외쳤다.

"분명 훌륭한 기사님이 될 거예요. 장담해!"

"헤레이스가 뭘 했는데?"

"엘리의 마법 보조를 받아 몬스터들을 단신으로 막아 내고 있더군요. 아이들의 기척을 느낀 몬스터들이 몰려들었는데 보육원의 입구에서 싸우며 한 마리도 들여보내지 않았습니다. 사실 전 헤레이스 군이 그렇게 강할 줄 몰랐습니다. 귀신같이 베어 넘기는 모습이 낯설어서, 제가 아는 헤레이스 군이 맞나 눈을 비볐지 뭡니까."

서부 수행이 효과가 있었나 보다.

롯소 산맥에서, 헤레이스는 이아나를 구하고 싶다는 마음에, 그 전까지는 한 번도 죽이지 못했던 사람을 미친 듯이 죽였었다. 그는 무척 상냥하지만 자신의 사람을 지키기 위해서는 얼마든지 잔인해질 수 있는 사람이었다. 이아나는 학술원에 돌아가면 헤레이스의 이야기를 들어 봐야겠다고 생각했다.

"엘리도 마법을 정말 잘 쓰더군요."

무르시가 엘리의 머리를 쓰다듬었다.

"나중에 대단한 마법사가 될 것 같습니다. 좋은 스승을 만나야 할 텐데."

"헤헤."

무르시의 칭찬이 기뻤던 엘리가 히죽 웃었다.

"이참에 보육원 아이들은 제가 성인이 될 때까지 후원하기로 결정했습니다."

"좋은 일을 하시는군요."

"돈을 이런 데다 쓰지 않으면 어디 쓰겠습니까? 그리고 얼마 전에는 코니아 양을 비롯해 많은 수인들이 찾아와 주었죠."

수인들은 테오도르에서 엄청난 공을 세웠다. 날 때부터 오지의 강한 몬스터들을 상대했던 수인들은 테오도르에 와서도 신나게 적들을 패고 다녔고, 몬스터들은 인간보다 먹음직스러운 수인들을 우선적으로 공격했다. 인간이 역공할 기회를 만들어 준 것이다. 그로 인해 파엘라 상단에 머무는 수인들은 엄청난 인기를 끌었다. 최상급 용병으로 활동하면서 돈을 갈퀴로 쓸어 담았다.

몬스터에 관해 이야기하다 보니 검은 바람에 관한 소문도 자연스럽게 나왔다. 무르시는 소문이 사실이라면 정말 대단한 사람이라며 치켜세웠고 코니아는 중얼거렸다.

"누군지 진짜 궁금허네. 한판 떠 보고 싶은디."

이아나는 조용히 물을 마셨다.

대화가 마무리된 후, 코니아가 기지개를 켜며 외쳤다.

"아아, 푸라타이 구워 먹고 싶다!"

"푸라타이?"

"아? 기로하이 사막에 사는 몬스터인디, 사막돼지라고 불리는 놈이여. 멧돼지랑 비슷하게 생겼거던. 근디 갸가 구워 먹으면 끝내줘브러. 그런데 게이트가 열린 후부턴 개들도 게이트를 빠져나갔는지 씨가 말랐지 뭐여?"

코니아가 한숨을 푹 내쉬었다.

"우리는 육식계랑께? 이 주변에 출몰하는 몬스터는 곤충형이랑 파충류형이 많은디 둘 다 맛이 없구먼. 그렇다고 인간들이 먹는 음식만 깨작거리고 있자니 영. 맛있긴 헌디 가끔은 덜 익혀서 피랑 육즙이 줄줄 흐르는 고기를 통째로 뜯고 싶은디 말여."

코니아가 입맛을 다셨다. 잠시 생각하던 이아나가 코니아를 보며 문밖으로 고갯짓했다.

"나와 봐."

"싸우자고?"

이아나는 의아해하는 코니아를 마당으로 데리고 나왔다. 안에서 대기하고 있던 수인족들은 그들이 싸우려나 싶어서 호기심을 품고 따라 나왔다.

이아나는 아공간을 열어 손을 넣었다. 이아나의 손에 거대한 뿔이 쥐였다. 거대한 돼지가 끌려 나왔다.

"푸라타이, 이거 맞나?"

"허어억! 맞어! 어디서 잡은겨?"

"지나가다가."

코니아가 눈을 반짝반짝 빛냈다. 이아나는 아공간에 쌓여 있는 수십 종류의 몬스터 사체 중 푸라타이 열댓 마리를 찾아 꺼내 주었다.

"후와앗!"

주변에서 즐거운 비명이 터져 나왔다.

"먹으라고 주는 거여? 응?"

"그게 아니면 줄 필요가 없지."

"이런 착한 인간을 봤나!"

코니아와 수인들은 시시덕거리며 장작을 모으더니 불을 질렀다. 수인들은 순식간에 푸라타이를 해체해서 구웠다. 그리고 동물처럼 뜯어먹었다. 야생적인 모습이었다. 수인들 중 하나가 입술을 번들거리며 외쳤다.

"처자도 같이 먹장께요!"

"당신들이나 먹어."

희희낙락하는 용병들을 내버려 두고, 이아나는 상단으로 들어가 인사한 후 밖으로 나왔다. 파엘라 상단과 보육원의 아이들이 무사한 걸 확인했으니 이제는 학술원으로 갈 시간이었다.

학술원에 도착하자마자 소음과 악취가 엄습했다.

이아나는 눈앞에 펼쳐진 학술원의 전경에 속으로 한숨을 쉬었다. 테오도르가 그랬던 것처럼, 학술원도 떠나기 전과 너무 달라져 있었다.

지식의 요람이라고 불리던 학술원은 피난민 수용소가 되어 있었다. 두꺼운 책을 들고 총총 지나가는 학생들이 만들어 내던 지적인 풍경은 오간 데 없었다.

"언제까지 여기 있어야 하는 걸까?"

"내 아들이 동쪽 구역을 맡은 부대에 있는데, 아직 상황이 정리되려면 멀었다더군."

"빨리 끝났으면 좋겠어."

사람들은 지친 기색이 역력했다. 하지만 왕국의 저력을 믿고 빠른 시일 내에 다시 평화를 되찾을 것이라며 희망을 되뇌었다.

이들은 나름대로 여유로웠다. 한 달 넘게 몬스터의 침입을 용납하지 않은 학술원의 배리어 덕택이었다. 배리어 속에서 보호받으며 일상을 이어 가고 있었기에, 절망과 희망의 경계선에서 희망 쪽을 바라볼 수 있었다.

'하지만 몬스터 침공으로 끝나지 않을 텐데.'

대부분의 일반인은 사태를 파악하지 못하고 가만히 앉아서 상황이 끝나기만을 기다리고 있다. 하지만 이후의 미래도 오랜 시간 암흑일 예정이었다.

'몬스터 침공은 블랙폭시가 테오도르에서 난동을 부렸던 것과는 규모가 달라.'

이아나는 대륙 전체를 돌아보며 그 사실을 깨달았다. 온 세상에 게이트를 열어 롯소 산맥의 몬스터들을 내보낸 것은, 바하무트가 웅크리고 있던 몸을 펴기 위한 준비 단계였다.

'전쟁이다.'

세계가 몬스터와 적절한 균형점을 찾고 일상을 겨우 되찾는 시점에서 바하무트가 움직이기 시작할 거다.

'총체적 난국이군. 하인리히 학장도 바하무트의 명령이 내려오면 배리어를 거둬야 하는 처지인데.'

학술원의 배리어는 자카라 발젠타의 마법이지만, 그 핵이 되는 물건만 제거하면 사라진다. 배리어의 핵은 전 학장으로부터 현 학장에게 전달된다. 그래서 학술원의 학장은 까다롭게 선출되었다.

수백 년간 걸출한 인재들을 키워 내보낸 역사적인 요람. 피난민들이 안심하고 머물 수 있는 곳. 그런 학술원이 파괴되면 어찌 될까?

기록에는 바하무트가 전쟁에서 일반인을 잘 죽이지 않는다고 서술되어 있지만 완전히 마음을 놓을 수는 없다. 바하무트가 학술원으로 가고 싶다는 하인리히의 요청을 괜히 받아들인 게 아니다 싶었다.

전쟁의 바람이 느껴졌다.

전쟁이 시작되면 모두가 힘든 시기를 보내게 될 것이다. 지도자는 모두를 이끌고 그 시기를 견딜 방안을 모색해야 한다.

'나는······.'

이아나는 상념에 빠진 채 인파를 헤치고 하인리히의 마탑으로 향했다. 마탑 주변은 사람이 유독 많이 몰려 있었다. 하인리히의 근처에 있을수록 안전할 거라 믿었기 때문이다. 하지만 일반인의 출입이 통제되는 탑 내부는 조용했다.

이아나는 아르하드의 상황에 대해 생각했다.

사건이 발생한 지 한 달, 아르하드는 탑에만 틀어박혀 있었다. 테오도르에 도착한 이아나를 마중 나오지도 못했다. 시내를 돌아다니다가 혹시라도 테오도르에 와 있던 바하무트 측 파편 수혜자에게 발각되면 안 되기에 하인리히의 근처에 있어야 했다.

'답답할 것 같아.'

그의 삶을 구속하는 바하무트 황족에게 살의를 느꼈다. 능력만 있다면, 정말 놈들보다 강하다는 확신만 있다면 당장 바하무트 황실에 잠입해서 놈들을 다 죽이고 아르하드에게 자유를 선물하고 싶었다.

"이아나."

이아나는 입구에 들어서자마자 제 이름이 들려오자 고개를 들었다. 아르하드가 계단에서 내려오고 있었다.

테오도르에 도착하자마자 아르하드에게 연락했다. 아르하드는 그때부터 방에서 나와 1층을 내려다보며 이아나를 기다렸다. 이아나가 파엘라 상단에 들렀다 간다고 말해 두었음에도 말이다.

"어서 와."

아르하드가 이아나를 품어 주듯 끌어안았다.

"고생했다."

이아나의 얼굴이 발그스름해졌다.

'집'에 돌아온 기분이 들었다. 공간적인 의미로서의 집이 아니라, 심적인 의미에서의 집이었다.

제가 무슨 짓을 하더라도 변하지 않는 곳. 뒤돌아봤을 때 언제나 당연하게 존재하는 곳. 지쳐 돌아왔을 때 편안히 쉴 수 있는 곳. 타인의 침범을 전혀 경계하지 않아도 되는 곳.

그곳, 아르하드의 품 안에서 이아나는 노곤하게 녹아내렸다. 잊고 있던 피로감이 물밀 듯이 밀려와 푹 쉬기를 종용했다. 폭신한 거위 털을 잔뜩 넣은 소파도, 따뜻하게 끓인 맛있는 수프 한 그릇도 필요 없었다. 아르하드만 있으면 되었다. 이아나는 그의 등에 손을 천천히 올렸다.

"……네."

이아나는 저릿한 날개를 그제야 접었다. 몬스터에게는 공포의 대상이고 인간에게는 희망의 상징이었던 이아나이지만 아르하드의 곁에서는 그저 지쳐 있는, 평범한 인간이 되었다. 그녀의 이런 모습은 아르하드만이 볼 수 있었다. 이아나는 그런 스스로가 신기했다. 하지만 그가 제게 해 주는 걸 생각하면 그리 느끼는 것도 당연했다.

아낌없이 지원하고 받쳐 주었다. 넘치도록 원해 주고 사랑해 주었다.

이아나는 그런 아르하드를 자기 자신만큼이나 신뢰했다. 나약한 모습도 얼마든지 보일 수 있었다. 아르하드가 없는 삶을 이제는 상상할 수 없었다. 집 수준이 아니라 그는 그녀의 왕이고 절대자였으며 심장이었다.

이아나는 아르하드의 품에서 중얼거렸다.

"앞으로 더 열심히 할 거예요."

그러니까 당신도 나를 그런 존재로 여겨 줬으면 좋겠다.

이아나는 아르하드와 동등한 관계가 되고 싶었다. 받기만 하는 관계는 싫었다. 아르하드는 이아나의 왕이고, 그녀는 그의 기사다. 아르하드가 저를 후방에서 밀어준다면, 이아나는 앞에서 그를 끌어 주고 싶었다. 아르하드에게 도움이 될 수 있는 사람이고 싶었다.

그가 언제든 속내를 털어놓을 수 있는 숲이, 힘들 때는 의지할 수 있는 나무가, 수많은 적의 피를 묻혀서 지쳤을 손을 대신하는 검이, 길을 잃었을 때 손을 잡아 주는 길잡이가 되고 싶었다.

그러기 위해 끊임없이 성장하고 강해져야 했다. 앞서 생각했던 것처럼, 바하무트 황족 같은 그의 적들을 단칼에 처리할 수 있을 정도로 말이다.

그러다 최근 들어 궁금한 점이 하나 생겼다. 그녀의 강함에서 비롯된 의문이다.

"들어와."

이아나는 아르하드의 손에 이끌려 그의 방으로 들어갔다. 테이블에는 따뜻한 식사가 준비되어 있었고, 옆에는 후식으로 달콤한 과자와 차가 놓여 있었다. 식지 않도록 온도 유지 마법까지 걸려 있었다.

딱딱한 육포만 씹으며 강행군을 했던 이아나는 테이블 위를 보자마자 허기를 느꼈다.

"먹으면서 얘기하자."

이아나는 식사를 하면서 학술원의 이야기를 들었다.

요즘 무술원과 마법원 등 전투 계열 전공에 속한 학생들은 군대나 교수의 지도하에 비교적 약한 몬스터들을 처리하러 다닌다고 했다. 몬스터 침공은 절망의 시작이었지만, 장차 전투 전문 직업을 가질 학생들에겐 실전에 빠르게 능숙해질 기회였다. 그리하여 각 학부는 수업이나 실습을 테오도르의 몬스터 토벌로 대체하였다.

그리고 아르하드가 탑에만 있는 이유가 여기에 또 있었다. 그는 먼 지역으로 파견됐다고 되어 있다. 모습을 드러내면 안 되었다.

"학생들이 몬스터 토벌에 도움이 됩니까?"

바하무트와 한창 전쟁 중이었던 이십 년 전만 해도 학술원의 실습은 전쟁터에서 이뤄졌다. 하지만 전쟁이 끝난 후부터는 실습이 변방의 몬스터 토벌전에 참가해서 가볍게 전투를 경험하거나 귀족 저택에서 귀족을 모시는 체험을 하는 것으로 바뀌어, 학생들은 목숨이 오가는 전투에 대한 경험이 부족했다.

"나름대로? 경험이 부족해도 기본적으로 천재들이니까."

아르하드의 말이 맞다. 재능만 있으면 경험은 금방 쌓을 수 있다. 처음으로 생물을 죽이고 트라우마를 겪을 수는 있지만 말이다.

아르하드는 이아나가 식사하는 모습을 흐뭇하게 보면서 이것저것 이야기해 주었다. 그리고 그녀가 식사를 마치고 냅킨으로 입술을 닦자, 이번엔 본론으로 들어갔다.

"곧 전쟁이 발발할 거야."

예상했던 바지만 아르하드가 확언하자 무게감이 달랐다.

"결국 그렇게 되는군요. 언제부터입니까?"

"에이지와 도르시아니가 말하길, 페인이 정확한 날짜는 고지하지 않았다는군. 하지만 조만간이다. 블랙폭시는 군수 물자를 충분히 준비했고, 보급로와 진지 구축도 마쳤어. 그리고 몇몇 아지트에는 바하무트의 기사단들이 대거 대기하고 있다고 해."

이아나는 회귀 전 로안느 군대를 휩쓸던 바하무트 군대를 떠올렸다. 놈들은 인간을 빗자루로 낙엽 쓸듯 처리할 정도로 강했다.

지금은 어떨까.

"강합니까?"

"황궁 직속 기사단만큼은 아니지만, 바하무트가 이십 년을 공들여 키운 기사들이니 로안느 왕궁 기사들보다는 훨씬 강하지."

"그렇군요."

로안느가 바하무트에 밀리는 것은 불 보듯 뻔했다.

"전쟁이라. 저희가 6개월 뒤에 떠나는 건 기정사실이지요?"

"그래."

"그전에 전쟁이 일어나면, 우린 어떻게 해야 합니까?"

"네가 세계를 돌아다니는 동안 고심해 봤는데 두 가지 선택지가 있어. 네 선택에 맡기려고 한다. 들어 봐."

이아나가 자세를 바로 하고 아르하드의 말에 귀를 기울였다.

"첫 번째, 계획을 전면 수정해서 군이 로안느에 연연하지 않고 전쟁이 시작되기 전, 이번 달 내로 동부로 떠난다. 네가 결정만 내리면 떠날 수 있도록 준비는 마쳐 놨어. 바하무트는 로안느부터 부술 예정이라고 하니 이 선택지를 선택할 경우 얻을 수 있는 이득은, 우리가 조용히 힘을 기르는 동안 바하무트와 로안느가 치고받고 싸우면서 둘 다 약해진다는 거다. 그리고 우리는 준비가 끝나면 건국하면 돼."

"그렇군요. 두 번째는요?"

"로안느에 머물면서, 로안느를 도와 바하무트를 상대하는 거다."

앞선 선택지에서는 로안느가 정신없이 밀려 바하무트의 세력은 크게 줄지 않을 것이다. 하지만 후자의 선택지에선 아르하드 측이 로안느를 돕기 때문에 바하무트에게도 큰 피해를 줄 수 있을 것이다.

바하무트는 아르하드의 세력이 제3의 세력이 아닌 로안느 휘하의 병력이라고 생각할 테니 로안느를 부수려고 혈안이 될 테고, 동부에는 관심을 별로 주지 않을 것이다. 아르하드는 그 틈을 타 동부에서 건국할 준비를 마친다.

"네가 어떤 국가를 그릴지는 모르겠지만, 훗날을 대비해 국가의 이미지 관리를 하는 것도 나쁘지 않아. 하지만 너도 알겠지만, 이 선택지는 우리도 위험을 감수해야 해."

어려운 문제였지만, 결정은 의외로 쉽게 내려졌다.

"두 번째로 하겠습니다."

"그래? 이유를 물어도 될까."

예상은 하지만.

아르하드가 속으로 중얼거렸다. 이아나는 저와 가까워진 사람들을 버릴 수 없는 것이다.

"제가 이유를 말하기 전에 묻고 싶은 게 있습니다."

바로 대답할 줄 알았던 이아나가 역으로 질문이 있다고 하자 아르하드는 호기심을 느꼈다.

"뭔데?"

"아르하드, 전 바하무트 황족을 전혀 상대할 수 없나요?"

"음?"

"이번에 몬스터들을 처리하러 다니면서 느꼈습니다. 저는 무척이나 강해요."

이아나의 실력은 회귀 전, 아르하드의 손에 죽었던 그날에 근접했다. 아르하드가 서른아홉 살이던, 그가 바하무트 황족을 처리하고도 십 년이나 지난 해였다.

"저와 당신은 얼마나 강한 걸까요?"

이아나는 정말로 궁금했다.

이아나는 일 년 전, 이사벨라보다 자신의 실력이 조금 부족하다고 여겼다. 하지만 로베르슈타인의 신력을 얻고 검술 실력이 눈부시게 진보한 지금은 글쎄, 였다.

"단체로 봤을 땐 바하무트 제국에 비할 바가 아니겠죠. 하지만 우린 황족을 정말 상대할 수 없는 건가요?"

"……글쎄."

아르하드의 대답이 늦었다. 그도 헷갈리는 모양이었다. 표정에 고민이 묻어났다.

실제로도 아르하드는 고심 중이었다.

회귀 전, 그는 바하무트 황족을 모두 제거했었다. 함정을 파고 계략을 짜서 각개 격파를 하여 거둔 결과였다.

하지만 놈들을 상대하면서 아르하드도 부상을 입었다. 그가 어렸을 적부터 키워 온 병력의 손실도 무시할 만한 수준이 아니었다. 훗날 바하무트 병력을 모조리 흡수함으로써 손실을 메꾸었지만, 꽤나 뼈아픈 일이었다.

바하무트 황족 중에서도 특히, 테일런 바하무트는 바하무트 황족이 빚어낸 광기의 집대성이라고 할 수 있었다. 마치 아르하드의 탄생에 맞춰 태어난 게 아닌가 싶을 정도로 대단한 재능과 미친 이성을 갖춘 자였다. 아르하드가 입은 부상은 거의 다 놈을 상대하는 도중에 입은 것이었다.

그러나 현재, 많은 것이 변화했다. 아르하드는 바하무트 황족과 제 수준을 비교해 보았다.

'놈들은 대단하지. 회귀 전이었다면 이 시기에 덤빈다는 가정은 절대 하지 않았을 거다. 하지만 지금의 내 실력은 놈들을 죽였던 오 년 후와 비슷하거나 그 이상일 것 같은데.'

이아나가 제게서 무승부를 가져간 후부터, 아르하드는 현재에 충실하고 있었다. 그리고 그녀와 함께 눈부시게 강해졌다. 어느 정도로 강해졌는지 정확히 가늠하지 못했으나, 회귀 전의 이맘때와 비할 바가 아니었다.

회귀 전 유일하게 저를 위협했던 바하무트 황족의 강함에, 현재에도 얽매여 있었던 게 아닌가 하고 아르하드는 조금 반성했다. 아직은 안 된다고 강박적으로 생각하여 쌓고 있던 벽이 이아나의 말에 허물어졌다.

무너진 벽 너머로 새로운 길이 생겨났다. 하지만 그 앞은 완벽하게 미지였다.

"모르겠다. 나도 놈들을 직접 마주친 적은 없으니까. 하지만 놈들을 상대하는 건 피하고 싶군."

아르하드는 그리 답할 수밖에 없었다.

바하무트 놈들이 지금 얼마나 강한지 알 수 없었다. 어쩌면 아르하드가 바하무트 황족을 죽였던 그때, 놈들은 아르하드보다 더 강했지만 방심과 변수로 인해 패배했을지도 모른다.

직접 대면하면 실력의 우위는 바로 가려지겠지만 아르하드는 그러고 싶지 않았다. 안전한 길을 선택해 시간을 들이면 충분히 목표를 달성할 수 있었다.

무엇보다, 아르하드는 이아나를 위험하게 만들고 싶지 않았다. 놈들은 이아나와 마주친 순간 미쳐 버릴 테니까.

"그럼."

이아나는 꺼림칙한 기색을 풍기는 아르하드를 바라보며 입을 열었다.

"우리가 로안느 편에서 바하무트와 싸우다가 황족이 나타나면 어떻게 하실 생각입니까?"

'이것 때문에 물은 거였나.'

아르하드는 잠시 고민하다가 말했다.

"철수하고 피할 생각이었지. 방금 전까지는. 하지만 우리와 바하무트 황족의 실력 차가 어떤지 모르니까 결정을 못 내리겠다. 넌 바하무트 황족과 정면에서 승부하고 싶어? 네 정체까지 모두 드러내면서?"

"그건 아닙니다. 상대의 실력을 제대로 알지 못하면서 무작정 본모습으로 싸우는 건 어리석고 멍청한 행위죠. 하지만 위험하다는 이유로 피하기 싫은 건 사실입니다."

이아나가 속내를 드러냈다.

"강한 적이라고 해서 등을 보이고 싶지 않습니다."

그녀는 거대한 벽처럼 느껴지던 아르하드에게 불나방처럼 달려들던 사람이었다.

"그래서 이때까지 그래 왔던 것처럼 정체를 감춘 채로 활동하되, 바하무트 황족이 나타나도 철수하지 않고 싸워 보는 게 어떤가, 하는 게 제 생각입니다. 사실 일 년 전 이사벨라 황녀와 싸웠을 때 그 여자보다 제가 조금 못하다고 생각했습니다. 하지만 지금은 또 다르겠죠. 제가 이길지도?"

"……."

"그들이 로안느에 나타나지 않는 게 최선이겠지만, 만일 나타난다면 싸워 보고 싶습니다. 할 만하다 싶으면 답답하게 숨어 다닐 게 아니라 어느 정도 정체를 드러내도 상관없지 않겠습니까?"

"그건 그렇지."

"물론 그들이 너무 강할 경우의 도피 수단도 마련해 놓고요. 그건 당신의 능력으로 가능하지 않나요?"

"가능하긴 하지."

"……내키지 않으신 거군요. 너무 모험인가요? 당신이 싫다면 원래 생각대로 상대하지 않고 철수해도 괜찮습니다."

아르하드는 실망한 기색이 역력한 이아나를 물끄러미 바라보았다.

이아나는 알지 못한다. 로이긴이 로베르슈타인에게 얼마나 심각하게 집착했는지. 로이긴의 삶이 깃든 악마의 파편이 얼마나 그녀를 갈구하게 만드는지.

아르하드는 악마이되 악마가 아니었다.

악마이자 아르하드로서 이아나를 사랑하고 있었다.

아르하드는 영혼의 주체이기에 사랑으로 포악한 집착을 짓누를 수 있었다. 하지만 황족들은 달랐다. 놈들이 이아나를 어떻게 대할지 모른다.

생전 처음 겪어 보는 뜨거운 욕망과 애증에 놈들의 심장과 뇌가 마비될 것이다. 그 욕망은 이아나를 위협할 거다. 혹은 이아나를 사랑하게 만들지도 모른다.

아르하드는 그게 싫었다. 제가 아닌 다른 누군가가 이아나에게 악의든, 호의든, 농도 짙은 감정을 가지게 된다는 것이. 하지만 이아나가 바란다면 이뤄 줘야 한다. 무엇보다 제 감정만 죽인다면 이아나의 제안은 꽤나 솔깃했다.

"모험이긴 해. 하지만 네 말대로 해 봐도 괜찮을 것 같다."

"그럼?"

"결정을 내리기 전에 하나 묻자. 네가 굳이 로안느 편에서 바하무트를 상대하기로 마음먹은 이유가 뭐야? 황족을 상대하고 싶은 거라면 굳이 여기 있지 않아도 돼. 일단 로안느를 떠났다가, 바하무트가 로안느에 정신이 팔려 있는 동안 뒤에서 바하무트 본토를 공격하는 선택지도 있어. 로안느에 정이 들었어?"

이아나가 머뭇거리다가 조심스레 말했다.

"로안느에 정이 들었다기보다는……. 이유가 많은데, 다 말해야 합니까?"

"중요한 사안이니까 말해 봐."

"음…… 일단 저와 당신이 황족보다는 약하더라도 그 외의 누구보다 강하다는 건 사실입니다. 우리가 로안느에서 정체를 감추고 활동한다면, 바하무트에 큰 피해를 입힐 수 있을 거예요. 이건 아까 두 번째 선택지를 택했을 때 얻을 수 있는 이득이라고 당신이 말했지요."

"그랬지. 또?"

"개인적인 문제로는, 마무리를 깔끔하게 짓고 싶어섭니다. 몇 개월 안 남았어요. 학술원도 졸업하고 싶고, 로베르슈타인 가문과의 약속도 뒤탈 없이 끝내고 싶습니다. 그러려면 꼼짝없이 테오도르에 있어야 하니 바하무트를 상대하는 건 당연합니다."

"후."

아르하드는 한숨 섞인 웃음을 지었다.

고집 한번 세다. 이 정도면 정말 꽉 막혀 있다고 할 수 있다. 이런 심각한 상황에서도 저런 사소한 것들을 고려하다니.

'하지만 나쁘지 않지.'

무슨 일이 있어도 약속을 지키는 이아나가 좋았다. 믿음직스럽지 않은가. 이아나는 신뢰를 주는 사람이다. 그 가치는 헤아릴 수 없을 정도로 높았다.

"그리고 당신 말대로, 로안느는 아니지만 로안느에 살면서 함께 지낸 사람들에게는 어느 정도 정이 든 게 사실입니다. 우리가 조용히 떠난다면 심하게 고생할 테고, 죽을 수도 있을 겁니다. 그런 걸 생각하면 마음이 딱히 좋지 않군요. 또……."

"예상했던 바로군. 알겠어. 이거 말고 또 있어?"

"두 개 더 있습니다. 말하기 좀 민망하긴 한데."

"두 개나?"

이아나는 머뭇거리다가 결국 말했다.

"한 단체를 이끄는 수장이 하는 말과 행동 하나하나가 중요하다고 생각합니다. 수장이 싸운다면 아래에 있는 자들도 싸우겠지요. 도망친다면 덩달아 도망칠 것이고요. 수장이 강자에게 약하고, 약자에게 강한 모습을 보인다면 똑같이 그러겠지요."

이아나는 약육강식의 섭리를 이겨 내는 의지도 어느 정도 필요하다고 보았다.

"아직 우리가 나라를 세운 건 아니지만, 세우고자 하는 자들로서 위험하다고 해서 피하기만 하는 건 옳지 않다고 생각합니다. 죄 없는 사람들이 전쟁으로 고통받기 시작하자마자 쏙 빠지는 것도 좀 아닌 것 같아요. 그런 행동은 우리 사람들에게 어떤 방식으로든 영향을 줄 겁니다. 일단 카마트로스부터 영향을 받겠죠."

아르하드는 이아나의 말에 조금씩 감화되었다. 충분히 납득할 만한 이유들이었다.

"그렇군. 마지막은 뭔데?"

"가능하다면 바하무트 황족을 빨리 제거하고 싶습니다."

죽음을 이야기하는데도, 이아나의 뺨은 살짝 붉어졌다.

"왜?"

아르하드는 의아함을 느꼈다. 이아나는 성급한 성격이 아니었다.

"정체를 감추고 다니는 게 답답해서?"

"아뇨. 그건 감당할 수 있는데, 당신이 자유롭지 않으니까요. 당신은 날 때부터 바하무트 때문에 스스로를 숨기고 살아왔지 않습니까."

아르하드는 하인리히의 탑에서 태어나 유폐된 것과 마찬가지인 상태로 자라났다. 태어났을 때부터 현재까지 무서운 악마를 품은 폭탄 같은 존재로서, 바하무트를 제거하기 위한 대항마로서 바하무트와 악마에 얽매인 채 살아왔다. 커다란 세력을 키우고 엄청난 재화를 움켜쥐어, 비교적 행동반경이 넓어진 지금도 그랬다.

이아나는 아르하드를 바라보며 조용히 말했다.

"당신이 하루빨리 자유로워졌으면 좋겠습니다. 자기 삶을 사는 평범한 사람이 되었으면 해요. 당신이 예전에 그랬잖아요. 당신 의지대로 살고 싶다고."

그 말은 차가운 심장에 와 닿아 따뜻하게 녹아들었다.

아르하드는 입술을 꾹 다물었다.

이 세상의 누가 그를 이렇게 위해 주고, 생각해 줄 것인가?

이 세상 모든 것을 가졌다 해도 과언이 아닐 그를 누가 이렇게 다른 인간과 동등하게 대해 주고, 그의 삶에 진심 어린 관심을 가져 줄 텐가?

이아나뿐이었다.

"……."

아르하드가 손으로 눈을 덮었다. 이아나가 너무나 예쁘고 사랑스러웠다.

"나라를 세우는 것도 어찌 보면 구속되는 거니 어이없는 말이네요."

이아나는 아르하드의 속도 모르고 제가 한 말이 우스워서 픽 웃었다. 아르하드가 눈에서 손을 떼어 냈다. 이아나가 쑥스러운 듯 뺨을 살짝 붉히고 있는 게 보였다.

"그건 구속이 아니야. 내가 원하는 거니까."

아르하드가 손을 천천히 뻗어 맞은편에 앉아 있는 이아나의 손을 잡았다. 이아나는 순순히 그에 따랐고, 아르하드는 그녀의 손을 천천히 잡아당겼다.

"나를 자유롭게 해 줄 수 있는 사람은 너뿐이다."

아르하드는 이아나의 손을 만지작거렸다. 단단한 손과 손가락이 무척 매력적이고 사랑스러웠다. 이 손에 평생토록 붙잡혀 있고 싶었다.

"나를 구속할 수 있는 사람도 너뿐이야."

그는 그녀의 손등에 짙게 입술을 맞추었다. 그녀를 사랑스럽게 여기는 모든 마음을 담아서.

그 순간, 이아나의 얼굴이 확 달아올랐다.

아르하드가 평소와 다른 말을 한 것도 아니고, 손등에 키스하는 것도 별다른 행동이 아니었는데, 그의 말과 키스는 지나치게 뜨거웠다. 그 뜨거움은 간지럽고 자극적이었다.

아르하드가 입술을 손등에서 살짝 떼어 낸 채, 그녀를 직시하며 속삭였다.

"그러니 뭐든 네 뜻대로 하자."

착각인가. 이상할 정도로 더웠다.

이아나가 기숙사 문을 벌컥 열어젖혔다. 침대에 힘없이 누워 있는 프리실라가 보였다. 프리실라는 누군가 싶어 고개를 들었다가 반가운 얼굴을 발견하고 눈을 동그랗게 떴다.

"프리실라. 오랜만입니다."

이아나가 인사하자 프리실라가 벌떡 일어났다.

"이아나 야아아앙! 으앙, 자기!"

프리실라는 달려와서 이아나에게 안겼다. 평소 같았으면 바로 떼어 냈을 이아나지만 이번만큼은 가만히 있어 주었다.

"잘 지냈습니까?"

"아뇨, 무서웠어요! 길 지나다니다가 몬스터한테 잡아먹힐 뻔했다고요! 대체 이게 어찌된 일일까요? 세상이 멸망할 징조인 걸까요? 한 달 전부터 수업도 제대로 못 받고, 외출도 못 하고……. 전 아름다운 이아나 양이 없는 이 칙칙한 방 안에서 홀로 시름시름 죽어 가던 중이었어요! 하지만 이아나 양이 있으니까 너무 안심되고 기분이 좋아요. 지켜 주세요! 내 기사님!"

프리실라가 흥분해서 주절거리는 걸 들어 주던 이아나가 그녀를 살짝 떼어 냈다.

"프리실라가 제 옆에 있으면 당연히 지킵니다."

"꺄아, 역시 멋져!"

"그런데 정말로 방 안에만 있었습니까?"

"아뇨. 저 사고 쳤어요."

잔뜩 고조되어 있던 프리실라가 찬물에 얻어맞은 것처럼 시들었다.

"사실 몬스터보다는 그것 때문에 고민하느라 방에 박혀 있었답니다. 이아나 양, 저 어쩌죠?"

프리실라가 우울하게 말했다. 이아나가 미간을 좁혔다.

"무슨 사고를 친 겁니까."

"시아이외 왕자님한테 저도 모르게 확 키스해 버렸어요."

이아나의 생각이 멈추었다. 살짝 당황한 이아나가 말을 잇지 못하자 프리실라가 흑흑 우는 소리를 냈다.

"이거 왕족 모독죄죠? 아니, 상대가 왕자인 걸 떠나서 완전 치한이잖아요. 그래서 반성은 하고 있는데요. 반성했지만 시아이외 님 얼굴만 보면 또 짐승처럼 달려들까 봐 저 지금 자체 감금 중이랍니다."

"왜……."

"시아이외 님이 좋아졌으니까요?"

왜 키스했냐고 묻기도 전에 프리실라가 울적하게 말했다.

"시아이외 왕자를 좋아한다고요?"

"네."

"게다가 키스까지? 당신이 먼저?"

프리실라가 고개를 끄덕거렸다. 황당해진 이아나는 그녀를 잠시 바라보다가 외투를 벗고 침대에 앉았다.

"언제부터입니까?"

"확실하게 깨달은 건 키스한 순간인데요. 사실 그전부터 좋아한 것 같아요. 그동안 시아이외 님과 자주 놀러 다녔는데, 관심사도 많이 겹치고, 성격도 너무 잘 맞아서 만날 때마다 호감이 팍팍 쌓이고 있었거든요. 그런데 몬스터가 습격한 날, 느긋하게 화살을 쏴서 무서운 몬스터들을 처리하는 모습이 너무 멋있었던 것과, 상황이 어느 정도 안정될 때까지 궁에서 절 보호해 주신 게 결정타였어요. 뿅 가 버렸어요."

아르하드가 말해 준 내용이었다. 프리실라가 흥분해서 주먹을 불끈 쥐었다.

"제가 이때까지 남자를 꽤 많이 만나 봤는데, 그런 사람은 처음이에요. 강하고, 자상하고, 배려 넘치고, 섹시하고, 옷 잘 입고, 유식하고, 말 잘하고, 제 옷도 꼼꼼하게 칭찬해 주고……."

프리실라의 칭찬은 길게 이어졌다. 그녀의 말을 들을수록 이아나는 의아해졌다.

시아이외가 저런 찬사를 들을 정도로 완벽한 사람이었나?

이아나는 시아이외를 활은 잘 쏘지만 성격이 좀 많이 꼬인 왕자라고만 평가하고 있었다. 그런데 프리실라의 말만 듣고 있으면 이건 무슨 이 세상에 존재할 수가 없는 완벽한 남자였다. 프리실라의 눈에 콩깍지가 씐 게 분명했다. 아니면 시아이외가 내숭을 떨었거나.

'아니, 아니지. 내 관심사가 시아이외 왕자의 관심사와 겹치지 않아서 내가 그의 진면목을 잘 모르는 거일 수도 있어.'

잘 생각해 보면 시아이외도 일반인들 입장에선 잘생겼고, 머리 좋고, 권력 있고…… 누구보다 완벽한 남자일 수 있었다.

"무엇보다 너무 제 취향으로 잘생겼어! 최고야! 보고 있으면 숨이 막 가빠져요. 덮치고 싶어서……"

프리실라는 엄청난 양의 칭찬을 짐승 같은 찬사로 끝맺었다. 두 손을 맞잡고 눈을 반짝거렸다.

"역시 왕자님이라는 걸까요? 왕자님은 다 그런 걸까요? 그런 거라면 소설이나 연극에서 왕자님, 왕자님 하는 이유를 알 것 같아요."

"그건 아닙니다."

이아나는 단박에 부정했다. 시아이외가 특별한 경우이지 모든 왕자가 그렇진 않았다. 당장에 시아이외의 형인 페르난도만 해도 얼굴만 봐줄 만하지 성격은 개판이었다.

"그렇죠? 역시 시아이외 님이 남다른 거였어."

"하지만 당신이 말하는 것만큼 완벽한 사람은 아닐 텐데."

"어머, 저도 시아이외 님이 완벽하다고는 생각하지 않는데요? 전부 완벽하다면 인간이 아니거나 사기꾼이거나 둘 중 하나겠죠."

프리실라는 평소엔 발랄한 소녀 같지만 가끔씩 무척 어른스러울 때가 있었다. 지금이 그랬다. 이아나는 프리실라를 의외라는 눈으로 쳐다보았다.

"음……"

프리실라는 손가락을 입술에 가져다 대고 눈썹을 찌푸렸다.

"시아이외 님도 속사정이 많아 보여요. 어쩔 땐 제가 이해할 수 없을 정도로 날카로운 말을 하실 때가 있거든요. 하지만 인간이라면 누구든 어두운 부분이 있기 마련이잖아요? 이해해요. 그리고 그런 점을 단점으로 깎아내리기엔, 제가 시아이외 님을 너무 좋아해요."

프리실라는 진심인 모양이었다. 이아나는 묘한 기분으로 그녀에게 물었다.

"어쨌든 시아이외 왕자를 이성으로 좋아하신다는 거군요. 앞으로 어쩌시렵니까?"

"으아아."

방금 전만 해도 반짝거리는 눈으로 시아이외의 칭찬을 늘어놨던 프리실라가 머리를 마구 헤집더니 퀭한 표정을 지었다.

"저도 이것저것 생각해 봤는데요. 마음을 접어야 하지 않겠어요? 시아이외 님은 왕자님이고 전 평민이니까요."

코뿔소처럼 장애물이 뭐든 부수고 지나가는 성격의 프리실라치곤 힘이 잔뜩 빠진 말이었다.

'현실적으로 보자면 프리실라가 옳지.'

로안느 왕족이 평민을 본처로 둔 적은 없었다. 정말 원한다면 여자를 일단 낮은 작위의 귀족으로 만든 후 측실로 맞이하곤 했다. 성별이 반대라도 마찬가지였다. 하지만 이런 경우조차 매우 드물었다.

일단 왕족은 평민을 만날 일이 거의 없었다.

왕궁에 출입하여 왕족을 모시는 시종과 시녀들은 모두 귀족의 자녀들이었다. 왕궁에서 허드렛일을 하는 하인과 하녀는 평민들이었으나, 왕족이 어떤 곳을 지나갈 때는 그곳에 하인과 하녀의 출입이 금지되는 등의 방식으로 왕족과 접촉할 기회 자체가 막혀 있었다.

즉, 슈나이더나 안젤리나처럼 제 발로 학술원에 와서 얼굴을 보이거나 시아이외 같은 특수한 경우가 아니면 평민과 왕족은 우연으로도 마주칠 일이 없었다.

'하지만 시아이외 왕자는 로안느 왕실을 떠날 테니.'

미래에는 왕족이 아니게 된다, 라는 말을 이아나는 하지 않았다. 비밀인 건 둘째 치고, 두 사람의 관계에 간섭하는 것 같아서였다.

프리실라는 이아나가 대답하든 말든 계속 말을 이어 갔다.

"제가 아무리 백작 영애인 이아나 양한테 들이대고 왕자님인 시아이외 님과 놀러 다닌다지만 법적으로 묶일 순 없죠. 사회가 허락하지 않으니, 제가 아무리 바란다고 해도 끝이 보이는 관계일 수밖에요."

"측실이라면 가능할지도."

"싫어요."

프리실라가 냉큼 잘랐다.

"저는 서로에게 유일한 관계가 좋아요. 제 남자가 저만 바라봐 주길 바라요."

이아나도 그에 동의했다.

"신분 차도 신분 차지만, 가족 관계도 문제예요. 단순히 못된 시어머니라면 커버할 수 있어요. 제 신경줄 굵기가 남달라서 상대를 뒤집어 놨으면 뒤집어 놨지 지진 않거든요. 마음만 먹으면 넉살 좋게 친해질 자신도 있고요. 그런데 루리아 마마라면, 제 시어머니가 되시기도 전에 저를 쥐도 새도 모르게 죽이실 거예요."

시어머니…….

프리실라의 상상은 벌써 결혼까지 뻗어 나간 모양이었다. 상상 초월이었다.

"시아이외 님 궁에서 루리아 마마를 만났어요. 그분이 아름다운 것을 좋아하셔서, 요새 영애들에게 인기를 꽤나 끌고 있는 제 드레스에 관심을 가져 주시긴 했는데요. 그것과는 별개로 저를 경계하시는 게 빤히 보였어요. 몇몇 영애들과 시아이외 저하의 혼담이 오가고 있다는 말씀을 대놓고 하셨거든요. 그리고 제가 평민이라 그런지 경멸하시는 티가 났어요."

이아나는 이쯤 돼서 프리실라의 폭주하는 상상의 고삐를 조금 잡아 주어야겠다고 느꼈다. 시아이외는 곧 왕족이 아니게 될 테니 왕족이냐, 아니냐는 중요하지 않았다.

"시아이외 왕자는 당신을 어떻게 생각한답니까?"

제일 중요한 건 그가 프리실라를 어떻게 생각하느냐였다.

시아이외가 그녀를 좋아하지 않으면 아무것도 되지 않았다. 이아나는 사랑을 회의적으로 생각하던 시아이외를 떠올렸다. 그는 누구도 사랑하지 않을 것처럼 보였다. 프리실라가 짝사랑으로 상처 입지 않을지 조금 걱정되었다.

"이아나 양, 제 자랑거리 하나 말해 줄까요?"

"갑자기 웬 자랑거리입니까?"

"저는 사랑이라는 감정에 한해 눈치가 엄청 빠르답니다. 이 남자가 나를 좋아하는구나, 싶으면 얼마 되지 않아 그 사람이 고백을 해 와요. 그리고 이번에도 촉이 왔어요. 분위기가 가끔 찌릿찌

릿할 정도로 야릇해질 때가 있었거든요."

프리실라가 자랑스럽게 가슴을 내밀었다.

"시아이외 님을 마지막으로 본 게 그분이 저를 학술원 기숙사에 데려다주셨을 때인데요. 그때 제가 못 참고 키스해 버렸거든요? 제가 미쳐서 막무가내로 입술을 비볐다가 떨어졌는데, 시아이외 님이 갑자기 제 목 뒤를 붙잡고, 제 입술을 벌리더니 혀로 너무너무 야하고 거칠게, 캬아아아……."

"……."

"헉."

프리실라는 몸을 꼬다가 이아나가 당황한 표정으로 입을 다물고 있자, 화들짝 놀라 입을 막았다.

"이아나 양한테 너무 엄한 말이었나요? 아닐 텐데? 그 정도 진도는 나갔죠?"

이아나는 조금 떨떠름한 기색을 보이다가 말을 돌렸다.

"보아하니 시아이외 왕자도 당신을 좋아하는 것 같은데."

프리실라가 미간을 살짝 좁혔다가 한숨을 푹 쉬며 이아나의 앞에 풀썩 앉았다. 이아나의 무릎 위에 뺨을 기댔다.

"시아이외 님이 평민이었으면 제가 벌써 자빠뜨렸어요."

"자빠……."

"하지만 현실적인 문제가 있죠. 그래서 너어무 생각 없이 키스해 버린 제 자신을 반성하고 있답니다."

"그 후로는 어떻게 됐습니까?"

"어떻게 됐긴요. 도망치듯 기숙사로 돌아와 이렇게 틀어박혀 있죠."

"포기하시려는 겁니까?"

"포기해야 하는데 미련이 남네요. 저 때문에 루리아 마마께 잔소리 듣는 왕자님을 보면서 그냥 마음을 접어야겠다고 마음먹었었거든요? 그런데 마지막에 못 참고 키스를 해 버리는 바람에. 어휴. 으으, 이대로 안 만나는 건 싫은데 앞으로 시아이외 님을 어떻게 보죠? 제가 돌았었다고 할까요? 어휴."

한숨을 푹푹 쉬던 프리실라가 갑자기 돌변해선 벌떡 일어났다.

"아니면 결혼 직전까지만 뜨겁게 연애해 볼까요? 결혼만 안 하면 왕자라도 누굴 만나든 문제없는 거 아닌가? 아무것도 못 해 보고 마음을 접는 건 내 취향이 아닌데! 아, 시아이외 님 보고 싶다!"

이아나는 분주하게 왔다 갔다 하는 프리실라를 구경했다.

그녀가 신기했다.

시아이외와 만난 지 몇 개월 되지도 않았는데 열렬하게 좋아한다고 외치고, 그놈의 진한 키스까지 해 버린 프리실라는 앞만 보고 돌진하는 코뿔소 같았다. 저는 그 뒤에서 엉금엉금 기어가는 거북이가 된 듯한 이상한 기분이 들었다.

'진도…….'

그 말과 함께, 제 손등에 키스하던 아르하드의 얼굴이 떠올랐다. 그때 느꼈던 더위가 다시 심장에서 스멀스멀 피어올랐다. 어쩐지 속이 뜨거워지는 기분이라 이아나는 그 이상한 느낌을 지워 내려 했다. 하지만 쉽사리 지워지지 않았다.

이아나는 일부러 다른 생각을 했다.

시아이외에게 프리실라를 어쩔 거냐고 물어볼까, 하고 생각하다가 고개를 저었다. 타인의 문제에 끼어드는 건 께름칙했다. 해 본 적도 없는 일이었다.

'당사자들이 알아서 할 일이지.'

하지만.

"신분 차 때문에 감정의 지속을 고민한다니, 기분이 좀 그렇군 요."

"어쩔 수 없죠."

이아나는 프리실라를 물끄러미 바라보았다.

프리실라만 괜찮다면 그녀를 새 왕국으로 데려가고 싶었다. 곧 전쟁터가 될 땅에 정이 든 그녀를 내버려 두고 가기 꺼림칙했다.

만일 프리실라가 저를 따라오겠다면 누구도 그녀를 무시할 수 없게 만들어 줄 것이다. 그녀가 하고 싶은 일이라면 모두 할 수 있게 해 주고 싶었다. 그만큼 정이 들었다.

'시아이외도 로안느를 떠날 테고.'

하지만, 그렇다 한들 프리실라의 기반은 모두 로안느에 있었다. 그녀가 평생 동안 살아온 조국은 로안느였다.

'그래도 떠날 즈음 한번 물어볼까.'

이아나가 상념에 빠져 있는데 프리실라가 불쑥 물었다.

"그러고 보니 이아나 양, 이번 국왕탄신일 파티에 참가하시는 건가요?"

"네. 약속이니까요."

이제 참가할 파티는 두 번 남았다. 이번 국왕탄신일 파티와 라오스 감사절의 파티였다.

"저야 이아나 양에게 제 옷을 입힐 수 있어서 좋지만 이 상황에서도 국왕탄신일 파티가 열리는 게 좀 그래요."

"원래 그런 겁니다. 오히려 이런 상황이기에 파티를 열어 건재하다는 걸 휘하의 귀족들에게 과시하고자 하죠. 지나치게 긴장된 분위기를 푸는 목적도 있고요."

"사라체 부인은 못 온다고 하시더라고요. 이아나 양이 자리를 비웠을 때 편지가 왔어요."

프리실라가 편지를 건네었다.

이아나는 편지를 뜯어 읽었다. 편지는 이아나에 대한 걱정이 반이었고, 이번엔 파티에 함께 참석하지 못할 것 같다는 내용이 반이었다. 그리고 말미에는 예상은 했지만 역시 신기하게 느껴지는 말이 적혀 있었다.

─로베르슈타인 영지에는 몬스터가 출몰하지 않았단다.

그래서 주변 영지민들이 로베르슈타인 영지로 많이 왔다고 단정한 필체로 쓰여 있었다.

이아나는 편지를 접어 책상 위에 올려 두었다.

로베르슈타인 영지는 옛날부터 몬스터의 출몰이 거의 없었다. 회귀 전에, 아르하드가 몬스터들을 이끌고 로안느를 침공했을 때도 그랬다. 몬스터를 막는 결계라도 쳐져 있는 것 같았다.

회귀 전에는 왜 그런 건지 알 수 없었지만 이제는 어렴풋이 알 것 같기도 했다. 어떤 메커니즘인지는 몰라도 페임드라나 로베르슈타인의 봉인이 영향을 미치는 게 아닐까 싶었다.

이아나는 침대에 누워서 눈을 감고 일정을 정리해 보았다.

며칠 뒤부터는 기말시험이고, 6월 마지막 주에는 국왕탄신일 파티다.

그 후엔 카마트로스 소집이 있을 예정이고, 그때 새로운 국가를 세울 거라고 대대적으로 공지할 것이다. 아르하드가 이미 밑 작업을 시작했지만, 그때부터는 정말로 대대적인 준비에 들어간다.

'6개월 동안 빡빡하게 살아야겠는걸.'

기말 시험이 무사히 끝났다. 이아나는 시험에 침착하게 응했고, 자신했던 대로 좋은 결과를 얻었다.

이아나는 도서관에서 리키젠을 만났다.

"무사했군."

"안전한 도서관에서 얌전히 공부 중이니 무사할 수밖에요. 이아나 님도 멀쩡하시군요."

"걱정했나?"

"걱정은 무슨. 이아나 님이 잘못될 정도면 이 세상은 멸망입니다. 평범한 사람들이 나름의 방식으로 살아남는 걸 보니, 제 생각엔 멸망할 정도는 아닌 것 같아서 마음 놓고 있었네요. 아르하드 님이 빵집 아주머니랑 아저씨도 따로 보호해 주셔서 전 걱정할 게 전혀 없었어요."

"너무 안심하지는 마."

이아나가 툭 내뱉었다.

"왜요? 뭐 들은 게 있으신 거예요?"

이아나는 대답하지 않고 그저 몸만 사리라고 했다.

바하무트가 하인리히에게 명을 내리면, 학술원에 둘러진 배리어는 바로 사라진다. 하인리히가 배신을 드러내지 않고 바하무트의 휘하에 있으려면 그럴 수밖에 없다. 아르하드가 리키젠을 따로 보호하긴 하겠지만, 리키젠도 조심하는 게 좋을 것이다.

이아나는 국왕탄신일 파티가 열리기 전까지 테오도르 시내를 돌아다니며 몬스터를 정리하는 데 힘을 보태기로 마음먹었다. 그래서 리키젠을 만난 후에 곧바로 시내로 나왔다.

"끝났으면 여기 좀 도와줘!"

"간다!"

이아나는 주변을 둘러보았다. 생김새와 옷차림이 로안느 인과는 다른 사람들이 많았다. 전부 타국에서 온 용병들이었다.

무인과 마법사가 귀한 시기였다.

전 세계적으로 발생한 몬스터 웨이브 때문에 많은 나라가 망국의 길을 걸었다. 보유한 병력만으로는 상급 몬스터와 싸울 수 없었기 때문이다.

멀쩡했던 국가의 몰락을 지켜보며 위기감을 느낀 각 나라들은 전투 인력을 확보하고자 혈안이 되었다. 용병의 몸값은 당연하게도 천정부지로 치솟았다.

그리고 로안느 왕국은 국고를 개방하여 전 세계의 용병들을 쓸어 모았다. 용병 모집은 슈나이더 레제 로안느의 강력한 주장으로 인해 성사되었다. 사태 파악도 못하고 자존심을 내세우려는 왕세자 페르난도를, 분노한 슈나이더가 말로 난도질한 결과였다.

'덕분에 테오도르에서 몬스터가 빠르게 사라지고 있다고 했지.'

그 말대로였다.

왕국이 용병을 모으기 시작한 건 약 한 달 전부터고 이아나가 테오도르에 도착한 건 일주일 전이다. 얼마나 빠르게 몬스터를 정리하고 시설 복구에 힘쓰고 있는지, 일주일밖에 지나지 않았는데도 테오도르에 변화가 느껴졌다.

'국왕탄신일 때문에 더 열심히 하고 있는 거겠지.'

이아나는 두리번거리는 것을 관두고 제 옆에서 걷고 있는 헤레이스를 돌아보았다. 헤레이스는 이아나와 함께 파엘라 상단으로 가고 있었다.

"네가 보육원을 지켰다고 들었어. 무르시 씨 말에 의하면 귀신같았다던데?"

헤레이스가 겸연쩍은 얼굴로 뺨을 긁적였다.

"아이들을 지킬 수 있는 사람이 저밖에 없다고 생각하니 악착같이 검을 휘두르게 되더라고요."

"대단하네."

이아나는 헤레이스의 어깨를 토닥거렸다. 이아나에게 기습적으로 칭찬을 받은 헤레이스의 얼굴이 빨개졌다.

"당연한 일을 했을 뿐인걸요."

"나도 당연한 말을 한 거야. 너, 그 후로도 학술원 수업만 끝나면 밖으로 나가서 아이들을 구하고 다녔다며?"

그동안 헤레이스의 얼굴을 보기가 쉽지 않았다.

정신없이 시험을 끝마친 오늘, 함께 파엘라 상단의 건물에 가기로 약속한 날이 되어서야 제대로 이야기할 수 있었다.

첫 번째 게이트가 열린 이후로, 헤레이스는 틈만 나면 인근 보육원을 돌며 아이들을 구했다. 이미 습격당해 폐허가 된 곳들이 대다수였지만, 아이들이 문을 꼭 걸어 잠그고 숨을 죽이고 있던 곳이 일부 있었다. 헤레이스는 거기서 아이들을 구출하여 무르시에게로 데려갔다.

무르시는 아이들을 모두 받아 주었다. 무르시에게 부담을 준 헤레이스가 가문의 지원받은 돈을 그에게 건네고자 했지만, 무르시는 걱정 말라며 손을 내저었다.

헤레이스도, 무르시도 참 좋은 사람이었다.

"수인들이 파엘라 상단에 도착한 후부터는 함께 다니면서 몬스터를 처리했다지? 내가 없는 동안 정말 바쁘게 살았더군."

"제가 도움이 된다면 얼마든지 바빠도 좋아요. 그런데 솔직히 말해 믿기지 않아요. 아직 마나를 다루지 못하는 제가, 검술만으로 누군가를 구할 수 있다는 게……."

이아나가 헤레이스의 중얼거림을 듣고 차분하게 말했다.

"마나가 전부는 아니라고 했잖아. 마나를 쓰지 않더라도 상대의 공격을 피하고 허점을 역으로 공격한다면 얼마든지 이길 수 있어. 너도 서부 수행과 이번 일을 통해서 그 점을 깨닫고 있잖아? 자신감을 가져."

헤레이스가 고개를 주억거리자 이아나는 말을 더 덧붙였다.

"그리고 누군가를 구하겠다는 강한 의지를 가지는 것, 아주 좋아. 네게 부족한 마나 제어 재능이 의지력이니까. 이대로만 해. 그럼 너도 마나를 다룰 수 있게 될 거야. 잘하고 있어."

"그럴까요? 마나 제어를 바라고 행동한 건 아니지만…… 그랬으면 좋겠네요. 그럼 더 많은 사람들을 구할 수 있을 테니까."

헤레이스가 밝게 말했다.

"수인분들에게 배우는 게 많아요. 정말 잘 싸우시거든요."

"가문에서 용병들과 함께 다니는 것에 대해서 뭐라고 안 해?"

"마음대로 하라고 하셨어요."

헤레이스는 서부 수행을 하다가 만난 용병들이라고, 그들을 도와 몬스터 처치를 하고 싶다며 자작에게 허락을 구했다. 벤덤 자작은 허락하는 것도 모자라서 금전적인 지원까지 했다. 요즘 뜨고 있는 용병들과 아들이 인연을 맺어 두는 게 나쁘지 않다고 판단했기 때문이다.

둘은 파엘라 상단에 도착했다.

상단의 문을 열자, 용병으로 위장한 수인들이 날 선 분위기로 각자 무기를 정비하는 모습이 보였다. 평소와는 확연히 달랐다.

"어이, 왔냐?"

검을 숫돌에 갈고 있던 코니아가 이아나와 헤레이스에게 반갑게 인사했다. 헤레이스가 잔뜩 긴장한 채 물었다.

"오늘은 각오하고 오라고 하셨죠? 어딜 가려고 그러세요?"

"리자드맨 서식지."

리자드맨은 두 발로 일어서서 다니는 도마뱀 형태의 몬스터였다. 놈들은 이동 속도가 아주 빠르고, 매우 약삭빠르며, 무엇보다 번식하는 속도도 무척 빨랐다.

"왕국군과 협력해서 습격할 거여."

"용병단 단독이 아니라 왕국군과 협력한다고?"

이아나는 의아했다. 리자드맨은 위험한 몬스터였으나 로안느 중앙 왕국군의 힘만으로, 혹은 용병단의 힘만으로도 충분히 처리할 수 있는 중급에 속했다.

"리자드맨 정도면 로안느 왕국군 힘만으로도 처리할 수 있을 텐데. 수가 많나?"

"리자드맨 서식지 중앙에 몰루가의 둥지가 있구먼."

이아나는 눈살을 찌푸렸고, 헤레이스는 최근 공부하고 있는 몬스터의 이름들 중 몰루가를 쉽게 기억해 냈다.

"헉, 몰루가라면 최상급 용종 몬스터 아닌가요?"

몰루가는 드래곤보다 덩치는 훨씬 작지만, 드래곤과 비슷한 생김새의 생물이었다. 이성이 존재하는 영적 생물이지만, 여타 몬스터들이 그렇듯 성향이 몹시 포악했다. 제일 중요한 건 놈들이 상급 마법을 쓸 수 있다는 거다.

"맞어. 세 마리가 초반에 나타나서 테오도르에 엄청난 피해를 입혔다더군. 놈들은 한 구역을 폐허로 만든 후 둥지를 틀었고, 놈들의 덕을 보고 싶었던 리자드맨들이 모여 주변에 서식지를 만들어 브렀어."

"흐음."

"그런디 일주일 전? 놈들 중 암컷 한 마리가 둥지를 틀고 새끼를 깐 게 포착됐구먼. 몰루가는 새끼를 품고 있을 땐, 새끼를 공격하기 전까진 절대 움직이지 않으니께 왕국군이 이때다 싶었던 겨. 게다가 며칠 뒤에 로안느 대빵의 생일이라믄서?"

"국왕 전하를 말씀하시는 건가요?"

"그려. 대빵의 생일 전까지 대단한 성과를 내고 싶나 보드라고. 몰루가는 지금 테오도르에 자리 잡은 몬스터들 중 엄청 센 축에 속하니께."

"몰루가가 세 마리라고 했는데. 새끼를 낳은 암컷을 제외한 다른 놈들은 전투를 할 수 있다는 거군. 코니아, 알지 모르겠지만 몰루가는 정말 강해."

회귀 전 이아나는 몰루가를 상대해 본 적이 있었다. 전설의 생물인 드래곤의 열화판이라 불리는 몰루가들이지만, 놈들의 강함은 롯소 산맥 중앙의 몬스터들 중에서도 상위에 속했다.

코니아가 고개를 저었다.

"하지만 할 수밖에 없는 거잖여? 인간들 입장에선 최고의 기회여."

그에 대해선 이아나도 동의했다.

"로안느 왕국군도 정예들만 보내고, 우리들 중에서도 강한 놈들만 가. 너도 같이 가니까 아무 문제 없을 것 같은디?"

코니아가 씩 웃었다.

"난 대놓고 활동하지 않을 거다. 미리 말했듯 로브를 쓰고 위험한 쪽만 도우면서 상황을 지켜볼 거야."

이아나는 오늘 하루 헤레이스와 수인들을 따라다니며 현 테오도르의 상황을 파악할 예정이었다. 왕국군과 협력하여 몬스터를 제거하는 건 계획에 없었다.

"충분혀. 그리고 지금 가는 우리 애들은 전부 오지의 최상급 몬스터를 처리해 본 적 있는 놈들잉게. 너헌티 당했다구 혀서 너무 무시하지 말드라고!"

확실히, 이아나가 보기에도 이곳에 온 수인들은 강했다. 몰루가들은 암컷 몰루가와 새끼를 보호하는 데만 집중할 테니, 그 점까지 노리면 몰루가를 충분히 처치할 수 있을 것 같았다.

애기를 하는 사이, 용병들이 준비를 마쳤다.

"자, 출발허자고!"

이아나와 헤레이스는 수십 명의 용병들을 따라 걸었다. 이아나는 갈색 로브를 뒤집어썼다. 이십 분 정도 걸었더니, 멀리서 단단히 무장을 한 로안느 군대가 보이기 시작했다. 수백 명은 되는 것 같았다.

이아나는 눈을 가늘게 떴다.

그들이 들고 있는 깃발에는 대부분 슈나이더를 상징하는 문장이 그려져 있었다. 슈나이더가 지휘하는 군대라는 말이다.

이아나는 호기심이 생겼다.

'설마 슈나이더가 직접 출정한 건가?'

용병들은 그들에게 합류했다. 이미 하루 전에 만나서 계획을 모두 짰기 때문에 많은 애기는 오가지 않았다. 로안느 군대는 용병들과 말을 섞고 싶어 하지 않았고, 용병, 정확히 수인들은 인간들이 껄끄러워 말을 하지 않았다.

"언제쯤 끝나려나."

"이놈의 몬스터들은 끝이 없군."

기사들이 저희들끼리 주고받는 대화를 먼 거리에서도 들은 코니아가 이를 드러내며 크르렁거렸다.

"끝이 없는 게 당연한 거 아녀? 오지와 롯소에 얼마나 많은 몬스터들이 있는지 모르는군. 이건 시작에 불과헌디."

"그렇지."

이아나는 콧잔등을 찡그린 채 대화를 나누고 있는 코니아와 수인을 바라보았다.

"인간이 몬스터를 오지와 롯소로 몰아내고 중앙 지역에서 번성한 것처럼, 몬스터도 오지와 롯소에서 엄청나게 번식했응게. 물꼬가 트이자마자 쌓여 있던 몬스터들이 쏟아져 나오는 건 당연허지. 이 일이 아니었더라도 언젠가는 일이 터졌을 겨."

"맞소, 누님."

"그동안 위험한 전투를 외면하고 지들끼리 편하게만 산 결과 아니겄어? 구석에서 몬스터는 끝도 없이 생겨나는디 인간은 풍요로운 땅에서 지들끼리 아옹다옹······."

코니아가 시큰둥하게 웃었다.

"뭐, 우리 일은 아니니께 잘해 보라고 혀. 우리는 싸우면서 돈 벌고, 핀이랑 무르시네만 잘 지키면 되는 거니께."

그들의 대화에서 인간에 대한 깊은 혐오가 드러났다. 이아나와 헤레이스 등 몇몇 인간에게 호의를 가진 것과는 별개인, 인간이라는 종에 대한 혐오였다.

수인들은 이 일이 자신들의 위기라고 생각하지 않았다. 사실 종족 입장에선 오히려 좋은 일이었다. 오지에 살던 몬스터들이 인간들의 세상으로 쑥 빠져나갔기 때문이다.

잠시 생각을 하던 이아나가 코니아에게 다가섰다.

"왜 너희는 오지 밖으로 나와서 중앙 대륙에 자리 잡으려 하지 않지? 강하잖아?"

"몰라서 묻나? 우리가 수적으로 엄청 딸리니께 그러지. 그리구 수인들은, 대부분이 동물이 기본이잖여? 순진허단 말이지. 인간에게 엄청나게 잘 속아서 멸족당하기 십상이여. 인간들을 아예 적으로 두고 살 게 아닌 이상, 우리는 중앙 대륙에서 살기 어렵구먼."

"……."

"인간은 지들끼리 말고는 공생을 모른다 이거여. 다른 종이랑 어울려 산다고 해 봤자, 가축이랑 애완동물밖에 더 있나? 그것도 학대하는 경우가 많다던데."

코니아의 시니컬한 말이 가슴에 와 닿았다. 기분이 찝찝해지고, 머리가 복잡해졌다. 하지만 아직까지는 정확하게 무어라 정리할 수 없었다.

"도착했다!"

리자드맨의 서식지는 고요히 흐르는 강의 옆이었다. 땅을 파서 만든 토굴과 동그랗게 쌓아 올린 흙집이 옹기종기 모여 리자드맨의 서식지를 형성하고 있었다.

"키이익."

두 발로 걸어 다니는 리자드맨들은 인간과 비슷한 생활을 한다. 독자적인 기술로 제작한 갑옷을 입고 무기를 들었다. 육류와 채류를 모두 섭취하고, 요리를 했다. 자기들끼리 슬픈 일이 있을 때는 울고, 좋은 일이 있을 때는 킬킬대기도 했다.

서식지에는 리자드맨들만 득실거렸다. 몰루가들은 아직 보이지 않았다.

계획은 왕국군이 앞에서 시선을 끄는 동안 용병들이 뒤를 치는 것이었다. 합동 공격에 능숙하지 못한 만큼 이 방법이 최선이었다. 또, 자존심 강하고 긍지 높은 기사들은 뒤에서 공격하는 것을 꺼렸기에, 실전 싸움에 이골이 난 용병들이 기습을 맡는 게 좋았다. 용병들에게는 다른 역할도 있었다. 창고를 뒤지며 붙잡혀 있는 사람들을 구출하는 것이었다.

몬스터는 이종족과 인간을 증오하며, 그들을 별미로 여긴다. 리자드맨도 마찬가지다.

리자드맨들이 자리 잡은 곳은 원래 꽤 큰 마을이었다. 불시에 습격을 받은 인간들은 도망치지 못했고, 리자드맨들은 살아남은 인간들을 죽이는 대신 식량 창고에 가두었다. 마법사들이 이미 다수의 창고에 인간들이 갇혀 있는 걸 확인한 바였다.

이번 토벌대의 대장인 기사단장이 긴장감이 역력한 목소리로 외쳤다.

"개시!"

이아나는 기척을 숨기고 서식지의 뒤편으로 향하는 용병들을 따라갔다.

콰아아아아!

중간쯤 갔을 때, 왕국군 쪽에서 강력한 마나의 파동이 발생했다. 이아나가 흘끔 뒤를 돌아보았다.

왕국군 소속 마법사들이 시선을 끌 겸 강력한 마법을 준비하느라 주변의 마나가 팔팔 끓고 있었다. 그 속에는 이아나에게 익숙하면서도 이제 먼 옛날의 추억처럼 느껴질 뿐인 마법의 기운도 있었다.

'슈나이더가 왔구나. 마법사들 사이에 섞여 있었나 보군.'

이아나는 조금 놀랐다.

'그런데 이 시기에 벌써?'

보통, 마법은 누가 펼치든 동일한 느낌을 풍긴다. 그러니 마나의 유동 수준으로 얼마나 강력한 마법인지는 짐작할 수 있으나, 시전자가 누구인지는 알 수 없다. 강기도 마찬가지다. 투명한 강기에서 마나 압축으로 인한 희뿌연 강기까지는 어떤 무인이 만들어 내든 느낌이 비슷했다.

하지만 일반인과 초인의 경계선을 넘어선 자들이 펼치는 이능은 특별했다. 창공의 마법사 엔슈이라의 푸른 마법이나, 이아나의 붉은 검기가 예시였다. 그런 이능들에는 가시적인 차별성뿐만 아니라 느낌으로도 고유성이 존재했다.

회귀 전의 슈나이더도 그런 사람이었다. 은빛이 감도는 마나를 다루던 그는 강력한 마법사였고 훌륭한 군주의 자질을 갖추었었다. 하지만 그는 내란으로 망가진 로안느를 수습하고 바하무트의 침공을 막느라 자질을 제대로 꽃피우지 못했다.

현재 슈나이더의 마법이 풍기는 느낌은 그때와 비슷하면서도 달랐다. 젊고 패기가 넘쳤다.

'작년에 마르가리타 사건 때만 해도 이 정도는 아니었던 것 같은데. 빠르게 성장하는구나.'

이아나는 멈춰 선 채 한동안 그곳을 바라보았다.

"가자!"

왕국군이 리자드맨들의 시선을 끄는 데 성공하자 용병들이 속도를 높였다. 이아나도 시선을 떼고 멀어지는 용병들을 빠르게 뒤따랐다.

"키이이익?"

"캬아아!"

일상을 즐기고 있던 리자드맨들이 무기를 들며 살벌하게 소리를 질렀다. 소리는 곧 비명으로 변했다. 토벌대의 마법사들이 화염 마법으로 끓인 기름이 하늘에서 쏟아져 내렸기 때문이다.

"파이어 레인!"

"윈드 스톰!"

기름을 뒤집어쓴 리자드맨의 서식지에 마법사들의 화염 마법과 바람 마법이 쏟아졌다. 불은 떨어져 내리기가 무섭게 기름에 달라붙어 더욱 밝게 타올랐고, 바람은 불길이 더욱 성나도록 부추겼다.

리자드맨들은 왕국군의 상대가 되지 못했다. 놈들은 그저 학살의 대상이었다.

이아나는 용병들과 함께 숨어서 리자드맨들의 집이 불타고, 비명을 지르며 집에서 튀어나온 암컷과 새끼가 기사들의 손에 죽어가는 광경을 지켜보았다.

"역시 아무리 몬스터라도 서식지 습격은 영."

그때, 코니아가 입맛을 다시며 중얼거렸다.

이아나는 의아함을 느끼며 물었다.

"왜?"

"말 안 통하고 우리랑 천적이라는 점만 빼면 별다른 점이 없는 것 같아서. 왜, 아까 봤잖여. 인간이나 우리랑 엮이지만 않으면 사는 거 다 똑같아 보이지 않았어?"

"……."

"서식지에 머물고 있던 약한 놈들, 특히 새끼까지 죽이는 건 좀……."

이아나는 중얼거리는 코니아를 지켜보다가 다시 리자드맨들이 학살당하고 있는 현장을 보았다.

코니아의 말이 맞긴 했다. 몬스터는 인간이나 이종족과 엮이지만 않으면 자기들끼리 잘 살았다. 특히 지능이 높은 몬스터는 인간과 같았다. 그러나 몬스터는 다른 종, 특히 인간과 이종족만 보면 이성을 잃고 살기를 드러냈다.

몬스터는 제거해야 할 천적.

그랬기에 이아나는 여태 몬스터들을 자비 없이 정리해 왔다. 새끼든, 성체든 상관없었다. 서식지인 것도 관계없었다. 그런데 코니아가 저리 말하니, 인간과 수인족에 관한 이야기와 맞물려 몬스터인데도 괜히 신경 쓰였다.

하지만 이아나는 일의 선후를 떠올리고 바로 냉정해졌다. 가만히 있던 인간들의 마을을 먼저 공격한 건 리자드맨들이었다. 놈들은 인간의 아이들을 자비 없이 죽였을 터였다.

"어차피 죽여야 하니 쓸데없이 동정하지 마. 그리고 이번 일은 이유 없는 학살이 아니라 보복과 탈환이다."

"나두 알그든?"

쿵쿵쿵쿵!

쿠오오오오오오!

발소리가 지축을 울리고 살의에 찬 고함이 하늘을 뒤덮었다. 하늘에서 물이 쏟아져 내렸다. 몰루가 한 마리가 하늘에 떠올라 물 마법을 시전하고 있었다. 싸움은 지금부터였다.

"가자."

몰루가와 리자드맨들이 왕국군 쪽으로 빠진 사이, 용병들은 도망치는 리자드맨을 제거하거나 서식지로 숨어들어 인간들을 구출했다.

"감사합니다, 감사해요!"

구조된 인간들은 눈물을 펑펑 흘리며 감사를 표했다. 그들은 그동안 리자드맨에게 가축처럼 길러지고 잡아먹혔다고 울먹거렸다. 일을 시키고, 조금이라도 반항하면 매를 맞거나 살해당했다고 울분을 토했다. 하지만 용병으로 위장하고 있는 수인들은 인간의 눈물에 시큰둥했다.

"저쪽으로 가면 대피소가 마련되어 있응게 가쇼."

사람들은 수인들이 가리킨 방향으로 부리나케 달아났다. 수인들이 뒤에서 중얼거렸다.

"지들도 똑같으면서."

"예전에 우리 종족을 노예로 부리면서 학대했던 건 다 잊었나? 역시 이놈의 세상은 강하기만 하면 끝이랑게."

이아나도 수인들을 도와 사람들을 구했다. 꽤 많은 인원이 살아 있었다.

리자드맨은 대부분 정리되었다. 그럼에도 용병들은 별 피해를 입지 않았다. 다들 실력이 쟁쟁했다.

콰앙! 콰앙!

쿠오오오오오!

병장기 소리와 폭발음, 비명이 연달아 들려왔다. 몰루가의 방패가 되었던 리자드맨들이 모두 제거되고 몰루가와 왕국군이 제대로 맞붙었다는 신호였다.

"가자."

용병들은 소음이 들려오는 쪽으로 기척을 죽인 채 빠르게 달려갔다. 왕국군이 성난 몰루가 두 마리를 상대로 고전하고 있었다. 수컷 두 마리의 뒤에는 암컷 몰루가 한 마리가 눈을 희번덕거리며 둥지에 앉아 있었다. 암컷 몰루가의 품에는 아직 부화하지 않은 알 네 개와, 크르릉대고 있는 새끼 한 마리가 있었다.

"계획대로 절반은 뒤에서 저놈들을 치고, 나머지는 어미를 친다."

용병대장이 지시를 내렸다. 조를 이미 나눠 뒀기에 행동은 빨랐다. 이아나는 어미를 처리하는 쪽이었다.

"캬아아아!"

용병들의 습격은 매우 효과적이었다.

왕국군에만 집중하고 있던 몰루가 한 마리가 갑작스런 습격으로 순식간에 처리되었다.

다른 몰루가는 가족의 죽음을 목격하고 더욱 분노했지만, 어떻게 하지는 못하고 새롭게 나타난 용병들을 경계했다. 암컷을 지키려는 듯, 암컷에게 접근하려는 이들에게 발톱을 휘두르고 무시무시한 마법들을 사방에 흩뿌렸다.

하지만 결국 용병들은 암컷에게 다가갔다. 암컷 몰루가는 주변에 아주 단단한 실드를 친 채 새끼와 알을 지키고 있었다.

"쳐!"

대장이 신호하자 강기를 두른 용병들이 커다란 우박처럼 실드를 때려 댔다. 그러자 유리처럼 매끈하던 실드에도 점점 금이 생겨났다.

결국 실드가 깨졌다. 어미의 몸 위로 용병들의 공격이 폭우처럼 쏟아졌다. 하지만 어미는 반격하지 않고 몸을 웅크렸다. 새끼와 알을 지키기 위해서였다.

멀리서 분노한 수컷 몰루가의 고함이 들려왔다. 이아나는 흥분한 수컷 몰루가와, 웅크리고 있는 암컷 몰루가를 보며 거북함을 느꼈다.

"기분이 이상하네요."

옆에서 몰루가를 함께 공격하고 있던 헤레이스도 창백한 표정으로 중얼거렸다.

"캬아아아아!"

그때, 성체의 것치곤 새된 비명이 터졌다.

"이런 미친!"

검을 휘두른 용병이 놀라서 욕설을 지껄였다. 어미의 목에 찔러 넣으려 했던 검이, 어미를 지킨답시고 달려든 작은 새끼의 몸통에 꽂혔기 때문이다.

새끼는 죽었고, 새끼를 잃은 어미 몰루가의 눈에서 광기가 줄줄 흘러나왔다.

푸확!

몰루가가 입에서 검은 독을 뿜어냈다. 그것도 모자라 상위 등급의 저주 마법을 대규모로 퍼부었다.

"쿨럭!"

예기치 못한 공격에 많은 용병들이 무릎을 꿇었다. 독과 저주에 당한 그들의 몸이 빠르게 약화되었다.

"멍청이!"

"넌 나중에 처맞을 줄 알어!"

용병들이 새끼를 죽인 용병에게 욕설을 퍼부으며 암컷 몰루가를 더욱 열심히 공격했다. 하지만 용병들의 공격 속도보다 암컷 몰루가가 입었던 상처가 모조리 사라지고, 몸이 딱딱해지는 속도가 더 빨랐다.

암컷 몰루가는 새끼를 잃으면 수십 배의 힘을 발휘하며 폭주한다. 몸에 입은 상처가 회복되고 몸이 무쇠보다 단단해지는 건 첫 번째 폭주 현상이었다.

'상황이 위험하게 돌아가는군.'

이아나가 나서야 하나 고민하고 있던 때였다.

"비켜!"

왕국군의 쪽도, 용병들의 쪽도 아닌 서식지 한쪽 구석 어둠 속에서 거구의 한 남자가 새처럼 날아올랐다. 검붉은 기운을 두른 거대한 창이 몰루가의 목을 향해 발리스타처럼 쏘아졌다.

퍼걱!

창은 목을 꿰뚫다 못해 파괴했다.

콰아아앙!

그러고도 속도가 죽지 않은 창은 뒤쪽에 있던 건물을 폭파하고 나서야 지상에 내리꽂혔다.

푸확!

덜렁거리던 몰루가의 목이 피를 뿜어내며 떨어져 나갔다. 암컷의 죽음을 본 수컷의 몸이 경직되었다. 왕국군은 그 틈을 타 수컷을 죽였다.

"고맙소, 형씨."

용병들은 창을 회수하고 있는 남자에게 다가가 감사를 표했다.

"원래 몰루가를 노리고 있었으니 내 할 일을 했을 뿐이다. 그리고 나도 댁들에게 도움을 받았으니 고마워할 필요 없어. 리자드맨 놈들을 어떻게 처리해야 할지 고민 중이었는데 알아서 처리해 주더군."

수인들은 갑자기 나타난 정체불명의 강한 남자에게 호기심과 호감을 보였다. 거대한 창을 벼락처럼 던졌던 남자의 몸은 단단한 근육들이 빼곡하게 들어차 있었다. 피부 위에는 온갖 흉터가 새겨져 있었고, 검은 문신이 잔뜩 그려져 있었다.

이아나는 호기심을 품고 남자의 행동을 지켜보았다. 그는 피가 뚝뚝 흐르는 창을 등에 메고 몰루가의 알을 챙기고 있었다.

"너희 미쳤어!"

왕국군이 다가왔다. 기사단장이 새끼를 죽이는 실수를 한 용병들을 질타하려다가 거구의 사내를 발견하고 멈칫했다. 왕국군들이 웅성거렸다. 그러다 누군가가 외쳤다.

"투왕이다!"

투왕?

이아나는 귀를 쫑긋 세웠다. 어디선가 들어 본 적 있는 것 같긴 한데 잘 기억나지 않았다.

"무투장의 에이스!"

그 말까지 듣고 나서야 이아나는 그를 떠올려 냈다.

그는 작년 1월, 무투장에서 봤던 남자였다. 대검을 상당히 잘 써서 인상 깊게 봤었다. 그때 아르하드가 무투장에 처박혀 피만 보고 사는 에이스라고 했었다.

"너를 안다."

왕국군들 사이에서 누군가 앞으로 나섰다. 용병들에게 뭐라 하려던 왕국군 대장이 뒤로 물러났다. 이아나도 로브로 얼굴을 좀 더 감추었다.

"동부 출신 무투사. 몇 년 전 무투장에 혜성처럼 나타났었지."

그는 슈나이더였다.

피곤이 덕지덕지 묻은 낯은 까칠했지만 눈빛만큼은 형형했다. 그러나 날카로운 기운은 서서히 가라앉고 호감이 점점 떠올랐다.

"당신은 로안느의 왕자로군."

남자가 무뚝뚝하게 말했다.

"무례하다!"

왕국군의 대장이 성을 냈지만 슈나이더가 제지했다.

"그래, 타이탄. 여긴 어쩐 일이지? 무투장이 망가져서, 요즘은 몬스터 사냥 중인가?"

남자, 타이탄이 땅에 떨어져 있는 몰루가의 목을 가리켰다.

"몰루가가 테오도르에 나타난 순간부터 이놈의 목과 알을 노리고 있었다. 가져가도 되겠나?"

"다는 안 되지만, 암컷의 목은 자네가 베었으니 가지도록 하게. 그런데 알은 좀 곤란하군. 왜 가져가려는 건가?"

"용종을 연구 중이다. 그러기 위해선 몰루가의 알이 필요해. 연구 외의 다른 용도로는 결코 쓰지 않는다."

"알을 부화시킬 건가?"

"두 개는 부화시켜 기를 거다. 걱정하는 바가 뭐지?"

"기른 놈들을 외부에 풀어 놓진 않겠지?"

"그럴 일은 없다."

타이탄이 강한 의지를 담아 말했다.

슈나이더는 결국 허락했다. 겨우 몬스터의 알 문제로 타이탄과 입씨름을 하고 싶지 않았다. 그리고 뛰어난 실력자인 타이탄에게 나쁜 감정을 심어 주고 싶지도 않았다. 슈나이더는 강한 무인 한 명이 아쉬운 상황이었다.

"요즘 몬스터 사냥을 하고 있는 건가?"

"그렇다. 눈에 보이는 족족 죽이는 중이다."

"고마운 일이로군. 사냥과 관련해서 도움이 필요하거든 나를 찾아오게. 왕궁 경비병들에게 자네의 이름을 말해 두겠네."

슈나이더는 타이탄과 인연을 엮어 두었다. 그리고 그에게 얼마든지 호의를 베풀 의지가 있음을 전달했다.

현재, 그에게는 제 편을 만드는 일이 중요했다. 그리고 그는 이런 사소한 일 하나하나가 상대에게 좋은 인상을 남긴다는 점을 알고 있었다.

슈나이더는 페르난도와 왕위를 두고 다투고 있다. 그런데 아직 누구의 편도 아닌, 슈나이더와 페르난도를 50 대 50의 비율로 지지하는 중립적인 사람들이 꽤 많았다.

그런데 이런 사람들에게 슈나이더가 약간의 호의를 베풀면 그 비율이 51 대 49가 되고, 그것은 그의 지지율이 되었다.

이와 같은 이유로, 슈나이더는 용병들을 돌아보며 말했다.

"몰루가의 새끼를 쳐서 모두를 위험에 몰아넣은 죄, 처벌을 해야 마땅하지만 일이 잘 해결되었으니 넘어가겠다."

"할 말 없구면요. 감사헙니다."

슈나이더는 먼지구름이 일고 있는 곳을 쳐다보았다. 몰루가의 새끼를 공격한 용병은 이미 욕을 먹으며 얻어맞고 있었다.

슈나이더는 다시 타이탄을 보았다. 타이탄이 할 말이 있냐는 듯 고개를 까딱였다. 이때까지 당당하기만 했던 슈나이더가 머뭇거렸다.

"자네. 아까 보니까 검붉은 강기를 사용하던데."

"경지를 넘어선다면 누구나 사용할 수 있는 이능이지. 왕자도 알고 있을 텐데?"

"알아. 그건 아는데, 혹시……."

입술을 달싹거리던 슈나이더가 질문으로 말을 끝맺었다.

"자네의 것과 조금 다른, 좀 더 신비롭고 생명이 충만한 느낌의 붉은 기운을 아는가? 혹은 그것을 다루는 존재를 알고 있나?"

타이탄의 눈썹이 꿈틀거렸다. 멀리서 이야기에 귀를 기울이고 있던 이아나도 움찔했다.

"모른다."

"그런가. 나도 그냥 자네가 그와 비슷한 색의 힘을 사용하기에 물어본 걸세."

슈나이더는 한숨을 흠, 하고 쉬고는 저를 보고 있는 모두를 향해 큰 소리로 말했다.

"모두 수고했다. 왕국군에게는 공적치가 부여될 것이고, 용병들에게는 오늘 안으로 잔금이 지불됨과 동시에 소정의 상여금이 주어질 것이다."

"만세!"

"결국 해냈어!"

몰루가를 성공적으로 처치했다는 사실에, 모두가 기쁨을 느끼며 환호했다.

"이제 이곳을 정리한다. 리자드맨의 사체를 불태우고 부서진 잔해는 치워라. 2소대는 수레에 몰루가의 사체를 싣도록."

슈나이더는 부하가 끌고 온 말에 올라타며 외쳤다.

"끝나면 용병들은 알아서 해산하고, 왕국군은 궁으로 복귀하라."

"예!"

왕국군의 우렁찬 대답을 들은 후, 슈나이더는 몇몇 기사들만 대동하고 현장을 떠났다.

이아나는 멀어지는 슈나이더의 뒷모습을 바라보았다.

'설마 슈나이더가 아직도 나를 찾고 있는 건가?'

마르가리타가 왕궁에 저주를 걸었을 때, 이아나는 슈나이더의 앞에서 신력을 써서 마법을 파훼했었다. 그리고 그로부터 며칠 후, 시아이외는 슈나이더가 그의 정체를 알려 달라며 귀찮게 군다고 말해 주었다.

하지만 그 후로는 별말 없어서 관심이 시든 줄 알았는데…….

납득이 가긴 했다. 슈나이더는 옛날부터 강자에게 엄청난 호기심과 호감을 보이던 남자였다.

'나에게는 신경 꺼 줘서 다행이야.'

슈나이더는 작년 가을 이후로 그녀에게 접근하지 않았다. 잊을 만하면 날아오던 편지도 더 이상 없었다. 슈나이더가 먼저 그래 주니 마음이 편했다.

이아나는 리자드맨 사체 처리에 손을 보태기 시작했다. 그러면서 타이탄을 관찰했다.

"나는 이제 가 보겠다."

사체 처리를 어느 정도 돕던 타이탄이 몸을 일으켜 세웠다. 알들과 암컷 몰루가의 목을 등 뒤로 챙긴 타이탄이 용병들의 시선을 한 몸에 받았다. 용병들이 손을 흔들었다.

"형씨, 고맙수!"

"다음에 보면 한턱 쏠 것이여!"

타이탄은 입가를 씰룩거리곤 뒤돌아 걸어갔다. 그러다 멀찍이서 그를 빤히 바라보고 있던 이아나와 눈이 마주쳤다.

하지만 순간이었다. 타이탄은 이아나를 유의 깊게 쳐다보던 것도 잠시, 빠르게 자리를 떴다.

'역시 낯이 익다.'

패도적인 창술. 압도적인 덩치. 그것만으로는 상대를 특정할 수 없을 것이다.

그런데 작년 건국기념일 때, 무투장에서 아르하드가 했던 말들이 떠올랐다.

아르하드는 기본적으로 남에게 관심이 없다. 기억하고 관심을 가지는 건 상대가 쓸모 있거나 적일 때뿐이다. 그런데 아르하드는 타이탄을 알고 있었다.

'그리고 타이탄이 몇 년 전에 무투장에 나타났다고?'

몇 년 전이라면, 카마트로스가 전 세계에 흩어져 활동하다가 로안느에서 조직의 존재를 알리며 비교적 공개적인 활동을 시작했을 때였다.

'역시 타이탄은 러스트인 걸까?'

러스트.

카마트로스의 간부. 가면에 드래곤의 문양을 새긴 남자.

오늘 만난 타이탄의 말투는 카마트로스에 있을 때와는 달리 상당히 딱딱했지만, 그건 친분의 차이로 이해할 수 있다.

'그리고 슈나이더가 붉은 기운을 아냐고 물었을 때, 얼굴 근육이 살짝 경직됐었어. 러스트는 그 기운의 주인이 카마트로스의 안이라는 걸 알고 있고.'

이아나는 거의 확신하고 있었다.

'어떤 사연으로 카마트로스에 들어와 있을까?'

그녀는 러스트가 어떤 사람인지 조금 궁금해졌다.

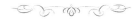

수인들과 슈나이더의 군대가 힘을 합쳐 몰루가와 리자드맨을 쓸어버린 이후에도, 이아나는 국왕탄신일 전날까지 몬스터의 서식지를 습격하며 몬스터들을 도륙하고 다녔다. 그러면서 예전에는 단 한 번도 갖지 않았던 고민거리를 떠안게 되었다.

그것은 바로 아군의 범위와, 자비의 범위다.

무슨 말인고 하니…….

아군의 범위란, 제 편으로 받아들일 수 있는 종의 범위다.

예전에는 인간의 관점에서만 생각하면 됐었지만 이제는 그럴 수 없었다. 이아나의 지인들 중에는 핀, 첸델프, 타로와 코니아 등 이종족이 너무 많았다.

답은 이아나의 가치관 속에 있었다. 이아나는 종족과 관계없이, 상대가 적대적이라면 그녀도 무조건 적대했다. 우호적이라면 그녀도 상대를 적대하지는 않았다. 즉, 그녀에게 아군의 범위라는 말은 의미가 없었다.

'내 나라에도 종의 범위는 없다. 적아의 구분만이 있을 뿐.'

종에 관계없이 제 국가를 적대한다면 적이다. 그러나 적대하지 않는다면 누구든 아군이 될 수 있다. 그것이 인간이든, 이종족이든, 몬스터든.

'그리고 아군이라면 내 나라에서 자유롭게 살 수 있어야 해.'

현재 이종족은 중앙 대륙에서 본모습을 드러낼 수 없다. 인간과 적대 관계기 때문이다. 자원이 풍족한 중앙 대륙을 차지한 인간들은 공존을 거부했고, 이종족은 몬스터들이 득실거리는 척박한 오지에서만 자유롭게 살아갈 수 있었다.

그런 세상에서, 이아나는 이종족 지인들이 제 관할 구역 안에서만큼은 마음 놓고 활보할 수 있었으면 했다. 특히 첸델프가 그녀에게 오기로 했었다. 이아나는 그녀만 믿고 인간들의 세상에 오겠다는 첸델프를 세상과 격리시키고 싶지 않았다.

그러려면 어떻게 해야 하나?

처음부터 종에 한계가 없다고 명시해야 한다. 국가의 정의로 깔고, 법으로 묶어야 했다. 반발이 극심할 수도 있지만 그건 감수해야 한다. 하지만 끝까지 받아들이지 못하는 존재들은 내보낼 것이다.

'이런 생각에도 문제는 있지.'

생물은 약육강식에서 완전히 벗어날 수 없다. 생물은 다른 생물을 먹어야 살아갈 수 있었다. 먹지 않으면 먹히거나 굶어 죽을 뿐이었다. 어떤 존재든 더 약한 것들을 먹었다.

'어느 정도는 순응해야 해.'

먹는 것은 어쩔 수 없다. 하지만 다들 자신도 그리될 수 있음을 인지하고 있어야 할 것이다. 인간도 마찬가지다.

이아나는 몬스터들을 처리하면서 수많은 인간의 죽음을 보았다. 몬스터에게 가축처럼 취급되는 인간들도 많이 보았다.

즉, 수많은 종들 위에 군림하는 인간도 얼마든지 다른 종에게 살해당하고 먹히고 노예로 부려질 수 있었다. 당한 인간들은 몬스터들을 증오한다면서 분노를 토해 냈지만, 그들도 강하다는 이유만으로 다른 종에게 똑같은 짓을 하지 않았던가?

결국 모두가 사이좋게 살아가는 건 불가능하다. 착한 척이고 위선이다.

'이기적일 수밖에 없다는 거지.'

하지만 피해를 입는 대상에게도 어느 정도의 자비는 필요하다. 여기서 '자비의 범위'를 결정하게 되었다.

제 편의 행복을 지키는 선에서.

먼저 적대하여 공격한다면 강약에 상관없이 응징을.

그러나 죄 없는 약자에게 미치는 피해는 최소한으로.

이아나는 어느 정도 결론을 내렸다. 하지만 너무나 투박한 날것의 생각인지라, 오랜 시간 다듬어야 할 것 같았다.

'머리가 아파.'

혼자서 고민하니까 머리가 터질 듯했다.

'다른 사람과 얘기하다 보니 나 혼자 생각했을 땐 의식하지 못했던 문제들이 많이 튀어나와. 앞으로는 큰 틀만 잡고, 다듬는 건 다른 사람들과 함께 해야겠어.'

이아나는 자연스럽게 다른 사람들의 도움을 필요로 하게 되었다. 그리고 국가를 세우는 일에 대해서는 독불장군처럼 죄다 혼자서 결정해서는 안 된다는 점도 깨달았다.

당연한 일이다.

국가는 세우는 사람만의 것이 아니다. 수많은 존재들이 속해 살아가는 곳이었다. 그들의 삶을 위해서는 굵직한 신념은 결코 타협하지 않되, 한편으로는 그들의 의견을 듣고 수용하는 태도를 갖춰야 했다.

마침내, 국왕탄신일 파티의 날이 밝았다.

"이아나 양, 파이팅!"

프리실라는 이아나를 위해 붉은색과 검은색의 천과 실크를 조화롭게 섞어 드레스를 제작했다. 열여덟 살이 되어 여성의 성숙한 태가 확연히 나기 시작한 이아나의 몸매를 매혹적으로 드러낸 드레스였다.

이아나는 드레스가 이곳저곳 파여 있어 조금 불편했지만, 언젠가는 꼭 이런 옷을 입혀 보고 싶었다며 주먹을 불끈 쥐는 프리실라를 위해 참기로 했다.

"진짜 너어어무 예쁘다! 역시 내 뮤즈!"

계속 우울해했던 프리실라는 모처럼 즐거워 보였다. 하지만 어딘지 말랐다. 이아나는 볼살이 살짝 빠진 그녀의 얼굴을 들여다보다가 조심스럽게 물었다.

"시아이외 왕자와는 대체 어쩌실 겁니까?"

"으음……."

프리실라의 얼굴에서 웃음이 걷혔다. 프리실라의 얼굴에서 혼란이 덕지덕지 묻어났다.

"저답지 않게 고민이 오래가서 힘드네요. 아직 잘 모르겠어요. 시아이외 님이 저에게 호감을 가지고 계신 건 확실한데, 그분이 어쩌고 싶으신지도 모르겠고.”

“제가 시아이외 왕자에게 당신에 대해 넌지시 물어볼까요?”

“꺄아악!”

프리실라가 비명을 지르며 뺨을 감싸 쥐었다.

“그러지 마세요! 제가 알아서 할게요.”

“……정말 어쩌시려는 건지.”

프리실라가 질색을 해서 시아이외에게 직접적으로 묻진 않을 것이다. 그러나 이아나는 이번 파티에서 시아이외를 관찰하기로 했다. 국왕탄신일 파티에는 모든 왕족이 참석해야 하므로 시아이외도 오늘 파티에 참석할 터였다.

어쩌면 시아이외가 먼저 프리실라에 관해 뭔가를 언급하거나 물을지도 모른다. 제가 프리실라의 룸메이트이기 때문이다.

이아나는 프리실라의 배웅을 받으며 마차를 탔다. 마차에는 하르첸이 타고 있었다.

상반기를 마치고 졸업한 그는 영지로 귀환했다가 다시 수도로 왔다. 영지의 후계자로서 정식 교육을 받기 전 더 많은 것을 배우고, 게이트 사건으로 피해를 본 사람들을 돕고 싶다는 이유에서였다. 로베르슈타인 백작 부부는 불안해하면서도 허락해 줬고, 하르첸은 현재 수도 저택에 머무르고 있었다.

그는 파티에 참석하지 못하는 사라체를 대신해 이아나를 보살 피기로 했다.

“안녕, 이아나.”

“냐아.”

하르첸이 이아나에게 인사하자, 그의 품에 안겨 있던 닛시도

새침하게 인사했다. 닛시의 목에는 푸른 리본이 묶여 있었다. 뽀송뽀송하고 새하얀 털에 고급스러운 리본까지 매고 있으니 닛시는 영락없이 귀족이 애지중지하는 애완 고양이 같았다.

"닛시도 데려오셨습니까?"

"너를 엄청 보고 싶어 해서. 잘 통제한다는 조건으로 파티장 반입 허가도 받았어."

보고 싶어 했다는 말이 맞는지, 닛시는 드레스를 입고 예쁘게 치장한 이아나에게서 눈을 떼지 못했다.

이아나의 손이 닛시의 머리에 닿았다. 닛시는 귀를 쫑긋 세운 채로 얌전히 이아나의 손길을 느끼다가, 그녀가 손을 거두려 하자 손바닥에 머리를 비볐다.

닛시는 하르첸의 품에서 벗어나 조심스럽게 이아나의 무릎 위에 앉았다. 드레스에 털이 묻었지만 파티장에 들어가기 전에 떼어 내면 되니, 이아나는 따끈따끈한 닛시를 쫓아내지 않고 쓰다듬어 주었다.

"얌전히 있어야 한다."

"냥."

이아나의 말에 닛시가 짧게 울며 꼬리로 드레스를 탁 내리쳤다. 걱정하지 말라고 대답하는 듯했다.

'사람 말을 알아듣는다고 하니 맞겠지.'

이아나는 닛시가 귀여워서 작게 웃었고, 닛시는 이아나의 애정 어린 미소를 홀린 듯이 바라보았다.

그리고 하르첸은 맞은편에서 사이좋은 둘을 물끄러미 관찰했다. 그의 얼굴에는 묘한 감정이 감돌고 있었다.

왕궁의 파티장에 도착했다. 당연하게도 분위기는 어수선했다. 본래라면 거의 모든 귀족들이 파티에 참석했을 텐데, 자기 영지에서 몬스터 게이트 사태를 수습하는 귀족들이 다수여서 빈자리가 많았다.

"하르첸 공자!"

"잘 지내셨습니까? 오랜만에 뵙습니다."

오랜만에 파티에 참석한 하르첸에게 그의 지인들이 우르르 몰려왔다. 이아나는 언제나처럼 구석 자리로 향하려 했다. 하르첸의 품에 있던 넛시가 이아나가 멀어지는 걸 보고 몸부림쳤다.

"이아나. 네가 넛시 좀 데리고 있을래?"

"그러죠."

이아나는 넛시를 안고 이제는 그녀의 전용석이라고 불러도 이상하지 않을 구석의 소파로 갔다.

소파에는 이미 다른 사람이 있었지만 이아나는 아랑곳 않고 옆에 풀썩 앉았다. 소파에 앉아 와인을 홀짝이고 있던 시아이외는 이아나와 넛시를 보고 고개를 까딱거렸다.

"넛시입니까?"

"어떻게 아시죠?"

"리키젠 군에게 많이 들었습니다. 넛시라는 하얀 고양이가 한마리 있는데 당신을 무척 따른다고."

리키젠과 시아이외의 친분은 정말 뜻밖이었다. 저번 마르가리타 사건 때 시아이외에게 아픈 리키젠의 보호를 부탁했을 뿐인데, 그걸 계기로 이런 독특한 친분이 형성될 줄은 몰랐다.

"리키젠과 잘 지내시나 보군요."

"당연하죠. 그는 당신의 지인이니까."

이아나의 눈썹이 꿈틀거렸다.

"설마 제 '지인'이라서 친해진 건 아니겠죠."

이아나는 그런 게 싫었다. 사람 대 사람으로서 서로에게 매력을 느껴 친해지는 게 아니라, 누군가의 지인이기에 친해지려 하는 건 목적성이 느껴져서 별로였다. 건강한 인간관계를 위해 바람직하지 않았다. 또, 이아나는 누군가의 관계에 제가 끼어든다는 사실이 마뜩잖았다.

사실 리키젠만이었다면 리키젠도 능구렁이 같고 약삭빠른 면이 있으니 알아서 잘하려니 하고 신경 쓰지 않았을 것이다. 하지만 프리실라가 껴 있다 보니 이아나는 예민하게 반응했다.

"당연하지 않습니까? 미래 권력자의 지인인데 친해져야지요······ 라고만 말하면 당신에게 점수가 깎이겠지요?"

시아이외는 와인을 한 모금 마셨다.

"그런 이유도 있지만, 정말 말 그대로 당신의 지인이니까 친해진 겁니다. 벽을 쌓고 사람을 곁에 잘 두지 않는 당신이 챙기는 사람들이라면, 정말 괜찮은 사람들일 테니까. 아니나 다를까, 역시 다들 멋진 구석이 있더군요."

말 한번 번드르르하게 잘했다.

이아나는 닛시를 껴안고 소파에 몸을 푹 묻었다. 넉넉하게 여유를 두고 파티장에 도착했기에 파티가 시작되려면 멀었다.

이아나와 시아이외는 한동안 안부를 주고받았다. 주로 이아나가 차이판 후작령에서 겪었던 일이나, 테오도르의 현황에 대한 애기였다.

"프리실라는 어찌 지냅니까?"

이아나가 은근히 신경 쓰고 있던 주제가 불현듯 튀어나왔다. 이아나는 곧장 몸을 바로 하며 시아이외를 직시했다.

"그걸 왜 묻죠?"

"굳이 모르는 척할 필요 없습니다."

시아이외는 묘하게 신경질적인 태도로 와인 잔을 테이블 위에 놓았다.

"그녀라면 당신에게 모든 걸 말했을 것 같은데. 아닌가?"

시아이외가 먼저 카펫을 깔아 주었다. 그렇다면 그 위를 걸어 줘야 마땅하다.

"마음고생이 심한지 살이 빠졌습니다. 고민하느라 잠도 제대로 못 자는 것 같더군요. 프리실라의 고민이 뭔지는 똑똑한 당신이라면 이미 알고 있겠죠?"

"……."

"어찌할 생각입니까? 신분이 마음에 걸리는 겁니까?"

"그럴 리가요. 왕자라는 신분은 어차피 곧 사라질 테고, 저는 사람만 괜찮다면 딱히 신분에 연연하지 않습니다."

"그럼 마음의 문제라는 거군요."

프리실라는 시아이외가 그녀를 좋아하는 거라고 확신했지만, 그녀의 착각일 수도 있었다.

"당신은 사랑에 대해 몹시 염세적이었지요. 혹시나 해서 말해 두는 겁니다. 제가 당신들의 관계에 왈가왈부할 자격은 없지만, 그래도 당신이 프리실라를 재미로 가지고 논 거라면…… 용서하지 않겠습니다."

시아이외는 이아나를 물끄러미 바라보다가 한숨을 작게 내쉬었다.

"호기심 때문에 짓궂은 시험을 몇 번 한 건 사실이지만 그건 몇 달 전 얘깁니다. 요즘엔 저도 스스로를 잘 모르겠군요. 사랑을 끔찍해하던 제가 그런 감정을 가질 수 있다는 사실이 믿기질 않아서 계속 고민 중입니다."

시아이외는 그 말을 끝으로 자세한 이야기는 하지 않았다. 사적인 부분이었기에 이아나도 묻지 않았다. 하지만 대충 짐작은 갔다.

지금으로부터 딱 일 년 전, 시아이외와 처음으로 깊은 대화를 나눴을 때 이아나는 그가 저와 같은 부류의 인간이라는 걸 느꼈다. 그는 사랑에 몹시 부정적이었으며, 그 지속성을 넘치도록 불신했다.

"제가 알고 있던 사랑이, 정말 사랑이었을까요?"

시아이외는 이아나와 비슷한 고민의 과정을 거치고 있었다. 그래서 이아나는 시아이외가 자기를 사랑한다던 프리실라의 주장이 사실일 수도 있다는 생각이 들었다.

왜냐하면.

시아이외는 그녀와 비슷하고.

그녀는 오랜 시간 저 고민을 한 끝에.

……어느 정도 결론을 내린 상태이기 때문에.

이아나가 물었다.

"당신은 여전히 사랑을 불신합니까?"

여전히 쉽게 변한다고.

외부의 부와 권력이 개입되면 흔들리는 연약한 감정이라고.

시아이외는 잠시간 침묵하다가 생각을 마치고 대답했다.

"불신은 당신과 아르하드 공자를 보면서 해소되었습니다. 그렇지 않은 사랑도 있더군요. 고맙게 생각합니다."

시아이외는 사랑이라는 말로 둘을 엮었지만, 이아나는 부정하지 않았다.

"그리고 고민 중이라고 말씀드렸지만 최근엔 어느 정도 납득을 했는데……."

시아이외가 소파에서 일어나며 말하자, 이아나의 시선이 그를 뒤따랐다.

"제가 사랑이라는 감정을 너무 얕본 것 같더군요. 사랑은 자연재해와 같습니다. 의지만으로는 어떻게 조절할 수 있는 부분이 아니에요. 경계하고 밀어내도 자기도 모르게 어느 순간, 그렇게 되어 있습니다. 늦은 거죠."

"……."

"당신도, 그렇게 생각하겠지만."

시아이외는 그 말만 남기고 그녀에게 인사하더니 파티장을 떠나가 버렸다.

이아나는 말없이 천천히 닛시의 몸을 쓰다듬었다. 이아나와 시아이외가 대화를 나누는 동안 얌전히 몸을 웅크리고 있던 닛시가 이아나의 손을 조심스레 핥았다.

"이아나 양!"

시아이외가 사라지자마자, 멀찍이서 이쪽을 계속 주시하고 있던 안젤리나가 달려왔다. 그녀는 몇 달 전부터 그랬듯이, 이아나의 곁에 앉자마자 눈에 띄게 안심하는 모습을 보였다.

"오랜만이에요! 잘 지냈어요?"

"네."

"와, 드레스 정말 예쁘네요. 예전부터 생각했는데 이아나 양이 입는 드레스, 너무 마음에 들어요. 저도 주문하고 싶어요."

이아나의 드레스에 칭찬을 퍼붓던 안젤리나가 이번엔 드레스 위에 앉아 있는 닛시를 보며 우쭐거렸다.

"안녕, 닛시? 너 고마워해야 해. 내가 널 파티장에 들일 수 있도록 힘을 썼으니까!"

이아나는 시선이 집중되는 걸 느끼고 고개를 들었다. 일 년 전에 이아나와 안젤리나가 벌인 소동을 알고 있던 귀족들이 이상한 눈초리로 그들을 바라보고 있었다.

이아나가 시큰둥하게 말했다.

"귀찮으니까 가세요."

이제는 안젤리나에게 이 정도로 솔직하게 말하는 건 일도 아니었다. 안젤리나가 간절한 눈빛으로 이아나를 바라보았다.

"오늘만이라도 곁에 있으면 안 될까요? 귀찮게 하지 않을게요. 요즘 몬스터 때문에 불안해요."

"뭐가 걱정입니까? 학술원이면 몰라도, 왕궁에는 일이 터지면 당신을 지켜 줄 사람들이 넘쳐나지 않습니까."

"하지만 전 이아나 양의 옆에 있는 게 제일 안심돼요."

정말 별나다. 그런데 이제는 그런 안젤리나가 어이없다기보다는 당연하게 느껴진다.

이아나는 손을 휙휙 저었다.

"다른 사람이 이곳에 오지 못하게 할 수 있으면 그러세요."

"알겠어요. 고마워요!"

안젤리나의 안색이 눈에 띄게 환해졌다. 안젤리나는 시종을 불러 몇 마디 했고 시종은 허리를 깊게 숙였다. 그 후로, 이아나와 안젤리나 쪽으로 다가오려는 사람은 근처에 대기하고 있던 시종이 막아 냈다. 몇 차례나 막히고 난 다음부터는 그들 쪽으로 접근하는 사람이 없었다.

하지만 안젤리나의 명을 무시할 수 있는 사람도 있었다.

"아직도 중요한 얘기 중인 거냐?"

"슈나이더 오라버니!"

안젤리나가 놀라 일어나자 이아나도 일어날 수밖에 없었다.

'최근 들어 날 피하는 것 같았는데 오늘은 왜…….'

슈나이더는 의아해하는 이아나를 지그시 바라보다가 인사했다.

"오랜만이야."

"예, 저하."

"몬스터 사태로 난리여서 걱정했는데 무사해서 다행이다. 차이판 영지에 있었다지?"

이아나가 움찔했다. 차이판 후작이 저에 대해 슈나이더에게 말한 건 아닌지 걱정되었다.

"오해하지는 말고. 영애가 걱정돼서 내가 그냥 따로 알아본 거야. 나중에 후작에게 물어보니, 그를 따라다니며 몬스터 처치에 도움을 줬다더군."

겔로니언은 약속을 지킨 듯했다. 괜히 의심해서 미안해졌다.

"사람들을 구해 줘서 고맙네."

"제가 당연히 했어야 할 일입니다."

"그런가. 그런데 웬 고양이?"

슈나이더가 이아나의 품에 안겨 있는 닛시를 보며 물었다. 파티 장에 고양이가 있는 건 흔한 일이 아니니 물어보는 게 당연했다.

"……?"

이아나가 대답하려 할 때, 슈나이더가 갑자기 눈썹을 꿈틀거리 더니 닛시와 눈을 마주친 채 대치하기 시작했다. 닛시도 슈나이 더를 빤히 바라보았다.

"이 고양이, 묘한 느낌이 나는군."

"묘한 느낌이요?"

"아닐세."

슈나이더가 닛시에게서 시선을 떼어 내고 이아나를 보았다.

"이아나 영애, 따로 할 말이 있는데 잠시 괜찮을까?"

슈나이더의 태도는 진지했다.

이아나는 몇 개월이나 말을 섞지 않아 놓고 갑자기 할 말이 있 다는 슈나이더의 저의가 궁금해졌다. 이아나가 고개를 끄덕이려 할 때였다.

"아, 아, 안 돼요, 오라버니!"

옆에서 두 사람을 의심스러운 눈초리로 번갈아 보던 안젤리나 가 슈나이더의 옷자락을 붙잡아 당겼다. 그러더니 창백해진 낯으 로 고개를 홱홱 저었다.

슈나이더가 눈썹을 쓱 올렸다.

"뭐가 안 된다는 거야?"

"이아나 양 데리고 가지 마세요. 이아나 양은 저와 선약이 있어요. 아주 중요한 약속이랍니다."

"무슨 약속? 많이 중요한 거냐?"

"네. 정말, 정말 중요해요. 내용은 말씀드릴 수 없어요."

"나도 중요한 얘기다. 잠시만 양보해."

"안 돼요. 오늘 이아나 양은 저와 붙어 있어야 해요."

슈나이더의 얼굴이 굳었다.

"안젤리나, 이게 무슨 어린애 같은 짓이냐. 놓아라."

"아, 아아…… 저기, 그럼 오라버니, 잠시만 저 좀 봐요."

안젤리나는 슈나이더를 데리고 근처의 테라스로 향했다. 이아나
는 둘이 무슨 얘기를 하나 궁금했지만, 남의 이야기를 엿듣는 건
예의가 아니다 싶어 그만두었다.

"무슨 소리야!"

슈나이더가 갑자기 왈칵 화를 냈다. 이아나가 귀를 기울이지
않아도 들릴 정도로 큰 목소리였다.

"그런 거 아니니 어디 가서 함부로 입 놀리지 마!"

"그, 그렇죠? 알겠어요. 오라버니, 죄송해요. 제가 그냥 걱정돼
서……."

촤륵!

슈나이더가 테라스의 커튼을 거칠게 걷었다. 그의 표정은 몹시
사나웠다.

이아나는 내심 놀랐다. 이번 생에서 슈나이더가 저렇게 화난
모습은 처음 봤다. 안젤리나가 무슨 말을 했기에 저럴까?

그 뒤로 안젤리나가 죄인처럼 풀 죽어서 나왔다.

이아나는 호기심을 느낌과 동시에 아쉬워졌다. 그냥 무슨 얘기

인지 들을 걸 그랬다.

슈나이더는 노기를 띤 얼굴로 성큼성큼 걸어 나오더니, 이아나를 보고 우뚝 멈춰 섰다. 흥미로워하는 이아나를 보며 입술을 깨무는가 싶더니 감정을 차분하게 정리했다.

"이제 나랑 얘기 좀 할까."

이아나는 순순히 슈나이더를 따라 테라스로 나갔다.

그러고 보니 테라스에서는 별일이 다 있었다. 아르하드에게 끌어안긴 채 귀찮은 남자 하나를 떼어 내기도 했고, 급한 마음에 뛰어내렸다가 슈나이더를 마주치기도 했다.

슈나이더는 테라스의 난간을 짚고 중얼거렸다.

"지난번에는 놀랐어. 드레스를 입고 뛰어내리다니."

그 일부터 언급하는 건가?

이아나는 침착하게 말했다.

"그때 갑자기 급한 일이 생겨서 어쩔 수 없었습니다. 이상한 모습을 보여 드려서 민망하군요."

"아니, 책망하려는 건 아니고 그냥 그랬다는 뜻이다."

슈나이더치고는 실없는 말이었다. 이아나는 이 주제로 계속 대화를 나누는 것이 찝찝해서 말을 돌리기로 했다.

"그래서 제게 긴히 하실 말씀이?"

"아."

슈나이더는 진지한 표정으로 몸을 바로 했다.

"자네, 학술원 졸업까지 반년이 남았지."

"네."

"졸업 후에는 로안느를 떠난다고 했던가?"

묻는 의도가 뭔지는 몰라도, 이아나는 굳이 피할 이유가 없다고 판단했다. 제 대답을 듣고 슈나이더가 어떻게 나오든, 그녀는 아르하드와 함께 떠날 능력이 있었다. 능력이 없어 붙잡히더라도, 아르하드가 슈나이더와 전쟁을 벌여서라도 그녀를 데려갈 터였다.

그래서 이아나는 당당해지기로 했다. 슈나이더에게도 여지를 주지 않는 게 좋았다. 아르하드도 그녀가 그리 행동하는 것을 더 좋아할 터였다.

"그렇습니다."

"여전히 내 기사가 될 생각이 없는 거고?"

"네."

"그럼."

슈나이더는 무슨 말을 하려다 말고 고개를 홱홱 내저었다.

"아닐세."

그 후, 슈나이더는 말이 없었다. 이아나는 그가 다시 말을 할 때까지 얌전히 기다렸다.

"자네는 정말 변하지 않는군."

"그런가요?"

그리 되물었지만, 이아나는 속으론 스스로가 정말 많이 변했다고 생각했다. 사람을 대하는 태도에서부터 아르하드에 대한 마음까지, 많은 것이 바뀌어 있었다.

물론 타협하지 않을 부분에 대해서는 일관성을 유지했기에 슈나이더에게는 그리 보일 수도 있겠다 싶었다.

"제 뜻을 다시 확인하시려고 저를 부르셨습니까?"

"그래."

슈나이더가 이아나를 직시했다.

"나는 상대가 끝까지 싫다고 하면 포기해야 한다고 생각했네. 그게 상대를 존중하는 방법이니까. 하지만 그건 오만이었어. 왜냐하면, 나는 이때까지 갖고 싶었던 걸 가지지 못한 적이 없었거든. 그래서 포기가 그렇게 어려운 건 줄 몰랐어."

"……."

"하지만 가지고 싶어도 그러지 못하는 것도 있음을 이제는 인정했네. 포기하는 방법도 배워야 할 것 같고. 그래. 이 이상 자네에게 치근덕거리는 것은 자네에게도, 나에게도 좋지 않은 것 같아."

슈나이더가 제 머리를 톡톡 두드렸다.

"요즘 내 머리에서 경종이 수시로 울리지 뭔가. 뭔가 잘못되어 가고 있다는 느낌이랄까? 머리가 터지는 줄 알았어. 그래, 지금도……."

머리에서 손을 내린 슈나이더가 묘하게 열기가 서린 눈빛으로 이아나를 바라보았다.

어째서일까?

이아나는 그 눈빛이 익숙했다. 예전에, 그러니까 회귀 전에 저런 얼굴을 꽤 많이 본 것 같았다. 아니, 확실하다. 슈나이더는 종종 저런 얼굴로 그녀를 보곤 했다.

하지만 이상하다. 그때는 아무렇지도 않았던 것 같은데 지금은 조금 위험하다는 느낌을 받았다.

왜일까?

이유를 알 것 같기도 모를 것 같기도 했다.

이번 생에서 아르하드를 통해 얻은 깨달음들이 있다. 그래서 슈나이더를 보면서 '설마 나를……'이라고 순간적으로 의심했지만, 의심은 망상에 가까웠기에 이아나는 단호하게 부정했다.

그럼에도 여전히 꺼림칙했다.

이아나는 저도 모르게 시선을 피하려다가, 그건 제 사전에 절대 있을 수 없는 일이다 싶어 몸을 꼿꼿이 세우고 경계심을 내비쳤다.

"그래서요?"

슈나이더의 눈동자 속 빛이 일렁거렸다. 그는 한참 동안 입안에서 말을 고르다가, 결국 한숨처럼 뱉어 냈다.

"포기하려고."

듣던 중 반가운 말이다.

마음이 가벼워진 이아나가 미소 지었다.

"감사합니다."

"……그동안 원치 않는 회유를 받느라 수고했네."

슈나이더는 포기한다는 말에 웃는 이아나를 보며 속이 쓰려 왔다. 그러나 한번 뱉은 말, 다시 집어삼킬 생각은 추호도 없었다. 번복하려 했다면 꺼내지도 않았을 것이다.

그는 최근 제 상태가 몹시 위험하다고 판단했다. 이아나를 포기하는 게 옳았다.

"하지만 이대로 떠나보내려고 하니 너무 아쉽더군."

그러나 이대로는 절대 후련하게 떨칠 수 없을 것 같았다. 평생토록 미련이 남을 것 같았다. 슈나이더는 오랜 시간 고민해 온 결과물을 입에 담기 시작했다.

"나는 이 년 동안 자네의 넘치는 가능성만 바라보며 회유해 왔네. 자네의 유능함을 한번 경험해 보지도 못한 채 나중에 자네가 대륙에 이름을 떨치는 일이 있다면 배가 너무 아플 것 같아."

포기한다는 말이 끝이 아니었다. 이아나가 고개를 갸웃거렸다.

"그러니까."

슈나이더가 비장한 분위기로 손을 내밀었다. 이아나는 반사적으로 그의 손을 내려다보았다.

"반년만 나를 도와주지 않겠나?"

긴장감이 느껴졌다. 매사에 여유로운 슈나이더에게서 잘 들을 수 없는 어조였다.

"요즘 정세가 심상찮게 돌아가고 있어. 국왕의 건강은 날이 갈수록 나빠지고, 능력 없는 페르난도는 희희낙락하며 왕위가 제 것인 양 즉위를 준비하고 있지. 블랙폭시는 미친 듯이 날뛰고 있고, 이 와중에 바하무트의 소행으로 보이는 몬스터 게이트가 대량으로 열렸지."

슈나이더는 몬스터 게이트 사태의 주동자가 바하무트라고 확신하고 있는 듯 어투가 몹시 단호했다. 하지만 바하무트가 벌인 일이라고 믿는 사람들이 적지 않았기에, 슈나이더의 말이 이상하지는 않았다.

슈나이더는 이아나를 향해 내밀었던 손을 조금 더 그녀 쪽으로 뻗었다.

"반년만 도와주게. 반년 후에는 누가 자네를 잡더라도 내가 자네를 떠나보내 주겠네. 하지만 그동안, 내가 자네의 능력을 경험하는 것처럼 자네도 나라는 사람을 경험해 봐. 그럼 자네의 마음도 바뀔 수 있지 않겠나? 물론 이때까지 변하지 않은 걸 보면 자네의 마음이 변할 가능성은 없겠지만."

"······."

"반년 뒤에는 내 모든 것을 걸고 자네를 포기할 것임을 약속해. 혹시라도 마음이 바뀐 자네가 먼저 내게 온다면 열렬히 환영하겠지만, 자네는 원하지도 않는데 편지를 보내거나 질척하게 구는 행동은 하지 않을 것이라 맹세해."

이아나는 손을 선뜻 잡지 않고 슈나이더를 관찰했다. 어차피 반년 동안 로안느에서 활동하며 사람들을 구하고 바하무트를 방해할 생각이었으니 나쁘지 않은 제안이었다. 하지만 선뜻 결정할 사항도 아니었다.

"이리하면 자네에게는 손해기만 하겠지? 그래서 망설이는 게 아닌가."

슈나이더의 말은 그것이 끝이 아니었다.

"자네의 부탁을 세 가지 들어주겠네. 나는 로안느의 왕이 될 사람이고, 자네의 부탁에 제한은 없어. 기한도 없고."

슈나이더는 이아나를 설득하기 위해 현재 자신의 상황에서 그녀에게 해 줄 수 있는 일들을 열거했다.

"그리고 자네가 떠날 때는 평생 사치해도 모자라지 않을 금은보화를 쥐어 주겠네. 내가 왕이 되면, 자네가 향할 국가와는 절대 적대하지 않겠어. 자네가 그곳에서 어려운 일을 겪는다면 내가 도울 것이다. 어때?"

금은보화에는 관심이 없고, 시혜적인 우방은 거절한다. 어려운 일이 생긴다면 스스로 해결할 테니 도움을 약속받을 이유도 없다.

하지만 어차피 카마트로스의 조직원으로서 슈나이더와 협력할 예정이고, 이아나 '개인'으로서도 적극적으로 슈나이더를 돕는다면 로안느가 더 오래 버틸 수 있다는 확신이 이아나의 마음을 조금 움직였다.

'무엇보다 나를 정말로 포기하겠다고 했지.'

누가 입으로 하는 약속을 쉽게 믿으면 안 되지만, 슈나이더는 자기가 한 약속을 어기는 사람이 아니었다.

이쯤 되자 이아나는 정말 궁금했다.

"저하께서는 어째서 제게 이런 제안을 하십니까? 제가 저하께 보여 드린 것이라곤 검술 대회에서의 우승뿐입니다."

"그러게. 나도 내 자신이 조금 비이성적이라고 생각해."

슈나이더가 어이없다는 듯 웃다가 고개를 내저었다.

"하지만 그만큼 내 감을 믿지. 자네는 엄청난 사람이고, 내게 엄청난 도움이 될 사람이라는, 그러니 놓치면 후회할 거라는 감."

이아나는 슈나이더를 물끄러미 올려다보다가 시선을 내려 여전히 내밀어져 있는 그의 손을 바라보았다.

정말 신기한 사람이다.

고마운 사람이기도 했다.

회귀 전에도, 회귀 후에도, 슈나이더는 아르하드처럼 이아나의 가치를 아주 높게 평가해 주었다. 가능한 선에서, 그녀에게 모든 것을 해 준 사람이었다.

이아나는 슈나이더의 손을 잡지 않고 손목을 잡아 내렸다.

"쉽게 결정할 문제는 아니군요. 고민해 봐도 되겠습니까?"

"기다리도록 하지."

슈나이더가 한숨을 내쉬며 난간에 기댔다.

"큰일이다. 해결해야 할 문제가 너무 많아. 페르난도보다 바하무트가 더 문제야."

"몬스터 게이트 때문에 그러십니까?"

"그래. 하지만 몬스터 게이트만을 걱정하는 건 아니다."

"그럼요?"

슈나이더가 흥미로워하는 이아나를 흘끗 보더니 말했다.

"자네의 입이 무거운 걸 믿어. 아무래도 블랙폭시의 뒤에 바하무트가 있는 듯해."

이아나는 흠칫하고 말았다.

"이때까지 블랙폭시에 퍼 준 돈을 생각하면 미치도록 화가 날 지경이야. 놈들이 깊숙이 침투하도록 내버려 둔 것도 후회되고. 자네도 블랙폭시의 눈에 띄지 않도록 조심해."

블랙폭시의 뒤에 바하무트가 있는 건 아직 알려지지 않은 극비였다. 그런데 슈나이더는 어찌 그걸 알았을까?

"왜 그리 생각하십니까?"

"나는 작년, 왕궁의 저주 사태와 테오도르를 뒤덮은 전염병 사태가 블랙폭시의 짓이라 확신했네. 그런데 블랙폭시 따위가 대마법사조차 해결하기 어려운 위기들을 초래할 수 있다는 게 의아했고, 익숙하면서도 거슬렸어. 나는 즉시 왕실 비고로 가서 로안느의 적들에 관해 저술된 서적들을 뒤져 보았네. 그리고 역사상, 로안느에 그런 피해를 입힐 수 있었던 놈들은 바하무트 황족뿐이었지. 블랙폭시와 바하무트의 관련성을 의심하기 시작한 건 그때부터네."

슈나이더가 주먹을 꽉 쥐었다.

"이번 몬스터 게이트 사건도 바하무트쯤 되어야 벌일 수 있는 소동이야. 그런데 감시하고 있던 블랙폭시는 이 시기에 맞춰 이상 행동을 하기 시작했어. 하는 꼴들이, 마치 전쟁을 준비하는 것 같았지. 한번은 내가 직접 한 아지트를 불시에 기습했는데, 그곳을 지키는 놈들은 시정잡배치고는 너무 강했고, 또 한 국가의 군대처럼 체계가 잡혀 있더군. 그래서 나는 블랙폭시의 뒤에 바하무트가 있다고 확신했네."

슈나이더는 그때부터 사방을 다 의심하기 시작했다. 최근에는 페르난도의 뒤에도 블랙폭시와 바하무트가 있을 거라고 의심 중이었다.

페르난도는 그와 블랙폭시 문제로 대치할 때, 언제나 블랙폭시의 편을 들었었다. '왜 저렇게 블랙폭시를 옹호할까?'라는 의문은 놈과 루리아의 세력을 떠받치고 있던 정체불명의 자금줄에까지 미쳤다. 아무리 캐도 정보가 없던 돈의 출처가 블랙폭시일 거라는 감이 강하게 왔다.

"확실하지는 않지만, 앞으로는 페르난도의 뒤를 '블랙폭시'와 '바하무트'로 상정하고 더욱 깊숙이 파 보려고 하네."

이아나는 속으로 박수를 쳤다. 역시 슈나이더는 똑똑한 왕자였다. 꼬리 하나를 보고 그 몸통까지 끌어내고 있었다.

슈나이더는 한숨을 더 크게 내쉬었다.

"곧 전쟁이 발발할 거라 예상해. 블랙폭시의 폭탄 사건도, 왕궁에서의 마법 소동도, 전염병 사태도, 몬스터 게이트도, 모두 바하무트가 전쟁을 일으키기 전 로안느를 망치려는 사전 작업이 아닐까, 그리 추측해. 로안느는 정말로 병이 들었거든."

슈나이더가 난간에서 몸을 일으켰다.

"그렇기에 내가 로안느의 왕이 되어야 한다. 객관적으로 봐도 이 상황을 타개할 왕족은 나밖에 없어."

"저도 그렇게 생각합니다. 하지만 냉정히 말해서 슈나이더 저하의 추측이 사실이라면, 저하께서 왕이 되셔도 지금 상황에서 바하무트를 막는 일은 매우 어렵다고 판단됩니다."

현실이기에 반박할 수 없었던 슈나이더가 답답한 심정으로 제 얼굴을 움켜쥐었다가, 변명하듯 내뱉었다.

"어렵더라도 막아 낼 수는 있을 거다. 이아나 영애, 비밀 하나 알려 줄까?"

이아나는 시큰둥했다. 그녀는 회귀 전 그의 최측근이었기에 이미 슈나이더의 비밀을 대부분 알고 있었다. 특히나 바하무트를 막을 수 있는 비밀이라면 그녀가 모를 리가 없었다.

"로안느 왕궁에는 로안느를 수호하는 귀물이 있다. 로안느 데 로안느 여왕이 라오스 신에게 선물 받은, 일종의 '성물'이지."

이아나의 사고가 멈추었다.

"바하무트와의 전쟁이 끝나고 몇 년 뒤, 부왕께서는 내게 성물을 보여 주시며 성물 덕분에 바하무트 황족을 막을 수 있었다고 자랑스럽게 말씀하셨었지."

이아나의 심장이 뛰었다. 슈나이더가 말하는 성물은 그녀가 찾고 있는 페임드라의 일부 중 하나일지도 모른다. 그런데 이상한 점이 있다. 회귀 전, 슈나이더는 이아나에게 성물에 대해 말해 준 적이 없었다.

'내가 기억 못 하는 건가? 아니야, 그렇게 중요한 물건을 내가

잊어버렸을 리가 없어. 혹은 내가 신의 존재를 불신했기 때문에 슈나이더가 말해 주지 않은 건가?'

이아나는 신학이 헛소리라고 생각했고, 어려운 일이 있어도 신에게 기도 한번 한 적 없었다. 신에 관한 이야기를 듣는 것도 싫어했다. 그래서였을지도 모른다.

"성물이 무엇입니까?"

이아나가 참지 못하고 강한 호기심을 내비쳤다.

"흠?"

슈나이더는 흥미를 느끼며 몸을 바로 했다. 초라한 기분을 견디지 못해 그냥 주절거린 말에 이아나가 반응하자 뜻밖이었다.

"궁금한가?"

"네. 무척."

슈나이더는 팔짱을 끼고 더 말하지 않았다.

이아나가 왜 성물에 대해 궁금해하는지는 몰라도, 그에게는 좋은 일이었다. 슈나이더는 처음으로 이아나와의 관계에서 우위를 점할 수 있는 요소를 찾아내어 기분이 좋아졌다.

"국가 기밀이라 자세히 언급하는 건 곤란하기도 하고, 나에게도 무기는 있어야 하니 치사하지만, 자네가 내 부탁을 수락한다면 알려 주지. 원한다면 직접 볼 수도 있게 해 주겠어. 그건 왕의 허가를 받은 자들만이 볼 수 있거든."

이아나는 미간을 좁혔다. 감정을 너무 드러냈다. 관심 없는 척 그런 것도 있냐는 식으로 물었으면 아쉬운 처지인 슈나이더는 술술 대답해 줬을 수도 있었다.

"난 지금 들어가 봐야 해. 내 부탁은 천천히 잘 생각해 보도록.

영애에게도 크게 손해는 아닐 거야."

슈나이더가 먼저 문을 열고 들어갔다. 이아나도 한숨을 한 번 내쉰 후 그를 뒤따르려 했다. 하지만 갑작스레 멈춰 선 슈나이더 때문에 앞으로 나아가지 못했다.

슈나이더의 어깨 너머로 화사한 백금발이 살랑거리는 게 보였다. 이아나는 뭔가 싶어 슈나이더의 옆으로 나왔다가 한 여자가 길을 막아서고 있는 걸 보고 골치가 아파 왔다.

"레리트."

"저하, 한참 동안 찾았는데 로베르슈타인 영애와 함께 계셨네요."

슈나이더의 약혼녀 레리트 타루이트였다. 부채가 그녀의 얼굴을 코까지 가리고 있었지만, 확연히 상한 기분은 날 선 눈매만으로도 분명하게 드러났다.

안젤리나는 뒤쪽에서 닛시를 끌어안고 어쩔 줄을 몰라 했고, 닛시는 호기심으로 눈을 반짝거렸다.

"긴히 할 얘기가 있었어."

"정계에 영향력이 전혀 없는 영애와요?"

"없기는 왜 없어? 로베르슈타인 백작의 하나밖에 없는 딸인데. 그리고 정치적인 이유로 그녀와 얘기한 게 아니다. 언제나 그랬 듯 그녀의 검이 필요하다고 거듭 설득했을 뿐이야."

"이해할 수 없군요. 뛰어난 검사가 로베르슈타인 영애 하나만 있는 것도 아니잖아요. 둘이서 밀담을 나누면서까지 회유하셔야 하나요? 이렇게까지 하셔야 해요?"

"하아."

슈나이더가 미간을 좁히며 이마를 짚었다.

"밀담은 이아나 영애뿐만 아니라 다른 사람이랑도 자주 해. 레리트, 넌 지금 이아나 영애가 여성이라서 이러는 건가?"

"저를 불안하게 만드는 건 성별이 아니라 저하의 태도예요. 로베르슈타인 영애에게 편지를 보내고 보일 때마다 다가가서 살갑게 말을 붙이신 게 무려 이 년이에요. 다른 사람들에게는 이렇게까지 안 하셨어요."

"내 태도가 달라 보이는 건 다른 이들이 내 제안을 쉽게 수락했기 때문이다. 그들이 계속 거절했다면, 그들에게도 지금 이아나 영애에게 하는 것처럼 했겠지."

"그전에 저하께서 관심을 떼셨겠지요! 로베르슈타인 영애가 예외인 거잖아요!"

슈나이더가 입술을 깨물었다.

"얼마 전에 말하지 않았나? 곧……."

"자꾸 이런 모습을 보이시니 제가 어떻게……."

졸지에 두 사람의 싸움에 껴 버린 이아나는 이 자리에서 탈출하고 싶어졌다. 레리트가 이런 이유로 슈나이더와 싸우는 모습을 이번 생에서도 보게 될 줄은 몰랐다.

회귀 전엔 웬 개가 짖나 하고 짜증스럽게 넘겼는데 지금은 조금 달랐다. 레리트가 회귀 전에도, 회귀 후에도 이러는 이유가 있을 것 같아 괜히 마음이 찝찝했다.

하지만 이아나는 곧장 그 찝찝함을 치웠다. 슈나이더는 회귀 전에도, 회귀 후에도 제게 단 한 번도 남자로서 다가온 적 없다. 말을 한 적도 없다. 그것이 슈나이더의 의지였다. 그리고 오늘은 반년만 도와주면 영입을 완전히 포기하겠다고도 말했다. 그것이 결론이었다.

깔끔하고 평화롭다.

슈나이더는 한번 약속을 하면 반드시 지켰다. 회귀 전 십 년 넘게 슈나이더의 곁에 있으면서 얻은 깨달음이었다.

"레리트, 이아나 영애에게 연인이 있다는 거 알고 있잖아요. 왜 그래요?"

언성이 높아지자 안젤리나가 후다닥 달려와 레리트의 드레스 자락을 붙잡았다. 슈나이더가 안젤리나를 보며 눈을 부라렸다.

"너, 레리트에게 쓸데없는 소리 하지 않았겠지."

"안 했어요."

슈나이더는 벽에 붙은 거대한 시계를 보더니 인상을 찌푸렸다.

"레리트, 지금 바쁜 일이 있어서 가야 해. 할 얘기가 있으니까 파티 끝나고 기다려."

"……가 보세요."

레리트는 가빠진 호흡을 겨우 정리하며 슈나이더를 배웅했다. 슈나이더는 빠르게 자리를 벗어났고, 그 자리에는 이아나와 레리트, 안젤리나만 남았다.

"그럼 저도 이만."

이아나는 이 자리에서 냉큼 빠져나가려 했다. 하지만 레리트가 붙잡았다.

"저랑 잠시 얘기 좀 해요."

이아나는 절로 나오려는 한숨을 집어삼켰다. 국왕탄신일 파티마다 피곤한 일이 생긴다. 작년에는 안젤리나가 귀찮게 하더니 이번 해에는 레리트였다.

"짧게 끝내 주시죠."

그녀가 무슨 말들을 할지 대충 예상되었다. 이아나는 그녀와 길게 입씨름할 생각이 전혀 없었다.

"전 제가 아이를 낳지 못하는 최악의 상황이 아닌 이상, 측실의 존재를 절대 용납하지 않을 거예요. 저하께서도 약속해 주셨고요."

누가 뭐랍니까?

이아나는 그리 대답하려다 괜히 심사가 꼬인 레리트를 더욱 화나게 할까 봐 입을 다물었다.

"단도직입적으로 말하죠. 혹시라도 저하의 곁을 차지할 생각이 있다면 지금 당장 버려요."

데뷔식 때 봤던 레리트는 우아했다. 하지만 지금은 우아한 껍데기를 집어던지고 히스테릭하게 쏘아붙이고 있었다.

이아나는 불쾌해졌다.

"지금 슈나이더 저하와 제 사이를 의심하고 계신 것 같은데, 저에게는 연인이 있습니다. 어이없는 망상으로 저를 음해하지도 말고, 명령하지도 마시죠."

"그래요? 그럼 저하의 회유도 확실히 거절해 주세요."

"제 기준으로는 확실하게 거절하고 있습니다만? 그리고 거절하든 수락하든 그건 오롯이 제 뜻입니다. 당신에게 이래라저래라 명령을 들을 이유 없습니다."

"어쨌든 거절한다는 거군요? 계속 그렇게 해요. 그리고 내 남자와 그런 차림으로 두 번 다시 만나지 말아요."

그런 차림?

이아나는 제 옷차림을 살폈다. 프리실라의 솜씨가 들어가 멋들어졌지만, 평범한 파티용 드레스였다. 이아나는 황당한 기분으로 레리트에게 물었다.

"왜죠? 그냥 드레스입니다."

"저하께서 당신을 여자로 볼 수도 있으니까."

레리트의 말 한 마디, 한 마디에 가시가 박혀 있었다. 질투라는 이름의 가시였다.

이아나가 혀를 찼다.

"드레스를 입었다고 해서 저라는 사람이 변하는 건 아닙니다. 저하께서는 제가 뭘 입든 그냥 한 사람의 검사로 대하고 계십니다."

"그건 당신의 순진한 생각이고요. 인간은 상대의 옷차림에 따라 태도가 변하는 법이에요. 당신이 후줄근한 수련복을 입고 있으면 일개 무인으로 대하겠지만, 화려한 드레스를 입고 아름답게 화장을 하고 있으면 레이디로 대한다고요. 알아듣겠어요?"

"제가 줄곧 드레스를 입고 파티에 참석했음에도 저하의 태도에는 변화가 없었습니다만?"

이아나 제가 생각하기에도 평소 모습과 화장까지 단단히 한 드레스 차림은 차이가 심하긴 했다. 보통 남자라면 레리트의 말대로 혹할 수도 있었다.

하지만 슈나이더는 보통 남자가 아니었다. 예전부터 생각했던 건데 레리트는 슈나이더라는 남자를 너무 과소평가하는 것 같았다. 슈나이더에게 굳이 변화가 있었다면 드레스를 입고 난간에서 뛰어내렸을 때부터였다. 레리트가 말하는 '여자의 옷차림'과는 관계없었다.

"불쾌하지만 당신의 말은 이해했습니다. 당신의 뜻과는 관계없이, 제가 슈나이더 저하의 기사가 되는 일은 없을 겁니다. 물론 여자도 되지 않을 거고요. 알고 계시겠지만, 저에게는 연인이 있습니다. 저는 그를 배신할 생각이 추호도 없습니다."

"당신의 연인을 변치 않고 사랑할 자신이 있나요? 어떤 시련이 닥쳐오더라도?"

기습과도 같은 질문이었다. 이아나는 거센 파도를 온몸으로 맞은 듯한 기분이 들었다.

빛은 무질서한 혼돈 속에서 겨우 제 모습을 자각하기 시작했다. 그 작은 감정을 말로 빚어낼 자신이 아직은 없어서, 이아나는 그저 천천히, 아주 천천히 고개를 끄덕거렸다.

"그래요."

레리트는 부채를 다시 펼쳐 얼굴을 가린 후 한숨을 폭 내쉬었다. 안색이 조금 파리했다.

"제가 예민하다는 거 알아요. 하지만 이해해 줘요. 전 어렸을 때부터 슈나이더 저하의 약혼녀로서, 저하만 바라보며 살아왔어요. 그런데 저하께서 살면서 최고로 관심을 보이는 대상이 여자라 불안하네요. 저도 당신만 한 관심은 못 받아 봤으니까."

이해하긴 했다. 전에 고민하지 않았던가. 만일 아르하드에게 반려가 생긴다면 그와 거리를 둘 수밖에 없다고.

아르하드가 그녀를 지극히 아끼니, 반려 쪽에서는 당연히 신경 쓰일 수밖에 없다. 그러니 알아서 피해 줘야 한다. 그리 생각했었다.

하지만 거리를 둬야 한다는 생각은 이아나가 아르하드에게 군신을 넘어서는 감정을 품었기 때문에 비롯되었다. 이아나가 아르하드를 단순히 주군이라고만 생각했다면 그런 쓸데없는 생각 따위 하지 않았을 터였다.

그리고 회귀 전 슈나이더와 이아나는 단순한 군신 관계였다. '여자'가 아니라 최측근 '기사'였으니 슈나이더의 곁에 있는 건 당연했다. 그걸 이해하지 못하고 질투하는 레리트가 짜증 났었다.

그러나 짜증과는 별개로 이제는 이해했다. 이아나는 슈나이더에게 별 감정이 없었지만, 슈나이더는 제게 어떤 감정을 품었는지 모를 일이었다. 회귀 전에도, 지금도.

"그럼 저는 가 볼게요. 미안했어요."

레리트는 짧게 사과하곤 멀찍이서 저를 기다리고 있는 영애들에게로 우아하게 걸어갔다. 사뿐사뿐 걷는 것이 나비와 같았다. 영애들에게 당도한 레리트는 아무 일도 없었던 것처럼 사르르 웃으며 대화를 주도했다. 방금까지 신경질적으로 화를 내던 여자는 이미 사라지고 없었다. 그 이중적인 모습이 무서울 정도다.

"와……."

옆에서 들려온 감탄성에 이아나가 옆을 보았다. 안젤리나가 빨갛게 달아오른 얼굴을 손으로 부채질하고 있었다.

"악몽처럼 되는 줄 알고 기절할 뻔했네요."

악몽.

예전에는 안젤리나의 망상을 알 이유가 없다고 판단해서 넘겼지만, 조금 전에 그녀가 한 말 때문에 눈치채 버렸다.

안젤리나의 악몽은 저와 관련이 있다. 그러니 계속 제게 들러붙는 것이다.

이아나는 몰랐다면 몰라도, 제가 깊이 연관된 일임을 알게 되면 반드시 알아야 하는 성미였다.

슈나이더와 레리트가 사라지기만을 기다리고 있던 안젤리나가 이아나의 옆에 찰싹 붙었다.

"슈나이더 오라버니가 이상한 소리 하지 않으시던가요?"

"이상한 소리? 그건 모르겠고, 왕녀님. 무슨 악몽을 꾸고 있는지 알려 주십시오. 거기 제가 나오는 거지요?"

"헉."

안젤리나가 어떻게 알았냐는 듯 눈을 크게 떴다.

"무슨 꿈인지 알려 주십시오."

이아나는 예전에 제가 환상을 봤을 때의 아르하드의 말을 떠올렸다.

"당사자인 제게 말씀해 주시면 악몽을 해결하는 데 도움이 될 수도 있습니다. 제가 왕녀님 꿈에서 무슨 짓을 했는지 들어 보고, 현실에서는 악몽에서 제가 했던 행동을 되도록이면 하지 않겠습니다. 누구에게도 발설하지 않을 테니 알려 주세요."

"그게……."

안젤리나가 잔뜩 꺼려하자 이아나가 쐐기를 박았다.

"거절하시면 왕녀님과 저의 인연은 이걸로 끝입니다."

"헉!"

"전 말하기 껄끄러운 목적으로 제게 접근한 사람과 인연을 이어갈 생각이 추호도 없습니다."

안젤리나의 낯이 흙빛이 되었다.

"아, 아아. 시간을 좀 주세요. 아직 누군가에게 말할 준비가 되지 않았어요."

그 정도야 해 줄 수 있었다.

"알겠습니다. 닛시 이리 주세요."

흥미롭게 상황을 관전하고 있던 닛시가 이아나에게 기꺼이 안겨 들었다. 닛시를 고쳐 안아 든 이아나가 안젤리나에게 물었다.

"그런데 왕녀님은 혹시 로안느 왕궁에 있다는 성물이 뭔지 아십니까?"

깜짝 놀란 닛시가 꼬리를 세차게 휘두르더니 이아나의 팔을 탁 쳤다. 이아나는 애가 왜 이러나 했을 뿐, 신경 쓰지 않았다.

"성물? 왕궁엔 없을 텐데요? 라오스 대신전에 있는 걸 착각하신 거 아닌가요?"

안젤리나는 전혀 모르는 눈치였다.

'아르하드는 알고 있을까?'

이아나에게 있어 아르하드는 모르는 게 거의 없는 사람이었다. 파티가 파한 후 슈나이더의 제안에 대해 의논할 겸 아르하드에게 가서 성물을 아는지 물어봐야겠다고 생각하며, 이아나는 국왕의 입장을 기다렸다.

"국왕 전하 드십니다!"

문 너머로 국왕이 홀에 입장한다는 시종의 목소리가 크게 들려왔다. 나팔 소리가 울려 퍼졌다. 하리오스가 활짝 열린 문으로 천천히 들어섰다.

오늘은 국왕탄신일이다. 그가 따뜻한 생명을 가지고 태어났음을 축하하는 날임에도 창백한 얼굴에는 생기 하나 없이 병색만 완연했다.

'정말로 죽을 때가 다 되어 가나 보군.'

오늘 역시 로안느에 대한 찬양과 하리오스 맥시엄 로안느에 대한 구구절절한 찬사로 파티를 열었다. 그 다음으로는 몬스터 게이트로 인한 사상자에 대한 위로, 이 위기를 함께 이겨 나가자는 격려가 이어졌다.

"어려운 상황에서도 짐의 생일을 축하하기 위해 이곳까지 와 주어 고맙다. 오늘만큼은 모든 골칫거리를 잊고 파티를 즐기도록 하라!"

"국왕 전하 만세!"

모두가 와인 잔을 들어 올리며 국왕을 향해 만세를 외쳤다.

하리오스가 파티 시작의 상징인 와인 첫 잔을 쭉 들이켰다. 다른 이들도 따라서 와인을 들이켰다.

"……!"

이아나는 와인이 혀에 닿자마자 뱉어 냈다. 막 와인을 마시려 하는 안젤리나의 와인 잔도 세게 쳐 냈다.

파챵!

"독이다! 마시지 마!"

이아나가 말하기 전에 누군가 경악해서 고함을 질렀다. 사방에서 잔을 집어 던진 후 와인을 토해 내고 입을 헹궈 댔다. 하지만 그러지 못한 사람도 있었다.

파챵!

파티장의 가장 상석에서 와인 잔이 떨어져 내렸다. 와인과 피가 섞인 붉은 액체가 국왕의 입가에서 흘러내렸다. 모두의 앞에서 육중한 몸이 무너져 내렸다.

"전하!"

국왕이 쓰러지자 사방에서 귀족들이 비명을 질러 댔다. 그리고 국왕을 따라서 독을 삼킨 귀족들이 신음을 흘리며 하나둘 쓰러지기 시작했다.

"아바마마……."

안젤리나의 안색이 새하얗게 질렸다. 이아나는 비틀거리며 주저앉으려는 안젤리나의 팔을 붙잡아 지탱했다. 이아나는 안젤리나를 부축하며 주변을 기민하게 살폈다.

'뭐야. 일이 어떻게 돌아가는 거지?'

국왕은 미동이 없고, 귀족들은 바닥을 뒹굴며 고통을 호소하고 있다. 바로 죽지는 않은 것으로 보아 강한 독은 아닌 듯하나, 그래도 먹는 즉시 탈이 나는 독이다.

왕궁으로 반입되는 술에 독을 탈 만큼 대범한 놈들은 그놈들밖에 없다. 블랙폭시, 혹은 바하무트.

'놈들이 이곳에?'

이아나는 즉시 기척을 죽였다.

"이아나 양, 아바마마가."

이아나를 꽉 붙든 안젤리나가 눈물을 펑펑 쏟아 내며 쓰러진 국왕 쪽을 바라보았다.

몸이 좋지 않던 국왕을 위해 멀찍이서 대기하고 있던 의사들이 달려왔다. 몇몇은 국왕을, 나머지는 흩어져서 귀족들을 살폈다. 의사들은 다급하게 국왕에게 응급조치를 취했고, 슈나이더와 페르난도 등 왕족들과 고위 귀족들은 국왕의 주변에서 심각한 표정으로 대화를 나누고 있었다.

이아나는 안젤리나를 앞으로 살짝 밀었다.

"당신도 가십시오."

하지만 안젤리나는 주춤거리더니 차마 앞으로 발걸음을 떼지 못하고 뒷걸음질 쳤다.

"무, 무서워요."

그녀는 이를 딱딱거리며 온몸을 사시나무처럼 떨었다. 바닥에 엎어진 채 피를 왈칵왈칵 쏟아 내는 부친이 몹시 낯설어 두려웠다.

얼마 지나지 않아, 국왕을 살피던 의사가 침통한 표정으로 고개를 저었다.

"서거하셨습니다."

한때 전장을 호령한 은의 사자였지만, 세월이 흘러 이가 죄다 빠진 채 요녀의 품에서 살아가던 하리오스 맥시엄 로안느가 사망하였다.

참으로 갑작스러운 죽음이었다.

댕⋯⋯. 댕⋯⋯.

통신으로 국왕의 죽음을 전해 받은 왕궁의 종탑에서 종을 울렸다. 테오도르뿐만 아니라 로안느 전역에서 국왕의 죽음을 알리는 종소리가 음울하게 울려 퍼졌다. 몹시 불길한 느낌의 울림이었다.

"흐어어엉, 허엉."

부왕의 죽음이 믿기지 않았던 안젤리나가 울음을 터뜨렸다. 이아나는 안젤리나의 통곡에 섞여 드는 종소리를 들으며 혀를 찼다.

'국왕이 지금 죽을 줄이야. 일이 꼬이는군.'

한 나라의 왕을 죽인 독.

이아나는 혀끝에 닿았던 미미한 불쾌감을 상기했다. 이물감이 남아 있는 듯하여 주변에 있던 물로 입을 헹군 후 뱉었다.

'누구냐.'

슈나이더는 세상을 떠난 부친에게 우울한 기분으로 조의를 표하면서도, 동시에 분노가 북받쳐 올라 주먹을 꽉 쥐었다. 손톱이 손바닥을 파고들어 상흔을 남겼다.

'누구 짓이냐. 블랙폭시? 바하무트? 아니면⋯⋯.'

슈나이더는 루리아 쪽을 휙 노려보았다. 루리아는 몹시 놀란 듯, 안색이 새하얬다. 슈나이더가 눈썹을 찌푸렸다.

'저 여자는 아닌 건가? 아니지, 관련되어 있을 가능성이 커. 만약 루리아의 뒤에 블랙폭시가 있고, 블랙폭시의 뒤에 바하무트가 있다면.'

차갑게 식어 가는 국왕의 사체 주변에는 삼 공작과 차이판 후작을 제외한 네 후작이 있었다.

오웬 후작이 성호를 그은 후 나지막하게 말했다.

"왕좌를 비워 둘 순 없습니다. 특히 요즘 같은 때는 더더욱. 왕세자이신 페르난도 저하께서 하루빨리 즉위하셔야 합니다."

"아, 그렇군. 이젠 내가 왕인 건가."

저를 아껴 준 아비의 죽음에 울적해하던 페르난도의 얼굴에, 기묘한 희열감이 서렸다. 페르난도가 흘끔대는 걸 느낀 슈나이더가 입술을 꽉 깨물었다.

'하필이면 이런 어수선한 때에!'

시기가 나빴다.

블랙폭시와 몬스터들이 준동하는 현재, 왕세자는 그가 아니라 페르난도였다. 페르난도가 왕이 되는 게 당연하다는 소리다.

'내전뿐인가?'

하지만 국왕이 죽자마자 왕의 자리를 놓고 다투는 건 모양이 좋지 않다. 시선을 무시하고 피 터지게 싸울 수도 있지만, 내전이 발발하면 현재 로안느가 직면한 외적 문제들을 수습하는 게 불가했다.

슈나이더가 아비의 죽음에 대한 우울감을 애써 떨쳐 내며 머리가 터지도록 미래를 생각하고 있을 때였다.

쿠구구구구.

파티장 주변에서 마나가 거대한 기류를 형성하며 이리저리 흐르는 것이 포착되었다. 마나들은 곳곳에서 뭉글거리며 뭉치더니 소용돌이를 형성하기 시작했다.

슈나이더가 눈을 치켜떴다.

'게이트!'

파티장 외부에서 게이트들이 열리고 있었다.

캬아아!

쿠워어억!

아니나 다를까, 게이트에서 튀어나온 몬스터들이 익숙한 괴성을 질러 댔다.

카아아아아아아!

파챵! 파챵!

"까아악!"

"우아아아악!"

살기에 물든 괴성이 홀의 유리창들을 모조리 깨부수며 파티장으로 난입했다. 고함만으로 유리를 부수다니 보통 놈들이 아니었다. 싸울 수 있는 이들은 긴장하여 무기를 찾느라 고함을 질러 댔고, 무와 관련 없는 귀족들은 공포에 질려 비명을 쏟아 냈다.

쿵쿵쿵.

뒤이어서 쿵쿵거리는 발소리가 지축을 울리고, 파티장을 지키고 있던 병력과 몬스터가 충돌하였는지 인간과 몬스터의 고함이 섞여 울렸다.

하지만 병력이 다 막지 못한 몬스터들은 저지선을 뛰어넘어 파티장을 공격했다. 굉음이 홀 전체를 울렸다.

크르르르르.

얼마 지나지 않아, 몬스터들이 눈을 번뜩거리며 사방에서 모습을 드러내기 시작했다. 그 수가 몹시 많았다. 너무 순식간에 일어난 일들이라 무슨 대처를 할 틈이 없었다.

"형님, 일단 몬스터부터 해결하시죠."

슈나이더가 이를 갈며 페르난도에게 말했다. 이 상황에서는 협력 말고는 달리 방법이 없었던지라, 페르난도도 고개를 끄덕거렸다. 페르난도는 직접 병력을 지휘하여 몬스터를 처리해 본 경험이 일천했기에, 지휘권은 자연스럽게 슈나이더에게로 넘어갔다.

콰과과과과.

슈나이더의 주변에서 미미한 은빛으로 반짝거리는 마나가 휘몰아치기 시작했다.

"무기와 마법을 쓸 수 있는 자들은 나를 도와 길을 뚫는다. 솔사비어 공은 방어 마법을 펼쳐 일반인들을 보호하며 뒤를 따르라!"

홀 안에서 비상사태를 대비해 대기하고 있던 기사들과 귀족들 중 무력을 사용할 수 있는 이들이 슈나이더를 중심으로 모여들고, 일반인들은 솔사비어의 주변으로 갔다.

무인과 마법사의 수는 일반인의 수보다 현저히 적었지만 이 상황에서는 분명 도움이 될 터였다. 다만 파티에 참석하느라 무기를 두고 온 자들이 대부분이었다. 슈나이더는 아공간을 열어서 보관하고 있던 질 좋은 무기들을 바닥에 쏟아부었다.

"시간이 없다. 어서 들어!"

이들이 무기를 잡자마자 몬스터들이 달려들었다. 험악한 기류들이 충돌했다.

"아악!"

크르르릉!

그야말로 아비규환이었다.

"이아나 양, 허어엉. 허엉."

이아나는 펑펑 우는 안젤리나를 잡아끌며 일반인들 틈에 섞여 들었다. 어찌할지 고민하며 상황을 관찰했다.

'조금 위험한데.'

귀족들이 몬스터들에게 밀리고 있었다. 그리고 광범위하게 방어 마법을 펼치고 있는 신가드라 솔사비어가 힘겨워하고 있다는 사실도 알았다.

그런데 우연일까? 몬스터들이 왕족, 그러니까 페르난도와 슈나이더, 라이너스의 주변에는 접근하지 않는 장면을 목격했다.

'역시?'

회귀 전에도, 이상하게 몬스터들은 슈나이더를 꺼렸다. 아무리

흉포한 몬스터라도 그를 피해 가려 했다. 그것은 비단 슈나이더·에게 한정되는 게 아니라 로안느 왕족 모두에게 해당되는 모양이었다.

짧은 시간 내에 많은 것을 관찰한 이아나가 안젤리나의 어깨를 홱 붙들었다.

"왕녀님, 마법이 수준급이었지요?"

"허엉, 흐아아앙."

안젤리나는 눈물을 뚝뚝 흘리며 울었다.

"솔사비어 공작을 도와서 여기서 사람들을 지키고 계세요. 가 봐야겠습니다. 닛시도 잘 부탁합니다."

이아나는 안젤리나에게 닛시를 안겨 주고 떠나려 했지만, 안젤리나가 그녀의 옷자락을 세게 붙잡았다.

"무, 무서워요. 허엉. 형. 아바마마……. 이아나 양, 가지 마세요. 허엉."

눈물을 펑펑 쏟아 내는 안젤리나는 거의 패닉 상태였다.

"무례를 용서하시길."

그리 말한 이아나가 손을 들었다.

찰싹.

이아나의 손이 안젤리나의 뺨을 쳤다. 안젤리나는 너무 놀라서 울음을 그치고 말았다. 그리고 생전 처음으로 느껴 보는 아픔에 딸꾹질을 시작했다. 욱신거리는 뺨을 움켜쥔 안젤리나를 향해 이아나가 단호하게 말했다.

"당신은 왕녀입니다. 정신 차리세요."

"……"

"권리에는 의무가 뒤따릅니다. 당신이 이때까지 왕녀로서 누린 게 권리라면, 당신의 국민을 보호하는 것이 의무입니다. 당신에게 는 그럴 능력이 있고요."

안젤리나가 흔들리는 눈으로 바라보자 이아나가 그녀를 솔사비 어 쪽으로 밀었다.

"달라지기로 했잖아요? 타인에게 지켜지기만 할 게 아니라, 당신의 힘으로 본인과 타인을 지키십시오."

울음을 그친 안젤리나는 얼떨떨해하며 닛시를 안고 신가드라에 게로 향했다. 이아나는 겁에 질린 귀족들을 지나쳐서 병장기 소리가 팽배한 전투 현장으로 갔다.

이아나는 여기저기 흩어져 굴러다니는 검들 중에서 제일 가까이에 있는 검을 집어 들었다. 슈나이더가 소장하고 있던 것들이라 뭘 집어도 괜찮은 검이었다.

"지원군이다!"

홀 한쪽에서 누군가가 고함을 질러 댔다. 고함과 동시에 정예군과 마법사들이 부서진 궁 너머에서 밀려 들어와 몬스터와 맞붙었다. 지원군이 몬스터를 처리하면서 온 덕분에, 그쪽 길은 뻥 뚫렸다.

"내 휘하의 기사들은 나를 따라서 일반인들을 대피시켜라!"

페르난도가 얼른 나섰다. 자기는 이 지옥을 빠져나가겠다는 속셈이 뻔했다. 하지만 사람들은 그런 걸 느낄 새가 없었다. 그저 살았다고 생각하며 페르난도를 따를 뿐이었다.

이아나는 지원군의 뒤쪽에서 침착하게 상황을 살피고 있는 시아이외를 발견했다. 이아나가 반가움을 느끼고 다가가자 그녀를 발견한 그가 손을 흔들며 인사했다.

"산책하는 사이 이쪽에서는 난리가 났더군요. 그래서 얼른 흩어져 있던 군대를 모아 왔습니다. 그런데 국왕이 왜 죽은 겁니까?"

"독살당했습니다."

"정말 어이없게 죽었네요."

시아이외는 부친을 잃은 자치곤 지나치게 냉담했다.

"반, 다른 곳은 어떻습니까?"

"다른 데는 아무 문제 없습니다. 여기만 이렇습니다. 바하무트겠지요? 아무튼 가만있을 수는 없겠군요."

시아이외는 아공간을 열더니 활과 화살통을 꺼내 들었다. 활의 시위를 당겨 보던 시아이외가 물었다.

"안, 당신은 어쩌실 겁니까?"

"몬스터의 수준을 보니 로안느 군대와 엇비슷한 것 같은데, 위험한 쪽만 도우러 다녀 볼까 합니다."

이아나는 전면에 나서지 않고 위험해 보이는 곳만 주로 도우러 다니기로 결심했다. 이곳은 역사가 천 년이 훌쩍 넘은 로안느 왕국의 궁이다. 그녀가 아니더라도 몬스터를 잡을 사람은 많았다.

"밖의 게이트를 닫으러 가는 선택지도 고려해 봤지만 기각했습니다. 바하무트의 꿍꿍이를 모르는 상태에서 함부로 움직일 수는 없죠."

"바람직한 선택입니다. 그럼."

시아이외는 가볍게 뛰어올라 높은 난간에 올라서서 활시위를 당겼다.

꾸드드득.

희고 단단한 팔에 핏줄이 섰다. 매와 같은 눈은 사방으로 시선을 그려 내며 섬뜩한 궤적을 찾아냈다. 줄이 팽팽하게 당겨져 활이 비명을 지를 정도로 힘을 준 시아이외가 마나를 강하게 불어넣어 화살을 쏘았다.

퍼어엉!

그의 화살은 몬스터의 머리를 그대로 꿰뚫었다. 꿰뚫는 것도 모자라 통과한 화살은 뒤에 있던 다른 몬스터들 몇 마리의 몸에도 구멍을 내고 폭발했다.

펑, 퍼엉! 퍼어어어엉!

백발백중의 솜씨를 구경하다가 이아나도 검을 들었다. 주변을 살펴보았다. 페르난도를 따르는 이들과 일반인들만 사라졌지, 그들을 보호하고 있던 신가드라와 안젤리나는 남아 있었다.

보호 대상이 사라진 신가드라는 마법을 사방으로 뿜어내며 몬스터들을 학살했다. 그는 로안느 최고의 마법사였고, 방어 계열 마법 전문이지만 다른 마법도 타 마법사들보다 월등히 높은 수준으로 펼칠 수 있었다. 그러니 학살은 당연한 일이었다.

"허엉."

그런데 안젤리나는 의외였다. 일반인들과 함께 도망쳤을 줄 알았는데 울면서도 열심히 마법을 쓰고 있었다. 방어 마법으로 위험에 처한 이들을 구할 뿐만 아니라, 공격 마법으로 몬스터들을 공격하기도 했다. 공격에 집중하던 신가드라도 때때로 놀란 눈으로 그녀를 쳐다보곤 했다.

'아까 내 말을 귀담아들은 건가······.'

이아나는 묘한 기분을 느끼며 우글거리는 몬스터 떼 사이로 달려들었다. 펄럭거리는 드레스는 거치적거리긴 했지만, 그녀의 실력에 흠집을 내지는 못했다.

왕궁을 덮친 몬스터들은 죄다 상급이었다. 놈들의 몸은 강철과 같아 어중간한 공격으로는 상처를 입힐 수 없었다.

쩌어억!

하지만 이아나가 검을 가볍게 그으면 부드러운 케이크처럼 쪼개졌고, 강하게 휘두르면 정원사에게 가위질당해 떨어지는 나뭇가지처럼 분리된 부위들이 허공을 날았다.

퍼억!

구두코나 굽으로 걷어차면 도끼로 찍은 것처럼 살이 파이다 못해 찢어졌고, 강화된 팔과 다리로 내리치면 뼈가 부러져 나갔다.

몬스터들은 이아나의 공격을 인지하지 못했다. 공격 속도가 빠르기도 빨랐지만, 이아나가 공기와 비슷해 보일 정도로 존재감을 죽인 탓이었다. 이아나의 존재가 드러날 때는 그녀가 공격하는 찰나의 순간, 몬스터의 생과 사가 나뉘는 시점뿐이었다.

"크워어어어!"

"아아아!"

한쪽에서 몬스터에게 팔을 붙잡힌 병사가 고통스런 비명을 질러 댔다. 몬스터가 그의 팔을 뽑아내기 전, 유령처럼 다가온 이아나가 조용히 검을 휘둘렀다.

퍼걱!

병사의 팔 대신 몬스터의 팔이 대리석 바닥으로 텅 하고 떨어져 내렸다.

쉬쉬식!

검이 으스스한 기운을 담고 춤을 췄다. 날의 궤적이 몬스터의 몸을 서너 번 오갔다. 잠시 후, 몬스터의 육중한 몸이 여러 조각으로 쪼개지며 무너져 내렸다. 붉은 드레스가 꽃의 봉오리처럼 이아나의 다리를 휘감았다.

"크와아아!"

이아나의 뒤쪽에서 적을 찾고 있던 몬스터가 강렬한 붉은색을 발견하고 순식간에 덮쳐들었다. 인간의 두 배만큼 큰 몬스터였다. 놈이 거대한 도끼를 들고 이아나를 두 쪽으로 쪼갤 기세로 내리쳤다.

병사는 제 팔을 뽑으려 했던 몬스터가 갑자기 나자빠지자 넋이 나가 있었다. 그런데 웬 드레스를 입은 여자가 뜬금없이 나타나 죽을 위기에 처해 있다. 그가 흐억, 하고 놀란 숨을 들이켜는 순간이었다.

탕!

이아나가 발을 바닥에 세게 내리찍고 몸의 무게 중심을 낮췄다. 허벅지와 종아리에 힘을 주어 반 바퀴 회전하며 검을 대각선으로 강하게 쳐올렸다. 굴곡진 몸이 빙그르르 돎과 동시에 드레스가 만개하듯 펼쳐졌다.

콰아아아아아앙!

번갯불이 튀면서 굉음이 터졌다.

"크워!"

검의 궤적이 도끼의 궤적을 이겼다.

몬스터의 팔이 뒤로 튕겨 나가고, 이아나의 몸은 또 한 바퀴 돌았다. 그리고 다시 몬스터를 정면에 두기 직전, 이아나가 회전력을 이용해 검을 있는 힘껏 휘둘렀다.

쿠당탕!

이아나를 쪼개려 했던 몬스터는 제가 이등분되어 뒤로 넘어갔다. 순식간이었다.

병사가 할 말을 잃은 채 눈을 깜빡인 순간, 이아나는 사라졌다.

"으으으……."

높은 천장까지 머리가 닿는 거대 몬스터의 팔에 개미처럼 짓눌려 있던 병사가 신음을 흘렸다. 그는 죽음을 직감했다. 시간이 느리게 갔다. 이것이 바로 죽기 직전 겪을 수 있다는 시간의 둔화인 건가 싶었다.

"캬아아아. 캬학."

제 머리 위로 떨어지는 괴물의 침과 숨통을 조이는 압박감 때문에 눈물이 찔끔 났다.

그때, 병사를 누르고 있던 손 위로 구두 한 켤레가 올라섰다. 그의 눈물 너머로 드레스 자락과 머리카락이 온통 뒤섞인 붉음이 펄럭거렸다.

퍼걱!

검 한 자루가 괴물의 손등에 내리꽂혔다.

콰아아아아아!

붉은 회오리가 괴물의 두꺼운 손목부터 팔꿈치, 팔뚝, 어깨로 뻗어 나가며 팔을 세차게 감아올렸다. 바람이 지나간 팔은 피를 뱉어 내며 쩍 갈라졌다.

마침내 정수리에 도달한 붉은 회오리의 중심에서 빛이 번뜩였다. 번뜩임은 괴물을 반으로 가르며 떨어져 내렸다. 핏물이 폭풍우처럼 휘몰아쳤다.

병사의 눈에, 점점이 쏟아지는 핏방울은 꽃잎처럼 보였다. 우아한 드레스가 꽃 한 송이처럼 말려 떨어져 내리고 있었기 때문이다.

그 장면은 몹시 느릿했다. 하지만 바닥에 닿는 순간은 오고 말았다. 꽃에 밟힌 핏물에 동심원이 그려졌다.

또각.

구두의 굽이 바닥과 맞부딪치는 소리가 났다. 맑은 듯 탁한 듯 가늠할 수 없는 소리에 병사가 정신을 차렸다. 굽에 묻었던 피가 딸려 올라와 허공에 핏방울로 맺혔을 때, 꽃은 이미 그 자리에 없었다.

이아나는 기적을 숨긴 채 움직였다. 하지만 몬스터들이 연속적으로 공격할 때나 그녀가 사람을 구하느라 시간을 지체할 때, 근처에 있던 사람들은 펄럭거리는 붉은 드레스를 볼 수 있었다. 근접 계열 공격수가 아닌 후방에서 지원하는 이들은 이아나를 비교적 자주 목격했다.

붉은 드레스는 전장에서 흩날리는 기사의 망토보다 강인했다. 예쁜 구두는 병사의 투박한 철군화보다 전장에 잘 어울렸다. 전부 입고 있는 사람이 보이는 실력 때문이었다.

'슈나이더 저하께서 회유하실 만도 하군.'

하지만 그들 중에서도 이아나의 실력을 정확히 평가할 수 있는 사람은 없었다.

"흐어엉."

안젤리나는 죽은 아비를 떠올리며 울면서도, 계속해서 마법을 썼다. 그녀의 마법 덕분에 살아남는 병사가 많았다. 마법 공부는 중급 과정까지만 튼튼하게 배워 두고 그만뒀는데, 그 얕은 공부가 벌써 수십 명의 생명을 구했다.

그 경험은 안젤리나의 심장에 변화를 일으키고 있었다.

안젤리나는 이아나가 싸움에 끼어들자마자 그녀를 보조하려 했다. 하지만 이아나가 동에 번쩍 서에 번쩍 하며 사람들을 구하는 것을 보고 그럴 필요가 없음을 깨달았다.

'이아나 양은 진짜 강하구나.'

당연하게도, 슈나이더도 그런 이아나를 발견했다.

'역시 강해. 실력도 숨기고 있는 것 같은데…… 대체 얼마나 강한 거지? 저러니 내 제안도 얼마든지 거절할 수 있었겠지.'

슈나이더는 이아나가 보일 때마다 그녀를 관찰했다. 그의 심장이 뛰었다.

"……"

그의 제안을 수십, 수백 번 걷어차는 건방짐도.

자기 실력에 대한 자신감도.

한번 결정한 사항에 대해선 죽어도 바꾸지 않는 고집도.

난간에서 드레스를 입고 뛰어내리는 엉뚱함도.

검을 다룰 때의 저 아름다움도…….

전부 마음에 들었다. 마음에 들지 않는 구석이 없었다.

하지만 접어야 할 마음이었다.

어느 정도 몬스터가 정리되자, 슈나이더가 외쳤다.

"게이트를 파괴한다!"

한편, 루리아는 자신의 궁으로 무사히 귀환했다. 돌아오자마자 궁 주변에 군대와 마법사를 잔뜩 배치한 루리아가 다급하게 궁 안으로 들어섰다.

시녀들은 어리둥절해했다. 지금은 파티가 막 시작했을 시간인데 왜 돌아왔을까? 그것도 루리아답지 않게 차림새가 잔뜩 흐트러진 상태로.

"잘 다녀오셨습니까."

"따뜻한 차를 준비할까요?"

시녀들은 내색하지 않고 루리아를 예의 바르게 맞이했다. 루리아의 눈에 조금이라도 거슬리면 바로 매질을 당하기 때문이다.

하지만 루리아는 시녀들을 무시하고 성큼성큼 걸어 제 방으로 들어갔다.

쾅!

문을 세게 닫은 루리아가 바닥에 얌전히 깔려 있던 고급 카펫을 확 치우고 발을 쾅쾅 굴렀다. 그러자 바닥에 실금이 가는가 싶더니 교묘하게 숨겨져 있던 문이 위로 벌컥 열렸다.

"마마, 파티는 즐겁게 다녀오셨습니까요?"

거기서 엉금엉금 기어 나온 뚱뚱한 남자, 브루스가 히죽 웃었다.

"이게 어찌 된 일이야! 내게는 그냥 국왕을 침대에 누워 거동 못 할 정도로만 만들겠다고 했잖아!"

루리아가 빽 소리를 질렀다.

"그런데 죽었어! 귀족들까지 중독된 건 또 뭐야!"

루리아는 헝클어진 머리를 쥐어뜯었다.

그녀는 최근 늙은 국왕을 상대하는 것에 극도로 질려 있었다.

루리아는 국왕의 자리를 사랑했지, 하리오스라는 남자를 사랑하지는 않았다.

아양을 떠는 건 익숙해진 지 오래였지만 익숙함과 별개로 혐오감은 더해 갔다. 권력만 유지할 수 있다면 냄새나고 늙은 하리오스와 더 어울리고 싶지 않았다.

한 달 전, 루리아의 하소연을 들은 블랙폭시는 와인 납품 권한을 달라고 했다. 국왕을 오늘내일하는 병자로 만들어 더는 귀찮게 굴지 못하게 해 주겠다고 제안했다. 루리아는 얼씨구나 하고 블랙폭시의 청을 들어주었다.

그런데 국왕이 죽어 버렸다. 루리아는 덜컥 겁이 났다.

줄곧 블랙폭시의 도움을 받긴 했지만, 삼십 년 가까이 움켜쥐고 있던 권력은 모두 국왕 하리오스가 부여한 것이다.

그리고 페르난도는 아직 왕이 아니었다. 왕세자긴 하지만 슈나이더라는 막강한 적이 존재했다. 혹시라도 어찌어찌하여 슈나이더가 왕이 된다면? 그녀는 끝장이었다.

"저런. 국왕의 몸이 극미한 독조차 이겨 내지 못할 정도로 약했나 보군요."

브루스가 정말 안타깝다는 듯 불쌍한 표정을 지었다.

"하지만 저희가 의도한 건 아닙니다? 보십시오. 귀족들은 한동안 앓을 병을 얻었을 뿐 살아 있지 않습니까? 물론, 죽은 자들도 있겠지만 말입니다."

브루스가 혀를 날름거렸다. 사실이었기에, 루리아는 찝찝했지만 고개를 끄덕일 수밖에 없었다. 뱀처럼 움직이는 혀가 마음에 걸렸지만, 본인이 그렇다는데 뭐 어쩔 텐가? 루리아는 블랙폭시에게 따질 처지도 아니었다.

"몬스터들은 또 뭐야? 어쩜, 운도 나쁘지. 어떻게 중독 사태가 일어나자마자 몬스터 게이트가……."

루리아가 순간 섬뜩함을 느끼고 능글맞게 웃고 있는 브루스를 곁눈질했다.

"설마 요즘 전 세계적으로 열리고 있다는 게이트, 너희냐? 아니 겠지? 너희와 관련 있는 거 아니지?"

브루스가 어깨를 으쓱거렸다.

"맞습니다만?"

"뭐?"

"저희가 요새 핍박을 많이 받아서 말입니다. 블랙폭시의 신조 아시지요? 당한 건 몇 백 배로 갚아 준다."

숨기지 않는 태도에 루리아는 경악스러웠다.

"로안느에 게이트 출몰이 제일 심했지요? 이게 다 슈나이더 때 문입니다. 슈나이더가 카마트로스를 내세워서 우리와 대립하지만 않았어도 로안느를 집중적으로 공격하진 않았을 겁니다. 아무튼, 국왕이 죽은 이상 어쩔 수 없군요. 마마, 저희가 페르난도 저하의 즉위를 도와 드리겠습니다."

당황해서 입술을 뻐끔뻐끔하던 루리아가 눈을 반짝거렸다.

"슈나이더가 가만있겠나? 그놈과 레제는 어떻게든 우리를 끌어 내리려고 할 거야."

"저희가 있지 않습니까? 가만있을 수밖에 없게 만들어야지요. 슈나이더를 변방으로 보내 버리는 겁니다. 그리고 거기서 죽여 버리는 거지요……."

"뭐? 어떻게?"

"전하, 잠시 가까이……."

브루스의 귓속말을 들은 루리아의 안색이 백지장이 되었다.

"바, 바하무트?"

쿠당탕!

루리아가 자리를 박차고 일어났다. 화려한 의자가 뒤로 뒹굴었다.

"바하무트와의 전쟁이라고? 그게 말이 되는 소리냐?"

"말이 됩지요."

"헛소리, 이놈이 감히 뉘 안전이라고 그런 미친 말을……."

"잠깐 기다려 보시지요."

브루스는 즐겁게 여유를 부렸다. 루리아는 창백한 안색으로 브루스를 쏘아보았다.

"마마, 마마! 큰일 났습니다!"

얼마 지나지 않아 시녀가 숨이 넘어갈 듯 방문을 두드려 대다가 문을 세게 열고 들어왔다. 루리아가 도끼눈을 떴다.

"이년, 감히 허락도 없이 어딜!"

"하지만, 바하무트 제국에서 전쟁을 선포했다는 소식이!"

루리아가 입을 쩍 벌렸다. 브루스가 여유로운 표정으로 휘파람을 불었다.

"어쩌시겠습니까?"

루리아도 머리라는 게 있었다.

"너희 설마 바하무트와 관련이 있는……."

"어쩌시겠습니까?"

브루스가 루리아의 의문에 대답하지 않고 똑같은 말을 했다.

어투는 어느새 고압적으로 변해 있었다. 루리아는 브루스의 태도 변화에서 대답을 들었다.

"우리와 손을 잡았다는 게 까발려지고, 지금 당장 슈나이더 왕자의 손에 목이 잘려 내걸리겠습니까?"

섬뜩함을 느낀 루리아가 덜덜 떨며 제 목을 쓰다듬었다.

"아니면 무너져 가는 로안느를 지켜볼지언정 당신과 당신의 소중한 아들만은 죽을 때까지 부귀영화를 누리겠습니까?"

루리아에게는 선택지가 없었다. 아니 이곳, 로안느에 처음 왔던 날부터 없었다.

타국의 공녀로서 늙은 왕에게 팔려 와 젊음을 흘려보낸 루리아에게 로안느 왕국에 대한 자긍심과 애국심 따위 있을 리가 없었다. 그녀에게 가장 중요한 가치는 부와 권력, 그리고 자신의 안위였다.

"당신의 젊은 시절을 늙은 왕과 침대에서 뒹굴게 한 로안느에서, 우리는 당신을 최고로 대우해 줄 것입니다. 페르난도 왕자는 국왕, 당신은 그 모친으로서 모든 부귀영화를 누리게 해 드리죠. 다른 모두가 고통받더라도 말입니다."

브루스가 야비하게 웃었다.

"게이트를 모두 닫았습니다!"

몬스터를 남김없이 처치하고 건물 주변에 열려 있던 게이트까지 모두 닫는 데 성공했다.

"부상자는 치료소로 보내고 시신은 한쪽에 눕혀 두면서 사망자 명단을 작성하라."

슈나이더는 명령을 내린 후 주변을 돌아보며 피해를 가늠했다.

페르난도는 독에 쓰러졌던 귀족들은 버리고 움직일 수 있는 사람들만 데리고 떠났다. 그래서 방치된 귀족 중 일부가 죽었고, 그들을 지켰던 병력도 피해를 많이 입었다.

'사상자가 꽤 많군.'

그러나 파티를 즐기다가 갑자기 상급 몬스터 무리에 습격당한 것치곤 양호했다. 슈나이더는 이러한 결과가 누구 덕분인지 인지하고 있었다.

주변을 둘러보던 슈나이더는 이아나를 한눈에 찾았다. 그녀는 한쪽 구석에서 이가 나간 검을 벽에 세워 둔 채 조용히 주변을 살피고 있었다.

화장은 조금 번졌지만, 다른 이들에 비하면 파티장에 처음 왔을 때와 별반 다를 바 없었다. 피에 절어 있는 듯했지만, 붉은 머리카락과 드레스 때문에 티가 잘 나지 않았다. 난리가 난 현장에서 저 혼자 멀쩡한 탓에, 슈나이더는 그녀가 환상처럼 여겨졌다.

이아나의 존재감은 이상할 정도로 흐릿했다. 그녀를 똑바로 바라보고 있는데도, 눈의 초점이 맞지 않는 것처럼 그 생김새가 물에 번진 듯 뚜렷하지 않았다. 그녀가 싸울 때도 그랬다. 강렬하게 자신을 드러낼 때만 인지할 수 있었다.

하지만 슈나이더는 이아나가 어디에 있어도 발견할 수 있을 것 같았다.

'그래 봤자 무슨 소용인가.'

슈나이더는 이아나에게 다가가지 않았다.

'집에 가고 싶어.'

슈나이더가 흘끗대는지도 모르고, 이아나는 찝찝해서 돌아가고만 싶었다. 검고 붉은 색으로만 제작된 드레스라 티는 나지 않았지만, 몬스터의 피에 흠뻑 젖어 축축했다.

'가자.'

마음을 먹은 이아나가 몸을 일으켜 안젤리나의 곁으로 다가갔다. 안젤리나는 닛시를 뒤꽁무니에 단 채 부상자의 치료를 돕고 있었다. 이아나가 다가가자 그녀를 가장 먼저 발견한 닛시가 드레스에 매달려 냥냥거렸다.

이아나는 신기하다고 생각했다. 기척을 감추고 있기에 다른 사람의 눈에 잘 띄지 않을 터였다. 그런데 닛시는 그녀를 쉽게 발견했다.

'고양이라 감이 좋은 건가?'

이아나는 닛시의 발이 피에 젖어 붉어진 걸 발견했다. 하르첸은 일반인들과 함께 대피한 것인지 보이지 않는다.

'엘리에게 돌려보내기 전에 깨끗하게 씻겨야겠어.'

그리 생각한 이아나가 기척을 드러내며 닛시를 안아 들었다. 주변에 있던 사람들이 갑자기 존재감을 드러낸 이아나 때문에 놀라서 흠칫했다.

"왕녀님."

"이아나 양!"

이아나의 부름을 듣자마자 홱 돌아본 안젤리나가 손에 힘을 주었다. 안젤리나가 잡아당긴 붕대에 앞에 있던 기사가 비명을 질렀다.

"헉, 미안해요!"

"아닙니다!"

안젤리나는 붕대를 마저 감은 후 황급히 일어났다. 이아나를 꼭 껴안았다.

"정말, 대단했어요. 대단해요. 이아나 양. 당신 덕분에 많은 사람들이 살았어요."

아름다운 안젤리나가 감아 준 붕대를 매만지며 감격하고 있던 기사는 그녀가 하는 말에 어리둥절해했다. 이아나가 이번 전투에서 무슨 일을 했는지 아는 사람은 드물었기에 당연한 반응이었다.

이아나는 안젤리나를 떼어 놓으며 말했다.

"공치사는 됐고, 전 이만 가 보려고 합니다."

"그, 그래요?"

이아나가 간다고 하자 안젤리나는 무척 불안해했다. 가장 안전한 왕궁에서 이런 일이 벌어졌으니 불안할 만도 했다.

"조심해서 들어가요."

하지만 안젤리나는 매달리지 않았다. 이아나는 새삼스럽다고 생각하며 몸을 돌렸다.

이아나가 현장에서 벗어난 지 얼마 되지 않았을 때였다.

"......!"

이아나는 심상찮은 마나 파동의 전조를 느꼈다.

쿠우우우…….

불길함을 느낀 이아나가 기척을 죽인 채 폐허가 된 궁전 뒤쪽으로 숨어들었다. 방금 전까지 이아나를 훔쳐보고 있던 사람들은 그녀가 증발하듯 사라지자 깜짝 놀라 두리번거렸다.

위이이잉!

하늘에서 작은 마법진이 하나 그려지더니 한 노인이 툭 하고 튀어나왔다. 화들짝 놀란 사람들이 전투태세를 갖추었다.

이아나의 표정이 싸늘해졌다. 그녀는 그가 누구인지 알고 있었다.

고급스러운 로브를 단정하게 차려입은 노인이 입가를 씰룩거리며 웃었다.

"내 가벼운 인사는 어땠나? 로안느의 하찮은 친구들."

"누구냐!"

슈나이더가 살벌한 기세로 외쳤다. 정황으로 봤을 때, 텔레포트로 왕궁 내에 나타난 저 마법사가 이 사태의 주범인 게 분명했다. 아니, 더 나아가 전 대륙에 발생하고 있는 게이트 사태의 관련자인 게 확실했다.

"오, 로안느에서 명성이 자자한 슈나이더 왕자가 내 이름을 묻다니 영광이로군. 로안느 역사상 마지막 왕자가 될 이를 이렇게 보게 되어 기뻐."

"감히 어디서 해괴한 소리를……."

콰과과광!

슈나이더 뒤에 있던 기사가 분노해서 한 발자국 앞으로 나서는 순간, 하늘에서 떨어져 내린 번개가 그를 까맣게 태워 버렸다.

"감히 어디서 내가 말하는 도중에 끼어드느냐?"

가공할 만한 마법에 슈나이더의 얼굴에 긴장감이 확연히 더해졌다.

"저하."

신가드라가 슈나이더에게 이중 삼중으로 보호 마법을 걸며 옆에 섰다. 그의 표정은 까맣게 죽어 있었다.

노인이 팔을 벌렸다.

"오, 신가드라 솔사비어. 날 기억하나? 마지막으로 만났을 땐 자네, 아직 새파란 애송이였던 것 같은데. 많이 늙었군?"

"당신이 여긴 어쩐 일이지?"

"하여간 대마법사라는 직함이 문제야. 나와 같은 호칭을 달았다고, 애송이가 주제도 모르고 건방지게 말을 놓는 걸 보면 말이다."

슈나이더가 신가드라를 밀어내며 앞으로 나섰다.

"이름."

"패기는 인정해 줄 만하군. 위프헤이머 포테스타스일세."

노인의 이름이 선명하게 울려 퍼진 순간 분위기가 쩡 하고 얼어붙었다. 위프헤이머가 웃었다.

"표정들을 보아하니 자기소개는 이걸로 충분한 것 같군."

충분하다 못해 공포였다. 세상에서 위프헤이머의 이름을 모르는 자는 없었다.

위프헤이머 포테스타스는 열 명의 대마법사 중 가장 뛰어난 마법사라고 알려져 있다. 아니, 마도시대 역사상 최고의 마법사라고 인정받을 정도였다.

파괴적인 마법을 추구하므로 '파괴의 대마법사'라고 불리는 그의 마법 실력은 신에 필적한다고 했다. 파괴는 악행을 수반하므로 그의 악명은 드높았다. 위프헤이머의 이름을 들으면 우는 아이도 뚝 그칠 정도였다.

그러나 지금 중요한 건 그게 아니었다.

위프헤이머는 바하무트 제국의 황실 마법사장이었다. 그가 국왕이 독살당하고, 몬스터 게이트가 열린 직후 뜬금없이 로안느 왕궁에 나타난 연유가 무엇인가? 일의 전후 관계가 선명하게 그려지자 사람들은 벼락을 맞은 듯 꼼짝도 못 했다.

"바하무트의 마법사장이 갑자기 이곳에 온 이유가 뭐냐?"

"이런 상황에서도 끝까지 당당하군. 똑똑한 왕자라면 이미 알고 있을 텐데? 왕을 죽이고 게이트를 열기 위해서지. 그리고 우리 바하무트 황실의 뜻을 전하기 위해서다."

위프헤이머는 순순히 자백했다.

"곧 소식이 들려오겠지만, 오늘부로 우리 바하무트는 전 세계에 전쟁을 선포한다."

엄청난 폭탄 발언이 이어졌다. 사람들의 얼굴이 멍해졌다. 위프헤이머는 그 멍청한 얼굴들을 즐기며 크크 웃었다.

"그동안 평화는 잘 즐기셨나? 우리는 준비를 끝마쳤는데 말이다."

"……."

"다른 국가에는 굳이 말하러 다닐 필요를 못 느끼지만, 우리 바하무트의 숙적인 로안느에는 말해 줘야 할 것 같아서 직접 왔다. 내가 테오도르를 공격할 예정이기도 하고?"

위프헤이머가 여유롭게 손을 휘둘렀다. 그의 앞에 마법진이 다시 생겨났다.

"다음에 만날 때는 내 말을 들을 일이 없을 거야. 내 말을 듣기도 전에 다 죽었을 테니."

슈나이더가 손을 내저었다.

퍼어어엉!

방해를 받은 위프헤이머의 마법진이 흔들렸다. 하지만 마나 배열은 흩어지지 않았다.

"오, 내 마법이 흔들리다니 역시 로안느 왕족이로군. 하지만 아직 약해."

위프헤이머가 낄낄 웃으며 마법진에 손을 내밀었고, 그는 곧 공기에 녹아들듯 스르륵 사라졌다. 현장에 침묵이 감돌았다.

"꿈 꾼 거 아니지?"

하지만 침묵은 잠시였다. 웅성거림이 점점 커져 갔다.

"방금 위프헤이머 포테스타스가 왔다 간 거 맞지?"

"저, 전쟁이라니."

"바하무트 제국과 전쟁을 시작한다는 건가?"

"갑자기 왜……."

전쟁에는 보통 명분이 있다. 바하무트도 건국 초기에는 그런 것이 있었다. 북부의 식량 부족을 해결하고 저 혼자 잘 먹고 잘 사는 이기적인 남부 돼지들을 처단하겠다는 이유에서였다.

하지만 전쟁 후반부, 다른 나라들로부터 조공을 받아 풍족하게 삶에도 바하무트는 전쟁을 멈추지 않았다. 그들의 전쟁은 세계를 평정할 때까지 지속될 듯했다.

그러던 바하무트가 이십여 년 전 돌연 전쟁을 멈췄다.

바하무트가 욕심의 고리를 끊어 내고 다른 나라와 공존을 생각하기 시작했다고 생각했다. 사람들은 모처럼 찾아온 평화에 꿈을 꾼 것처럼 전쟁을 잊어 갔다.

"위프헤이머는 준비가 끝났다고 했어."

"우리가 평화를 누리는 동안 놈들은 전쟁을 준비했다는 건가?"

"세상에."

전쟁이 끝났다는 건 착각이었다. 평화는 가림막이고, 바하무트는 숨죽인 채 힘을 비축해 오고 있었다.

모두가 두려움을 느끼고 있을 때, 이아나는 잔해 뒤쪽에서 천천히 나왔다.

'드디어 전쟁이군.'

이아나는 위프헤이머가 사라진 하늘을 곁눈질했다.

위프헤이머가 등장하자마자 달려들고 싶은 마음에 모습을 드러낼 뻔했지만 참았다. 보는 눈도 많았거니와 신중을 기하기 위해서였다.

위프헤이머가 단순한 무인이라면 단숨에 기습했겠지만, 그는 마법사였다. 마법은 한마디로 이적이었다. 상식적으로 일어날 수 없는 일들을 일으키는 힘이었다.

이아나는 마법사의 무서움을 알고 있었다.

전에 케이거스는 마법으로 키메라의 입을 빌려 자기 말을 전달했다. 잘못해서 틈을 줬다간, 위프헤이머도 비슷한 마법으로 바하무트 황실 측에 그녀의 존재를 순식간에 알릴 수도 있었다.

마법 중에는 분신을 만들어 내는 고급 마법도 있었다. 공격했을 때 위프헤이머가 허상이라면 그것 또한 낭패였다.

이아나는 위프헤이머를 무리하게 공격하는 대신 신중하게 놈을 관찰했다. 놈의 얼굴, 목소리, 태도, 신체 특성, 마나 특유의 흐름 등을 낱낱이 살폈다. 훗날 기회가 찾아왔을 때, 필살하기 위해서다.

"일단, 하던 일 마무리하지."

슈나이더가 낮은 목소리로 말하자, 사람들은 침울한 기색으로 다시 움직이기 시작했다.

슈나이더는 국왕의 시신이 있는 쪽으로 다가갔다. 페르난도는 거동이 불편한 이들에게 그러했듯, 국왕의 시신 또한 챙기지 않았다.

'만족하십니까?'

슈나이더는 죽은 하리오스를 원망스레 바라보았다. 어린 시절 그토록 존경했던 부왕이었건만, 결국 그는 로안느를 엉망진창으로 만들어 놓고 초라하게 떠나 버렸다.

'저는 절대 아바마마 같은 왕이 되지 않을 것입니다.'

그리 각오하며 감정을 갈무리한 슈나이더가 하리오스의 시신을 직접 수레에 실었다.

"급보입니다!"

그때, 전령이 고함을 지르며 달려왔다. 슈나이더는 지친 기색으로 전령이 달려오는 쪽을 보았다. 국왕의 서거와 바하무트의 전쟁 선포보다 더한 급보가 어디 있겠나 싶었다.

"헉!"

전령은 통신탑에서 위급한 소식을 전해 받자마자 국왕탄신일 파티가 벌어지고 있을 궁으로 달려왔다. 그는 산더미처럼 쌓여 있는 몬스터 사체를 발견했을 때는 기겁했다가, 슈나이더의 옆에 있는 국왕의 시신을 목격했을 때는 이게 무슨 일인가 싶어 정신이 혼미해졌다.

전령이 슈나이더의 앞에 무릎을 꿇었다.

"무슨 일이냐."

슈나이더가 털썩 주저앉은 전령에게 물었다.

"바, 바하무트가 침공했습니다."

"뭐?"

"동부 지역이 무너지고 있습니다. 현재 너무 강력해서 막을 수 없다는 소식입니다."

위프헤이머가 전쟁을 선포한 지 몇 분 지나지도 않은 시각이었다.

회의가 소집되었다.

"아직 정식으로 즉위하지 않았으니 국왕은 아니지만, 일단은 국왕 대리를 맡게 되었소. 뭐, 그것도 시간문제지만."

페르난도가 거만하게 말했다.

"동부의 소식은 들었겠지? 나는 슈나이더, 네가 그곳에 갔으면 하는데."

슈나이더의 관자놀이에 핏줄이 섰다.

'날 변방으로 보내시겠다? 내가 없는 틈을 타서 방해 없이 즉위할 예정이시고?'

속으로 한바탕 욕지거리를 한 슈나이더가 애써 냉정을 가장하며 말했다.

"하지만 위프헤이머 포테스타스가 직접 테오도르를 공격하겠다고 선전 포고를 했습니다. 위프헤이머는 파괴 마법을 주력으로 하는 위험한 대마법사입니다. 그를 완벽하게 막기 위해서는 마법사 인력이 한 명이라도 더 필요합니다."

슈나이더가 벌떡 일어나서 주변의 귀족들을 휘둘러보며 강하게 주장했다.

"그리고 제가 로안느의 마법사 중 실력으로는 솔사비어 공 다음이라는 것, 다들 아실 테지요? 동부가 위험한 건 사실이지만, 위프헤이머가 테오도르를 위협하는 상황에서 제가 이곳을 떠날 수는 없습니다. 동부는 저 말고도 대체 가능한 인력이 많으니……."

"하나 묻자."

페르난도가 입꼬리를 말아 올려 웃었다.

"테오도르에 마법사가 너 하나뿐이더냐? 네가 없으면 테오도르의 모든 마법사가 힘을 합쳐도 바하무트의 위프헤이머 하나를 못 막더냐?"

슈나이더는 아차, 해서 주변을 둘러보았다. 회의에 참석한 마법사들의 표정이 안 좋았다.

슈나이더의 실책이었다. 페르난도가 이런 식으로 꼬아서 재해석하는 건 익숙했다. 그러니 페르난도가 꼬투리 잡을 것까지 다 생각해서 말했어야 했다.

그런데 더 골치 아픈 건 이 이유 말고는 그가 테오도르에 남아 있을 명분이 없다는 것이었다.

"그런 뜻으로 말한 게 아닙니다. 마법사 한 명이 아쉽다는 말이었습니다."

"아쉽다고? 위프헤이머를 너무 과대평가하는 게 아니냐?"

"마법으로 몬스터 게이트를 열어서 전 세계를 위험에 빠뜨린 마법사입니다. 그런 자를 경계하는 것이 과대평가라는 말로 폄하될 수 있습니까?"

"크흠. 뭐, 위험한 건 사실이지. 하지만 위험한 곳은 테오도르뿐만이 아니야. 테오도르가 위험하다고 모든 마법사를 테오도르에 집결시킬 거냐? 다른 지역에도 마법사가 있어야 할 게 아니냐. 아니면 테오도르를 제외한 전 국토를 바하무트에게 내어줄 생각이야?"

"……."

"그리고 동부 귀족들을 통합해서 통솔할 왕족도 있어야지. 바하무트와의 전쟁사를 보면 우리 왕족들은 여태껏 그리해 왔다. 수도에만 뭉쳐 있지 않았어. 그런데 나는 국왕 대리고, 라이너스는 어리고, 시아이외는 책만 읽어 대는 한량이지. 왕녀들은 전쟁을 한 번도 겪어 본 적 없는 꽃들이고."

맞는 말이다. 현재 국왕 대리인 페르난도가 테오도르를 떠날 수는 없었다. 바하무트가 치고 들어오는 동부로 가서 군을 지휘할 강력한 통솔자도 있어야 했다.

"아니면 슈나이더 네가 동부로 가기 싫어서 이렇게 억지를 쓰는 게 아니냐? 동부 국민들이 고통받고 있는데 외면할 생각이야?"

슈나이더는 훈계조로 말하는 페르난도의 입을 찢어 놓고 싶었다. 페르난도가 지금 내뱉는 말들은 저를 변방으로 보내기 위해 사전에 준비한 게 분명했다.

하지만 슈나이더로서는 딱히 반박할 말이 없었다.

'덫에 걸린 것 같군.'

슈나이더가 속으로 이를 갈았다. 그가 말을 더 하지 않자, 페르난도는 이겼다는 생각에 짜릿함을 느끼며 비죽거렸다.

"네가 그럴 리가 없겠지? 그러니 동부로 가라. 테오도르는 내가 다른 마법사들과 함께 힘을 합쳐 단단히 지킬 테니 안심하고. 그리고 방어 마법으로는 으뜸이라는 신가드라 솔사비어 공작이 있지 않나? 네 스승 말이다."

페르난도가 씩 웃으며 굳은 얼굴의 신가드라를 돌아보았다.

"공작이 앞장서서 테오도르를 잘 지켜 주겠지?"

"……최선을 다할 것입니다."

슈나이더는 피가 거꾸로 솟는 기분이었다.

'내게서 솔사비어 공작을 떼어 놓고, 테오도르가 피해를 입으면 솔사비어 공작에게 뒤집어씌울 생각인 거로군.'

슈나이더가 뭐라 항변하기 위해 입을 떼려 할 때, 페르난도가 테이블을 주먹으로 세게 내리쳤다.

"슈나이더, 몇 시간 전까지 너와 난 같은 왕자였지만, 이젠 달라. 난 곧 국왕이 될 국왕 대리다! 변명 같은 항명은 용납하지 않겠다."

회의가 파했다. 슈나이더가 동부로 떠나는 것은 기정사실이 되었다.

슈나이더는 인상을 팍 찌푸린 채로 회의실에서 나왔다.

'페르난도는 내가 변방에 있는 동안 국왕으로 즉위할 거다. 즉위한 후엔 내 세력을 숙청하겠지. 그리고 분명히 날 암살하려 할 거야. 어쩌면 바하무트 측에서 전쟁을 핑계로 날 죽이려 할지도 모르지.'

페르난도와 루리아의 뒤에 블랙폭시가 있고, 블랙폭시의 뒤에 바하무트가 있다고 생각하니 헤어 나올 수 없는 늪에 퐁당 빠져든 것만 같았다.

슈나이더가 지끈거리는 이마를 손으로 짚었다.

'내전을 일으키기엔 증거도 없고, 놈이 눈에 띄는 실책도 보여 주지 않았어. 일단 동부에서 바하무트 군대를 막고 있다가 페르난도가 바하무트와 손을 잡은 증거를 찾거나 문제를 일으키면 돌아와서 반란을 일으키는 게 지금으로선 최선이야. 그리고 때가 될 때까지는 내 몸을 확실하게 지켜야 해.'

슈나이더는 마법 실력을 더욱더 열심히 갈고닦아야겠다고 마음먹었다. 최근 들어 마법 공부에 집중했더니 어느 정도 성과가 있었다.

'바하무트는 어떻게 막는다.'

바하무트를 생각하자 왕궁 지하의 성물이 생각났다. 로안느를 수호하는 보물. 성물만이 답이 없는 현재 상황을 타개해 줄 것 같다는 예감이 들었다.

전쟁이 끝났음을 확신하고 파티가 끊임없이 벌어질 때, 그때만 해도 총기를 잃지 않았던 하리오스는 술에 취한 채 어린 슈나이더를 성물이 있는 지하로 데리고 갔다. 그 당시 특출하게 영민했던 슈나이더를 가장 사랑했던 하리오스는 어린 그에게 성물을 자랑했었다.

"슈나이더, 내 사랑하는 아들아. 이것을 보아라. 이것이 우리에게 승리를 안겨 주었단다."

슈나이더도 성물의 기억이 워낙에 강렬했던 터라 어렸을 때 들었던 그 말 한 마디만 기억하고 있는 거지 성물이 어떻게 기능하는지는 몰랐다.

궁금했던 슈나이더가 언젠가 성물에 대해 물었지만 하리오스는 완전히 왕위를 계승받은 차기 국왕에게 성물에 관한 정보를 직접 전달하는 것이 원칙이라고만 말해 주었다. 어린 아들에게 알려 준 것이 제 실수라며 난처해했다. 그래서 슈나이더는 입을 다무는 대신 가끔 성물을 보러 가는 것만 하리오스에게 허락받을 수 있었다.

그런데 정보를 전해 주기도 전에 하리오스가 죽어버렸다. 피치 못할 상황으로 국왕이 사망할 경우 라오스 신전에서 직접 찾아온다고 했던가.

'이런.'

슈나이더는 오싹함을 느꼈다. 페르난도의 뒤에 정말 바하무트가 있다면, 그를 통해 성물에 관한 정보를 습득할 수도 있다. 그 일만큼은 막아야 했다. 그는 머리가 터지도록 고민하면서 자신의 궁으로 돌아왔다.

"누구라고?"

슈나이더는 도착하자마자 뜻밖의 손님이 저를 기다리고 있다는 소식을 접했다.

"하르첸 로베르슈타인 공자가?"

슈나이더는 응접실의 문을 열었다. 소파에 푸른 외양의 청년이 차분한 태도로 앉아 있었다. 슈나이더를 발견한 하르첸이 일어났다.

"오셨습니까."

"음."

슈나이더는 하르첸과 별다른 친분이 없었다. 왕궁에서 만나면 적당히 인사하는 정도였다. 하르첸과 일대일로 대면한 적은 단한 번도 없었다.

"갑자기 찾아뵈어 죄송합니다. 회의는 잘 끝나셨습니까?"

슈나이더는 팔짱을 낀 채 한숨을 푹 내쉬었다.

"잘은 무슨. 총체적 난국이라 근심만 안고 왔네. 그런데 공자가 무슨 일로 나를 찾아왔지?"

"드릴 말씀이 있어서."

슈나이더가 미심쩍은 얼굴로 자리에 앉았다.

"해 보게."

하르첸은 목소리를 가다듬은 후 말했다.

"왕궁 지하에 있는 성물에 대한 이야기입니다."

늦은 시각, 이아나는 아르하드에게 가 있었다.

닛시를 씻겨 엘리에게 돌려보낸 후, 피로 범벅이 된 제 몸도 깨끗하게 씻은 다음 찾아오느라 늦었다. 이아나는 아르하드에게 오늘 있었던 일과 슈나이더와의 대화를 모두 말해 주었다.

"그래서, 부탁을 들어주면 저를 포기한다고 합니다."

"슈나이더가 말을 허투루 내뱉는 놈은 아니지. 하지만 사람이 그렇게 이성적이지만은 않아. 때로는 감정이 이성을 앞설 수 있어. 알잖아?"

"그렇죠."

"네가 진짜 능력을 보여 준다면 슈나이더의 생각이 바뀔지도 몰라. 약속을 엎을지도 모르지. 물론 놈이 그런다고 해서 내가 가만히 보고 있진 않을 테니 네가 원하는 대로 해도 괜찮아."

아르하드가 순순히 그러라 하자 이아나는 약간 불편했다.

이아나는 변명을 하듯 말했다.

"로안느 왕궁에 성물이 있다고 합니다. 저는 그걸 보고 싶어요. 그것 덕분에 바하무트 황족을 막을 수 있었다고 하던데, 역시 페임드라의 일부일까요?"

"흠."

아르하드의 표정이 진지해졌다.

"황족을 감정적으로 흔들 수 있는 대상은 로베르슈타인과 관련된 것들뿐이니 그럴 가능성이 크지만, 아닐 수도 있어. 라오스가 사라지기 전에 무슨 조치를 해 뒀을 수도 있고."

"대체 뭘까요?"

"글쎄? 로안느 왕국에 대해선 나도 잘 몰라. 바하무트 황족이 로안느 왕족에게 약해지는 게 사실이긴 한데, 그에 관련된 자료를 찾아봐도 나오는 게 전혀 없었거든. 그런데 네 애기를 들어보니 왕궁의 성물이 영향을 미치는 모양이다. 신성시대의 비밀을 파헤치기로 한 이상 성물을 직접 보는 게 좋겠지."

아르하드는 만약 페임드라의 일부라면 더욱 봐야 한다고 말을 덧붙였다. 봉인을 깨고 로베르슈타인의 심장을 온전히 얻으려면 성물들을 일단 한 장소에 모아야 한다고 했다. 완전하지 않은 봉인은 해제되지 않는다고도 말했다.

이아나가 묘하게 거슬리는 기분으로 물었다.

"그럼 당신은 제가 슈나이더 왕자를 돕는 것에 동의하시는 건가요?"

아르하드는 이아나를 물끄러미 바라보다가 순순히 고개를 끄덕거렸다.

"말했듯이 네가 원하는 대로 해. 네가 뭘 하든, 나는 네 뒤에서 널 지원할 거야."

"……."

왜일까?

이아나는 이렇게 순순한 아르하드가 마음에 들지 않았다. 반대한다면 계속 설득해 볼 생각이었는데 아무렇지도 않게 허락하자 미묘하게 기분 나빴다.

이런 삐뚤어진 기분은 왜 드는 걸까?

이아나는 조금 뒤틀린 기분으로 빈정거렸다.

"저를 믿어 주시는 건 좋지만, 묘하게 풀어 놓으시는 것 같군요?"

"네가 하고 싶어 하는 거잖아?"

"하지만."

이아나는 하지만, 이라고 말해 놓고도 할 말이 없어서 입을 다물었다. 아르하드는 이아나를 관찰하고 있다가 픽 웃었다.

"왜. 아무 데도 못 가게 하고 내 옆에만 붙여 놨으면 좋겠어?"

"아뇨. 그건 아닌데요."

아르하드를 좋아하지만 그러고 싶지는 않았다.

"그래. 나는 그러지 않을 거야. 그건 네가 바라는 게 아니니까. 내게 사전에 무슨 일을 하겠다고 말해 주는 걸로 충분해. 내가 거기에 맞추면 되니까."

"……."

"너를 믿으니까 이러는 거다."

그 말 한마디에 불만이 어느 정도 해갈되었다.

"무엇보다 난, 널 강제하고 싶지 않아."

이아나는 제 의사를 존중해 주고 무조건 따라 주는 아르하드가 고마웠다. 그리고 미안해졌다. '강제하고 싶지 않다'라는 말에서 어쩐지 자기감정은 모두 억누르고 이아나 제 뜻만 우선시해 주는 듯한 느낌을 받았다. 이러다간 제가 함께 죽자고 해도 아르하드는 기꺼이 죽어 줄 것 같았다.

이아나는 자리에서 일어나서 아르하드의 옆에 풀썩 앉았다.

"……?"

이아나는 왜 그러냐는 듯, 의아한 표정을 짓고 있는 그를 물끄러미 올려다보았다.

참고 있는 걸까?

아르하드를 괜히 건드리고 싶은 건 제 성격이 모난 탓이다.

이아나는 아르하드의 얼굴을 한 손으로 붙잡은 후, 몸을 살짝 일으키며 기습적으로 키스했다.

"……."

이아나는 제 입술 사이에 얌전히 물려 있는 말캉한 입술을 슬슬 빨았다. 그러면서 눈을 살짝 내리뜬 채, 아르하드를 관찰했다.

아르하드도 이아나를 관찰하고 있었다. 그러다 이아나처럼 눈을 살짝 내리뜨더니 두 손을 들어 올렸다.

한 손으로 겨우 아르하드의 턱을 붙잡았던 이아나와는 달리, 그는 한 손으로는 이아나의 옆얼굴을 완전히 감싸고 다른 손으로는 그녀의 목 뒤를 받쳤다. 이아나는 얼굴을 뒤로 살짝 꺾으며 도로 앉았다.

키스는 이아나가 먼저 했는데, 결국에는 그녀가 당하는 모양새였다. 아르하드의 키나 덩치가 이아나보다 크다 보니 어쩔 수 없었다.

이아나는 제 얼굴을 감싼 손이 뺨을 나른하게 매만지자 언제나처럼 이상한 기분이 들었다.

처음에는 단순히 입술로 오가는 교류만으로도 심장이 술렁거려서 답답하고 힘겨웠는데, 익숙해지니 뭐라고 명확히 설명은 못하겠지만 뭔가가 부족한 듯한 기분이 들었다.

더 깊게 교류할 방법이 분명 있는데 정체된 느낌. 뻥 뚫린 길 앞을, 아주 약한 장애물이 막아선 느낌.

이아나는 그런 기분이 뭔지 알고 있었다. 키스에 적용하는 게 우습지만, 경지를 깨고 더 높은 곳으로 나아가고자 할 때 드는 기분이었다.

속되게 말하면, 이제 입술로 키스하는 건 간만 보는 느낌이 든다고 할까? 더는 처음처럼 만족할 수 없다고 할까?

마약 중독자가 시간이 흐를수록 더 강하고 많은 마약을 원하는 것과 비슷한 경우가 아닐까? 비단 마약이 아니더라도 즐거운 무언가를 하다 보면 역치가 높아지는 게 정상 아니던가.

'아르하드는 이런 입맞춤만으로도 만족하는 건가?'

처음보다는 입맞춤에 익숙해진 탓에 여유롭게 그녀의 상태를 관찰하기도 하는 모양이지만, 아르하드의 얼굴은 언제나처럼 살짝 달아올라 있었다.

이아나는 아르하드가 키스에 여유를 부리는 게 마음에 안 들었다. 자신은 만족 못 하는데 아르하드 혼자 만족하는 것도 싫었다. 괜히 저 혼자 이상한 사람이 된 것 같았다.

기분이 이상해진 이아나는 입술을 떼어 내려 했다. 하지만 그러지 못했다. 아르하드가 이아나의 목을 붙잡고 있던 손에 힘을 주고 더욱 짙게 입술을 부딪쳐 왔기 때문이다.

어쩐지 평소보다 집요했고, 야릇했으며, 길었다. 그리고 얼떨결에 이상한 기분에 오랜 시간 노출된 이아나는 속으로 갈등하고 있었다.

할까, 말까.

결국 해 보기로 결심했다.

프리실라와 시아이외는 만난 지 몇 달도 안 되어 했다는데 못할 게 뭔가.

이아나는 아르하드의 얼굴에 한 손을 더 가져다 댔다. 그의 양 뺨을 감싸 쥔 이아나가 몸을 일으켰다. 이아나가 제 입술을 살짝 빨아 당기자 아르하드가 감길락 말락 하던 눈을 떠서 그녀를 바라보았다. 그러다 몸을 굳혔다.

늘 입술 위만 부유하던 말캉한 살이 제 입술 안을 파고든 순간 그것이 환각인 줄 알았다.

그의 혀를 빠르게 스친 살덩이가 주춤거리더니 부끄러워하며 도망치려 했다. 그 순간 아르하드는 이아나를 세게 끌어안았다.

"……!"

처음 해 보는 교류가 너무 어색해서 맛만 보고 도망치려던 이아나는 도로 끌려갔다. 입술뿐만 아니라 몸까지 끌려가 아르하드에게 갇혔다. 입술이 벌려지고, 뜨거움이 왈칵 밀려들어 왔다.

"아."

이아나는 얕게 신음을 뱉었다. 이아나의 충동적인 시도로 시작된 짙은 키스는 그녀의 혼을 빼놓았다. 이아나는 제 입술 안을 부유하는 축축한 살의 감촉과 온몸에 번져 흐르는 야릇한 느낌에 정신을 차릴 수 없었다.

몇 시간을 뛰어도 흐트러지지 않는 호흡이 가빠졌다. 입술로 깨작거릴 때와는 차원이 다른 농밀함에 이아나는 눈을 꾹 감았다. 기분이 이상했다. 너무 이상했다.

이아나는 등 뒤에 닿는 소파의 감촉을 느끼고 정신을 차렸다. 아르하드의 몸이 제 몸을 가두고 있었다. 심장이 폭발하듯 뛰어대고, 얼굴은 붉어졌다.

이아나가 제 위에 타고 오른 아르하드를 밀어냈다. 아르하드는 그제야 정신을 차리고 입술을 떼어 내며 몸을 살짝 일으켰다. 하지만 이아나의 얼굴 옆을 짚고 있던 손을 거두진 않았다.

아르하드가 이아나를 내려다보며 가라앉은 목소리로 물었다.

"뭐야?"

뭐냐고 묻고 싶은 건 이아나였다.

하지만 그러지 못했다. 아르하드의 표정이 어둑했기 때문이다. 그녀보다 그가 더 혼란스러워 보였고 분위기는 몹시 위험했다. 말을 잘못했다간 큰일이 날 것 같았다.

당황하던 이아나는 나중에 이불을 걷어찰 만큼 뾰로통한 말을 엉겁결에 하고 말았다.

"제가 정말로 슈나이더 왕자를 도와도 괜찮다는 겁니까?"

"……."

내가 무슨 말을 한 거지.

이아나가 그 말만 하고 입을 다물자 아르하드가 이아나의 젖은 입술을 엄지로 누르며 조용히 속삭였다.

"안 괜찮아. 그러니까 함부로 자극하지 마."

"……."

"내가 여유로워 보여? 아니. 난 그저 참고 있는 거다. 네가 하고 싶어 하니까, 내 다른 감정들을 모두 억누르고 너를 돕는 거야. 죄다 죽여 놓고 내 옆에만 붙여 놓고 싶은 걸 참고 있는 거라고."

아르하드의 눈빛이 어둡게, 더욱 어둡게 가라앉았다. 여유로워 보이던 아르하드의 안에는 감정이 켜켜이 쌓여 있었다. 그리고 바로 지금, 억눌려 있던 감정이 선명하게 드러나 빗방울처럼 이아나의 심장으로 떨어져 내리고 있었다.

미친 걸까? 이아나는 기분이 몹시 좋아졌다.

"그러니까, 자극하지 마."

눈에서 뚝뚝 흘러내리던 그의 감정이 다시 짓눌리고 짓눌렸다. 이아나는 그게 싫었다. 헤집고 싶어졌다.

"당신은 저를 어떻게 생각하시나요?"

어찌하고 싶은 건지는 몰랐다. 하지만 묻고 싶었다.

"……."

아르하드는 이아나를 집요하게 관찰했다. 이아나는 그 관찰의 시선이 어쩐지 익숙했다. 아르하드가 천천히 대답했다.

"곁에서 지켜보고 싶은, 곁에 두고 싶은…… 대단한 검사일까."

언젠가, 불쾌감에 이를 갈며 저를 사랑하느냐고 물어봤을 때 들었던 대답의 반복이었다. 아르하드는 이번에도 사랑한다고 말하지 않았다.

하지만 이아나가 받는 느낌은 달랐다.

어째서일까? 그의 감정을 인지하고 있기 때문일까?

아니면 이런 행동을 하고 있기 때문일까?

아르하드의 말은 제 감정을 꾹꾹 짓누르면서, 그녀가 준비될 때까지 인내하겠다는 말로 들려서 이아나는 조금 쑥스러워졌다. 이아나가 손으로 제 입술을 감싸며 아르하드의 시선을 피해 고개를 돌렸다. 아르하드는 빨개진 이아나의 귓가와 뺨을 바라보며 유혹하듯 물었다.

"앞으로는, 방금 했던 키스를 해도 된다는 거지?"

이아나가 아르하드를 힐끔 쳐다보았다. 그는 이아나의 대답을 기다려 주지 않았다. 아르하드가 입술을 가리고 있는 이아나의 손을 떼어 내며 얼굴을 느릿하게 숙였다. 닿을락 말락 한 거리에서 욕망 때문에 한껏 뭉개진 목소리로 속삭였다.

"할 거야. 시작한 건 너니까."

그 말을 끝으로 인내심이 바닥난 듯, 아르하드가 다급하게 입술을 겹쳐 왔다. 안달 난 뜨거운 입술에 떠밀려, 이아나의 고개가 꺾이고 다물려 있던 입술이 한껏 벌어졌다. 살덩이가 굴러들어와 호흡을 탐욕스럽게 훔쳐갔다.

밀착된 포옹, 짙은 스킨십, 농밀한 입맞춤.

"아."

왈칵왈칵 흘러오는 감정의 격류가 벅차서, 이아나는 미간을 살짝 찌푸렸다. 기분이 나빠서가 아니었다. 오히려 이상할 정도로 좋아서 힘겨웠다. 얼굴에 열이 올랐다.

덥다.

왜 이렇게 더울까.

이아나는 거부하지 않고 아르하드를 용인했다.

거부할 이유가 없었다.

기분은 이상했지만, 텅 빈 가슴의 결핍감을 꼭 채우는 충족감
이 몹시 짜릿했다.

……하지만 더웠다. 무척.

결국, 슈나이더를 돕기로 결론지었다.

그리고 이아나는 아르하드, 소집된 카마트로스 간부들과 이야기
하면서 더 중요한 결정도 내렸다.

'반년 안에 슈나이더를 왕으로 만든다.'

누군가가 왕이 되어야 한다면 슈나이더가 왕이 되는 게 좋았다.
회귀 전, 로안느가 괜히 최후의 최후까지 생존한 것이 아니었다.
이아나가 아르하드를 상대한 것이 가장 컸지만, 슈나이더가 사람
들의 마음을 휘어잡고 베풀었던 선정도 로안느 왕국의 존속에 한
몫했다.

그러니 모두에게 좋은 일이었다. 슈나이더는 소원대로 왕이 되
어 로안느를 지킬 수 있을 것이다. 이아나 쪽은 슈나이더가 이끄
는 로안느가 바하무트와 싸우게 함으로써 시간을 벌 수 있었다.

카마트로스 쪽은 로안느에 별 감정이 없었지만, 바하무트와 싸
운다는 것에 만족했다. 카마트로스 조직원들은 다들 전투를 좋아
하거나, 블랙폭시와 바하무트를 증오했기에 모여든 사람들이었다.

이틀 후, 이아나는 슈나이더에게 만남을 요청했다. 슈나이더는 흔쾌히 승낙하여 이아나를 제 궁에 들였다.

"저하를 돕겠습니다."

슈나이더는 몹시 기뻐했다.

"시궁창 같은 상황에 정말 반가운 말이군."

"상황이 어렵나 보지요?"

"음. 많이. 내가 일주일 뒤에 동부로 가게 되었거든. 내가 동부로 가서 바하무트를 막을 수밖에 없게 되었어."

슈나이더의 낯빛이 어두워졌다가 금세 밝아졌다.

"하지만 어떻게든 위기를 타개할 걸세. 6개월 안에 승부를 볼 거야. 전쟁에 집중하면서 페르난도의 뒤도 파 볼 거거든."

이아나가 물었다.

"제게는 어떤 일을 맡기실 생각입니까?"

"내가 돌아올 때까지 테오도르를 보호해 줬으면 좋겠어. 내 생각에 페르난도가 일을 제대로 할 것 같진 않아. 그럼 테오도르는 금방 엉망진창이 될 텐데…… 로안느의 중심, 테오도르가 뚫리면 답이 없어. 로안느 군이 위프헤이머를 막는 걸 돕고 몬스터를 처리해 주게. 가능한가?"

"가능은 합니다만."

"다행이군. 자네가 있어 준다고 생각하니 든든해."

"단순히 그 일뿐입니까?"

"페르난도의 뒤를 캐는 걸 도와 달라고 하고 싶지만, 로안느 정치에 개입하기 싫어하는 자네에겐 많이 힘든 일이지. 앞서 말한 테오도르 수호에 대한 문제만 해결되면 나머지는 내 휘하의 귀족들이 알아서 할 수 있으니 괜찮네."

이아나는 즐거워하는 슈나이더에게 준비해 온 말을 꺼냈다.

"저는 그런 단순한 일을 하려고 저하를 돕겠다는 말을 하고 있는 게 아닙니다."

"음? 그럼?"

"저하의 즉위를 돕겠습니다."

이아나의 말을 경청하던 슈나이더의 표정이 경직되었다.

"반년 후, 저하께서는 로안느의 국왕이 되어 계실 겁니다."

"농담인가?"

"진담입니다."

"그렇겠지. 자네가 내 즉위를 돕는다라……."

슈나이더가 심각한 표정으로 제 턱을 쓰다듬었다.

"자네의 실력은 나도 인정하는 바야. 혹시 무력으로 반란을 일으키란 말인가? 그런데 반란은 지금도 얼마든지 일으킬 수 있고, 승리할 자신도 있어. 내가 그러지 않는 건 정당한 방법으로 왕이 되고 싶기 때문이다. 명분이 있어야 해."

"명분은 충분합니다. 시간이 조금 걸리겠지만 저하의 즉위에 필요한 것들을 제 주인께서 전부 준비해 주실 겁니다."

턱을 쓰다듬던 손이 멈추었다. 그녀의 뒤에 있는 사람은, 슈나이더가 그녀에게 눈독 들이기 전에 채어 간 50만 골드, 그놈인 게 분명했다. 눈을 가늘게 뜬 슈나이더가 차분한 표정의 이아나를 요리조리 뜯어보았다.

"그게 누군데?"

"말씀드릴 수 없습니다. 아무튼 제가 가진 모든 수단을 활용해서 즉위를 돕는 대신 저하께서는 계약서를 써 주십시오."

"계약서?"

"네. 저하와 저의 약속을 서면으로 기록하고 싶습니다."

아르하드는 이아나에게 '네가 원하는 대로 해라', '내가 네 선택에 맞추겠다'라고 말했다. 그 말은 사실이었다.

이아나는 아르하드가 저를 방치하는 것 같다고 생각했었지만, 절대 방치가 아니었다. 아르하드는 이아나의 선택에 맞춰 무시무시한 물건 하나를 준비해 주었다.

이아나가 가방을 뒤져서 종이 두 장을 꺼냈다.

"제가 준비해 온 종이입니다."

아르하드는 슈나이더가 말을 바꾸지 못하도록 계약서를 쓰라고 했다. 구두로 하는 약속과 서면으로 작성한 계약은 그 무게가 달랐다. 아르하드가 준 종이의 기능까지 생각한다면 슈나이더가 약속을 절대 어길 수 없었다.

"계약서를 쓰자는 건 나를 믿지 못한다는 건가?"

"그런 말씀은 일 관계에서는 옳지 않지요. 확실히 해 두자는 겁니다. 저하가 약속을 깨지 않으실 거라면, 이걸 작성하는 데 불쾌감을 느끼실 이유가 없지 않습니까?"

슈나이더는 종이를 들여다보며 잠시 침묵했다.

"좋아. 그리하지."

그는 한숨 같은 웃음을 짓곤 종이를 집어 들어 살폈다. 종이 전체에 기묘한 느낌이 흐르고 있었다.

"마법의 기운이 느껴지는군. 특별한 종이인가?"

"이 계약서에 쓰인 글은 저와 저하를 제외한 누구도 읽을 수 없습니다. 누출을 걱정하지 않으셔도 되지요."

"단순히 그런 기능만 하나?"

"이 종이에 쓰인 계약을 타인에게 언급하거나, 쌍방 합의 없이 일방적으로 파기할 경우 대상은 죽습니다."

"……."

별생각 없이 종이를 살피던 슈나이더의 몸이 경직되었다. 들고 있는 종이가 무시무시하게 느껴졌다. 종이 따위에 그런 기능이 있다는 걸 믿기 어려워 '정말인가?'라는 의심을 잠시나마 했지만, 상대는 이아나였다. 그녀가 거짓말을 할 리 없었다.

이아나가 한 번 더 재촉했다.

"이 종이에 계약서를 써 주십시오."

"실수해서 언급만 하더라도 죽는다는 소리 아닌가? 왜 그렇게까지 해야 하나."

"중요한 계약에 실수는 용납할 수 없습니다. 실수도 하지 않으면 되지 않습니까? 저하께서는 그저 사람 하나를 더 쓰는 정도겠지만 제 입장에서는 정말 위험한 일입니다. 죽음 정도는 되어야 이 약속에 무게감이 생긴다고 생각합니다."

맞는 말이다.

명분을 쥐고 빠르게 로안느의 국왕이 될 수만 있다면, 이런 약속쯤 얼마든지 해 줄 수 있다. 약속만 지킨다면 죽을 일도 없지 않은가.

하지만 속이 쓰렸다.

'내가 그렇게 싫은 건가.'

슈나이더는 쓰게 웃으며 테이블 위에 마법 종이를 놓았다.

"국왕 즉위를 돕겠다는 건, 내가 국왕이 되지 못하면 반년을 넘겨서라도 도와주겠다는 건가?"

"네. 하지만 제 주인은 그 안에 끝을 볼 거라고 하셨습니다."

이아나가 종이를 슈나이더 앞으로 내밀었다.

"저하께서 계약서만 쓰신다면요."

"그쪽에서 날 돕겠다는 이유가 뭔데? 이아나 영애를 포기한다는 조건 하나로 그리하겠다는 거야?"

"다른 이유도 있습니다만 기밀입니다. 그건 계약 이후 알려 드리겠습니다."

"계약은 중요해. 서면으로 남기기 전에 모든 사항을 숙지하고 있어야 하지. 상식 아닌가?"

이아나가 침착하게 말을 이었다.

"계약 전엔 모두 말씀드릴 수 없다는 점을 이해해 주십시오. 만약 절 신뢰하실 수 없다면 이 계약은 무효입니다. 솔직히 저는 아쉬운 게 없습니다."

"내가 자네를 포기하고, 자네의 부탁 세 가지를 들어준다고 하지 않았나?"

"글쎄요. 이렇게 말하면 모질게 들리시겠지만 마음고생을 하는 건 저하뿐이고, 또 제가 드릴 만한 부탁은 제 주인도 들어줄 수 있는 정도라……."

슈나이더의 안색이 하얘졌다.

"하지만 성물에 관한 이야기는 저하께 들을 수밖에 없으니 이런 계약을 하는 겁니다. 저하, 이것이 서로가 이득을 보는 '거래'임을 상기해 주시길 바랍니다."

거래.

슈나이더는 종이를 노려보았다.

"알겠네. 지금 당장 작성하지."

이아나 로베르슈타인은 슈나이더 레제 로안느의 즉위를 돕는다.

슈나이더 레제 로안느는 다음의 대가를 이아나 로베르슈타인에게 지불한다.

첫 번째. 계약서 작성 이후, 이아나 로베르슈타인을 어떤 방식으로든 회유하지 않는다.

두 번째. 이아나 로베르슈타인의 요청 세 가지를 들어준다.

―

―

―

위의 계약을 언급하면 본 계약서에 의해 죽는다.

위의 계약을 위반할 시, 본 계약서에 의해 죽는다.

1515. 06. 30.

이아나 로베르슈타인.

슈나이더 레제 로안느.

계약서는 이아나의 부탁을 두 번째 조건의 공란에 하나씩 채우는 형식으로 작성했다. 슈나이더는 멈칫거리면서도 마음을 다잡으며 인장을 찍었고, 이아나도 챙겨 온 인장을 가방에서 꺼내 찍었다.

계약이 적힌 종이가 빛을 은은하게 발하다가 다시 꺼졌다.

슈나이더는 봉투 두 개를 꺼내 각자의 계약서를 넣은 후 촛농을 떨어뜨렸다. 거기에도 각자의 인장을 찍었다.

계약이 끝났다.

"후우."

슈나이더가 손수건으로 이마에 맺힌 식은땀을 닦아 내며 한숨을 내쉬었다. 그러다 이아나가 검은 아공간을 열어 그곳에 계약서를 집어넣는 것을 발견하고 눈에 이채를 발했다.

'아공간 마법, 어려운 마법인데.'

아공간 마법은 공간 마법 중에서도 최상급 마법이었다. 공간과 공간 사이의 틈을 비집고 새로운 공간을 생성하는 일이 절대 쉬울 리가 없었다.

이아나는 숨기고 있는 게 많은 여자다. 설마 마법도 수준급으로 쓸 수 있나 싶어 슈나이더가 조심스레 물었다.

"마법을 쓸 줄 알았나?"

"아뇨, 제 주인께서 주신 아티팩트입니다."

아공간 마법 아티팩트는 쉽게 구할 수 있는 물건이 아니다.

"줬다고? 혹시 그 사람이 직접 제작한 건가?"

"글쎄요."

이아나가 대답을 흐리자 슈나이더가 허탈하게 웃었다.

"혹시 종이도 그 주인이라는 사람이 준 건가?"

"글쎄요."

슈나이더는 이아나의 의뭉스러운 대답에서 오히려 확신을 얻었다. 그는 머릿속에서 제가 아는 최상위급 마법사들 목록을 뽑아 뒤졌다. 하지만 이아나가 충성을 다 바칠 만큼 매력적이고 돈 많은 인물은 없었다.

"그의 정체를 알려 줄 수는 없나?"

"때가 되면 가르쳐 드리겠습니다. 그 전에 누구인지 유추하실 수도 있겠지만, 제 주인이 그건 감안하겠다고 하시더군요."

"좋아. 그럼 이제는 답을 말해 주게. 자네의 주인은, 왜 내가 국왕으로 즉위하는 걸 돕겠다는 거지?"

정말 궁금했다. 슈나이더는 이아나를 포기하는 조건으로 그녀가 무력만 빌려주길 원한다고 말했다. 그런데 상대방이 먼저 더 큰 것을 주겠다고 한다. 왜일까?

"로안느의 국민으로서 날 지지하는 건가?"

슈나이더는 상상할 수 있는 범위 내에서 가장 그럴듯한 가정을 내밀었다.

"정확히 말하자면 주인은 타국인이십니다."

"타국인이라. 그럼 왜?"

"입술이 없으면 이가 시리다지요. 제 주인은 바하무트 제국과 싸울 예정이십니다. 하지만 바하무트와 정면 대결을 하기엔 아직 힘이 조금 부족합니다. 그러니 준비될 때까지 바하무트에 맞설 다른 힘이 필요하고, 그 역할은 로안느 왕국이 제격입니다. 그런 데 페르난도가 국왕인 로안느는 바하무트의 손아귀에 들어간 것과 다름없습니다. 그래서 저하의 즉위를 돕겠다고 하셨습니다."

슈나이더는 이아나가 하는 말을 들으며 생각에 잠겼다.

'타국의 왕족인가?'

그럴 가능성이 컸다. 바하무트와 싸우겠다는 나라가 로안느 말고 또 있다니 놀라웠다.

로안느 왕국을 제외한 다른 국가는 바하무트라고 하면 깨갱 하고 꼬리를 말기 십상이다. 특히 북부의 왕국들은 이름과 명맥을 간신히 유지하고는 있지만, 실상은 바하무트에 조공을 바치는 속국에 불과했다.

"요약하자면, 나를 이용하겠다는 말이군?"

"저하께서도 득을 많이 보실 테니 거래라는 말이 옳지요."

이아나의 말이 옳았다. 슈나이더는 잃을 게 없었다.

국왕이 되면 어차피 바하무트와 전쟁을 해야 한다. 저쪽에서는 어차피 해야 하는 것을 대가로 골칫덩이인 페르난도를 처리해 주겠다는 말을 하고 있다.

또 이아나의 주인이 어떤 사람이고, 어떤 세력을 이끌고 있는지는 모르겠으나 장기적으로 보면 바하무트를 상대로 힘을 합칠 수 있는 아군을 얻는 것이나 마찬가지다.

슈나이더는 나쁘지 않다고 생각하며 고개를 끄덕거렸다.

"좋아. 이제 날 어떻게 돕겠다는 건지 들을 수 있을까?"

"루리아 로안느와 블랙폭시의 결탁 증거, 블랙폭시가 약점을 쥐고 있는 페르난도의 지지 세력 목록과 그 약점, 블랙폭시와 바하무트의 관계를 입증할 수 있는 증거들을 가져오겠습니다. 그리고 완전히 뿌리 뽑는 건 무리겠지만, 현 블랙폭시의 수장들을 제거하여 놈들의 세력을 대폭 줄이려 합니다."

이아나가 아무렇지도 않게 나열하는 엄청난 말들에, 슈나이더의 동작이 멎었다.

그것이 반년 안에 가능한 일인가?

아니, 그보다는 이아나가 말한 것들은 슈나이더가 가장 골치 아파하던 문제들이었다. 그녀의 말은 그 문제들을 모조리, 깔끔하게 해결해 주겠다는 말이나 마찬가지였다.

"가능한가?"

"가능합니다. 정리가 안 되었을 뿐, 증거는 어느 정도 확보하고 있습니다."

"허!"

슈나이더는 오랜만에 속이 뻥 하고 뚫리는 청량감을 느끼며 탄식했다.

"그렇게만 해 준다면 난 광장에서 춤을 출 수도 있네. 그런데 자네 측 사람들은 루리아 로안느가 블랙폭시와 결탁한 게 확실하다고 보는 모양이군."

"확실하다고 보는 게 아니라 진실입니다."

"……."

슈나이더의 속에서 불길이 욱하고 치밀었다.

루리아 로안느. 그 여자가 로안느를 좀먹은 주범이었다.

젊을 적 공녀로 끌려온 여자이고, 그 여자를 선택한 건 국왕이었으니 모든 게 그 여자의 잘못이라고 할 수는 없다. 그러나 로안느가 주는 온갖 부귀영화를 누리면서 왕세자까지 낳은 몸이니, 그 여자는 로안느의 국민으로서 로안느의 국익을 위해 움직여야 마땅했다.

그럼에도 그 여자는 그러지 않았다. 블랙폭시가 로안느를 휘두를 수 있도록 부패의 발판이 되었을 뿐이다.

슈나이더가 루리아를 향해 분노를 불태우고 있을 때, 이아나가 염려스러운 표정으로 물었다.

"그런데 동부로 가셔도 괜찮겠습니까? 저희의 계약은 저하께서 무사하셔야 성립됩니다. 바하무트 일당들이 저하를 노릴 텐데요."

"그건 괜찮아. 방법이 생길 것 같거든."

슈나이더가 처음 만났을 때보다 훨씬 밝아진 안색으로 말했다. 이아나는 의외라고 생각하며 몸을 슈나이더 쪽으로 기울였다.

"어떤 방법인지 들어 봐도 될까요?"

이아나의 진지한 표정을 바라보는 슈나이더의 심장이 따끔했다. 슈나이더는 애써 그 따끔함을 무시하며 말했다.

"동부로 갈 때 성물을 가져갈 걸세."

"성물? 성물이 무엇이고 어떤 기능을 가지고 있기에요?"

이아나가 호기심을 보이자, 그는 심술을 부리고 싶어졌다.

"궁금하다면 소원을 쓰도록. 자네가 공과 사를 구분하기로 했으니 나도 그냥 알려 줄 수는 없지. 자네가 날 돕는다고 했고, 계약서까지 썼으니 세 가지 소원은 오늘부터 유효한 걸로 하겠네. 어때?"

"오늘부터 말입니까. 그럼 쓰도록 하죠. 성물에 대한 모든 정보를 제게 이야기해 주십시오. 하나도 빠짐없이 전부 다요."

이아나가 흔쾌히 승낙하자 슈나이더는 심술기가 모조리 증발해 버리는 걸 느꼈다. 이아나는 정말로 '슈나이더 레제 로안느'가 무조건 들어주겠다는 부탁 세 가지에 별 가치를 두지 않는 듯했다. 이렇게 쉽게 부탁 하나를 쓰겠다고 하는 걸 보면 말이다.

슈나이더는 속으로 약간 실망하며 방금 밀봉했던 따끈따끈한 계약서를 다시 꺼냈다. 첫 번째 공란에 '성물에 대한 정보를 알려 준다'라고 기입한 슈나이더가 계약서를 다시 밀봉하며 말했다.

"자네는 로안느의 왕이 전쟁 중에 죽었다는 이야기를 들은 적이 있나?"

이아나는 고개를 저었다. 그러고 보니 로안느 왕국이 오랜 기간 이어진 바하무트의 무수한 공격에도 멀쩡할 수 있었던 건 왕이 전쟁 내내 건재했기 때문이었다.

슈나이더는 목소리를 가다듬은 후 진지하게 말했다.

"성물은 '로안느의 갑주'라고 불리네."

로안느의 갑주.

이아나는 익숙하지 않은 이름을 입안에서 굴렸다.

성물에 대한 모든 정보를 주기로 한 김에, 슈나이더는 어릴 적 부왕이 그를 데리고 성물이 있는 지하로 데려갔던 이야기와, 그때 그가 해 주었던 이야기부터 끝마쳤다.

"나도 아직 정확히 그 기능을 알지는 못하나, 확실한 건 성물이 로안느 왕족을 보호하는 힘을 가진 작은 금속 조각이라는 걸세."

"작은 금속 조각이요?"

금속이면 페임드라의 일부가 아닐 가능성이 높았다. 이아나는 카란켈 바위산맥에서 드워프들이 아끼던 검의 파편을 떠올렸다.

"검의 파편 같은 건가요?"

"검? 묘하게 구체적이군?"

슈나이더는 지하에 보관된 성물의 생김새를 떠올리며 턱을 쓰다듬었다.

"글쎄, 내가 봤을 땐 검의 파편 같진 않았어. 하지만 워낙 오래된 물건이라 부식되었을 수도 있고……. 생김새는 그래도 자네 말처럼 검의 일부일 수도 있지. 원형이 뭐였든, 이 세상에 둘도 없는 특별한 금속 조각인 건 확실해."

"그런데 그걸 외부로 가지고 나올 수 있는 겁니까?"

"가능해. 성물을 지키는 근위대 병사들은 내 편이거든."

"아니, 그게 아니라 그 금속 조각, 만지는 게 가능합니까?"

"응? 당연하지."

이아나는 혼란을 느꼈다. 만약 로베르슈타인의 검 파편이라면, 그건 로베르슈타인 외의 존재는 만질 수 없었다. 검 파편이 아닌 걸까?

"활성화 상태와 비활성화 상태가 있다고는 해. 소유권을 가지고 있는 국왕이 죽으면 성물이 비활성화되기 때문에, 새롭게 국왕이 된 왕족이 신전으로 가서 의식을 치르고 다시 성물을 활성화한다더군. 혹은 선왕이 죽기 전에 함께 신전으로 가서 소유권을 승계받고 활성화 상태를 유지하거나."

이아나는 들으면 들을수록 성물이 검 파편이 아닌, 새로운 무언가 같다는 생각이 들었다.

"그리고 신전의 의식에는 자네 가문도 관련되어 있어."

슈나이더가 뜬금없는 말을 꺼냈다. 로베르슈타인 가문이 여기서 갑자기 왜 튀어나온단 말인가? 이아나의 호기심은 해결되지 않은 채 계속 늘어나기만 했다.

"무슨 관련이요?"

"성물의 활성화 의식을 시작하는 데에 로베르슈타인 가문의 '가보'와 혈족의 '피'가 필요하다더군. 왜인지는 나도 몰라."

슈나이더가 테이블을 툭툭 두드렸다.

"며칠 전 국왕탄신일에 하르첸 공자가 나를 찾아왔더군. 로베르슈타인 가문이 날 지지하겠다면서 성물에 대한 정보를 가르쳐 줬어. 사실, 앞서 말했듯이 부왕이 아무 것도 말해 주지 않았기 때문에 난 공자의 말을 듣기 전까지는 성물에 대해서 아는 게 거의 없었네."

하르첸이?

"공자는 이미 가주 대리로 가보를 가지고 왔네. 그날 공자를 잡아끌고 바로 신전으로 달려가고 싶은 마음이 굴뚝같았지만, 결국 조급함은 버리고 철저하게 준비하기로 했어. 대신관은 이미 내 편이긴 하지만, 페르난도 놈에게 들키지 않게 입도 맞춰야 하고. 그래서 이틀 뒤에 신전에 가기로 했어. 성물에 대한 자세한 이야기는 신관에게 들을 거야."

하르첸.

이아나는 이복 오라버니의 이름을 중얼거렸다.

최근 들어 그녀의 인생에 자주 끼어드는 이름이다. 회귀 전에도 회귀 후에도 있는 듯 없는 듯 이아나와 별 인연이 없었던 그였지만 요새 많은 일에 함께 엮이고 있었다. 어쩐지 그가 수상쩍게 느껴졌다.

그리고 로베르슈타인 가문의 가보는 대체 뭘까?

'회귀 전의 나는 가보의 존재조차 몰랐어.'

이아나는 로베르슈타인 가문의 식솔들을 모조리 도륙했다. 그 후, 로베르슈타인 영지를 국가에 반납하고 혼자 로베르슈타인이라는 성을 가졌다. 너희가 멸시하던 나 혼자 로베르슈타인이라며 비웃었다. 비틀린 복수심 때문이었다.

'슈나이더 왕자도 내게 왕궁의 성물이나 가문의 가보에 대해서 어떤 말도 하지 않았고.'

슈나이더는 즉위 이후 라오스 신전으로부터 로안느 왕궁의 보물과 로베르슈타인 가문의 가보에 대한 정보를 전해 들었을 텐데도, 그녀에게 아무 말도 하지 않았다.

'왜?'

일부러 하지 않았던 걸까.

할 필요가 없었던 걸까.

이아나는 수수께끼 같은 과거에 의문을 느낌과 동시에, 성물의 정체를 직접 눈으로 확인하고 싶어졌다.

"혹시 신전에 가실 때 저도 함께 가도 됩니까?"

이아나의 기습적인 부탁에 슈나이더가 그럴 줄 알았다는 듯 대답했다.

"두 번째 부탁인가?"

"네."

슈나이더는 그녀의 부탁을 흔쾌히 수락했다.

"이틀 뒤 동이 트기 전에 라오스 대신전 앞으로 오게."

슈나이더가 손을 내밀었다.

"앞으로 잘 부탁하네."

"노력하겠습니다."

이아나가 그 손을 맞잡았다.

이아나는 학술원에 돌아가기 전에 하르첸을 만났다. 그는 요즘 수도에 있는 로베르슈타인 가문의 저택보다는 파엘라 상단건물에 머무르는 경우가 많았다.

"언니이이!"

"냐아!"

이아나가 문을 열자마자 엘리와 닛시가 동시에 달려들었다. 엘리가 땅을 박차 오른 닛시를 밀치고 이아나에게 안겨 들었다. 이아나에게 성공적으로 안긴 엘리가 닛시에게 메롱, 하고 약을 올렸다.

"캬아아아!"

"악! 악!"

닛시는 앙칼지게 울면서 엘리를 퍽퍽 발로 때려 공간을 만들더니 틈이 난 이아나의 품에 꾸물거리며 안겼다.

이아나는 얼떨결에 엘리와 닛시를 안고 있었다. 닛시는 어느 순간부터 쑥스러움을 버리더니 이아나에게 아주 적극적으로 접근했고, 엘리도 닛시를 따라서 처음의 어른스러운 모습을 탈피해 점차 그 나이 때 아이처럼 변하고 있었다.

"어서 와."

"이아나 양!"

"누나다!"

닛시와 엘리가 있던 테이블에는 하르첸, 헤레이스, 핀도 있었다. 이아나에게 달려들 타이밍을 놓친 핀은 엘리와 닛시를 부러운 눈으로 보았다. 이아나는 엘리와 닛시를 데리고 테이블로 와서 핀도 안아 주었다.

이아나는 하르첸에게 독대를 요청했다.

"너도 가게 된 거야? 나쁠 건 없지."

이아나가 슈나이더와 했던 이야기를 전해 주자 하르첸이 빙긋 웃었다. 어쩐지 그럴 줄 알았다는 반응이라 이아나는 기분이 묘했다.

"사실 내가 수도에 온 건 저하께 성물을 전달하기 위해서이기도 해. 우리 가문은 슈나이더 저하를 지지하기로 했거든."

"그랬군요. 그런데 혹시 로베르슈타인 가문의 가보가 뭔지 물어봐도 됩니까?"

"너도 들을 자격이 있으니 어려워하지 마. 나도 설명은 잘 못하겠는데, 그냥 금속 조각이야."

이아나의 눈썹이 꿈틀거렸다.

또 금속 조각?

"저택에 두고 왔는데, 궁금하면 오늘 같이 가서 볼래?"

이아나는 하르첸의 제안을 거절하지 않았다. 며칠 후에 볼 수 있다지만 호기심을 이길 수 없었다.

이야기를 마친 그들이 밖으로 나오자 엘리가 쪼르르 달려와 밝게 외쳤다.

"언니, 저 마법을 배우고 싶어요."

"마법?"

엘리가 힘차게 고개를 끄덕거렸다.

"네, 본격적으로요. 대단한 마법사들은 어렸을 때부터 마법 공부를 한다면서요? 그리고 요즘 몬스터가 극성인 데다, 바하무트 제국도 침공한다고 해서 마법을 빨리 익히고 싶어요."

"괜찮지."

엘리는 마법에 엄청난 소질이 있는 아이였다. 시국도 시국이지만 일찍 마법을 학습하는 게 아이에게 좋긴 할 것이다. 그런데 마법을 배우려면 당연히 스승이 필요하다. 돈도 많이 들었다. 이아나는 제가 엘리를 도울 수 있을까 해서 생각에 잠겼다.

금전적인 문제는 없다. 제가 따로 모은 돈도 있고, 여차하면 아르하드에게 후원의 형식으로 금전적인 도움을 받을 수 있었다.

중요한 건 좋은 스승이었다. 이아나는 저와 친분이 있는 마법사들의 목록을 뽑아 보았다.

하인리히, 마이마예 레비아제, 사키 셀츠스, 도르시아니 데마리포사, 라랏슈아 엘 마르디알……

슈나이더, 아르하드.

뭐랄까, 새삼 깨달은 사실이지만 이아나는 제 인맥이 보통이 아니다 싶었다. 하나같이 굉장했다. 하지만 엘리를 제자로 받아 달라고 부탁하기엔 다들 괴짜인 데다 개인적인 성향이 강하다. 바쁘기도 바빴다.

“하인리히 마법사님께 배우려고요!”

이아나의 고민은 필요 없었다. 엘리는 이미 상대를 정하고 이아나에게 말한 거였다. 당당하게 스승으로 삼겠다 말하는 대상이 일반인은 우러러만 보는 대마법사라는 점이 몹시 특이했다.

“헤레이스 오빠랑 붙어 있을 수도 있고, 책도 많이 읽을 수 있을 테니까요.”

“그렇구나.”

이아나는 고개를 끄덕였다. 하인리히는 이미 라랏슈아라는 제자도 두고 있고, 다른 마법사들에 비해 성향이 몹시 온건했다.

카마트로스 조직원들은 카마트로스 일을 할 때가 아니면 자신의 삶에 집중한다. 그래서 하인리히가 엘리를 제자로 받는 것도 이상한 일은 아니었다.

하지만 하인리히는 카마트로스 일, 헤레이스의 약을 연구하는 일, 발젠타 학술원 학장으로서의 일만으로도 몹시 바빴다.

"하인리히 님은 바쁜 분이신데 받아 주실까?"

"제가 할아버지께 부탁드려 보려고요."

헤레이스가 외쳤다.

"엘리는 대단한 재능을 가지고 있으니까 제가 부탁드리지 않아도 받아 주실 거예요. 그리고 마법사들 사이에서는 사제 간에 서열이 엄격해요. 할아버지보다는 라랏슈아 누님이 주로 엘리를 돌봐 주실 거예요."

"으음. 라랏슈아 왕녀라니."

하인리히면 몰라도 라랏슈아는 조금 걱정되었다.

"괜찮아요. 누님은 우호적이거나, 예쁘거나, 특별한 여자아이한테는 꽤 상냥하거든요. 심술궂게 굴 때도 있지만."

그랬던가. 이아나는 꼬리를 흔드는 여우처럼 제게 무척 우호적이던 라랏슈아를 떠올리며 납득했다.

"오빠, 멋져요!"

엘리가 헤레이스에게 달려가 귀엽게 애교를 떨었다. 헤레이스의 팔을 붙잡고 방긋방긋 웃던 엘리가 기분을 가라앉히고 진지하게 감사를 표했다.

"감사해요. 고아인 데다 돈도 없고. 전 누군가가 도와주지 않았다면 그냥 평범하게 허드렛일을 하며 살았겠죠? 마법사는 꿈도 꾸지 못했을 거예요."

헤레이스가 상냥하게 웃으며 말했다.

"엘리, 넌 재능이 있어. 내가 도와주지 않았더라도 학술원이라는 좋은 곳이 있으니까, 또 학술원이 아니더라도 넌 마법을 정말 좋아하니까 분명 멋진 마법사가 되었을 거야. 하지만 이왕 이렇게 된 거 내가 도와줄 수 있는 부분은 최대한 도와줄게."

"그럼요. 저도 훌륭한 마법사가 되어서 오빠가 제 도움이 필요할 때 도와줄게요."

이아나는 엘리와 도란도란 대화를 나누는 헤레이스를 빤히 쳐다보았다. 이아나의 시선을 느낀 헤레이스가 고개를 들었다가 뺨을 붉혔다.

"제가 대단해서 이러는 건 아니고요. 이아나 양이 저를 도와주고 계시니까, 저도 누군가를 돕고 싶어서."

"누가 뭐래? 그리고 자기만 챙겨도 모자란 시간에 타인을 돕는 것, 대단한 일이야. 낮추지 마. 방금 엘리에게 한 말도 꽤 괜찮았어."

"그럼 왜 그렇게 저를 빤히 쳐다보시는지……."

"그냥 많이 성장했다 싶어서?"

헤레이스는 만난 첫날부터 상냥했지만, 여유는 없었다. 그때와 비교하면 지금은 많이 여유로워졌다. 어른스러워지기도 했다.

헤레이스가 한 살 많았지만, 이아나는 헤레이스가 저보다 한참 어린 소년처럼 느껴졌다. 그녀가 한 번의 기나긴 생애를 살았기 때문도 있지만 다른 이유도 있다.

지금처럼, 칭찬을 조금만 해도 헤레이스는 몹시 기쁜 듯 초롱초롱한 눈으로 그녀를 바라봤다. 인생의 선구자를 대하는 듯한 그의 태도 때문에 계속 소년으로 취급하는 걸지도 몰랐다.

"오빠, 핀도 같이 가도 돼요?"

"누나?"

얌전히 이야기를 듣고 있던 핀이 화들짝 놀라 엘리를 보았다. 핀에게 무척 돌발적인 상황이었다.

"핀이랑 같이 배우고 싶어요. 핀, 너도 마법에 관심 있었잖아? 넌 누나가 가르쳐 줄게. 그리고 테오도르는 곧 전쟁터가 될 테니까, 그나마 안전한 하인리히 님의 마탑에 있는 게 낫지 않을까요?"

"하지만 아빠가 날 압실롯 삼촌 집에 보낸다고 하셨는데."

"핀, 너는 어찌하고 싶니?"

어느새 뒤에서 나타난 무르시가 핀에게 물었다.

"하인리히 님이 받아 주신다면, 아빠는 네가 거기에 있어도 괜찮을 것 같구나."

무르시가 이아나를 흘끗 보았다. 사실 무르시가 가장 믿는 사람은 이아나였다. 핀을 학술원 안에 둔다면, 이아나가 어떤 방식으로든 지켜 줄 거라는 믿음이었다.

이아나는 그런 무르시의 생각을 알아채고 고개를 끄덕였다.

"핀이 온다면 신경 쓰겠습니다."

핀이 손을 꼼지락거리며 고민하더니 무르시를 간절하게 보았다.

"그럼, 여기 있을래. 이아나 누나랑 엘리 누나를 따라갈래."

결국 엘리와 핀, 그리고 덤으로 닛시의 학술원행이 결정되었다. 다른 보육원 아이들은 그나마 안전한 토라카 왕국으로 용병들이 데려가기로 했다.

다각다각.

하르첸과 이아나는 파엘라 상단 건물을 나와 마차를 타고 로베르슈타인 저택으로 빠르게 향했다. 마차 안에서, 이아나는 창밖을 내다보는 하르첸의 고요한 얼굴을 관찰했다.

문득, 그가 보내오는 꽃이 생각났다.

그는 어렸을 때부터 지금까지, 종종 꽃을 보낸다. 최근 들어서는 뜸해졌지만 잊을 만하면 하르첸이 보냈다는 꽃이 도착했다. 요즘엔 거절하는 걸 포기한 상태인 데다, 프리실라가 좋아하기도 해서 오는 족족 화병에 꽂아 두곤 했다.

궁금했다.

"도련님."

이아나가 하르첸을 불렀다. 하르첸의 푸른 시선이 그녀를 향했다.

"도련님이라는 말은 아무리 들어도 이상해. 오라버니는 어때?"

"싫습니다."

"그럼 그냥 이름을 불러. 도련님이라는 말, 좀 듣기 싫네."

이아나는 잠시 입을 다물었다가, 마음을 먹고 입술을 떼었다.

"거절하지 않겠습니다, 하르첸."

"응."

하르첸이 기분 좋게 웃었다. 이아나는 이상한 놈 보듯 그를 흘끗거리다가 물었다.

"예전부터 궁금했던 게 있습니다. 왜 제게 꽃을 보내시는 겁니까? 제가 계속 거절하는데도."

"꽃은 의미를 담을 수 있어서, 말로 하지 않아도 뜻을 전할 수 있으니까. 그리고 꽁꽁 얼어붙은 마음을 온화하게 풀어 주잖아. 네가 그랬던 것처럼."

이아나는 내가 마음을 푼 건 당신이 보낸 꽃 때문이 아니라고 말하려다 말았다.

꽃의 역할이 아예 없다고는 할 수 없었다.

이아나는 꽃을 보내는 하르첸을 이상하게 생각하면서도 나쁘게는 보지 않았다. 그리고 그가 보내오는 싱그러운 꽃들을 볼 때면 응어리진 감정이 가끔 부드러워지곤 했다. 또 가끔, 아주 가끔은 조금 풀어지기도 했음을 부정할 수 없었다.

"예전부터 사과하고 싶었어."

하르첸이 이아나를 똑바로 바라보았다.

"예전엔 나도 어려서 네 상황을 생각하지 못했거든. 그래서 네게 많이 못되게 굴었어."

"당신은 제게 못되게 군 적 없어요. 못되게 군 사람이 있다면 그건 저겠죠."

"그런가?"

하르첸이 딱히 부정하지 않고 미묘하게 웃더니 다시 창밖을 보았다.

"앞으로도 꽃을 보내실 건가요?"

"응."

이상한 사람.

그리고 착한 사람.

이아나는 하르첸을 물끄러미 바라보다 그가 내다보는 창밖으로 시선을 돌렸다.

겨우 몇 개월 만에, 활력이 넘치던 테오도르는 사라졌다. 번듯했던 건물은 무너져서 잔해를 이루었고, 벌건 불은 온갖 것을 태우느라 바빴다. 하늘로 치솟는 까만 연기는 보는 사람을 심란하게 만들었다.

바하무트의 본대는 제국 서부와 로안느 왕국의 동부에서 미적거리고 있기에 로안느의 수도 테오도르에 도달하려면 멀었다.

하지만 위프헤이머가 테오도르를 공격하겠다고 말한 시점에서 테오도르는 전쟁터가 된 것이나 마찬가지였다. 놈은 몬스터 게이트처럼 기상천외한 방법으로 공격을 가할 수 있는 대마법사였다. 바하무트의 본진과 연결하는 문을 열어 군대를 진격시킬 수도 있지 않은가?

로안느의 국민들은 그가 언제 갑자기 기습적으로 공격해 올지 몰라 무척 불안해했다. 그러면서도, 이십여 년 전의 전쟁을 떠올리며 전투 감각을 서서히 일깨웠다. 최근 평화에 안주하긴 했으나, 그래도 오랜 세월 바하무트와 싸워 온 이들답게 나라를 지키고자 필사의 각오를 다지고 바하무트에 대한 분노를 불태웠다. 전쟁의 기운은 그렇게 로안느 전역을 잠식하고 있었다.

저택에 도착했다.

이아나는 하르첸을 따라 그의 방에 들어섰다. 방은 깔끔하게 정리되어 있었는데, 하르첸의 취향대로 들여놓은 가구나 방의 인테리어는 그의 분위기와 똑 닮아 있었다.

하르첸은 책상으로 가더니 서랍에서 상자 하나를 꺼냈다. 그때부터 이아나의 심장은 빠르게 뛰기 시작했다. 이제 이아나에게는 무척 익숙해진 고동이었다.

"봐."

달칵.

하르첸이 상자를 열었다. 이아나는 기대감을 가지고 안을 들여다보았다. 어디선가 본 적 있는 작은 금속 조각이 얌전히 줄에 꿰인 채 놓여 있었다.

'로베르슈타인의 검의 파편이다.'

보기만 해도 알 수 있었다. 이 작은 파편이 제 영혼에 귀속된 금속에서 떨어져 나온 부스러기라는 걸.

이아나는 악마의 심장을 꿰뚫고 있던 검의 모양을 떠올렸다. 검은 여기저기 이가 빠져 있었다. 이아나는 검 파편이 세상에 얼마나 흩어져 있는 건지, 이렇게 막 흩어져 있어도 되는 건지 궁금해졌다.

그런데 검을 통해 얻을 수 있는 기억은 다 얻었나 보다. 이번에는 심장이 조금 빠르게 뛸 뿐, 예전과 같이 환상처럼 제 시야를 뒤덮던 장면들은 없었다.

"이건 로베르슈타인 일족이 아니면 들지도 못한대."

하르첸이 줄을 잡아당겨 파편을 들어 올리더니 다른 손으로는 파편을 받쳤다.

"하지만 로베르슈타인 일족도 만지는 건 조금 힘들다고 해. 본능적으로 엄청난 거부감이 들거든. 아버지는 이 물건을 볼 때마다 꺼림칙하시대. 보고 있으면 멀리하고 싶다고 하시더라."

왜인지는 몰라도 드워프들은 로베르슈타인의 검의 파편에 우호적이었다. 그런데 로베르슈타인이라는 이름을 가진 일족은 로베르슈타인의 검에 거부감을 느낀다니, 이 무슨 모순적인 상황인가?

이아나의 머릿속에서, 예전에 테라노우딘이 해 주었던 이야기가 하르첸의 말에 어렴풋하게 겹쳐졌다.

[허약한 영혼이 자아를 완전히 상실한 로베르슈타인을 이기는 결과가 발생했다. 영혼이 제 몸에 있는 붉은 이물질, 로베르슈타인의 영혼에 반발해 푸른빛을 띠고, 남성의 몸이 되는 등 정반대의 성향을 가지게 된 것이다. 라오스가 몇 번을 시도해도 결과는 같았고 결국 로베르슈타인 일족은 그렇게 시작되었다.]

테라노우딘의 이야기를 잘 곱씹어 보면, 로베르슈타인 일족은 라오스에 의해 로베르슈타인 신의 영혼을 강제로 떠안았다. 라오스는 일족이 품은 영혼의 정체성은 아랑곳하지 않았다. 생명이 아닌 로베르슈타인의 영혼을 보관할 상자를 만들기 위해 로베르슈타인 일족을 탄생시켰다.

그러니 일족이 로베르슈타인에 거부감을 느끼는 것도 당연했다. 제 피에 흐르는 강력한 붉은 영혼에 반발하여 외양을 푸르게 변화시킬 정도로 싫은 것이다.

그런데 이 파편은 왜 가보처럼 가지고 있었던 것일까?

하르첸이 파편을 내밀었다.

"만져 볼래?"

이아나는 말없이 파편을 받아 들었다.

웅-. 웅-.

작은 파편은 진정한 주인을 만났다는 듯이 미미한 파동을 일으켰다. 이아나와 하르첸은 그런 파편을 조용히 지켜보았다.

이틀은 빠르게 지났다.

"일찍 왔군."

이아나는 대신전 앞에서 로브로 온몸을 꽁꽁 감싼 슈나이더를 만났다. 슈나이더는 타고 온 마차 밑쪽에서 꽤 팔뚝만 한 상자 하나를 손수 내린 후 마차를 돌려보냈다.

"하르첸 공자는 일찌감치 신전으로 들어가 대신관과 준비를 한다던데, 만났나?"

"아뇨. 저도 방금 왔습니다."

슈나이더가 도착했을 때부터, 이아나의 시선은 그가 든 고풍스러운 상자에 쏠려 있었다.

"성물입니까?"

"그래. 몰래 반출하느라고 힘들었어. 페르난도 그 자식이 어제부터 내게 감시를 줄줄이 붙여 놔서……."

불만스럽게 말하던 슈나이더가, 이아나가 상자를 빤히 쳐다보는 걸 발견하고 헛기침했다.

"궁금한가?"

"네. 많이."

"그럼 살짝 보게."

슈나이더는 '살짝'이라는 단어의 뜻과는 달리 시원하게 상자를 열어젖혔다.

며칠 전 슈나이더가 했던 말대로, 상자 안의 금속 조각은 검 조각처럼 보이진 않았다. 검 조각치곤 지나치게 납작하고 컸다. 만약 이게 검 조각이라고 한다면, 바스타드 소드 정도로 커다란 대검의 표면을 얇게 저며 낸 결과물일 터였다.

그리고 금속처럼 보이긴 하지만, 그 색깔이 금속의 것이라기엔 갓 내린 눈이 쌓인 동산처럼 너무나 새하얬다. 무엇보다 어제 하르첸이 보여 주었던 검 조각이나 카란켈의 커다란 파편처럼 이게 제 것이라는 느낌이 없었다.

이건 검의 파편이 아니다.

그래도 속이 어쩐지 울렁거렸다.

그리고 왜일까, 기시감이 들었다.

"만져 봐도 됩니까?"

"이런 사소한 부탁들을 일일이 계약서의 부탁으로 매기자니 너무 민망하군. 앞으로 이 정도 부탁은 그냥 들어주겠네."

이아나는 슈나이더가 내민 상자 속에서 조각을 꺼내 들었다.

'이건……'

절대 검의 파편이 아니다. 검의 파편이라기보다는 갑옷의 파편 같다.

'그래, 이건.'

촉감이나 생김새가 묘하게 낯익었다.

'드래곤의 비늘이랑 비슷하게 생겼어.'

테라노우딘의 등에 타서 그의 비늘을 붙잡고 일주일 내내 날아다녔던 이아나는 비늘의 촉감이나 생김새를 꽤 자세히 기억하고 있었다.

드래곤의 비늘은 테라노우딘과 드래곤으로 화한 아르하드를 보기 전까진 이아나가 한 번도 접하지 못한 새로운 재질이었다. 미스릴보다 단단하고 강한 금속의 느낌이랄까.

그리고 지금 이아나가 들고 있는 금속 조각은 딱 그 느낌이었다. 테라노우딘의 붉은 비늘에서 붉은빛을 모조리 탈색하면 딱 이렇게 생겼을 것 같았다. 테라노우딘의 비늘은 불의 기운을 담고 있어

뜨거운 느낌이었지만 이건 때가 묻지 않은 순수한 느낌이었다.

화염의 드래곤 테라노우딘은 붉은색, 대지의 드래곤 가마다이안은 갈색, 숲의 드래곤 밀라니코네는 녹색, 프릴리아누는 푸른색, 혼돈의 드래곤 칸데메이온은 흑색의 비늘을 가지고 있다고 했다.

'하지만 백색 드래곤은 들어 본 적 없어.'

역시 드래곤의 비늘이라는 건 제 착각일까? 이아나는 별다른 정보를 얻지 못하고 금속 조각을 슈나이더가 들고 있는 상자에 다시 넣었다.

"별거 없지? 그런데 부왕이 살아 계셨을 때, 그러니까 활성화되어 있을 때는 붉은빛이 돌았어. 나는 이것을 볼 때마다 그립고 아릿한 기분이 들었지. 절대적으로 보호받는다는 기분도 들었네. 빛을 잃은 지금은 그냥 묘한 느낌만 드네만."

"붉은빛……."

이아나가 중얼거릴 때 슈나이더가 어서 들어가자고 말하며 발걸음을 떼었다.

"의식이 끝난 후에 또 만져 보게나."

신전 안으로 성큼성큼 들어서는 슈나이더를 따라 이아나도 못박힌 듯 땅에 달라붙어 있던 발을 떼었다.

라오스 신의 사제들은 일반인들보다 하루를 빨리 시작했다. 아직 동이 트지 않은 시간이지만, 다른 신관들보다 더 빨리 일어나 신전을 청소하는 신관들도 있을 법했다.

하지만 대신관이 손을 써 둔 탓인지 신전은 사람 한 명 없이 적막했다. 이아나와 슈나이더의 발소리만 고요한 신전에 퍼졌다.

저벅저벅.

슈나이더를 따라 걷는 길이 어째 낯설지 않았다. 조금 더 걸어서 어떤 입구에 도달한 순간, 이아나는 그가 어디로 가고 있는지 알았다.

원래 이곳은 성기사들이 지키고 서 있었다. 이곳을 지나 더 걸어가면 지하로 향하는 계단이 위치했다. 그리고 계단을 내려가면 라오스 신전의 보물인 비석과 덩굴이 있었다.

"어서 오십시오."

계단의 앞에는 새하얀 사제복을 정갈하게 차려입은 중년 사내가 서 있었다.

그의 이름은 센티르. 이아나가 죽을 때까지 라오스 신전의 대신관으로 있었던 사람이었다. 하지만 이아나가 신을 불신했기에 교류는 없었다. 데면데면하게 인사만 하는 사이였다.

기억보다 훨씬 젊은 센티르는 이아나에게도 인사했다. 그는 긴장한 기색이 역력했다. 국보의 주인을 승계하는 일이니 어찌 긴장하지 않겠는가.

세 사람은 비석이 있는 장소로 들어섰다. 이미 도착해 있었던 하르첸은 비석 근처에서 검의 파편이 매달린 줄을 높게 들고 파편을 물끄러미 바라보고 있었다.

"아, 오셨습니까."

세 사람을 발견한 하르첸이 손을 내리며 다가왔다. 슈나이더가 하르첸이 들고 있는 검 파편에 관심을 보였다.

"그게 가보인가? 묘한걸. 국보가 빛을 머금고 있을 때와 비슷한 느낌이 들어……. 그래, 지금 이 비석처럼. 혹시 만져 봐도 되겠나?"

"그러시죠."

슈나이더가 파편에 손을 대었다. 그의 손가락이 파편에 닿는 것을 본 이아나의 눈썹이 꿈틀거렸다.

'왕자는 저걸 어떻게 만질 수 있는 거지?'

슈나이더는 금방 손을 떼었다.

"음, 묘하게 날 거부하는 느낌인데."

"그렇습니까?"

슈나이더와 하르첸이 대화를 나누는 사이, 센티르가 뜬금없이 바닥에서 문을 홱 들어 올렸다.

"들어가시죠."

그곳에는 밑으로 내려가는 계단이 있었다. 이아나의 눈이 이채를 발했다.

'지하 속의 지하라.'

이아나는 로베르슈타인 가문 사람으로서 그냥 참관 자격만 얻었기에, 세 사람이 먼저 들어간 후 적당히 거리를 두고 따라 들어갔다.

어둠 속에서 대신관이 든 횃불의 빛만을 따라 목적지에 도달했다. 그곳에는 작은 제단이 하나 있었다. 제단의 바로 위 천장에서는, 한 층 위에서 웅장함을 자랑하던 비석의 끝부분이 보였다.

그리고 그곳에 비석을 휘감은 덩굴의 뿌리가 있는 듯 덩굴줄기들이 줄기줄기 뻗어 나오고 있었다.

"의식을 시작하겠습니다."

센티르가 제단의 밑에서 상자 하나를 꺼내 뚜껑을 열었다. 요 며칠 사이 상자에서 신기한 것들을 많이 본 이아나가 안력을 돋워 안을 살폈다가 흠칫했다.

상자 안에는 까만 금속 조각이 들어 있었다. 국보라는 백색 금속 조각과 몹시 흡사한.

'저건 또 뭐야.'

백색 조각에 이어서 흑색 조각까지 등장했다.

국보가 드래곤의 비늘이 아닐까 생각했지만, 백색 드래곤의 존재는 들어 본 적 없어 착각 정도로 치부하고 있었다. 그런데 흑색 조각을 보니 또 헷갈렸다.

"대신관, 그대가 가져온 물건이 내가 가져온 국보와 어째 비슷하게 생겼군? 대체 이게 뭔가?"

"저도 검은 신도께서 떠나실 때 남기신 물건이라는 것밖에 모릅니다. 저하께서 가져오신 하얀 조각과 짝을 이루지요."

검은 신도.

이아나는 그 말을 듣자마자 깨달음을 얻었다.

혼돈의 드래곤 칸데메이온.

이아나는 저 흑색 조각이 칸데메이온의 비늘임을 확신했다.

'그럼 하얀 건 뭐지?'

이아나가 심각한 고민에 빠진 사이 세 사람은 의식에 관해 이야기를 나누었다.

"……이 순서대로 의식을 치르시면 됩니다."

"복잡하군. 의미도 모르겠어."

설명을 끝낸 센티르가 슈나이더와 하르첸을 데리고 제단 앞에 섰다. 그쯤 정신을 차린 이아나도 조심스레 그들의 주변에 섰다.

달칵.

센티르가 제단에 검은 조각과 하얀 조각을 놓았다. 그런데 특이한 현상이 발생했다. 검은 조각과 하얀 조각의 아귀가 서로 꼭 들어맞아 원을 형성한 것이다. 원래 완전한 원이었던 걸 쪼개 둘로 나눈 것처럼 말이다.

챙.

하르첸이 붙잡고 있던 줄을 풀어 검 파편을 원의 중심에 놓았다. 파편이 조각과 부딪치며 맑은 소리를 냈다.

"혼돈."

그가 그리 말하며 로베르슈타인의 검 파편의 날카로운 부분에 검지를 가져다 댔다. 베인 상처에서 붉은 피가 퐁하고 솟아 파편을 타고 주르륵 흘렀다.

그러자 이변이 발생했다.

웅……. 웅…….

검은 조각이 하르첸의 피를 모조리 빨아들이더니 요동치기 시작한 것이다.

조각은 뭐라 형언할 수 없는 이상한 기운을 풍겼다. 테라노우딘의 비늘이 뜨거운 불의 느낌이었다면, 검은 조각은 그 주변의 모든 것을 흐트러트리려는 듯한 무질서한 느낌을 품었다.

그래서 그런지 조각 주변의 모든 게 분해되고 이리저리 혼잡하게 뒤섞이는 것 같았다.

마나도, 공기도.

심지어는 사람마저도.

이아나는 제 피부 주변이 아지랑이가 낀 것처럼 일렁거려 불쾌해졌다. 불쾌함은 이아나뿐만 아니라 그 자리에 있는 다른 세 사람도 느끼고 있었다.

생물은 수많은 질서로 형성된 고유한 존재였다. 머리카락, 피부, 근육, 뼈 등 생물을 이루고 있는 모든 것이 질서였다.

생물이 죽으면, 그를 형성하고 있던 모든 질서가 파괴되어 무질서하게 변한다. 더 이상 움직일 수 없는 육신은 원형을 유지하지 못한다. 분해되고 먹히고 흩어진다. 그게 죽음이다.

그래서 혼돈은 죽음의 향기를 진하게 풍겼다.

"법칙."

센티르가 속이 메슥거리는 것을 참으며 검 파편에 엄지를 눌렀다. 이번에는 흰 조각이 센티르의 손가락에서 흐른 피를 집어삼켰다.

위이이잉!

백색 조각이 눈부신 빛을 발하며 검은 조각과 마찬가지로 어떤 특별한 기운을 뿜어내기 시작했다.

그 느낌은, 한마디로 질서였다. 혼돈이 빚은 무질서는 법칙이라는 이름하에 질서로 정리되었다.

하지만 무질서와 질서가 균형을 이루는 시점이 되자 흐름은 일방적이지 않았다. 무질서가 질서가 되고 질서가 무질서가 되었다. 혼돈과 법칙은 균형을 유지하며 끊임없이 순환했다.

신비로운 경험이었다. 세상 전부가 담겨 있는 듯한 막막한 거대함이 눈앞의 조각들로부터 느껴졌다.

이아나는 그 막연한 위대함을 언젠가 느껴 본 적이 있었다.

'세계의 천칭.'

천칭은 눈에 보이지 않고, 추상적인 느낌으로서 존재했다. 그런데 지금 눈앞에서 벌어지는 현상은 천칭을 시각화한 것만 같았다.

진리가 존재한다면, 바로 저것이 아닐까.

슈나이더가 긴장된 표정을 하고 앞으로 나섰다.

"혼돈에서 계약하여 법칙으로 태어난 자. 존속을 대가로 법칙과 맺은 계약을 삶에서 이행하고자 합니다."

그가 검의 파편을 엄지로 짓누르자, 몽글거리며 샘솟은 그의 피가 양쪽 조각에 스며들었다.

맞물린 조각이 공중으로 살짝 떠오르더니 원을 그리며 빙글빙글 돌기 시작했다. 천천히 회전하는 조각에서 은색의 빛이 흘러나왔다. 슈나이더의 빛이었다.

흘러나온 빛은, 조각을 중심으로 복잡하기 짝이 없는 무늬를 그려 나갔다. 빛은 꼬이고 꼬여 최상급 마법의 마법진처럼 기하학적인 무늬들로 화했다. 빛의 꽃이 개화하는 듯한 아름다운 광경이었다.

문양이 모두 그려졌을 때, 슈나이더가 홀린 듯이 제 왼쪽 가슴에 손을 얹고 머리를 숙였다.

"당신의 병사, 당신의 가디언."

살짝 넋이 나간 채 눈앞에서 펼쳐지는 광경을 바라보던 이아나는 낯익은 단어가 들려오자 흠칫했다.

"슈나이더 레제 로안느가 당신에게 인사드립니다."

파아앗!

조각에서 하얀빛과 검은빛이 뿜어져 나왔다.

뿜어져 나온 빛은 문양을 이루고 있던 은색의 빛을 향해 녹아내렸다. 은색의 빛은 그 빛들을 원래 제 것이었던 양 고르게 흡수했다. 빛은 섞였지만 색은 변하지 않았다.

문양은 축소되더니 조각들 위에 그려진 그림처럼 보일 만큼 작아졌다. 조각에 낙인을 찍듯 스며들더니, 모습을 감추었다.

"아……."

다른 사람들은 그저 지켜볼 뿐이었지만, 슈나이더는 무언가 변화를 느끼는 듯 낮게 침음했다.

'병사, 가디언이라니.'

일이 얼추 마무리된 듯해서 이아나가 방금 슈나이더가 했던 말을 곱씹을 때였다.

'큭!'

이아나는 기이한 통증을 느끼며 신음을 삼켰다.

심장이 아팠다.

왼쪽 가슴에 있는 심장이 아닌 '다른 심장'이, 삭풍이 스치고 지나간 것처럼 무척 아팠다. 그것은 물리적인 통증이라기보다는 숨이 막히는 듯한 슬픔과, 깊은 애정으로 인한 감정적인 통증이었다.

애틋하고, 가엾고, 미안하고, 지켜 주고 싶고.

그리고 이아나는 어떤 사실 하나를 깨달았다.

로베르슈타인의 봉인이 일시적으로 깨졌다. '로베르슈타인'의 의지로.

그러자 기이한 일이 벌어졌다.

스르르륵.

비석의 *끄트머리*, 덩굴의 시작 지점에서 덩굴들이 줄기줄기 자라나며 내려왔다. 조각이 있는 곳에 닿은 덩굴들은 조각들을 보호하려는 것처럼 얽으면서 감쌌다.

녹색 덩굴의 *끄트머리*에서 붉은빛이 어른거리기 시작했다. 꽃이 피어나듯 맺힌 붉은 기운은 피가 흘러내리듯 굴러 떨어져 감싸고 있던 조각들에 스며들었다.

흑색 파편과 백색 파편이 붉게 물들어 갔다. 아예 붉어지는 건 아니고 붉은 기운으로 뒤덮이고 있었다.

얼마 지나지 않아 덩굴은 의지를 가진 것처럼 조각을 풀어 주었다. 그리고 스르르 올라가더니 비석을 휘감은 후, 아무 일도 없었던 것처럼 침묵을 되찾았다. 다시 봉인된 상태로 돌아간 것이다.

조각들도 붉은 기운을 은은하게 머금고 있을 뿐, 원위치로 돌아가 무슨 일이 있었냐는 것처럼 시치미를 뚝 떼고 있었다.

센티르가 조심스럽게 조각이 있는 곳으로 다가섰다. 장갑을 낀 손으로 흑색 조각을 아주 소중한 보물을 들듯 회수하더니 슈나이더에게 말했다.

"의식이 끝났습니다. 저하께서도 가져가십시오."

슈나이더도 손을 내밀어 백색 조각을 쥐었다. 슈나이더가 이아나에게 말했던 것처럼 백색의 조각은 이제 붉은 기운으로 은은하게 빛나고 있었다.

"이건 라오스 신과 로안느 왕족이 대대로 맺어 온 계약의 증표였군."

비석의 끄트머리를 노려보고 있던 이아나가 고개를 돌렸다. 슈나이더는 조각을 보면서 미묘한 표정을 짓고 있었다.

"대신관, 나는 본능적으로 느꼈어. 이제야 깨달은 바지만 난 태어났을 때부터 라오스 신과 계약된 상태다. 마법인지 뭔지 모를 이능으로 신과 연결되어 있었어. 기분이 이상해. 로안느의 선왕들도 이러했나?"

"그렇다더군요. 대신관들에게 전해지는 기록에 그리 적혀 있습니다."

"기록에 계약의 내용도 적혀 있나?"

"아니요. 기록에 의하면 계약의 내용은 라오스 신과 계약자 본인만이 안다고 합니다. 슈나이더 저하께서 현재 본능적으로 느끼시는 바가 계약의 내용일 것입니다."

"그럼 의식을 치를 때 했던 말들에 관한 내용은? 아까 의식에서 했던 말 중에 '존속'을 대가로 한다는 말이 있었는데, 존속의 뜻이 무엇인가?"

"의식의 말에 대한 뜻도 적혀 있지 않습니다. 고대부터 신관들이 해석해 보려 노력했지만 계속 실패한 탓에 이제는 그저 말을 외우고 있을 뿐입니다. 왜 그러십니까. 무슨 문제라도 있습니까?"

"뭐랄까, 정확히는 모르겠지만, 앞으로 더 열심히 로안느 왕국을 지켜야겠다는 마음이 들어서. 이건 내가 원래 가지고 있던 로안느 왕국에 대한 애착심과는 달라. 좀 더 강제적인 듯한…… 아, 모르겠다."

슈나이더가 고개를 푸르르 저었다.

"나한테는 좋은 거지. 왜인지 강해진 기분이 드는데, 이게 로안느를 지켜야 하는 대가로 신께서 힘을 나누어 주신 거라면 신께 백 번, 천 번 감사해야 마땅하다."

제 몸을 주무르는 슈나이더를 보며 센티르가 미소 지었다.

"라오스 신께서는 로안느 왕국의 시조를 많이 아끼셨던 모양입니다."

"신께 사랑받았던 건국왕이라니, 좋군."

"선왕들께서는 전쟁 때 언제나 조각을 가지고 다니셨다고 합니다. 조각이 멀리 있어도 왕의 강함은 변하지 않지만, 근처에 두면 왠인지 회복력도 빨라지고 상처를 입어도 크게 다치지 않는 행운이 따른다고 하더군요."

"이 붉은 기운 덕분일 거야. 그런데 이상하군."

슈나이더가 붉은 기운을 묘한 눈빛으로 살폈다.

"이 기운은 계약에 포함되지 않아. 계약이 끝난 후 추가로 받은 개별의 힘이다."

"신전에서는 이 붉은 기운을 라오스 신의 특별한 힘으로 여기고 있습니다. 사실 비석은 눈속임이고, 이 덩굴이 저희가 보호하고 있는 진짜 성물입니다. 신께서 힘을 내리시는 매개체지요. 즉, 라오스 신께서 조각에 힘을 내리신 겁니다."

"그런가?"

이아나는 그들의 대화를 새겨들은 후, 이만 나가자는 대신관을 따라 제일 마지막으로 밀실을 나섰다.

나가기 직전, 끝이 뾰족한 비석의 끄트머리를 흘끔 보았다. 무수히 자라난 덩굴들이 비석을 단단하게 지탱하고 있었다.

그녀는 그곳에 봉인의 핵이 있음을 직감했다. 덩굴은 봉인된 장소가 아니라 핵에서 자라난 것에 불과했다. 태초에는 비석에 뿌리를 내린 아주 작은 덩굴이었을 것이다.

밀실에서 나온 이아나는 커다란 비석을 눈에 담았다.

로안느의 역대 왕들이 이 의식을 치를 때마다 덩굴은 하나둘 자라나서 비석을 감았을 것이다. 그 결과물이 덩굴에 뒤덮인 비석이었다.

두근, 두근.

이아나의 심장이 불완전하게 봉인되어 있는 로베르슈타인의 심장과 공명했다. 하지만 저번처럼 쓰러지지는 않았다. 그저 로베르슈타인의 기억이 제 것처럼 생생하게 떠오를 뿐이다.

'라오스.'

이아나는 라오스에 대해 떠올려 보려 했다.

하지만 띄엄띄엄 끊긴 기억에 라오스에 대한 정보는 없었다. 여기서 떠오르는 기억이라곤 혼자 외롭게 잠들어 있거나, 죄지은 신을 자비 없이 처형하거나, 소년 로이긴 혹은 정령들과 노닥거리는 단조로운 기억이 대부분이었다.

그것 말고도 다른 강렬한 기억들은 있었다. 하지만 떠올리려 할 때마다 괴로웠다.

로이긴은 어렸을 적에는 로베르슈타인밖에 몰랐기에 괜찮았지만, 세상을 알면 알수록 다른 신들에 대한 증오와 생명을 향한 탐욕을 감추지 못했다.

하지만 로이긴은 로베르슈타인의 곁에서 참고 또 참았다. 오히려 신들이 로이긴의 존재를 참지 못했다. 신력을 생산할 수 없는 쭉정이 신이기에 경멸했고, 판데모니엄에서 그들의 모든 악惡을 받아먹었기에 꺼렸다.

그 후로도 신들은 로이긴에게 너무나 잔인했다.

로이긴은 결국 인내심을 잃고 광기에 차 신살神殺을 시작했다. 낙원의 붕괴가 가속화되면서 로베르슈타인의 감정 소모가 너무 많았기에, 이아나는 회상을 끊어 냈다.

신성시대에 대한 기억을 떠올려 봤자 좋을 게 없다고 말하던 아르하드의 말에 이아나는 이제야 동의했다.

로이긴에 대한 미움 때문이 아니었다. 로베르슈타인은 언제나 그녀의 소년인 로이긴을 사랑했다. 결론만 말하자면 로베르슈타인은 사랑과는 별개로…….

'극도로 우울해했어.'

신성시대의 후반부를 회상하는 도중, 차라리 죽고 싶다고 생각했던 로베르슈타인의 우울한 감정이 성난 파도처럼 세차게 밀려들어 왔다.

절대적인 힘으로 낙원을 조율하는 신이지만 소중한 로이긴을 죽일 수 없는 데서 오는 배덕감, 낙원을 제대로 조율하지 못했다는 통렬한 책임감, 그리고 로이긴이 그렇게 될 때까지 아무것도 하지 않은 스스로에 대한 자괴감으로 로베르슈타인은 지쳐 갔다.

그리고…….

거기서 기억이 뚝 끊겼다. 중요한 뭔가가 더 있는데 잘라 낸 듯 기억이 없었다.

"이아나 영애, 뭐하나?"

우두커니 멈춰 서 있던 이아나가 슈나이더의 부름에 퍼뜩 정신을 차렸다. 다들 입구에서 그녀를 기다리고 있었다.

"그럼 나중에 보세."

"조심해서 돌아가."

이아나는 신전에 볼일이 있다며 슈나이더와 히르챈을 돌려보냈다. 그리고 옆에서 그들을 배웅하던 센티르에게 말했다.

"대신관님, 제게 잠시만 시간을 내주실 수 있겠습니까?"

센티르는 의아해하면서도 그녀의 독대 요청을 수락했다. 이아나는 센티르의 방에서 그와 마주 보고 앉았다.

"이아나 자매님, 제게 하시고 싶은 말씀이 무엇입니까?"

"아까 비석을 감고 있던 덩굴이 진짜 성물이라고 하셨지요?"

"극소수만 알고 있는 기밀이지요. 자매님께서도 비밀을 지켜 주시리라 믿습니다."

센티르가 인자하게 웃었다. 그의 기분이 괜찮아 보이자, 이아나가 조심스레 물었다.

"혹시 신전이 비석을 성물로 가장한 이유를 알 수 있을까요?"

센티르는 이아나를 물끄러미 바라보더니 고개를 끄덕거렸다.

"기밀입니다만, 호기심이 지나치면 마음의 병이 생긴다고 하니 말씀해 드리겠습니다."

말해 준다니 고맙긴 한데, 이아나는 아까부터 어째 떨떠름했다.

"기밀인데 이렇게 쉽게 말씀해 주셔도 됩니까?"

"이미 당대의 대신관, 로베르슈타인 가문의 사람, 로안느의 국왕이 될 왕족만 알고 있는 의식까지 참관하신 마당에 무엇을 더 숨기겠습니까?"

센티르가 허리를 살짝 숙이더니 비밀스럽게 속삭였다.

"무엇보다, 자매님에게서 아주 특별한 기운이 느껴집니다. 혹시 아까 봤던 덩굴과 비슷한 것을 보신 적 있습니까? 자매님에게서 덩굴과 같은 느낌이 나는군요. 저는 자매님이 라오스 신의 힘을 받은 게 아닐까 생각 중입니다."

이아나의 눈이 반짝였다. 센티르의 말에서 덩굴과 비슷한 것, 즉 다른 성물들의 냄새를 맡았기 때문이다. 정보를 캐내기로 마음먹은 이아나의 목소리가 은근해졌다.

"비슷한 것? 저런 게 또 있나 보지요?"

"아까 말씀드리겠다고 했던 기밀과 관련 있습니다. 잠시만 기다려 주십시오."

센티르가 자리에서 일어나 벽 쪽의 책장으로 가더니 책 몇 권을 망설임 없이 뽑아냈다.

쿠르릉.

그러자 책장이 반으로 갈라지며 안쪽에서 작은 금고 하나가 나타났다.

이아나는 정말 깜짝 놀랐다. 아무리 특별한 기운이 느껴진다고 해도 그렇지, 처음 보는 사람 앞에서 금고까지 보여 주다니. 센티르는 너무 과감한 사람이었다.

센티르는 금고에서 낡은 책 한 권을 꺼내서 돌아왔다.

"검은 신도께서 남기신 일기장들 중 마지막 권입니다. 라오스 신이 창조를 마치고 사라지기 전의 내용을 서술한 성서 전기의 마지막 부분이지요. 저희가 어투를 조금 바꾸고 각색만 조금 가했을 뿐, 주요 내용은 성서와 같습니다. 다만, 일부러 빼고 추가한 부분이 몇 가지 있습니다."

센티르가 안경을 쓰고 일기장을 펼쳤다. 일기장의 뒤쪽부터 거꾸로 페이지를 넘긴 지 얼마 되지 않아 센티르의 손이 멈췄다.

"일기장에 이런 부분이 있습니다."

세상의 구축을 끝내고 페임드라에게 돌아갔다.

하지만 페임드라는 여전히 가사 상태에 빠져 있었고, 죽어 가는 신체는 봉인을 유지하기 어려운 상태였다.

이대로 뒀다가는 봉인이 흔들려서 풀려 버릴지도 몰랐다.

라오스는 페임드라의 몸 중에서도 멀쩡한 부분들을 분리해 봉인의 핵으로 삼았다. 핵과 자신의 심장을 연결하여 봉인이 영원하도록 하였다.

핵은 총 네 개.

가지, 덩굴, 꽃, 나뭇잎.

라오스는 혹시라도 봉인이 풀릴까 봐 두려워 그것들을 한곳에 모아 두지 않았다.

두 추종자에게는 가지와 덩굴을 주었다.

나뭇잎은 그늘이 될 수 있도록 가장 뜨겁고 건조한 곳으로 보냈다.

꽃은 들판이 될 수 있도록 가장 춥고 황량한 곳으로 보냈다.

나머지는 모두 태워 버렸다. 뿌리는 판데모니엄까지 뻗어 있기에 태우지 않고 밑동으로 남겨 두었다.

태우고 나니 페임드라의 영혼이 담긴 씨앗이 나왔다. 그것은 가장 깨끗한 바람이 부는 곳으로 보냈다.

"1장 4절은 라오스가 페임드라와 작별하는 부분이지요? 사실 그 부분은 각색되었습니다. 성서에는 영영 떠났다고 서술되어 있지만 사실 라오스 신은 페임드라에게 잠시 동안의 이별을 고했을 뿐, 훗날 다시 페임드라를 찾아갔습니다."

센티르가 일기장을 탁 닫았다.

"고대의 신관들이 페임드라를 영영 떠났다고 서술한 것은, 페임드라의 존재감을 지우고 방금 말씀드린 부분을 성서에 언급하지 않기 위해서입니다. 왜 그렇게 했을까요?"

"신의 심장과 연결된 물건이니까요."

라오스 신이 로안느의 왕에게 힘을 부여하는 매개체이기도 했다. 세상에 알려지면 탐낼 이들이 얼마나 많겠는가.

"맞습니다만, 다른 이유도 있습니다. 페임드라는 아마도 신성시대에 자랐던 특별한 나무일 겁니다. 그리고 저희는 페임드라에 봉인된 미지의 존재를 경계하고 있습니다. 봉인된 것이 판데모니엄에 있는 악마를 깨울 수 있는 무언가라고 추측하기 때문입니다."

틀린 말은 아니었다.

로베르슈타인의 봉인을 푼다면 그녀가 악마의 심장에 꽂혀 있는 검도 뽑을 수 있을 테니, 그것이 바로 신관들이 말하는 악마의 부활일 터였다.

물론 악마는 이미 아르하드로 환생한 상태고, 그녀는 그 심장을 없앨 테지만.

"……."

이아나는 센티르가 들고 있는 일기장을 빤히 쳐다보았다. 그녀는 센티르가 일기를 읽어 주는 동안 심각하게 고민했다.

일기장에는 막대한 정보가 담겨 있다. 몇 권이 되었든 읽어 보고 싶었다. 가능하다면 빌리고 싶었지만, 불가능하다면 훔쳐서라도 일기장을 읽고 싶은 충동이 들었다.

센티르는 이아나의 못된 충동을 알지 못한 채 친절하게 말을 이어 갔다.

"악마가 지하의 판데모니엄에 잠들어 있다는 건 거의 모든 신도가 믿고 있는 정설입니다. 일반인들에게는 불안감을 조성하지 않기 위해 신화처럼 가르치고 있지만요. 우리는 성물 네 개를 판데모니엄을 열고 악마를 부활시키는 수난이라고 해서 '판데모니엄의 열쇠'라고 부릅니다."

이아나는 순간 귀를 의심했다.

"판데모니엄의 열쇠요?"

"네."

이아나는 단어의 익숙함에 미친 듯이 머리를 뒤졌다. 뛰어난 암기력은 그 단어를 어디서 들었는지 기억나게 해 주었다.

"너희가 지키고 있을 판데모니엄의 열쇠와 악마의 거대한 파편은 어디에 있지?"

"모르는 척하는 거냐, 아니면 정말 모르는 거냐? 그거, 분명 오지에 있을 신성시대의 흔적인데."

첸델프가 블랙폭시의 브루스에게 고문당할 때 들었던 말이었다. 그 말이 몹시 충격적이었던 첸델프는 토씨 하나 빼놓지 않고 기억하고 있다가 훗날 이아나에게 그대로 전해 주었다.

"신이 사라진 후부터는 신의 존재를 증명하고 신도를 모을 방법이 열쇠들밖에 없어 아예 감출 수는 없었습니다. 하지만 워낙 중요한 물건이다 보니 외부에는 비석이 성물이라고 알려두었습니다. 극소수만 덩굴의 존재를 알고 있고요."

즉, 판데모니엄의 열쇠는 페임드라의 조각이었다.

"덩굴은 이곳에, 가지는 진자이의 신전에, 꽃은 북부 히마라페 병원에, 나뭇잎은 서부 기로하이 사막에 있습니다. 각각의 위치에서 생명의 기적을 발휘하고 있지요. 저희의 경우에는 많은 병자들을 치료하고 있습니다. 라오스 신의 은총이지요."

이아나는 센티르의 말을 주의 깊게 들었다.

바하무트가 페임드라의 조각에 대해 어떻게 알게 되었는지는 모른다. 하지만 찾아다니는 목적은 짐작이 갔다. 아마도 악마를 부활시키기 위해서일 터였다.

그리고 바하무트 황족은 칸데메이온의 일기도 읽지 못했을 것이다. 만약 일기의 내용을 알았다면 발품을 팔며 판데모니엄의 열쇠를 찾으러 다닐 이유가 없었다.

"제가 알기로 그분의 은총을 받을 수 있는 존재는 오지에 사는 몇몇의 이종족, 그리고 인간은 로안느 왕족뿐입니다. 그런데 자매님에게서 그분의 느낌이 나니, 혹시 다른 열쇠에서 힘을 받으신 게 아닌가 싶었던 것입니다. 맞습니까?"

"뭐…… 우연히."

"역시! 혹시 이종족이십니까?"

"그건 아닙니다만, 자세한 내용은 말할 수 없습니다."

"이해합니다. 분명 자매님께서는 슈나이더 저하처럼 라오스 신께 사명을 부여받으신 거겠지요."

이아나는 딱히 변명할 거리가 없어서 대충 맞장구쳤지만 센티르는 알아서 변명을 해 주며 싱글벙글 웃었다.

그녀는 센티르와 독대하길 정말 잘했다 싶었다.

먼저, 꽃을 제외한 성물의 위치를 모두 찾았다. 가지는 진자이 대신전의 지팡이다. 덩굴은 이곳에 있고, 기로하이 사막에 있다는 나뭇잎은 아마도…….

'티타누스.'

기로하이 사막에 신기루처럼 이질적으로 존재하던 푸른 산. 그곳 어딘가에 페임드라의 나뭇잎이 있을 터였다.

'라오스의 심장과 연결되어 있다고 했지.'

성물은 라오스의 심장으로부터 신력을 공유 받았을 테고, 라오스의 신력 덕분에 성물 주변에는 생명의 힘이 넘쳐흘렀을 것이다. 성물은 모든 식물의 모태인 페임드라의 일부였으므로 사막에도 산을 형성할 수 있었을 것이다.

성물에 대한 생각을 끝낸 후, 이아나가 화제를 전환했다.

"드래곤에 대해서는 어떻게 생각하십니까?"

"미지의 생물이겠지요? 저는 드래곤도 라오스 신의 사명을 부여받은 생물이라고 생각합니다."

센티르는 드래곤에 관해서는 알지 못했다. 센티르가 아니더라도 물어볼 이들은 많았기에, 이아나는 실망하지 않고 그저 고개를 끄덕거렸다.

"그럼 '다섯 사도'에 대해서 아시는 게 있습니까?"

다섯 사도.

라오스 신이 사라지기 전, 즉 마도시대 전기에만 존재했다고 일컬어지는 그들에 대한 기록은 그중 한 명인 로안느 데 로안느 여왕을 제외하고는 남아 있지 않았다. 성서에 짧게 언급되어 있을 뿐이다.

"다섯 사도라. 신이 세상을 창조하던 시기, 라오스 신과 검은 신도를 다섯 사도가 뒤따랐다고 하지요. 하지만 로안느 데 로안느 여왕을 제외한 네 사도에 대한 기록은 '존재했다' 그뿐입니다. 검은 신도의 일기장에도 몇 번밖에 언급되지 않습니다. 검은 신도와 로안느 여왕만이 라오스 신을 계속 따랐고, 후대의 열렬한 추종자들이 또 그들을 뒤따랐지요."

센티르가 벽에 걸려 있는 시계를 보았다.

"예배 시간이 다 되어서 가 봐야 할 것 같습니다."

"아, 귀중한 시간을 내어주셔서 정말 감사합니다."

"저야말로 뜻깊은 시간을 보낼 수 있어 기뻤습니다. 혹시 더 하실 말씀은 없습니까?"

이아나는 참지 않고 질렀다.

"검은 신도님의 일기장을 빌려주실 수 있으십니까?"

"그러지요."

대신관 센티르는 너무 쉬운 사람이었다.

이아나는 일기장을 챙겨 들고 신전에서 나오자마자 어두운 골목으로 숨어들었다. 그녀는 아공간을 열어 서부의 느낌이 물씬 나는 팔찌를 꺼냈다. 테라노우딘에게 받았던 연락 아티팩트였다.

'이걸로 드래곤과 바로 대화를 할 수 있다니.'

드래곤이라는 전설적 존재와 이렇게 쉽게 대화해도 되나 잠시 망설였지만, 이아나는 마음을 강하게 먹고 팔찌에 마나를 주입했다. 악마의 환생인 아르하드와도 잘만 얘기하고 있고, 저도 보통 인간은 아닌데 뭐가 대수인가 싶었다.

주입한 지 얼마 되지 않아 아티팩트에 불이 들어왔다.

[오랜만이군. 용건은?]

이아나가 인사를 하려던 찰나, 테라노우딘이 무심한 목소리로 물었다.

비인간적 존재라서일까? 테라노우딘은 예의나 격식을 요구하지 않았다. 용건을 바로 물어 주니 대화를 어떻게 시작해야 하나 고민하고 있던 이아나야 좋았다.

"단도직입적으로 묻겠습니다. 라오스 신이 드래곤입니까?"

[말할 권한이 없다.]

대답은 곧장 떨어졌지만, 내용은 부실했다.

이아나는 혼돈에서 계약해서 법칙으로 태어났다는 말은 무슨 말인지, 용아병으로 태어나거나 가디언으로 계약하는 과정인지를 물었지만 테라노우딘은 또 대답할 수 없다고 할 뿐이었다.

"사도가 정확히 뭡니까?"

"사도 로안느 데 로안느가 라오스의 용아병이자 가디언이었습니까?"

"로안느 왕족이 라오스 신과 맺는 계약의 내용이 뭐지요?"

[말할 권한이 없다.]

"그럼 가디언이 되는 방법에 대해 알려 주십시오."

[말할 권한이 없다.]

"제가 가디언이 되겠다면요?"

[받아들이지 않겠다.]

"……."

이쯤 되자 이아나의 관자놀이에도 핏줄이 섰다.

이놈의 드래곤은 죄다 말할 권한이 없단다. 물어볼 게 있으면 연락하라고 아티팩트를 준 주제에 말이다. 하지만 달려가서 드래곤의 멱살을 잡고 흔들 수도 없는 노릇이라 그저 한숨을 쉬었다.

사실 테라노우딘은 대답하지 않았지만, 이아나는 라오스가 드래곤이라고 확신하고 있었다. 그리고.

"당신의 병사. 당신의 가디언."

그 말로 추측건대 로안느 왕족은 아마도 드래곤인 라오스의 용
아병이자 가디언이다.

'용아병'은 드래곤이 제 신체와 영혼 일부를 떼어 내 탄생시킨
생명체고, '가디언'은 소원 한 가지를 비는 대신 결계를 지키기로
계약을 한 존재다.

라오스의 추종자이자 사도였다는 로안느 데 로안느 여왕은 라
오스 신의 옆에서 그의 창조를 지켜본 사람이었다. 엘프만큼 긴
세월을 살았다는 그녀는 라오스가 사라진 후부터 평범한 인간처
럼 늙어 가다가 사망했다.

그녀는 아마도 라오스의 피와 육체를 타고난 용아병이자, 그와
계약한 가디언이었을 것이다. 왕족은 용아병의 피와 가디언의 계
약을 이어 가는 존재일 테고.

계약의 내용은 뭘까?

"혼돈에서 계약하여 법칙으로 태어난 자. 존속을 대가로 법칙과 맺
은 계약을 삶에서 이행하고자 합니다."

너무 어려운 말이었다.

이아나는 생각을 끊어 냈다. 슈나이더도, 센티르도 모른다. 아
르하드도 로안느 왕족에 대해선 알지 못한다고 했다. 드래곤은

답해 주지 않는다. 대답해 줄 이가 없는 이상 영원히 풀지 못할 의문이라, 이아나는 심력 낭비를 그만하기로 했다.

"그럼 이건 꼭 대답해 주십시오. 로베르슈타인의 검의 파편, 세상에 얼마나 흩어져 있는 겁니까?"

로베르슈타인의 마지막 기억 속에서 그녀의 검은 원형만 겨우 남겨 두고 그녀의 심장과 함께 산산조각 났다.

[그건 답할 수 있겠군. 라오스가 두 개만 빼고 모두 회수했다. 남은 건 로베르슈타인 가문에 한 개, 남부에 한 개, 이렇게 두 개다. 로베르슈타인 가문에 왜 조각이 있는지는 말할 권한이 없다. 남부에 꽂힌 건 드워프들이 애걸복걸해서 내버려 뒀다.]

그러니까 검 조각은 더 없다는 뜻이다.

테라노우딘과의 이야기는 그것으로 끝났다. 이아나는 마지막 질문에 대한 답을 건진 것으로 만족했다.

이틀 뒤, 이아나와 헤레이스는 엘리와 핀을 학술원으로 데려갔다. 헤레이스가 말을 잘했는지 하인리히가 엘리를 제자로 받아 주겠다고 했기 때문이다.

핀은 제자가 되는 대신 엘리의 곁에서 기본 마법만 조금씩 배우기로 마음먹었다.

"저는 정원사가 되고 싶어요."

핀이 꿈이 생겼다며 한 말이었다. 원래 식물 키우는 걸 좋아했던 핀은 카렌듈라 후제르고가 보육원에 조성해 준 정원에서 적성을 제대로 계발했다.

그럼에도 마법을 학습하는 이유는 자신의 몸을 지키는 수단을 마련하려고, 엘리와 이아나의 가까이에 있고 싶어서, 그리고 식물을 키우는 데 도움이 될까 싶어서였다.

외동아들인 핀이 상단을 물려받지 않고 정원사가 되고 싶다고 했는데도 무르시는 담담했다.

"애초에 저는 핀에게 상단을 물려줄 생각이 없었습니다. 은퇴할 때는 믿을 수 있는 직원에게 상단을 맡기려 합니다."

"무르시 씨가 물러나도 파엘라 상단이 계속 수인족과 거래를 할 수 있을까요?"

이아나가 우려를 표하자 무르시는 쓰게 웃었다.

"저도 그게 걱정돼서 토라카 쪽을 직원들에게만 맡긴 겁니다. 수인과 인간이 제가 없어도 거래를 원활하게 할 수 있어야 하니까요. 지금은 나름대로 잘 굴러가고 있습니다. 괜찮은 사람들만 직원으로 뽑았으니 나중에도 문제가 생기지 않을 거라 생각합니다."

이아나는 이종족들이 편하게 돌아다닐 수 있는 나라를 꿈꾸고 있다. 전 세계를 정복하지 않고, 동부에서 적당한 나라를 세워 내실을 다질 예정이었다.

하지만 수인이 거주하는 서부와 새로운 국가가 세워질 동부는 극과 극이라 수인들이 오기 힘들었다. 그러니 대부분의 수인들은 지금의 생활을 유지할 것이다. 이아나는 거래의 물꼬를 튼 파엘라 상단이 언제까지나 건재해서 인간과 수인의 교류의 장이 되어주길 바랐다.

'알아서 잘들 할 테니 괜한 오지랖이겠지…… 만.'

만약 이아나가 봉인을 풀기 위해 수인들의 생명줄, 티타누스 산의 근원이라 할 수 있는 '나뭇잎'을 필요로 한다면?

이아나는 끙 하고 앓았다. 그 문제에 대해서는 때가 되면 생각하고 싶었다. 지금은 너무 먼 얘기였다. 아마도.

이아나와 헤레이스가 엘리, 핀, 닛시를 데리고 탑에 도착했을 때는 하인리히가 입구에서 기다리고 있었다. 그가 인자하게 웃으며 그들을 맞이했다.

"어서 오너라."

"안녕하세요, 스승님!"

"안녕하세요!"

엘리가 싹싹하게 인사하자 핀도 덩달아 크게 인사했다. 하인리히는 허허거리며 엘리와 핀의 머리를 쓰다듬었다.

"자, 들어가서 실력을 한번 볼까?"

마탑 내 마법 실험장에서 엘리는 하인리히에게 제 실력을 뽐냈고, 하인리히는 깜짝 놀라 어린 나이에 정말 대단하다며 칭찬했다.

"마법을 누군가에게 배운 적 있느냐?"

"우연히 얻은 기본 마법서로 독학했습니다! 재밌었어요."

"대단하구나. 그럼 앞으로도 책을 보면서 공부하되, 따로 실험하고 싶은 게 있으면 내게 허락받고 재료를 받아 가면 된다. 그리고 내가 주기적으로 마법을 봐주마. 솔직히 말하자면 나는 제자를 거둬 열심히 가르치는 스승은 아니란다. 하지만 질문을 하면 뭐든지 성실하게 답해 줄 게야. 원하는 책도 얼마든지 구해 주마."

"넵, 감사합니다!"

하인리히는 그들을 이끌고 라랏슈아가 있는 실험실로 향했다.

라랏슈아는 실험을 하고 있었고, 타로는 끙끙대며 책을 읽는 중이었다.

"스승님!"

라랏슈아가 하인리히를 발견하자마자 활짝 웃었다가 그가 데려온 아이들과 헤레이스, 이아나를 보며 표정을 정리했다.

"아아. 이 애들이 이번에 탑으로 들어온다던 애들이군요? 애가 엘리고 애가 핀이지요?"

"그래. 라랏슈아, 어렸을 때 아르하드를 괴롭혔던 것처럼 심술궂게 굴지 말고 잘해 주어라."

"아이참. 스승님, 전 이제 성인이라고요. 그리고 괴롭힌 건 제가 아니라 그쪽이거든요?"

"그러냐? 믿어 보마. 그럼 인사들 나누고. 나는 할 일이 있어서 가 보도록 하마."

하인리히가 나가자 엘리가 라랏슈아에게 허리를 굽혀 인사했다.

"잘 부탁드려요, 라랏슈아 님! 선배님이라고 부르면 될까요?"

"딱딱해서 싫네. 그냥 언니라고 불러."

"네, 언니. 앗!"

엘리가 헤레이스, 이아나와 반갑게 이야기를 나누고 있던 타로를 활짝 웃으며 가리켰다.

"호랑이!"

엘리의 갑작스런 폭탄 발언에 타로가 화들짝 놀라 돌아보았다. 엘리가 실실 웃으며 손가락을 내렸다.

"……처럼 생기셨네요."

"어, 어흠. 그런 말 많이 들었지."

엘리가 고개를 끄덕거리며 라랏슈아와 타로를 번갈아 보았다.

"그런데 두 분은 어떤 사이세요? 연구실에 같이 있는 걸 보면 '이러쿵저러쿵'이에요?"

"어, 어? 그렇게 보이냐?"

타로가 헤벌쭉 웃으며 뒷머리를 긁는데 라랏슈아가 딱 잘랐다.

"그런 거 아닌데? 그렇지?"

"네……."

타로가 시무룩한 표정을 지었다. 라랏슈아는 그를 흘겨보다 흥, 하고 책상에서 실험 기구들을 정리했다.

"밥 먹으러 나가게 정리나 도와줘. 그 전에 내 머리부터 묶어 주고."

라랏슈아가 옆으로 고개를 기울이자 탐스러운 머리카락도 옆으로 사르르 흘렀다. 아무리 봐도 일부러 제 흰 목을 드러낸 게 분명했다.

타로는 후다닥 달려와서 익숙한 손놀림으로 라랏슈아의 머리카락을 한 갈래로 묶었다. 성스러운 보물을 다루는 듯한 섬세한 손놀림이었다. 그 후에는 신이 나서 실험 정리를 도왔다.

라랏슈아는 곁을 내주는 듯 내주지 않는 듯 타로를 들었다 놨다 하고 있었다. 이아나와 헤레이스는 이 년 넘게 진전이 없는 그들의 모습을 보며 고개를 절레절레 저었다.

"황궁은 이미 전쟁 준비를 끝냈습니다. 이십 년 넘게 짓눌러 온

바하무트의 힘은 폭발 직전의 상태예요. 하지만 어째서인지 대대적인 공격을 가하지 않고 미적거리는 중이죠. 위프헤이머도 전쟁 선포만 해 놓고 테오도르를 공격하지 않고 있고요."

선이 골치 아프다는 듯 한숨을 쉬었다.

"저는 남부 정보만 빠삭해요. 북부 정보는 황궁 직속이 총괄하기 때문에 그쪽 사정을 잘 모른다는 게 아쉽네요."

바하무트는 최근 미적거리고 있었다. 전쟁 선포 후 바늘에 찔려 터진 풍선처럼 순식간에 덮쳐들 것이라는 예상은 빗나갔다.

"특히 위프헤이머는 그 다음 날 바로 테오도르를 쑥대밭으로 만들 줄 알았어요."

"황궁에 무슨 일이 생긴 걸까요?"

간부들이 바하무트가 왜 전쟁을 늦추고 있는지에 대해 이야기를 나누고 있는데 선이 박수를 짝 쳤다.

"일단, 새로운 동료를 소개하겠습니다. 들어오세요."

달칵.

문을 열고 카마트로스 복장을 한 마른 체구의 사람이 들어왔다. 그는 방 안을 한번 돌아보더니 걸쭉한 목소리로 낮게 웃었다.

"재밌는 모임이네."

도르시아니였다. 그녀는 편의를 위해 카마트로스에 들어오기로 했다. 하지만 카마트로스의 일을 함께 하기보다는 단독으로 움직일 예정이었다.

폄훼당한 느낌에 간부들의 기분이 저조해지려 할 때, 그녀가 건조한 목소리에 약간의 흥미를 담아 말했다.

"벨이야. 마법사고."

벨.

도르시아니는 로안느를 구경 다니다 우연히 본 블루벨이라는 꽃이 마음에 들었다고 한다. 그 꽃을 가득 꺾어 와서 가지고 놀던 참에 에이지가 조직명에 관해 물었고, 그녀는 즉흥적으로 '벨'이라는 조직명을 지었다.

"난 진리와 마법, 둘 외에는 뭐에 의미 부여하는 거 딱 질색이야. 변덕쟁이라서 소중하던 것도 금세 질리니까, 처음부터 고민해서 특별한 의미를 만들지 않아. 뭐든 일회용으로 가볍게 쓰는 거지."

도르시아니다운 작명이었다.

그녀가 착석하자 아르하드가 나지막하게 말했다.

"바하무트가 전쟁을 하루 뒤에 시작하든, 한 달 뒤에 시작하든 우리는 항상 긴장 상태를 유지해야 한다."

"물론입니다."

"반, 골드. 션의 통제에 따라서 귀족 가문과 루리아 로안느가 블랙폭시와 결탁했다는 증거들을 정리해라."

반과 골드가 알겠다고 답했다.

최근 골드는 무척 쾌활했다. 포르미도가 누설한 장소로 찾아가 누이를 발견했기 때문이다. 눈물겨운 가족 상봉을 한 후 골드는 동부의 근거지에 시온 사벨릭스를 데려다 놓았다.

"복수하고 싶어요."

그녀는 안정을 취한 후 바하무트를 상대하는 데 도움이 될 폭탄들을 대량으로 제조하겠다고 약속했다. 그룬데왈스 기사단에게 입으로도 담지 못할 일들을 많이 당한 그녀는 복수심에 불타오르고 있었다.

반도 말없이 고개를 끄덕였다.

"선, 벨. 너희는 나와 함께 블랙폭시가 바하무트 소속이라는 증거와 블랙폭시가 모은 물류가 바하무트에 전달되었다는 증거를 정리한다. 러스트, 시저, 지젤. 너희는 테오도르의 몬스터를 처리해라."

아르하드는 그 외에도 이것저것 역할 분담을 했다. 그 후에는 새로운 국가를 어떻게 꾸려 나갈지에 대한 의견을 듣는 시간을 가졌다.

간부들에게는 건국에 대해 일찌감치 말해 둔 후였다. 간부들은 새로운 국가 건설에 많은 흥미를 보였고, 국가의 기초부터 자신들이 쌓아 올린다는 사실에 흥분했다. 거대한 역사의 흐름에서 위대한 기록으로 남을 위업에 제 의견을 반영할 수 있어 기뻐했다.

그들은 경험을 기반으로 좋은 의견들을 많이 냈다. 아르하드와 이아나는 그들의 의견을 주의 깊게 들었다.

큰 그림을 그릴수록 사람이 많아야 했다. 혼자서 고민할 때는 발견하지 못했던 문제점을 찾거나 좋은 아이디어를 얻을 수 있기 때문이다.

회의를 마무리할 시간이 되었다.

"전쟁이 시작되기 전까지 증거 정리 작업에 집중한다. 바하무트의 공세가 시작될 경우 위프헤이머를 막는 건 여기, 안이 알아서 할 테니 나머지는 작업에 집중하면서 바하무트 군대나 몬스터를 처리한다. 우리가 테오도르를 맡는 동안 동부는 슈나이더 왕자가 맡을 거다."

"안 혼자서 위프헤이머를 맡는 게 가능한 겁니까?"

"문제없다."

"왕자는 괜찮겠습니까? 왕자가 동부에서 죽으면 저희가 괜히 힘을 쓰는 게 아닐는지. 물론 바하무트와 싸우는 건 좋습니다만⋯⋯."

"떠먹여 준다는데 못 받아먹을 거면 그냥 거기서 죽으라고 해. 그리되면 로안느는 망하게 내버려 두고 우리는 떠난다."

아르하드가 냉정하게 말하고 회의를 파했다.

그날, 카마트로스에 새 국가 건국에 대한 대대적인 공지가 있었다. 조직원들은 열렬히 환영했다. 그들은 타락한 제국을 차지하는 것보다, 완전히 멸망시키고 새 국가를 세우는 게 더 좋았다.

그 시각, 바하무트 제국.

"이사벨라, 정신 차리지 못하겠느냐? 그 품위 없는 모습은 무엇이냐. 바로 앉아!"

샤일린스가 무기력하게 바닥에 앉아 소파에 얼굴을 기대고 있는 이사벨라를 못마땅한 목소리로 타박했다.

"어머니."

이사벨라의 망가졌던 외양은 원래의 모습으로 복구되어 있었다. 윤기 흐르는 흑발이 소파 위에서 헝클어지다가 아래로 미끄러져 내렸다. 슬픔에 젖은 그녀의 수려함에서는 애잔함이 뚝뚝 떨어져 내렸다.

"전 슬퍼요⋯⋯."

이사벨라는 일 년이 지난 지금도 잊을 수 없는 놈을 떠올리며 슬프게 중얼거렸다. 전 세계를 돌아다니며 유망한 검사들을 쥐잡듯 찾아다녔지만 그중 특이한 기운을 뿜어내는 놈은 하나도 없었다. 이제 남부 대륙의 중부 지역만 뒤지면 끝이었다.

"대체 그놈은 어디 있는 걸까요."

샤일린스가 인상을 찡그렸다.

"언제까지 그놈에게 집착할 테냐. 너, 그놈을 잡은 후에 놈의 아이를 임신한다거나⋯⋯."

이사벨라가 손을 휘이휘이 내저었다.

"그런 건 아니니까 걱정하지 마세요. 애는 필요 없고, 그놈 자체를 가지고 싶은 거니까. 정말 잡히기만 해 봐."

붉은 혀가 입술을 느릿하게 핥았다.

"창살 안에 가둬 두고 평생 내보내지 않을 테야. 하아."

야릇하게 중얼거리는 이사벨라의 주변에서 마나가 일렁거렸다. 마나가 그녀의 기분에 열렬히 동조하고 있었다.

"대체⋯⋯."

샤일린스는 이사벨라의 우울함을 이해할 수 없어 혀를 찼다.

"어머니는 그놈을 보지 못하셔서 그래요. 어머니도 놈을 보면 정신을 차리지 못하실 텐데. 아아. 제 생각엔 게이트 작전에서 활약했다는 검은 바람이라는 놈이 그놈 같은데 말이죠. 쥐새끼처럼 여기저기서 출몰하다가 잠적해 버리니 당최 찾을 수가 없네요."

"지금부터는 전쟁에 집중해라. 놈의 정의감이 투철한 것 같으니 세계를 뒤집어 놓다 보면 알아서 기어 나오지 않겠느냐?"

"그렇겠지요? 열심히 죽여야겠네요. 제발 그놈이든 도둑놈이든 알아서 기어 나와 줬으면. 그런데 어머니, 대체 언제까지 여기 있어야 하나요? 전쟁을 선포했잖아요. 오라버니는 오실 기미가 안 보이는데 그냥 가면 안 될까요?"

"조금만 더 기다려라. 연락이 닿긴 했으니까."

그때였다.

끼이이이이익.

1층, 샤일린스 궁의 입구 쪽에서 육중한 철문이 열리는 소리가 들렸다. 샤일린스와 이사벨라가 문 쪽으로 고개를 돌렸다.

두 사람의 심장이 뛰기 시작했다. 공명이었다.

철컥, 철컥.

사슬 부츠가 바닥과 마찰하며 내는 쇳소리가 고요한 복도에 소름 끼치는 소음을 만들어 냈다. 그가 스쳐 갈 때마다 복도를 지나가던 시녀들은 잠시 얼어붙었다가 바로 무릎을 꿇고 머리를 조아렸다.

부츠의 주인이 걸치고 있던 검은 망토를 벗었다. 망토에 묻어 있던 찬 공기가 후드득 하고 떨어져 내렸다.

발부터 머리까지 굵직한 선들이 그려 나간 육체는 조각상처럼 완벽했다. 날렵한 근육이 뒤덮은 등은 어둠 속에서 사냥감을 노리는 맹수만치 위압적이었다.

사내가 방문을 망설임 없이 열었다. 반가움이 역력한 두 여자를 보며 그가 나른하게 말했다.

"오랜만입니다."

바하무트 제국의 황태자, 테일런 바하무트의 등장이었다.

⋯◈⋯

"무슨 일이세요?"

이아나는 프리더스 서점 내에 있는 밀실에서, 시아이외와 함께 리키젠을 마주 보고 앉아 있었다. 리키젠은 굳이 이곳에서 왕자와 함께 만나자고 한 이아나가 의아했다.

이아나가 입을 열었다.

"리키젠. 넌 미래에 나와 아르하드를 따라올 거지."

"당연…… 잠깐, 시아이외 저하 앞에서 이런 얘기를."

"저도 함께할 예정이라 괜찮습니다. 저는 당신들 편입니다."

리키젠은 시아이외의 사정을 떠올리고 바로 납득했다.

"그렇군요. 그런데 갑자기 왜 제게 그런 말씀을 하십니까?"

"리키젠 군이 원한다면, 저와 함께 행동해야 하기 때문이죠."

이번엔 무슨 말인지 이해하지 못한 리키젠이 미간을 좁혔다.

"무슨 말씀이시죠? 제가 갑자기 왜 저하와……."

"리키젠, 이번 해 안으로 로안느 왕실이 깔끔하게 정리될 거다."

이아나의 말에 리키젠이 눈을 크게 뜨더니 호기심을 보였다.

"세력이 비등해서 싸움이 더 오래갈 거라고 생각했는데. 외부 세력의 개입이라도 있나요? 아니면 페르난도 왕세자든 슈나이더 왕자든 둘 다 필사적으로 서로를 죽이려 들 테니 그렇게 말씀하시는 겁니까?"

"우리가 슈나이더 왕자를 돕는다. 페르난도 왕세자의 우군인 오 웬 후작가도 숙청 대상이야."

"……!"

리키젠이 주먹을 꽉 쥐었다. 그의 안색이 순식간에 하얗게 변 했다.

회귀 전 슈나이더가 반역을 일으켰을 때는, 페르난도의 뒤에 블랙폭시와 바하무트가 있다는 사실이 드러나지 않았다. 슈나이더 와 페르난도의 개싸움에서 페르난도 측의 패색이 짙어지는 걸 본 오웬 후작가는 빠르게 꼬리를 잘랐고, 5대 공신 가문의 이름을 내세워 살아남았다.

훗날 오웬 후작가는 갑작스레 몰락했었다. 이아나는 옛날에는 어처구니없이 자멸하던 오웬 후작가를 비웃었지만, 회귀 후 리키 젠의 사정을 알게 된 후부터는 오웬 후작가가 리키젠의 계략에 당했을 거라고 확신했다.

"우리는 오웬 후작가를 일찌감치 쳐 낼 예정이다."

회귀 전처럼 제 힘으로 복수를 하고 싶어 하는 리키젠에게는 미안한 소리지만, 그때와는 사정이 달라져서 오웬 후작가를 가만 둘 수 없었다. 슈나이더가 바하무트를 상대로 오래 버텨 주려면 왕권을 단단하게 쥐고 있어야 하기 때문이다.

"그럼 전 복수를 못 한다는 말씀이신가요?"

리키젠의 목소리가 떨렸다. 증오심과 슬픔에 얼룩진 회색 눈동 자가 안경 너머로 일렁거렸다.

"사람 말은 끝까지 들어. 아까 말했잖아? 이번 일에 함께할 테 냐?"

"함께……."

리키젠이 테이블을 내려다보며 중얼거렸다.

"단독으로 오웬 후작가에 복수하고 싶다는 거 알아. 네게 그럴 능력이 있다는 것도 알아. 하지만 아까 말했듯 우리는 이번 해안으로 오웬 후작가를 숙청해야 해. 우리가 설령 오웬 후작가를 남겨 둔다 하더라도, 넌 아직 약하니까 복수는 먼 훗날에 이루어지겠지. 그런데 지금 상황으로 봐선 네가 준비를 끝내기도 전에 로안느가 바하무트 때문에 망할 수도 있어."

"……."

"난 네가 가능하다면 복수를 일찍 끝내길 바라. 너 자신을 위해서라도."

증오심과 아픈 기억은 인간의 정신을 두고두고 갉아먹는다. 가족의 참사는 정말 가슴 아픈 일이지만, 살아남은 그의 미래를 생각한다면 절대 좋은 일이 아니었다.

"무엇보다."

이아나가 리키젠을 똑바로 쳐다보았다.

"난 네가 필요해."

리키젠 로스타리.

바하무트 제국의 천문학적인 재정을 관리하고 획기적인 정책들을 세워 국가를 진두지휘했던 젊은 재상.

리키젠의 비상한 두뇌와 냉철한 이성은 세계적으로 유명했다. 그가 제 모든 능력을 발휘하여 바하무트의 발전에 헌신한 덕분에 바하무트 제국민이 누리던 삶의 질은 극도로 높아졌다고 했다.

죄인에 대해서는 자비가 없어 철혈이라 불리었으나, 그 덕분에 바하무트는 몹시 깨끗해졌다고 했다. 그는 감정을 읽을 수 없는 가면 같은 표정으로 악명 높았지만, 덕분에 협상할 때 늘 유리한 결과물만 얻어 갔다고 했다.

이아나와 아르하드가 건국할 나라에서는 리키젠이 필요했다. 이아나는 그가 새 국가에만 집중하며 그의 능력을 아낌없이 발휘해 주길 바랐다.

아직 어리고 경험이 부족해서 그의 재능이 다 피지 못한 상태지만 함께 위기를 이겨 나가고, 시행착오도 겪다 보면 완전히 성장해 있을 것이다.

"……제가 필요하다고요?"

리키젠이 흘러내린 안경을 올리며 이아나를 빛이 돌아온 눈동자로 바라보았다.

"그래. 네가 얼른 복수에서 해방돼서 내가 속한 곳을 위해 능력을 발휘해 주길 바라. 네가 복수를 빠르게, 후회 없이 끝내고 내 힘이 되어 주었으면 한다."

"……."

"내가 이렇게 말한다고 해서 네 복수를 쉽게 여긴다고는 절대 생각하지 마. 빠르게 끝내는 만큼 미련 한 점 남지 않을 정도로 철저하게 부쉈으면 하니까."

리키젠은 이아나를 물끄러미 바라볼 뿐 대답이 없었다. 이아나는 그와 눈을 마주한 채 손을 내밀었다.

"함께한다면, 넌 오웬 후작가와 블랙폭시가 망해서 사라질 때까지 나와 시아이외 왕자와 같이 일해야 한다. 오웬 후작가는 네가 원하는 대로 해. 우리가 도와줄 테니까. 어때. 지금 함께할 테냐?"

리키젠은 흔들림 없이 제게 향하는 이아나의 손을 말끄러미 쳐다보다가, 천천히 손을 들어 올려 맞잡았다.

"전 예전부터 비밀리에 오웬 후작가의 모든 정보를 수집하고 있었습니다. 아르하드 님의 도움을 받았죠."

이아나는 리키젠의 손에 힘이 점점 들어가는 걸 느꼈다.

"시간이 날 때마다 이것들을 어떻게 망가뜨릴까, 어떻게 죽일까 고민했습니다. 머릿속에서는 수십, 수백 가지 방법으로 놈들을 지옥으로 보냈죠. 그런데 아무리 죽여도 제 분이 풀리지 않을 것 같더군요. 이유는 압니다. 놈들을 아무리 죽여도 이미 죽은 가족들은 되돌아오지 않을 테고, 가족이 겪었던 고통이 사라지지도 않을 테니까. 하지만."

리키젠이 시선을 올려 이아나와 눈을 마주쳤다.

"당신이 함께한다면 어떤 복수를 하더라도 놈들은 분명 지옥에 떨어질 거예요. 죽은 제 가족은 구원받을 겁니다. 제 복수도 끝나겠죠."

"아니, 그건……."

"제 느낌이 그렇다는 거니 딱히 예의 차리실 필요 없어요."

이아나는 어쩐지 이상한 기분이 들어서 입을 다물었다.

회귀 전의 리키젠은 이아나를 볼 때마다 경멸을 내비쳤다. 그 리키젠이 이제는 그녀를 깊이 신뢰하고 있었다. 회귀 전과 회귀 후의 차이가 가장 극심한 인물이 리키젠인지라, 이아나는 리키젠이 이럴 때마다 기분이 묘했다.

"함께하겠습니다. 아직 부족한 저를 끼워 주셔서 감사해요. 그리고 제 능력을 높이 평가해 주시고, 또 제가 필요하다고 해 주셔서 기쁩니다."

리키젠이 씩 웃었다.

"열심히 하겠습니다."

이아나는 결국 미소 짓고 말았다. 리키젠과의 사이 개선은 정말, 정말 묘한 느낌을 주었지만 어쨌든 기분 좋은 일이었다.

"이아나 양은 리키젠 군의 능력을 정말 높이 평가하시는군요."

"대단한 사람이 될 테니까요."

"저도 그대에게 그런 평가를 받는 사람이 되고 싶네요."

"노력하세요."

"저기요. 당사자 앞에서 민망한 칭찬 주고받는 거 그만둬 주실래요."

이아나, 시아이외, 리키젠이 시답잖은 대화를 나누며 걷고 있는데, 멀찍이서 옷감 가게에서 가격을 흥정하고 있는 익숙한 금발의 여자가 보였다.

"아무리 전시 상황이라지만 이건 너무 폭리…… 응? 헉!"

시선을 느낀 머리통의 주인, 프리실라가 고개를 돌렸다가 기겁했다.

"저……."

시아이외가 그녀에게 뭐라고 말을 붙이려는데, 프리실라가 쏜살같이 도망쳐 버렸다. 그리고 시아이외는 그녀의 뒷모습을 가만히 바라보고 있다가 빠른 걸음으로 그녀를 쫓아가기 시작했다.

"잘됐으면 좋겠네요."

"그러게."

덩그러니 남은 이아나와 리키젠은, 멀어지는 프리실라와 시아이외의 뒷모습을 멀거니 바라보며 진심으로 응원했다.

그로부터 며칠 뒤, 슈나이더는 출정식 직전에 궁에서 이아나를 만났다.

"잘 부탁하네."

"열심히 하겠습니다."

슈나이더가 조금 수척해진 얼굴로 웃었다.

"이렇게 마지막에 자네를 보니 힘이 나는군."

국왕이 갑자기 사망하고, 페르난도의 국왕 즉위식 날짜가 결정되고, 슈나이더의 동부행이 발표되는 건 정말 짧은 시간 내에 이루어졌다.

슈나이더는 동부로 떠나는 날이 결정된 후부터 그를 따르는 귀족들을 끊임없이 만났다. 그의 세력에 속해 있던 귀족들이 불안감을 느끼고 이를 해소하고자 슈나이더에게 만남을 요청했기 때문이다.

슈나이더는 세력 이탈을 막기 위하여 만남을 거절하지 않았다. 그는 승리를 수없이 되뇌며 귀족들을 격려했고 귀족들은 폭풍우를 견뎌 낼 것을 다짐하며 지지를 약속했다.

며칠 내내 그런 상황이 이어졌다. 슈나이더가 노력한 덕에 대부분의 귀족은 남았다. 그리고 오늘이 마지막 날이었다.

그 대단한 슈나이더도 어쩔 수 없이 피곤함을 느끼고 있었다. 라오스 신전에서 의식을 치른 후 체력이 무척 좋아졌는데도 그랬다. 그러던 중에 이아나를 만나니 반가웠다.

슈나이더가 손을 내밀었다.

"떠나기 전에 악수 한번 하지."

이아나는 거부하지 않고 슈나이더가 내민 손을 붙잡았다. 힘을 꽉 준 슈나이더가 위에서 아래로 흔들었다.

이아나와의 계약.

그녀가 어떻게 루리아와 블랙폭시의 결탁 증거들을 모아 올지 는 알 수 없다. 하지만 믿음이 갔다. 막연하고 무책임한 신뢰가 아니었다. 이때까지 그녀가 언행으로 보여 줬던 모습들을 생각하 면 믿음을 주고도 남았다.

이아나가 약속했던 일들만 완벽하게 해 준다면 슈나이더가 페르 난도와 루리아를 몰아내고 로안느 왕국의 왕좌에 앉는 것은 매우 쉬운 일이 될 것이다. 일이 틀어질 경우를 대비하여 슈나이더도 따 로 방법을 강구하기로 했지만, 부디 일이 쉽게 진행되기를 바랐다.

"때가 되면 연락하겠습니다. 살아 돌아오십시오."

"걱정하지 말게. 난 행운이 함께하는 몸이거든."

슈나이더는 농담 반 진담 반으로 살아남겠다 약속했다.

그 후, 슈나이더의 눈동자가 데구루루 굴러 옆으로 향했다. 이 아나의 옆에서 그들이 악수하는 모습을 가만히 지켜보는 사람이 있었다.

"그런데 자네도 날 배웅하러 온 건가?"

"예. 저하께서 무사히 돌아오시길 바랍니다."

아르하드 칼리스토. 칼리스토 자작가의 양자이자 이아나의 연인 이었다.

그가 찾아온 것이 이상하지는 않았다. 딱히 슈나이더를 따르는 귀족이 아니더라도 그의 무운을 빌며 찾아온 하위 계급의 귀족들이 많았기 때문이다. 이아나가 슈나이더를 만나러 온 김에 따라온 모양이었다.

하지만 슈나이더는 불쾌했다. 왜일까?

저 눈. 저 표정.

일국의 왕자를 앞에 두고도 당당한, 오만하기까지 한 저 모습이 너무나 자연스러웠다. 동급, 혹은 그 이상의 존재를 마주하고 있는 듯했다. 마치 며칠 전 작고한 부왕과 같은…….

"고맙군."

이아나가 슈나이더와 악수를 했던 손을 거두자마자 아르하드가 자연스럽게 이아나의 손을 잡아 내렸다.

"저도 이아나를 도와 저하의 즉위를 도울 예정입니다. 잘 부탁드립니다."

이아나가 아르하드를 올려다보는 순간, 아르하드와 슈나이더 사이에서 잠시 번개가 튀었다.

"그런가."

슈나이더가 눈을 감았다가 떴다. 그의 눈은 몹시 냉정해져 있었다.

"자네도 이아나 영애가 속해 있다는 조직에 소속되어 있나? 나를 도와준다니 몹시 고맙네."

예전 데뷔식 때 느꼈던, 그리고 지금 느끼고 있는 아르하드의 자신감이 어디서 오는지 이제야 짐작할 수 있었다. 그도 이아나와 함께 국외 조직에 속해 있는 것이다.

'조직에서도 위쪽에 있는 놈일 거다. 이놈이 이아나 영애를 꼬

드긴 장본인인가.'

슈나이더는 못마땅한 기분으로 아르하드를 살폈다. 날이 선 눈으로 아르하드의 위아래를 훑어보던 슈나이더는 이 당당함을 어디선가 마주한 적 있다고 판단했다.

'어디서?'

기억의 원천을 찾아가다가, 마침내 역린에 닿은 순간 슈나이더의 얼굴이 경직되었다.

어쩌면.

학술제의 50만 골드, 그놈이 저 자식…….

추측은 의심이 되고, 의심은 순식간에 확신이 되었다. 속에서 불씨가 타닥타닥 타올랐다.

그렇다고 해서 어쩌겠나.

이제는 되돌릴 수 없었다.

이아나의 손이 아르하드에게 얌전히 붙잡혀 있는 걸 본 슈나이더가 속으로 한숨을 내쉬었다. 그는 지끈거리는 이마를 손으로 짚으며 다른 손을 휘휘 내저었다.

"가 보게. 조만간 다시 볼 수 있었으면 좋겠군."

슈나이더의 방에서 나오자마자 이아나가 아르하드에게 물었다.

"인사만 한다 해 놓고 왜 굳이 밝히셨습니까?"

"그놈에게 누구의 도움을 받는 건지 알려 주려고. 로안느를 떠나는 날까지 계속 굽히긴 싫으니까."

걸은 지 얼마 되지 않아, 이아나는 반가운 사람을 만날 수 있었다.

"이아나, 이렇게 보는 건 오랜만이구나."

"스승님."

제라드 후플루드였다.

제라드는 이아나와 아르하드를 흥미로운 시선으로 번갈아 보다가 자상하게 웃었다.

"얘기 좀 할 수 있겠니?"

이아나가 허락을 구하듯 아르하드를 올려다보았다.

"나중에 보자."

아르하드는 이아나의 머리를 슥슥 쓰다듬다가, 불현듯 저를 빤히 올려다보는 이아나와 눈이 마주쳤다. 일직선의 시선에서 느끼고 만 사랑스러움에, 아르하드는 참지 못했다.

쪽.

아르하드가 이아나의 이마에 애정을 담아 짧게 키스했다. 이제는 몹시 자연스러운 행동이었다.

이아나에게서 천천히 떨어진 아르하드가 실없이 웃었다. 그는 제라드와 편하게 이야기한 후 학술원 뒤편의 산책로로 오라고 말한 후, 자리를 떴다.

"……."

이아나는 살짝 헝클어진 머리를 다듬으며, 멀어지는 아르하드의 뒷모습을 물끄러미 바라보았다. 의도한 건 아니고 무의식중에 저지른 행동이었다.

제라드는 옆에서 이아나를 관찰했다.

뺨은 미약한 온기가 서려 붉었고, 눈은 깊은 애정을 품었다. 냉정한 제자가 그런 모습을 보이는 것이 놀라우면서도 보기 좋아서,

스승은 미소 지었다.

"갈까?"

이아나는 제라드를 따라 슈나이더 궁 안에 있는 그의 사무실로 향했다.

"무사하다는 얘기는 들었지만 걱정 많이 했단다. 이렇게 보니 안심되는구나."

"스승님도 잘 지내신 듯해서 다행입니다."

열다섯 살에 테오도르에 온 이후부터, 이아나는 제라드와 주기적으로 연락을 주고받았었다. 그러나 요새는 일이 워낙에 정신없이 터져 대서 짧은 안부의 편지들로 뜸하게 교류했을 뿐 직접 만나지는 못했다.

이아나는 제라드를 편안한 마음으로 바라보았다. 스승이 오래오래 살아 주길 바랐다. 그가 없었다면 회귀 전의 유년 시절을 어떻게 버텼을지 상상하기도 힘들었다.

그래서 조용히 의지를 불태웠다. 제라드를 위해서라도 루리아와 페르난도는 없어져야 했다.

"학술원을 졸업하면 로안느를 떠날 게지?"

이아나가 의외라는 표정으로 그를 보았다.

"어떻게 알고 계십니까?"

"예전에 슈나이더 저하께서 네 출국을 막으려고 법안을 제정하시려 했을 때 알았단다. 결국 무산되었지만 말이야."

"다행인 일이지요."

제라드가 인자하게 웃으며 물었다.

"떠나는 것이 네 선택이더냐?"

"네."

이아나의 대답은 단호했다. 제라드는 기특하면서도 아쉬운, 그런 이중적인 감정으로 이아나를 가만히 쳐다보다가 로안느 국민으로서의 아쉬움을 조용히 접었다. 그리고 스승으로서 물었다.

"떠나서 뭘 할 건지 물어도 될까?"

이아나는 잠시 고민했다.

그러나 곧, 그녀의 소중한 스승에게 순순히 답했다.

"정확히는 말씀드릴 수 없지만, 제 신념을 정의로 만드는 일을 하려 합니다."

"호오."

흥미를 느낀 제라드가 안경을 쓱 올렸다.

"단체를 만들어 그 수장이 되려는 모양이구나. 그것도 꽤나 큰 단체야."

이아나의 사고의 바탕과 정신력의 기초를 다져 준 스승답게, 제라드는 그녀가 하는 말을 정확하게 알아들었다.

"어려운 일일 거다. 사람은 제각기 달라서 하나의 정의로 묶는 게 쉽지 않아."

"제 신념이 모두에게 통한다고 생각하지 않습니다. 하지만 세상을 겪으며 빚어낸 제 신념이 잘못되었다고도 생각하지 않습니다."

제라드가 우려하자 이아나는 순순히 수긍하면서도 흔들리지 않았다.

아르하드가 그녀에게 길잡이를 맡기겠다고 한 날 이후부터, 이아나는 과거를 돌아보기도 하고, 현재에 집중하기도 하고, 미래를 상상해 보기도 했다.

이랬다면 어땠을까. 저랬다면 어땠을까.

이건 만족스러워. 저건 불만족스러워.

이리하면 어떨까. 저리하면 어떨까.

그러면서 신념은 구체적으로 변해 갔다. 두루뭉술하게 여기저기 흩어져 있던 생각들은 단순한 문장들로 깔끔하게 정리되어 갔다.

생각이 정리될수록 스스로에 대해 더욱 잘 알게 되었다. 그럴수록 이아나는 더욱 단단해졌다.

"제가 느꼈던 고통을 제 사람들이 겪지 않길 바라기에, 혹은 제가 느꼈던 기쁨을 제 사람들이 겪길 바라기에, 저의 신념이 옳다고 믿고 정의로 만들고 싶습니다. 적어도 제가 사는 곳에서는 그랬으면 좋겠습니다."

'옳다'라는 말은 주관적이다. 옳음은 제각기 다른 신념에 의해 결정되므로 누군가에게는 옳은 것이 누군가에게는 옳지 않은 것일 수 있다.

하지만 개인의 신념은 정의에 영향을 받는다. 그래서 이아나는 제 신념을 제가 사는 세상의 정의로 만들고자 했다.

"물론 시행착오는 많이 겪겠지요. 사람들이 보기엔 못마땅한 부분도 분명 있을 겁니다."

제 신념에 오류를 느낀다면 조금씩 고쳐 나갈 겁니다. 그건 저를 믿고 따르는 제 사람들이 도와주겠지요.

"하지만 기본적으로는 타협하지 않을 생각입니다."

이아나의 말이 끝나자 제라드가 흡족한 얼굴로 고개를 끄덕거렸다.

"그래. 선두에서 무리를 이끄는 자는 누구보다 고지식하면서도,

누구보다 유연해야 하는 법이지."

제라드는 열여덟 살밖에 안 된 여자애가 무슨 소리를 하는 거냐고 말하지 않았다. 그녀의 뜻을 지지하며 격려할 뿐이었다.

제라드가 이아나의 어깨를 가볍게 두드렸다.

"너의 삶이 기대되는구나. 네가 선택한 운명은 틀림없이 네게 최고의 삶이 되어 줄 거란다."

이아나는 제라드의 말을 들으면서 이제는 아주, 아주 오래된 기억을 더듬었다. 제라드는 늘 운명이 선택을 강요하게 하지 말고, 운명까지 포함하여 뭐든 자기 뜻대로 선택해야 한다고 말하곤 했었다.

너를 둘러싼 잔인한 이들에게 상처받아 울지 말거라.

그들에게 지지 말거라.

네 뜻이 아닌 운명에 굴복하여 그것을 수긍한다면, 그건 빠져나올 수 없는 수렁이 되어 너를 놓아주지 않을 게다.

이아나, 너의 삶은 네 것이고, 네가 개척하는 것이란다.

운명이 아닌 너의 선택으로 만들어 가는 게야.

그 말이 어렸던 소녀에게 얼마나 위로가 되었는지 모른다. 스승의 가르침은 울기만 하던 소녀가 단단해질 수 있는 계기를 마련해 주었다.

"이것이 네가 선택한 운명이었더냐. 가엾은 것."

하지만 로베르슈타인 가문을 숙청했을 때, 제라드는 뺨을 때리며 이아나를 동정했었다.

이아나는 갑자기 궁금해졌다.

'스승님은 왜 갑자기 나를 동정했을까?'

제라드는 남을 함부로 동정하지 않았다. 남의 삶을 자신의 삶보다 낮춰 보는 것은 옳지 않다 여겼기 때문이다. 이아나는 그의 그런 태도에 엄청난 위안을 받았고, 무한히 감사했다.

그런데 제라드는 비난받고 경멸받아 마땅할 패륜 행위에 대해서 처음에는 화를 냈지만, 끝에는 이아나를 동정했다. 그때 이아나는 배신감을 느끼고 제라드와 연을 끊었다.

'화를 내면 냈지, 동정하실 분은 아닌데.'

이아나는 오래전의 의문을 해소하기로 했다.

"스승님은 어떨 때 인간이 가엾다고 생각하십니까?"

이아나가 갑자기 뜬구름 잡는 듯한 질문을 해서 의아했지만, 제라드는 차분하게 자기 생각을 풀어 놓았다.

"주변에 휘둘려 자기 삶을 잃었을 때란다."

이아나의 뺨이 경직되었다.

"자신을 사랑할 줄 모르고 망치는 걸 보면 가엾지. 가엾지 않으냐. 남의 삶에 휘말려서 자기 삶을 아끼지 못하다니……."

당시, 이아나는 타인에 대한 증오와 살의에 들끓어 스스로를 사랑하지 못하는 상태였다. 한 인간으로서, 이아나의 자존감은 바닥을 치고 있었다.

검사로서의 자신을 사랑했지만 인간으로서의 자신을 혐오했기에 이아나는 그저 검에만 매달렸다. 인간관계에 여유를 두지 못하고 극단적으로만 굴었다.

만일 자신의 모든 것을 사랑했다면, 충분히 능력이 있으니 로베르슈타인 가문을 무시하고 제 삶만 열심히 개척했을지도 모른다. 제 검을 꺾은 아르하드를 그저 증오만 하지 않았을지도 모른다.

제라드는 그런 이아나를 알고 동정했던 것이다. 이아나는 가슴이 쓰라렸다.

'죄송합니다.'

이아나는 회귀 전의 제라드에게 사죄했다. 저 하나 챙기기에 바빠 타인의 감정이나 생각을 이해하려 하지 않았던 자신을 깊이 반성했다.

'그러고 보니……'

이아나는 학술제에서 꽃비를 맞으며 박수갈채를 받았던 때를 떠올렸다.

그때는 이해하지 못했다. 사람들이 왜 사랑받기를 포기하고 자신의 삶에만 집중하며 살아가는 그녀를 인정하고 박수를 쳐 주는지.

하지만 이제는 이해했다.

사랑을 바란다고 사랑받지 못하는 게 아니다.

사랑을 바라지 않는다고 사랑받는 게 아니다.

사랑을 바라든 바라지 않든 사랑을 주고 말고는 온전히 상대방의 마음에 달려 있었다.

그렇다면 그녀가 이번 생에서 사람들에게 사랑받고 인정받은 이유는 무엇일까?

이아나가 인생의 주체에 자신을 두고 세상을 마주봤기 때문이다. 가혹한 환경 속에서도 자신의 재능을 열심히 갈고닦는 걸 우선시하여 누구보다 빛났기 때문이다.

그러면서도 자기 자신만 챙기는 게 아니라 상대의 감정을 살필 수 있게 되었기 때문이다. 받기만 원하는 절박함이 아닌, 나눠 줄 줄 아는 여유를 갖게 되었기 때문이다.

회귀 전의 이아나는 여유가 없었다. 어려서는 주는 법을 모르고 상대에게 무작정 받기만을 바랐다. 커서는 아예 주지도 않았고 받는 것도 바라지 않았다.

하지만 회귀 후에는 여유가 생겼다. 받기를 바라지는 않았지만, 자신의 삶에 집중하고 있다가 상대가 뭔가를 준다면 그녀도 조심스레 주기 시작했다. 그 차이다.

'주는 법은 아르하드에게 배웠어.'

회귀 전의 아르하드는 언제나 주기만 했다.

주고, 주고, 또 주고.

이아나는 그가 주는 걸 한 번도 받지 않았다. 하지만 죽음을 겪으면서 결국엔 그를 받아들이고 싶어졌고, 뭔가를 주고 싶다는 마음을 가졌다.

당신의 기사가 되리.

그 마음이 변화의 시초였다.

이아나를 죽였을 때도, 아르하드는 의도치 않게 그녀에게 새 삶을 주었다. 회귀 후에도 주고, 주고, 주고…….

아르하드는 그녀를 무조건적으로 사랑해 주었다. 그래서 현재, 이아나는 자신의 모든 것을 사랑할 수 있게 되었다.

그는 그녀에게 스스로의 가치를 일깨워 주었다. 그래서 이아나는 자신이 뭘 하든 가치 있는 사람임을 알게 되었다.

그는 그녀를 줄 줄 아는 사람으로 만들어 주었다. 그래서 이아나는 이제, 먼저 줄 줄도 아는 사람이 되고 싶었다.

"……."

이아나의 얼굴이 살짝 발그스레해졌다. 제라드는 뜬금없는 질문을 던져 놓고 무슨 생각을 하는지 혼자 얼굴을 붉히고 있는 이아나를 보며 허허 웃었다.

"볼 때마다 생각하는 거지만 표정이 정말 많이 좋아졌구나. 어렸을 적에는 가시가 삐죽삐죽 솟아 있었는데."

퍼뜩 정신을 차린 이아나가 제라드의 흐뭇한 표정을 발견하고 얼굴을 확 붉혔다.

"학술원에서 좋은 사람들을 만난 모양이구나. 그중에서도 아까 그 청년이 네게 많은 걸 준 게야. 그렇지?"

"……네."

어쩐지 민망해진 이아나가 자신의 얼굴을 쓰다듬으며 창밖을 내다보았다. 제라드도 파란 하늘을 바라보았다. 새들이 종소리처럼 지저귀며 날아가는 하늘은 태풍이 몰아닥치기 직전의 고요처럼 평화로웠다.

"역사의 거대한 흐름이 느껴지는구나."

이아나가 제라드를 흘끗 보았다.

"역사는 풍랑과도 같아 탄생과 죽음, 융성과 쇠퇴…… 온갖 것들이 순환하며 흐르고 있지."

제라드의 눈동자는 미래를 내다보는 현자처럼 맑고 깨끗했다.

"세상이 혼잡하고 시끄러우면, 어디선가 혼란을 바로잡을 빛이 나타나 요동친단다. 준동이 있으면 태동도 있는 법이니."

제라드가 천천히 고개를 바로 했다. 그리고 이아나를 보며 빙 긋 웃었다.

"그 빛이 무엇일지, 무척이나 기대되는구나."

제라드와 헤어진 후, 이아나는 아르하드가 기다리는 곳으로 향했다. 그들의 단골 산책로, 학술원 뒤편에 있는 언덕이었다. 아르하드는 그곳에 앉아서 학술원과 테오도르의 전경을 내려다보고 있었다. 이아나는 잠깐 멈춰 서서 그의 뒷모습을 바라보았다.

뒷모습만 보고 있어도 기분이 좋아지는 이유는 뭘까?

"이아나. 거기 서 있지 말고 옆에 앉아."

얌전히 쳐다만 보고 있었는데도 이아나의 기척을 느낀 아르하드가 그녀를 불렀다.

이아나는 천천히 다가가서 아르하드의 옆에 앉았다.

"다른 곳은 더운데 여기는 시원하네."

아르하드의 말대로였다. 날은 완연한 여름이었지만, 선선한 바람이 불어와 뺨에 맺힌 더위를 훔쳐 가니 시원했다.

"스승님과는……."

이아나는 제라드와 했던 이야기를 아르하드에게 해 주었다.

요즘 그녀는 딱 하나, 회귀 전의 삶을 제외하면 아르하드에게 숨기는 것이 없었다. 뭔가를 생각할 때마다, 뭔가를 느낄 때마다 아르하드에게 숨김없이 종알거렸다.

이야기의 주제는 다채로웠다. 몬스터, 이종족, 차별, 계급, 기회, 교육, 체제 등등에 관해서 이아나가 제 생각과 감정을 전하면 아르하드는 가만히 듣고 있다가 의견을 보탰다.

이미 타국에서 정치적으로 깊이 개입하고 영지와 상단을 경영하고 있는 아르하드는 아는 것도 많고 경험도 많았다. 그가 해주는 이야기들은 하나같이 영양가 넘쳐서 이아나의 세계를 쑥쑥 확장시켜 주었다. 이아나는 아르하드와 대화를 나누는 시간이 정말 즐거웠다.

며칠 전 라오스 신전에서 슈나이더가 치르는 의식을 구경한 날에도, 이아나는 바로 아르하드를 찾아가서 그날 있었던 일을 모두 말했다. 자신의 추측도 조심스럽게 말했다.

"라오스가 드래곤이 아닐까요?"

아르하드는 전혀 예상치 못했는지 당황스러운 눈치로, 정황상 그런 것 같다고 말했다.

이아나는 그다음으로는 로베르슈타인이 요즘 말로 치면 우울증을 앓았다는 얘기를 했다.

그녀가 생각하기에 신은 심장에서 신력을 생산하는 점만 제외하면 인간과 똑같았다. 라오스가 신을 본떠 인간을 만든 게 아닐까 싶을 정도로 닮았다.

강력한 능력과 대단한 정신력을 지녔으나 로베르슈타인도 어쩔 수 없이, 신이었다. 로베르슈타인의 기억에 의하면, 소중한 존재가 타락하는 것을 방관했다는 죄책감과 종말을 향해 가는 세계에 대한 책임감에 그녀의 정신은 붕괴하고 있었다.

로베르슈타인의 이야기를 들은 후, 아르하드는 이아나를 빤히 바라보며 침묵했다. 이아나는 어쩐지 조마조마했지만, 아르하드가 툭 내뱉은 말에 맥이 탁 풀려 버렸다.

"괜찮아?"

아르하드가 침묵한 건 이아나가 로베르슈타인의 영향을 받아 우울해할까 봐 걱정되어서였다.

"……."

제라드의 이야기를 하다 말고 그때를 떠올린 이아나가 아르하드의 어깨에 이마를 콩 박았다.

"왜 그래."

아르하드의 큰 손이 머리에 닿았다. 커다란 손이 머리를 슥슥 쓰다듬어 주니 기분이 좋았다. 이아나는 애정 어린 손길을 느끼면서 눈을 감았다.

이아나는 로베르슈타인의 기억을 되짚으면서 그녀가 바보 같다고 생각했다.

'강한 힘을 가졌다는 이유만으로 모든 걸 혼자 책임지려 했지. 하지만 난 그럴 필요가 없다고 생각해.'

이아나는 예전에 사키 셀츠스가 했던 말을 떠올렸다.

"지인들을 위해 이아나 님의 능력을 쓰는 것에는 찬성합니다. 하지만 인류의 위험을 해결하기 위해 당신이 나서야만 한다는 의무감을 가지지는 마세요. 이 문제는 인간이 일으킨 문제고, 인간의 선에서 해결해야 합니다. 이아나 님이 이 사태를 종결시킬 힘이 있음에도 침묵하는 것에 자책감을 느끼는 일은 없어야 합니다."

그때 이아나는 악마의 파편 때문에 생겨난 문제들은 신성시대의 연장선이었으므로 신성시대의 힘을 지닌 자신이 해결해야 한다고 봤다. 하지만 그와 별개로 사키의 말에 동의했다.

이 세상은 한 존재의 것이 아니라 모두의 것이었다. 그러니 세상에 문제가 생긴다면 모두에게 책임이 있었고, 모두가 함께 해결해야 했다.

한 사람의 강력한 힘에 의지하는 게 아니라.

'그러니 난 당신처럼 무조건 희생하지 않을 거다. 무작정 책임감을 느끼지도 않을 거다. 내 것만 잘 챙기는 이기심을 갖추고 다른 건 순리에 맡겨 둘 거야. 당신처럼 고립되지도 않겠어.'

이아나는 로베르슈타인이 의외로 강하지 않다고도 생각했다.

그녀는 아주 강했다. 강하기에 홀로 우뚝 섰지만 지탱해 주는 존재가 없었기에, 무너지기 시작하자 누구보다 빠르게 무너졌다. 그렇게 한번 부러지자 재기하지 못했다.

이것이 약한 게 아니라면 무엇이 약하단 말인가?

'난 누구보다 강해져서 아르하드의 옆에 설 거다. 아르하드가 무너진다면 내가 받칠 거고, 내가 무너진다면 아르하드가 받쳐 주겠지.'

노력과 재능으로 이룩한 육체적인 강함과 신뢰와 애정으로 쌓아 올린 정신적인 강함의 조화. 그것이 절대적인 강함이다.

'내 사람들의 옆에도 서 줄 거야.'

이아나가 그리 다짐하고 있는데, 아르하드가 제 어깨에 이마를 대고 있던 그녀의 얼굴을 잡아 올렸다.

"어디 아파?"

"아뇨. 아픈 건 아니고."

이아나는 말을 하다 말고 입술을 다물었다. 아르하드를 물끄러미 쳐다보았다.

'당신이 있으니까 내가 이런 생각을 할 수 있는 거겠지.'

이아나는 저를 한가득 담은 저 금색 눈동자가 좋았다. 제가 빛에 둘러싸여 있는 것만 같았다.

불현듯, 여름의 더위가 엄습했다.

화끈…….

덥다.

얼마나 더운지 얼굴까지 달아올랐다.

더위를 크게 타는 건 아닌데도 무척 더웠다. 요즘 아르하드와 있을 때면, 항상, 너무 더웠다. 온종일 여름이었다. 여름의 더위에 헐떡거려야만 했다. 이아나는 저도 모르게 눈을 피하며 손으로 부채질했다.

"더워?"

아르하드가 이아나의 얼굴을 감쌌다. 서늘하고 건조한 손인데도 더 더워져서 얼굴에 열이 화르륵 올랐다. 오늘따라 체온 조절이 잘 안 되는 것 같았다.

"……."

아르하드는 그런 이아나의 얼굴을 한동안 말없이, 가만히 들여다보았다.

빠르게 뛰는 심장에 맞춰 호흡도 빨라졌다. 이아나의 가쁜 숨결은 나비처럼 날아가 아르하드의 입술 위에 앉았다.

아르하드가 이아나의 목 뒤를 손가락 마디마디로 감싸 힘주어

당겼다. 이아나는 그의 얼굴이 가까워지자 저도 모르게 눈을 감았다. 마른 입술이 열기를 찾아 달뜬 입술에 달라붙었다.

쪽.

"……."

짧지만 진득한 감각을 남긴 키스가 어쩐지 쑥스러웠다. 이아나는 눈을 내리떴다가 눈꺼풀을 살짝 들어 올려 위를 보았다. 짙어진 황금색의 눈이 보였다. 코끝이 스치듯 맞물리며, 열기가 옮겨붙은 입술이 다가왔다.

쪽.

숨결이 얽히며 농밀하게 맞닿았다. 이아나가 고개를 숙이며 얼굴을 살짝 뒤로 물리자 입술은 또다시 떨어졌다. 그러나 버림받았던 입술은 당겨진 것처럼 금세 쫓아왔다.

쪽.

세 번이나.

기분이 이상해진 이아나가 눈을 꼭 감았다.

"……."

눈앞에서 부끄러운 듯 꼭 감겨 있는 눈의 호선을 보는 아르하드의 심장 박동이 점점 빨라졌다. 그의 심장에서 탁한 마음이 왈칵왈칵 터져 나오기 시작했다. 눈동자에 농도 짙은 염기가 일렁거리며 타올랐다. 이아나의 얼굴과 목을 붙들고 있는 손에는 힘이 세게 들어갔다.

싫어.

아무렇지도 않은 척.

냉정한 척.

자상한 척.

여유로운 척.

그런 척하는 거, 이제는 싫어.

이젠. 이 정도는 받아들여 줄 거지?

시작한 건 너잖아. 그렇지?

아르하드는 그리 합리화를 하며 내내 쥐고 있던 괴물의 고삐를 살짝 풀었다.

이아나의 목 뒤가 조여들었다. 얼굴을 뒤로 젖히는 힘에 입술이 벌어졌고, 숨을 가쁘게 들이마신 틈을 타 뜨거움이 안으로 밀려들었다.

그녀의 등이 점점 뒤로 넘어가고 아르하드의 다른 손이 바닥을 짚었다. 뺨에 닿아 있던 엄지손가락과 머리카락을 파고들어 머리를 감싸고 있던 네 손가락에 힘이 들어갔다.

아르하드는 이아나가 도망치지 못하도록 꽉 붙들고, 참지 않고 제 욕심을 맘껏 풀었다.

"아……."

이아나는 농밀한 욕망이 입 안을 부유하며 영역 표시를 하듯 제 흔적을 끈적하게 묻혀 나가자 숨이 막혔다. 질척거리는 소리가 귀를 어지럽히자 뜨거워진 몸이 떨렸다.

이런 키스는 벌써 몇 번이고 했지만, 할 때마다 기분이 이상하다. 온몸의 피가 들끓어 미칠 것 같았다.

아르하드와 키스하는 건 괜찮았다. 솔직하게 말하자면 좋았다. 아르하드가 그녀를 얼마나 바라는지 절절하게 느껴졌고, 그가 더욱 가까워진 것만 같아 이아나는 그와 키스할 때마다 희열에 휩싸이곤 했다.

그래서 나쁘지 않았다. 나쁘지 않은데…… 나빴다.

정신이 어찔어찔하고 곤란할 정도로 더웠다. 호흡도 벅찼다. 언제나 제 몸을 통제하는 이아나로서는 위험한 징조로 받아들일 수밖에 없었다. 머릿속에서 경종이 울려대고 있었다.

이아나가 그만하라는 뜻에서 팔을 움켜쥐었지만, 그것조차 자극적이었던 아르하드의 몸에 힘이 들어갔다.

털썩.

몰리고 몰린 이아나의 등은 결국 땅에 닿고 말았다. 여름의 푸른 풀 위로 붉은 머리카락이 흐드러졌다. 그러고도 한참이나 키스를 이어 가던 아르하드는 실컷 욕심을 채우고 나서야 겨우 이성을 챙겼다.

"하아."

마찰로 붉게 부어오른 입술을 떼어 내자 이아나의 모습이 한눈에 가득 들어왔다.

언제나 단정하던 모습은 오간 데 없이 잔뜩 흐트러져 있었다. 얼굴은 머리카락처럼 새빨갰다. 평소에 차가운 인상을 그려 내는 눈썹과 눈매가, 당황스러워서 어찌할 바를 몰라 잔뜩 내려앉아 있었다.

아, 사랑스러워라.

정말 사랑스럽기도 하지.

정말로. 정말로 너무나.

"이아나……."

땅을 짚고 있던 아르하드의 손에 힘이 잔뜩 들어갔다. 겨우겨우 눌러 참고 있던 심장 속의 마음이 왈칵 쏟아져 나오려 했다.

"난······."

아르하드는 충동적으로 뭔가를 말하려다 말고 입술을 꽉 깨물어 참았다.

왜일까?

이아나는 그가 하려고 했던 말이 뭔지 알 것 같았다.

말하지 그래?

이아나는 충동적으로 그리 말할 뻔했다.

놀리는 게 아니었다. 진심이었다. 이아나는 아르하드가 말하길 바라고 있었다.

왜냐하면, 듣고 싶었기 때문이다.

이아나는 손을 들어 올려 아직도 제 뺨을 감싸고 있는 아르하드의 손을 살짝 움켜쥐었다. 당황스러움이 가라앉자 기분이 무척이나 좋아졌다. 숨을 몰아쉬고 있는 그를, 야릇한 쾌감을 느끼며 올려다보았다.

눈은 깊은 애정에 젖어 흐리고, 뺨 언저리는 열기에 범벅이 되어 붉고, 입술은 마음껏 비벼 댄 탓에 부어터졌고. 단정하던 셔츠 깃은 구겨졌고, 얽혀든 손가락에는 힘이 잔뜩 들어갔고, 차가웠던 몸은 뜨거워졌고. 감정을 간신히 억누른 목소리는 갈라졌고.

그런 모습 하나하나가 찌릿한 자극이 되어 심장을 콕콕 찔렀다. 심장이 빠듯하게 조여들었다.

이아나는 예전부터 아르하드의 이런 정신없는 모습이 마음에 들었다. 매번 불안해하는 그가 가엾어 여유를 가졌으면 했지만, 사실 이렇게 제게 정신을 못 차리는 모습이 무척 좋았다.

'난 좀 많이 삐뚤어졌나 봐.'

더, 더 못살게 굴고 싶었다.

더, 많이, 아주 많이 좋아하게 만들고 싶었다.

그런 자신을 깨달은 이아나는 어쩐지 부끄러워졌다.

그렇구나.

깨달음은 불현듯, 여름의 더위처럼 갑자기 찾아왔다.

갑자기, 라고는 말했지만 사실 갑자기는 아니었다. 확신하게 된 것뿐이었다.

"……."

이아나는 아르하드의 손을 뺨에서 제 얼굴 위로 끌어 올렸다. 손바닥에 얼굴을 묻어 이상하게 변했을 표정을 가렸다.

당신을.

나는 당신을…….

이아나는 말을 더 잇지 못했다.

심장이 간질거렸다.

꽃이 피려는 봉오리처럼.

─준동과 태동 편 終

─*9권에 계속*

번외. 신화 편(3)

번외. 신화 편(3)

오랜만이에요!

그동안 어떻게 지냈어요?

저는 요즘 없는 심장이 콩닥콩닥 뛰는 기분이에요. 드디어 제가 오랜 옛날, 아주 오랜 옛날 고통스러워하는 친구에게 말해 줬던 예언이 끝났다고 하거든요.

전 아직도 제가 잘한 건지 모르겠어요. 제가 예언을 하지 않았다면 미래는 완전히 바뀌었을지도 몰라요. 그저 순리대로 흘러갔겠지요.

하지만 저는 예언을 함으로써 미래를 제가 예언한 쪽으로 흘러가게 했어요. 왜냐하면 제가 본 미래에서 그들은, 괴로워하던 당시와는 달리 무척 행복해 보였으니까요.

앞으로는 어떻게 될까요?

두려우면서도 기대돼요. 부디 그들의 미래가 행복에 닿아 있길 빌어요.

아, 전에 까만 소년을 로베르슈타인에게 보여 줬다는 얘기까지 했었죠? 그 다음 이야기를 해 드릴게요.

제 친구 로는 어둠 속에 잠겨 있는 까만 소년을 발견하고 인상을 찡그렸습니다.

"신이 남아 있었어?"

로는 잠시 고민하는가 싶더니 제가 열었던 입구로 뛰어 들어왔어요. 소년은 자기 앞에 로가 떨어져 내리자 소스라치듯 놀라 뒤로 물러났습니다. 로는 자기 허리쯤 올까 싶을 만큼 작은 소년을 내려다봤어요. 소년은 로를 멍하니 올려다보았지요.

"언제부터 여기에 있었던 거니?"

소년은 어물쩍거리다 내뱉었어요.

"몰라."

소년은 어둠 속에서 시간을 세지 못했나 봅니다. 사실 저도 몰라요. 신성시대가 열린 지 아주 많은 시간이 지났습니다. 태양과 달이 수십만, 수백만, 수천만 번 춤을 추는 시간을 어찌 다 세겠어요. 하지만 그가 아주 오랜 시간을 살아왔음은 분명했습니다.

소년이 로를 흘끗거리며 물었습니다.

"누구, 당신?"

"난 심판의 신, 로베르슈타인이다."

보통 그녀가 그렇게 스스로를 소개하면 모두가 알아보고 두려움에 떨었습니다. 그녀는 최초의 신이자, 무시무시한 심판의 권능을 가진 조율자였으니까요. 하지만 소년은 어쩐지 들뜬 표정으로 그녀를 빤히 바라볼 뿐이었습니다.

"심판? 로베르슈타인? 몰라. 당신, 하늘에 떠 있었어. 태양? 태양이 떨어졌어?"

"난 태양이 아니야."

"빛, 그럼?"

"빛도 아니야."

"빛이 나, 하지만."

신들에게 언어는 당연하게 주어진 것이었습니다. 소년도 마찬가지였겠지요. 하지만 소년은 말을 잘 못하는 것처럼 더듬거렸어요. 온전한 문장을 만들어 내지 못하고 단어를 뚝뚝 끊어 가며 간신히 말했지요.

아, 이해할 수 있어요. 소년은 판데모니엄에 있는 동안 대화할 상대가 한 명도 없었어요. 오랜 세월 동안 대화를 하지 못했으니, 아니 지금이 처음으로 대화를 나누는 것이니 무뎌진 언어를 뱉을 만했습니다.

어쩐지 뿌리 끝이 저려 옵니다. 미안해서 조용히 나뭇가지를 흔들었습니다. 로도 기분이 좋지 않았나 봅니다.

"밖으로 데려가 줄게."

로가 소년의 팔을 붙잡았다가 흠칫해서 떼어 냈습니다. 소년은 로가 왜 그러는지 몰라 고개를 갸웃했습니다.

"네 몸은 너무나 차갑구나."

"없어서, 신력. 직접 만들었는데."

"……."

로는 소년의 어깨를 다시 붙잡았습니다. 그녀는 소년의 몸에서 뭔가를 느낀 듯 놀라서 눈을 크게 떴습니다. 다음으로는 주변에 얼쩡거리는 불완전한 기운을 느끼고 눈썹을 꿈틀거렸습니다.

소년은 로에게서 눈을 떼지 못하며 제 어깨에 닿은 생소한 감각이 신기한 듯 꼼지락거렸습니다. 저에게 전해져 오는 소년의 감정은 경탄과 환희였습니다.

"신기한 몸이구나. 그리고 신기한 기운을 지녔어. 정령의 힘 없이 새로 몸을 만들어 내다니, 넌 여기서 새로운 영역을 개척하고 있었구나."

"새로운 영역?"

"일단 나가자."

"앗."

로가 소년을 홱 들어 올려 옆구리에 꼈습니다. 제 뿌리를 타고 뛰어 올라왔습니다. 소년은 로에게 대롱대롱 매달린 채 멀어지는 어둠을 신기하게 바라보았습니다. 자기가 영겁에 가까운 세월 동안 자리 잡고 있던 곳과 헤어지는 기분은 어떨까요?

로는 판데모니엄의 바깥으로 나와서 소년을 놓았습니다.

"아……."

난생처음으로 푸른 세상을 눈에 담은 소년은 입을 헤 벌렸습니다. 놀랄 만도 하지요. 까만 어둠밖에 몰랐던 그에게 푸른 초원은 기적과도 같은 광경이었을 겁니다.

아, 정말 미안해지네요. 저는 이 애가 금방 죽을 것 같아서 방치했습니다. 살아남아서 그렇게 오랜 세월을 혼자 지낼 줄은 몰랐습니다. 신을 세상으로 끌어 올리는 존재로서의 책임감이 폭우처럼 쏟아져 저의 마음을 두드렸어요. 저는 소년에게 죄책감을 가진 채 가지를 떨었습니다.

그런데 소년은 이상 행동을 했습니다.

"싫어. 여기, 싫어."

소년은 어쩐지 이곳에 있기 싫은 눈치였습니다. 어째서? 저는 혼란스러움을 느꼈습니다. 온갖 색으로 뒤덮인 빛의 세상은 생명이 넘쳐 나서 아름다워요. 어둠밖에 없는 세상에서 나온 소년에게 세상은 기적 그 자체였을 텐데, 그는 왜인지 혐오감을 내비치고 있었습니다.

소년은 연거푸 말했습니다.

"돌아갈래, 내가 있던 곳. 돌아갈 거야."

그러면서 아직 열려 있는 구멍으로 몸을 날렸습니다. 로가 놀라서 추락하는 그를 붙잡으려 했지만 별 필요 없는 행동이었습니다. 그는 비행해서 두둥실, 안전하게 자신이 원래 있던 제 뿌리 근처에 착지했으니까요.

"권능을 흉내 내다니…… 어떻게 저럴 수 있지?"

로가 굳은 표정으로 중얼거리다 소년을 따라 다시 내려왔습니다. 소년은 웅크리고 있었습니다.

"여기에 계속 있겠다고? 왜?"

"나가면, 끔찍해."

"무슨 소릴 하는 건지."

"안 나갈 거야. 절대."

로가 강제로 끌어내려 했지만 소년은 요지부동이었습니다.

로와 소년은 며칠 내내 대치했습니다. 결국 소년이 승리했지요. 로는 포기하고 소년의 옆자리에 앉았습니다.

"싫다는데 어쩔 수 없지."

"왜 여기 앉아? 당신은 밖에서 살잖아."

소년의 언어는 로와 대화하면서 어느새 많이 안정되었어요. 배우는 게 무척 빠른 소년이었습니다.

로는 호기심을 보이는 소년을 물끄러미 쳐다보며 말했습니다.

"난 밖에서 할 게 없어. 너랑 싸웠던 요즘이 제일 바빴던 것 같아. 오랜만에 재밌었네."

"재밌었어?"

"그래. 그러니까 자주 오고 싶어. 싫어?"

소년은 눈을 동그랗게 떴다가 얼굴을 확 붉혔습니다. 세차게 고개를 젓는 소년의 태도에서 숨길 수 없는 기쁨이 뿜어져 나왔습니다.

"당신은 좋아."

소년의 대답에 로는 빙긋 웃었습니다.

"그래, 그럼."

저는 놀랐습니다. 저와 정령들을 제외하고 다른 신을 대할 때, 로는 언제나 무감정했습니다. 그녀는 강한 힘을 가졌고 모든 신들이 경계하는 대상이었습니다. 그녀가 함부로 감정적으로 굴었다간 신들이 불안해할 게 분명했기에, 로는 모두에게 평등하게 대하며 감정을 죽였습니다. 소중한 존재도 만들지 않았습니다.

로는 언제나 고독했고, 죽은 듯 긴긴 시간을 흘려보내 왔습니다. 그런데 소년에게는 감정을 내비쳤습니다.

왜일까요?

알 것 같아요. 소년이 그녀를 최강의 신으로 보지 않고 그저 로베르슈타인으로 봐 주었기 때문이겠죠.

소년과 만난 후부터 로의 시간에는 활기가 감돌기 시작했습니다.

로는 신력을 만들어 내지 못하는 소년에게 자신의 신력을 나누어 주었습니다. 소년이 생명이 모자라 비실대는 것이 마음에 들지 않았기 때문이죠. 소년은 제 심장에 난생처음으로 풍족하게 넘쳐 나는 따뜻한 생명력에 어색해했습니다.

"내게 생명을 줘서 고마워."

그는 왜인지 복잡한 표정을 지었지만, 곧 온몸을 타고 흐르는 뜨거운 생명을 느끼며 기뻐했습니다.

로는 소년에게 많은 이야기를 해 주었습니다. 그녀의 이야기에는 세상이 담겨 있었고, 소년은 두려워하면서도 흥미를 보이며 그녀의 이야기에 귀를 기울였습니다.

소년에게 신성시대 전반의 지식을 가르친 로는 검술도 가르쳤습니다. 소년은 로에게 이야기를 듣거나 배우는 것을 무척 좋아했습니다. 마찬가지로 검도 아주 좋아했습니다.

"당신과 닮아서 더 좋아."

배우는 속도가 빨랐던 소년은 로에게 가르치는 즐거움을 주었습니다. 소년은 천이 물을 흡수하듯 로의 모든 것을 배우며 더욱 똑똑해졌고, 더욱 강해졌습니다. 소년이 세상을 배울수록 키는 커졌고 외양은 성숙해졌습니다.

소년도 로에게 자신이 판데모니엄에 있는 동안 깨우친 이능과 새로운 기운에 대해 알려 주었습니다. 로는 처음엔 소년의 기운을 꺼림칙해하는 듯했지만, 그 무궁한 가능성에 점점 흥미를 보이며 소년에게 이능을 배웠습니다. 소년도 신이 나서 더욱 열심히 가르쳤습니다.

"그러고 보니 네 이름은 뭐야?"

늦은 통성명이었습니다.

"이름?"

신들은 태어나면서 스스로 이름을 짓기에 모두가 이름을 가지고 있습니다. 하지만 소년은 이름이 없다며 고개를 저었습니다.

"꼭 있어야 해?"

"있어야지. 정체성을 결정하는 가장 기초적인 수단이니까."

"그래? 그럼 당신이 지어 줘."

"……내가?"

"응. 당신이 지어 줬으면 좋겠어. 당신은 내 정체성이니까. 당신이 내 세상의 전부야."

로는 순간 숨이 막혀 헛숨을 들이켰습니다. 소년은 애교를 부리듯 로에게 안겨 들었습니다. 소년은 어느새 턱 바로 밑까지 자라 있었습니다.

"당신 이름과 비슷한 이름이 좋아. 당신이 지어 줘. 응?"

"이름은 중요한 거야. 누구한테 그렇게 쉽게 지어 달라고 하는 거 아니야."

"당신이 내게 제일 중요하니까 당신이 지어 주는 게 맞아."

"……."

그렇게까지 말하는데 계속 거절할 순 없었겠죠. 로는 고심 끝에 소년에게 '로이긴'이라는 이름을 주었습니다. 소년, 로이긴은 이름이 마음에 든다며 방방 뛰었습니다.

또다시 오랜 시간이 지났습니다.

로와 로이긴 사이의 유대감은 점점 더 깊어졌습니다. 소년과 지내면서, 그녀는 더는 외롭지 않았습니다. 그녀는 자신을 외롭지 않게 해 주는 로이긴을 무척 아꼈습니다. 로이긴도 맹목적으로 로에게 애정을 쏟아부었습니다.

어떻게 아냐고요? 그들이 앉아 있는 제 뿌리를 통해 따뜻한 감정들이 흘러 들어왔거든요.

로이긴은 그의 본모습, 그러니까 날개 달린 작은 도마뱀으로 자주 돌아갔습니다. 그에게는 신들이 선호하는 형태보다는 도마뱀의 형태가 더 편했나 봅니다.

로는 처음 그의 본모습을 봤을 때 놀랐지만, 적응한 후에는 귀엽다며 마구 쓰다듬어 주기 일쑤였습니다. 덩치가 갈수록 커져서 힘겨워하긴 했지만요. 로이긴도 그녀가 귀여워해 주는 것이 좋은지 날개를 파닥거렸어요. 아주 보기 좋은 모습이었지요.

그러던 어느 날, 로베르슈타인은 로이긴에게 한 번 더 제안했습니다.

"로이긴, 여기서 나가자. 여기에만 있는 건 너에게 좋지 않아. 세상이 얼마나 넓은 줄 알아? 깜짝 놀랄 거야."

"……싫어."

"왜인지는 아직 말해 주지 않을 거니?"

"말하지 않을래. 하지만 당신이 그렇게까지 말하니까, 페임드라가 있는 곳까지는 나갈게."

로이긴은 드디어 판데모니엄을 나와 제 곁에 섰습니다. 저는 다시 세상으로 나온 로이긴이 반가워서 가지들을 잔뜩 흔들었습니다.

파라라락.

"······."

소년은 떨어지는 나뭇잎의 비 아래에서, 푸른 풀로 뒤덮인 언덕을 일렁이는 눈동자로 바라보았습니다. 그는 그때 무슨 생각을 했던 걸까요?

그 후로, 두 명의 로는 제 곁에서 지냈습니다. 가끔은 아래로 내려가 차분한 어둠 속에서 대화를 나누거나 휴식을 취하기도 했지만, 대부분은 저와 함께 있었어요.

함께 보내는 시간이 길어질수록 둘이 서로에게 가진 감정은 점점 더 깊어졌습니다.

"로."

로이긴이 누워서 눈을 감고 있는 로베르슈타인의 얼굴 앞에서 손을 흔들었습니다.

"자는 거야?"

로는 깨어 있었지만 아무 말도 하지 않았습니다. 그러자 로이긴이 그녀의 뺨에, 아주 소중한 것에 도장을 찍는 것처럼 입을 맞췄습니다.

"내 눈부신 해님."

애정이 가득 담긴 말이었습니다. 조용히 그 말을 듣고 있던 로의 심장에 감정의 파문이 이는 게 느껴집니다.

로가 눈을 떴습니다. 그녀의 코앞에서 로이긴이 누구보다 당신이 좋다면서 맹목적으로 사랑의 감정을 내비치고 있었습니다.

로도 애정을 담아 말없이 소년을 안아 주었습니다. 소년의 온기가 전해지자, 그녀는 기분이 좋은 듯 빙긋 웃었습니다. 로이긴도 얼굴을 붉히며 수줍게 웃었습니다.

"너무 좋아. 이렇게 안아 주는 거, 세상에서 제일 좋아. 계속 곁에 있고 싶어. 나는 로, 당신만 있으면 돼."

그때 로베르슈타인은 무슨 생각을 했을까요?

소년을 끌어안고 있는 그녀의 팔에 힘이 들어갑니다.

"곁에 있어 줄게."

소년이 얼굴을 완전히 붉히며 그녀의 품에 파고듭니다.

"좋아해……."

"그래."

"너무 좋아해."

"그래."

"영원히……."

로베르슈타인이 영원을 약속하는 로이긴을 꼭 끌어안았습니다. 로이긴도 그녀를 안은 손에 힘을 주었습니다.

아름다운 애정이 싹을 틔웠습니다.

로이긴은 여러모로 이상한 신이었습니다.

어느 날 로베르슈타인이 로이긴에게 네 권능이 뭐냐고 물었습니다.

"나도 몰라."

어떻게 모를 수 있을까요?

권능은 고유한 이능입니다. 영혼의 소망과 삶에 따라 자연스럽게 권능이 결정되고 그 권능은 조각에 각인됩니다. 태어날 때부터 한 몸처럼 각인된 힘입니다. 대부분의 신은 권능을 갖는 순간 자연스럽게 깨닫게 됩니다.

"난, 그냥 살아왔을 뿐 소망이랄 게 없었어. 그래서 없는 거 아닐까? 아니면 난 신력을 만들지 못하는 돌연변이 신이니까, 권능도 없는 걸지도."

로이긴은 신력에서 생명을 뽑아낼 수 있는 능력을 얻었으니 권능이 없어도 상관없다고 웃었습니다.

"내 기운은 내가 허락하지 않는 이상 내 권능으로만 소모 돼. 하지만 내게는 권능이 없고, 누군가가 내 기운을 권능으로 소모하도록 허락할 생각도 전혀 없으니 영원한 힘이라고 할 수도 있지. 난 그 영원한 성질이 좋아. 나처럼 끝이 보이지 않으니까."

그는 농담처럼 말했지만 우리는 웃을 수 없었습니다. 그래서 권능에 대한 이야기는 더는 하지 않게 되었습니다.

이번엔 정령들을 아느냐고 물었습니다. 그는 아주 오랜 옛날 신체를 만들기 위해 불러낸 것 말고는 정령들과 조우한 적 없다고 말했습니다. 자신이 창조한 이능으로 얼마든지 신체를 형성할 수 있고 흙, 물, 불, 바람도 만들어서 혼자 놀 수 있으니 부를 일이 없었겠죠.

로베르슈타인은 순수하고 솔직한 정령들이 로이긴의 친구가 되어 주기를 바랐습니다. 그래서 정령들을 소개해 주겠다며 정령왕들을 불러낸 순간이었습니다.

"우웩."

로이긴이 정령들을 보자마자 헛구역질을 했습니다. 정령들도 로이긴을 보자마자 식겁했어요.

[이 이상한 놈은 뭐야? 엄청 꺼림칙해!]

[살아 있는 게 맞나?]

[아니, 그런데 몸은 어떻게 만들어 낸 거래? 너 우리 권능을 따라 한 거야?]

[우리 권능을 베껴서 그런 몸을 만든 거라고? 기분 나빠!]

정령들은 그를 몹시 꺼렸고, 그건 로이긴도 마찬가지였습니다.

"내가 더 짜증 나. 너희들 기분 나쁘니까 나한테 가까이 오지 마. 좀 꺼져 줬으면 좋겠는데."

로이긴은 몹시 신경질적이었습니다.

로와 저는 무척 당황했습니다. 정령들이 로이긴에게 지나치게 부정적으로 반응하는 것도, 이때까지 순진하고 순종적이기만 했던 로이긴이 어두운 감정을 뿜어내는 것도 예상 밖의 상황이었습니다.

저는 로이긴이 발산하는 감정을 흡수하고 흠칫 놀랐습니다. 로이긴은 정령들에게 분노하는 것 같기도 하고, 또 그들을 끔찍하게 혐오하는 것 같기도 했습니다.

로이긴이 흥분을 가라앉히지 못하고 씨근덕거리자 이상함을 느낀 로베르슈타인이 정령들을 돌려보냈습니다. 소년은 겨우 진정하며 로베르슈타인에게 달라붙었습니다.

"걔들 싫어. 앞으로는 부르지 마."

"왜?"

"신력을 빼앗아 먹는 놈들이잖아. 역겨워. 난 내 생명을 누구에게도 빼앗기고 싶지 않아."

생명에 대한 로이긴의 집착은 과했습니다.

우리는 그를 이해할 수 있었습니다. 보통, 최하급 신은 신력에 대한 집착이 매우 강합니다. 그리고 그는 신력을 생산하지 못하는 최하급 신 중에서도 가장 밑바닥에 있는 신이었습니다.

그는 누구의 자비도 받지 못한 채, 제 뿌리를 타고 내려가는 미량의 신력만 가지고 정말 오랜 세월 동안 판데모니엄 속에 갇혀 살았습니다.

저는 그를 이해함과 동시에 강한 죄책감을 느꼈습니다.

로가 로이긴을 설득하고자 그의 어깨를 붙잡았습니다.

"로이긴, 세상이 시간의 흐름을 타기 위해서는 신력을 소모해야만 해. 이제 내가 네게 신력을 주고 있으니 신력의 부족은 걱정하지 마. 이참에 몸을 정령들이 만들어 주는 몸으로 바꾸는 게 어때?"

"싫어."

로이긴의 표정이 어두워졌습니다.

"난 지금도 충분히 당신의 자비를 받고 있어. 앞으로도 당신에게 영원히 신력을 받고 살아야 해."

"……"

"신력을 받는 대가로 나도 당신에게 뭔가를 주고 싶지만, 이미 모든 걸 가지고 있는 당신이라 줄 수 있는 게 아무것도 없어. 기생충이 된 것 같은 기분이야."

로이긴은 평소에 내비치진 않았지만, 자괴감과 열등감을 가지고 있었던 것입니다. 로는 로이긴이 그런 생각을 하고 있었다는 것에 놀란 듯했습니다.

"살기 위해 당신에게 신력을 받는 건 어쩔 수 없지. 하지만 꼭 필요한 양 이상으로 신력을 과하게 소모하고 싶진 않아. 난 정령의 힘을 빌리지 않아도 내 힘으로 육체를 만들 수 있어. 그러면 됐잖아. 당신은 이런 내 육체가, 내가 싫어?"

"그게 아니야."

"그럼 됐잖아."

로이긴은 그제야 안심하고 로에게 안겨 들었습니다. 안긴다는 말은 이제 이상하네요. 그의 몸집은 로와 비슷할 정도로 커져 있었으니 안았다는 말이 맞겠어요.

그런데 로이긴의 문제는 그뿐만이 아니었어요.

"이 애는 르보니야."

"안녕하세요."

어느 날 세상 밖으로 나온 로이긴에게, 로는 예전부터 알고 지냈던 르보니를 소개해 주었습니다. 르보니는 예전에 로가 동정심을 느끼고 신력을 준 것을 인연으로 로를 열렬하게 추종하는 여신이었어요.

르보니의 심성이 나쁘지 않았기에, 로는 주기적으로 그녀를 불러 신력을 주었답니다. 르보니는 낙원이 어떻게 돌아가고 있는지를 알아 와서 로의 유일한 말동무가 되어 주었고요.

로는 로이긴에게 친구를 만들어 주고 싶었습니다. 그런데 로이긴은 르보니를 꺼렸습니다.

"나는 다른 신과 만나고 싶지 않아."

그는 세상을 끔찍하게 거부하고 있었습니다.

그리고 저는 로이긴이 세상으로 나오고 난 후에도, 많은 세월이 지나고 나서야 깨닫고 맙니다.

기억과 감정은 만들어 낸 본인이 오롯이 감당해야 하는 영혼의 기록입니다. 물론 감당하지 못해 버릴 수도 있습니다. 신들이 판데모니엄에 악惡을 버리는 것처럼요.

그러나 버려진 것들은, 본인이 다시 회수하거나 누가 흡수하여 완전히 제 것으로 만들지 않는 이상 영원히 사념으로 남아 있게 됩니다.

그리고 로이긴.

로이긴은 그동안 판데모니엄에서 살면서 신들이 버린 악을 모두 먹어 치우고 있었던 겁니다. 지금도 판데모니엄에서 악을 흡수하는 듯했고요.

제가 그걸 깨달은 건 그가 바깥으로 나와 있는 시간이 길어지면서, 그가 없는 시간 동안 이따금 제 뿌리를 통해 악이 스며들었기 때문입니다.

고통스러웠습니다.

잔잔한 호수처럼 변화가 없던 제 영혼에 거대한 쓰레기들이 던져지는 것 같았습니다.

아, 로이긴은 이 고통을 어찌 견뎠던 걸까요?

그렇군요. 그가 악을 모두 먹어 치우고 있었기에 저는 아프지 않았던 거군요. 낙원은 선으로 유지될 수 있었던 거군요. 그가 악을 흡수하지 않았다면 판데모니엄에 계속해서 악이 쌓였을 테고, 언젠가는 과포화 상태에 이르러 폭발했던 혼돈처럼 악도 한 번에 폭발하고 말았을 겁니다.

상상만 해도 끔찍했습니다.

저는 정령을 통해 로에게 이 사실을 전했습니다.

로는 이제 자기보다 더 큰 로이긴을 앞에 앉혀 놓고 굳은 표정으로 추궁했습니다.

"왜 말 안 했어?"

"뭘?"

"신들이 버린 것들, 네가 전부 흡수했다며?"

로이긴은 로에게 세상이 어떻게 돌아가는지 배웠기 때문에, 로가 무슨 말을 하는지도 알아차렸습니다.

"아, 뭐…… 미워하는 감정과 고통스러운 기억 같은 걸 말하는 거지? 그거라면 내가 흡수한 게 맞아. 달을 쳐다보는 것 외에는 할 게 없어서 심심했는데, 그것들을 되새기면서 시간을 알차게 보낼 수 있었거든. 덕분에 세상도 배울 수 있었고. 그러다 보니 완전히 내 기억과 감정이 되더라? 이제 그것들은 신들의 것이 아니라 내 거야."

아무렇지도 않게 대답하는 로이긴을 보며 로는 말문이 막힌듯했습니다. 저도 할 말을 잃었고요.

"너, 나를 만난 이후에도 계속 그것들을 흡수하고 있었던 거야? 그걸 네 것으로 체득하고?"

"응. 착한 페임드라나 깨끗하고 아름다운 네가 그런 추악한 것들을 접하는 게 싫었으니까."

로이긴이 로의 얼굴을 너무나 사랑스러운 것을 보듬듯 쓰다듬었습니다. 그들은 이제 어른과 아이가 아니었습니다. 어른과 어른, 동등한 위치에 있었습니다.

"말을 안 한 것도 딱히 말할 필요가 없다고 생각해서야. 너와 만나기 전에도 원래 내가 하던 일이었으니까. 뭐 문제 있어?"

"너 괜찮아?"

"아무 문제 없어. 다만, 여기를 벗어나고 싶진 않아. 네가 낙원이라고 말하는 곳은 너무 더럽고 끔찍하더라고. 서로 질투하고, 시기하고, 미워하고……."

로이긴이 빙긋 웃었다.

"이제야 대답하는 거지만, 내가 세상으로 나가기 싫어하는 이유는 그것 때문이야."

"로이긴, 세상에는 그런 악한 부분들만 있는 게 아니야."

"하지만 내가 저 안에서 살 때 본 건 전부 그런 것들이었어. 요즘도 똑같던데? 네 말, 이해할 수가 없네."

로는 그 말을 듣고 결심한 듯했습니다.

"로이긴, 함께 낙원으로 가자."

"내 말을 뭐로 들은 거야?"

"내가 아까 말했잖아. 세상은 그렇게 나쁘지 않아. 네가 나쁜 것들만 봐서 그래. 난 네가 좋은 것들도 봤으면 좋겠어."

"……."

"그리고 네가 그런 나쁜 것들을 흡수하는 게 싫어. 그러니까 앞으로는 흡수하지 마. 이건 잘못된 거야. 내가 잘못 생각했어. 자기들 감정이랑 기억은 스스로 책임져야지. 너에게 모든 악을 미루고 자기들만 행복한 게 말이 돼? 낙원으로 가서 신들이 더는 그러지 못하게 해야겠어."

로는 후회하고 있었습니다.

"네가 무슨 말을 하는지는 알겠지만 안 갈래. 난 변화를 바라지 않아. 이대로, 여기서 너랑 오손도손 지내는 것만으로도 행복해. 다른 신들도 그냥 내버려 둬. 그로 인해 내가 쓸모가 있어지는 거라면 전부 감당할게."

로이긴이 로의 얼굴 쪽으로 손을 뻗었습니다.

"그냥 이대로, 너랑 나 둘이서 평화롭게 지내면 안 될까?"

로이긴이 로의 얼굴을 은근하게 쓰다듬었습니다. 그가 로를 대하는 태도는 시간이 지날수록 점점 유혹적이고 야릇하게 변하고 있었습니다. 곁에서 보고 있는 나무도 부끄러워질 정도로요.

로도 싫지 않은 듯 잠시 손길을 느끼고 있다가 그의 손을 붙잡았습니다.

"세상을 조율하는 신으로서 판단하건대, 이건 옳지 않아. 바로 잡아야 해. 그리고 너의 쓸모를 그런 것에 두지 마."

로이긴의 표정이 흐려졌습니다. 그럼 내 쓸모는 대체 뭔데, 하고 중얼거리던 그가 고개를 저었습니다.

"과연 다른 신들도 너처럼 생각할까?"

"그게 무슨 말이야."

"너는 순수해서 모르겠지만, 내 기억 속의 신들은 몹시 이기적이고 잔인해."

"……."

"제일 먼저, 내가 최하급 중에서도 밑바닥 신이라는 걸 알면 하등한 것 취급하면서 경멸하겠지. 그리고 내가 악을 흡수해 왔다는 걸 알면, 악을 배척해 온 것처럼 나도 배척할 거야. 마지막으로 악을 내게 버림으로써 낙원이 잘 굴러가고 있었는데, 그러지 못하게 돼서 평화가 사라지면 나를 증오할걸. 쓸모없다며 욕할 거야. 딱 봐도 뻔해. 난 그런 취급은 당하기 싫어."

로가 이해할 수 없다는 듯 얼굴을 찡그렸습니다.

"그럴 리가 없어. 이때까지 낙원이 잘 굴러간 건 네 덕분이야. 넌 조율자인 나와 다를 바 없는 역할을 해 왔어. 그들은 나를 우러러보는 것처럼 너에게 감사해야 마땅해."

"너는 너무 순진⋯⋯."

로가 로이긴의 얼굴을 두 손으로 잡아당겼습니다.

쪽.

로의 입술이 로이긴의 입술에 닿았습니다. 로이긴의 뺨이 화르륵 달아올랐습니다. 로가 로이긴의 얼굴에서 손을 떼고, 저의 줄기를 짚으며 진지한 표정으로 말합니다.

"설령 네가 말한 그런 일이 있더라도 내가 반드시 그들의 태도를 바꿀게. 무슨 일이 있어도 네 곁에 있을 거라고 약속할게. 너를 꼭 지켜 줄게. 나를 믿고 따라 줘. 우리의 친구가 약속의 증표가 되어 줄 거야. 그렇게 해 줄 거지, 페임드라?"

저는 알겠다는 듯 가지를 힘차게 흔들었습니다. 저도 로베르슈타인처럼, 로이긴이 판데모니엄에서 고통받은 만큼 낙원에서 사랑받기를 원했습니다. 그는 그런 대우를 받을 자격이 있었습니다.

"⋯⋯."

로이긴이 갑자기 로에게 손을 뻗습니다. 그녀의 몸을 꼭 감싸 안네요.

우와. 아주아주 진하게 키스를 하는군요.

오랜 세월을 살아오면서 신들의 좋은 꼴 못난 꼴을 전부 다 본

저지만, 저 둘이 저러니까 부끄럽네요. 저는 민망해서 가지와 나뭇잎으로 제 줄기를 감싸고 말았어요.

하지만 기분은 좋아요. 서로를 사랑하는 마음이 전해져서 저까지 따뜻해졌어요.

"하아⋯⋯."

꽤 오랜 시간이 지난 후에 로이긴이 흐트러진 호흡을 로의 쇄골에 묻습니다. 마침내 벅찬 마음을 견디지 못하고 로이긴이 고백합니다.

"사랑해."

"그래."

"너도 나를 사랑해?"

로이긴의 집요한 물음에 로가 그를 끌어안으며 대답합니다. 그녀의 얼굴은 붉었습니다.

"응. 이게 사랑이 아니라면 무엇이 사랑일까?"

"너무 좋아."

로이긴의 몸이 달아오릅니다. 그는 몹시 행복한 듯 로를 더욱 세게 끌어안았습니다.

"알았어. 네가 원하니까 낙원으로 갈게. 나를 사랑해서 좋은 걸 보여 주고 싶다는데 계속 거절하는 것도 염치가 없는 거지. 대신 약속 꼭 지켜. 무슨 일이 있어도 내 곁에 계속 있어 주겠다고. 나를 지켜 주겠다고."

"알았어."

로가 웃습니다.

그들이 행복하기에 저도 행복했습니다. 그래서인지 제 가지에 꽃이 피어났어요. 저는 그들의 행복한 미래를 진심으로 축복했습니다.

사랑이 꽃처럼 피었습니다.

그러나 지기 시작한 것도 그때부터였습니다.

예정된 것처럼, 멈춰 있던 낙원의 시간이 종말을 향해 흐르기 시작한 것도요.

로의 설득 끝에 결국 로이긴은 낙원으로 향했습니다.

로이긴은 처음으로 낙원과 다른 신들을 직접 눈에 담습니다. 낙원의 신들도 로가 정식으로 소개해 줌으로써 로이긴의 존재를 알게 됩니다.

그 후의 일은 로이긴이 예상했던 것과 한 치도 다르지 않았습니다.

"판데모니엄에서 온 최하급 신이라고?"

"그러니까, 우리가 악을 버린 곳에서 나왔다는 뜻이잖아요?"

"로베르슈타인 님의 말에 의하면 저 신은 우리의 악을 모두 흡수했다는 거군요."

"신력을 전혀 만들어 내지 못한다고 했죠?"

"가장 마지막에 쭉정이만 가지고 태어났다고 하더라고요."

악을 버리는 것이 금지된 후부터, 신들은 자신들이 만들어 낸 악을 감당해야만 했습니다. 좋은 감정에 익숙해져 있던 신들이 무척 힘들어한 건 당연했습니다.

"저놈 때문에……."

"판데모니엄에 계속 처박혀 있을 것이지, 쓸데없이 기어 나와선……."

신들은 평화로운 낙원을 부순 로이긴을 자연스럽게, 아주 당연하다는 듯이 꺼렸고, 미워했고, 혐오했고, 더러워했고, 증오했습니다.

로이긴을 악마惡魔라며 모욕하고, 그의 기운은 마력魔力이라 폄훼하고, 그가 창시한 특별한 이능은 마법魔法이라며 경멸했습니다.

그들은 로이긴이 지나가면 욕을 하고 침을 뱉었습니다. 혼자서는 살아갈 수 없는, 위대한 로베르슈타인 님에게 기생하는 버러지라고 뒤에서 쑥덕거렸습니다.

세상은 로와 제가 이해할 수 없을 정도로 지독하고 이기적이었습니다.

로는 신들이 그러지 못하도록 강하게 단속했고, 심한 행동을 하는 신들에게는 엄벌을 내렸습니다. 그녀는 로이긴에 대한 인식을 바꿔 보려고 노력했지만, 그럴수록 신들은 로이긴을 더욱 싫어했습니다.

신들은 로에게도 불만을 내비쳤습니다. 이때까지 모두에게 평등했던 당신이 왜 저놈만 특별 취급이냐며 소리를 높였습니다.

"거봐. 내가 예상한 대로잖아. 세상 정말 재밌네. 정말 이기적이고."

로이긴은 낙원을 접하면 접할수록 점점 더 분노에 휩싸여갔습니다.

"그러니까…… 나쁜 것들은 내가 살던 곳에 전부 버리고 자기들끼리 하하 호호 즐겁게 지냈던 거구나."

"지들은 뭘 잘했다고 내게 욕을 해?"

"내가 잘못한 게 뭔데?"

"특권 의식 참 대단하다. 신력을 만들지 못하는 게 전부 내 잘

못이야? 자기들은 스스로가 잘해서 만들어 낼 수 있는 거고? 아
니지, 태어날 때 운이 좋았던 것뿐이잖아?"

신들은 로이긴을 혐오했고, 로이긴은 신들을 증오했습니다.

또 예상하지 못한 점이 있다면 로이긴이 신들의 생명을 탐하며
엄청난 살의를 보이기 시작했다는 것입니다.

로와 둘이 있을 때는 잠들어 있던 그의 본능과 그가 흡수했던
신들의 악이, 신들을 마주하자 깨어나기 시작한 겁니다.

"배가 고파."

"신력을 더, 더 많이 가지고 싶어."

"저놈은 살아 있을 가치가 없어. 가지고 있는 신력이 아깝네.
내가 더 잘 써 줄 수 있는데. 로, 저놈을 죽이고 생명을 빼앗으
면 안 될까?"

"저놈이 무척 미운걸. 저놈, 내 기억 속에 똑똑히 박혀 있어.
어떤 놈이 저놈을 엄청 미워했나 봐."

"저 여자를 죽이고 싶어. 만약 이 살의를 가졌던 신이 내게 감정
을 버리지 않았다면, 저 여자는 그 신의 손에 일찌감치 죽었을 거
야."

"저 새끼는 아주 모욕적인 말을 했었어. 정말 끔찍한 기분이었
지."

신들의 업보가 로이긴에게 몰아닥쳤습니다. 그는 하루에도 수십
번 기분이 왔다 갔다 하는 것처럼 보였습니다.

"죽일까? 응?"

"로이긴, 그러지 마. 참아. 저들도 언젠가 너를 이해할 거야. 받
아들이고 고마워할 거야. 너는 그럴 가치가 있는 신이야."

로가 로이긴에게 부탁했습니다. 그래서 로이긴은 참았습니다. 로가 보여 주려 했던, '나쁘지 않은' 낙원을 기다렸습니다. 그리고 그를 낙원으로 데리고 나와 준 조율자, 로의 체면을 생각해 계속해서 참았습니다.

그럴수록 로이긴은 로에게 더욱더 심하게 집착했습니다. 다른 신의 미움을 받으면 받을수록 로도 자기를 미워할까 두려워했습니다.

"넌 계속 날 사랑할 거지?"

로는 그런 로이긴을 언제나 어루만지고 안아 주었습니다.

로이긴이 키스를 하면 키스를 받아 주었고, 옷을 벗기면 벗기게 내버려 두었고…….

관계를 가지고자 하면 가졌습니다. 진심 어린 사랑으로 그의 모든 것을 받아 주었습니다. 로이긴이 주는 달뜬 쾌락에 앓았습니다.

모두 다 로이긴을 사랑했기 때문입니다.

다른 신들이 그를 핍박하자 로의 안에서 그에 대한 사랑과 애착은 더욱더 커져만 갔습니다. 하지만 로이긴을 욕하는 신들에 관한 몰이해는 죄책감과 자괴감, 슬픔으로 돌아왔습니다.

그렇게 많은 시간이 지났습니다.

신들의 생은 영원합니다.

그리고 영원에서, 변화는 무척 느렸습니다.

신들의 태도는 항상 싸늘하기만 했습니다.

로이긴의 인내심도 바닥나기 시작했습니다.

로는 마침내 결단을 내렸습니다. 심판의 권능으로 로이긴의 안에 있는 모든 악을 제거하기로요. 그렇게 하면 신들도 로이긴을 혐오할 명분이 없어지니 괜찮아질 거라 판단한 거죠.

"왜 없앤다는 거야?"

로이긴이 화를 내며 제 팔을 붙잡은 로의 손을 뿌리쳤습니다.

"악은 네가 보기엔 나쁘기만 하겠지만, 내가 받아들인 내 삶이야. 내 지식이고, 내 일부라고. 내 유일한 쓸모야! 난 잘못한 거없어. 잘못한 건 저놈들인데, 왜."

"로이긴, 제발."

"……알았어. 네가 원한다면 그렇게 해."

로이긴은 결국 허락했습니다.

하지만 없앨 수 없었습니다.

천칭이 로베르슈타인의 권능을 거부했기 때문입니다.

천칭이 그녀의 권능을 거부하는 경우는 딱 하나, 세상의 균형을 맞추는 데 반드시 필요할 때입니다. 그 요소를 제거한다면 어떤 것으로도 균형을 메울 수 없을 경우, 혹은 무엇을 바쳐도 균형이 성립할 수 없을 경우입니다

즉, 로이긴이 지닌 악은 제거할 수 없다는 뜻이었습니다.

그럴 만도 했습니다.

로이긴이 악을 홀로 감당해 준 덕분에 낙원은 평화로운 시간을 아주 오랜 시간 보낼 수 있었으니까요. 그의 악을 없애려면 그긴 시간들까지 감당해서 제물을 바쳐야 합니다.

시간은 감히 손대기 어려운 세계의 섭리입니다. 조금만 간섭하려 해도 엄청난 대가를 요구합니다. 저도 미래를 보려면 정말, 정말 힘들어요.

그래서 천칭이 허락한 균형은 로이긴의 죽음뿐이었습니다.

그가 죽으면 악도 사라지니까요. 간단했습니다.

하지만 로는 절대 그럴 수 없었습니다.

로가 차라리 너도 감정들을 버리라고 하자, 로이긴은 그렇게는 할 수 없다고 말했습니다. 그는 그녀를 비웃으며 말했습니다.

"내가 흡수한 악이 얼마나 많은지 넌 몰라. 만약 내가 다 버리면, 낙원에 악이 가득 찰걸? 그리고 난 또 욕을 먹겠지. 원래 자기들 거였으면서."

그러던 어느 날, 사건이 터지고 맙니다.

어떤 신이 로이긴에게 심한 욕을 했습니다.

로이긴은 거기까진 참았습니다.

하지만 그 신이 로까지 모욕하자 로이긴은 참지 못했습니다.

그 신의 심장을 깨부수고 말았습니다.

신들은 이때다 싶어 로이긴을 죽이려 들었습니다.

하지만 로에게 모든 걸 전수받고, 마법까지 익힌 로이긴을 막을 수 있는 신은 없었습니다. 그곳에 있던 신들은 로이긴에게 모두 죽임을 당했습니다.

"처형하십시오!"

마침내 신들은 얼어붙은 듯 그 장면을 바라만 보고 있던 로에게 로이긴의 처형을 요구했습니다.

로이긴을, 정확히는 그들의 악을 모두 흡수한 꺼림칙한 악마를 이 세상에서 제거하기를 원했습니다.

낙원을 원래대로 되돌리려면 로이긴을 죽이면 되긴 합니다.

하지만 로는 그럴 수 없었습니다.

그녀는 로이긴을 사랑하고 있었으니까요.

어쩌면 그녀는, 일부러 로이긴이 신들을 죽이게 내버려 둔 것일지도 모릅니다. 비정상적으로 로이긴을 모욕하는 신들에게 그녀도 분노하고 있었으니까요.

정신을 차린 로는 신들의 요청을 거절했습니다.

하지만 로이긴에게는 화를 냈습니다.

그녀는 로이긴이 신들에게 평화롭게 받아들여지길 원했습니다. 그래서 다시는 그러지 말라고 부탁했습니다.

"미안해, 로. 하지만 이게 나야. 넌 이해해 줄 수 있지?"

하지만 한번 심장을 터뜨리고 생명의 맛을 본 로이긴은 더 이상 인내하지 않기로 결심했던 모양입니다. 신들이 입을 하나로 모아 처형을 주장하는 순간, 낙원에 대한 기대를 버린 것 같았습니다.

"로, 낙원은 가망이 없어. 그거 알아? 신들의 본질은 악이야. 그놈들은 본능적으로 악을 추구한다고."

그 후, 로이긴은 신들에게 마법의 지식을 퍼뜨렸습니다.

하급 신들은 마법에 열렬하게 반응했습니다.

마법은 하급 신들에게는 기적이나 마찬가지였습니다. 권능은 유일하고 절대적이지만 한계가 있었던 반면, 마법은 무궁무진했으니까요. 마법으로는 상급 신을 죽이거나 제압할 수도 있었습니다.

그러자 로이긴을 따르는 세력이 생겨났습니다. 로이긴을 혐오하던 신들이 돌아서서 그를 추종하기 시작한 겁니다. 선보다는 악을 추구하는 신들도 그를 따랐습니다. 개중에는 마나의 무한한 성질과 마법의 파괴적인 매력에 빠진 상급 신도 있었습니다.

로이긴은 평생 동안 모은 마나와, 신력에서 생명을 흡수한 다음 새롭게 만들어 낸 마나를 모두가 사용할 수 있게 하였습니다. 그렇게 그가 가지고 있던 악을 조금씩 세상에 퍼뜨렸습니다.

낙원은 두 파로 나뉘었습니다.

커다란 전쟁이 터졌습니다.

수많은 신이 죽고, 낙원은 부서졌습니다.

아주 오랜 옛날에 그랬듯, 탄생은 사라지고 소멸만이 계속되었습니다. 로이긴은 낙원을 모두 부술 작정으로 날뛰어 댔습니다. 로이긴이 커다란 본체로 돌아가 황금의 마법을 뿌리면 상대편은 모두가 죽어 나갔습니다.

신들의 권능은 로이긴에게 통하지 않았습니다. 판데모니엄에서 홀로 버틴 그의 자아는 월등하게 강했습니다.

비로소 로이긴은 신들의 위에 설 수 있었습니다.

그때부터 그는 원하는 것이라면 참지 않고 무슨 수를 써서라도 모두 가졌습니다.

특히 황금. 로이긴이 황금을 좋아한다는 걸 깨달은 신들은 로이긴을 따르면서도 그가 두려워, 환심을 사고자 그가 사랑하는 황금을 있는 대로 긁어모아 바쳤습니다. 황금은 로이긴의 무한한 아공간에 차곡차곡 쌓여 갔습니다.

로이긴은 파괴하고 싶을 때는 마음껏 세상을 파괴하고 생명을 취했습니다. 마력은 그가 생명을 취할수록 늘어나므로, 그의 심장에 담겨 있는 마력의 양은 무서운 기세로 불어났습니다. 수용량의 한계를 넘어서자 마력은 그의 심장에서 튀어나와 세상을 뒤덮기 시작했습니다.

로이긴의 세상이라고 해도 과언이 아니었습니다.

세상에 그를 막을 수 있는 신은 오로지 로베르슈타인뿐이었습니다.

"멈춰!"

로이긴이 파괴욕에 미쳐서 날뛸 때마다 로베르슈타인이 나서서 그를 막았습니다. 하지만 시간이 흐를수록 점점 더 막기 힘들어졌습니다. 배우는 게 빨랐던 로이긴은, 검술에 마법까지 더해 로베르슈타인과 동등한 경지에 이르렀던 겁니다.

로이긴이 신들을 죽일 때마다 로베르슈타인은 화를 냈습니다. 하지만 로이긴은 그녀를 이해하지 못했습니다. 그는 오히려 행복해했습니다.

"더는 네게 생명을 받지 않아도 돼. 다른 놈들에게서 빼앗아서 아주 풍족하니까."

"로이긴!"

"왜? 어차피 내가 살아가려면 어차피 누군가의 신력을 빼앗아야만 해. 그게 내가 낙원에서 살아남을 수 있는 방법이야! 내가 만일 널 만나지 못했다면 나는 언제나 기생충처럼 다른 신에게 신력을 구걸했을 테고, 자비를 얻지 못한 날에는 빌빌대다가 결국엔 죽었겠지."

"……."

"그리고 넌 내게 신력을 얼마든지 주겠다고 했지만 난 싫어. 네 신력은 너무 따뜻하고 아름다워서 쓰기 싫어. 지켜 주고 싶어."

로는 지쳐서 로이긴을 외면했습니다. 그러자 로이긴이 로에게 매달렸습니다.

"로, 신들이 나를 따르고 있어. 나를 추종해. 이게 네가 내게 보여 주고 싶었던 낙원이잖아?"

"너……."

"왜 내게 냉정하게 굴어? 왜 화를 내? 나에게 차갑게 굴지 말란 말이야. 약속했잖아. 내 곁에 계속 있어 주겠다고. 내가 무슨 짓을 하더라도 내 편이 되어 주겠다고. 나는 변하지 않았어. 이게 바로 나야. 널 미치도록 사랑하지만 다른 신들은 미워하는 나. 이게 나야."

로이긴이 그리 애걸하며 로에게 키스했습니다.

"난 예전처럼 참기 싫어. 당신도 봤잖아. 신들이 내게 어찌했는지. 당신은 내게 그들이 나에게 고마워할 거라며 낙원으로 끌고 왔어. 하지만 그들은 내게 돌을 던졌어. 당신을 모욕했어."

로이긴의 입술이 로의 입술에서 점점 아래로 내려갔습니다. 육체에 걸쳐져 있던 옷들이 벗겨지고, 몸은 땅에 눕혀졌습니다. 로는 익숙해진 감각에 신음을 뱉었습니다.

하지만 로는 날이 갈수록 점점 더 수척해졌습니다.

어느 순간부터, 그녀는 극도로 우울해했습니다. 점점 말수가 줄어들더니 더는 말을 하지 않게 되었습니다. 무기력하게 제 옆에 기대 잠들어 있기 일쑤였습니다. 누구보다 강인했던 그녀는 울기도 많이 울었습니다. 영혼이 힘드니 육체도 힘든지, 속이 메스껍다며 구토를 하기도 했습니다.

그녀가 로이긴을 외면하는 시간은 점점 늘어났습니다. 매달리는 로이긴을 냉정하게 쳐 내는 날도 많았습니다.

신열을 앓으며 무기력하게 앉아 있는 그녀를 가만히 관찰하던 로이긴이 불쑥 말합니다.

"내가 어떻게 하길 바라?"

로가 말합니다.

돌아가자.

내가 잘못했어. 로이긴, 차라리 돌아가자. 돌아가서 우리 둘이서 살아가자. 넌 나만 있으면 된다고 했잖아.

"알았어."

로이긴이 기쁘다는 듯 웃었습니다.

광기가 느껴지는 미소였습니다.

"모두 죽이고, 우리 둘이서, 거기에 딱 페임드라만 더해서 살자. 좋지? 다른 놈들은 다 필요 없잖아."

"내가 원하는 건 그게 아니야."

"그럼 그냥 돌아가자고? 돌아가면? 신들이 이 상황에 가만있을 것 같아?"

로는 부정하지 못했습니다.

순진했던 그녀는 이제 없었습니다. 로이긴의 말이 맞다는 걸 알고 있었습니다.

"로, 이젠 돌이킬 수 없어. 난 내가 이런 놈이라는 걸 알아 버렸거든. 그런데 당신은 이런 나도 사랑하잖아. 당신도 나만 있으면 되잖아. 그렇지? 약속했잖아. 내가 무슨 짓을 해도 곁에 있어 주겠다고."

웃고 있던 로이긴의 얼굴에서 표정이 사라졌습니다.

"내가 잘못하고 있다고 생각해? 그래서 내가 미워?"

"……"

"아니지? 난 잘못한 거 없어. 다른 놈들이 자초한 거야."

그때부터 로이긴은 본체로 돌아가 모든 신을 학살하기 시작했습니다. 황금빛의 마나가 모든 신을 향해 쇄도했습니다. 로이긴은 엄청난 양의 신력을 흡수하고 밀려드는 파괴의 쾌감에 취했습니다.

서서히 종말이 찾아오고 있었습니다.

그래요.

로이긴에게는 잘못이 없습니다.

신들이 판데모니엄에 악을 버리기 전엔, 로이긴도 누구보다 순수한 신이었을 겁니다.

그를 저렇게 만든 건 신들이었습니다.

제게도 잘못이 있습니다. 판데모니엄에 그를 방치해서 이변을 알아차리지 못했으니까요.

로베르슈타인에게도 잘못이 있을 겁니다. 그녀는 신들이 악을 한곳에 버리는 행위를 방치했습니다. 또, 신들이 강한 그녀 앞에서는 고개를 수그리고 악감정을 내비치지 않았기에, 신들의 악한 면을 너무 쉽게 생각했습니다.

로와 저는 함께 메말라 갔습니다.

조율자이자 심판의 신으로서 낙원을 보살폈던 로베르슈타인의 우울은 저보다 훨씬 심했던 모양입니다.

그녀의 강인했던 영혼은 나날이 약해졌습니다. 마침내 그녀는 이런 말까지 했습니다.

"죽고 싶어."

그녀는 더는 로이긴을 말리지 못할 만큼 무기력해져 있었습니다. 저도 그녀의 심정에 동감했습니다. 로가 말라 가는 것처럼 삶의 의지를 잃은 제 몸도 말라 가고 있었습니다.

"이대로 끝이 나는 걸까……? 로이긴의 말대로 너와 나만 사는 거야? 그러고 싶지 않은데……."

저는 미래가 궁금해졌습니다.

참지 못하고 가까운 미래를 보았습니다.

그리고 당황했습니다.

로베르슈타인.

있지.

네 배에 새 생명이 있나 봐.

몇 달 뒤에 태어날 거야.

머지않은 미래에, 네 품에 안겨 있어.

로가 말을 전해 줄 정령들을 부르지 못하는 상태였기에 저는 로의 배 위에 잎사귀들을 우수수 떨어뜨리고 마지막으로는 꽃 한 송이를 그 위에 놓았습니다.

"……."

자신의 배를 쳐다보는 로베르슈타인의 눈가가 떨렸습니다.

로베르슈타인이 행방불명된 것은 그쯤입니다.

누구도 그녀의 행방을 알지 못했습니다. 저조차도요.

로이긴은 더욱 미쳐 날뛰었습니다.

그리고 약 삼 년 뒤, 그녀가 돌아왔습니다.

로이긴이 아닌, 다 말라비틀어진 제게로요.

그녀의 손에는 작고 하얀 아이의 손이 쥐여 있었습니다.

로가 지친 목소리로 제게 말했습니다.

"페임드라, 미래를 봐 줘."